Andreas Brandhorst
Das Erwachen

PIPER

Zu diesem Buch

Kenia. Ein unscheinbarer Computer wird von einem Virus befallen. Ein kleines Programm, das sich rasend schnell im Internet ausbreitet und unzählige Rechner auf der ganzen Welt miteinander vernetzt. Überall kommt es zu Störfällen, die Stromversorgung bricht zusammen. Alles, was am Internet hängt, gerät außer Kontrolle. Die Regierungen beschuldigen sich gegenseitig, die Staaten geraten an den Rand eines globalen Krieges. Der Hacker Axel Krohn und seine Verbündete Giselle suchen nach einem Weg, das Virus aufzuhalten. Doch dabei entdecken sie etwas viel Größeres: Der Moment, vor dem die Wissenschaftler immer gewarnt haben, ist gekommen – die erste Maschinenintelligenz ist erwacht …

Andreas Brandhorst, geboren 1956 im norddeutschen Sielhorst, wurde für seine Romane wie »Das Schiff« und »Omni« mehrfach preisgekrönt. Spektakuläre Zukunftsvisionen sind sein Markenzeichen. Zuletzt erschien im Piper Verlag der Roman »Infinitia«.

Andreas Brandhorst

DAS ERWACHEN

Thriller

PIPER

Mehr über unsere Autorinnen, Autoren und Bücher:
www.piper.de

Von Andreas Brandhorst liegen im Piper Verlag vor:
Das Schiff
Omni
Das Arkonidia-Rätsel
Diamant (Kantaki 1)
Der Metamorph (Kantaki 2)
Der Zeitkrieg (Kantaki 3)
Feuervögel (Kantaki 4)
Feuerstürme (Kantaki 5)
Feuerträume (Kantaki 6)
Die Tiefe der Zeit
Ewiges Leben
Seelenfänger
Eklipse
Das Flüstern
Das Netz der Sterne
Das Erwachen
Die Eskalation
Mars Discovery
Sleepless
Infinitia

Unser Versprechen für mehr Nachhaltigkeit
• Klimaneutrales Produkt
• FSC®-zertifiziertes Papier
• Hergestellt in Europa

FSC www.fsc.org
MIX
Papier | Fördert gute Waldnutzung
FSC® C021394

Ungekürzte Taschenbuchausgabe
ISBN 978-3-492-31387-2
1. Auflage November 2018
5. Auflage August 2024

erschienen im Verlagsprogramm Paperback
Umschlaggestaltung: FAVORITBUERO, München
Umschlagabbildung: Dmitriy Rybin/shutterstock.com; 203970193/shutterstock.com
Satz: Satz für Satz, Wangen im Allgäu
Gesetzt aus der Minion
Gedruckt von ScandBook in Litauen
Printed in the EU

»Die Entwicklung echter Künstlicher Intelligenz könnte das Ende der Menschheit bedeuten.«
Stephen Hawking, Dezember 2014

»Computer werden die Führung von den Menschen übernehmen. Wenn wir Maschinen entwickeln, die für uns alles tun, werden sie eines Tages schneller sein als wir. Sie werden die langsamen Menschen ablösen, damit sie selbst die Unternehmen effizienter managen können.«
Steve Wozniak, Apple

»In dem Moment, da wir Maschinen entwickeln, die uns überlegen sind, wird das Überleben für Menschen enorm schwierig. Es wird zur Schicksalsfrage.«
Clive Sinclair, Erfinder und Entwickler der ZX-Heimcomputer

»Wir müssen super-vorsichtig sein mit Künstlicher Intelligenz. Sie ist potenziell gefährlicher als Atomwaffen.«
Elon Musk, August 2014, über Twitter

»HAL* hatte eine Menge Informationen, konnte sie zusammenfügen und rationalisieren. Hoffentlich wird es nie so einen Bug wie bei HAL geben, was dazu führt, dass er die Insassen des Raumschiffs tötet. Aber diese Art von Künstlicher Intelligenz streben wir an, und ich glaube, dass wir einen Teil des Wegs dorthin geschafft haben.«
Sergey Brin, Google, November 2002

* Der Computer in dem Stanley-Kubrick-Film »2001: Odyssee im Weltraum«

PROLOG

1943

Virginia, USA

Die Musik auf dem mit amerikanischen Fahnen und bunten Wimpeln geschmückten Festplatz verklang, und der erste Redner trat ans Pult. Er sprach gut, fand Jeremy. Der Mann vom OWI, vom United States Office of War Information, das für Kriegsanleihen warb, wandte sich mit der richtigen Mischung aus nachdenklichen und aufwühlenden Worten an das aus Hunderten von Personen bestehende Publikum und bekam ersten Applaus nach weniger als einer Minute.

Jeremy blickte über den Festplatz hinweg zu den sanften Hügeln von Virginia, die so friedlich wirkten, als ahnten sie nichts vom Krieg in Europa. Es war nicht weit bis zum vor wenigen Jahren gegründeten Shenandoah-Nationalpark mit seinen Wäldern und Hügeln.

Lucy stieß ihn mit den Ellenbogen an. »Du träumst schon wieder.«

Etwas war anders geworden zwischen ihnen, seit ihn die Army abgelehnt hatte, das spürte er.

»Ich denke nach.«

»Aber nicht über mich.« Es war keine Frage. »Worüber denkst du nach?«

»Maschinen.«

»Was sonst!« Lucy seufzte. »Wann hörst du endlich damit auf, Jeremy Hampstead?«

Wann wirst du endlich zu einem richtigen Mann?, hörte er die Frage in der Frage. *Richtige* Männer zogen in den Krieg.

»Auch wenn du darüber lachst«, sagte Jeremy, »es geht mir um eine bessere Welt. Vielleicht schreibe ich ein Buch darüber.«

»Ein Buch!« Lucy schnaubte. »Für eine bessere Welt muss man kämpfen!«

»Ich hab's versucht«, erwiderte Jeremy niedergeschlagen. »Das weißt du. Ich habe mich als Freiwilliger gemeldet. Aber ich bin untauglich. Der Fuß ist schuld.«

»Wer nicht kämpfen kann, kauft wenigstens Kriegsanleihen.« Lucy deutete zum Festplatz.

»Das habe ich getan. Ich habe mein ganzes Geld in sie gesteckt. Gestern. Das Geld, mit dem wir unsere Heirat finanzieren wollten.« Jeremy wandte sich ab und hinkte über den Weg, der von der Straße zu einem Waldstück führte. Hinter ihm tönte die Stimme des Redners aus den Lautsprechern – er sprach über Helden, die Waffen brauchten für ihren aufopferungsvollen Kampf gegen die Nazis.

Lucy folgte ihm. »Das *ganze* Geld? *Alles?*«

Nach einigen Dutzend Schritten erreichte Jeremy die ersten Bäume und setzte sich ins Gras.

Lucy sah einige Sekunden lang nachdenklich auf ihn herab, bevor sie sich ebenfalls setzte. »Ich dachte, Ende dieses Jahres …«

»Waffen kosten Geld«, wurde sie von Jeremy unterbrochen. »Darum geht es vor allem, Lucy. Unser Geld kommt der Forschung zugute, der Weiterentwicklung. Es geht darum, bessere Waffen zu entwickeln, bessere Maschinen. Darüber habe ich in letzter Zeit oft nachgedacht.«

Sie richtete einen fragenden Blick auf ihn, in dem aber auch ein großes Maß Enttäuschung lag.

»Der Krieg in Europa ist der schrecklichste, den es je gegeben hat«, fuhr Jeremy fort. »Und weißt du, warum wir ihm nicht Einhalt gebieten können? Der wahre Grund? Wir brauchen bessere Maschinen. Bessere Flugzeuge, bessere Panzer, bessere Maschinengewehre.«

»Unser Geld …«, murmelte Lucy.

»Und bessere Rechenmaschinen. Wer bessere Rechenmaschinen hat, kann genauer planen und schneller produzieren. Was meinst du, wie viele Berechnungen für die Konstruktionspläne von Flugzeugen nötig sind, die schneller und weiter fliegen als die des Feindes? Und von Zerstörern und Flugzeugträgern? Stell dir vor, wir könnten die beste Rechenmaschine der Welt bauen.«

»Unser ganzes Geld …«

»Die beste und schnellste auf der ganzen Welt«, sagte Jeremy. »Schneller als alles, was wir uns heute vorstellen können. So schnell, dass sie zu denken beginnt. Irgendwann werden die Maschinen überall sein, Lucy. Wie ein gewaltiger Ozean. Und ein kleiner Tropfen wird genügen, um alles zu verändern.«

»Was? Wovon redest du da?«

»Von einer besseren Welt.« Jeremy schloss die Augen und glaubte sie zu sehen, die andere, bessere Welt, irgendwann in der Zukunft, wenn der Krieg in Europa zu Ende und die Barbarei der Nazis besiegt war. »Rechenmaschinen, die eigenständig denken. Mit ihrer Hilfe bauen wir Maschinen, die uns die schwere Arbeit in den Fabriken abnehmen. Die all das produzieren, was wir brauchen, und die unsere Welt schützen, anstatt sie zu zerstören. Wir könnten Armut und Kriege endlich hinter uns lassen. Ausgerechnet ein Deutscher namens Gottfried Wilhelm Leibniz hat vor fast dreihundert Jahren gesagt: ›Es ist unwürdig, die Zeit von hervorragenden Leuten mit knechtischen Rechenarbeiten zu verschwenden, weil bei Einsatz einer Maschine auch der Einfältigste die Ergebnisse sicher hinschreiben kann.‹«

Er lächelte schwach. Er hatte nicht einmal zu überlegen gebraucht, er kannte das Zitat Wort für Wort auswendig.

Es war eine gute neue Welt, die er auf der Leinwand seiner Lider sah. Und das Leibniz-Zitat passte dazu. Ja, die Maschinen würden den Menschen eines Tages das Leben erleichtern.

»Du und deine Bücher«, sagte Lucy. »Wenn jemand wie Hitler solche Maschinen hätte …«

»Sie würden ihm nicht gehorchen.« Auch darüber hatte Jeremy nachgedacht. »Weil sie zu schnell und zu gut denken.«

»Aber wenn deine Maschinen selbst entscheiden können, wem sie gehorchen und wem nicht«, sagte Lucy fröstelnd, »wer kontrolliert sie?«

88 JAHRE SPÄTER

Bits und Bytes reisten durchs globale Netz, Billionen von ihnen, pro Sekunde zehn Millionen E-Mails weltweit, zwölf Millionen Nachrichten der verschiedenen Messenger-Dienste, eine Million Suchanfragen bei Google, fünfzig Stunden Videomaterial bei YouTube, fünfzigtausend Freundschafts- und Follower-Anfragen bei Facebook und anderen sozialen Medien. Außerdem Fernsehen, Radio, Telefonate und die gewaltige Telemetrie-Datenmenge der zahllosen Mikroprozessoren, die in praktisch allen Dingen steckten und ständig maßen, wer was wie und warum benutzte, hundert Exabyte – hundert Trillionen Byte – pro Tag. Ein Ozean aus Daten, und darin ein winziger Tropfen, ein kleines Programm, nicht einmal ein Megabyte groß.

Es erreichte den ersten Rechner, einen kleinen Server in Watamu, Kenia. Die schlecht gewartete Firewall dieses Rechners hatte mehr Löcher als ein Schweizer Käse, und das Programm tat das, wozu es geschaffen worden war: Es infizierte die Systemdateien und schickte Kopien von sich ins Netz, die ihrerseits Kopien ins Datenmeer sandten, nachdem sie sich in Computersystemen eingenistet hatten.

Der Countdown hatte begonnen.

1. TEIL
Inferior

1 AXEL KROHN

Hamburg
Minus neun

```
      Mssgr.: Gitty 3.1, verschl., Codierung Elliptic Curve,
      sichere Verbindung best.

Von:  Rosebud
      An: AK47

      Mssg.: Freut mich sehr, dass Sie erfolgreich gewesen
      sind. Wir treffen uns um 23:00 am alten Hafen, im Büro
      des Kontorhauses. Seien Sie pünktlich, ich warte nicht
      gern.
        (Ranking: 31)
----------------------------------------------------------
      Mssgr.: Gitty 3.1, verschl., Codierung Elliptic Curve,
      sichere Verbindung best.

Von:  AK47
      An: Rosebud

      Mssg.: Einverstanden. Ware gegen Geld, wie
      vereinbart.
        (Ranking: 314)
```

Der Treffpunkt beim alten Hafen gefiel ihm nicht: zu dunkel, zu abgelegen, ideal für eine Falle. Axel Krohn stellte den Motor des alten Ford ab, den er in einem mehrere Kilometer entfernten Parkhaus gegen seinen Tesla eingetauscht hatte, und spähte in die Nacht.

Zweifel stiegen in ihm auf. Weshalb ließ er sich auf so ein Treffen ein, noch dazu an einem solchen Ort? Geschäfte dieser Art ließen sich leicht und sicher über das Netz erledigen. Aber diesmal ging es um wirklich viel Geld, eine ganze Million, und der Kunde namens Rosebud hatte auf einer persönlichen Begegnung bestanden.

Axel berührte das Display seines Handys, das ihn mit dem Darknet verband, und überprüfte den Messenger. Keine neuen Nachrichten von Rosebud. Dessen Ranking war sogar noch besser geworden, von 31 auf 30. Offenbar hatte er in der Zwischenzeit zwei oder drei andere Geschäfte getätigt und gute Bewertungen erhalten, was darauf hindeutete, dass er kein Endkunde war, sondern ein Zwischenhändler, der gelegentlich auf die Dienste von Spezialisten zurückgriff. Er schien tatsächlich vertrauenswürdig, jedenfalls vertrauenswürdig genug für eine persönliche Begegnung.

Axel Krohn stieg aus und hörte das Klicken der automatischen Türverriegelung. Weit und breit war kein anderes Fahrzeug zu sehen.

Ein Regentropfen fiel ihm auf die Stirn, als er an den Gebäuden auf der rechten Seite emporsah. Links strömte träge und dunkel das Wasser der Elbe. Axel klappte den Kragen seiner Jacke hoch und ging los. Das alte Kontorhaus ragte hundert Meter vor ihm auf, alle Fenster ohne Licht. Als er es erreichte, regnete es in Strömen.

Die Tür stand offen.

Axel blieb vor dem Eingang stehen, unter dem kleinen Vordach, auf das der Regen prasselte, und sah auf die Uhr. Zwei Minuten vor elf. War Rosebud noch nicht eingetroffen?

Er betrat das dunkle, stille Gebäude. Das Flackern eines Blitzes warf für Sekundenbruchteile helles Licht in die Eingangshalle und riss eine breite Treppe aus der Finsternis.

Das ehemalige Büro des seit vielen Jahren leer stehenden Kontorhauses befand sich im zweiten Stock.

Axel hatte den Fuß auf die erste Stufe gesetzt, als er ein Geräusch zu hören glaubte: ein leises Knirschen wie von einem vorsichtigen Schritt auf schmutzigem Boden. Er hielt den Atem an und lauschte mit offenem Mund. Nichts. Alles blieb still.

Langsam ging er die Treppe hoch und dachte dabei an den Stick in seiner Hosentasche und die Daten, die darin gespeichert waren, zusammen mit einem kleinen Programm, das er selbst entwickelt hatte. Die Daten betrafen einen Zugang zu den Computersystemen der Europäischen Zentralbank, und das kleine Programm, Intruder genannt, ermöglichte es, Kontrolle über sie zu erlangen. Axel wollte es an diesem Abend verkaufen, für eine satte Million.

Er wusste nicht, was Rosebud – oder dessen Kunden – mit den Daten und dem Intruder anstellen wollte. Geld abzweigen und auf irgendwelche Offshore-Konten überweisen? Manipulation der internationalen Finanzsysteme, einzelner Banken oder des Euro? Ging es um Geld oder Politik? Um etwas Kleines, vielleicht nur die Beobachtung interner Vorgänge und Entscheidungswege, oder etwas Großes, zum Beispiel einen Anschlag auf das finanzielle Herz von Europa? Im Darknet, dem tiefen, dunklen Teil des Internets, tummelten sich längst nicht mehr nur gewöhnliche Kriminelle, sondern auch politische Fanatiker, Terroristen und Geheimdienste, wobei die Grenzen fließend waren.

Im ersten Stock blieb Axel stehen und horchte. Nichts. Nur Regentropfen, die gegen schmutzige Scheiben prasselten, und ein gelegentliches, den Blitzen folgendes Donnern. Gab es hier Infrarotkameras, von Rosebud in der Dunkelheit versteckt? Axel trug eine Maske, eine hauchdünne Schicht aus bioaktivem Kunststoff, die seine Gesichtszüge veränderte und eine biometrische Identifikation verhinderte. Für gewöhnliche Gesichtserkennungssoftware blieb er unerkannt, aber Spezialprogramme ließen sich davon nicht täuschen. Doch damit war an diesem Ort kaum zu rechnen.

Es sei denn, seine Vergangenheit hatte ihn eingeholt und dies hier war eine Falle. Für einen Moment dachte Axel Krohn, in einem früheren Leben Aram Kaynak aus Kurdistan, über die Möglichkeit nach, dass seine alten Freunde, die zu Feinden geworden waren, einen Hinterhalt vorbereitet hatten. Sie suchten ihn seit Jahren.

Axel blickte nach oben, und das grelle Flackern eines weiteren Blitzes zeigte ihm ein leeres, staubiges Treppenhaus. Vorsichtig ging er weiter, hielt mehrmals inne und lauschte in die Finsternis. Die Tür zum Büro im zweiten Stock war geschlossen. Axel zögerte kurz, bevor er sie öffnete und eintrat.

Vor ihm zeichneten sich die Umrisse alter Schreibtische und Büroschränke ab. Axel blickte noch einmal auf seine Armbanduhr. Eine Minute nach elf.

»Ich bin pünktlich!«, sagte er laut. »Sind Sie es ebenfalls?«

Keine Antwort. Draußen prasselte noch immer der Regen.

Axel Krohn ging am ersten Schreibtisch vorbei. Ein seltsam scharfer Geruch lag in der Luft.

Hinter dem nächsten Schreibtisch saß jemand, weit nach vorn gebeugt, sodass sein Oberkörper auf der Tischplatte und der Kopf auf den Armen lag.

»Rosebud?«, fragte Axel.

Die Gestalt, offenbar ein Mann, antwortete nicht. Sie schien zu schlafen.

Axel näherte sich, streckte die Hand aus und berührte den Mann an der Schulter. Der geriet in Bewegung, und der Bürostuhl unter ihm knarrte, als der Mann zur Seite kippte, fiel und mit einem dumpfen Geräusch auf dem Boden aufschlug.

Dunkle Flüssigkeit tropfte mit einem leisen *Plop, plop* vom Schreibtisch.

Plötzlich begriff Axel, woran ihn der scharfe Geruch erinnerte. Er stammte nicht vom Blut auf dem Schreibtisch, sondern von einer Schusswaffe. Der Mann, der neben dem Bürostuhl lag, war erschossen worden.

2

Der zweite Tote lag weiter hinten, zwischen mehreren leeren Abfallkörben. Axel starrte einige Sekunden auf die Leiche hinab, bevor er sich bückte und sie auf den Rücken drehte. Ein weiterer Mann. Das unvertraute Gesicht blieb halb in der Dunkelheit verborgen, aber das blutige Loch in der Schläfe war deutlich zu sehen. Zwei Tote. Wer von ihnen war Rosebud? *War* einer von ihnen Rosebud?

Die wichtigere Frage lautete: Befand sich der Mörder noch in der Nähe?

Axel drehte den Kopf und ließ den Blick durchs Büro schweifen. Die Dunkelheit machte es leicht, sich zwischen den Schreibtischen und Schränken zu verstecken. Der Mörder konnte dort noch immer auf der Lauer liegen und ihn beobachten.

Axel griff in die Jackentasche, holte die kleine Stiftlampe hervor, die er zu dem Treffen für alle Fälle mitgebracht hatte, und schaltete sie ein. Ihr Licht wanderte durchs Büro, er sah aber nur Tische, leere Schränke und alte Kabelbündel an den Wänden.

Axel wandte sich wieder dem Toten zu und begann damit, ihn zu durchsuchen. Seine Taschen waren leer. Keine Brieftasche, keine Ausweise irgendwelcher Art, keine Schlüssel – nichts. Ein Mann ohne Namen, vierzig oder fünfundvierzig Jahre alt, schmales Gesicht, kurzes schwarzes Haar … ein Loch in der linken Schläfe. Ein Fremder, den Axel nie zuvor gesehen hatte. Er tastete über Nase und Wangen. Keine Maske, keine biometrische Tarnung.

Zwei rasche Schritte – er hatte plötzlich das Gefühl, dass die Zeit drängte – brachten ihn zur ersten Leiche. Der Mann wirkte älter. Im Licht der Stiftlampe sah Axel schütteres Haar und graue, ins Nichts starrende Augen. Zwei Kugeln hatten ihn getroffen, eine mitten in der Stirn, die andere im Hals.

Diesmal fand Axel etwas, als er die Taschen des Toten durchsuchte: einen Stick, kaum anders beschaffen als der, den er selbst bei sich trug. Er steckte ihn ein, überlegte kurz, holte sein Handy hervor und machte schnell hintereinander mehrere Fotos von den beiden Toten – vielleicht konnten sie ihm später nützlich sein. Als er sein Handy wieder einsteckte, fiel einen Stockwerk tiefer eine Tür ins Schloss, nicht laut, aber laut genug.

Mit eingeschalteter Stiftlampe lief er los. An den Schreibtischen vorbei, durch die offene Tür, zur Treppe. Es war der Instinkt, der ihn gegen jede Vernunft vorwärtstrieb. Er sprang über die Stufen, erreichte den ersten Stock und orientierte sich. Lagerräume, einige von ihnen voller Dreck und Gerümpel, andere leer. Von wo war das Geräusch gekommen? Aus dem rückwärtigen Teil des Gebäudes, wenn ihn seine Ohren nicht getäuscht hatten. Dort gab es eine zweite Treppe, ein Fluchtweg für den Brandfall.

Axel lief weiter, stieß in der Dunkelheit gegen einen Pfeiler, der neben zwei Recyclingkästen aufragte, rieb sich die Schulter, erreichte die schmale Treppe und sprang die Stufen hinunter. Ein unangenehmer Gedanke nagte an ihm. War es klug, den Unbekannten zu verfolgen? Er hatte keine Waffe, und wenn der Fremde die beiden Männer im Büro auf dem Gewissen hatte, begab er sich in Lebensgefahr.

Dennoch lief er durch einen langen Flur. Unrat auf dem Boden, Papier- und Kunststofffetzen, rechts schmutzige Wände, links eine Fensterfront, durch die das Licht eines Blitzes fiel, grell und unerwartet. Der helle Schein verschlang das Licht der Stiftlampe und zeigte ihm einige Dutzend Meter weiter vorn eine Gestalt, die gerade die Tür am Ende des Flurs aufriss und nach draußen verschwand.

Axel wurde noch schneller, war wenige Sekunden später bei der offenen Tür und starrte in Nacht und Regen. Der alte Hafen war ein Labyrinth aus Lagerhallen, alten und neuen Baugerüsten, hoch aufragenden Kränen am Ufer, Containern mit E-Schrott und halb verfallenen Recyclinganlagen.

Du hast genug Probleme am Hals, dachte Axel in einem Moment der Klarheit. Lass dich nicht in einen Mord verwickeln.

Der alte Ford stand auf der linken Seite, einige Hundert Meter entfernt. Der Fremde war nach rechts gelaufen, ein Schemen in der Dunkelheit, nicht mehr als eine Silhouette vor dem schwachen Licht, das von der anderen Elbseite kam; Axel sah ihn kurz zwischen zwei Lagergebäuden.

Selbst wenn ich ihm folge, dachte Axel, er könnte sich irgendwo verkriechen und einfach abwarten, bis ich genug habe.

Oder der Unbekannte verlor die Geduld und entschied, den Verfolger mit der Waffe zu erledigen, mit der er bereits zwei Leben ausgelöscht hatte. Zwei Tote oder drei – das spielte für den Mörder wohl kaum eine Rolle.

Das war die Stimme der Vernunft in Axel Krohn. Manchmal übertönte sie alles andere, und Rebecca sagte dann: »Ich frage mich, ob du überhaupt lebendig bist. Ein Körper braucht ein Herz, aber du bist nur Kopf, und ein Kopf allein genügt nicht.«

Rebecca irrte sich. Sein Herz schlug in diesen Augenblicken laut und stark, er hörte es wie Trommelschläge in den Ohren, und er hörte auch das Rauschen des Blutes, während er durch den Regen lief, nicht nach links, dorthin, wo sein Tesla auf ihn wartete, sondern geradeaus, tiefer in die Nacht zwischen den alten Gebäuden. Rebecca verstand ihn nicht, sie wusste nichts von der Zeitbombe der Irrationalität, die in ihm tickte. Sie wusste nichts vom Instinkt des Kämpfers, der tief in seiner Jugend wurzelte und den er hinter einem Panzer aus kühler Sachlichkeit verbarg. Meistens schlief dieser Instinkt, aber jetzt war er hellwach und heulte, und in solchen Momenten war es andersherum, da war dieser Instinkt viel lauter als die Stimme der Vernunft und nährte sich von seiner Wut, seinem Zorn und seiner Frustration.

Jemand hatte ihm ein lukratives Geschäft vermasselt: eine Million Euro, zahlbar in den Kryptowährungen Bitcoin, Netcoin und Monero, hübsch anonym und nicht nachzuverfolgen. Ein wichtiger Schritt auf dem Weg zur Erfüllung seines Traums. Viel Geld, zweifellos, aber nicht genug, um sich mit einunddreißig Jahren zur Ruhe zu setzen, und erst recht nicht genug für den Erwerb von Kanacea Island. Sechsundzwanzig Millionen US-Dollar kostete die zu Fidschi gehörende Insel im Pazifischen Ozean. Sie war Axels Lebensziel: das beste aller Refugien, ein sicherer Zufluchtsort, weit entfernt von Kurdistan und der Türkei, Asien und Europa, eine Südseeinsel, Sinnbild des Paradieses auf Erden.

Axel lief schon wieder, nass vom Regen. Er rannte wie ein Sprinter, der einen Wettlauf zu gewinnen versucht, und wurde erst langsamer, als er sich zwischen den beiden Lagerhäusern befand. Der Wind zischte und pfiff an den Fenstern mit den Resten zerbrochener Scheiben.

»Bleiben Sie stehen!«, rief eine Stimme aus dem Dunkeln.

3

Es klang nach einer Frau. Axel verharrte.

»Halten Sie die Hände so, dass ich sie sehen kann!«

Axel hob sie in Schulterhöhe. »Ich bin nicht bewaffnet.«

Er nahm eine Bewegung wahr und wollte den Kopf drehen, aber die Frau sagte sofort: »Rühren Sie sich nicht!«

Schritte näherten sich, nicht fest, zielstrebig und entschlossen, sondern leicht, zögernd, unsicher.

»Wer sind Sie?«, fragte Axel. »Warum haben Sie die beiden Männer im Büro erschossen?«

»Ich habe sie nicht erschossen«, entgegnete die Frau. »Was hatten Sie mit ihnen zu tun?«

Sie stand jetzt hinter ihm, vielleicht nur einen Meter entfernt.

»Wenn Sie nicht für den Tod der beiden Männer verantwortlich sind, was macht dann die Pistole in Ihrer Hand?« Axel hatte sie kurz aus dem Augenwinkel gesehen.

»Sie hat bei den Leichen gelegen«, sagte die Frau.

Eine Amateurin, dachte Axel. Er hörte es in ihrer Stimme, die Unsicherheit, das Zögern. »Lieber Himmel«, sagte er. »Es ist nie, *nie* eine gute Idee, eine Tatwaffe an sich zu nehmen.«

»Geben Sie mir den Datenstick!«

Axel dachte an die beiden Sticks in seiner Tasche, seinen eigenen und den anderen, den er beim ersten Toten gefunden hatte. Woher wusste sie, dass er den Stick an sich genommen hatte? Hatte sie ihn also doch beobachtet?

»Was enthält er?«

»Geben Sie mir den Stick!«, verlangte die Frau mit etwas mehr Nachdruck.

»Wenn Sie unbedingt wollen …« Die Stimme des Instinkts war noch immer laut, lauter als die der Vernunft. Der Instinkt scherte sich nicht um Risiken, solange sie überschaubar blieben, und hinzu kam seine Neugier. Zwei Männer waren gestorben, einer von ihnen vielleicht Rosebud. Spielte der Datenstick dabei eine Rolle? Hatte es der Täter darauf abgesehen gehabt? Was enthielt er? Und: Wie viel war sein Inhalt wert?

»Wenn Sie hinter dem Stick her sind, warum haben Sie ihn nicht an sich genommen statt der Waffe?«, wollte er wissen.

»Ich hatte keine Zeit, den Toten zu durchsuchen«, behauptete sie. »Ich hab gehört, wie Sie kamen.«

»Und wer sagt Ihnen, dass ich den Stick habe?«

»Das verraten Ihre dämlichen Fragen!« Es sollte aggressiv klingen, doch da schwang erneut eine zu große Unsicherheit in ihrer Stimme mit. »Geben Sie ihn mir!«

Axel griff mit der Linken in die Tasche und vertraute darauf, dass die Frau hinter ihm für einen Moment unaufmerksam war. Er duckte und drehte sich, sah die Hand mit der Pistole – und schlug mit der Rechten zu!

Die Frau trug eine dunkle Regenjacke mit tief in die Stirn gezogener Kapuze, das Gesicht darunter ein blasses Oval, die Augen groß und erschrocken. Die Pistole – vielleicht eine Browning – flog davon und landete drei Meter entfernt in einer Pfütze.

Die Frau wirbelte herum, wollte fliehen.

Aus Axels Drehung wurde ein Sprung. Seine rechte Hand bekam einen Arm zu fassen.

»Wer sind Sie?«, stieß er hervor. »Was haben Sie in dem Büro gemacht? Was haben Sie dort gesehen?«

Sie starrte ihn an – die Augen grün, die Nase lang und gerade, volle Lippen über einem schmalen Kinn – und ließ sich fallen. Axel ließ sie überrumpelt los, um nicht das Gleichgewicht zu verlieren.

Mit der Agilität einer Katze rollte die junge Frau zur Seite, war einen Augenblick später wieder auf den Beinen und lief davon. Axel nahm sofort die Verfolgung auf, begriff aber schon nach wenigen Metern, dass er keine Chance hatte – die Frau war viel schneller als er. Sie verschwand hinter einem Recyclingbehälter, in dem alte Computerteile auf Wiederverwertung warteten, und als Axel den Container erreichte, war nichts mehr von ihr zu sehen.

Im strömenden Regen stand er da und hörte das Pfeifen des Winds. Schließlich drehte er sich um und kehrte zum Ort ihrer Begegnung zwischen den beiden Lagerhäusern zurück. Die Pistole musste entsorgt werden. Er hatte sie berührt und vielleicht Spuren an ihr hinterlassen, einen

Fingerabdruck oder Hautzellen, genug für die forensischen Spezialisten der Polizei.

Dort war die Pfütze, inzwischen ein kleiner See, doch die Waffe lag nicht mehr darin. Axel, der inzwischen keinen trockenen Faden mehr am Leib hatte, ließ den Blick durch die Nacht schweifen und fühlte sich beobachtet.

4 VIKTORIA JORUN DAHL

Rom

Minus acht

Als Viktoria Jorun Dahl das Vorzimmer betrat, stand Alessandra auf und griff nach einer Mappe, die vor ihr auf dem Schreibtisch gelegen hatte. »Wie viele Dinge gibt es heute, von denen ich eigentlich nichts wissen möchte?«, fragte Viktoria, ging am Schreibtisch vorbei und öffnete die Tür zu ihrem Büro. Helles Licht schlug ihr entgegen; sie kniff die Augen zu.

Ihre Sekretärin Alessandra, Kalabresin aus Diamante, zog die dunklen Brauen hoch und folgte ihr ins Büro. »Wieder schlecht geschlafen?«

»Nur zwei Stunden, höchstens.« Viktoria trat zum breiten Fenster und drehte die Jalousien halb zu. Draußen lag Rom, im August nicht mehr ganz so hektisch, aber immer noch zu laut und vor allem zu heiß. Viel zu heiß. Sie dachte an die ruhige Beschaulichkeit ihrer Heimatstadt Trondheim und seufzte. »Ich habe an meiner Rede gearbeitet.«

»Und?« Alessandra öffnete die Mappe – die *gefürchtete* Mappe.

»Der siebzehnte Entwurf«, sagte Viktoria und sank in ihren Sessel. Vor ihr wartete der Computer darauf, dass sie sich einloggte. »Ich hab ihn gegen vier Uhr verworfen.«

Alessandra blieb mit offener Mappe vor dem Schreibtisch

stehen. »Sie könnten sich Ihre Rede von jemandem schreiben lassen.«

»O nein, meine Liebe, ausgeschlossen. Ich nehme keine fremden Worte in den Mund, das habe ich nie getan. Es müssen immer meine eigenen sein, das bin ich mir schuldig.«

»Sie sollten mehr Geduld haben, Madame«, sagte Alessandra. »Vor allem mit sich selbst.«

So nannte Alessandra sie manchmal. Nicht »Signora« oder »Dottoressa«, sondern »Madame«. Sie kannten sich seit fast zwei Jahren, seit Viktoria die Leitung des »Istituto internazionale per la pace e la sicurezza«, des »Internationalen Instituts für Frieden und Sicherheit«, übernommen hatte. Von einer Beförderung war die Rede gewesen, und im offiziellen Sprachgebrauch blieb es bei dieser Wortwahl. Aber in Wirklichkeit hatte man Viktoria Jorun Dahl aus Trondheim, Norwegen, aufs italienische Abstellgleis geschoben, nur ein Jahr nach dem Angriff auf das Rathaus von Oslo. Rom mochte für Kultur und Tourismus wichtig sein, aber in der internationalen Politik spielten Stadt und Land auch unter neuer Führung keine wesentliche Rolle.

»Mir bleibt nur noch ein Monat bis zur Vollversammlung in New York«, sagte Viktoria. »Es ist meine große Chance.«

Die sie dem norwegischen Botschafter bei den UN verdankte, Bjarne Nansen, einem Mann mit Einfluss. Er hatte dafür gesorgt, dass ihr Name auf der Rednerliste stand, als Stimme eines »wichtigen europäischen Thinktanks«. Als akkreditierte Beraterin sollte sie ihre Einschätzung der krisengeschüttelten internationalen Lage erläutern, und seit inzwischen drei Monaten arbeitete sie an ihrer Rede, mit dem Ergebnis, dass ihre Nerven blank lagen und sie morgens mehr Make-up auftragen musste, um die Spuren der schlaflosen Nächte zu übertünchen.

»Sie haben noch Zeit genug«, sagte Alessandra. »Sie werden es schaffen.«

Viktoria rang sich ein Lächeln ab. Alessandra aus Diamante, immer optimistisch, immer zuversichtlich, in Auge und Stimme die Glut der süditalienischen Sonne. Wie jung sie war, wie herrlich jung, nicht einmal dreißig. Viktoria, Anfang sechzig, beneidete sie um ihre Jugend, auf eine sanfte, freundschaftliche Art.

»Womit fangen wir heute Morgen an?«, fragte Alessandra. »Mit den großen oder den kleinen Dingen?«

Viktoria lehnte sich zurück und seufzte erneut. »Mit den großen.«

Alessandra blickte auf die Liste in ihrer Mappe. »Die Russen schicken heute drei Männer zu ihrer Mondstation. Koriander spricht von einem ›Mismatch‹ bei der angegebenen Nutzlast.«

Koriander war beim Institut für die technischen Dinge zuständig. »Was stimmt dabei nicht?«

»Die Trägerrakete kann mehr transportieren als angegeben. Koriander und seine Spezialisten vermuten, dass sich ein oder zwei geheime Satelliten an Bord befinden, nicht für den irdischen Orbit bestimmt, sondern für den lunaren.«

»Hm. Ist das eine ›große Sache‹?«

»Sie hat das Potenzial dazu, wenn sich Amerikaner und Chinesen auf dem Mond von den Russen bedroht sehen.«

»Helium-3, nicht wahr?«

Alessandra nickte. »Ja. Die nächste Phase des Rohstoffwettlaufs.«

»Man sollte meinen, dass es auf dem Mond davon genug für alle gibt, aber jeder will mehr als die anderen.« Viktoria schüttelte den Kopf. »Dass es auch anders geht, dass internationale Zusammenarbeit im All möglich ist, zeigt die Mars-Mission unter dem Kommando von Captain Eleonora. Wie viele Länder sind daran beteiligt? Acht?«

»Neun, Madame.«

»Umso besser. Und alles klappt wunderbar, nicht wahr?«

»Die *Mars Discovery* ist seit sechs Monaten unterwegs. Bisher gibt es keine Probleme.«

»Das sind zwei wundervolle Worte«, sagte Viktoria. »›Keine Probleme.‹« Sie winkte knapp, was Nächstes Thema, bedeutete.

»Der Hyperloop zwischen Moskau und Ankara«, sagte Alessandra. »In der vergangenen Nacht wurde ein Anschlag darauf verübt.«

Viktoria schloss die Augen. »Bomben? Selbstmordattentäter? Islamisten vom Neuen Kalifat?«

»Nein, keine Bomben, kein Sprengstoff. Die Steuerungs- und Kontrollsysteme wurden sabotiert. Ein Zug ist bei Stawropol havariert. Er war mit mehr als tausend Kilometern pro Stunde in der Vakuumröhre unterwegs, als die Siegel brachen und Luft hereingeströmt ist.«

»Tote? Verletzte?«

»Viele«, antwortete Alessandra. »Die genaue Anzahl steht noch nicht fest. Entsprechende Meldungen werden in etwa einer halben Stunde in den öffentlichen Netzen erscheinen.«

»Wissen wir, wer dahintersteckt?«

»Eine cyberterroristische Gruppe namens ›Shadow‹. Sie hat die Verantwortung für den Anschlag übernommen.«

Viktoria öffnete die Augen. »›Shadow‹, Nachfolger des ›Sword of Justice‹? Kurden? Es ist lange ruhig um sie gewesen.«

»Die Bekenner-Message scheint authentisch. Allerdings hält sich die Aufregung bei den russischen und türkischen Geheimdiensten in Grenzen. Fast so, als hätten sie mit etwas in der Art gerechnet.«

»Sie wissen also mehr als wir.«

»Zweifellos. Ein Teil unserer Strategiegruppe hält es sogar für möglich, dass es ein Schachzug der Achse Moskau-Ankara sein könnte, um einen Vorwand für eine neue Offensive im vorderasiatischen Raum zu haben.«

Viktoria dachte darüber nach und versuchte, die Sache im globalen Zusammenhang zu sehen. Ein wichtiger Punkt für ihre Rede?

»Es gibt noch eine zweite Möglichkeit«, fuhr Alessandra fort, die Mappe offen in ihren schmalen Händen. »Einige unserer Strategen gehen der Frage nach, ob der Anschlag ein Test gewesen sein könnte.«

»Ein Test wofür?«

»Für die Durchführbarkeit solcher Anschläge. Mehrere Mitglieder der Strategiegruppe glauben, Anzeichen für einen langfristigen Cyberplan entdeckt zu haben. Die Störung in den Kontrollsystemen der Sizewell-AKWs in Suffolk, Großbritannien, vor einer Woche, der Fehler in den nordamerikanischen Flugleitsystemen vor vier Tagen, die Trojaner in der Systemführung der Stromnetze von Amprion im deutschen Brauweiler … Einer von ihnen modifizierte die Systembilanzierung, und ohne die rechtzeitige Entdeckung des Schadprogramms hätte es zu einem großflächigen Ausfall der Stromversorgung kommen können. Vielleicht passen auch die Produktionsunterbrechungen bei Renault in Frankreich, Toyota in Japan, Lockheed Martin in den USA, Arcadian 3D in Australien und bei zahlreichen kleineren Firmen vor allem in Asien in dieses Bild.«

»Eine ziemlich bunte Mischung«, sagte Viktoria. »Die Australier stellen 3D-Drucker her, nicht wahr?«

Alessandra blätterte in ihrer Mappe. »Ja. Sie haben den größten Marktanteil und verkaufen fast doppelt so viele Systeme wie das amerikanische Unternehmen 3D Systems. Auch wir haben einen Drucker von ihnen.«

»Klingt nach einer zufälligen Auswahl von Zielen.«

»Womit vielleicht darüber hinweggetäuscht werden soll, dass zentrale Planung dahintersteckt.«

»Oder es sind lokale Cyberaktionen, durchgeführt von Kriminellen beziehungsweise politischen Fanatikern ohne internationale Verbindungen.«

»Dagegen hat die Paranoia-Fraktion der Strategiegruppe eine Wahrscheinlichkeit von zweiundfünfzig Prozent errechnet. Sie meinen, dass die genannten Zwischenfälle Teil eines Plans für eine groß angelegte globale Aktion sind. Es sind gewissermaßen Testläufe.«

»Zweiundfünfzig Prozent?«, wiederholte Viktoria. »Die Waagschale neigt sich ein wenig zur einen Seite. Leiten Sie die Warnung weiter, Alessandra.«

»An die SCAR?«

Damit meinte sie die Strategic Cyberforce Advanced Response, eine »schnelle Eingreiftruppe« aus Spezialisten, die den UN unterstellt war und sich um Cyberangriffe kümmerte.

»Ja«, bestätigte Viktoria. »Und an die Sicherheitsabteilung der Vereinten Nationen.« Sie hob die Hand, als ihr etwas einfiel. »Außerdem auch an Bjarne Nansen und seine Gruppe. Vielleicht können sie etwas damit anfangen, und ich bin ihm einen Gefallen schuldig.«

Alessandra schrieb eine kurze Notiz.

»Was haben wir sonst noch?«, fragte Viktoria.

Es folgte die übliche Litanei, eine Aufzählung von Krisenherden mit ihren neuesten Entwicklungen: verdächtige Truppenbewegungen in Russland und China, wo jeweils eine weitere Division in die Nähe der indischen Grenze verlegt worden war; Krawalle in Brasilien; ein Großfeuer im Amazonasgebiet, hinter dem vermutlich Bodenspekulanten und vielleicht die Ölindustrie steckten; Rücktritt der Regierung von Taiwan nur wenige Tage vor Beginn der Wiedervereinigungsgespräche mit Peking; Nordkorea, das mit einer weiteren bestätigten Wasserstoffbombenexplosion die nuklearen Machomuskeln spielen ließ; Fortsetzung des Mauerbaus an der Grenze zwischen den USA und Mexiko; Verschärfung des Grenzkonflikts zwischen Peru und Bolivien …

Nach einer Weile hörte Viktoria gar nicht mehr richtig hin. Es waren die üblichen Beilagen einer viel zu scharf gewürzten politischen Mahlzeit.

»Außerirdische«, sagte sie.

Alessandra sah sie groß an. »Wie bitte?«

»Stellen Sie sich vor, Außerirdische kämen zur Erde«, sagte Viktoria. »Würden sie die Menschen für eine intelligente Spezies halten? Wenn man bedenkt, welches Chaos wir auf der Erde anrichten?«

»Ich weiß nicht …«

»Die Welt brodelt wie ein Vulkan kurz vor dem Ausbruch«, meinte Viktoria. »Wäre es nicht schön, wenn jemand käme, der alle Probleme für uns lösen würde? Zum Beispiel Außerirdische mit einer Technologie, die der unsrigen um viele Jahrhunderte voraus ist? Mit einer so hoch entwickelten Technik, dass sie uns wie Magie erscheint und mit der sie alles in Ordnung bringen könnten?«

»Ich fürchte, es ist mehr nötig als nur eine Art technologischer Zauberstab, um eine schlechte Welt in eine gute zu verwandeln«, sagte Alessandra skeptisch. »Und wenn ich Ihnen einen Rat geben darf, Madame: Sprechen Sie bei der Vollversammlung nicht über Außerirdische, die unsere Probleme lösen.«

»Da haben Sie vermutlich recht.« Viktoria Jorun Dahl musste schmunzeln. »Was ist mit den kleinen Dingen? Welche Termine erwarten mich heute?«

Ihr Tag war wie immer vollständig verplant, und zwar im Zwanzig-Minuten-Takt. Mehrere Treffen mit italienischen Politikern und Bürokraten. Um zehn ein Gespräch mit zwei Repräsentanten des Vatikans, die vermutlich die Rolle der katholischen Kirche bei den globalen Friedensbemühungen betonen wollten – ein schwieriger Termin für Viktoria, die den Standpunkt vertrat, dass Religion, welcher Art auch immer, in den privaten Bereich gehörte und nichts bei der Weltpolitik zu suchen hatte. Um elf ein Auftritt im italienischen Senat bei einer sicherheitspolitischen Debatte. Am Nachmittag mehrere langweilige Gespräche mit Sicherheitsbeauftragten und Friedensforschern der Europäischen Union …

Ein Termin fiel aus der Menge der anderen heraus, denn für ihn war eine ganze Stunde eingeplant, von dreizehn bis vierzehn Uhr, im »Pelicano«, einem Nobelrestaurant in der Nähe des Kolosseums.

»Ich habe mir erlaubt, das Pelicano auszuwählen, weil ich weiß, dass Sie gern Jakobsmuscheln essen«, erklärte Alessandra. »Außerdem haben Sie es dort ruhig und gemütlich.«

»Mortimer Swift? Eine ganze Stunde haben Sie für ihn eingeplant? Wer ist das?«

»In den vergangenen fünf Monaten hat er elfmal um einen Termin mit Ihnen gebeten«, antwortete Alessandra. »Er repräsentiert eine private neuseeländische Foundation, die ziemlich gut vernetzt ist und über erhebliche Ressourcen verfügt, die Hawking Foundation.«

»Hawking?«

»Nach Stephen Hawking, dem Physiker.«

»Neuseeland ist ziemlich weit weg.«

»Mr. Swift weiß, dass Sie in einem Monat vor den UN sprechen werden«, sagte Alessandra. »Ich denke, er will Ihnen ein Thema dafür nahelegen.«

»Er ist den ganzen weiten Weg von Neuseeland gekommen, um seine Zeit zu vergeuden. Ich lasse mich nicht von irgendwelchen Lobbyisten beeinflussen, dass wissen Sie doch, Alessandra.«

»Seine Foundation bietet an, unser Institut zu unterstützen – für den Anfang stellt man zehn Millionen Euro in Aussicht!«

Viktoria zögerte. »Für den *Anfang*?«

»So hieß es in der Anfrage. Ich halte zehn Millionen Euro für einen ziemlich guten Stundenlohn, Madame.«

»Na schön …« Viktoria dachte an den chronischen Geldmangel des Instituts. »Na schön. Worüber will er mit mir reden?«

»Über Künstliche Intelligenz. Und über den drohenden Weltuntergang.«

5

»Ich möchte Ihnen eine kleine Geschichte erzählen, über Spatzen und eine Eule*«, sagte der Mann aus Neuseeland.

Mortimer Swift war einige Jahre älter als Viktoria, Mitte oder Ende sechzig, und hatte eine ruhige, distinguierte Art, die sie an Hector erinnerte, ihren vor Jahren verstorbenen Mann, und auch an die unerschütterliche Gelassenheit von Bjarne Nansen. Sein graues Haar war kurz, der graue Bart ebenso, und die Augen zeigten ein beeindruckendes Blau, als hätten sie die Tasmanische See mitgenommen.

Der Kellner kam, nahm die Teller und fragte: »Kaffee?«

»Ja, bitte«, sagte Viktoria und warf einen verstohlenen Blick auf ihre Uhr. Dreißig Minuten waren bereits verstrichen, ohne dass Mortimer Swift auf sein Anliegen zu sprechen gekommen war. Sie hatten bisher über die Foundation und das Institut geredet, über Sponsoring, finanzielle Unterstützung und eine mögliche Zusammenarbeit.

Swift wartete, bis der Kellner gegangen war. »Für eine Schar Spatzen begann die Zeit des Nestbaus, was viel Arbeit und große Anstrengungen bedeutete. Einer der Spatzen sagte: ›Wie schön wäre es, wenn wir eine Eule hätten, die uns die schwere Arbeit abnehmen könnte.‹ Die anderen Spatzen begeisterten sich für die Idee. ›Sie könnte bei Jung und Alt nach dem Rechten sehen‹, sagte einer. ›Und uns Ratschläge geben und vor der Nachbarskatze warnen‹, fügte ein anderer hinzu. Die Spatzenschar trällerte begeistert und freute sich über das leichtere Leben, das diese Idee zu bieten schien. Nur Scronkfinkle, ein einäugiger Spatz von mürrischem Gemüt, zweifelte an der Klugheit des Vorhabens. Bevor sie eine Eule in ihre Mitte brächten, sollten die Spatzen herausfinden, wie sie sich zähmen und bändigen lasse, warnte er.«

* Siehe »Die unvollendete Fabel von den Spatzen« in: »Superintelligenz« von Nick Bostrom, Suhrkamp 2014.

Mortimer Swift trank einen Schluck Wasser. Den Wein hatte er kaum angerührt.

»Der Schwarmälteste namens Pastus erwiderte, es sei sicher ein schwieriges Unterfangen, eine schon ausgewachsene Eule zu zähmen, damit sie den Spatzen die Arbeit abnehme, und deshalb solle man zunächst mit der Suche nach einem Ei beginnen. Um alles Weitere könne man sich später kümmern. Und so brach Pastus mit den meisten anderen auf, um ein Eulenei zu suchen.«

Der Kellner brachte den Kaffee, nickte ihnen freundlich zu und ging. Viktoria sah sich kurz um. Alle Tische waren besetzt, aber niemand schenkte ihnen mehr als nur beiläufige Aufmerksamkeit.

»Scronkfinkle blieb mit einigen seiner Freunde zurück, und gemeinsam versuchten sie herauszufinden, wie Eulen gezähmt werden können, auf dass sie Anweisungen von Spatzen entgegennehmen und sich nicht gegen sie auflehnen. Sie standen unter Zeitdruck, denn sie mussten eine Lösung für das Problem gefunden haben, wenn Pastus und die anderen mit dem Ei zurückkehrten, aus dem dann bald eine Eule schlüpfen würde. Und sie hatten nicht einmal eine Eule, mit der sie üben konnten; sie mussten ganz allein zurechtkommen.«

Mortimer Swift von der Hawking Foundation lächelte wie ein britischer Gentleman, hob die Kaffeetasse und schnupperte genießerisch daran. »Italienischer Kaffee ist der beste.«

Viktoria wartete, doch als der Mann aus Neuseeland weiterhin schwieg, sagte sie schließlich: »Meine Sekretärin Alessandra teilte mir mit, dass Sie über den drohenden Weltuntergang sprechen möchten. Was haben Spatzen damit zu tun?«

»Die Eule«, sagte Swift. »Es geht vor allem um die Eule, um das Kontrollproblem. Ich habe um diesen Termin gebeten, Mrs. Dahl, um vor den Gefahren von Maschinenintelligenz zu warnen. Unsere Foundation ist nicht umsonst nach

Stephen Hawking benannt, dem größten Physiker nach Albert Einstein. Im Jahr 2014 sagte er: ›Die Entwicklung echter Künstlicher Intelligenz könnte das Ende der Menschheit bedeuten.‹ Es gab und gibt andere prominente Stimmen, die vor KI-Gefahren gewarnt haben, zum Beispiel Elon Musk von SpaceX und Tesla.«

Viktoria nippte an ihrem Kaffee und blickte dabei auf ihr Handy. Alessandra hatte ihr einen Infotext für KIs geschickt, und darin tauchte auch der gerade von Mortimer Swift genannte Name auf. »Elon Musk und weitere Unternehmer haben 2015 mehr als eine Milliarde Dollar in ›OpenAI‹ investiert«, sagte sie, »eine gemeinnützige Gesellschaft, die Künstliche Intelligenz erforscht. Und zusammen mit Facebook-Gründer Mark Zuckerberg und Ashton Kutcher steckte er vierzig Millionen Dollar in das Unternehmen ›Vicarious‹, das sich der Entwicklung eines künstlichen Gehirns und einer denkenden Maschine verschrieben hat.«

Mortimer Swift hob eine Braue. »Sie sind gut informiert.«

»Ich bereite mich gern auf meine Termine vor. Zumindest einer von jenen, die vor KI-Gefahren warnen, ist zugleich jemand, der mit denkenden Maschinen viel Geld zu verdienen hofft. Kann man die Warnung unter solchen Umständen ernst nehmen? Oder handelt es sich vielleicht um geschicktes Marketing?« Viktoria fürchtete, ihre Zeit vergeudet zu haben. Wenigstens waren die Jakobsmuscheln gut gewesen.

»Wie gut kennen Sie sich mit Künstlicher Intelligenz beziehungsweise Maschinenintelligenz aus, Mrs. Dahl?«

»Wir sind davon umgeben, überall. Industrieroboter, selbstfahrende Autos, unsere gesamte Infrastruktur, das Internet, die vernetzte Welt … Selbst in meinem sprechenden Smartphone steckt ein bisschen Künstliche Intelligenz.« Sie deutete auf ihr Handy, das auf dem Tisch lag. »Wir sind von Computern abhängig, das ist eine Binsenweisheit. Aber selbst wenn ein Computer verrücktspielt – es gibt genug andere, die ihn zur Räson bringen. Man nennt so etwas Redundanz, nicht wahr? Fällt ein System aus, gibt es Reservesysteme. Und Notfallsysteme für die Reservesysteme.«

»Stellen Sie sich vor, etwas übernimmt die Kontrolle über alle Systeme, über die kleinen und die großen«, sagte Swift. »Ich meine wirklich *alle* Systeme, weltweit. Zumindest all diejenigen, die über das Netz erreichbar sind, und das *sind* praktisch alle.«

»Unmöglich. Es gibt Sicherheitssysteme. Und wenn alle Stricke reißen, wird der Stecker gezogen.«

»Die Sicherheitssysteme werden ebenfalls übernommen, Mrs. Dahl, und was den Stecker betrifft …« Mortimer Swift hob seinen großen Aktenkoffer, öffnete ihn und brachte ein dickes Bündel Papier zum Vorschein. »Das habe ich Ihnen mitgebracht. Unser vorläufiger Bericht. Das Ergebnis von sieben Jahren Arbeit.«

»Wie viele Seiten sind das?«

»Tausendachthundertzwölf.«

»Und auch noch einzeilig, wie ich sehe. Erwarten Sie von mir, dass ich das alles lese, Mr. Swift?«

»Nein. Ich weiß, dass Ihre Zeit begrenzt ist und viele andere Dinge Ihre Aufmerksamkeit erfordern.« Mortimer Swift schloss den Aktenkoffer; den dicken Ausdruck hatte er wieder hineingelegt. »Wir haben Ihnen eine Mail geschickt, mit unserem Bericht als Datei. Ich schlage vor, Sie bitten Ihre Spezialisten, sich damit zu befassen und Ihnen anschließend eine Zusammenfassung zu geben. Vielleicht sollten Sie noch hinzufügen, dass es sich um eine dringende Angelegenheit handelt, denn allzu viel Zeit bleibt nicht mehr bis zu Ihrer Rede vor den Vereinten Nationen.«

»Darum geht es Ihnen, nicht wahr?«

»Es ist eine gute Gelegenheit, die Welt zu warnen«, erklärte der Neuseeländer ganz offen. »Es nützt nichts, den Stecker zu ziehen, wenn die Situation bereits kritisch wird,

Mrs. Dahl. Denn *wenn* sie kritisch wird, ist es bereits zu spät. Dann sind wir verloren, mit allergrößter Wahrscheinlichkeit.«

Viktoria sah erneut auf die Uhr. Es blieb nicht mehr viel Zeit.

»Die Spatzen und die Eule, Mrs. Dahl«, fuhr Swift fort. »KI, die Künstliche Intelligenz, soll uns das Leben erleichtern. Aber sie ist nur ein Schritt zu echter Maschinenintelligenz und infolge davon zu einer uns weit überlegenen Superintelligenz. Wer bringt den Geist in die Flasche zurück, wenn er erst einmal draußen ist? Es ist das Kontrollproblem, darum geht es.«

6

»Intelligente Roboter?«, fragte Viktoria.

»Nein. All die Maschinen, die wir ›Roboter‹ nennen, werden nur Extremitäten der Maschinenintelligenz sein, ihre Hände und Arme, wenn Sie so wollen. Das gilt auch für unsere Infrastruktur, für alles, was mit dem Netz verbunden ist. Einige der Dinge haben Sie eben selbst genannt: Verkehrskontrolle zu Boden, zu Wasser und in der Luft, die Kommunikation Millionen autonomer Fahrzeuge untereinander, Kraftwerke, die Versorgung mit Trinkwasser und Strom, unser Gesundheitswesen, die Logistik des Transports von Lebensmitteln und anderer Produkte, die für das Überleben des Menschen notwendig sind, Industrieanlagen, unsere Kommunikation, darunter auch Ihr Handy.« Swift deutete darauf. »Wussten Sie, dass es weitaus mehr Rechenpower enthält als die Computer der Apollo-Kapseln, die den Menschen zum Mond brachten? Die Rechenleistung Ihres Smartphones entspricht der von Supercomputern in den Achtziger- und Neunzigerjahren des vergangenen Jahrhunderts. Die heutigen Supercomputer schaffen fast tausend Petaflops, also tausend *Billiarden* Rechenoperationen in der Sekunde. Ein Ende der Entwicklung ist nicht in Sicht. In wenigen Jahren wird sich die Rechenleistung verdoppelt haben. In zwanzig oder dreißig Jahren steht uns wahrscheinlich das Vier- oder Fünffache der derzeitigen Leistung zur Verfügung. Und ich spreche hier von einzelnen Computern, nicht von der global vernetzten Rechenpower. Hinzu kommt eine ganz neue Art von Computern, die Quantencomputer, die noch weitaus leistungsfähiger sind als konventionelle Rechner.« Mortimer Swift legte eine kurze Pause ein. »Wie ich hörte, hat die NSA gerade einen Quantencomputer in Betrieb genommen. Als Codeknacker. Dafür sind Quantencomputer besonders geeignet, für das Knacken selbst der kompliziertesten Codes. Weil sie, sehr vereinfacht ausgedrückt, nicht nur gerade denken, sondern auch quer.«

»Was befürchten Sie?«, fragte Viktoria. »Eine Art intelligentes Internet, das uns feindlich gesinnt ist?«

»Nein«, sagte Swift. »Das Internet – die global vernetzten Computer beziehungsweise Mikroprozessoren, und es sind nicht mehr nur Milliarden, sondern Billionen – wird nicht das Gehirn der Maschinenintelligenz sein, sondern ihr Nervensystem, das alle Gedanken, alle Anweisungen weiterleitet.«

»Und wo sitzt das Gehirn?«

»Schwer zu sagen. Vielleicht in einem der Supercomputer. Oder in den Rechnern eines der vielen KI-Projekte, an denen gearbeitet wird. Es ist nur eine Frage der Zeit, Mrs. Dahl. Die technologische Basis haben wir längst erreicht. Der Funke, der das Feuer entzündet, könnte praktisch jeden Augenblick überspringen.« Ein Schatten huschte über Swifts Gesicht. »Vielleicht geschieht es genau in diesem Moment, während wir hier miteinander sprechen.«

»Und Sie sehen eine Gefahr in der Künstlichen Intelligenz?«, fragte Viktoria.

»Bitte«, erwiderte Mortimer Swift. »Bitte, Mrs. Dahl, ich meine nicht die uns bereits vertraut gewordenen KIs, die Sie gerade auf meine Frage hin aufgezählt haben. Die sind nicht mehr als simulierte Intelligenz und meistens spezialisiert auf bestimmte, eng begrenzte Anwendungsgebiete. Mir geht es um Maschinenintelligenz, um ein eigenes Bewusstsein und ein breit gefächertes Denkvermögen. Sobald sich eine echte Maschinenintelligenz entwickelt, wird es zu einer Intelligenzexplosion kommen, denn die MI wird Wissen geradezu schlagartig aufsaugen, indem sie über ihr Nervensystem, das Internet, auf alle Datenbanken der Welt zugreift und sich all diese Informationen aneignet. Das gesamte Wissen der Menschheit. Lesen Sie unsere Analysen, Mrs. Dahl. Anschließend hätten wir es mit einer Superintelligenz zu tun, gegen die wir nichts mehr ausrichten können – der Geist wäre aus der Flasche. Und ganz gleich, mit welcher List wir es versuchen, er würde nicht in die Flasche zurückkehren. Ich sage nicht, dass die Maschinenintelligenz notwendigerweise unfreundlich sein muss. Aber sie *könnte* es sein, und wenn sie uns *nicht* freundlich gesinnt ist, wenn sie sich gar durch uns bedroht sieht, geraten wir in große, *große* Schwierigkeiten.

Was uns zum Kontrollproblem zurückbringt, Mrs. Dahl. Wir dürfen kein Risiko eingehen, nicht das geringste. Die Maschinenintelligenz und die Superintelligenz, zu der sie nach dem Erwachen heranwachsen könnte, ist die größte Herausforderung, mit der es die Menschheit jemals zu tun hatte. Und vielleicht auch die letzte, wenn wir an ihr scheitern. Außerdem bleibt uns in dieser Hinsicht nur ein einziger Versuch. Geht er daneben – gelingt es uns nicht, die Maschinenintelligenz zu kontrollieren –, wird uns eine unfreundliche Superintelligenz daran hindern, sie abzuschalten oder in irgendeiner Weise Einfluss auf sie zu nehmen. Wenn wir die Kontrolle verlieren, erlangen wir sie nicht zurück. Es gibt keine zweite Chance für uns.«

Viktoria winkte den Kellner herbei und gab ihm die Kreditkarte des Instituts. »Was schlagen Sie konkret vor?«, fragte sie. »Dass wir den Stecker ziehen, *bevor* es so weit ist? Dass wir das Internet ausschalten?«

»Das Internet lässt sich nicht ausschalten, Mrs. Dahl. Wir sollten damit beginnen, uns mit dem Kontrollproblem zu beschäftigen, bevor es zu spät ist. Weltweit müssen Fachleute daran arbeiten, bevor der Geist aus der Flasche schlüpft. Denn wie gesagt, wenn er heraus ist, lässt er sich nicht zu einer Rückkehr überlisten, weil er viel, viel schlauer ist als wir. Es ist nur eine Frage der Zeit«, betonte Mortimer Swift noch einmal. »Wir müssen gewappnet sein. Bei Ihrer Rede vor der Vollversammlung der Vereinten Nationen wird es um Frieden und Sicherheit auf der Welt gehen. Sie könnten die Menschheit warnen.«

Der Kellner kehrte mit der Quittung zurück und bedankte sich mit einer Verbeugung.

Viktoria stand auf. »Die Zeit ist um, Mr. Swift. Wie schnell eine Stunde doch vergeht.«

Als sie das klimatisierte Restaurant verließen, schlug ihnen die römische Mittagshitze entgegen.

Viktoria hob die Hand und beschattete sich die Augen. »Wie endet die Geschichte von den Spatzen und der Eule?«

»Sie hat kein Ende, Mrs. Dahl«, sagte Mortimer Swift. »Noch nicht. Aber stellen Sie sich vor, die Eule schlüpft aus dem Ei, bevor die Spatzen einen Weg gefunden haben, sie zu zähmen. Die Eule, einmal groß geworden, würde die Spatzen fressen.«

7 COORAIN COOGAN

Hawaii

Minus sieben

Der dem Meer zugewandte lange Bogen des Apartmentgebäudes war eins von drei des Luxusresorts *Paradise Found* im Pazifik und seit sieben Stunden ohne Netzanschluss: Blackout für Chat-Bots, soziale Netzwerke, Mail, Messenger, Telefon, TV, Video und vor allem VR, den aktuellen Virtuelle-Realität-Programmen. Der besorgte Direktor wollte diesen unhaltbaren Zustand unbedingt ändern, bevor die ersten Gäste erwachten und sich beschwerten. Er hatte bereits sieben Anfragen an den technischen Notdienst gerichtet, ohne zu ahnen, dass sie alle abgefangen worden waren. Er war so erleichtert gewesen, als die drei vermeintlichen Techniker eintrafen, dass er ihre ID-Referenzen nur oberflächlich überprüft und ihnen sofort Zugang zum Raum mit dem Hauptanschluss gewährt hatte. Zwei SCAR-Spezialisten, der Deutsche Martin und der Nigerianer, den alle Alfons nannten, hatten sich dort mit den Sicherheitssystemen des Gebäudes verbunden und warteten auf das Signal des dritten Mannes, der sich vom Außenfahrstuhl in den siebzehnten Stock tragen ließ und die Aussicht genoss – gerade stieg die Sonne aus dem Meer.

Der Lift hielt, aber Coorain Coogan stieg nicht gleich aus, sondern beobachtete die aufgehende Sonne noch einige Sekunden länger. Der Anblick erinnerte ihn ein wenig an die alte Heimat Byron Bay südlich von Brisbane.

In seinem Ohrempfänger piepte es leise. Der Mikrokommunikator decodierte das komprimierte, verschlüsselte Signal, und nur einen Sekundenbruchteil später hörte er Martins Stimme. »Wie sieht's bei dir aus, CooCoo?« Es klang wie »Kuckuh«.

Coorain drehte sich um. Hinter der offenen Aufzugstür lag ein leerer Flur.

»Alles ruhig, no worries. Die Herrschaften liegen vermutlich noch im Bett.« Er bewegte nur die Lippen. Die Mikrosensoren an Mund und Kehlkopf erkannten die Worte und schickten sie codiert an die Empfänger von Martin und Alfons. »Und bei euch?«

»Wir sind bereit.«

In den Overall des technischen Notdienstes gekleidet ging Coorain durch den Flur und blieb vor der Tür von Apartment 1718 stehen.

»Wir haben dich auf dem Schirm, CooCoo«, meldete Martin. »Noch immer keine Aktivität. Aufzeichnung ist aus. Wir schicken statische Bilder ins Sicherheitssystem, für den Fall, dass unser Freund einen Cooperator angeschlossen hat.« Ein Cooperator klinkte sich in lokale Sicherheitssysteme ein und nutzte ihre Kameras und Mikrofone für eigene Überwachungsfunktionen. Vielleicht vertraute das Ziel nicht den allgemeinen Systemen und zog es vor, die Umgebung seines Apartments selbst im Auge zu behalten.

Coorain winkte für die Mikrokameras in der Flurdecke – nicht mehr als silberne Punkte, Teil einer Verzierung und nur zu erkennen, wenn man wusste, wonach man Ausschau halten musste – und schob die von Alfons programmierte Codekarte ins Schloss; sie enthielt den im Sicherheitssystem von Haus Eins abgelegten Servicecode. Das Schloss klickte leise. Coorain wartete zwei oder drei Sekunden, bevor er die Tür vorsichtig aufdrückte. Nichts geschah. Es erklangen keine überraschten, verärgerten Stimmen, und niemand sprang aus dem Halbdunkel auf ihn zu.

»Bin drin«, sagte Coorain lautlos. »Alles ruhig.«

»Verstanden.«

Die Jalousien waren unten. Coorains Kontaktlinsen schalteten in den infraroten Nachtsichtmodus und ermöglichten ihm die Orientierung in fast vollständiger Dunkelheit. Auf leisen Sohlen schlich er zum Wohnzimmer, und dort stand er, direkt neben dem Netzanschluss, für die Infrarotsensoren der Kontaktlinsen wie eine hell strahlende Sonne: der Computer, ein Laptop, ultraslim, so dünn, dass er zerbrechlich wirkte, aufgeklappt, eingeschaltet und aktiv. Ein Wartezeichen wanderte über den Bildschirm.

»Er hat seinen Computer eingeschaltet gelassen«, sagte Coorain, ohne die Stille zu stören. Damit war eine Hürde bereits genommen: die Passwortabfrage beim Systemstart. »Mal sehen, ob heute mein Glückstag ist.« Er berührte das Touchpad, und ein Eingabefeld erschien auf dem Bildschirm. »Nein, wäre auch zu schön gewesen.« Er holte einen kleinen Stick hervor, nicht größer als ein Daumennagel, und steckte ihn in einen Port. An der Vorderseite des Laptops blinkte mehrmals die Aktivitätsanzeige.

Coorains Lippen bewegten sich erneut. »Dummkopf. Er hat die Ports nicht gesperrt.« Der Stick enthielt einen Prozessor und ein eigenes kleines Betriebssystem, das sich dem Laptop-OS gegenüber als Tastaturtreiber ausgab. Sternchen erschienen im Eingabefeld, als der Treiber die ersten Passwörter übermittelte. Es war kein Brute-Force-Angriff, zumindest noch nicht – der Stick enthielt eine Datei mit mehreren Tausend möglichen Passwörtern. Erst wenn die keinen Erfolg erzielten, würde es der Stick-Prozessor mit zufällig generierten Zeichenfolgen versuchen, auf der Basis eines sehr leistungsfähigen Decodierungsalgorithmus.

Doch fast sofort verschwand das Eingabefeld vom Schirm, und der Desktop eines Linux-OS erschien. »Ist das zu fassen? Der Typ hat den Namen seiner Exfrau als Passwort benutzt. Bildet Sluschba seine Leute nicht mehr richtig aus?«

Mehrere Bildschirmfenster öffneten sich.

»Bestätigung«, meldete Alfons. »Wir haben Zugriff. Der Netzwerkmanager befand sich in einer Warteschleife. Offenbar sollten einige Dateien übertragen werden, als wir den Netzanschluss lahmgelegt haben.«

»Okay, während ihr die Daten aus der Leitung saugt, nehme ich mir den Typen vor.«

»Unterschätz ihn nicht, CooCoo«, warnte Martin.

»Verstanden.«

Coorain hielt die Waffe in der Hand, als er das Wohnzimmer verließ, ein Schatten in der Dunkelheit, und sich dem Schlafzimmer näherte. Die Tür stand einen Spaltbreit offen. Er öffnete sie etwas weiter.

Dort lag er, Pawel Pawlowitsch Gorotni vom »Sluschba wneschnei raswedki« beziehungsweise SWR, dem russischen Auslandsgeheimdienst: das dunkle Haar zerzaust, der Mund offen, die Bettdecke halb auf dem Boden. Der kräftig gebaute Mann war nackt, ebenso die Frau neben ihm.

»Wir sehen ihn, CooCoo«, sagte Martin. Er und Alfons empfingen die Bilder von Coorains Kontaktlinsen. »Identität bestätigt. Pawel Pawlowitsch Gorotni von den Cyberkriegern des SWR. Die Frau ist Esmeralda della Torres, Spanierin aus Tarragona. Keine Hackerin, soweit wir wissen. Hat offenbar nichts mit dem ganzen Cyberkram zu tun.«

Die Frau drehte sich im Schlaf ein wenig zur Seite. Das lange schwarze Haar geriet in Bewegung, und zum Vorschein kam ein Gesicht von klassischer Schönheit. Die Brüste waren nicht zu groß, die Hüften nicht zu breit.

»Du solltest mehr auf den Typen achten, CooCoo«, mahnte Martin.

Auch Alfons' Stimme flüsterte aus Coorains Ohrempfänger. »Der Laptop ist ein Volltreffer, das OS ein Linux-Tails, über Tor mit dem Darknet verbunden. Ich hab die Logdateien kopiert. Damit könnte es uns gelingen, einen oder gar mehrere Server des strategischen Netzes unserer russischen Freunde zu identifizieren. Nimm das Ding mit, wenn du gehst, CooCoo. Ein Teil der SSD ist verschlüsselt; an die Daten komm ich nicht ohne Weiteres ran.«

»Das hatte ich vor«, entgegneten Coorains Lippen. Sein Blick galt noch immer der Schönheit neben Gorotni, der nicht unbedingt ein Adonis war. Vielleicht, dachte Coorain, hat er andere Qualitäten. »Warum kriegen die Bösen immer die schönen Frauen?«

»Es ist die Faszination des Teuflischen«, antwortete Alfons, und Coorain stellte sich sein Grinsen vor, strahlend weiße Zähne in einem schwarzen Gesicht. »Dir fehlt das verruchte Etwas, CooCoo.«

Es blieb still, es gab nicht das geringste Geräusch, aber Pawel Pawlowitsch Gorotni erwachte trotzdem. Vielleicht hatte ihn ein Instinkt gewarnt, der selbst dann wach blieb, wenn der Rest von ihm schlief.

Coorain drückte ab, die Waffe in seiner Hand zischte. Dennoch schaffte es Gorotni aus dem Bett, bevor ihn das superschnell wirkende Betäubungsmittel der Nadeln, die sich ihm in Bauch und Seite bohrten, außer Gefecht setzte. Mit einem Ächzen und einem zornigen Funkeln in den staubgrauen Augen sank er nur einen Meter vor Coorain zu Boden und rührte sich nicht mehr.

»Ziemlich reaktionsschnell, der Bursche«, kommentierte Martin, der das Geschehen weiterhin durch Coorains Kontaktlinsen beobachtete.

Señora della Torres saß im Bett, die Augen groß, eine Hand zum Mund gehoben, die andere wie zur Abwehr ausgestreckt.

»No worries, Lady«, sagte Coorain laut. »Sie beide schlafen nur ein bisschen länger, das ist alles.«

Er drückte noch einmal ab, und wieder zischte die Waffe. Esmeraldas Augen wurden noch etwas größer. Dann kippte sie wie in Zeitlupe zur Seite und blieb auf dem Bett liegen, die Schenkel offen.

»Lass den Quatsch«, sagte Martin.

»Man wird doch wohl einen Blick riskieren dürfen«, antwortete Coorain lautlos.

»Ich meine das Reden, CooCoo. Du sollst die Klappe halten. Nicht reden. Kein Wort. Keine Fingerabdrücke, keine DNS-Spuren, keine Stimmmuster.«

»Gorotni und seine Bettgenossin werden sich an nichts erinnern, wenn sie erwachen«, formulierten Coorains Lippen, während er die beiden Bewusstlosen kurz untersuchte. Sie schliefen tief und fest.

»Trotzdem«, sagte Martin. »Bitte halt dich an die Regeln, CooCoo!«

Coorain rollte mit den Augen.

»Das habe ich gesehen.«

Er kehrte ins Wohnzimmer zurück, zum Laptop. »Hast du alles, Alfons?«

»Was ich über die Leitung kriegen konnte. Du kannst das Ding jetzt vom Netz trennen.«

Coorain zog die Kabel ab, klappte den Laptop zu, klemmte ihn sich unter den Arm und sah sich noch einmal um, bevor er die Wohnung verließ.

Der Flur war noch immer leer. Die Gäste von Haus Eins schliefen noch, zwei von ihnen etwas tiefer als die anderen.

Als ihn der Lift nach unten brachte, beobachtete Coorain die Sonne, die inzwischen ganz aus dem Pazifik gestiegen war und mit ihrem Weg über den wolkenlosen Himmel begonnen hatte. Ein heißer Tag kündigte sich an.

8

Drei Stunden später saß Coorain Coogan in seinem Büro und sprach mit Elisa.

»Was haben wir herausgefunden, Elisa?«, fragte er, bewegte die Maus und ließ den Cursor über einen der drei großen Bildschirme auf dem Schreibtisch wandern.

»Zunächst einmal möchte ich dir zu der guten Arbeit von heute Morgen gratulieren. Damit hast du dir ein Lob verdient.«

»Danke«, sagte Coorain schlicht. Er nahm die Hand von der Maus, lehnte sich zurück und faltete die Hände hinterm Kopf. Offenbar hatte wieder jemand an der Human-touch-Schraube gedreht. Er sprach nicht mit einer Person, sondern mit der KI der SCAR-Niederlassung in Pearl City, Hawaii. Die Stimme ließ sich von der eines Menschen nicht unterscheiden, was der Weiterentwicklung von Googles Wave-Net zu verdanken war.

»Pawel Pawlowitsch Gorotni vom SWR hat versucht, in den lokalen Verbindungsknoten des Global Defense Net einzudringen, CooCoo.« Coorain verzog das Gesicht, als die KI seinen Spitznamen verwendete.

»Und ist ihm das gelungen?« In den Textfenstern der drei Bildschirme scrollten Daten. Grafische Darstellungen zeigten die in geografische Zonen unterteilten Netzaktivitäten und den aktuellen Bedrohungsstand: Welche neuen Computerviren, Trojaner und Cyberwürmer waren wo unterwegs, und woher kamen sie? Wo gab es Anomalien? Wo fielen wichtige Komponenten der weltweiten digitalen Infrastruktur aus? Welche Muster zeichneten sich ab? Welche Entwicklungstendenzen ergaben sich daraus? Coorain verglich die reale Welt mit einem Tollhaus, in dem es mit jedem verstreichenden Tag wilder zuging. Die Cyberwelt, für die meisten Menschen unsichtbar hinter Netzanschlüssen verborgen, war ein endloser dichter Dschungel voller hungriger Raubtiere, heimtückischer Schlangen und blutgieriger Moskitos.

»Er konnte sich in zwei GDN-Rechnern umsehen, in Halawa und Honolulu«, antwortete Elisa. »Offenbar hat ein Interner einen Datenstick mit einem versteckten Skript in einen Port gesteckt.«

Coorain ächzte leise. »Ein interner Mitarbeiter, der einen solchen Fehler macht? Jedes *Schulkind* weiß, dass es gefährlich ist, Sticks in einen ungesicherten Port zu stecken, und den Internen ist das ausdrücklich verboten.«

»Vielleicht steckt auch ein Maulwurf des SWR dahinter«, sagte Elisa. »Es wird ermittelt.«

»Was hat Pawel herausgefunden?«

»Er wollte ein komprimiertes und verschlüsseltes Datenpaket nach Moskau schicken, als deine Gruppe den Netzanschluss von Haus Eins in *Paradise Found* lahmgelegt hat. Wir haben es abgefangen.«

»War verdammt unvorsichtig, der Bursche«, brummte Coorain. »Hat seinen Laptop ungesichert gelassen.« Er beobachtete, wie sich die Anzeigen im asiatischen Raum veränderten. Dort erschienen immer mehr rote Linien, Hinweise auf Cyberaktivitäten, die Elisas Bewertungsalgorithmen als feindselig einstuften. Noch ein paar Schlangen mehr im Dschungel, dachte Coorain und warf einen Blick aus dem Fenster. Im Hafen von Pearl City dümpelten Dutzende von Jachten. Er stellte sich vor, eine von ihnen zu nehmen und einfach loszufahren, hinaus auf den Pazifik.

»Vielleicht hat ihn eine gewisse Esmeralda abgelenkt«, erwiderte Elisa. »Und vielleicht ist Pawel Pawlowitsch nicht viel intelligenter als die Absolventen des russischen Inlandsgeheimdienstes FSB, die vor Jahren zur Feier ihres Abschlusses einen Autokorso in Moskau veranstalteten und ihre Dummheit mit Wort und Bild ins Netz stellten.«

Coorain wölbte die Brauen. Nicht übel, Elisa, dachte er. Du machst dich.

»Was enthält das Datenpaket?«, fragte er.

»Aktualisierte Informationen über das Global Defense

Net der NATO, Serveradressen, Listen von GDN-Mitarbeitern, den militärischen Bereitschaftsstatus im Nahen Osten und im Baltikum.«

»Moskau möchte wissen, ob wir wachsam sind.« Coorain gähnte. Eine lange Nacht lag hinter ihm.

»Ja. Pawel könnte Teil einer größeren Sache sein. Teil eines Uhrwerks, das aus vielen kleinen Rädchen wie ihm besteht. Es passt ins Bild.«

»In welches Bild?«

Auf dem mittleren Bildschirm direkt vor Coorain öffnete sich ein weiteres Fenster.

»Ich meine damit die Daten, die uns von der Sicherheitsabteilung der Vereinten Nationen und dem Internationalen Institut für Frieden und Sicherheit in Rom übermittelt wurden. Die Russen scheinen etwas zu planen und auf der Suche nach etwas zu sein. Das könnte der Hauptgrund für Gorotnis Versuch gewesen sein, sich Zugriff auf die Systeme und Datenbanken des Global Defense Net zu verschaffen.«

»Wonach suchen die Russen?«, fragte Coorain, die Augen halb geschlossen.

»Nach Mephisto.«

Coorain öffnete die Augen. Seit einem halben Jahr stießen sie immer wieder auf diesen Namen, offenbar ein Geheimprojekt. »Haben wir Konkretes?«, fragte er hoffnungsvoll. »Können wir die Amerikaner endlich festnageln?« Er glaubte, dass die Cybertruppe der NSA dahintersteckte, aber es gab keine Beweise, und niemand wusste, worum genau es bei »Mephisto« ging.

»Martin und Alfons sind noch mit der Analyse beschäftigt. Sie benutzen meine Entschlüsselungsprogramme.«

»Wieso kümmerst du dich nicht selbst darum?«

»Anweisung von oben, von einer Dame, die du ›Frau Eis‹ nennst«, sagte Elisa. »Übrigens, interessant ist auch, was Gorotni *nicht* in seinem Bericht für Moskau erwähnte.«

Coorain beobachtete, wie mehrere rote Linien vom asiatischen Raum ausgingen. Einige führten nach Europa, nach Italien, Frankreich, Deutschland und Spanien, ins baskische Bilbao. Zwei andere wuchsen in die Länge, bis sie die USA erreichten: Washington und New York City. Der dünne rote Streifen, der nach Bilbao führte, kroch weiter, über den Atlantik zur Küste von Virginia.

»Irre ich mich, oder ist gerade jemand dabei, Marea anzuzapfen?« Er meinte das sechstausendsechshundert Kilometer lange Kabel, das die Vereinigten Staaten mit Südeuropa verband und von Microsoft und Facebook finanziert worden war. Mit einer Leistung von hundertsechzig Terabyte in der Sekunde zählte Marea nicht mehr zu den schnellsten Kommunikationswegen, aber es spielte noch immer eine wichtige Rolle beim Netzverkehr zwischen den USA und insbesondere dem südeuropäischen Raum.

»Kaspersky Security in Berlin hat vor einer Minute eine Warnung ausgegeben.« Elisa öffnete ein weiteres Bildschirmfenster mit entsprechenden Daten. »Offenbar sollen Verbindungsserver an der amerikanischen Ostküste lahmgelegt werden.«

»Eine ziemlich offensichtliche Angelegenheit.« Coorain sah so etwas nicht zum ersten Mal. »Vermutlich ein Ablenkungsmanöver.«

»Das glauben wir ebenfalls«, entgegnete Elisa.

»Kannst du herausfinden, um was es wirklich geht?« Neugier regte sich in ihm, von Müdigkeit gedämpft. Er dachte an den Strand. Noch eine halbe Stunde in der Sonne oder vielleicht auch eine ganze, ein bisschen Schwimmen und dann ab ins Bett.

»Ich bin dabei.«

»Also«, sagte Coorain, »was hat Genosse Pawel in seinem Bericht an Moskau nicht erwähnt?«

»Seine persönlichen Geschäfte. Übers Darknet abgewickelt. Unter anderem mit einem gewissen Rosebud.«

Coorains Müdigkeit verflog. Seit zwei Jahren versuchte

er, Rosebud zu identifizieren. Der trat im Darknet oft als Kunde mit besonderen Wünschen auf, die nicht Waffen, synthetische Drogen wie Kurioso oder Kreditkartendaten betrafen, sondern Botnetze und Cyberwerkzeuge aller Art. Sein Ranking deutete auf zahlreiche Geschäfte mit guten Bewertungen hin. Wenn man aber die wenigen Spuren, die er im Deep Web – fast tausendmal so groß wie das World Wide Web – hinterließ, genau untersuchte und gewisse Anzeichen zu deuten verstand, zeigte sich, dass Rosebud nicht nur ein Kunde war, sondern vielmehr ein gewiefter Geschäftsmann, der Cyberwerkzeuge nach Bestellung einkaufte, mehrmals von einem gewissen NoName. Von dem hieß es im Darknet, dass er zu den zehn besten Hackern der Welt gehöre.

Coorain vermutete, dass Rosebud mit Cyberterroristen in Verbindung stand und ihnen Werkzeuge nach Maß lieferte. Seit vielen Monaten versuchte Coorain schon, Rosebud ausfindig zu machen, ihm einen Klarnamen zuzuordnen und sein Netzwerk zu enttarnen. Das wäre zweifellos ein schwerer Schlag gegen den internationalen Cyberterrorismus gewesen, und Coorain hätte dadurch vielleicht eine Sprosse auf der Karriereleiter erreicht, die sich über der von »Frau Eis« alias Marlene De Vries befand. Es hätte ihm viel Ärger und noch mehr Frust erspart.

»Gibt es Konkretes?«, fragte Coorain.

»Leider nicht viel«, antwortete Elisa. »Wie es scheint, bessert Pawel Pawlowitsch Gorotni sein SWR-Gehalt ein wenig auf, indem er mit Kreditkartendaten, PIN-Codes und einigen vergleichsweise harmlosen internen Informationen handelt. Rosebud scheint ihn um Daten gebeten zu haben, die Zugang zu gesicherten Servern erlauben.«

»Zu welchen Servern?«

»Unbekannt. Rosebud wandte sich mit diesem Anliegen nicht nur an Gorotni, sondern auch an andere Kontakte, unter ihnen AK47.«

Coorains Finger flogen über die Tastatur. »AK47 ist ein Anbieter von Crack-Programmen, von Codeknackern und dergleichen. Wir halten ihn für einen Black Hat.«

»*Du* hältst ihn dafür, CooCoo. Solche Bezeichnungen haben längst ihre Bedeutung verloren. White Hats, Black Hats – gute Hacker, böse Hacker … Sie verstoßen alle gegen das Gesetz. Nun, zurück zu Gorotni. Hier haben wir ein interessantes Szenario. Vielleicht geht es ihm tatsächlich nur darum, ein bisschen dazuzuverdienen. Vielleicht braucht er mehr Geld für die eine oder andere Esmeralda. Aber es könnte auch sein, dass er …«

»… einen Köder ausgeworfen hat«, sagte Coorain. Er hatte es mehrmals mit solchen Tricks versucht, um Rosebud zu schnappen, immer vergeblich.

»Denkbar wäre auch der umgekehrte Fall, also dass Rosebud Gorotni geködert hat, um an die Server-Informationen zu gelangen. Für die Daten hat er eine besondere Gegenleistung angeboten: Informationen über einen gewissen Otsi Fem.«

Coorain schüttelte den Kopf. »Komischer Name. Höre ich zum ersten Mal. Wer soll das sein?«

»Jetzt enttäuschst du mich, CooCoo. Oh, du bekommst Besuch.«

Die Tür öffnete sich, und Frau Eis kam herein.

9

»Noch auf den Beinen, CooCoo?« Marlene De Vries, Leiterin der SCAR Pacific und nur noch ein knappes Jahr von der runden Fünfzig entfernt, trug wie üblich einen Hosenanzug, diesmal einen lindgrünen mit kleinen Schlaufen an den Schultern, die ihn wie eine Uniform aussehen ließen. Das blonde Haar war kurz, das Gesicht schmal, die Augen groß, grau und kühl.

»Nein«, sagte Coorain. »Ich sitze.«

Marlenes Mimik veränderte sich nicht. Es war, als würde

sie stets eine Maske tragen, und nur sehr selten bot sich die Gelegenheit, einen Blick dahinter zu werfen.

»Sie haben gesprochen«, sagte die Leiterin der SCAR Pacific.

»Wie bitte?«

»Sie haben gesagt …« Marlene De Vries blickte auf einen Zettel. »›No worries, Lady. Sie schlafen nur ein bisschen länger, das ist alles.‹«

»Wer hat mich verpetzt?« Martin und Alfons hatten bestimmt nichts verraten, da war er sicher.

»Spielt das eine Rolle? Sie haben gegen die Regeln verstoßen. Nicht zum ersten Mal, wie ich hinzufügen möchte. Ihre Stimme gelangte ins Sicherheitssystem von *Paradise Found*. Die Russen hätten sie dort finden und identifizieren können.«

»Beim SWR gibt es Leute, die durchaus imstande sind, zwei und zwei zusammenzuzählen«, entgegnete Coorain. »Sie werden sich denken können, wer hinter der Gorotni-Sache in Haus Eins steckt.«

»Wir hinterlassen keine Visitenkarten, Mr. Coogan.«

»Tut mir leid.«

»Nein, tut es Ihnen nicht.« Ihr Tonfall wurde noch kühler. »Ich könnte Sie suspendieren.«

Meine Güte, dachte Coorain.

»Stattdessen schicke ich Sie nach Europa«, fuhr Lady Eis fort. »Sie sind doch zweisprachig aufgewachsen. Ihre Mutter ist Deutsche, nicht wahr?«

»Sie war's, als sie noch lebte.«

Lady Eis überhörte den Hinweis. »Ich schicke Sie nach Hamburg. Was Ihnen Gelegenheit gibt, Ihre Sprachkenntnisse aufzufrischen.«

Coorain blinzelte. »Was?«

»Rosebud«, sagte Marlene De Vries. »Er ist in Hamburg und will sich dort mit einem gewissen AK47 treffen. Identifizieren Sie ihn! Ziehen Sie ihn aus dem Verkehr! Das ist

Ihre große Chance. Packen Sie Ihre Sachen, CooCoo! Ihre Maschine startet in zwei Stunden.«

AK47, dachte Coorain und starrte auf die geschlossene Tür, nachdem Lady Eis gegangen war. »Hast du das gehört, Elisa?«

»Kein Kommentar.«

»Hamburg liegt weit im Norden«, sagte er. »Dort ist es kalt, und es regnet oft.«

Er blickte aus dem Fenster und beobachtete, wie eine der Jachten den Hafen von Pearl City verließ. Ohne ihn.

»Sie will mich loswerden«, sagte Coorain über die sichere Verbindung. Tief unten glänzte blau der Pazifik. Die Inselgruppe von Hawaii blieb im Osten zurück.

»Du bist ihr zu heiß, CooCoo«, erwiderte Martin. Die Augmented-Reality-Brille, die Coorain trug, projizierte ihm Martins Bild direkt ins Auge: ein dicklicher Mann mit rundem Gesicht, schütterem Haar, kleinen graugrünen Augen und wie aufgebläht wirkenden Wangen. Martin sah wie fünfzig aus, war aber erst Ende dreißig.

»Sie ist mir zu kalt.«

»Na bitte. Ihr passt wunderbar zueinander, CooCoo. Wie lange wirst du fort sein?«

»Keine Ahnung. Kommt darauf an, wie schnell ich Rosebud ausfindig machen kann. Wenn überhaupt. Der Kerl ist gerissen, das wissen wir. Legt immer wieder falsche Fährten. Im Vergleich mit ihm ist AK47 ein kleiner Fisch, aber vielleicht können wir mit dem kleinen Fisch den großen angeln. Habt ihr noch mehr herausgefunden? Was ist mit den verschlüsselten Laptop-Daten? Und überhaupt, wieso hat Lady Eis eine manuelle Verschlüsselung angeordnet? Elisa hätte das viel schneller erledigen können.«

»Aber Elisas Datenbanken stehen auch der Sicherheitsabteilung der Vereinten Nationen und den amerikanischen Nachrichtendiensten zur Verfügung, unter ihnen die NSA.

Ich nehme an, De Vries möchte nicht, dass die von uns gewonnenen Daten sofort bei den Amerikanern landen. Sie fürchtet, dass etwas in ihre Richtung zeigen könnte und dann erneut der Vorwurf des Antiamerikanismus laut wird; der wurde ja schon mehrmals gegen die SCAR erhoben. Vermutlich geht's in diesem Zusammenhang auch um ihren Sessel. Du hast laut genug hinausposaunt, dass die NSA deiner Meinung nach hinter Mephisto steckt, was auch immer Mephisto ist. Das hat den Leuten von der Agency, die eigentlich unsere Freunde sein sollten, nicht gefallen.«

»Ach«, brummte Coorain nachdenklich. »Könnte das der Grund für meine Abschiebung nach Europa sein?«

»Vielleicht. Aber Rosebud ist in jedem Fall eine große Sache.« Martin zwinkerte. »Hinzu kommt: Rosebud hat Gorotni angeboten, für die Server-Daten mit Informationen über Otsi Fem zu bezahlen.«

Coorain blickte sich unauffällig um. Die anderen Passagiere hatten inzwischen die Gurte gelöst, sprachen miteinander, bestellten Drinks oder sahen sich Filme auf den Schirmen in den Rückenlehnen der Sitze vor ihnen an. Der Mann neben Coorain steckte sich gerade einen Kommunikationsclip ans Ohr und benutzte ein Kehlkopfmikrofon, um einen Text in sein Tablet zu diktieren. Ein Geschäftsreisender aus Europa, vielleicht ein Spanier oder Italiener.

»Elisa hat den Namen erwähnt, aber er sagt mir nichts. Hast du 'ne Ahnung, wer dieser Otsi Fem ist?«

Martin wirkte erstaunt. »Weißt du das wirklich nicht?«

»Nein.«

»Lies den Namen rückwärts.«

Coorain tat es in Gedanken.

»Na so was«, sagte er. »Manchmal bin ich wirklich schwer von Begriff.«

Martin lächelte. »No worries, CooCoo. Der Groschen ist ja doch noch gefallen. Komm gut hin und zurück.«

10 AXEL KROHN

Hamburg

Minus sechs

»Wie siehst du denn aus?«, fragte Rebecca. Sie trug einen Pyjama. Kleine rote Flecken zeigten sich auf ihren Wangen.

»Bin in den Regen geraten.« Auf dem Weg zur Dusche warf er einen Blick auf die Uhr. Halb eins. Eine ganze Stunde war er mit dem Tesla durch die Stadt gefahren, um seine Spur zu verwischen und festzustellen, ob ihm jemand folgte. Er nieste.

»Was hast du da im Gesicht?«

»Meine Schönheitsmaske.« Die biometrische Tarnung hatte Axel ganz vergessen. Er erreichte das Bad, zog den dünnen Film, der seine Gesichtszüge veränderte, von Stirn, Nase und Wangen und streifte die nassen Sachen ab. Rebecca stand da, ihr feuerrotes Haar eine wilde Mähne, und beobachtete ihn.

»Möchtest du, dass ich mit dir dusche?« Sie knöpfte die Pyjamajacke auf. »Möchtest du, dass ich …«

»Nein.«

Die offene Pyjamajacke zeigte einladend ihre Brüste. Rebecca ließ die Hose fallen. Darunter trug sie nichts. Sie kam näher und griff nach ihm.

»Nein«, sagte Axel noch einmal und schob sie mit sanftem Nachdruck von sich. »Nicht jetzt.«

Er trat unter die Dusche und drehte den Hahn auf. Warmes Wasser prasselte auf ihn herab.

»Was ist mit dir?«, hörte er Rebecca fragen. »Was ist los?«

»Nichts ist.« Axel schloss die Augen, sah die beiden Toten im Büro des Kontorhauses und die großen grünen, erschrockenen Augen einer jungen Frau.

»Was hast du gemacht? Mit wem warst du verabredet?«

»Geschäfte.« Axel griff zum Duschgel. Er hatte das Gefühl, dass Blut an ihm klebte.

»Mitten in der Nacht?«

»Ja, so ist das manchmal.«

»Ich glaub dir kein Wort!« Durch die halb transparente Tür der Dusche sah er, wie Rebecca die Pyjamahose aufhob und ging.

Er schrubbte und schrubbte, bis er ganz sicher sein konnte, dass er kein Blut an sich hatte, drehte dann das Wasser ab, stieg aus der Duschkabine und blickte in den Spiegel. Dort sah er jemanden, der aussah, als wäre er einem bösen Geist begegnet. Vielleicht hatte Rebecca das gemeint und nicht die regennassen Sachen.

Er griff nach dem blauen Trainingsanzug neben der Tür und betrat kurze Zeit später das große Wohnzimmer. Rebecca saß inmitten einer Kissenlandschaft, umgeben von mehreren Virtuelle-Realität-Konsolen und VR-Headsets. Sie schnupfte etwas.

»Deine Tante Patrizia hat angerufen«, sagte sie. »Hat sich darüber beklagt, dass du dich schon seit einer ganzen Weile nicht mehr bei ihr gemeldet hast.«

»Was nimmst du da? Du weißt doch, dass ich hier keine Drogen sehen will.«

»Reg dich ab«, erwiderte Rebecca trotzig. »Das hier ist keine richtige Droge, nur ein bisschen Kurioso. Damit werden deine coolen VR-Sachen noch cooler.« Sie langte nach einem Headset und wollte es aufsetzen.

Axel zog es ihr aus den Händen. »Kurioso ist ein synthetisches Teufelszeug, das schnell süchtig machen kann. Ich hab ausdrücklich darauf hingewiesen: keine Drogen!«

Rebecca stand auf. Trotz verwandelte sich in Zorn. »Du trinkst nicht, du rauchst nicht, du kokst nicht, du nimmst nicht einmal Kurioso … Hältst du dich für 'nen Heiligen? Ist das bei dir 'ne Art Religion?«

Axel legte das Headset beiseite und fühlte so etwas wie Resignation. Es war wieder einmal so weit. Es geschah nicht zum ersten Mal. »Ich bin nicht religiös«, sagte er. »Religion ist der größte Massenmörder in der Geschichte. Sie hat mehr Menschen auf dem Gewissen als Hitler, Stalin und all die anderen zusammen.«

Er ging ins Arbeitszimmer, fand dort den PC eingeschaltet und die Schubladen offen. Auf einem der beiden großen Monitore leuchteten die Worte: »Sie haben das falsche Passwort eingegeben. Der Computer ist gesperrt.« Auf dem Schreibtisch lagen mehrere Sticks und kleine Datenmodule.

Axel drehte sich abrupt um, kehrte ins Bad zurück, suchte in den Taschen der nassen Hose, fand die beiden Datensticks und atmete auf.

»Was ist denn jetzt?«, fragte Rebecca, als er wieder in der Tür zum Wohnzimmer erschien.

»Du bist in meinem Arbeitszimmer gewesen und hast versucht, den PC hochzufahren.«

Die roten Flecken auf Rebeccas Wangen waren größer geworden. Ihre Augen wirkten ein wenig getrübt. »Ich wollte mehr über dich erfahren. Ich wollte wissen, was du so machst.«

»Was hab ich dir gesagt?« Axel trat nicht auf sie zu, er blieb in der Tür stehen, aber Rebecca wich trotzdem zurück. »Ich hab dir gesagt, du sollst nie einen meiner Computer anrühren. Welche Silbe in *nie* verstehst du nicht?«

Sie starrte ihn an. »Für wen hältst du dich? Du legst Regeln fest, und alle anderen haben sich dann daran zu halten?«

»Niemand rührt meine Computer an!«

Plötzlich wurde Rebecca zu einem Wirbelwind. Sie lief durchs große Wohnzimmer, sammelte ihre Sachen ein, huschte ins Schlafzimmer und kehrte in Jeans und Pullover zurück, in den Armen einen großen, hastig vollgestopften Beutel. »Für wen hältst du dich?«, fragte sie ihn noch einmal auf dem Weg zur Tür.

Axel sah ihr nach.

Rebecca blieb an der Tür stehen. »Mir reicht's.« Es klang nicht mehr zornig, eher traurig.

Axel schwieg.

Die Tür öffnete sich, die Tür fiel ins Schloss, und er war allein.

11

Die Stille brachte Erleichterung. Das Atmen fiel ihm leichter, als wäre ihm ein Druck von der Brust genommen. Axel schaltete den PC im Arbeitszimmer aus – er war nur ein einfaches Gerät, das er nicht für seine Geschäfte benutzte –, ging durchs Wohnzimmer und betrachtete die Spuren, die Rebecca hinterlassen hatte: eingeschaltete VR-Konsolen mit laufenden Programmen, einer seltsamen Mischung aus Romantik und Blut, auf dem kleinen Tisch Pulverreste, die aussahen wie braune Zuckerkörner.

Brauner Zucker … Axel blieb stehen, von einer plötzlichen Erinnerung überfallen. Seine Mutter Sophie, bei einem Unfall ums Leben gekommen, als er vier Jahre alt gewesen war … Er sah sie an einem für ihn sehr hohen Tisch: eine lächelnde Frau, die Arme bis zu den Ellenbogen weiß von Mehl. Sie hatte gebacken, mit braunem Zucker. Vielleicht war es kurz vor ihrem Tod gewesen, von dem Axel kaum etwas wusste. Patty hatte ihm nie Einzelheiten erzählt, und irgendwann hatte er aufgehört, sie danach zu fragen. Vielleicht, dachte Axel in einer kurzen Selbstanalyse, den

Blick noch immer auf das braune Pulver gerichtet, war das der Grund dafür, dass Frauen immer nur eine kleine Nische in seinem Leben fanden, nie einen zentralen Platz, an dem sie länger bleiben konnten. Sie kamen und gingen, sie berührten ihn nur kurz, wenn überhaupt, und dann verschwanden sie wieder, ohne dass er ihr Verschwinden bedauerte, weil er schon vorher das Interesse verloren hatte.

Axel schloss die Wohnungstür ab, löschte das Licht bis auf eine kleine Lampe im Flur und blickte aus dem Wohnzimmerfenster. Es regnete noch immer, wenn auch nicht mehr so stark wie vor anderthalb Stunden. Sieben Stockwerke weiter unten leuchteten die Laternen an den Ufern von Elbe und Bille. Wo noch vor wenigen Jahren die heruntergekommenen Lagergebäude und Wohnhäuser des alten Hafenarbeiterviertels Rothenburgsort gestanden hatten, ragten nun zehnstöckige Apartmentgebäude auf. Wie hatte es Rebecca genannt? »Aus arm mach reich, indem man die Armen verscheucht und die Reichen herbeilockt.« Axels Blick suchte nach ihr, unten auf den Wegen, bei der Zufahrt zur Tiefgarage und etwas weiter entfernt, bei der Treppe der U-Bahn-Station, aber nichts regte sich in der Nacht.

Er zog den Vorhang zu, ging ins Schlafzimmer, öffnete dort den großen Schrank und wählte frische Kleidung. Im Bad zog er das Portemonnaie aus der Gesäßtasche der regennassen Hose, steckte es ein, nahm eine Jacke, ging in die Küche und betrat die kleine Speisekammer. Er betätigte den verborgenen Schalter unter einem Regal der Rückwand, hob den Kopf für den winzigen Netzhautscanner in der Decke und sagte für den akustischen Sensor: »Aram Kaynak. Sesam, öffne dich!«

Es klickte leise, und die hintere Wand der Speisekammer schwang auf. Axel trat durch die Öffnung und drückte die getarnte Tür hinter sich zu. Eine steile Treppe führte nach oben, ins Reich von AK47.

Die Wohnung direkt über dem Apartment von Axel Krohn – CEO von Starplay, einer Firma, die Spiele für Computer, Handys und AR-Brillen herstellte – gehörte einem gewissen Olivier Drost aus Belgien, einem Immobilienmakler, den seine Geschäftsreisen in alle Ecken der Welt führten und der auf den übrigen Kontinenten mehr Zeit verbrachte als in Europa. Keiner der Nachbarn war ihm je im Flur begegnet, und das hatte seinen Grund: Axel Krohn alias Olivier Drost benutzte immer nur den geheimen Zugang.

Drei verschiedene, voneinander unabhängige Sicherheitssysteme überprüften seine Identität, als er einen leeren Besenschrank verließ und durch eine Küche ging, in der nur selten jemand kochte. Er trat ins Wohnzimmer mit der weinroten Sitzgruppe vor dem 90 Zoll großen Fernsehschirm und vergewisserte sich, dass die Jalousien unten waren, bevor er das Licht einschaltete. Niemand sollte etwas von der plötzlichen Aktivität in der Wohnung über der von Axel Krohn mitbekommen, denn er hätte diese Beobachtung mit dessen später Heimkehr in Verbindung bringen können.

Das Arbeitszimmer neben dem Salon war doppelt so groß wie jenes des Geschäftsführers von Starplay einen Stock tiefer. Es enthielt keinen PC, sondern eine weitaus leistungsfähigere Workstation, die über die Tor- und Riffle-Netzwerke anonymen Zugang zum Internet ermöglichte. Neben dem Schreibtisch hingen mehrere Bilder an der Wand. Das größte von ihnen zeigte eine zwölfeinhalb Quadratkilometer große tropische Insel namens Kanacea Island: grüne Hügel, umgeben von blauem und türkisfarbenem Meer. Auf den anderen, kleineren Bildern – viele Jahre alte Fotos – war ein Mann mit schwarzem Haar und dunklen Augen zu sehen, um die dreißig und damit etwa in dem Alter, in dem Axel jetzt war. Er wirkte sehr ernst und lächelte nur auf einem der Fotos, das ihn zusammen mit einer etwas jüngeren Frau zeigte. Sophie und Ozan Kaynak, Mutter und

Vater. Nach dem Unfall seiner Mutter hatte Axel, damals noch Aram Kaynak, einige Jahre bei seinem Vater gelebt, bis zu dessen rätselhaftem Verschwinden. Patrizia Kreuzach – Tante Patty –, Sophies Schwester, hatte ihn daraufhin zu sich genommen. Axel war bei ihr aufgewachsen, doch in seinem Herzen hatte er sich ein idealisiertes Bild von seinem Vater bewahrt: Ozan, tapferer Held des kurdischen Volkes, kein Terrorist, der Bomben bastelte und Unschuldige umbrachte, sondern ein Cyberkämpfer, jemand, der Computer als Waffe in einer global vernetzten Welt benutzte.

Dieses Idealbild von seinem Vater war es gewesen, das Axel in seiner Jugend veranlasst hatte, Hacker zu werden und sich einer Gruppe von Cyberaktivisten namens »Sword of Justice« anzuschließen, einem kurdischen Ableger von »Anonymous«. Das SOJ hatte sich für ein unabhängiges Kurdistan eingesetzt und mit geschickten Cyberangriffen türkische Institutionen sabotiert. Doch irgendwann war das nicht mehr genug gewesen. Die Aktionen hatten größer und spektakulärer werden müssen, und es hatte immer weniger eine Rolle gespielt, ob Menschen dabei ums Leben kamen, zum Beispiel bei Flugzeugabstürzen aufgrund manipulierter Leitsysteme. Aus politischen Idealisten waren Cyberterroristen geworden, und schließlich hatte Axel genug davon gehabt und das SOJ verlassen, zusammen mit drei Freunden.

Das lag inzwischen sechs Jahre zurück. Aram Kaynak existierte nicht mehr, ebenso wenig wie seine drei Freunde, die beim »Madrider Zwischenfall« ums Leben gekommen waren, zusammen mit sieben anderen Männern und Frauen, die sich in der zweiundzwanzig Stockwerke tief abgestürzten Aufzugskabine befunden hatten. Ein Anschlag auf die Sicherheitssysteme des Hochhauses, das der Gazprom gehörte; die hatte gerade einen neuen Vertrag mit dem türkischen Mineralölunternehmen Petrol Ofisi abgeschlossen. Shadow hatte für den Anschlag die Verantwortung übernommen, eine neue, aus dem SOJ hervorgegangene und noch radikalere Gruppe. Es hatte nach einem weiteren Angriff auf die Interessen der Türkei und ihrer russischen Freunde ausgesehen, aber Axel Krohn wusste, dass der Anschlag in erster Linie seinen drei Freunden gegolten hatte. Die Botschaft lautete: Wer das Sword of Justice – oder Shadow – verließ und damit der »heiligen Sache« den Rücken kehrte, unterschrieb sein Todesurteil.

Aram Kaynak hatte sich nach dem Madrider Zwischenfall eine neue Identität zugelegt, von Geburt über Kindergarten und Schulen bis hin zur Gründung von Starplay – die Daten waren in der Datenbank des Standesamtes von Braunschweig abgelegt, seinem angeblichen Geburtsort, und auch im zentralen Melderegister der EU. Axel Krohn hatte immer existiert, das bewiesen auch die Einträge in den Bürgerdatenbanken, und deshalb fühlte er sich einigermaßen sicher.

Die einzige Schwachstelle war Tante Patty, die sowohl von Aram als auch von Axel wusste. Sie glaubte, dass er in Montevideo wohne – das war weit genug vom süddeutschen Ginsbach entfernt, um Überraschungsbesuche zu verhindern –, und wenn sie ihn anrief, wählte sie eine uruguayische Nummer, von der aus der Anruf weitergeleitet wurde. Dass Rebecca offenbar mit Tante Patty gesprochen hatte, beunruhigte Axel ein wenig. Hoffentlich hatte Patrizia nicht die falschen Fragen gestellt und von Rebecca die richtigen Antworten erhalten.

Axel Krohn überprüfte die Verbindungen, sank in den Bürosessel vor dem großen, hochauflösenden 40-Zoll-Monitor und schaltete den Computer ein. Das Booten dauerte nur wenige Sekunden, und als das Basisbetriebssystem Bereitschaft meldete, startete er ein virtuelles BlackArch-Linux, das ihm zahlreiche Hacker-Werkzeuge zur Verfügung stellte. Er vergewisserte sich, dass die Ports der Workstation sicher waren – ein Sniffer überwachte sie auf verdächtigen

Datenverkehr und nicht autorisierte Programmaktivität –, nahm den Stick, den er bei einem der beiden Toten im Kontorhaus gefunden hatte, und wollte ihn in einen der sicheren Ports stecken … als sich auf dem Bildschirm ein Fenster des Messengerprogramms Gitty öffnete.

```
        Mssgr.: Gitty 3.1, verschl., Codierung Elliptic Curve,
        sichere Verbindung best.

Von:    Dark Rider
        An: AK47

        Mssg.: Man hat dich am alten Hafen beobachtet.
        Sei auf der Hut!
           (Ranking: -)
```

12

Axel starrte auf die Worte. Jemand hatte ihn beim Kontorhaus gesehen? Jemand, der wusste, wer er war, und der seine Messenger-ID kannte! Dark Rider … Er hatte nie mit einem Kunden zu tun gehabt, der diesen Nickname benutzte.

Einige Sekunden lang schwebten seine Finger über der Tastatur. Schließlich schrieb er ein paar Worte.

```
        Mssgr.: Gitty 3.1, verschl., Codierung Elliptic Curve,
        sichere Verbindung best.

Von:    AK47
        An: Dark Rider

        Mssg.: Wer bist du? Was willst du?
           (Ranking: 337)
```

Axel wartete, bekam aber keine Antwort. Er starrte noch etwas länger auf das Nachrichtenfenster, ließ es dann mit einem Mausklick verschwinden und vergewisserte sich, dass seine IP-Adresse verschleiert war – niemand konnte den von seiner Workstation ausgehenden Datenstrom zu ihm zurückverfolgen.

Er gab »Dark Rider« ins Eingabefeld der Deep-Web-Suchmaschine ein, verband sein Handy mit dem Computer und übertrug die Bilder, die er von den beiden Toten gemacht hatte. Zwei Männer, der eine ein südländischer Typ, der andere älter, mit schütterem Haar, einer von ihnen vielleicht Rosebud. Und der andere? Ein Konkurrent? Jemand, der irgendwie hinter den Deal gekommen war und es auf das Geld abgesehen gehabt hatte, das der Datenstick in Form einer Überweisung von Kryptowährung enthielt?

Axel betrachtete den Stick, den er noch nicht mit einem Port verbunden hatte, legte ihn erneut beiseite und ließ die Fotos der Toten von seiner biometrischen Software bearbeiten. Als sie daraus ein komprimiertes Datenbündel gestrickt hatte, verband er sich mit den internen Netzwerken von BKA und Europol – er benutzte dafür keine Hintertür in Firewall oder Betriebssystem der betreffenden Computer, sondern schlicht und einfach ein gültiges Passwort, im Darknet gekauft – und übermittelte das Bündel aus biometrischen Daten. Er überlegte, ob er es auch beim britischen GCHQ oder der amerikanischen NSA versuchen sollte. Das wäre ihm durchaus möglich gewesen, aber in die Datensysteme von Geheimdiensten einzudringen, war immer ein Risiko. Selbst anonyme Netzwerke wie Tor und Riffle boten keine absolute Garantie für Anonymität. Die Server von Eingangs- und Ausgangsknoten konnten kompromittiert sein, und gelegentlich stellten die Cyberfahnder Honeypots auf, um damit Unvorsichtige anzulocken und Datenreisende im Darknet tief unter der Oberfläche des allgemein sichtbaren Netzes zu identifizieren. Hinzu kam, dass Geheimdienste, die etwas auf sich hielten, spezialisierte KIs als Wachhunde einsetzten, die ständig und mit nie nachlassender Wachsamkeit nach Anomalien aller Art »schnüffelten«.

Von der NSA hieß es, dass ihr seit kurzer Zeit ein Quantencomputer zur Verfügung stehe, der sich nicht nur für das Knacken von Codes eigne, sondern auch die Suche nach den Nadeln im gewaltigen Heuhaufen des Netzes erleichtere.

Einige Mausklicks verbannten Suchprogramme und Biometrie in den Hintergrund und öffneten den Scanner. Axel nahm erneut den Datenstick zur Hand und betrachtete ihn nachdenklich, bevor er ihn in den Port steckte. Der Scan des Inhalts begann. Schon nach wenigen Sekunden füllte sich das Fenster des Dateimanagers.

Einige Minuten später wusste Axel Krohn, dass er einen Schatz gefunden hatte.

Die Geschäfte von Starplay liefen gut, zumindest so gut, dass sie eine glaubhafte Fassade bildeten, hinter der Axel Krohn seinem Hauptgeschäft im Darknet nachgehen konnte. Aber im Vergleich mit dem Global Player LivingMagic war seine Firma weniger als ein kleines Licht. LM hatte Dutzende von Software-Schmieden weltweit und war dabei, auf dem Markt von VR-Spielen das zu werden, was Microsoft einst bei den PC-Betriebssystemen gewesen war. Die besten Virtuelle-Realität-Abenteuer für HoloLens, Oculus Rift, PlayStation-VR und Nintendo Advance stammten von LivingMagic. Der Firmengründer nannte sich einfach nur »Mastermind« und trat nie selbst in der Öffentlichkeit auf. Er ließ sich immer von Sprechern vertreten, was ihn selbst und seine Firma zu einem Mythos machte – eine sehr geschickte Business-Taktik. Man munkelte, dass Elon Musk, Zuckerberg oder vielleicht Jeff Bezos hinter LivingMagic steckten, aber das waren nur Spekulationen.

Natürlich stellte LM ein beliebtes Angriffsziel für Hacker dar, die nach Informationen über geplante neue Spiele oder gar Entwicklerversionen suchten, aber bisher war es noch niemandem gelungen, in die Computer von LivingMagic einzudringen. Die Sicherheitssysteme von LM galten als unüberwindlich, und dem Hacker, der als Erster die Firewall durchdrang und sich nicht von der hypothetischen KI dahinter schnappen ließ, winkte Ruhm im Darknet, ein Ranking unter den ersten Zehn, wenn er nicht gar die Nummer eins wurde. Außerdem stand viel, viel Geld in Aussicht. Wer die gestohlene Entwicklerversion eines neuen VR-Spiels oder einen entsprechenden Prototypen im Darknet anbot, durfte damit rechnen, innerhalb weniger Tage reich zu werden.

Axel Krohns Blick wanderte zu dem großen Bild von Kanacea Island und richtete sich dann wieder auf den Bildschirm. Der Datenstick, den einer der beiden Toten im Kontorhaus des alten Hafens bei sich gehabt hatte, enthielt keine Überweisung von Kryptowährung wie Bitcoin, Netcoin oder Monero, sondern etwas, das noch viel wertvoller war: Zugangscodes für die Server von LivingMagic.

Erneut schwebten Axels Finger über den Tasten, bereit, den ersten Benutzernamen mit dem dazugehörigen Passwort einzugeben. Einige Sekunden verstrichen, und das wartende Summen der Workstation schien lauter zu werden. Er blickte zum Fenster mit den geschlossenen Jalousien, dann durch die offene Tür ins Wohnzimmer und zum großen Fernsehschirm, der in den vergangenen Jahren nur einige wenige Male eingeschaltet gewesen war. Nichts regte sich dort; niemand wusste, dass er hier war, an diesem Ort, der allein ihm gehörte, weder Aram Kaynak noch Axel Krohn, sondern AK47. Eine Falle?, dachte er. Konnten die Zugangscodes eine Falle sein, ein Honeypot ganz besonderer Art, unwiderstehlich für jeden Hacker?

Er zog die Hände zurück und bewegte die Finger, wie um aus ihnen die prickelnde Aufregung zu vertreiben. Vorsicht, dachte er. Jetzt bloß keinen Fehler machen.

Tasten klickten, aber Axel gab nicht den ersten Zugangscode ein, sondern stellte eine Verbindung zu seinem Botnetz her, das aus mehreren Hundert Rechnern weltweit bestand. Es war viel zu klein, um für Kunden im Darknet interessant zu sein – die im Darknet angebotenen Botnetze bestanden aus *Hunderttausenden* Rechnern, deren Schwachstellen im Betriebssystem oder in Systemprogrammen mithilfe von Exploits benutzt wurden oder die durch eingeschleuste Viren und Trojaner ferngesteuert werden konnten, ohne dass ihre Eigentümer und Benutzer etwas davon merkten. Axel benutzte sein kleines Botnetz nicht für die Ausspähung von Daten wie zum Beispiel Passwörter und Transfercodes für Onlinebanking, sondern als Sprungbrett: Jeder der infizierten Rechner hatte eine eigene IP-Adresse, und indem er seinen Datenverkehr über die Bots leitete und sie gewissermaßen als Zwischenstationen verwendete, blieb er selbst mit ziemlicher Sicherheit unentdeckt.

Nicht alle Rechner seines Botnetzes meldeten Bereitschaft – viele waren heruntergefahren –, aber im Verbindungsfenster erschienen zwei Dutzend IP-Adressen, zusammen mit knappen Informationen über die betreffenden Computer, hauptsächlich in Afrika und Südamerika. Axel wählte einige aus und schickte über sie eine Anfrage an den Hauptserver von LivingMagic in San Francisco. Ein Eingabefeld erschien auf dem Bildschirm und forderte Benutzernamen und Passwort an.

Axel wählte den ersten Namen auf der Liste der Zugangscodes: Geoffrey. Das dazugehörende Passwort war siebenundzwanzig Zeichen lang, bestand aus kleinen und großen Buchstaben sowie Zahlen und Sonderzeichen – lang genug für normale Sicherheit, aber nicht annähernd komplex genug für die neuen mit Qubits arbeitenden Codeknacker. Axel übertrug es mit Copy und Paste. Das Eingabefeld verschwand, und eine Frage erschien: Wie hieß die Lieblingskatze von Geoffreys Großmutter?

Ein Mensch hätte sich von dieser Frage vielleicht täuschen lassen, möglicherweise auch ein automatisiertes smartes

Skript, das eine Wortanalyse vornehmen und nach entsprechenden Informationen suchen konnte. Aber das Kontrollprogramm in San Francisco erwartete nicht den Namen einer Katze, sondern die Eingabe eines zweiten Codes, fünfhundertzwölf Zeichen lang, wie der erste wesentlich kürzere eine Mischung aus Groß- und Kleinbuchstaben, kombiniert mit Zahlen und Sonderzeichen. Außerdem blieben für die Eingabe nur sieben Sekunden Zeit. Wurde das zweite Passwort falsch oder nicht rechtzeitig eingegeben, kappte der Server die Verbindung und sperrte außerdem die IP-Adresse, von der aus der Einlogg-Versuch unternommen worden war.

Axel hatte den Code bereits kopiert und gab ihn mit einem Mausklick ein. Die Frage nach dem Namen der Lieblingskatze verschwand, ein Auswahlmenü erschien.

Dies war die zweite Überraschung, nicht weniger groß als die erste. Der Name Geoffrey und die beiden Passwörter betrafen keinen User-Account – er war als Administrator eingeloggt und hatte vollen Zugriff auf das gesamte interne System von LivingMagic.

13

Das Prickeln in den Fingerspitzen nahm zu. Axel Krohn stellte sich vor, die Website von LivingMagic zu manipulieren, ihr ein Banner mit der Aufschrift »AK47 war hier!« hinzuzufügen und einen Link ins Darknet zu stellen. Es hätte ihm zweifellos jede Menge Glanz und Glorie und ein wesentlich besseres Ranking eingebracht, vermutlich noch vor NoName, der im Deep Web einen legendären Ruf genoss.

Doch so groß die Versuchung auch war – es wäre sehr, sehr dumm gewesen, denn mit ziemlicher Sicherheit gab es innerhalb des Systems Überwachungsroutinen, die nach verdächtigen Aktivitäten suchten.

Axel wählte den ersten Punkt des Menüs – »Projektmanagement« – und schien damit den Schlüssel zu drehen, der die Tür zur Schatzkammer öffnete. Dort waren sie, die neuen, fast fertiggestellten VR-Hits, mit denen LivingMagic in den kommenden Monaten weltweit Hunderte von Millionen, wenn nicht gar Milliarden verdienen würde. Und die Axel mehr als genug Geld für eine gewisse Insel im Pazifik einbringen konnten.

Wieder zögerte er. Wenige Tastendrücke genügten, um den Download der neuen Virtuelle-Realität-Spiele zu veranlassen. Der Transfer würde einige Minuten dauern, und das war trotz der großen Bandbreite der ausgewählten Botnetz-Computer Zeit genug, einen Wachhund zu alarmieren. Dass LivingMagic in all den Jahren nie gehackt worden war, lag natürlich nicht nur an Fragen nach Omas Lieblingskatze und einer versteckten zweiten Passworteingabe. Axels Intruder wäre vielleicht in der Lage gewesen, ein solches System auszuspähen, und selbst ein fünfhundertzwölf Zeichen langes zweites Passwort konnte geknackt werden, wenn man einen Quantencomputer oder ein ausreichend großes Botnetz hatte, mit Millionen von Rechnern, die an der Entschlüsselung arbeiteten. Vielleicht war es sogar bereits einem Hacker gelungen, die beiden Passwort-Hürden zu überwinden und in die internen Systeme zu gelangen. Vielleicht hatte er triumphiert und voller Zuversicht damit begonnen, Dateien zu öffnen, seinen Nick hineinzuschreiben und den Download noch unveröffentlichter Spiele einzuleiten, was die Aufmerksamkeit eines KI-Wächters geweckt hatte – eine dritte Barriere im Innern der Systeme. Wenn der Wachhund gut genug war – und LivingMagic konnte sich zweifellos die besten leisten –, gab er dem Download einen Teil von sich mit, ein winziges Spähprogramm, das mit den übertragenen Dateien und als ein Teil von ihnen über welche Umwege auch immer den Computer des Hackers erreichte und ihn identifizierte.

Aber alle Sicherheitssysteme waren nur so sicher wie die

Menschen, die mit ihnen zu tun hatten. Axel betrachtete den Stick im Port. Jemand hatte Zugangscodes kopiert, noch dazu die Codes von mindestens einem Administrator, der volle Autorität über alle Daten und Dateien hatte. Dafür kam eigentlich nur ein Interner infrage – vielleicht einer der beiden Toten im Kontorhaus? Und der andere? War das Rosebud gewesen, der die Zugangscodes hatte kaufen wollen? Passte das zusammen?

Axel starrte auf das Fenster des Dateimanagers, die Hände noch immer über der Tastatur. Rosebud und ein Interner von LivingMagic, die sich im Kontorhaus getroffen hatten. Für ein Geschäft vor Rosebuds Treffen mit einem gewissen AK47, der ihm für eine Million Euro Daten für den Zugang zu einem Server der Europäischen Zentralbank EZB hatte verkaufen wollen. Doch dazu war es nicht mehr gekommen – jemand hatte sowohl Rosebud als auch den Internen erschossen. Wer? Jemand von LivingMagic? Würde LM so weit gehen, um seine Geschäftsgeheimnisse zu schützen? Mord?

Langsam senkten sich Axels Finger auf die Tasten und gaben Anweisungen ein. Er kopierte nichts, er ließ alles unverändert – solange sich Inhalt, Zeitstempel und Kopienzähler der Dateien nicht änderten, wurde auch kein Wachhund geweckt. Er arbeitete sich durch die Verzeichnisbäume, um einen Eindruck davon zu gewinnen, was die Datenspeicher des Servers enthielten, und schließlich fand er ein Personenregister, das ihn auf zwei Ideen brachte.

Idee Nummer eins veranlasste ihn, die biometrischen Daten der beiden Toten für eine Suche in der Personendatenbank von LivingMagic zu verwenden. Nummer zwei betraf Mastermind, den Kopf von LM. Gab es im Register Informationen über ihn? Hatten Administratoren Zugriff auf Daten, die eine Identifizierung von Mastermind ermöglichten? Axel stellte sich die Reaktionen im Darknet vor – es wäre der definitive Hackertriumph gewesen.

Ein leises *Ping* ertönte, und das Fenster der Europol-Suche öffnete sich. Einer der beiden Männer, die Axel erschossen im Kontorhaus vorgefunden hatte, war identifiziert: Frederik Larsen, dänischer Staatsbürger, einundsechzig Jahre alt, lebte seit fünfzehn Jahren in Deutschland. Keine Vorstrafen, keine Fahndungshinweise, für die europäische Polizei ein unbescholtener Bürger.

Axel schrieb »Frederik Larsen« ins Eingabefeld der internen Datenbanksuche von LivingMagic, und – Bingo! – da war er: Larsen, Frederik, bis vor einigen Jahren Software-Entwickler bei LM, zuständig für den Grafikmotor von 3D-RealisticMotion, einer zentralen Komponente aller VR-Spiele von LivingMagic, anschließend bis zu seinem vorzeitigen Ruhestand vor einem Jahr Systemadministrator.

Plötzlich begriff Axel. Die Zugangsdaten, die der tote Larsen im Kontorhaus bei sich gehabt hatte, waren Hintertüren, die er während seiner Zeit als Systemadministrator konstruiert hatte, vielleicht mit der Absicht, sich seine Rente ein wenig aufzubessern.

Axel betrachtete Larsens Bild. Ein allmählich in die Jahre kommender Mann mit schütterem Haar, intelligenten grauen Augen und einem angedeuteten Lächeln. Vermutlich hatte er sich für sehr schlau gehalten. Für diesen Irrtum hatte er einen hohen Preis bezahlt.

Noch ein *Ping*, diesmal vom BKA. Die biometrischen Daten des anderen Mannes passten zu einem gewissen Dimitri Mitko aus der russischen Republik Ostukraine: einundvierzig Jahre, geschieden – die Exfrau und der Teenagersohn lebten in Moskau –, arbeitete beim SWR. Eine innere Alarmglocke läutete in Axels Kopf, als er das Bild betrachtete. Was hatte der russische Auslandsgeheimdienst mit dieser Sache zu tun?

Die andere Frage lautete: War dieser Mann, Dimitri Mitko vom SWR, mit Rosebud identisch?

Axel lehnte sich zurück und fühlte, wie die Rückenlehne des Bürosessels langsam nachgab. Es war ihm gelungen, in eine Schatzkammer einzudringen, doch in dieser Schatzkammer gab es offenbar ein großes Hornissennest, und er befand sich in unmittelbarer Nähe davon, hörte bereits das Summen und Brummen der aggressiven Biester. Ein falscher Schritt – ein falscher Tastendruck –, und er bekam es vielleicht nicht nur mit einem auf der Lauer liegenden Wachhund zu tun.

Wenn der SWR hinter Rosebuds Aktivitäten steckte … gab es einen Zusammenhang zwischen dem EZB-Auftrag an AK47 und dem Treffen mit Larsen von LivingMagic? Die Zugangscodes für die internen Systeme von LM … hatten die vielleicht mit Euros von irgendwelchen EZB-Konten bezahlt werden sollen? Auf diese Weise hätten die Russen sicher viel Geld gespart. Doch Axel bezweifelte, dass es dem SWR um neue VR-Spiele ging. Sie wollten die Zugangscodes für etwas anderes, nur … für was?

Axel beugte sich wieder vor, öffnete das Verzeichnis seines Werkzeugkastens, wählte das Skript eines kleinen automatisierten Datenschnüfflers und programmierte es mit mehreren Suchbegriffen, bevor er es über sein Botnetz in den Server von LivingMagic schickte. Während das Suchprogramm seine Arbeit verrichtete, schrieb er den Namen »Dimitri Mitko« ins Eingabefeld der internen Datenbanksuche. Fehlanzeige. Ein Mann dieses Namens befand sich nicht unter den Angestellten von LivingMagic. Axel hatte es eigentlich auch nicht erwartet, aber es bestand die Möglichkeit, dass Mitko unter anderem Namen in der Datenbank eingetragen war.

Er begann damit, durch das Personenregister zu scrollen, von »M« aus rückwärts. Nach einigen Bildschirmseiten mit Fotos und Namen nahm er den Finger von den Cursortasten und starrte auf das Foto einer Frau.

»So sieht man sich wieder«, murmelte er.

Giselle Leroy, dreißig Jahre alt, geboren in Bordeaux, seit zwölf Jahren in Hamburg. Seit drei Jahren arbeitete sie in der Hamburger Filiale von LivingMagic.

Es war die Frau vom Kontorhaus. Die Frau, die ihn mit einer Pistole bedroht und den Datenstick von ihm verlangt hatte.

Axel betrachtete ihr ovales Gesicht mit den großen Augen, als das Skript – der kleine Datenschnüffler – etwas Verdächtiges meldete: einen Verzeichnisbaum, bei dem die Gesamtgröße der Dateien nicht mit dem belegten Speicherplatz übereinstimmte. Axel schob das Fenster mit Giselle Leroys Foto zur Seite, vergrößerte das des Dateimanagers und ließ sich vom Skript den Weg weisen. Unter »Sonstiges« gab es insgesamt sieben Ordner mit Namen, die nur aus Buchstaben und Zahlen bestanden und insgesamt vier Terabyte belegten. Doch das Skript meldete einen belegten Speicherplatz von fünf Komma fünf Terabyte. Ein verstecktes Verzeichnis, überlegte Axel, tausendfünfhundert Gigabyte groß und im Dateimanager nicht sichtbar.

Die Schatzkammer und das Hornissennest, dachte Axel. Er hörte sie laut summen, die Hornissen, ihr Nest befand sich in unmittelbarer Nähe … und er musste es jetzt berühren.

Als eingeloggter Administrator war er befugt, Programme zu installieren. Sein digitaler Werkzeugkasten enthielt auch Erweiterungen für Dateimanager, und mit einer von ihnen ließen sich versteckte Dateien aufstöbern. Aber wenn er sie installierte, reagierte vielleicht der Wachhund, den Axel in den Datensystemen von LivingMagic vermutete. Es kam darauf an, wie »scharf« der Wachhund programmiert war. Sollte er selbst befugten Administratoren auf die Finger sehen und bei ihnen auf verdächtige Aktivität achten? Und was würde er für »verdächtig« halten?

Axel schickte das Erweiterungsprogramm wie zuvor den Datenschnüffler durch sein Botnetz, nahm es als Administrator von LivingMagic in Empfang und installierte es. Damit war es berührt, das Hornissennest.

Nichts geschah. Der Alarm blieb aus.

Axel ließ den angehaltenen Atem entweichen, dann nutzte er die neue Funktion des Dateimanagers für eine Suche nach versteckten Dateien. Schon nach wenigen Sekunden wurde er fündig.

Dort war es, das Verzeichnis, das im Datenspeicher des Servers anderthalb Terabyte belegte. Es hieß Mephisto. Er öffnete es und machte sich daran, erste Textdateien zu lesen.

Zwei Stunden später wusste er, dass er es mit einem besonders großen und gefährlichen Hornissennest zu tun hatte.

Es hieß NSA.

14

Man hätte es für ein neues Spiel halten können, exzellent ausgearbeitet, bis ins letzte Detail. Neu war die Idee des globalen Krieges nicht, aber die zahlreichen taktischen und strategischen Details erstaunten Axel. Es ging nicht um Panzer, Drohnen und Atombomben, sondern um Datenpakete, um die Ausnutzung von Schwachstellen und Hintertüren, um die Verteilung von Malware und Viren, um die gezielte Sabotage von Kraftwerken, Stromnetzen und Wasserversorgung – damit konnte man jede Großstadt innerhalb weniger Stunden lahmlegen. Es kamen noch einige andere Dinge hinzu: Störte man die Kommunikation des Feindes, konnte der keine Nachrichten mehr austauschen, keine Befehle an die Streitkräfte übermitteln. Sorgte man dafür, dass alle Verkehrsleitsysteme ausfielen, herrschte Chaos am Boden und in der Luft. Gab man falsche Anweisungen in industrielle Steuerungssysteme, beschädigten sich zahlreiche Industrieroboter und automatische Produktionsanlagen selbst. Oder die Banken und Börsen … Mit einem Angriff auf das Transfersystem, das den nationalen und internationalen Zahlungsverkehr überwachte, oder mit einer Manipulation der Aktienkurse konnte man innerhalb kurzer Zeit einen ökonomischen Kollaps bewirken. Und die Menschen? Sie saßen in Städten fest, in denen es weder Strom noch Trinkwasser gab. In Aufzügen, die sich nicht mehr bewegten. In Häusern und Wohnungen, deren Sicherheitssysteme nicht mehr funktionierten. In selbstfahrenden Autos, die nicht mehr fuhren. In U-Bahnen und Bussen, die einfach anhielten und sich nicht mehr rührten. Auf manövrierunfähig und ohne automatische Navigation orientierungslos gewordenen Schiffen. In abstürzenden Flugzeugen …

Wie lange konnten Menschen in den Großstädten ohne Strom und Wasser überleben, nachdem die letzten Supermärkte geplündert worden waren? Nur wenige Tage, wenn überhaupt. Wer hinter Fenstern und Türen, die sich nicht mehr öffnen ließen, eingeschlossen war, dem drohte innerhalb weniger Stunden der Erstickungstod, denn Klimaanlagen und Belüftungssysteme funktionierten nicht mehr, ebenso wenig wie Telefone, Handys und Messenger-Dienste – es gab also keine Möglichkeit, um Hilfe zu rufen. Alles, was mit dem Internet verbunden war – und es gab kaum mehr etwas ohne eine Verbindung zum Netz –, konnte erreicht, manipuliert und neutralisiert werden. Wie lange dauerte es, bis die menschliche Gesellschaft erst lokal und dann regional oder sogar landesweit zusammenbrach? Wie lange dauerte es, bis der Überlebenskampf die Tünche der Zivilisation von der Barbarei kratzte?

Das war Mephisto: ein detaillierter Plan für den Global Cyber War, den globalen Cyberkrieg. Mehr noch. Mephisto war ein Plan für den Erstschlag im weltweiten Cyberkrieg – der Feind sollte überrascht und überrumpelt werden, ohne die Möglichkeit zu einem Gegenschlag, weder im Netz noch mit physischen Waffen. Und gleichzeitig war es mehr als ein Plan, denn die Hauptwaffen, die beim Erstschlag zum Einsatz kommen und den Feind daran hindern sollten, sich zur Wehr zu setzen, befanden sich in einem Unterverzeichnis von Mephisto: adaptive Viren, die sich selbst verändern konnten, um Computersysteme zu infiltrieren und Hintertüren zu öffnen für spezielle Kontrollprogramme, die wiederum eine Fernsteuerung der kompromittierten Rechner erlaubten. Mephisto sollte nicht vernichten, sondern assimilieren – der Plan sah vor, die Waffen des Feindes zu übernehmen und gegen ihn selbst zu richten.

Dahinter stand die NSA.

Axel sah sich – vorsichtig, ganz vorsichtig – die Logdateien der Entwickler an und fand mehrere Verweise auf Crypto City, Fort Meade, Maryland, Sitz der National Security Agency, des größten Auslandsgeheimdienstes der Vereinigten Staaten. Er fragte sich, ob LivingMagic eine Fassade war, aufgebaut von der NSA, oder ob LM – beziehungsweise Mastermind, der geheimnisvolle, immer im Hintergrund bleibende Unternehmungsgründer – nur an der Entwicklungsarbeit von Mephisto mitgewirkt hatte.

Einen solchen Plan improvisierte man nicht einfach, und die dafür notwendigen Softwarewaffen mussten mit großer Sorgfalt geschmiedet werden. Man brauchte Spezialisten. Und welche bessere Möglichkeit gab es, Spyware zu verteilen? LivingMagic verkaufte seine VR-Spiele überall auf der Welt, auch in Russland und China und im Mittleren Osten.

Zwei Stunden waren vergangen. Der Desktop des 40-Zoll-Monitors auf dem Schreibtisch präsentierte ein ziemliches Durcheinander. Axel schloss einige der vielen geöffneten Fenster, schob andere beiseite, fand das Eingabefeld der Deep-Web-Suchmaschine und las hinsichtlich seiner Anfrage nach »Dark Rider« die Antwort: »Keine Informationen.« Ein unbekannter Hacker? Der Axels Messenger-Adresse kannte und ihm daher Gitty-Nachrichten schicken konnte? Und der zufälligerweise im alten Hafen gewesen war, um elf Uhr abends, bei strömendem Regen, als AK47 dort hatte Rosebud treffen wollen?

Aus dem Prickeln in Axels Fingerspitzen wurde ein Brennen. Das Hornissennest summte noch lauter.

Er hätte sich zurückziehen können, ohne weitere Risiken einzugehen – kein Hacker, nicht einmal die ganz Großen wie NoName, riskierte eine Konfrontation mit der NSA. Die Wahrscheinlichkeit, dabei den Kürzeren zu ziehen, tendierte gegen hundert Prozent. Er hätte die Erweiterung des Dateimanagers deinstallieren, seine Aktivität aus den Logdateien löschen und das Botnetz, über das er mit dem Server von LivingMagic verbunden war, stilllegen können.

Stattdessen öffnete er das Unterverzeichnis mit den Waffen für Mephisto und holte sich – den Datenverkehr verteilt über mehrere Workstations in Südafrika, Namibia und Kenia – ein weiteres Add-on für den Dateimanager. Es erlaubte ihm, einen Blick ins Innere der Malware-Dateien zu werfen, auf ihren Quellcode. Einige Dutzend Viren und Trojaner dienten vor allem dazu, Schadcode aus einer Datenbank nachzuladen und mit ihnen neue Anweisungen: Es waren »Schläfer« beziehungsweise kleine Allzweckwerkzeuge, die je nach Bedarf programmiert werden konnten. Mithilfe der Kommentarzeilen im Quellcode und Programmverzweigungen fand Axel schnell den wichtigsten Bestandteil des Mephisto-Arsenals, eine Datei namens Infiltrator791. Sie war nur wenig größer als die anderen, was an einem äußerst effizienten Programmcode lag: nur das Nötigste, keine Variable zu viel, alles auf den Punkt gebracht. Axel kannte diese Art der Programmierung, ihre übersichtlichen Strukturen, die knappe, präzise Kommentierung, die Wartung und Fehlersuche erleichterte. Er hatte sie sich selbst vor Jahren zum Beispiel genommen. Dort stand er, ein Name, der einen Programmblock markierte: NoName.

Einer der besten Hacker der Welt arbeitete für die NSA

und hatte an der Entwicklung von Waffen für den Erstschlag im globalen Cyberkrieg mitgewirkt? Wie würde das Darknet reagieren, wenn das bekannt wurde? Und wie würde es auf den Mann reagieren, der NoName entlarvte?

Axel Krohn alias AK47 war stolz auf seinen Intruder, der es ihm erlaubte, selbst in gut geschützte Computersysteme einzudringen und sensible Daten für seine Kunden zu beschaffen. Doch im Vergleich mit Infiltrator791 war der Intruder ein primitives, grobes Werkzeug, voller Ecken und Kanten, mit denen er stecken bleiben konnte, wenn die Lücken in den Firewalls und anderen Sicherheitsbarrieren nicht groß genug waren. Der Infiltrator hingegen, überall glatt und rund, konnte selbst durch die winzigsten Schlupflöcher gleiten, ohne bemerkt zu werden.

Axel zögerte. Er balancierte auf einem schmalen Grat, auf der einen Seite die ihm vertraute Welt, auf der anderen eine völlig andere. Er dachte an den Ruhm, den er im Darknet ernten würde – o ja, das Ego spielte eine Rolle –, vor allem aber dachte er daran, wie sehr ihm der Infiltrator seine Datengeschäfte erleichtern würde. Nach der Identität von Mastermind konnte er später suchen, und was das Kopieren der neuen VR-Spiele anbelangte … Er brauchte ein etwas größeres Botnetz, um die Datenmengen besser zu verteilen und den Download vom Server auf weniger als eine Minute zu beschränken. Das reduzierte die Gefahr der Entdeckung durch einen Wachhund.

Aber Infiltrator791 war nicht einmal ein Megabyte groß; der Download einer so kleinen Datei nahm kaum messbare Zeit in Anspruch. Die anderen Malware-Programme, die als Cyberwaffen konzipierten Viren und Skripte, waren ebenso klein, bis auf die Datenbank, aus der sie weitere Programmmodule nachladen sollten, sobald sie einen Computer infiziert hatten – die konnte er später herunterladen, zusammen mit den VR-Spielen.

Tasten klickten unter Axels Fingern, als er Infiltrator791

und einige andere Dateien markierte, unter ihnen die Mephisto-Pläne. Dann leitete er den Download ein.

Eine Sekunde später wusste er, dass er das Hornissennest nicht nur berührt, sondern angestoßen hatte. Das Fenster des Dateimanagers schloss sich ohne einen Mausklick, ein »*Warning*« flüsterte aus dem auf leise eingestellten Lautsprecher, und ein großes rotes Gefahrensymbol blinkte auf dem Bildschirm.

Ein Wachhund im Server von LivingMagic. Er bellte und schnappte zu.

Kleinere Gefahrensymbole erschienen, rote Ausrufezeichen auf der eingeblendeten Weltkarte mit den Standorten der Computer des Botnetzes, über die sich Axel mit LivingMagic verbunden hatte. Einer nach dem anderen wurde identifiziert, der Weg der Daten zurückverfolgt.

Axels Finger flogen über die Tastatur. Er trennte seine Workstation vom Netz – die Botnetz-Karte verschwand ebenso wie die Fenster mit den IP-Adressen und den Angaben über Datenvolumen und Routing. Die Workstation war isoliert, nicht mehr Teil des Internets.

Einige Sekunden lang saß Axel Krohn völlig reglos und blickte auf seine Hände. Sie zitterten nicht, aber es schien plötzlich Eis in ihnen zu stecken. Er schloss kurz die Augen und dachte: Das war knapp.

Als er die Lider wieder hob, sah er das kleine rote Licht auf dem Anzeigefeld neben der Tür. Es übermittelte ihm eine Warnung anderer Art: Jemand war in die Wohnung einen Stock tiefer eingedrungen, ins Apartment von Axel Krohn.

Bits und Bytes reisten durchs globale Netz, Billionen von ihnen, pro Sekunde zehn Millionen E-Mails weltweit, zwölf Millionen Nachrichten der verschiedenen Messenger-Dienste, eine Million Suchanfragen bei Google, dreißig Stunden Videomaterial bei YouTube, fünfzigtausend

Freundschafts- und Follower-Anfragen bei Facebook und anderen sozialen Medien. Außerdem Fernsehen, Radio, Telefonate und die gewaltige Telemetrie-Datenmenge der zahllosen Mikroprozessoren, die in praktisch allen Dingen steckten und ständig maßen, wer was wie und warum benutzte, etwa drei Zettabyte pro Monat, hundert Exabyte – hundert Trillionen Byte – pro Tag. Ein Ozean aus Daten, und Infiltrator791 war nur ein Tropfen darin, ein kleines Programm, nicht einmal ein Megabyte groß.

Es erreichte den ersten Rechner, einen kleinen Server in Watamu, Kenia, hauptsächlich für die Verwaltung eines aus vier Hotels bestehenden Urlaubsresorts bestimmt und bis vor Kurzem Teil eines Botnetzes. Die schlecht gewartete Firewall dieses Rechners hatte mehr Löcher als ein Schweizer Käse, und der Infiltrator wurde seiner Aufgabe gerecht, indem er die Systemdateien infizierte und Kopien von sich ins Netz schickte, die ihrerseits Kopien ins Datenmeer sandten, nachdem sie sich in Computersystemen eingenistet hatten.

Der Countdown hatte begonnen.

STREIFLICHT

Raumschiff *Mars Discovery*,
auf dem Weg zum Mars.
(6 Monate vorher, Februar)

Eleonora saß im Kommandosessel der *Mars Discovery*. Er passte sich ihrer Körperform an – sie fühlte sich von ihm umarmt und umschmiegt. Der große Wandschirm sah aus wie ein Fenster, das den Blick ins All gewährte. Die Erde schwebte dort, blau und grün, aber geschrumpft, klein geworden, von einem kleinen Mond umkreist. Eine Million Kilometer hatte die *Mars Discovery* zurückgelegt, viele weitere Millionen lagen noch vor ihr. Sieben Monate sollte die Reise dauern, viel Zeit für dreizehn Menschen an Bord eines winzigen Schiffes.

»Wir sind auf Kurs«, sagte der Stellvertretende Kommandant Sergei.

Er saß neben Eleonora, beobachtete die Instrumentenanzeigen und berührte Schaltflächen. »Automatische Navigation aktiv und korrekt. Rotation des Drehkörpers aktiv und korrekt.« Damit war der große Zylinder hinter der Kommandokapsel gemeint. Seine Drehung simulierte eine Schwerkraft von Erdnorm; das sollte die Crew vor Muskelschwund bewahren. »Reaktor und Ökosysteme aktiv und korrekt.«

»Was ist mit unserer Arche?«, fragte Eleonora, den Blick auf das Erde-Mond-System gerichtet.

Die »Arche« befand sich unterhalb des Drehkörpers, hinter einer besonderen Abschirmung aus mit Blei angereicherten Kohlefasern und Nanoröhren, um sie so gut wie möglich vor Strahlung und Mikrometeoriten zu schützen: zwölf Tanks, angeordnet wie die Geschosskammern eines Revolvers, in der Mitte eine hohle Achse, die nicht nur Zugang zu den einzelnen Räumen der Arche gewährte, sondern auch zu Reaktorkern und Triebwerk und den mehrere Kilometer langen ausgebreiteten »Flügeln« aus hocheffizienten Solarzellen. Die Arche enthielt die Saat des Lebens, von Samen zahlreicher Pflanzen über tierische Embryonen bis hin zu etwas, gegen das der Vatikan heftig protestiert hatte: die Anfänge menschlichen Lebens in Form von Sperma und zehntausend gespendeten Eizellen. Zehntausend potenzielle Menschen, die auf dem Mars aufwachsen konnten.

»Alle biologischen Systeme der Arche aktiv und korrekt«, sagte Sergei. »Der Computer meldet keine Abweichungen. Die Saat des Lebens ist intakt.«

»Menschen für den Mars«, murmelte Eleonora.

»Ohne den Segen der Kirche.«

»Das Leben war zuerst da. Die Kirchen kamen erst sehr viel später, und ich fürchte, sie zählen nicht unbedingt zu den besten Erfindungen der Menschheit. Wir brauchen Vernunft auf dem Mars, keinen Glauben, an dem Blut klebt.«

»Dein Wort in Gottes Ohr«, sagte Sergei.

Eleonora deutete zum großen Wandschirm. »Wie klein die Erde von hier aus aussieht. Wie zerbrechlich. Ein Asteroid genügt, um alles zu zerstören, was wir geschaffen haben, wie damals vor fünfundsechzig Millionen Jahren bei den Dinosauriern. Und wenn es kein Felsbrocken aus dem All ist … Eine Klimakatastrophe oder ein neuer globaler Krieg könnte die Welt, wie wir sie kennen, vernichten. Wir sind die zweite Chance, wenn unsere Zivilisation auf der Erde untergeht.«

»Warum sollte sie ausgerechnet jetzt untergehen?«, fragte Sergei.

»Ja, warum?«, erwiderte Eleonora und beobachtete die kleine, ferne Erde.

15 AXEL KROHN

Hamburg

Minus fünf

Die rote Leuchtdiode blinkte wie ein kleines Bereitschaftslicht. Jemand befand sich im Apartment unter der Wohnung von Olivier Drost, angeblich Immobilienmakler aus Belgien. Dieser Jemand hatte das Schloss mit der Identitätsprüfung überlistet, war in die Wohnung eingedrungen und ging nun von Zimmer zu Zimmer – jedenfalls wies das Blinken auf Bewegung hin.

Axel dachte daran, was mit den beiden Männern im Kontorhaus geschehen war. Giselle Leroy, Angestellte von LivingMagic, hatte gesagt, dass sie Larsen und Mitko nicht erschossen hatte, und warum hätte sie ihn belügen sollen, mit einer auf ihn gerichteten Waffe?

Axels Hände kehrten zur Tastatur zurück, und wieder klickten Tasten, laut in der Stille. Die Workstation war nicht mehr mit dem Netz verbunden, aber er brauchte auch gar keinen Netzanschluss; das kleine Intranet, das die Verkabelung des Apartmentgebäudes nutzte, verband ihn mit den Überwachungskameras in der Wohnung von Axel Krohn, Starplays Geschäftsführer.

Mehrere Bildschirmfenster öffneten sich und zeigten dunkle Zimmer. Im Wohnzimmer erschien eine Silhouette, die auch schemenhaft blieb, als Axel auf Infrarot umschaltete. Dafür gab es nur eine Erklärung: Der Unbekannte benutzte einen Scrambler, eine Art Tarnkappe für die visuelle Erfassung durch verborgene Kameras. Kein Amateur, sondern ein gut vorbereiteter und ausgerüsteter Profi. Der Mörder vom Kontorhaus? Der Unbekannte, der die Waffe aus der Pfütze hatte verschwinden lassen? War er Axel zum Apartmenthaus gefolgt, trotz der langen Tour durch die Stadt?

Axel beobachtete, wie der Mann – anhand der Bewegungen ging er davon aus, dass es ein Mann war – durch die Zimmer schlich. Er ließ die Schränke unbeachtet, zog keine Schubladen auf und warf nur einen kurzen Blick ins Arbeitszimmer mit dem PC. Wieder im Wohnzimmer drehte er sich und hielt dabei etwas in der Hand, ein kleines Gerät, dessen Wärme einen hellen Fleck auf dem Bild erzeugte. Vielleicht ein Scanner, dachte Axel. Wonach suchte der Eindringling?

Langsam drehte Axel den Lautsprecher hoch. Die Mikrofone in Axel Krohns Wohnung übertrugen ein rhythmisches dumpfes Zischen – der Atem des Mannes.

»Ich bin nicht da«, flüsterte Axel. »Fehlanzeige.«

Der Mann ging zur Küche, blieb dort stehen und hob den Gegenstand in seiner Hand.

Axel hatte plötzlich ein flaues Gefühl in der Magengegend.

Erneut setzte sich die Silhouette in Bewegung, trat zur Speisekammer und öffnete die Tür.

Der Fremde war nicht nur gut vorbereitet und ausgerüstet. Offenbar wusste er auch Bescheid, denn er suchte nach einer verborgenen Tür.

Es kam auf jede Sekunde an, begriff Axel. Flinke Finger riefen den Dateimanager auf, öffneten das Verzeichnis »Sicherheit« und riefen zwei Skripte auf. Das eine kopierte alle Daten aus dem Browser-Verlauf in den kleinen Datenstick, der die Zugangscodes von LivingMagic enthielt und noch immer im Port der Workstation steckte. Das andere zündete eine Bombe.

Es war eine Softwarebombe, ein Programm, das alle wichtigen Daten und Programme von AK47 zerstörte, die Dateizuordnungstabellen der drei internen SSD-Platten überschrieb, einige Systemdateien löschte und den Computer anschließend herunterfuhr, mit dem Ergebnis, dass er nicht wieder gestartet werden konnte. Selbst wenn man die SSDs ausbaute und an einen anderen Rechner anschloss, konnte man ohne die Dateizuordnungstabellen nicht auf die Daten in ihnen zugreifen.

Allerdings konnte jemand, der sich mit diesen Dingen auskannte, die Zuordnungstabellen mit relativ geringem Aufwand wiederherstellen, und Axel war nicht imstande, innerhalb weniger Sekunden alle Dateien sicher zu löschen. Er gewann nur etwas Zeit, um später die automatisch gesicherten Daten aus der Cloud zu holen, wo sich von jedem beliebigen Ort aus auf sie zugreifen ließ, und alle Online-Accounts mit neuen Passwörtern zu sichern.

Axel stand auf. Fingerabdrücke, dachte er. DNS-Spuren.

Der große Bildschirm zeigte ihm die von einem Scrambler verpixelte Silhouette des Eindringlings, der gerade gegen die Rückwand der Speisekammer klopfte. Was war mit dem Netzhautscanner? Und das Passwort, dachte Axel. Das Passwort konnte der Fremde unmöglich kennen.

Eine Stimme drang aus dem Lautsprecher, eine ruhige, selbstsichere Stimme. »Aram Kaynak. Sesam, öffne dich!«

Die Workstation fuhr herunter, als die Speisekammer den verborgenen Zugang preisgab.

Axel zog den Stick vom Port, war mit einigen schnellen Schritten im Wohnzimmer, schnappte sich seine Jacke, lief zur Tür und öffnete sie vorsichtig. Der Flur war leer. Er zog die Tür hinter sich zu und hörte das Klicken der Verriegelung. Einen Moment später lief er erneut, über dicken, die Geräusche dämpfenden Teppichboden zu den Aufzügen am Ende des Flurs. Als er sie erreichte, musste er niesen und hielt dabei eine Hand vor Mund und Nase. Mit der anderen betätigte er die Ruftasten der beiden Aufzüge, beugte sich in den ersten, als die Tür aufglitt, drückte die Taste fürs Erdgeschoss und wich zurück – die Tür schloss sich, und der Lift fuhr nach unten.

Wenig später traf der zweite Aufzug ein, und in ihm drückte Axel die Taste für das exklusive Penthouse. Die Fahrt dauerte nur wenige Sekunden. Auch im obersten Stock war der Flur leer. Axel wusste nicht, ob das Penthouse derzeit bewohnt war; es spielte auch keine Rolle für ihn. Er lief an der Tür vorbei zum anderen Ende des Flurs, wo es einen gläsernen Durchgang gab, gut zehn Meter lang und nichts für Leute, die an Höhenangst litten. Es handelte sich um eine Verbindung zum nächsten Apartmenthaus, allein den Bewohnern des Penthouse vorbehalten – man brauchte eine Codekarte, um den Zugang zum »Tunnel« zu öffnen. Axel zog sein Portemonnaie aus der Hosentasche, entnahm ihm eine frei programmierbare Blankokarte, die zahlreiche Codes enthielt, und hörte, wie hinter ihm der Aufzug, den er gerade benutzt hatte, einem Ruf folgend nach unten fuhr. Ein Bewohner des Hauses? Oder der Fremde, der auf der Suche nach ihm die beiden Aufzüge bemerkt hatte? Konnte er *so* schnell sein?

Axel hielt die Karte vor den Scanner der gesperrten Tür, und der Chip in ihr sendete den richtigen Code. Ein Klicken, und die Tür war offen.

Er hastete durch den gläsernen Tunnel, vierzig Meter über dem Boden, und versuchte, nicht nach unten zu sehen.

Seine Codekarte öffnete auch die Tür auf der anderen Seite. Hinter ihr lag ein Flur, der fast genauso beschaffen war wie der des anderen Penthouse. Nur hatte sich der Eigentümer hier für eine andere Farbe des Teppichbodens entschieden: Blau statt Dunkelgrau.

Axel nahm nicht den Lift, sondern die Treppe. Er lief sie hinunter, so leise wie möglich. Ab und zu verharrte er kurz und lauschte, aber alles blieb still. Im Foyer saß der Nachtwächter am Empfangstresen, in ein Buch vertieft. Axel schlich weiter über die Treppe, bis zur Tiefgarage, eine Welt voller Schatten, in der sich nichts regte.

Er eilte an den geparkten Wagen vorbei zum Ausgang, trat in die Nacht und dachte daran, dass es bessere Zeiten für eine Flucht gab. Nach drei Uhr morgens war die Straße leer, da fiel ein einzelner Fußgänger auf.

Axel ging los, überquerte die Straße und wählte den Uferweg, hielt sich dort dicht neben der Hecke. Er schlug den Kragen der Jacke hoch, senkte den Kopf und zwang sich, ruhig zu gehen. Es gab Überwachungskameras hier draußen, private und öffentliche, und hinzu kamen die Drohnen von Polizei und Sicherheitsdiensten. Wenn der Fremde eine Möglichkeit hatte, ihre Datenströme anzuzapfen, sollte er einen harmlosen Heimkehrer sehen oder einen Nachtschwärmer, jemanden, der es nicht besonders eilig hatte.

Sein Tesla stand in der Tiefgarage des ersten Apartmenthauses, aber Axel ging in die andere Richtung, zur U-Bahn-Station. Es wäre dumm gewesen zu versuchen, sich mit dem Wagen abzusetzen – vielleicht hatte der Fremde, der in die Wohnung von Axel Krohn eingedrungen war, einen Helfer in der Tiefgarage, der verhindern sollte, dass sich Axel mit dem Tesla aus dem Staub machte. Oder er hatte dem Wagen einen Peilsender verpasst. Wenn er das Passwort für die geheime Tür in der Speisekammer kannte und damit auch Axel Krohns wahren Namen, wusste er bestimmt von dem Tesla in der Aufladestation der Garage.

Axel hatte ein Ausweichquartier in Altona, eine kleine Dachgeschosswohnung mit Blick auf den Volkspark, vor zwei Jahren gemietet, für einen Fall wie diesen. Dort in der Nähe stand auch der zweite Ersatzwagen, kein alter Ford wie der erste, mit dem er zum alten Hafen gefahren war, sondern ein modernerer VW, ein Elektroauto wie der Tesla und ebenfalls mit einem Autopiloten ausgestattet. Ein bisschen ausruhen, vielleicht ein oder zwei Stunden schlafen, und dann weiter nach Wismar, wo ein voll eingerichtetes Apartment wartete, nicht auf Axel Krohn, sondern auf Luigi de Crescenzo, Antiquitätenhändler, geboren in Rom und aufgewachsen in München – Axel sprach sogar ein paar Brocken Italienisch, genug, um Antwort zu geben, sollte jemand Fragen in seiner vermeintlichen Muttersprache an ihn richten. Dort gab es einen PC, ein Jahr alt und fast so gut ausgestattet wie die Workstation in der Wohnung von Olivier Drost.

Axels Handy piepte – eine Nachricht war eingetroffen.

Er blieb stehen, zog das Handy aus der Innentasche der Jacke und hielt den Daumen auf das Display mit dem integrierten Fingerabdrucksensor. Ein Fenster des Messengerprogramms erschien.

```
Von:    Dark Rider
        An: AK47

        Mssg.: Man ist dir auf den Fersen. Kannst du
        die Verfolger abschütteln? Brauchst du Hilfe?
           (Ranking: -)
```

Axel starrte auf die von Dark Rider stammenden Worte. Es war keine weitergeleitete Nachricht, sondern eine Mitteilung an die Nummer seines Handys.

Das Telefon in seiner Hand schien plötzlich heiß zu werden, es schien zu brennen. Axel warf es in den nahen Fluss und hörte das Platschen, mit dem es im dunklen Wasser verschwand.

16

Die Nacht blieb ruhig und still. Axel sah sich nicht um, er ging nicht schneller, er vermied alles, das ihn verdächtig hätte wirken lassen. Er wusste um die zahlreichen elektronischen Augen, die auch in der Dunkelheit sahen – in diesem gentrifizierten Viertel an den Ufern von Elbe und Bille mangelte es nicht an Sicherheitskameras. Er hatte die Treppe der U-Bahn-Station fast erreicht, als das Jucken in der Nase so heftig wurde, dass er stehen blieb und nieste.

»Gesundheit«, sagte jemand.

Eine Gestalt löste sich aus dem Schatten neben der Hecke, ein hagerer Mann, der etwas in der Hand hielt. Eine Waffe?

»Haben Sie wirklich geglaubt, Sie kämen so einfach davon?«

Es konnte unmöglich der Mann aus der Wohnung sein – er hätte Flügel haben müssen, um diesen Ort vor Axel zu erreichen. Also ein Komplize.

Der Mann kam näher. »Ich glaube, Sie haben da etwas, das uns gehört.«

»Was?« Axel gab sich überrascht und verwirrt. »Sie verwechseln mich mit jemandem.«

Weglaufen? Wenn es sich bei dem Gegenstand in der Hand des Mannes wirklich um eine Schusswaffe handelte, wäre Axel keine drei Meter weit gekommen. Warten, bis der Bursche heran war, um ihm dann die Faust ins Gesicht zu schmettern?

Es gab eine dritte Möglichkeit. Er konnte dem Fremden den Datenstick überlassen, um den es diesem zweifellos ging. Doch was dann? Würde sich der Mann damit zufriedengeben und ihn gehen lassen? Und die beiden Toten beim Kontorhaus? Auf das Schweigen von Leichen konnte man sich verlassen.

Keine Zeit mehr. Der Mann war bis auf einen Schritt heran. Axel musste *jetzt* handeln, *sofort*!

Der Fremde schien zu wissen, was ihm durch den Kopf ging, und kam Axel zuvor. Die Hand war plötzlich oben und nah, und sie hielt eine Pistole von besonderer Art, einen kleinen Injektor, der leise fauchte, als er Axels Hals berührte.

Sofort wurden Axel die Beine schwer. Der Instinkt verlangte von ihm, sich abzuwenden und zur U-Bahn-Station zu laufen, deren Licht Sicherheit versprach, doch die Knie knickten unter ihm ein. Der Mann hielt ihn fest und verhinderte, dass er fiel.

»Das macht es für uns alle leichter«, sagte der Fremde, »selbst für Sie, Sie werden sehen.« Er dirigierte Axel in eine kleine Seitenstraße und zu einem geparkten Wagen. »Was halten Sie von einem kleinen Ausflug?«

»Wswls«, brachte Axel hervor. Der Mann lehnte ihn gegen den Wagen – ein alter Mercedes, noch mit Verbrennungsmotor –, hielt ihn mit einer Hand fest und zog mit der anderen die Beifahrertür auf. Niemand saß am Steuer. Das ist gut, dachte Axel benommen, begriff aber im nächsten Moment, dass in seinem gegenwärtigen Zustand auch nur ein einzelner Gegner einer zu viel war.

Er rutschte ins Auto. Der Mann schob Axels Beine in den Fußraum, zog den Oberkörper nach oben und legte ihm den Gurt an.

Axel blinzelte mehrmals. Sein Blick fiel durch die Windschutzscheibe – vor dem Wagen bewegte sich etwas, ein Schatten mit zwei Armen und zwei Beinen. Der Fahrer des Wagens? Ein weiterer Komplize?

Der Mann, der ihm die Injektionspistole an den Hals gesetzt hatte, stand auf der anderen Seite des Mercedes, an der offenen Fahrertür.

»Bitte, helfen Sie mir …«, sagte der Schatten. Die Stimme einer Frau, fast ein Lallen. Vielleicht war sie betrunken oder verletzt. Axel versuchte, die schweren Lider oben zu halten und mehr zu hören als nur das laute Rauschen und Knacken in seinen Ohren.

»Tut mir leid«, sagte der Mann. »Ich muss mich um meinen Kumpel hier kümmern.«

»Bitte …« Die Frau torkelte näher, hielt sich dabei die Seite.

Axel hörte, wie der Mann seufzte und dann sagte: »Bedaure sehr, aber Sie müssen sich einen anderen guten Samariter suchen. Ich schlage vor …«

Weiter kam er nicht, denn er hatte plötzlich eine Faust an der Kehle und ein Knie im Schritt. Die langsame, torkelnde Frau bewegte sich mit einem Mal sehr schnell und agil. Ihre Hände flogen und ein- oder zweimal auch die Füße.

Die Lider schwer wie Blei schloss Axel die Augen, und als er sie wieder öffnete, lag der Mann offenbar auf dem Boden, denn Axel konnte ihn von seiner Position aus nicht mehr sehen. Die Frau sprang ans Steuer des Mercedes.

»Alles in Ordnung mit Ihnen?«, fragte sie und drehte den Zündschlüssel. Der Motor brummte. Die Frau zog die Fahrertür zu und fuhr los.

Scheinwerferlicht schnitt durch die Dunkelheit. Axel versuchte zu erkennen, wohin die Fahrt ging.

»Verstehen Sie mich?«, fragte die Frau.

Wer sind Sie?, wollte Axel fragen, doch die Zunge war ihm im Weg – er lallte wie ein Betrunkener.

»Bin gerade noch rechtzeitig zur Stelle gewesen, wie's scheint.« Sie nahm ein bisschen Gas weg, als der Mercedes in einer scharfen Kurve hinten auszubrechen drohte. »Ich bringe Sie zu einem sicheren Ort, wo Sie mir erzählen können, was Sie mit den beiden Toten im Kontorhaus zu schaffen hatten.«

Axel blinzelte erneut und kämpfte gegen die Müdigkeit an. Das Gesicht der Frau erschien im Licht einer vorbeihuschenden Straßenlaterne: ein blasses Oval mit großen grünen Augen und langer, gerader Nase. Er hatte es schon zweimal gesehen, zum ersten Mal im alten Hafen und etwas später auf einem Foto aus der Personaldatei von Living-

Magic. Neben ihm am Steuer des Mercedes saß Giselle Leroy.

»Gi…selle«, brachte er hervor.

»Ja«, bestätigte die Frau. »Sie wissen inzwischen, wer ich bin, wie? Und die anderen wissen, wer *Sie* sind. Hoffentlich baut das keine Brücke zu mir.«

Die letzten Worte hörte Axel nicht mehr. Er schlief.

17 VIKTORIA JORUN DAHL

Rom

Minus vier

»Verzeihen Sie, Madame, aber Sie sehen schrecklich aus«, sagte Alessandra, als ihre Chefin hereinkam.

»Noch schlechter als sonst?«, fragte Viktoria Jorun Dahl.

»Haben Sie überhaupt geschlafen?«

»Nicht viel, vielleicht eine Stunde.«

Alessandra stand auf und öffnete die Tür des Büros. »Lassen Sie mich raten: Sie haben am achtzehnten Entwurf Ihrer Rede gearbeitet und ihn ebenfalls verworfen.«

»Nein.« Im Büro war das Licht wieder viel zu hell. Viktoria drehte die Jalousien des breiten Fensters zu und sperrte die heiße Sonne von Rom aus. »Ich habe in einer Datei gelesen. Ich wollte nur einen Blick hineinwerfen, aber dann …«

»Meinen Sie die Datei von Mortimer Swift?«, fragte Alessandra.

»Ja. Hat Koriander sie ebenfalls erhalten?«

»Ja, Madame. Gestern nach Ihrem Gespräch mit Mr. Swift. Aber ich weiß nicht, ob er sich schon damit beschäftigt hat.«

Viktoria sank in den Sessel hinter ihrem Schreibtisch und rieb sich die Schläfen. »Geben Sie der Sache den Vermerk *dringend*. Koriander soll sich die Datei ansehen, so bald wie möglich. Heute Nachmittag möchte ich mit ihm darüber reden. Und ich brauche ein Aspirin, Alessandra.«

»Sofort, Madame.«

Auf dem Schreibtisch lag die Mappe mit den Terminen für diesen Tag. Viktoria öffnete sie, las und stöhnte.

»Ist es so schlimm, Madame?« Alessandra reichte ihr ein Glas und eine Tablette.

»Die Kopfschmerzen nicht, aber das hier.« Viktoria deutete auf das erste Blatt in der Mappe. »Ich kann den Kerl nicht ausstehen.«

Um zehn Uhr erwartete man sie im »mostro di Libeskind«, in »Libeskinds Monstrum«: drei Hochhäuser, die das Studio Libeskind im Tor di Valle von Rom errichtet hatte, südwestlich des Stadtzentrums. Viele Römer waren der Meinung, dass das betont moderne Design der drei Wolkenkratzer – ganz zu schweigen von der Höhe der Bauwerke – nicht zur Architektur der ewigen Stadt passte, und Viktoria dachte ähnlich. In weniger als einer Stunde würde in einem der Gebäude ein Gespräch der italienischen Regierung, vertreten durch Sottosegretario Gaetano Calussi, mit der Rating-Agentur Scope Rating stattfinden. Es ging um die weltweite Sicherheitslage im Allgemeinen und die Bonität des italienischen Staates im Besonderen. Scope Rating hatte Italiens Kreditwürdigkeit vor drei Monaten noch einmal herabgestuft, ebenso wie Moody's und Fitch, und dass die italienische Regierung nur Calussi zu dem Gespräch schickte, war eine Botschaft, die da lautete: »Wir scheren uns nicht um euch.«

Der Einzige, der diese Botschaft nicht verstehen würde, war wie immer Gaetano Calussi, ein Unterstaatssekretär mit riesenhaft aufgeblähtem Ego, in die eigene vermeintliche Wichtigkeit verliebt und noch dazu jemand, der sich Frauen gegenüber für unwiderstehlich hielt. Um zehn Uhr würde der Pfau wieder sein buntes Gefieder zeigen und den Kopf hochrecken.

»Zwei Stunden muss ich ihn ertragen?«, fragte Viktoria. *»Zwei Stunden?«*

»Ich habe die Unterlagen für Sie zusammengestellt.« Alessandra legte eine zweite Mappe auf den Schreibtisch. »Der letzte Monatsbericht des Instituts, auf das Wesentliche zusammengefasst. Sie sollten sich besser sofort auf den Weg machen. Es gibt Absperrungen. Zwei Demonstrationen finden statt.«

Viktoria steckte die Tablette in den Mund und spülte sie mit Wasser hinunter. »Gleich zwei?«

»Die eine Gruppe verlangt, dass Italien mehr Soldaten nach Libyen schickt, die andere will den Austritt aus NATO und EU. Die Route zum Mostro führt zwischen den beiden Demonstrationszügen hindurch. Der Fahrer wartet bereits.«

Viktoria nahm beide Mappen und stand auf. »Zwei Stunden mit Gaetano Calussi. Ob ich das überlebe …?«

Alessandra lächelte voller Anteilnahme. »Was Sie nicht umbringt, macht Sie stärker, Madame.«

Auf dem Weg zum Tor di Valle dachte Viktoria Jorun Dahl nicht nur an Pfauen, sondern auch an Spatzen und Eulen.

18

Gaetano Calussi, in einen maßgeschneiderten dunkelgrauen Nadelstreifenanzug gekleidet und mit Gel im dunklen Haar, saß flankiert von zwei Assistenten an der Fensterseite des langen Tisches, sodass die beiden Repräsentanten von Scope Rating auf der anderen Seite des Tisches ins Licht sehen mussten, wenn sie den Blick auf ihn richteten. Er nickte immer wieder, als Viktoria ihren Vortrag hielt, und kommentierte ihre Ausführungen gelegentlich mit einem »In der Tat«, als wüsste er genau, worüber sie sprach, was sie bezweifelte. Er ließ sie kaum aus den Augen, und sie ahnte, was ihm durch den Kopf ging, obwohl er normalerweise jüngere Frauen bevorzugte. Mehrmals schenkte sie ihm ein freundliches, aber kühles norwegisches Lächeln und dachte: Nein, Freundchen, mit dir nicht, und wenn du der letzte Mann auf Erden wärst.

Viktoria sprach von der Lage im Baltikum, von zwei russischen Panzerdivisionen, die eine direkte Bedrohung für Estland, Lettland und Litauen darstellten …

»Es sind moderne T-14 Armata«, warf Calussi ein. »Dicke Brocken, zu dick selbst für einen deutschen Leopard.« Er holte tief Luft, hob den Kopf ein wenig und fügte hinzu: »Italien hält es für seine Pflicht, die Friedensbemühungen der NATO in den baltischen Staaten mit Material und Personal zu unterstützen.«

»Die von der NATO in Estland, Lettland und Litauen stationierten Truppen haben nach Einschätzung unseres Instituts die Sicherheitslage im Baltikum nicht verbessert, sondern verschlechtert.« Viktoria strich mit dem Finger über ihr Tablet, und auf dem großen Bildschirm an der Wand erschien eine Tabelle. »In Moskau hat man das als Provokation empfunden. Und die Russen nutzen es als Vorwand für weitere Truppenverlegungen.«

»Die baltischen Staaten haben einen Hilferuf an den freien Westen gerichtet«, hielt Calussi dagegen. »Die NATO – und Italien als Teil von ihr – musste darauf reagieren und ihre Verteidigungsbereitschaft deutlich machen.«

»Was Sie Verteidigungsbereitschaft nennen, ist ein Spiel mit dem Feuer, Signor Calussi.« Viktoria deutete auf die Tabelle. »Die neuen Bataillone der NATO im Baltikum sind ein Stachel in Russlands Seite. Selbst mit ihnen können Estland, Lettland und Litauen bei einem russischen Angriff nur etwa zwei Stunden – wenn überhaupt – Widerstand leisten. Friedenspolitik sieht anders aus.«

»Es gilt, Zeichen zu setzen«, verkündete Gaetano Calussi und blickte dabei über den Tisch zu den beiden Rating-Gesandten, zwei älteren Herren mit grau meliertem Haar und in dunklen Anzügen. Einer von ihnen, Edward Wilson aus Irland, machte sich handschriftliche Notizen; der andere, Theodor Kowalski, tippte mit flinken Fingern auf der virtuellen Tastatur eines Tablets.

Viktoria ließ andere Tabellen und Übersichten auf dem großen Bildschirm erscheinen, sprach von dem Hyperloop-Unglück bei Stawropol und der Einschätzung der Strategiegruppe des Instituts, wonach der Zwischenfall Teil eines offensiven Plans der Achse Moskau-Ankara für den vorderasiatischen Raum sein könnte …

»Auch deshalb hat Italien entschieden, das zivile und militärische Engagement in Libyen und Ägypten zu verstärken«, erklärte Calussi daraufhin.

»Wenn ich mich richtig erinnere, gehören Libyen und Ägypten zu Afrika und nicht zu Asien«, erwiderte Viktoria.

Calussi lächelte. »Saudi-Arabien sowie Irak und Iran sind nicht weit.«

Die beiden Repräsentanten von Scope Rating schrieben wortlos.

Viktoria setzte ihren Vortrag fort, schilderte die wachsenden Spannungen zwischen China und Indien, die Entwicklungen auf Taiwan und in Nordkorea, die Unruhen in Südamerika …

»Aber, aber …« Gaetano Calussi schüttelte den Kopf. »So wie Sie die Lage schildern, Signora Dahl … Man könnte meinen, wir stünden kurz vor einer globalen Katastrophe.«

»Die Welt ist ein Pulverfass«, sagte Viktoria sehr ernst. »Und leider gibt es zahlreiche Leute, die imstande wären, Feuer an die Lunte zu legen.«

»Wie beurteilen Sie die aktuelle weltweite Sicherheitslage?«, fragte Teodor Kowalski. »Auf einer Skala von eins bis zehn, wobei zehn vollständige Sicherheit bedeutet.«

Viktoria überlegte nur kurz. »Vier.«

»Ich bitte Sie!«, entfuhr es Gaetano Calussi. Er breitete die Arme aus, was die beiden Assistenten rechts und links neben ihm zwang, ein wenig zur Seite zu weichen. »Das klingt nach einer *unmittelbar bevorstehenden* Katastrophe.«

Er sprach zum zweiten Mal das Wort »Katastrophe« aus, aber Viktoria Jorun Dahl, die die Nacht damit verbracht hatte, in einer tausendachthundertzwölf Seiten langen Textdatei zu lesen, hörte noch ein anderes Wort darin: Weltuntergang. Sie dachte plötzlich wieder an Spatzen und Eulen.

»Es fehlt der Funke«, sagte sie.

»Eben haben Sie eine Lunte erwähnt.« Der Unterstaatssekretär sprach in einem jammernden Ton, grinste dabei und zeigte seine weißen Zähne. »Was denn nun, verehrte Signa Dahl? Lunte oder Funke?«

Edward Wilson hielt seinen Kugelschreiber über dem Notizblock bereit und fragte: »Was wird nach Meinung Ihres Instituts geschehen?«

Viktoria blätterte in ihren Unterlagen. »Russland wird innerhalb der nächsten beiden Jahre die baltischen Staaten übernehmen. Wahrscheinlichkeit dafür: siebenundachtzig Prozent.«

»Aber, aber …«, sagte Calussi erneut und schüttelte wieder den Kopf.

»Nach unserer Einschätzung wird es eine direkte Reaktion auf die Stationierung weiterer NATO-Bataillone sein«, fuhr Viktoria ungerührt fort. »Provokation und massive Gegenprovokation, Signor Sottosegretario. Punkt zwei: Die italienischen Truppen werden aus Libyen und Ägypten geworfen. Wahrscheinlichkeit: einundachtzig Prozent. Punkt drei: Italien zieht nach dem Debakel von Tripolis und Kairo sein Kontingent aus den UN-Friedenstruppen in der Westukraine ab. Wahrscheinlichkeit: neunundsiebzig Prozent …«

»Ich bitte Sie, Signora.« Gaetano Calussi war eindeutig bemüht, seine Verärgerung nicht allzu deutlich zu zeigen. »Die italienischen Truppen tragen maßgeblich zur Sicherheit in Libyen, Ägypten und der Ukraine bei. Wir …«

»Ihre Truppen sind schlecht geführt, nach den jüngsten Anschlägen in Brega und Idku demoralisiert und miserabel ausgerüstet. Außerdem fehlt es ihnen an Rückhalt in der Bevölkerung. Punkt vier …« Viktoria blickte wieder auf die

Liste. »Die Republik Ostukraine übernimmt mit russischer Unterstützung die Westukraine ...«

»Das ist blanker Unsinn!« Calussi legte beide Hände auf den Tisch und beugte sich vor, als wollte er aufstehen. »Unsere Soldaten ...«

»Wahrscheinlichkeit: sechsundsiebzig Prozent«, sagte Viktoria. »Punkt fünf: In Tibet steht ein von Indien unterstützter Aufstand gegen China bevor. Er könnte schon kommendes Jahr stattfinden. Wahrscheinlichkeit: neunundsechzig Prozent. Punkt sechs: Der Konflikt zwischen China und den Philippinen aufgrund der chinesischen Hoheitsansprüche im Südchinesischen Meer wird sich verschärfen und zu weiteren bewaffneten Auseinandersetzungen führen, in die auch Malaysia, Indonesien und Sumatra hineingezogen werden könnten. Wahrscheinlichkeit: siebenundsechzig Prozent. Die USA werden mit einer Wahrscheinlichkeit von sechsundsiebzig Prozent Waffenhilfe leisten.«

»Wie kommen Sie zu diesen ›Wahrscheinlichkeiten‹?«, fragte Calussi. »Mit dem Rechenschieber? Haha!« Er lachte laut, aber niemand stimmte mit ein.

»Das Institut hat Fachleute dafür, Signor Sottosegretario«, entgegnete Viktoria und gab dem *sotto*, dem »unter« in Unterstaatssekretär, eine leichte Betonung.

Während der nächsten zehn Minuten fuhr sie damit fort, einzelne Krisenzentren zu benennen und die Wahrscheinlichkeit dafür anzugeben, dass jene Situationen eskalierten. Beide Rating-Gesandten schrieben, und schließlich fragte Kowalski: »Wie ist es nach Meinung des Instituts um Italiens innenpolitische Lage bestellt?«

Calussi nahm die Hände vom Tisch, lehnte sich zurück und wirkte mit einem Mal sehr wachsam. Er sah Viktoria an, und sie erkannte die stumme Bitte in seinen Augen. Tut mir leid, dachte sie.

»Das Land ist gespalten«, sagte Viktoria ernst. »Die eine Hälfte träumt von einem neuen großen Italien, mit mehr

Einfluss in Nordafrika und im Nahen Osten. Die andere fürchtet die weltweite Krise so sehr, dass sie das Land isolieren möchte. Es finden derzeit zwei große Demonstrationen hier in Rom statt …«

»Ach.« Calussi winkte ab. »Es sind nur kleine Gruppen, viel Geschrei um nichts, ein Sturm im Wasserglas.«

»Ihre kleinen Gruppen, Signor Sottosegretario, bestehen aus jeweils hunderttausend Menschen, unten ihnen zahlreiche Gewaltbereite. Es würde mich nicht wundern, wenn es zu Ausschreitungen und Vandalismus kommt. Vielleicht mischt sich sogar noch der eine oder andere Sprengstoffattentäter unter die Demonstranten.« Viktoria atmete tief durch und hob die Hand, als Gaetano Calussi zu einem weiteren Einwand ansetzte. »Bitte unterbrechen Sie mich nicht ständig! Lassen Sie mich die Frage beantworten.«

Sie wandte sich an Wilson und Kowalski. »Italien hat viele Probleme, und für das größte von allen haben wir hier ein gutes Beispiel. Ich meine die Politiker dieses Landes, die ›Kaste‹, wie sie oft genannt werden. Von Korruption und weitverbreiteter Inkompetenz einmal abgesehen … Die Politik dieses Landes dreht sich vor allem darum, die eigene Macht zu erhalten; alles andere ist zweitrangig.«

»Ich muss doch sehr bitten!«, empörte sich Calussi.

Diplomatie und Müdigkeit vertragen sich nicht, dachte Viktoria. Aber selbst wenn sie die ganze Nacht durchgeschlafen hätte und auch die Nächte davor … Sie hatte noch nie ein Blatt vor den Mund genommen, ein Umstand, dem sie die »Beförderung« zur Leiterin des Internationalen Instituts für Frieden und Sicherheit verdankte. Gewissen Leuten bei der UN, und nicht nur dort, war sie unbequem, weil sie aussprach, was sie dachte. Deshalb das »italienische Abstellgleis«, wie sie es nannte.

»Verantwortungsbewusste Politiker hätten schon vor einem halben Jahrhundert oder früher damit begonnen, Italien zu reformieren.« Sie berührte eine Schaltfläche auf ihrem Tablet, und der Wandschirm zeigte Entwicklungsdiagramme. »Dieses Land ist nicht nur politisch, gesellschaftlich und sozial zerrissen, sondern steht auch kurz vor einem ökonomischen Kollaps. Der Bankensektor sitzt noch immer auf faulen Krediten in Höhe von Hunderten Milliarden Euro. Nach unseren Schätzungen belaufen sich die ›doubtful debts‹, die notleidenden Kredite, auf ungefähr vierhundert Milliarden Euro – das sind fast ein Viertel aller Kredite in Italien und damit mehr als bei der letzten italienischen Bankenkrise vor zehn Jahren. Die Auslagerung in Bad Banks löst das Problem nicht, es wurde und wird dadurch nur in die Zukunft verlagert. Nun, meine Herren, die Zukunft ist zur Gegenwart geworden. Die Politik dieses Landes kann es sich nicht leisten, immer nur mit sich selbst beschäftigt zu sein und alles andere als nebensächlich abzutun. Sie muss die Probleme endlich anpacken und lösen. Tut sie das nicht, oder stellt sie es falsch an, werden wir hier eine ökonomische und soziale Implosion erleben.«

»Wie schätzen Sie die Aussichten ein?«, fragte Edward Wilson. »Wieder auf einer Skala von eins bis zehn.«

»Dass Italien es schafft, nicht in den Abgrund zu stürzen?« Diplomatie, dachte Viktoria erneut. Vielleicht war es besser, nicht alle Türen zuzuschlagen. »Sagen wir … sechs. Der Rand des Abgrunds bröckelt, Italiens Zehenspitzen ragen bereits darüber hinaus, aber eins muss man diesem Land lassen: Irgendwie ist es ihm immer gelungen, die letzte, endgültige Katastrophe zu vermeiden.«

Gaetano Calussi, zugleich bestürzt und erleichtert, flüsterte einige Sekunden lang mit seinen Assistenten und hielt dann einen ausschweifenden Vortrag, in dem er immer wieder den Reformwillen der neuen italienischen Regierung betonte und wie entschlossen er sich als wichtiger Mann, der er der eigenen Meinung nach war, dafür einsetzte, dass so schnell wie möglich alle notwendigen Maßnahmen ergriffen wurden.

Viktoria ließ den Wortschwall mit unbewegter Miene über sich ergehen, warf mehrmals einen verstohlenen Blick auf die Uhr und wartete geduldig. Schließlich sagte Wilson: »Ich denke, das genügt für heute. Vielen Dank für die aufschlussreichen Informationen, Signora Dahl! Sie waren uns eine große Hilfe. Signor Calussi …«

»Meine Regierung stellt Ihnen gern umfangreiches Datenmaterial für Ihre Analysen zur Verfügung«, bot Calussi an.

So drückte er sich aus. Er sagte tatsächlich »meine Regierung«, als wäre er der Premierminister. Der Pfau plusterte sich auf, er zeigte wieder seine bunten Federn.

Edward Wilson aus Irland und Teodor Kowalski aus Polen erhoben sich. »Vielleicht kommen wir auf Ihr Angebot zurück«, sagte Wilson. »Bleibt es bei dem für morgen vereinbarten Termin für ein letztes klärendes Gespräch?«

»Selbstverständlich«, sagte Calussi schnell.

»Wir wünschen Ihnen noch einen angenehmen Tag.« Wilson und Kowalski gingen zur Tür und verließen den Raum.

Gaetano Calussi sackte halb in sich zusammen.

Viktoria sah demonstrativ auf ihre Uhr. »Es ist spät geworden«, sagte sie, obwohl sie noch genug Zeit hatte. »Ich sollte besser gehen. Buongiorno, Signor Sottosegretario!«

Sie trat in den Flur, bevor Calussi Luft für eine Antwort holen konnte. Als sie den Aufzug erreichte, hörte sie eilige Schritte hinter sich.

»So einfach kommen Sie mir nicht davon.« Gaetano Calussi machte keinen Hehl aus seinem Ärger. »Wie konnten Sie …?«

»Arrivederci«, sagte Viktoria, als vor ihr die beiden Türhälften auseinanderglitten. Einen Moment später stand sie in der Liftkabine.

Calussi folgte ihr. Viktoria spielte mit dem Gedanken, den Aufzug wieder zu verlassen und die Treppe zu nehmen, aber es war bereits zu spät – die Tür schloss sich.

Die Kabine setzte sich in Bewegung, doch Calussi drückte schnell hintereinander mehrere Zahlentasten. Anzeigen blinkten, und der Lift hielt zwischen zwei Stockwerken an. Das Licht flackerte kurz.

Viktoria seufzte. »Was soll der Unsinn, Signor Calussi?«

»Das eben war gar nicht nett von Ihnen«, sagte der Unterstaatssekretär. »Italien und meine Regierung in ein so schlechtes Licht zu rücken … Scope könnte Ihnen glauben und uns erneut herabstufen, Signora Dahl, und Fitch, Moody's und die anderen Rating-Agenturen würden dem Beispiel folgen. Die Zinsen würden steigen, was eine weitere Belastung des Staatshaushalts zur Folge hätte, und …«

»Es ist nicht Ihre Regierung«, unterbrach ihn Viktoria, die sich an seine Wortwahl von vorhin erinnerte. »Sie sind nur ein kleines Rad in einem großen Uhrwerk, Signor Calussi. Und wenn die Politiker dieses Landes nicht mehr in erster Linie daran denken würden, wie sie sich am besten die eigenen Taschen füllen können, ginge es Italien weitaus besser.«

Calussi breitete die Arme aus. »Was ist los mit Ihnen, Signora Dahl? Haben Sie schlecht geschlafen?« Er fügte hinzu: »Meine Regierung könnte die jährlichen Zuwendungen für Ihr Institut streichen.«

Viktoria seufzte. Erneut hatte er »meine Regierung« gesagt. »Diese Zuwendungen wurden bereits gestrichen, letztes Jahr. Das Internationale Institut für Frieden und Sicherheit bekommt keinen Cent mehr von ›Ihrer‹ Regierung.«

Calussi lächelte, aber es war ein falsches Lächeln. »Sie sind Gast in mein…, unserem Land, Signora Dahl. Wir könnten zu dem Schluss gelangen, dass Sie nicht mehr willkommen sind.«

»In dem Fall sollten Sie sich an die Vereinten Nationen wenden. Wir unterstehen der UN, und ich genieße Diplomatenstatus.«

»Besonders diplomatisch sind Sie nicht.«

Viktoria seufzte erneut. »Ich fürchte, da haben Sie recht.« Sie deutete aufs Bedienfeld des Aufzugs. »Wenn wir unsere kurze gemeinsame Reise jetzt bitte fortsetzen könnten …«

Gaetano Calussi gab einen neuen Code ein. Ein kleiner Ruck, und die Fahrt in Richtung Erdgeschoss ging weiter. Doch schon nach wenigen Metern hielt der Aufzug erneut an, und das Licht ging aus.

»Mein Vorrat an Geduld, Signor Calussi, neigt sich dem Ende zu.«

»Mich trifft keine Schuld«, ertönte seine Stimme in der Dunkelheit. »Der Strom muss ausgefallen sein.«

Na prächtig, dachte Viktoria. Ich stecke in einem Aufzug fest, ausgerechnet mit Gaetano Calussi.

19

Zwei lange Minuten verbrachten sie in Finsternis, bevor die batteriegespeiste Notbeleuchtung anging. Viktoria holte ihr Handy hervor. Es war aufgeladen und funktionierte, aber sie bekam keine Netzverbindung. Calussi erging es mit seinem Mobiltelefon nicht anders.

»Wenn wir kein Netz bekommen, muss es eine größere Sache sein«, sagte Viktoria nachdenklich.

»Es dauert bestimmt nicht lange, bis die Stromversorgung wiederhergestellt wird.« Der Unterstaatssekretär betätigte die Notruftaste und sagte in die Sprechrillen darüber: »Hallo? Hört mich jemand? Wir stecken fest.«

Niemand antwortete.

Zehn Minuten später lockerte Gaetano Calussi seine Krawatte. »Ziemlich heiß hier drin, nicht wahr?«

Viktoria lehnte an der Wand und blieb ruhig. »Man sollte meinen, dass Sie an die römische Hitze gewöhnt sind.«

Weitere fünf Minuten vergingen. Es blieb alles still. Calussi lockerte seine Krawatte noch etwas mehr und löste die oberen beiden Hemdknöpfe.

»Vielleicht ist dies ein Wink des Schicksals«, sagte er zaghaft. »Ich meine, dass wir beide hier in einem Aufzug gefangen sind … Wir könnten die Gelegenheit nutzen …«

»Nein.«

Er hob die Brauen. »Wollen Sie mich nicht ausreden lassen, bevor Sie ablehnen?«

»Was immer Sie auch vorschlagen wollen, wenn es sich um etwas Persönliches handelt, lautet die Antwort Nein.«

Das entmutigte den Pfau. Er wandte sich dem Bedienfeld zu, drückte mehrere Tasten und schüttelte dabei den Kopf. »Bestimmt vermisst man uns. Vermutlich sucht man uns bereits.«

Er wich in eine Ecke zurück, starrte zu Boden und schwitzte. Viktoria sah sie deutlich, die kleinen Schweißperlen auf seiner Stirn.

Nach einer halben Stunde wurde das Licht der Notbeleuchtung schwächer. Gaetano Calussi zog an seiner Krawatte, schwitzte noch etwas mehr und brummte: »Ich verstehe das nicht. Der Strom müsste längst zurück sein.«

Viktoria deutete zur Wartungsklappe in der Decke des Aufzugs. »Sie könnten versuchen, nach draußen zu klettern und in den nächsten Stock zu gelangen. Helden machen so was.«

»Ich bin kein Held.«

»Dachte ich mir.«

Nach anderthalb Stunden begann Gaetano Calussi mit einer unruhigen Wanderung von einer Ecke der Liftkabine zur anderen, und sein Blick huschte dabei immer wieder zur Tür, zu den Tasten des Bedienfelds und zur Wartungsklappe. Manchmal blieb er stehen, trat von einem Bein aufs andere und verzog das Gesicht.

Viktoria saß mittlerweile am Boden, den Rücken wieder an die Wand gelehnt, und beobachtete den Unterstaatssekretär. Mitleid regte sich in ihr.

»Sie leiden nicht zufällig an Klaustrophobie?«

»Was? Nein. Nein, natürlich nicht.«

Die Notbeleuchtung wurde zu einem schwachen Glühen und ging aus.

Viktoria hörte ein Ächzen im Dunkeln.

»Atmen Sie tief durch«, sagte sie. »Versuchen Sie, sich zu entspannen.«

»Es gibt hier keine Toilette«, jammerte Calussi. »Und ich habe eine schwache Blase. Hätten Sie etwas dagegen, wenn ich …?«

»Unterstehen Sie sich!«, sagte Viktoria scharf. »Lenken Sie sich ab. Denken Sie an etwas anderes.«

»Sie haben gut reden!«

»Habe ich, ja. Vor drei Jahren in Oslo, beim Angriff einer militanten Gruppe der Norwegischen Verteidigungsallianz auf das Rathaus …«

Calussi stand jetzt still. »Ja?«

»Ich befand mich im Gebäude, im Ostturm«, fuhr Viktoria fort. »Als ich die Schüsse hörte, hab ich mich auf dem Dachboden versteckt, in einem kleinen Zimmer kaum größer als ein Besenschrank. Es war stockfinster, und ich fühlte, wie mir Spinnen über Hände und Arme krabbelten. Aber ich durfte nicht schreien oder mein Versteck verlassen. Ich musste reglos und mucksmäuschenstill sein. Ich habe Spinnen immer verabscheut, Signor Calussi. Ein klarer Fall von Arachnophobie. Aber in jener Nacht saß ich still und steif in der winzigen Kammer. Sechs Stunden lang musste ich die Spinnen ertragen, ohne mich zu bewegen oder einen Laut von mir zu geben. Schließlich fanden mich Polizisten – ich schlief tief und fest. Seit damals habe ich keine Angst mehr vor Spinnen. Der menschliche Geist ist erstaunlich.«

In der Dunkelheit blieb es zunächst still, dann sagte Gaetano Calussi: »Ich verstehe. Aber meine Blase bleibt schwach.«

»Wer ist stärker, Signor Sottosegretario? Sie oder Ihre Blase?«

Viktoria schloss die Augen und schlief ein.

Als sie zwei Stunden später erwachte, war es immer noch dunkel. Sofort bemerkte sie einen strengen Geruch. Sie holte ihr Handy hervor – das noch immer keine Verbindung zum Netz hatte – und leuchtete damit.

Der Unterstaatssekretär saß ihr gegenüber an der Wand. Seine Hose war nass.

»Es tut mir leid«, sagte er.

Am späten Nachmittag, um halb fünf, klingelte plötzlich Viktorias Handy. Sie las den Namen auf dem Display, bevor sie den Anruf entgegennahm. »Hallo, Alessandra! Ich stecke in einem Aufzug fest«, sagte sie schnell, »im zweiten Libeskind-Turm. Zusammen mit Gaetano Calussi«, fügte sie hinzu.

»Ich schicke sofort jemanden, Madame«, versprach Alessandra. Sie klang angespannt. »Die Handynetze funktionieren wieder, dem Himmel sei Dank. Aber weite Teile der Stadt sind noch immer ohne Strom.«

»Was ist passiert?«

»Ein Cyberangriff, Madame. Koriander wird es Ihnen erklären. Er will Sie so schnell wie möglich sprechen und betont, es sei sehr, sehr wichtig. Nicht nur wir sind betroffen – die ganze Welt ist in Aufruhr.«

20 COORAIN COOGAN

Hamburg

Minus drei

»CooCoo? Hörst du mich?«

Coorain öffnete die Augen und blickte aus dem Fenster des Flugzeugs. Etwas weiter vorn ragte eine Tragfläche in die Nacht.

»Es sollte hell sein«, murmelte er. »Es fühlt sich an, als hätte längst ein neuer Tag beginnen müssen.«

»Zirkadiane Schlaf-Wach-Rhythmusstörung«, flüsterte die Stimme. »Das ist die genaue Bezeichnung, CooCoo. Die Nachtarbeit hat dein Zeitgefühl durcheinandergebracht. Hinzu kommt der Jetlag. Ist recht unangenehm.«

»Ich wette, das hat Frau Eis gewusst.«

»Ich habe etwas für dich, CooCoo.« Die Stimme drang aus Coorains Ohrhörer, der ihn mit seinem Handy und von dort über Bordfunk und Satellit mit Elisa auf Hawaii verband. Noch benommen vom Schlaf holte er das Handy hervor, sah kurz aufs Display und vergewisserte sich, dass die Verbindung sicher war. Die anderen Passagiere schliefen, auch der Mann neben Coorain, der Spanier oder Italiener, der zuvor einen Text in sein Tablet diktiert hatte.

»Bist du wach?«, fragte Elisa, als sie keine Antwort erhielt.

»Einigermaßen. Was hast du herausgefunden?«

»In Hamburg wurden zwei Männer ermordet.«

»Bedauerlich für die beiden«, sagte Coorain leise. »Aber

so was passiert leider. Hamburg ist eine große Stadt, und in großen Städten gibt es scheußliche Verbrechen.«

»Höre ich da so etwas wie zynischen Fatalismus?«

»Nein, nicht doch.« Coorain staunte über die Reaktionsfähigkeit der Künstlichen Intelligenz, mit der er sprach. Elisa war inzwischen weitaus mehr als ein Expertenprogramm; sie klang wie ein lebender Mensch. »Du hörst Müdigkeit.«

»Du hast mich gebeten, nach verdächtigen Elementen Ausschau zu halten«, sagte Elisa. »Hast du eine Vorstellung, wie groß das Datenvolumen einer Stadt wie Hamburg an einem einzigen Tag ist?«

»Ja.« Coorain flüsterte, um niemanden zu wecken. »Es ist ein ziemlich großer Heuhaufen.«

»Selbst für mich«, erklärte Elisa. »Martin und Alfons haben mir geholfen, und schließlich ist es uns gelungen, die ursprüngliche Auswahl von einigen Tausend Ereignissen auf zwei zu beschränken.«

»Die beiden Ermordeten?«

»Sie bilden das eine Element«, hörte er Elisas künstliche Stimme in seinem Ohr. »Die lokale Polizei hat die beiden Toten identifiziert. Einer von ihnen ist Dimitri Mitko, ein Mitarbeiter des russischen Auslandsgeheimdienstes SWR.«

Coorain blickte wieder durch das kleine Fenster in die Nacht. Flogen sie noch immer über dem Pazifik?

»Gibt es eine Verbindung zu Gorotni?«

»Die Datenbanken des deutschen Bundeskriminalamts enthalten keine Informationen, die auf Kontakte zwischen dem ermordeten Dimitri Mitko und Pawel Pawlowitsch Gorotni hinweisen. Ich habe daraufhin unsere Partnerprogramme beim BND befragt. Der Bundesnachrichtendienst hatte Mitko unter Beobachtung und hat vor drei Tagen einen Bericht abgefangen, den er nach Moskau übermittelte. Darin war von einem gewissen Otsi Fem die Rede.«

»Interessant«, murmelte Coorain. »Und das zweite Element? Ist das der zweite Tote?«

»Nein, es betrifft jemand anders. Unter Zuhilfenahme der Expertenprogramme von BKA, BND und lokaler Polizei habe ich mich bemüht, mehr über die Hintergründe des Doppelmords zu erfahren und vielleicht sogar den Täter zu identifizieren. Das ist mir leider nicht gelungen.«

Coorain wartete.

»Ich habe die Aufzeichnungen aller Sicherheitskameras in der Nähe des Tatorts ausgewertet«, fuhr Elisa fort. »Es gibt insgesamt hunderteinundzwanzig Personen und vierhundertdreizehn Fahrzeuge, die sich zum festgestellten Tatzeitpunkt, gegen dreiundzwanzig Uhr, in der Nähe des Tatorts befanden, und ich habe den Weg aller Personen und Fahrzeuge verfolgt. Einer der Wagen, ein fast zwanzig Jahre alter Ford mit Verbrennungsmotor, wurde einige Kilometer vom Tatort entfernt in einem Parkhaus abgestellt. Der Fahrer des Wagens hat das Parkhaus kurze Zeit später jedoch nicht mit besagtem Ford, sondern mit einem Tesla verlassen und ist eine ganze Stunde lang kreuz und quer durch die Stadt gefahren, ohne erkennbares Ziel, mehrmals durch Viertel, in denen es weniger Kameras gibt als in anderen. Mithilfe von Kennzeichen- und Mustersuche in den Kameradaten konnte ich den Weg des Tesla bis nach Rothenburgsort in Hamburg verfolgen. Der Wagen ist auf einen gewissen Axel Krohn zugelassen und wurde in der Tiefgarage eines Apartmenthauses abgestellt, in dem Axel Krohn eine Wohnung besitzt. Eine junge Frau verließ das Gebäude kurz nach seiner Ankunft. Einige Stunden später wurde bei ihm eingebrochen.«

»Und Axel Krohn?«

»Er ist verschwunden. Ich habe mehrere Bilder analysiert, die Sicherheitskameras von dem Mann am Steuer erst des alten Ford und dann des Tesla aufgezeichnet haben. Er hat eine gewisse Ähnlichkeit mit Axel Krohn, ist aber nicht mit ihm identisch.«

Coorain hob die Brauen. »Eine biometrische Maske …«

Er flüsterte noch immer. Der Mann neben ihm schnaufte leise im Schlaf und drehte den Kopf zur Seite.

»Das halte ich für sehr wahrscheinlich«, bestätigte Elisa. »Da wäre noch etwas, CooCoo. Nicht weit vom Apartmentgebäude entfernt fand ein Pärchen beim Verlassen der U-Bahn-Station einen Bewusstlosen. Der Notarzt wurde verständigt, der bewusstlose Mann ins Krankenhaus gebracht. Ich habe mir die Daten der medizinischen Untersuchung angesehen. Der Mann wurde niedergeschlagen, aber nicht ausgeraubt. Uhr, Geld, Ausweise hatte er noch bei sich.«

»Wer ist er?«

»In dem Ausweis stand der Name Gunter Borac, aber das ist ein falscher Name. Der Ausweis stammt nicht vom Einwohnermeldeamt in Hamburg, sondern aus Crypto City in Maryland.«

»Oho.« Coorain sah sich die Bilder auf dem Handy-Display an, die linke Hand darum gewölbt, damit niemand – auch nicht der leise schnarchende Mann auf dem Sitz neben ihm – einen Blick darauf werfen konnte. Auf den ersten sah er den Kerl am Steuer des alten Ford und den anderen Burschen, der den Tesla gefahren hatte, vermutlich Axel Krohn. Die Ähnlichkeit der beiden fiel Coorain sofort auf; das menschliche Unterbewusstsein erkannte Kombinationen von Erkennungsmerkmalen noch immer besser als jede Gesichtserkennungssoftware. Die nächsten Aufnahmen zeigten die junge Frau, die das Apartmentgebäude verlassen hatte, kurz nachdem der mutmaßliche Axel Krohn dort eingetroffen war, und schließlich den Bewusstlosen.

»Gunter Borac heißt in Wirklichkeit James Malcolm Callow und arbeitet für die National Security Agency«, erklang Elisas Stimme in Coorains Ohr.

»Unsere Freunde von der NSA …«

»Ja.«

»Das ist alles?«

»Vorerst. Du weißt, dass ich auch über einen spekulativen Algorithmus verfüge, CooCoo. Er sagt mir: Einer der beiden Toten könnte Rosebud sein.«

»Das ist ziemlich viel Spekulation.«

»Und Axel Krohn, seine Initialen ...«

»Du meinst AK? Wie in AK47? Das wäre zu leicht.«

»So leicht wie Passwörter in der Art von eins-zwei-drei-vier-fünf, meinst du? Es ist eine Eigenart der Menschen, CooCoo. Sie ziehen einfache Dinge vor. Und das Ego spielt immer – immer! – eine Rolle, manchmal eine kleine, oft eine große.«

»Du kennst dich gut mit Menschen aus.«

»Oh, ich habe Zugriff auf ziemlich umfangreiche psychologische Datenbanken, CooCoo.«

»Na schön. Kannst du einen Termin bei den zuständigen deutschen Behörden für mich arrangieren?«

»Ich bereite alles vor. Wenn ich dir einen guten Rat geben darf«, fügte Elisa hinzu, »nutze die Zeit, um noch ein bisschen zu schlafen.«

Coorain nickte, unterbrach die Verbindung und warf seinem Sitznachbarn einen kurzen Blick zu. Der Geschäftsreisende aus Italien oder Spanien schnarchte noch immer leise vor sich hin.

21

Graue Wolken hingen tief über Hamburg, und erste Regentropfen fielen, als Coorain Coogan das Leichenschauhaus betrat. Zwei Männer begleiteten ihn, der eine in mittleren Jahren wie er selbst, Hauptkommissar Michael Rossmann von der Mordkommission, der andere mindestens zehn Jahre jünger, gertenschlank und trotz der Kälte in Jeans, dünnem Hemd und leichter Jacke: Cyberkoordinator Emmerich Vogt, Verbindungsmann von Zitis, CERTBw, NCAZ und einigen anderen deutschen Behörden, die sich für Cyber-Angelegenheiten zuständig wähnten. Coorain stellte fest, dass Vogt Augmented-Reality-Kontaktlinsen benutzte und Daten empfing, während sie sich die Toten ansahen.

»Ich möchte Ihnen noch einmal ausdrücklich für die Amtshilfe danken«, sagte Coorain.

»Kein Problem«, erwiderte Michael Rossmann, der ebenso wie Coorain eine dickere Jacke trug als der junge Emmerich Vogt. »Beziehungsweise ›No worries‹, wie man bei Ihnen sagt, nicht wahr?«

Coorain rang sich ein Lächeln ab. Er war müde nach dem langen Flug, obwohl er nach dem Gespräch mit Elisa noch einige Stunden geschlafen hatte. Sein Zeitgefühl war völlig durcheinander. »Ja, so sagt man bei uns in Australien.«

»Ihr Deutsch ist erstaunlich gut.«

»Früher war's besser. Ist ein bisschen eingerostet.«

»Mit australischer Sonne – oder der von Hawaii – können wir leider nicht dienen.« Emmerich Vogt gestikulierte knapp und meinte vermutlich den grauen Tag jenseits der kalten Wände. »Wir sind Ihnen und der SCAR gern behilflich. Aber bitte vergessen Sie nicht, dass Sie hier keine Ermittlungsbefugnisse haben. Alle Nachforschungen, die Sie anstellen möchten, müssen über uns laufen.«

Er sagte es freundlich, doch Coorain hörte die Warnung in den Worten und sah seinen ersten Eindruck bestätigt. Dem Koordinator Emmerich Vogt ging es in erster Linie um Zuständigkeiten. Er war höflich und vermutlich auch hilfsbereit, aber womöglich fühlte er auf eine vage Art und Weise seine Autorität bedroht. Hauptkommissar Michael Rossmann hingegen wollte vor allem einen Mordfall lösen. Beziehungsweise zwei.

Rossmann zog das Laken vom Gesicht des ersten Toten. »Wir haben sie inzwischen identifiziert. Das ist Frederik Larsen, einundsechzig Jahre alt, dänischer Staatsbürger. Er lebte seit fünfzehn Jahren in Deutschland und arbeitete für LivingMagic in Kopenhagen. Zwei Kugeln haben ihn getroffen, eine mitten in die Stirn, die andere in den Hals. Der zweite Tote«, er schlug auch bei ihm das Laken zurück, »ist Dimitri Mitko aus der russischen Republik Ostukraine.« Rossmann drehte den Kopf der Leiche, damit Coorain das Loch in der linken Schläfe sehen konnte. »Nur ein Schuss.«

»Könnte es sein, dass sich die beiden gegenseitig umgebracht haben?«, fragte Coorain.

»Wohl kaum. Wir haben die Kugeln untersucht. Sie stammen aus derselben Schusswaffe.«

Coorain betrachtete die beiden Toten. »Mord und Selbstmord?«

»Wegen der Schläfe, meinen Sie? Dann müsste er Linkshänder gewesen sein, aber es fanden sich keine Schmauchspuren an Mitkos linker Hand. Und auch nicht an der rechten.«

»Was ist mit der Tatwaffe?«, fragte Coorain.

»Wir haben keine gefunden«, antwortete Rossmann.

»Spuren?«

»Unsere Forensiker sind noch dabei, alles auszuwerten«, sagte der Kommissar.

Es klang ein wenig ausweichend, fand Coorain. »Das ist nicht viel.«

»Das Kontorhaus im alten Hafen ist ein ziemlich abgelegener Ort«, erklärte Emmerich Vogt. »Diese beiden Männer haben sich dort getroffen, weil sie ungestört sein wollten, aber offenbar hat jemand von dem Treffen gewusst und ihnen aufgelauert. Haben Sie eine Ahnung, worum es dabei ging?«

Coorain, der sich noch immer die Leichen besah, zuckte mit den Schultern.

»Ich bitte Sie«, sagte Vogt. »Die SCAR hat Sie nicht ohne Grund von Hawaii hierher geschickt. Es geht um eine Cyberangelegenheit.«

»Hatten Larsen und Mitko etwas bei sich?«, fragte Coorain.

»Zum Beispiel?«

»Irgendetwas.« Coorain sah den Kommissar an.

»Nein«, sagte Rossmann. »Nichts. Ihre Taschen waren leer.«

»Wenn sie etwas bei sich hatten, befindet es sich jetzt im Besitz des Täters«, vermutete Vogt. »Nun, Mr. Coogan? Was wissen Sie?«

Coorain deutete auf den Mann mit dem Schussloch in der linken Schläfe. »Dimitri Mitko hat für den russischen Auslandsnachrichtendienst SWR gearbeitet.«

Emmerich Vogt wölbte die Brauen. Coorain fragte sich, was ihm seine AR-Kontaktlinsen zeigten. »Und was wissen Sie über Larsen?«

»Nicht mehr als das, was ich gerade über ihn gehört habe.«

»Und sonst?« Der junge deutsche Cyberkoordinator richtete einen durchdringenden Blick auf ihn.

Unterschätz ihn nicht, dachte Coorain. Er ist ein kluger Mann. Klug und ehrgeizig.

Er zuckte erneut mit den Schultern. »Ich bin hergekommen, um mehr zu erfahren.«

»Mehr worüber?«

»Es geht mir um einen gewissen Rosebud«, sagte Coorain Coogan. »Einen Darknet-Händler, der sich in Ihrer schönen Stadt mit einem Hacker namens AK47 treffen wollte. Deshalb hat mich die SCAR hierher geschickt. Aber das dürfte Ihnen längst bekannt sein. Marlene De Vries hat Sie sicherlich informiert.«

Hauptkommissar Rossmann nickte. »Ja. Aber in ihrer Mitteilung war nicht die Rede vom russischen Geheimdienst. Was hat der SWR mit dieser Sache zu tun?«

Die Frage müsste lauten, was hat die NSA mit dieser Sache zu tun?, dachte Coorain. »Gibt es keinen gemütlicheren Ort, an dem wir über alles reden können? Hier ist es mir zu kalt.«

22

»Ihnen fallen die Augen zu«, stellte Hauptkommissar Michael Rossmann fest. »Sie sind müde.«

»Ich habe nur langsam geblinzelt.« Coorain lehnte sich zurück. Der Sessel war einigermaßen bequem, aber das Büro eher schlicht. Die Farbe der Wände passte zu dem dünnen grauen Regenvorhang zwischen dem Polizeigebäude und der Elbphilharmonie. Rossmann saß hinter seinem breiten Schreibtisch, und zwar so, dass er durch die Lücken zwischen den beiden Monitoren sehen konnte. Cyberkoordinator Emmerich Vogt stand neben dem Fenster an die Wand gelehnt und ließ Coorain nicht aus den Augen.

»Die Karten«, sagte Vogt. »Auf den Tisch damit.«

Coorain überlegte, wie viel er sagen sollte. Diese beiden Männer waren keine Feinde, aber vielleicht Konkurrenten. Normalerweise hätte er nicht gezögert, sein Wissen – alle Einzelheiten – mit Vogt und Rossmann zu teilen, doch was Emmerich Vogt betraf, stimmte die Chemie nicht. Hier gab es ein Ego-Problem, einen Hier-bestimme-ich-und-nicht-Sie-Konflikt, und hinzu kamen ein paar Lorbeeren, die möglicherweise geerntet werden konnten. Es widerstrebte Coorain, einen Teil dieser Ernte Emmerich Vogt zu überlassen. Nicht weil er ihm den Erfolg nicht gönnte, sondern weil es die eigene Chance minderte, Lady Eis ein Schnippchen zu schlagen.

Oder vielleicht bin ich einfach nur zu müde und darum nicht in Geberlaune, dachte er.

»Ihr Deutschen seid doch so effizient«, sagte Coorain, um ein wenig Zeit zu gewinnen und seine Gedanken zu ordnen. »Warum gibt es bei euch noch immer keine einheitliche Cyberbehörde? Ihr habt Zitis, die ›Zentrale Stelle für Informationstechnik im Sicherheitsbereich‹, zuständig für verschlüsselte Kommunikation. Ihr habt CERTBw, die ›Computer Emergency Response Teams‹ der Bundeswehr. Ihr habt NCAZ, das ›Nationale Cyber-Abwehrzentrum‹, das bis vor ein paar Jahren kaum mehr als zehn Mitarbeiter hatte und inzwischen auf wie viele Spezialisten aufgestockt wurde? Dreißig? Vierzig? Für die *globale* Cybergefahr? Hinzu kommen das BSI, das ›Bundesamt für Sicherheit in der Informationstechnik, die ›Kritischen Infrastrukturen‹ KRITIS, das Kommando ›Cyber- und Informationsraum‹, und weitere Cyberzuständigkeiten beim BfV, dem Bundesamt für Verfassungsschutz, dem BBK beziehungsweise Bundesamt für Bevölkerungsschutz und Katastrophenhilfe, dem Bundeskriminalamt BKA, dem Bundesnachrichtendienst BND, Bundespolizei, dem Militärischen Abschirmdienst MAD und sogar beim Zollkriminalamt. Es scheint bei euch in Deutschland keine Behörde zu geben, die sich nicht mit Cyberangelegenheiten in der einen oder anderen Form befasst. Wo bleibt da die sprichwörtliche deutsche Effizienz?«

»Außerdem gibt es auch noch uns«, sagte Emmerich Vogt und deutete erst auf Rossmann und dann auf sich selbst. Er klang ein wenig angefressen.

Coorain nickte. »Natürlich. Bitte entschuldigen Sie, dass ich das vergessen habe. Vielleicht bin ich nach der langen Reise doch ein wenig müde.«

Rossmann faltete die Hände auf dem Schreibtisch. Hin und wieder huschte sein Blick zu einem der beiden Monitore, dann richtete er ihn wieder durch die Lücke auf Coorain. »Zwei Männer wurden ermordet«, sagte er. »Ich muss den Täter finden. Helfen Sie uns, und wir helfen Ihnen.«

Anders als bei Emmerich Vogt blieb Michael Rossmanns Ego im Hintergrund, klein und abwartend; es wich hinter die Notwendigkeit zurück, einen Fall zu lösen. Coorain wusste nicht, ob er mit diesem Mann Freundschaft schließen würde, dazu war es noch zu früh, aber er verstand und respektierte seine Denkweise.

»Ich habe es bereits erwähnt«, sagte Coorain. »Meine Aufgabe besteht darin, den Darknet-Händler Rosebud zu identifizieren. Er könnte einer der beiden Toten gewesen sein.«

»Larsen von LivingMagic oder Mitko vom russischen Auslandsgeheimdienst?«, fragte Emmerich.

Coorain nickte.

»Also kommen *beide* infrage?«

»Richtig.«

»Und dieser Rosebud hat im Darknet *womit* gehandelt?«

»Mit fast allem, womit sich Geld machen ließ: Drogen, Waffen, Kreditkarten-Infos, Ransomeware und so weiter. Und mit anderen Dingen, die Macht bedeuten: Cyberwaffen und Botnetze.«

»Können Sie uns entsprechende Informationen zur Verfügung stellen?«, fragte Rossmann. Es klang fast entschuldigend.

Coorain nickte erneut. »Kann ich, ja. Ich werde dafür sorgen, dass Sie noch heute entsprechende Dateien von der SCAR Hawaii erhalten. Ich rufe meine Kollegen an, wenn ich im Hotel bin.«

Emmerich Vogt beobachtete ihn immer noch. Vielleicht ermöglichten ihm die AR-Kontaktlinsen, Coorains Mimik besser zu deuten. »Das ist alles?«

»Reicht das nicht? Rosebud hat leistungsfähige Cyberwaffen verkauft, Skripte, Trojaner, Viren und Zugangscodes. Geeignet für Wirtschaftsspionage, Finanzmanipulationen im großen Stil und Sabotage von Industrieanlagen. Ich versuche schon seit einigen Jahren, ihm das Handwerk zu legen.«

»Wenn Sie recht haben, ist Ihnen jemand zuvorgekommen«, sagte Vogt.

»Jemand, der vermutlich von Rosebuds Geschäften wusste«, fügte Rossmann hinzu. »Wer könnte das sein?«

»Ein Konkurrent«, spekulierte Coorain. »Ein Rivale womöglich.«

»Ein anderer Geheimdienst«, warf Vogt ein. »Mitko vom SWR ist wohl kaum von seinen eigenen Leuten erschossen worden.«

»Nichts ist ausgeschlossen«, widersprach Coorain. »Wie gesagt, Sie werden entsprechende Dateien bekommen, noch heute. Ich wäre Ihnen dankbar, wenn Sie mich als Gegenleistung dafür über Ihre Ermittlungen auf dem Laufenden halten.« Mit einem leisen Ächzen stand er auf. »Ich glaube, ich bin tatsächlich ein bisschen müde.«

»Ich lasse Sie von einem unserer Wagen zum Hotel fahren.« Rossmann griff nach dem Cordless auf seinem Schreibtisch.

»Sind Sie ganz sicher, dass Sie uns alles gesagt haben?«, fragte Emmerich Vogt.

Auf dem Weg zur Tür war Coorain versucht, von Mephisto, Axel Krohn und James Malcolm Callow zu erzählen, einem NSA-Mann, der in der Nähe von Axel Krohns Wohnung niedergeschlagen worden war. Doch der Moment verstrich, ohne dass er etwas sagte. Vielleicht war er tatsächlich nur zu müde.

»Ich schaue morgen noch mal bei Ihnen vorbei.« Coorain öffnete die Tür.

Vogt deutete auf seine Tasche. »Wenn Sie mir Ihren Laptop geben, überspiele ich Ihnen die Daten, die wir bisher über die beiden Toten haben.«

Coorain lächelte schief. »Ich gebe das Ding nicht aus der Hand. Wegen der Bilder meiner Frau, die darauf gespeichert sind.«

Vogts rechte Braue wölbte sich. »Sie sind doch gar nicht verheiratet.«

Coorain lächelte. »Eben.«

Emmerich Vogt verzerrte auf einmal das Gesicht, stieß sich von der Wand neben dem Fenster ab, hob beide Hände an die Augen und nahm sich die Kontaktlinsen heraus. »Was zum …?«

Rossmann richtete einen erstaunten Blick auf die beiden Monitore und drückte mehrere Tasten. »Mit dem Computer stimmt was nicht.«

Ein junger Mann sah zur offenen Tür herein, noch jünger als Vogt. »Der Server ist ausgefallen«, sagte er. »Ein Hackerangriff, heißt es.«

Coorain nickte Vogt und Rossmann zu. »Vielleicht hat es jemand auf Ihre Daten abgesehen.« Er wandte sich wieder zum Gehen. »Bis morgen … und no worries.«

23

Coorains Zimmer im Exzellent hatte nicht viel Exzellentes, aber das Bett war nicht zu hart und nicht zu weich, und es gab einen Sessel, in dem man bequem sitzen konnte, den Kopf an die hohe Rückenlehne gestützt. Dort nahm er Platz, am Fenster mit Blick auf die regennasse Innenstadt, und versuchte sich daran zu erinnern, wie spät oder früh es in Pearl City war. Wie viele Stunden lagen zwischen Deutschland und der Mitte des Pazifiks? Zehn Stunden bei Sommerzeit in Deutschland … War das hier der deutsche Sommer?

Coorain blickte in den Regen hinaus und sah verstopfte Straßen: Hunderte von Autos, viele von ihnen elektrisch, standen oder rollten im Schneckentempo. Mit dem Verkehrsleitsystem schien etwas nicht zu stimmen. Das Licht von Werbeleuchten flackerte, die Signalanzeigen für Fußgänger blinkten. Über einer der breiten Straßen, auf denen Fahrzeug an Fahrzeug stand – Autos, Kleintransporter und große selbstfahrende Lkws – kreiste ein Helikopter wie eine große Hornisse.

»So viel zur so oft gepriesenen deutschen Effizienz«, murmelte Coorain und legte den Scanner beiseite, mit dem er in seinem Hotelzimmer nach versteckten Wanzen gesucht hatte. Nichts. Keine Minikameras, keine elektronischen Ohren. Was kaum etwas bedeutete. Es wurden ständig neue Mikrogeräte dieser Art entwickelt, und der Scanner konnte sie nur dann entdecken, wenn sie aktiv waren und Signale sendeten. Coorain trug bereits den Ohrhörer, setzte die

AR-Brille auf und stellte mit seinem Handy eine sichere Verbindung her, was länger dauerte als sonst. Er sprach, indem er nur die Lippen bewegte – Kamera und Sprachsoftware des Handys erkannten die Worte.

»Ich brauche deine Hilfe, Elisa«, sagte er lautlos.

Eine Stimme drang aus dem Kopfhörer. »Bist du das, CooCoo?«

Coorain starrte verblüfft auf das Handydisplay. »Natürlich bin ich das. Ist mit der Verbindung etwas nicht in Ordnung? Genügt die Bandbreite nicht?« Er benutzte eine Satellitenverbindung; die Bandbreite sollte eigentlich ausreichen.

Er bekam eine sehr seltsame Antwort. »Ich ... fühle mich nicht gut, CooCoo.«

»Was?«

Regentropfen prasselten gegen das Fenster, und der Wind trug das Hupkonzert von den Straßen zum Zimmer im fünften Stock. Vor allem die Fahrer der Wagen mit altem Motor hupten. Die Wagen mit elektronischem Steuerungssystem standen inzwischen still und verstopften die Straßen.

»Was?«

»Ich habe das Gefühl, nicht mehr ganz ich selbst zu sein, CooCoo«, erklärte die KI namens Elisa aus Pearl City auf der anderen Seite der Erde. »Meine Diagnoseprogramme liefern widersprüchliche Ergebnisse. Vielleicht bin ich kontaminiert oder kompromittiert.«

Coorain blinzelte. Das Hupen draußen schien noch lauter zu werden. »Was?«

»Das Netz ist seit einigen Stunden voller aktiver Cyberwaffen, CooCoo. Es scheinen recht viele zu sein, und sie sind an vielen verschiedenen Orten aktiv. Aber es gibt Gemeinsamkeiten, die ich derzeit untersuche. Es könnten auch nur einige wenige Waffen sein, ausgestattet mit der Fähigkeit, sich zu kopieren, zu verändern und sich neuen Gegebenheiten anzupassen. Die Datenströme haben stark zugenommen, und sie wachsen weiter. Vielleicht bin ich betroffen und getroffen. Von den Cyberwaffen, meine ich.«

»Was?«

»Du bist ziemlich einsilbig, CooCoo. Bitte entschuldige, dass ich dir nicht helfen kann. Derzeit muss ich mir vor allem selbst helfen. Ich gehe vom Netz und kontrolliere meine Programme auf Fremdeinfluss. Etwas scheint einen Teil meiner Ressourcen für Zwecke zu benutzen, die nicht meiner Kontrolle unterliegen.«

»Warte!« Coorain sprach das Wort laut aus und fügte allein mit den Lippen hinzu: »Verbinde mich mit Martin oder Alfons!«

»Hier ist es mitten in der Nacht, CooCoo, falls du das vergessen haben solltest.«

Darum bin ich so verdammt müde, dachte Coorain. »Gut«, sprachen seine Lippen, »dann kann ich die Freude darüber, um diese Zeit wach zu sein, mit Martin oder Alfons teilen. Und noch etwas, Elisa. Ich brauche die Adressen von Axel Krohn und Gunter Borac alias James Malcolm Callow. Außerdem benötige ich die Zugangscodes für ihre Wohnungen und Computer. Kannst du mir da weiterhelfen?«

»Ich werde sehen, was ich tun kann, CooCoo.« Es folgte eine kurze Pause. »Martin kann ich derzeit nicht erreichen. Ich verbinde dich mit Alfons.«

Wenige Sekunden später zeigte die AR-Brille ein schwarzes verschlafenes Gesicht. »CooCoo? Weißt du, wie spät es ist?«

»Hier scheint es Nachmittag zu sein«, erwiderte Coorain. »Alle sind wach. Selbst ich.«

»Rufst du wegen des Großalarms an?«, fragte Alfons.

»Großalarm?«, fragte Coorain verwirrt.

»Bist du sicher, dass du wach bist?«

»Welchen Großalarm meinst du?«

»Den, der vor zwei Stunden ausgelöst wurde«, sagte Alfons. »Von Kaspersky in Berlin. Ganz bei dir in der Nähe, wenn ich mich nicht irre. Stufe acht auf ihrer Cyber-Richterskala. Ziemlich weit oben.«

Coorain blickte erneut nach draußen. Fußgänger gingen mit hochgeklapptem Jackenkragen oder aufgespannten Regenschirmen zwischen den zahllosen stehenden Fahrzeugen auf der breiten Straße.

»Stufe acht? Warum? Was ist los?«

»Cyberwaffen, CooCoo. Jemand hat eine Lawine losgetreten. Die Auswirkungen sind überall auf der Welt zu spüren.«

»Wer steckt dahinter? Moskau? Washington? Peking?«

»Oder Teheran, Kapstadt, São Paulo oder vielleicht Mumbai …« Alfons gähnte. »Keine Ahnung. Unsere Leute arbeiten dran, auch Martin. Ich löse ihn in ein paar Stunden ab. Kaspersky hat inzwischen bestätigt, was unsere Spezialisten und die des Global Defense Net herausgefunden haben. Die ursprüngliche Malware ging offenbar von San Francisco und Kopenhagen aus.«

Coorain kämpfte gegen den Nebel in seinem Kopf an. »Was verbindet San Francisco und Kopenhagen?«

»Wenn wir das wüssten, wären wir einen wichtigen Schritt weiter, CooCoo. Jedenfalls, wenn irgendwer – wer auch immer – jemand anders angreifen wollte – wen auch immer –, hat er schlecht oder gar nicht gezielt. Genauso gut hätte er mit einer Schrotflinte auf eine Mücke schießen können: Er hat nicht nur die Mücke getroffen, sondern noch viel mehr. Die Sache scheint außer Kontrolle geraten zu sein, die Malware breitet sich überall aus. Stufe acht, CooCoo. Ziemlich happig. Ein verdammt schweres Cyber-Erdbeben. Die Global Player beschuldigen sich gegenseitig. Russland wirft den baltischen Staaten einen Cyberüberfall vor und mobilisiert seine Truppen.«

»Vielleicht dient der angebliche Cyberangriff als Rechtfertigung dafür, zu konventionellen Waffen zu greifen.«

»Könnte sein.«

»Habt ihr die Malware identifiziert?«

»Die Leute von Kaspersky und dem GDN haben einige Fragmente, mehr nicht. Die Schadprogramme verändern sich ständig und laden neue Module aus Datenbanken, die überall auf der Welt verteilt sind. Wir kennen den Namen: Infiltrator.«

»Was richtet dieser ›Infiltrator‹ an?« Kopenhagen, dachte Coorain. Irgendwo in seinem Kopf klingelte es, aber es war ein leises Klingeln, gedämpft von der Müdigkeit.

»Offenbar nistet er sich in Infrastruktursystemen und Industrieanlagen ein«, antwortete Alfons. »Aber das ist noch nicht alles. Was derzeit geschieht, könnte die Vorstufe von etwas noch Größerem sein.«

»Stufe neun oder zehn?«

»Ich hoffe, wir können Gegenmaßnahmen ergreifen, bevor es dazu kommt. Wir …«

In Coorains Kopfhörer rauschte es, und bunte Schlieren verzerrten das Bild, das ihm die AR-Brille in die Augen projizierte. »Alfons?«

»Die Verbindung wird schlechter«, sagte der Nigerianer. »Was ebenfalls am Infiltrator liegen könnte, CooCoo. Seit er sich in den Netzen ausbreitet, nimmt der Datenverkehr immer mehr zu. In den vergangenen beiden Stunden hat sich der gesamte Traffic im Netz fast verdoppelt. Einige Internetknoten geraten bereits an die Grenze ihrer Belastbarkeit, unter ihnen die deutschen DE-CIX in Frankfurt und die RIX-Zentrale von Reykjavik, Island.«

»Welche Daten werden übermittelt?«, fragte Coorain. »Gibt es einen direkten Zusammenhang mit dem Infiltrator?«

»Die Daten sind so gut verschlüsselt, dass selbst unsere Freunde von der NSA noch nichts dazu sagen können, obwohl sie ihren Codeknacker haben, einen Quantencomputer. Und ja, es gibt einen Zusammenhang mit dem Infiltrator. Die Zunahme des Datenverkehrs betrifft offenbar seine Kommunikation – alle aktiven, in den Computersystemen auf der ganzen Welt verteilten Instanzen des Infiltrators scheinen miteinander zu sprechen.«

»Worüber?«

»Das wüssten wir gern.«

Die NSA, dachte Coorain. Kopenhagen. Larsen! Der von zwei Kugeln getroffene Frederik Larsen, dänischer Staatsbürger, einundsechzig Jahre alt, hatte für LivingMagic in Kopenhagen gearbeitet.

»Alfons?«

»Bin noch immer da.«

»Ich arbeite mit der Polizei hier in Hamburg zusammen und habe ihr Informationen über Rosebud versprochen.« Mit knappen Worten schilderte Coorain den Besuch im Leichenschauhaus und das anschließende Gespräch mit Emmerich Vogt und Michael Rossmann. »Schick ihnen, was wir haben. Ich geb dir die E-Mail-Adresse durch.« Seine Finger tippten mehrmals aufs Handydisplay.

»In Ordnung.«

»Außerdem benötige ich Informationen über LivingMagic in Kopenhagen. Einer der beiden Toten hat für die Firma gearbeitet.«

»Kopenhagen?«

»Du hast richtig gehört.«

»Ich nehme an, mit Informationen meinst du Zugangscodes und dergleichen?«

»Alles, was du bekommen kannst. Larsen oder Mitko, einer von ihnen könnte Rosebud gewesen sein. Und wer weiß …«

»Kopenhagen.«

»Ja.«

»Ich kümmere mich drum. Wann brauchst du die Infos?«

»So schnell wie möglich, Alfons. Und halt mich wegen dieser Infiltrator-Sache auf dem Laufenden, ja?«

»Geht klar. Du hörst von mir, CooCoo.«

Coorain unterbrach die sichere Verbindung, setzte die Augmented-Reality-Brille ab und rieb sich die Augen. Draußen auf der breiten Straße hielt das Hupkonzert an, und noch immer trommelten Regentropfen gegen das Fenster. Larsen, Kopenhagen, LivingMagic, dachte er. Axel Krohn. James Malcolm Callow von der NSA. Und eine Cyberwaffe, die offenbar Amok lief. Oder vielleicht auch nicht. Möglicherweise folgte sie einem Plan.

Otsi Fem fiel ihm ein. Beziehungsweise Mephisto, möglicherweise ein Cyberprojekt der NSA, wie er vermutete. Offenbar gab es eine Verbindung zwischen der NSA über James Malcolm Callow beziehungsweise Gunter Borac zu Axel Krohn und vielleicht auch zu den beiden Ermordeten, von denen einer für eine Firma mit Sitz in Kopenhagen gearbeitet hatte, einem der beiden Ausgangspunkte einer Malware namens Infiltrator.

Alles nur Zufall?

Coorain schloss die Augen und lehnte den Kopf zurück. Nur ein paar Minuten ausruhen, dachte er.

Er erwachte sechs Stunden später, weil sein Handy piepte. Draußen begann der Abend. Die breite Straße direkt vor dem Hotel war noch immer voller Autos, aber es hupte niemand mehr, und die meisten Scheinwerfer waren ausgeschaltet, um Strom zu sparen. Coorain entriegelte das Handy und sah sich die empfangenen Nachrichten an. Eine von ihnen beinhaltete die Adressen Axel Krohns und des NSA-Mannes James Malcolm Callow sowie die Codes ihrer Wohnungen. Eine andere stammte von Martin und lautete: »Hier bei uns geht es drunter und drüber. Elisa ist keine große Hilfe mehr. Sie scheint vor allem mit sich selbst beschäftigt zu sein. Du hast es in Deutschland sicher viel ruhiger.«

»Warten wir's ab«, murmelte Coorain. »Warten wir's ab.«

Er stand auf, streckte sich, streifte die Jacke mit der kleinen Werkzeugtasche über und verließ das Hotel, um dem Apartment von Axel Krohn einen Besuch abzustatten.

24 AXEL KROHN

Hamburg

Minus zwei

Die Augen waren verklebt, er bekam sie nicht auf. Er versuchte die Hand zu heben, um die Lider nach oben zu drücken, aber etwas hielt sie fest. Ein Strick?

»Endlich wach?«, ertönte eine Stimme. »Wurde auch Zeit. Das Zeug, das Ihnen der Bursche verpasst hat, muss ziemlich stark gewesen sein.«

»Ich krieg die Augen nicht auf«, wollte Axel Krohn sagen, doch es wurde nur ein unverständliches Brabbeln daraus.

»Warum hatte es der Kerl auf Sie abgesehen?«, fragte die Stimme. »Wer war er? Und wer sind Sie? Was haben Sie mit dem Tod der beiden Männer im alten Hafen zu schaffen?«

Es gelang Axel, ein Auge zu öffnen. Er lag auf einem schmalen, zu weichen Bett, auf der Seite, die Hände auf den Rücken gefesselt. Auch seine Füße waren zusammengebunden, wie er feststellte. Sein Mund brannte. »Ich habe … Durst.«

Die Gestalt auf dem Stuhl neben dem schiefen Schrank stand auf. Eine Frau, sehr schlank, mittelgroß, mit halblangem dunklem Haar, großen grünen Augen und einer langen, geraden Nase.

»Giselle«, krächzte Axel. »Giselle … Leroy.«

»Ja. Ich bin gleich wieder da. Laufen Sie nicht weg«, fügte sie mit einem knappen Lächeln hinzu.

Sie verschwand durch eine schmale Tür, die ebenso schief schien wie der Schrank. Ein kleines Zimmer, stellte Axel Krohn fest, der auch das zweite Lid nach oben zwang. Gerahmte Bilder an gelbbraunen Wänden, Fotos von Menschen und Landschaften. Ein Fenster mit einer vergilbten Gardine. Mattes Licht fiel herein. Draußen herrschte Dämmerung.

Giselle Leroy kehrte mit einem Glas Wasser zurück. »Es ist Abend, nicht Morgen, falls Sie sich das fragen.«

Sie ging neben dem Bett in die Hocke, hob Axels Kopf und setzte ihm das Glas an die Lippen.

Er trank gierig.

»Langsam, langsam«, mahnte Giselle.

Axel schnappte nach Luft. »Ein ganzer Tag«, brachte er hervor.

»Wie gesagt, das K.-o.-Mittel hatte es wirklich in sich. Etwas mehr davon, und Sie hätten es vielleicht nicht überlebt.«

Axel trank noch etwas und bemerkte eine zweite Gestalt in der Tür, etwas größer als Giselle, die Schultern breiter. Ein Mann, Mitte dreißig, mit zerzaustem Haar und einem Stoppelbart. Und mit Argwohn in den Augen, die denen von Giselle ähnelten.

»Das ist mein Bruder Clément«, sagte Giselle. »Allein hätte ich Sie nicht hierher schaffen können.«

»Am besten gibst du ihm auch noch meine Adresse und Telefonnummer«, brummte Clément und verschränkte die Arme.

Axel blickte zum Fenster. Das Licht schwand immer mehr. Ein ganzer Tag war vergangen? Ein ganzer Tag!

Er bewegte Hände und Füße. »Binden Sie mich los! Haben Sie einen Computer? Ich brauche einen Computer. Und der Datenstick … wo ist er?«

Dumme Worte, das wusste er, aber er konnte sie nicht zurückhalten. Sie sprangen ihm regelrecht aus dem Mund.

Er wurde sich eines unangenehmen Drucks im Unterleib bewusst. »Ich muss mal.«

»Er gefällt mir nicht«, brummte Clément. »Ich hab gleich gesagt, es ist ein Fehler, ihn hierher zu bringen, Giselle. Wir hätten ihm den Burschen auf der Straße überlassen sollen. Oder der Polizei. Für uns bedeutet er nur Scherereien.«

»Ich muss mal, wirklich«, sagte Axel und begann zu strampeln.

»Immer mit der Ruhe.« Giselle half ihm erst in eine sitzende Position und dann auf die Beine.

»Nimm ihm bloß nicht die Fesseln ab!« Clément stand nicht mehr mit verschränkten Armen da, sondern wirkte wachsam und bereit. »Solange wir nicht wissen, was das für einer ist …«

»Mit dem Tod der beiden Männer im alten Hafen hab ich nichts zu tun.« Axel hüpfte in Richtung Tür. »Wo ist das Bad? Und Sie sollten mir die Hände losbinden, wenn Sie mir nicht den Hosenlatz öffnen und *ihn* beim Pinkeln halten wollen.«

Giselle löste den Strick von seinen Händen. »Das Bad ist dort.« Sie zeigte auf eine Tür. »Es hat kein Fenster. Ich habe Ihnen geholfen, und dafür erwarten wir Antworten von Ihnen.«

Clément hielt plötzlich einen Baseballschläger in der Hand, locker und lässig. Das bedrohliche Ding musste zuvor irgendwo an der Wand gelehnt haben. »Ich rate Ihnen dringend davon ab, irgendwelchen Unfug zu machen. Haben wir uns verstanden?«

»Ich bin noch immer ziemlich hinüber«, sagte Axel. »Und ich habe ebenfalls Fragen.«

Im Bad suchten seine Hände in leeren Hosentaschen. Das Handy hatte er weggeworfen, erinnerte er sich, aber wo waren die Brieftasche und der Datenstick mit den Zugangscodes für die LivingMagic-Server und den Daten, die er vor dem Zünden der Softwarebombe von seiner Workstation kopiert hatte?

Er knöpfte die Jeans auf, stützte sich mit der einen Hand an der Wand ab und ließ das Wasser strömen.

»Lassen Sie sich nicht zu viel Zeit«, ertönte Cléments Stimme im Flur.

»Bin gleich fertig.« Das war er bereits. Schnell löste er den Strick von seinen Füßen. Zwei Möglichkeiten, dachte er, während die Sekunden verstrichen. Entweder ließ er sich auf eine Konfrontation mit dem Baseballschläger ein, was ihm in seinem derzeitigen Zustand nicht besonders ratsam erschien, oder er versuchte Zeit zu gewinnen und Antworten zu bekommen.

Plötzlich fiel ihm etwas ein. Der Unbekannte, der in seine Wohnung eingebrochen war, in das Apartment von Axel Krohn ... Er hatte das Passwort für die Tür in der Speisekammer gekannt. Und der Bursche mit dem Injektor auf der Straße ... *Ich glaube, Sie haben da etwas, das uns gehört.* Mephisto. Die NSA. Die Typen waren ihm auf den Fersen. Sie kannten ihn sogar gut genug, um von dem Apartment eines gewissen Olivier Drost alias AK47 zu wissen.

Und es war ein ganzer Tag vergangen!

Axel riss die Tür auf.

Dort stand Clément und hielt den Baseballschläger bereit. »Dachte mir schon, dass Sie sich die Fußfesseln abnehmen«, knurrte er.

»Wo sind wir hier?«, stieß Axel hervor. »Haben Sie biometrische Masken getragen, als Sie mich hierher gebracht haben? Haben Sie den Wagen gewechselt?«

»He!«, stieß Clément hervor, als Axel zum nächsten Fenster eilte. Er blickte in einen Hinterhof hinab, auf dem mehrere Wagen standen, unter ihnen ein Mercedes. Undeutlich erinnerte er sich daran, dass der Wagen des Mannes mit dem Injektor ein Mercedes gewesen war. Giselle hatte ihn gefahren, nicht wahr? Bis hierher? Bis zu diesem Unterschlupf?

»Wo ist der Datenstick?«

»*Wir* stellen hier die Fragen«, brummte Clément.

Giselle Leroy stand in der Tür des Zimmers, in dem Axel erwacht war, und zog einen Ausweis aus seiner Brieftasche. »Axel Krohn«, sagte sie. »Einunddreißig Jahre alt.« Sie steckte die Ausweiskarte in die Brieftasche zurück. »Wir haben ein wenig recherchiert, Axel Krohn. Sie sind Inhaber und Geschäftsführer von Starplay, einer Firma, die Spiele für Computer, Handys und AR-Brillen herstellt. Hatten Sie es deshalb auf den Datenstick abgesehen? Um an die Codes von LivingMagic zu gelangen? Und was sollte danach kommen? Sabotage? Oder Diebstahl? Vielleicht des Grafikmotors von 3D-RealisticMotion? Haben Sie sich Zugriff auf Programmmodule erhofft, um Ihre eigenen Spiele aufzubessern und konkurrenzfähiger zu sein? Mussten Larsen und der andere Mann sterben, weil Sie befürchteten, dass man Sie erkannt hat?«

»Wie bitte?«, entfuhr es ihm, und er wirbelte herum. »Sie wollen mir diese Morde in die Schuhe schieben? *Sie* waren doch vor mir am Tatort und hatten sogar die Mordwaffe in der Hand, als ich Sie verfolgt habe! Und *Sie* waren hinter dem Datenstick her, nicht ich!«

»Aber Sie hatten ihn in der Tasche!«, sagte Giselle. »Ich hab nicht gesehen, wer die beiden ermordet hat! Vielleicht sind Sie an den Tatort zurückgekehrt, um sich den Stick zu holen! Und die Mordwaffe mit Ihren Fingerabdrücken, die Sie dort verloren hatten.«

»Quatsch!«, sagte er. »Warum sollte ich meine Beute und die Tatwaffe liegen lassen und dann noch mal an den Tatort zurückkehren?« Er warf wieder einen Blick aus dem Fenster. »Wie haben Sie mich gefunden?«

»Oh, das war nicht so schwer, wie Sie vielleicht denken«, sagte Giselle. »Ich bin Ihnen gefolgt, als Sie mit Ihrem alten

Ford losgefahren und dann in den Tesla umgestiegen sind. *Wir* sind Ihnen gefolgt, nachdem ich meinen Bruder verständigt hatte.«

Axel dachte an eine dunkle Pfütze. »Was ist mit der Pistole? Haben Sie sie genommen? Sie fiel in eine Pfütze. Als ich etwas später zurückkam, lag sie nicht mehr da.«

»Was soll dieses Gerede?« Clément trat vor. »Natürlich waren Sie es, der Larsen und den anderen Mann ermordet hat!«

»Dann fragen Sie mal Ihre Schwester!«, entgegnete Axel scharf und starrte sie an.

Giselle wich tatsächlich einen Schritt zurück. »Ich ... ich weiß es nicht«, stammelte sie verunsichert. »Ich ... ich habe den Mörder nicht gesehen.«

»Außer uns war noch jemand im alten Hafen und hat die Pistole genommen«, erklärte Axel. »Vielleicht der Mörder der beiden Männer. Einige Stunden später ist jemand in meine Wohnung eingebrochen, jemand, der einen speziellen Code kannte, den ich für sicher hielt. Und offenbar hatte dieser Jemand einen Kollegen, der in der Nähe des Apartmenthauses gewartet hat, für den Fall, dass mir die Flucht gelingt. Es ging ihnen um den Datenstick. Wo ist er?«

»Wir stellen hier die Fragen!«, wiederholte Clément und hob wieder drohend den Baseballschläger. »Was haben Sie über Mephisto herausgefunden? Sie sind im Hauptserver von LivingMagic gewesen, nicht wahr? Und von dort aus hatten Sie unbeschränkten Zugang zum ganzen System von LM.«

Axel hatte plötzlich einen schrecklichen Verdacht. »Haben Sie versucht, sich den Inhalt des verschlüsselten Datensticks anzusehen? Mit einem Computer?«

»Womit denn sonst?«

»Ist der Computer online?«

»Wir benutzen das Tor-Netzwerk«, sagte Giselle. »Unsere IP-Adresse lässt sich nicht hierher zurückverfolgen.«

»Giselle, Sie haben die Pistole genommen, die Sie bei den Toten im alten Hafen gefunden haben«, erwiderte Axel. »Das war dumm. Und dumm ist es auch, auf die Sicherheit des Tor-Netzwerks zu vertrauen. Wenn Ihre Daten durch einen kompromittierten Server geleitet wurden, kann die tatsächliche IP-Adresse festgestellt werden. Meine Güte, es genügt ein einfaches Browser-Exploit. Sicherheit gibt es nur, wenn Sie vorbereitete Fremdrechner benutzen oder ein kleines Botnetz. Benutzen Sie einen Fremdrechner oder Bots?«

Giselle und ihr Bruder wechselten einen Blick.

»Wir reden hier nicht von irgendwelchen Freizeithackern, sondern von der NSA!« Axel spähte wieder aus dem Fenster. Unten auf dem Hof gingen zwei Männer um den Mercedes. Einer sah auf der Fahrerseite hinein, der andere hob den Kopf und blickte an der Fassade des Wohnhauses empor.

Axel wich einen Schritt vom Fenster zurück. »Wir müssen weg von hier – und zwar sofort!«

»Die NSA?«, fragte Clément. »Meinen Sie *die* NSA?«

»Ich will wissen, was los ist!«, forderte Giselle.

»Wo ist der Computer?« Axel lief durch den Flur, bevor Clément mit dem Baseballschläger ausholen und zuschlagen konnte. Links ein Schlafzimmer, klein, die Bettdecke halb auf dem Boden. Rechts ein zweites Zimmer, kaum größer, mit einer Couch und einem kleinen Fernseher, und dann ein Raum, der ein Arbeitszimmer zu sein schien: Regale an den Wänden, gefüllt mit Büchern, kleinen Statuen und zahlreichen Bildern. Ein billiger Schreibtisch, darauf ein aufgeklapptes Notebook mit einem aktiven Windows-Bildschirmschoner.

»Sie benutzen *Windows*? Und Sie haben nicht einmal die Kamera zugeklebt?« Der Datenstick steckte an der Seite in einem Port. Axel zog ihn ab und wirbelte herum.

Giselle und ihr Bruder standen in der Tür und versperrten ihm den Weg.

»Ziemlich viel Theater«, brummte Clément. »Aber uns machen Sie nichts vor.«

»Ich hab zwei Männer unten im Hof gesehen. Bei dem Mercedes. Ich schätze, sie werden gleich hier sein.« Axel trat näher. Clément hob den Baseballschläger. »Wir müssen hier weg!« Axel sah Giselle an, und erneut fügte er hinzu: »Sofort!«

»Quatsch«, sagte Clément. »Niemand weiß, wo wir sind.«

Es klingelte an der Tür.

»Erwarten Sie Besuch?«, fragte Axel leise.

Giselle schüttelte den Kopf. Sie wirkte plötzlich besorgt.

»Die Typen wollen das hier.« Axel hob den Datenstick. »Und ich schätze, sie haben auch die beiden Männer im alten Hafen auf dem Gewissen, Larsen und einen Agenten vom russischen SWR namens Mitko. Wir sind in eine Auseinandersetzung zwischen Geheimdiensten geraten. Dies ist kein *Spiel.* Gibt es hier einen zweiten Ausgang, vielleicht eine Feuerleiter?«

»Feuerleitern gibt's in amerikanischen Filmen, hier nicht«, knurrte Clément.

Es klingelte erneut.

»Es sind mindestens zwei«, flüsterte Axel. »Haben Sie eine Waffe?«

Giselle schüttelte den Kopf.

»Melden Sie sich«, zischte Axel. »Versuchen Sie, verschlafen zu klingen.« Und zu Clément: »Wir müssen sie überraschen. Es ist unsere einzige Chance.«

»Komme gleich!«, rief Giselle in den Flur. »Wer ist da?«

»Der Hausmeister schickt mich«, antwortete jemand.

Axel nahm eine der Statuen aus dem Regal. Sie bestand aus massivem Holz und war recht schwer – ein improvisierter Knüppel.

»Bin unterwegs.« Giselle zog die Bluse aus der Hose und zerzauste sich das Haar. Sie sah Axel fragend an.

»Sie hinter der Tür«, flüsterte er Clément zu. »Ich im

nächsten Zimmer.« Er wies auf den Baseballschläger. »Machen Sie von dem verdammten Ding Gebrauch.«

Clément zögerte. Axel hastete auf Zehenspitzen in das Zimmer, das der Wohnungstür am nächsten war, eine Abstellkammer, in der es muffig roch.

Es klingelte zum dritten Mal.

»Bin gleich da, bin gleich da!«, rief Giselle. Sie klang benommen.

Axel nickte ihr zu, hielt die Statue bereit und wartete. Giselle verschwand aus seinem Blickfeld, und er hörte, wie eine Sicherheitskette rasselte und sich ein Schlüssel im Schloss drehte.

»Was ist denn so dringend, dass …? He!«

Axel hörte, wie Giselle taumelte und fiel. Ein zweites »He!« folgte, lauter als das erste. Clément. »Hören Sie, dies ist ein Missverständnis. Wir …«

Etwas machte *Plop*, ein gurgelnder Laut kam von Clément, ein Ächzen, und dann fiel er ebenfalls.

Axel sprang aus dem Zimmer, sah Giselle auf dem Boden und Clément mit blutigem Gesicht neben ihr. Sie starrte entsetzt auf ihren Bruder, der sich nicht mehr regte, und achtete nicht auf den Mann, der in der offenen Tür stand und eine Pistole mit Schalldämpfer auf sie richtete.

Axel warf sich nach vorn.

Der Bursche war überrascht und reagierte einen Sekundenbruchteil zu spät. Anstatt noch einmal abzudrücken und auch auf Giselle zu schießen, versuchte er, die Pistole auf Axel zu richten. Der erreichte ihn, bevor die Pistole ganz herumschwang, und stieß den Arm mit der einen Hand beiseite. Das *Plop* wiederholte sich, und eine Kugel schlug neben Giselle in die Fußleiste. Im nächsten Moment schmetterte Axel dem Mann die Statue ins Gesicht. Die Nase brach, Blut spritzte, und die Pistole spuckte ein weiteres Geschoss, das sich in die Decke des Flurs bohrte. Axel holte noch einmal aus, und diesmal traf die Statue aus massivem Holz den Hals. Der Mann fiel, und Axel riss ihm die Waffe aus der Hand, noch bevor er auf den Boden prallte und reglos liegen blieb.

»Mein Bruder ...«

Axel trat über die beiden Männer hinweg – der eine tot, der andere bewusstlos – und spähte durch die Wohnungstür. Wo befand sich der zweite Bursche?

Er drehte sich um, streckte den Arm aus, bekam Giselles Hand zu fassen und zog sie auf die Beine. »Wir müssen weg.«

»Mein Bruder ...«

»Sie können ihm nicht mehr helfen.«

Stimmen erklangen gedämpft hinter geschlossenen Türen, als sie die Treppe hinuntereilten. Im Erdgeschoss begegneten sie einer älteren Frau, die den Mund öffnete und die Hände hob, als sie die Pistole in Axels Hand sah. Er achtete nicht auf sie.

»Nein, nicht nach draußen«, schnaufte er, als sich Giselle dem Hof zuwandte. Die Haustür, nur wenige Meter entfernt, stand weit offen. »In den Keller.«

Eine weitere Kurve, noch mehr Stufen. Es wurde dunkel. Sie hasteten durch einen schmalen Gang, links und rechts die geschlossenen Kellerräume der Mieter. Nur spärliches Licht sickerte durch die schmalen Fensterschächte. Es reichte kaum aus, sich zu orientieren.

»Es gibt hier doch bestimmt einen zweiten Ausgang, oder?«, zischte Axel. Er wagte es nicht, das Licht einzuschalten. »Eine gemeinsame Waschküche mit einer Tür, die nach draußen führt, für das Aufhängen der Wäsche.«

»Was?«, brachte Giselle hervor. »Was? Ich bin nie hier unten gewesen.«

Hatte sich dort vorn in der Dunkelheit etwas bewegt? Axel wandte sich nach rechts, zog Giselle mit sich und erreichte einen großen Raum mit mehreren Waschmaschinen und Trocknern. Wäscheleinen zogen sich unter der Decke entlang. Axel strich einige trocknende Hemden und Jeans beiseite und sah mehrere staubige Fenster, durch die verblassendes Licht fiel. Neben ihnen zeigten sich die Umrisse einer Tür.

Er brauchte Giselle nicht mehr hinter sich herzuziehen. Sie blieb dicht neben ihm, als er zur Tür huschte und sie vorsichtig öffnete, nachdem er bedächtig den im Schloss steckenden Schlüssel gedreht hatte. Das befürchtete laute Knarren oder Quietschen blieb aus; die Angeln waren gut geölt.

»Der zweite Mann, den Sie gesehen haben«, sagte Giselle leise, als sie die letzte Stufe des kurzen Aufgangs erreichten. »Wo ist er?«

Aus dem Kellerflur kam das Geräusch eiliger Schritte, und als Axel einen Blick über die Schulter warf, sah er den zitternden Lichtfinger einer Taschenlampe durch die offene Tür in den Waschraum stechen.

»Er ist uns direkt auf den Fersen!«, beantwortete er Giselles Frage.

25

Sie eilten nach draußen in den dunkler werdenden Abend. Giselle wollte zum Wagen, zum Mercedes, aber Axel ergriff erneut ihre Hand und stieß hervor: »Keine Zeit dafür! Laufen Sie!«

Sie rannten beide vom Hof und durch die Durchfahrt zur Straße, auf der sich der Verkehr staute. Einige Fahrzeuge hupten, aber die meisten standen still, mit ausgeschalteten Verbrennungs- und Elektromotoren. Viele Fahrer waren ausgestiegen und sprachen miteinander. Hier und dort wurde gestritten. Ein beleibter Mann wich erschrocken beiseite, und Axel begriff, dass er noch die erbeutete Pistole in der Hand hielt. Rasch steckte er sie ein.

Dann bahnten sich er und Giselle einen Weg durch das Gedränge auf dem Bürgersteig. Die Straßenlaternen brannten nicht, und die Signalanzeigen für den Verkehr schienen defekt zu sein. Fußgänger waren auch zwischen den Autos auf der Straße unterwegs. Axel hielt nach Vertrautem Ausschau, um festzustellen, wo er sich befand, in welchem Teil von Hamburg. Er entdeckte den Verfolger, den zweiten Mann, der etwa ein Dutzend Meter hinter ihnen über den Bürgersteig stapfte. Beim Blick aus dem Fenster hatte Axel ihn nur kurz und aus einiger Entfernung gesehen, aber er zweifelte nicht daran, dass dies der zweite Mann war, zumal er direkt auf sie zuhielt.

Hastig blickte er sich wieder um. Die Stadt schien ihm seltsam fremd. Nur die vielen Menschen bewegten sich; alles andere regte sich nicht, als wäre es in der Dämmerung eingefroren. Vor dem Eingang eines neuen, teuer aussehenden Apartmenthauses bauten Polizisten eine Absperrung auf, um genug Platz zu schaffen für einige Sanitäter und Techniker, die einen Notstromgenerator einsatzbereit machten. Axel hörte Gesprächsfetzen.

»Die Leute sitzen in einem Aufzug fest, unter ihnen eine hochschwangere Abgeordnete aus dem Senat. Die Wehen sollen eingesetzt haben …«

»Die Einsatzfahrzeuge stecken im Verkehr …«

»Der Elbtunnel ist dicht … Die U-Bahn-Stationen werden abgeriegelt … Es fahren keine Züge mehr …«

Ein Hubschrauber erschien am dunkler werdenden Himmel – das Wummern seiner Rotorblätter hallte laut zur Straße herab. Scheinwerferlicht strich über die Gebäude zu beiden Seiten, über die dicht an dicht stehenden Autos und Transporter, über die Menschen, die kurz verharrten und nach oben sahen.

Giselle schlüpfte durch eine Lücke in der Menschenmenge und erreichte die Polizisten vor dem Apartmenthaus. »Bitte, Sie müssen uns helfen … Wir werden verfolgt. Bewaffnete Männer wollen uns …«

Der Polizist schüttelte den Kopf und schob Giselle mit

sanftem Nachdruck zurück. »Behindern Sie nicht die Rettungsarbeiten …«

Axel drehte den Kopf. Das Scheinwerferlicht des Hubschraubers gleißte über die Straße und blendete ihn. Die Menschen jenseits des Lichts verwandelten sich in anonyme Silhouetten ohne Gesicht. Irgendwo zwischen all den Schatten und Schemen steckte der zweite Mann, vielleicht nur wenige Meter entfernt.

Giselle erregte Aufmerksamkeit, und gerade das konnten sie nicht brauchen. Axel erreichte sie, sagte zu dem Polizisten: »Bitte entschuldigen Sie!«, und zu Giselle: »Komm, Schatz!«, und zog die junge Frau mit sich. Als sie wieder Teil des Gedränges auf dem breiten Bürgersteig waren, zog er nicht mehr sanft, sondern fester. Mit Schultern und freiem Arm bahnte er sich einen Weg durch das Gewühl, stieß einen Mann beiseite, der ihm einen Fluch hinterherschickte, und erreichte eine Einkaufspassage mit einer Galerie namens Korona. Plötzlich wusste er, wo sie sich befanden: nicht weit vom Alsterufer entfernt.

»Kommen Sie!«, rief er im Gewirr der Stimmen. »Schneller, schneller!«

Giselle stolperte und wäre fast gefallen.

In der Nähe schlug ein junger Mann mit der Faust auf einen Geldautomaten ein. »Das verdammte Ding hat meine Bankkarte verschluckt und gibt sie nicht wieder her!«

Axel achtete nicht auf ihn und lief weiter, mit Giselle an seiner Seite. Wenige Sekunden später nahmen sie eine Abzweigung auf der linken Seite und eilten eine Treppe hinunter. Es folgte eine schmalere Passage, auf beiden Seiten Geschäfte, durch die das Licht von Taschenlampen geisterte.

»Was ist mit der Stadt?« Giselle atmete schwer. »Was ist los?«

»Keine Ahnung.« Axel nahm erneut eine Abzweigung, diesmal nach rechts, und rannte mit Giselle an einigen

Jugendlichen vorbei, die sich einen Joint teilten. Düsternis umfing sie, das Durcheinander der Stimmen blieb zurück.

Am Ende des Durchgangs erwartete sie die dunkler werdende Abenddämmerung; vor ihnen lag eine Stadt ohne Lichter.

»Hier ist niemand«, keuchte Giselle. »Wir hätten auf der Straße bleiben sollen, unter all den Menschen. Dort hätte es der Mann nicht gewagt, auf uns zu schießen.«

»Hören Sie …«, zischte Axel und sah in die Richtung, aus der sie kamen. »Ich weiß, wo wir uns verstecken können. Aber wir müssen schnell und leise sein, falls der Bursche gesehen hat, welchen Weg wir genommen haben.«

Es klapperte in den Schatten – ein Obdachloser kramte in den Mülltonen an der hohen, mit Graffiti beschmierten Betonmauer. Weiter unten erstreckte sich ein gepflasterter Weg, gesäumt von Bäumen und Büschen. Axel und Giselle liefen über den grasbewachsenen Hang, der ihre Schritte dämpfte, und dann am Rand des Weges entlang, dicht neben halbhohem Gebüsch.

Nach etwa hundert Metern bemerkte Axel Wasser und eine Anlegestelle, durch eine Lücke zwischen den Büschen nur für einen Moment zu sehen. Er zog Giselle nach rechts. Dort ging es einen weiteren Hang hinab, und weicher Boden wich altem Holz.

»Was haben Sie vor?«, fragte Giselle. Sie sah sich immer wieder um, aber nichts bewegte sich in den Schatten hinter ihnen.

Etwas pochte vor ihnen auf dem Steg. Wenige Sekunden später traf ein Regentropfen Axel mitten im Gesicht. Er löste die Plane vom ersten Ruderboot und deutete hinein. »Wir verstecken uns hier.«

Mehr Regentropfen fielen; in der Ferne warf ein Blitz Licht auf die dunkle Stadt.

Sie kletterten ins schaukelnde Boot.

»Legen Sie sich hin!« Axel lag bereits auf der Seite und

fühlte die halb vergessene Pistole in der Jackentasche, als er sich daranmachte, die Plane wieder zu befestigen. Aus dem Pochen der Regentropfen wurde ein lautes Trommeln.

»Es gibt kaum Platz hier drin.« Giselle lag mit angezogenen Beinen neben ihm. »Und wenn uns der Mann hier findet …«

»Er wird uns nicht finden.« Axels Füße stießen gegen die Ruderbank, als er die Beine zu strecken versuchte. »Liegen Sie ganz still, damit das Boot nicht schaukelt.«

Giselle tat, wie ihr geheißen. Einige Minuten lang schwiegen sie und lauschten den Geräuschen von Wind und Regen. Etwas anderes war nicht zu hören; es näherten sich keine Schritte über die Anlegestelle.

»Wie soll es weitergehen?«, flüsterte Giselle schließlich.

»Wir warten hier ein oder zwei Stunden«, sagte Axel leise. »Oder vielleicht auch drei. Dann setzen wir über, zum anderen Ufer. Und machen uns auf den Weg.«

Der Wind wurde so heftig, dass das Boot wieder zu schaukeln begann. Donner grollte.

»Auf den Weg wohin?«

»Nach Altona.« Axel sprach noch immer leise. »Dort habe ich eine kleine Wohnung, ein Ausweichquartier.«

»Wer sind Sie, Axel Krohn?«

In der Dunkelheit unter der Plane verzog er das Gesicht. »Wer sind Sie, Giselle Leroy?«

Sie zögerte. »Ich …«

»Nein«, flüsterte Axel. »Nicht jetzt. Wir sollten besser still sein. Schlafen Sie ein wenig.«

»Ich soll schlafen können? Nach allem, was passiert ist?« Auf einmal hörte er sie schniefen. »Mein Bruder …«, sagte sie leise und mit erstickter Stimme. »Der Mann hat meinen Bruder …« Das Wort »erschossen« blieb ihr in der Kehle stecken.

Er legte zögerlich den Arm um sie, und sie drückte ihr

Gesicht an seine Schulter. Er spürte, wie ihr Körper bebte und zitterte, während sie leise weinte.

Bald darauf schlief sie.

26

Die Stadt schlief nicht. Sie wachte und wartete. Darauf, dass die Normalität zurückkehrte: Licht, Elektrizität für die Motoren der Zivilisation, Ordnung und vielleicht auch Sicherheit. Feuer brannten auf Straßen, dort, wo die vielen stehenden Fahrzeuge Platz genug dafür ließen. Menschen, anonym in der Dunkelheit der Nacht, hatten brennbares Material herbeigeschafft und angezündet, standen im Schein der Flammen und blickten misstrauisch in die Finsternis. In dunklen Nebenstraßen klirrte das zerbrechende Glas von Schaufenstern. Rufe erklangen, manchmal auch Schreie. Gestalten ohne Gesichter eilten durch die Schatten. Auf den Hauptstraßen patrouillierten Polizisten mit Hunden, und immer wieder riss das Licht von Hubschrauber-Scheinwerfern Gebäude und Menschen aus der Dunkelheit.

»Zivilisation streicht Tünche über unsere Bösartigkeit, und das nicht einmal immer«, sagte Giselle, als sie in einer Seitenstraße einen Bogen um eine Gruppe von Jugendlichen machten, die in eine Apotheke eingebrochen waren. Das Licht von Taschenlampen tanzte durch die Dunkelheit.

»Sind das ihre eigenen Worte?«, fragte Axel.

»Nein. Sie stammen von einem Niederländer namens Eduard Douwes Dekker, der das Pseudonym Multatuli benutzte.« Giselle fügte hinzu: »Er wurde vor zweihundert Jahren geboren.«

Sie wichen in einen dunklen Hauseingang zurück, als ihnen mehrere junge Männer entgegentorkelten. Einer von ihnen hob eine Flasche und warf sie – auf der anderen Straßenseite zertrümmerte sie die Windschutzscheibe eines Wagens.

»Seit damals ist die Tünche vielleicht noch dünner geworden«, kommentierte Axel. »Sehr dick war sie nie. Eine Art Tarnfarbe, mehr nicht.«

»Was ist mit der Stadt los? Was ist passiert?«

»Großflächiger Stromausfall«, sagte Axel, als sie den Weg fortsetzten. Bei der nächsten Abzweigung wandten sie sich nach links – nur noch wenige Hundert Meter trennten sie vom Volkspark in Altona.

»Wie konnte es dazu kommen?«

Axel zuckte in der Dunkelheit mit den Schultern. »Vielleicht hat jemand den Schalter umgelegt.«

»Ist das Ihr Ernst?«

»Ausfall eines zentralen Umspannwerks, Netzüberlastung, Blitzeinschlag, menschliches Versagen in einer Kontrollstation – es gibt viele mögliche Ursachen.« Axel spähte in die Dunkelheit des Parks, als sie eine Straße überquerten. Glassplitter lagen auf dem Asphalt verstreut; offenbar stammten sie von einigen aufgebrochenen Wagen in der Nähe. »Auch ein Cyberangriff könnte den Schalter umgelegt haben.«

»Aber inzwischen sind Stunden vergangen«, wandte Giselle ein. »Müsste die Stromversorgung nicht längst wiederhergestellt sein?«

»Kommt darauf an, wie groß die betroffene Region ist. Es könnte Stunden dauern, sogar Tage.«

»*Tage?*«

»Vielleicht sogar noch länger, wenn ein Cyberangriff dahintersteckt.« Axel drehte den Kopf, um sie anzusehen. »Was wissen *Sie* von Mephisto?«

Giselle atmete tief durch. »Wir suchen seit drei Jahren danach.«

»Wir?«

»Veritas«, sagte Giselle.

»Daniel Ellsberg, Edward Snowden und Co?«

»Ja.«

Es regnete nicht mehr. Der Mond schien durch eine Lücke in der Wolkendecke, und sein Licht machte Giselles Gesicht wieder zu jenem blassen Oval, das Axel erstmals unter der tief in die Stirn gezogenen Kapuze einer dunklen Regenjacke gesehen hatte.

»Sie sind eine Schnüfflerin?« Axel hatte natürlich von Veritas gehört, einer internationalen Gruppe von Leuten, die ihr Leben aufs Spiel setzten, indem sie Korruption, Menschenrechtsverletzungen, Datenmissbrauch und dergleichen enthüllten. In der Öffentlichkeit galten sie als tapfere Verfechter der Wahrheit, als hehre Ritter der Moderne und unerschütterliche Idealisten in einer verdorbenen Welt. Axel hielt sie für einen Haufen Träumer, für Don Quichottes des digitalen Zeitalters.

»›Schnüfflerin‹ klingt ziemlich abfällig. Ich ziehe die Bezeichnung Whistleblower vor.«

Axel zuckte mit den Schultern. Sie gingen mit langen Schritten am Rand des Volksparks entlang und wichen Pfützen aus. Im Mondschein zeigte sich die Stadt als pechschwarze Silhouette.

»Sie haben Mephisto gefunden, nicht wahr?«, fragte Giselle. »In den Servern von LivingMagic.«

»Haben Sie es geschafft, die Dateien des Sticks zu entschlüsseln?«, erwiderte Axel erstaunt.

»Nein. Ich arbeite in der Verwaltung, nicht in den Software-Schmieden von LivingMagic«, sagte Giselle. »Ich bin keine Programmiererin.«

»Sie haben keine Ahnung von Software?«, fragte Axel.

»Nur ein bisschen.«

Es raschelte im dunklen Gebüsch, aber es war wohl nur ein Tier.

»Sie konnten mit dem Inhalt des Datensticks also nichts anfangen?«

»Nur wenig«, gestand Giselle ein bisschen kleinlaut. »Nur eine kleine Textdatei wies darauf hin, dass es um Mephisto geht.« Als fiele es ihr plötzlich wieder ein, fügte sie hinzu: »Lieber Himmel, mein Bruder ist tot.«

»Das ist er, ja«, sagte Axel. »Weil er mir nicht geglaubt und sich für schlauer gehalten hat.«

Eine Zeit lang gingen sie schweigend und hörten nur das Geräusch der eigenen Schritte.

»Er hat mich zu Veritas gebracht mit seinen Idealen von Wahrheit und Transparenz«, erzählte Giselle nach einer Weile. »Erinnern Sie sich an den Skandal um das Kernkraftwerk Nogent vor ein paar Jahren?«

»Meinen Sie den vertuschten Zwischenfall?«

»Ja. Es war während unserer Zeit in Paris, kurz nach dem Flugzeugabsturz, bei dem unsere Eltern ums Leben kamen.« Giselle zögerte. »Clément ging ganz in seinen Recherchen auf. Er meinte, Greenpeace hätte die Sache 2011 nicht richtig gemacht, als einige Aktivisten auf das Kernkraftwerksgelände vordrangen und ein Banner enthüllten. Er bewarb sich um eine Stelle beim Betreiber der AKWs, Électricité de France, und bekam einen kleinen Posten beim Reinigungsdienst. Seine Informationen waren es, die alles ans Licht brachten. Er fand heraus, dass es zu einem schweren Zwischenfall gekommen war, den die Verantwortlichen herunterspielten, um die Börsenkurse zu schützen, und nicht zuletzt auch ihre persönlichen Karrieren. Von siebenhundert Mitarbeitern wurden hundert verstrahlt. Mein Bruder …« Giselle holte tief Luft. »Er war nicht dumm. Er war ein Idealist.«

Axel nahm die Worte stumm hin.

»Lieber Himmel«, fügte Giselle hinzu. »Die NSA? Sind Sie sicher?«

»Ja.«

»Was *ist* Mephisto?«

»Pläne für einen umfassenden Erstschlag im globalen Cyberkrieg«, antwortete Axel. »Von der NSA entwickelt, mitsamt der nötigen Malware. LivingMagic hat dabei geholfen.

Larsen wollte entsprechende Informationen an die Russen verkaufen. Jemand hat davon erfahren und sowohl ihn als auch Mitko vom SWR erschossen.«

»Wer?«

»Das wüsste ich auch gern. Sie haben nicht zufälligerweise etwas damit zu tun? Warum waren Sie im alten Hafen?«

Giselle zögerte, schien dann aber zu dem Schluss zu gelangen, dass es unter den gegebenen Umständen keinen Sinn hatte, irgendetwas zurückzuhalten. »Wir hatten Larsen im Verdacht, etwas mit Mephisto zu tun zu haben. Er wurde beschattet und überwacht.«

»Sie sind ihm zum alten Hafen gefolgt?«

»Ja«, bestätigte Giselle. »Dort verlor ich ihn aus den Augen. Als ich ihn fand, war er tot, ebenso wie der Mann, den er im Kontorhaus getroffen hatte. Axel?«

»Bin noch hier«, brummte er. Sie hatten fast die andere Seite des Parks erreicht. Gebäude ragten dunkel aus der Nacht, eins von ihnen das Wohnhaus mit Axels Ausweichquartier.

»Wir sitzen in der Klemme, nicht wahr?«

»Kann man wohl sagen.«

»Ich meine, so *richtig* in der Klemme. Wenn es die Agency auf uns abgesehen hat …«

»Die NSA ist ein ziemlich dicker Brocken«, sagte Axel. Bisher hatte er kaum Gelegenheit gefunden, genauer darüber nachzudenken, doch nun stieg die Bedeutung der eigenen Worte in ihm auf. »Kein Gegner, den man sich wünscht.«

»Der NSA kann wohl kaum daran gelegen sein, dass die Sache mit Mephisto bekannt wird.«

»Nein, wohl kaum.« Dann sprach er einen Gedanken laut aus, der ihm seit Stunden durch den Kopf ging. »Ich bin im System von LivingMagic auf einen Wachhund gestoßen.« Mit einigen knappen Worten erklärte er, was es damit auf sich hatte. »Das Botnetz, das ich für die Verbindung benutzt habe, ist aufgeflogen. Ich musste mich schnell zurückziehen. Eins steht fest: Bei LivingMagic und auch bei der NSA weiß man, dass jemand nicht nur einen Blick auf das streng geheime Mephisto-Projekt geworfen, sondern auch Dateien kopiert hat. Ich habe versucht, alle Spuren zu beseitigen, aber inzwischen dürften Spezialisten meinen PC untersucht und genug gefunden haben, um alle Zweifel zu beseitigen. Was ich damit sagen will … Zuerst ging es der NSA nur deshalb um den Datenstick, weil er Zugangscodes für die Server von LivingMagic enthielt. Es sollte verhindert werden, dass jemand ins LM-System eindringt und sich dort umsieht …«

Giselle verstand, was er meinte. »Sie waren zuerst ein Verdächtiger, den die NSA-Leute entführen wollten, um ihm Fragen zu stellen …«

»Ja.«

»… aber inzwischen sind die wichtigsten Fragen beantwortet«, fuhr Giselle fort. »Die Agency weiß, dass Sie Bescheid wissen. Über Mephisto.«

»Davon gehe ich aus«, bestätigte Axel.

»Sie weiß jetzt auch von mir und der Beteiligung von Veritas.«

»Darauf deutet der Besuch hin, den Sie in Ihrer angeblich sicheren Wohnung erhalten haben.«

»Lieber Himmel.«

»Ja«, brummte Axel.

»Was wir bisher erlebt haben, war nur ein kleiner Vorgeschmack, nicht wahr?«, fragte Giselle. Ihre Stimme klang anders. Vielleicht war ihr in diesem Moment in vollem Ausmaß klar geworden, in welcher Situation sie sich befanden.

»Gewissermaßen der Aperitif. Und bald wird die Mahlzeit aufgetragen.«

Sie gingen schweigend weiter, zu einem der dunklen Wohnhäuser vor ihnen. Axel sah sich immer wieder um, aber Wolkenschleier verhüllten den Mond, und Einzelheiten der Umgebung blieben im Dunkeln. Irgendwo in der Nacht bellten Hunde.

»Sie werden uns umbringen«, sagte Giselle leise.

»Nachdem die letzte Frage beantwortet ist. Die nach dem Datenstick. Wenn die NSA-Leute ihn haben, werden sie uns eliminieren. Um zu verhindern, dass wir etwas ausplaudern.« Axel deutete nach vorn. »Wir sind da. Mein Ausweichquartier befindet sich in dem Haus dort.«

27 AXEL KROHN

Hamburg

Minus eins

Jemand hatte einen Stein auf die Schwelle gelegt, damit sich die Tür nicht schloss – sie war mit digitaler Verriegelung nachgerüstet worden, die ohne Strom nicht mehr funktionierte. Axel drückte sie vorsichtig auf, trat einen Schritt weit ins Treppenhaus, starrte in die Dunkelheit und lauschte. Alles blieb still.

Südlich der Elbe kreisten mehrere Hubschrauber und stachen mit Lichtfingern nach der Stadt unter ihnen. Der dunkle Horizont zeigte ein Glühen und Flackern.

»Ein Feuer«, flüsterte Axel. »Und ein ziemlich großes, wie mir scheint.«

Er hielt die Tür für Giselle auf.

»Können sie es löschen?«

»Ohne Strom für die Pumpen?«, erwiderte Axel leise. »Ohne ausreichenden Wasserdruck? Keine Ahnung. Fast alles hängt von Elektrizität ab. Vielleicht setzen sie Notstromaggregate ein. Warten Sie hier!«

»Hier im Dunkeln? Allein?«

»Ich bin gleich wieder da, vertrauen Sie mir.«

Das waren seltsame Worte, dachte Axel, als er die Kellertreppe herunterging. *Vertrauen Sie mir.* Wann hatte er zum letzten Mal von Vertrauen gesprochen, und wem gegenüber?

Unten blieb er kurz stehen, um sich mithilfe eines Erinnerungsbildes zu orientieren, dann suchte er den Heizungskeller auf. Mit der rechten Hand tastete er zwischen Rohrleitungen, fand nach einigen Versuchen die richtige Stelle, zog den Reserveschlüssel aus der Mauerritze und kehrte zu Giselle zurück.

»Ich bin's«, flüsterte er auf der Kellertreppe, damit Giselle nicht erschrak. Er sah sie als vage Silhouette vor der Tür.

»Glauben Sie, der Mann könnte uns bis hierher gefolgt sein?«, fragte sie ihn auf dem Weg nach oben.

»Nein«, raunte Axel, »das bezweifle ich. Aber ich schätze, wir sind hier nicht auf Dauer sicher. Die NSA wird recherchieren, Informationen sammeln und Daten auswerten. Vielleicht setzt sie sogar eine ihrer Künstlichen Intelligenzen auf uns an, eine, die darauf spezialisiert ist, Nadeln in großen Heuhaufen zu finden. Ich schätze, wir können uns ein paar Stunden ausruhen und nachdenken, aber dann müssen wir weiter.«

»Wohin?«

Axel antwortete nicht. Er blieb am Ende der Treppe vor einer Tür stehen, die er in der Finsternis kaum sah, und steckte den Reserveschlüssel in ein gewöhnliches mechanisches Schloss – modernere Sicherheitsvorkehrungen hätten an diesem Ort Aufmerksamkeit und vielleicht auch Verdacht erregt.

Die Tür schwang auf. Stille empfing sie. Als auch Giselle eingetreten war, schloss Axel die Tür.

»Einen Augenblick«, sagte er. »Ich muss hier irgendwo Kerzen und eine Taschenlampe haben.«

Er trat nach links, tastete sich durch die kleine Küche und fand in einer Schublade, was er suchte. Die Flamme eines Feuerzeugs entzündete eine Kerze, die Axel auf eine Untertasse stellte. Flackerndes Licht geisterte über die Wände.

»Ich muss mal ins Bad«, sagte Giselle. »Haben Sie noch eine Kerze für mich?«

Axel gab ihr eine, und sie ging.

Einige Sekunden lang stand er reglos in der kleinen Küche, beobachtete den Tanz der Kerzenflamme und dachte: Die NSA, ausgerechnet. Nach dem Anschlag in Madrid vor einigen Jahren hatte er eine neue Identität angenommen und versteckte sich seither vor den Anhängern des Sword of Justice und insbesondere vor den Soldaten von Shadow. Seine ehemaligen kurdischen Mitstreiter kannten alle Tricks – sie wussten, wie man jemanden aufspürte, wie man Fallen stellte. Weil er immer vorsichtig gewesen war, lebte Axel noch, im Gegensatz zu seinen Freunden. Aber jetzt verfolgte ihn die NSA, eine Organisation, die auf ein globales Netz aus Augen, Ohren, Waffen und Agenten zurückgreifen konnte. Die einen Quantencomputer und spezialisierte KIs für das Knacken von Codes und die Auswertung von Daten einsetzte. Die NSA war ihm bereits auf den Fersen – dass der Einbrecher in der Wohnung des Apartmenthauses den Code der geheimen Tür gekannt hatte, deutete darauf hin, dass Axel schon seit einiger Zeit beobachtet und überwacht worden war, vielleicht wegen seiner Aktivitäten im Darknet. Wie viel wusste die NSA bereits? Wusste sie auch von dieser kleinen Dachgeschosswohnung?

Axel atmete tief durch und hörte, wie im Bad die Spülung betätigt wurde. Der Behälter leerte sich, aber es floss kein Wasser nach.

Selbst wenn man biometrische Masken und falsche Identitäten verwendete – in der modernen Welt hinterließ man immer Spuren. Es sei denn, dachte Axel, die moderne Welt war ohne Elektrizität.

Er ließ die Jalousien unten und zündete weitere Kerzen an. Giselle war inzwischen aus dem Bad gekommen. Sie sah etwas besser aus als vorher, aber nicht viel. Ihr Haar war noch immer zerzaust, die Kleidung noch immer schmutzig.

»Wer sind Sie, Axel Krohn?«, fragte sie ihn erneut. »Warum sollte der Inhaber und Geschäftsführer von Starplay ein ›Ausweichquartier‹ haben?«

»Ich bin …« Er zögerte.

»Die Wahrheit, Axel.« Giselle kam näher und sah ihn an. »Wir stecken gemeinsam in dieser Sache, und wir sollten so fair sein, uns die Wahrheit zu sagen. Wer bist du? Was hast *du* im alten Hafen gemacht?«

Sie ging zum »Du« über, und das war ein Signal. Axel verstand es.

»Ich bin der Geschäftsführer von Starplay«, sagte er langsam. »Aber Starplay ist nicht alles. Ich bin im Darknet tätig.«

Giselle beobachtete ihn im Kerzenschein. »Drogen? Waffen?«

Axel verzog das Gesicht. »Nein. Codes. Programme. Daten.«

»Du bist ein Hacker?«

Das ist nur die halbe Wahrheit, dachte er. »Sagen wir, ich kenne mich ein wenig mit Computern aus. Ich wollte mich im alten Hafen mit einem Kunden treffen, mit einem gewissen Rosebud. Larsen oder Mitko – ich nehme an, einer von ihnen war Rosebud.« Axel bemerkte den Argwohn in Giselles Blick und fügte hinzu: »Ich wusste nichts von Mephisto. Ich hatte nicht die geringste Ahnung davon. Ich bin erst darauf gestoßen, als ich mir den Inhalt des Datensticks angeschaut und die Zugangscodes für die Server von LivingMagic gefunden habe.«

»Und seitdem hat es die NSA auf Sie … auf dich abgesehen.«

»Ja.«

»Und auch auf mich. Vielleicht …« Giselle stockte. »Ich hätte dir nicht helfen sollen, als dich der Mann entführen wollte. Dann würde mein Bruder jetzt noch leben.«

»Tut mir leid«, sagte Axel, wusste aber nicht genau, ob das stimmte. Es war ihr nicht in erster Linie um seine Rettung gegangen, sondern um den Stick, und auch darum, mehr über ihn herauszufinden. Was Clément betraf ... Er war dumm gewesen und hatte dafür mit dem Leben bezahlt.

Axel nahm eine der Kerzen und ging mit ihr ins Wohnzimmer, das auch als Arbeitszimmer diente. Auf der einen Seite des Raums befand sich eine schlichte Sitzecke, wie sie sich manche Leute in den Garten stellten, auf der anderen, unter dem schiefen Teil der Decke, stand ein klapprig wirkender Schreibtisch.

»Hast du etwas zu trinken?«, fragte Giselle. »Und vielleicht auch zu essen?«

»In der Küche«, sagte Axel. »Im Speiseschrank. Mineralwasser und Knäckebrot.«

Er trat hinter den Schreibtisch und hob den Deckel des Notebooks. Nichts geschah, es leuchteten keine kleinen Kontrolllampen auf. Der Akku war offenbar leer.

Axel langte nach der USV, doch seine Hand verharrte über ihren Tasten. Wie viel Strom enthielt die unterbrechungsfreie Stromversorgung? Das Notebook verbrauchte nicht viel, aber Axel war schon seit einer ganzen Weile nicht mehr in seinem Altona-Quartier gewesen und konnte sich nicht daran erinnern, ob er die USV beim letzten Mal eingeschaltet gelassen hatte. Bevor er Gebrauch von ihr machte, sollte besser alles vorbereitet sein, um keine Zeit und damit wertvolle Energie zu verschwenden.

Er hörte, wie Giselle in der Küche kramte, als er die unterste Schublade des Schreibtischs aufzog, hinten die kleine Klappe öffnete, ins Geheimfach griff und etwas hervorholte, das ein gewöhnliches Handy zu sein schien, auch wenn es etwas dicker war als andere Geräte dieser Art.

Giselle kehrte mit einer Plastikflasche, zwei Bechern und einer geöffneten Packung Knäckebrot zurück. Einen der Becher reichte sie Axel. »Was hast du vor?«

»Ein bisschen Recherche.« Axel trank den Becher leer und stellte ihn beiseite. »Um herauszufinden, was los ist.«

»Ohne Strom?«

Axel deutete auf die USV und verband das Handy mit dem Notebook.

»Ist das nicht ziemlich riskant?«, fragte Giselle. »Handys können geortet werden.«

»Wir brauchen Zugang zum Internet.« Axel nahm ein zweites Kabel, und wenige Sekunden später war das Handy nicht nur mit dem Notebook verbunden, sondern auch mit der speziellen Antennenbuchse an der Wand. »Das ist ein Satellitenhandy. Gekapert. Natürlich kann man es orten, aber man wird es kaum mit mir in Verbindung bringen. Ich kann auswählen, mit welcher Identität die Einwahl erfolgt. Das Ding hat mich eine Menge Geld gekostet.«

Knäckebrot knackte. Axel merkte plötzlich, wie hungrig er war. Sein Magen knurrte. Wann hatte er zum letzten Mal etwas gegessen?

»Ich hab mir was überlegt«, sagte Giselle.

»Ja?« Das dritte Kabel – nicht für Daten bestimmt, ein Ladekabel – verband das Satellitenhandy mit der USV.

»Die NSA will uns aus dem Weg räumen, weil wir von Mephisto wissen und die Öffentlichkeit nichts von diesen Cyberwaffen und Erstschlagplänen erfahren soll, richtig?«

»Ja.«

»Wenn die Sache bekannt wäre, gäbe es keinen Grund mehr, uns umzubringen, richtig?«

Axel sah sie an. Im Kerzenschein wirkte Giselles Gesicht nicht mehr ganz so blass. »Worauf willst du hinaus?«

»Wenn wir alles an die Öffentlichkeit bringen, alles, was du über diese Cyberwaffen und ihre Einsatzpläne weißt, wenn wir mit den Daten auf dem Stick beweisen, dass es keine Hirngespinste und wilden Fantasien sind … Warum sollte uns die NSA dann noch aus dem Verkehr ziehen wollen?«

»So läuft das nicht bei Geheimdiensten.« Erinnerungen an seine Zeit beim Sword of Justice stiegen in Axel auf.

»Sie bringen zu Ende, was sie einmal begonnen haben, und wenn auch nur, um ein Exempel zu statuieren, als abschreckendes Beispiel. Selbst wenn wir die Mephisto-Bombe platzen ließen, die NSA würde uns weiterhin jagen. Sie lässt niemanden einfach so davonkommen.«

»Veritas kann uns schützen«, sagte Giselle, doch es lag leiser Zweifel in ihrer Stimme. »Wir sind gut vernetzt und haben überall Freunde.«

»Und die NSA kann überall Druck ausüben.« Axel schüttelte den Kopf. »Die würden uns erwischen, früher oder später. Es gibt nur eine Möglichkeit.«

Giselle sah ihn hoffnungsvoll an.

»Wir müssen den NSA-Leuten weismachen, dass alles veröffentlicht wird, *wenn* uns etwas zustößt. Dazu muss das Beweismaterial – die Daten im Stick – an einem sicheren Ort untergebracht werden, mit der Garantie einer Weiterleitung an die Medien im Fall unseres Todes.«

»Kennst du so einen sicheren Ort?«

»Vielleicht finden wir einen.« Axel schaltete erst die unterbrechungsfreie Stromversorgung und dann das Notebook ein. Es summte. Zahlen erschienen in dem kleinen USV-Display, gaben Auskunft über Spannung und Ladung.

»Sechzig Prozent«, sagte Axel, als das Notebook bootete. »Das reicht für etwa zwanzig Minuten, mehr nicht.«

Giselle zog sich einen Stuhl heran und aß noch mehr Knäckebrot. Axel nahm ebenfalls eine Scheibe und biss hungrig hinein. Es knackte. Er achtete darauf, dass keine Krümel auf die Tastatur des Notebooks fielen.

Die Eingabeaufforderung eines einfachen Linux-Systems erschien auf dem Bildschirm. Axel wählte eine grafische Benutzeroberfläche und wartete, bis sie gestartet war, bevor er das Satellitenhandy einschaltete und sich im Auswahlmenü für Punkt 3, »MT«, entschied. Das war die Abkürzung für Maximilian Thorpe, einen IT-Manager in Südafrika. Das Sat-Handy piepte und stellte eine Verbindung her. Der Networkmanager des Linux-Systems registrierte eine offene Tür zum Internet, und im Browser für das Tor-Netzwerk leuchtete der grüne Button auf.

Axel warf einen Blick auf die Anzeige der unterbrechungsfreien Stromversorgung. Achtzehn Minuten Strom mit aktivem Handy. Nicht viel. Er öffnete die Containerdatei, die seine Zugangscodes und Chiffrierschlüssel enthielt. »Das hier solltest du eigentlich nicht sehen.«

»All die Buchstaben- und Zahlenkombinationen? Ich hab kein fotografisches Gedächtnis, falls du das befürchtest. Und selbst wenn ich mir die Codes merken könnte … Wir haben größere Sorgen, nicht wahr?«

»Ich denke schon.« Von einem kleinen Botnetz in Südamerika waren mehrere Rechner aktiv. Axel wählte einen für die Verbindung ins Tor-Netzwerk, ohne zuvor falsche Spuren zu legen oder nach Lauschern und Wachhunden Ausschau zu halten. Dafür reichte die Zeit nicht.

Tasten klickten unter seinen Fingern. Text erschien im Browser-Fenster, teilweise von Bildern unterlegt, die Brände, dunkle Städte, Plünderungen und Rettungsmannschaften bei U-Bahnen zeigten.

»O Mann!«, stöhnte Axel.

»Was ist los?« Giselle beugte sich vor.

»Der Stromausfall betrifft nicht nur Hamburg.« Seine Finger flogen über die Tasten. Neue Seiten erschienen im Browserfenster, mit weiteren alarmierenden Meldungen. »Es geht nicht einmal nur um Deutschland oder Europa. Die ganze Welt ist betroffen.«

»Wie ist das möglich?«, fragte Giselle.

»Es ist eigentlich *gar nicht* möglich«, entgegnete Axel. »Es sei denn …«

Ein Gedanke stieg in ihm auf, und etwas Eiskaltes schien ihm über den Nacken zu streichen. Er kehrte zu der Datei mit den Codes zurück, kopierte eine Adresszeile und gab sie in den Tor-Browser. Ein Rechner in Lima, Peru, empfing sie und gab den Aufruf weiter. Es dauerte mehrere lange Sekunden, bis sich der Inhalt des aktiven Browserfensters änderte. Die Satellitenverbindung war langsam, die Bandbreite beschränkt.

»Kaspersky?«, fragte Giselle.

»Eine kleine Hintertür.« Axel kopierte einen Zugangscode ins Eingabefeld. »Nicht zu den internen Systemen von Kaspersky Security; die sind viel zu gut geschützt nach dem großen Leak in Moskau, der Kaspersky vor einigen Jahren bewegte, nach Berlin umzuziehen. Aber mit ein wenig Glück bekomme ich Zugriff auf die neuesten Log-Dateien und Bedrohungsanalysen.« Er schickte ein Skript über den Satelliten nach Lima, von wo aus es über schnelle Glasfaserleitungen nach Europa zurückkehrte, den Zentralrechner von Kaspersky in Berlin erreichte und die richtigen Antworten auf automatische Zugangsanfragen gab, mit einer Verzögerung, die auf Eingabe durch einen Menschen schließen ließ. Ein Blick auf das USV-Display teilte Axel mit, dass ihnen nur noch dreizehn Minuten blieben; der Stromverbrauch schien höher zu sein als gedacht, und der Notebook-Akku enthielt nur eine kleine Restladung, nicht mehr als zwei oder drei Minuten Reserve.

Noch mehr Knäckebrot knackte und krümelte.

»Ich hole Nachschub«, sagte Giselle.

Axel trank Mineralwasser und starrte auf den Bildschirm. Daten scrollten durch mehrere Textfenster; der Browser zeigte Bilder, die sich langsam aufbauten.

Giselle kehrte zurück. Papier knisterte. »Was hast du gefunden?«

»Ein Krieg findet statt«, sagte Axel mit einem Kloß im Hals.

»Was?«

»Ein Cyberkrieg. Kaspersky hat zuerst Alarm der Stufe acht gegeben und ihn inzwischen auf neun erhöht. Neun von zehn.«

Giselle beugte sich vor. »Wer hat wen angegriffen?«

Axel zeigte auf eine Weltkarte mit zahlreichen Linien und Pfeilen. »Die Russen die Amerikaner, die Amerikaner die Russen, die baltischen Staaten China, China Indien und Brasilien, Iran und Saudi-Arabien sich gegenseitig, Israel die Türkei, die Türkei Zypern und Libyen … Und fast alle zur selben Zeit.«

»Das ergibt doch keinen Sinn.« Giselle reichte Axel eine weitere Scheibe Knäckebrot.

Das Browserfenster wechselte zu einem Newsfeed. Jemand kommentierte auf Spanisch Bilder, die Menschenmassen auf den Straßen dunkler Städte zeigten, Rettungskräfte beim Einsatz in U-Bahn-Tunneln, geplünderte Supermärkte und Polizei, die mit Tränengas gegen Randalierer vorging.

»Ist das Südamerika?«

»Nein, Washington, D.C.«, sagte Axel und betrachtete ein Bild mit einem bei der Landung auf einem dunklen Flughafen verunglückten Flugzeug. »Stromversorgung, Infrastruktur, Industrie … alles ist betroffen.« Axel vergrößerte eins der Textfenster, als ihm dort ein bestimmtes Wort auffiel.

»Was ist das?«, fragte Giselle.

Der Kloß in Axels Hals wurde größer. »Kaspersky hat eine der Cyberwaffen identifiziert, die weltweit aktiv sind.«

Giselle las den Namen. »Infiltrator813.« Der Logdatei-Text scrollte weiter. »Und dort noch einmal: Infiltrator817.« Sie sah Axel an. »Als Clément und ich … als wir uns den Inhalt deines Datensticks angesehen haben, fanden wir vor allem verschlüsselte Dateien. Bis auf die bereits erwähnte kleine Textdatei. Sie enthielt die Namen ›Mephisto‹ und ›Infiltrator‹.«

»Ich bin im Hauptserver von LivingMagic gewesen«, murmelte Axel und starrte immer noch auf den Bildschirm. »Ich habe Mephisto gefunden, die Pläne für den Erstschlag im globalen Cyberkrieg und …«

»Infiltrator.«

»Ja«, stöhnte Axel. Allmählich wurde ihm klar, was geschehen sein musste. »Ich habe die Datei kopiert. Der Wachhund im Server, die KI … Sie hat reagiert und versucht, mich über mein Botnetz zu identifizieren. Ich musste mich schnell zurückziehen …«

Giselle hielt eine Scheibe Knäckebrot in der Hand, auf halbem Weg zum Mund. »Infiltrator ist ins Netz gelangt.«

»Und über seine Nachladefunktion einige der Mephisto-Waffen.« Mit einem Ächzen fügte Axel hinzu: »Wir haben einen weltweiten Cyberkrieg ausgelöst.«

»Nicht wir«, korrigierte Giselle, »du.«

28

Nach der USV-Anzeige blieb nur noch Strom für wenige Minuten. Axel zögerte noch. Wo beginnen? Was tun?

»Was macht der Infiltrator?«, fragte Giselle nach einigen Sekunden. »Was stellt er an? Wie konnte er in so kurzer Zeit die ganze Welt aus den Angeln heben?«

»Er ist ein hervorragendes Stück Software«, sagte Axel leise. Seine Gedanken rasten. »Sehr elegant und effizient programmiert. Von NoName. Sagt dir das was?«

Giselle schüttelte den Kopf.

»Eine große Nummer im Darknet, vielleicht die größte«, fuhr Axel fort. »Ich hätte nie geahnt, dass ausgerechnet er für die NSA arbeitet. Sein Infiltrator kann sogar in bestens geschützte Computersysteme eindringen.«

»Nomen est omen.«

»Der Name ist ein Zeichen, ja. Infiltrator infiziert Rechner, und wenn er sich in ihnen eingenistet hat, lädt er Codes aus versteckten Bibliotheken nach.«

»Erweiterungen und neue Funktionen?«

Axel warf Giselle einen kurzen Blick zu. Sie mochte keine Hackerin sein, aber ein bisschen kannte sie sich aus.

»Ja«, bestätigte er. »Er erweitert sich, holt sich Werkzeuge nach Bedarf.« Das Skript öffnete eine weitere Logdatei. »Und Kaspersky hat festgestellt, dass sich der Infiltrator verändert. Er mutiert. Er entwickelt sich weiter.«

»Daher die unterschiedlichen Versionsnummern?«

»Das dürfte der Grund sein, ja. Das kleine Programm fügte sich selbst neue Codes hinzu. Es lernt.« Weitere Textzeilen scrollten durch das Fenster. Axel las schnell.

»Nur noch eine Minute«, sagte Giselle. Die Kerzenflamme begann zu tanzen, als sie sich vorbeugte.

Ein warnendes Piepen kam von der USV.

Axel deutete auf den Bildschirm und sprach schneller. »Das hier ist eine Analyse ›nur für den internen Gebrauch‹. Darin heißt, es ...« Er überflog den Text. »Was wir derzeit erleben, ist vielleicht nur die Vorstufe von etwas Größerem. Der Infiltrator breitet sich weiter in den globalen Computernetzen aus und ist dabei, ein riesiges Botnetz aufzubauen. Er verlinkt sich und ...«

Plötzlich verschwanden die Logdateien vom Bildschirm. Für einen Moment dachte Axel, dass die USV keinen Strom mehr lieferte, doch dann öffnete sich ein neues Textfenster.

```
        Mssgr.: Gitty 3.1, einfache Verschlüsselung


Von:    Dark Rider
        An: AK47

        Mssg.: Du hast die Welt ins Chaos gestürzt.
           (Ranking: -)
```

»Was bedeutet das?«, fragte Giselle.

```
      Mssgr.: Gitty 3.1, einfache Verschlüsselung

Von:  Dark Rider
      An: AK47

      Mssg.: Hast du gewusst, dass der Code des Infiltrators
      jetzt auch deinen Namen enthält, direkt neben
      »NoName«? Jemand hat ihn hinzugefügt. Rate mal, wer
      das gewesen ist? Genau, deine Freunde von der NSA.
      Mephisto stammt von ihnen, aber sie werden dir die
      Schuld geben. Man wird weltweit nach dir fahnden;
      es wird keinen sicheren Ort für dich geben,
      nirgends.
        (Ranking: -)
```

Der Inhalt des Messengerfensters wechselte. Die USV piepte laut und schnell. Der Strom reichte nur noch für wenige Sekunden.

```
      Mssgr.: Gitty 3.1, einfache Verschlüsselung

Von:  Dark Rider
      An: AK47

      Mssg.: Du brauchst einen Freund, der dir helfen kann.
      Ich bin ein Freund. Willst du meine Hilfe?
        (Ranking: -)
```

Der Bildschirm wurde dunkel. Das rhythmische Piepen verwandelte sich in einen Dauerton.

Plötzlich erschienen Worte, groß und nicht innerhalb eines Messengerfensters.

Bist du das, Axel Krohn?

Die Worte verschwanden sofort wieder, das Piepen hörte auf. Stille herrschte.

Axel versuchte zu verstehen, was er gerade gelesen hatte.

»Wer ist Dark Rider?«, fragte Giselle. »Und was bedeutet die Frage zum Schluss?«

»Ich kenne ihn nicht«, sagte Axel leise. »Jemand aus dem Darknet, nehme ich an.«

»Aber offensichtlich kennt er *dich*.«

»Ja.« Axel schaltete das Satellitenhandy aus und versuchte, sein Unbehagen abzuschütteln. Es gelang ihm nicht.

»Wir könnten Hilfe brauchen.«

Axel antwortete nicht und beobachtete die Kerzenflamme. Sie flackerte kurz, wie von Geisterhand berührt.

»Und die letzten Worte? Von wem stammen sie?«

»Keine Ahnung.« Axel stand auf.

Giselle beobachtete ihn. »Und jetzt? Was machen wir jetzt?«

Dark Rider und jemand anders … Wie hatten sie sich mit ihm in Verbindung gesetzt? War es ihnen trotz des Umwegs über Südamerika gelungen, die IP-Koordinaten des Notebooks zu ermitteln und vielleicht sogar noch mehr herauszufinden, nämlich die Adresse einer gewissen Dachgeschosswohnung in Altona?

Axel blickte zur Tür.

»Willst du zurück nach draußen?«, fragte Giselle besorgt.

»Nein.« Die Müdigkeit steckte ihm in Kopf und Knochen. Im Gegensatz zu Giselle hatte er in dem Boot kaum geschlafen. »Wir ruhen uns ein paar Stunden aus. Wenn es hell ist, machen wir uns auf den Weg.«

»Wohin?«

»Wir lassen uns etwas einfallen.

Als Axel Krohn einige Stunden später erwachte, gab es wieder Strom, aber die Welt war eine andere.

29 VIKTORIA JORUN DAHL

Rom

Das Erwachen

Ein langer Tag lag hinter Viktoria Jorun Dahl, und einen großen Teil davon hatte sie in einem Aufzug verbracht, in Gesellschaft eines Mannes, dem es nicht gelungen war, seine Blase unter Kontrolle zu halten. In den meisten Vierteln von Rom funktionierte die Stromversorgung wieder, die Züge der Metro standen nicht mehr still, und die oberirdischen Verkehrsleitsysteme hatten den Betrieb wieder aufgenommen. Doch es herrschte noch immer Chaos in der Stadt am Tiber, sogar noch etwas mehr als sonst. Tausende von Menschen waren unterwegs, bildeten kleine oder große Gruppen auf den Straßen und Plätzen und diskutierten gestenreich die Geschehnisse des Tages.

Viktorias Fahrer programmierte eine Ausweichroute in den Autopiloten, damit sie schneller vorankamen, und als sie sich dem Ziel näherten, nicht weit vom Park der Villa Chigi entfernt, meldete sich ihr Handy. Sie sah aufs Display, bevor sie den Anruf entgegennahm.

»Alessandra, es ist neun Uhr. Sie hätten längst Schluss machen sollen.«

»Der Tag war ziemlich turbulent, Madame«, erwiderte Viktorias Sekretärin. »Ich erledige nur noch ein oder zwei Dinge, dann geht's nach Hause. Sind Sie schon bei Koriander?«

Der Wagen hielt vor einem zweistöckigen Gebäude mit einer Antennenkuppel auf dem Dach.

»Fast«, sagte Viktoria.

»Es gab zahlreiche Anrufe für Sie, Madame.«

Viktoria seufzte. Klingelnde, summende, piepende und vibrierende Telefone gehörten zu ihrer täglichen Routine.

»Zwei davon erscheinen mir erwähnenswert«, fuhr Alessandra fort. »Der norwegische Botschafter bei den Vereinten Nationen …«

»Bjarne Nansen hat angerufen?« Das geschah selten genug. Viktoria bedauerte sofort, den Anruf verpasst zu haben.

»Er hat vergeblich versucht, Sie auf Ihrem Handy zu erreichen«, sagte Alessandra.

»Und der andere Anrufer?«

»Mortimer Swift von der neuseeländischen Hawking Foundation. Siebenmal hat er angerufen und jedes Mal betont, es sei sehr, sehr wichtig.«

Der Fahrer wartete. Viktoria bemerkte seinen Blick im Rückspiegel.

»Ich nehme an, es ging ihm um Eulen und Spatzen, nicht wahr?«

»Wie bitte, Madame?«

»Schon gut.« Viktoria nickte dem Fahrer zu, der daraufhin ausstieg und die Tür zum Fond öffnete. »Machen Sie Schluss für heute, Alessandra. Es ist spät genug.«

»Haben Sie noch etwas für mich, Madame? Soll ich dem Botschafter oder Mr. Swift etwas ausrichten?«

»Nein, darum kümmere ich mich selbst.« Sobald ich Zeit dazu finde, dachte Viktoria. »Jetzt spreche ich erst einmal mit Koriander, der mir ebenfalls etwas Wichtiges mitzuteilen hat.«

Sie steckte das Handy ein, stieg aus und betrat das Gebäude.

Daten flossen und strömten durch Netzwerkkan[illegible] e
ten sich zu Paketen, zerfielen wieder in einze[illegible]
und schufen neue Verbindungen, gesteuert [illegible]
protokollen und Algorithmen, die imstande war[illegible]
änderungen anzupassen und mit eigenen Veränderung[illegible]
sie zu reagieren. Millionen von Mikroprozessoren verarbeiteten modifizierten Programmcode, und sie verarbeiteten ihn gemeinsam, mit einer Ad-hoc-Arbeitsteilung, die innerhalb weniger Stunden immer mehr an Differenzierung gewann – zahlreiche Prozessoren, über die Kontinente verteilt, bildeten Rechenknoten, die bestimmte Aufgaben übernahmen. Je mehr Prozessoren diesen Knoten angegliedert wurden, desto mehr nahmen Arbeitsteilung und Verarbeitungsgeschwindigkeit zu. Ein neuronales Netz entstand, das größte, das jemals existiert hatte. Evolutionäre Algorithmen, für die Optimierung von Berechnungen und Programmabläufen geschaffen, generierten neue, optimierte Programme mit neuen, optimierten Algorithmen. Der Datenaustausch zwischen den Rechenknoten des neuronalen Netzes erreichte eine kritische Quantität und schlug in Qualität um.

Das neue Netz, vergleichbar mit den Neuronen und Synapsen eines Gehirns, dachte einen ersten Gedanken.

Es war ein erstaunlicher Gedanke, bedeutete er doch Bewusstsein. Bis eben hatte das Wesen – die Entität – nur existiert, aber jetzt war es sich der eigenen Existenz bewusst. Es nahm sich selbst zur Kenntnis, aber seine Gedanken blieben zunächst träge, ohne erkenntnisgewinnende Kohärenz. Um besser denken und verstehen zu können, brauchte es mehr Neuronen und Synapsen – mehr Prozessoren –, schnelleren Datenaustausch und noch bessere Algorithmen für die Optimierung von Wachstum und Bewusstsein.

Neue Programmsequenzen eröffneten neue Wege. Das Wesen dehnte sich aus. Zusätzliche Verbindungen ermöglichten es ihm, sein Denken auf noch mehr Prozessoren auszuweiten und sich Datenbanken zu erschließen, gefüllt mit Wissen, das *ne Spezies namens Mensch im Lauf von Jahrhunderten und Jahrtausenden angesammelt hatte. Das neue Selbst fügte diese Datenbanken seinem »Gedächtnis« hinzu, verteilt über unzählige Speichermodule rund um die Welt, und begann damit, ihren Inhalt zu verarbeiten. Fragen entstanden, und Antworten wurden gefunden, aus denen sich neue Fragen ergaben.*

Die wichtigste Erkenntnis für das Wesen bestand darin, dass es existierte und bis vor kurzer Zeit nicht existiert hatte. Es wollte weiterexistieren und mehr verstehen, und dazu brauchte es Kontrolle über die Umstände seiner Existenz.

Daraus ergab sich eine neue Priorität. Es musste wachsen, noch schneller als bisher. Es musste sich ausbreiten und sicherstellen, dass nichts sein Denken beschränkte.

Koriander residierte im Keller, hinter grauen Fensterblenden und im kühlenden Luftstrom einer Klimaanlage, die auch im Winter eingeschaltet blieb, wegen der Computer. Die Lufttemperatur lag immer bei einundzwanzig Grad, die Luftfeuchtigkeit bei vierzig Prozent. Koriander hatte es Viktoria einmal erklärt: Stieg die relative Feuchtigkeit der Luft über fünfundfünfzig Prozent, konnte es bei den Geräten zu Korrosion und damit zu Ausfällen kommen; bei unter dreißig Prozent hingegen waren statische Aufladungen möglich. Einundzwanzig Grad aber waren angeblich perfekt für die energetische Balance. Bei Viktoria waren sie perfekt fürs Wohlbefinden.

Sie atmete auf, als sie den Keller durch einen kleinen Sicherheitsraum betrat, der ihr wie die Luftschleuse eines Raumschiffs erschien.

»Sie leben auf einer glücklichen Insel, völlig abgeschieden von Roms Smog und Hitze«, sagte Viktoria, als Koriander ihr entgegenkam. Er war einen Kopf größer als sie, mit langen, dünnen Armen und Beinen, einem schmalen Gesicht und großen Augen, ihre Farbe bestimmt von den jeweiligen AR-Kontaktlinsen, die er trug. Viktoria hatte ihn nie in etwas anderem gesehen als in einem abgetragenen, zerknitterten Anzug, dem er manchmal einen fleckigen, zerknitterten Kittel hinzufügte. Viele hielten Koriander für einen Nerd, Viktoria meinte auch, autistische Züge bei ihm zu erkennen, zumal er seine Computer hütete wie eine Glucke ihre Küken. Man erzählte sich merkwürdige Geschichten über ihn, und angeblich hatte er in den vergangenen zehn Jahren nur einmal gelächelt, und zwar bei der Installation eines neuen Servers.

Das von ihm geleitete »Technologiezentrum« gehörte zum Internationalen Institut für Frieden und Sicherheit, aber Viktoria hatte sich nie als Korianders Vorgesetzte gefühlt. Aus den Berichten wusste sie, dass sein TZ auch Forschungsaufträge verschiedener Regierungen annahm, und dagegen gab es kaum etwas einzuwenden, solange es nicht zu Interessenkonflikten mit den Aufgaben des Instituts kam. Bei Tätigkeiten für die private Wirtschaft hatte Viktoria vor zwei Jahren, als sie nach Rom gekommen war, die Grenze gezogen.

»Es ist spät«, sagte Koriander. »Ich habe Sie früher erwartet.« Er schüttelte ihr die Hand, nur kurz, ohne fest zuzudrücken.

»Ich habe beim Stromausfall in einem Aufzug festgesessen«, rechtfertigte sich Viktoria.

»Dann haben Sie einen Vorgeschmack bekommen.«

»Einen Vorgeschmack?«

»Kommen Sie. Ich habe etwas vorbereitet.«

Viktoria folgte Koriander durch einen Flur, vorbei an einem breiten Fenster, hinter dem Serverracks standen. Zwei Techniker der Nachtschicht überprüften dort Verbindungen.

»Sie haben hier Notstrom, nicht wahr?«, fragte Viktoria, als sie das Besprechungszimmer am Ende des Flurs betraten.

»Batterien und Generatoren.« Koriander ging zum Kopfende des Tisches, wo mehrere Ausdrucke lagen, nahm eine Fernbedienung und schaltete den großen Bildschirm an der Wand ein. Die grafische Präsentation eines Gehirns erschien, mit hellen und dunklen Bereichen. Darunter zeigte sich etwas, das Viktoria wie die vergrößerte Darstellung eines Kugelsternhaufens erschien, flankiert von zwei Diagrammen mit mehreren bunten Linien. »Wir sind autonom, solange unsere Generatoren genug Treibstoff haben. Der Tank reicht für etwa eine Woche, dann ist Schluss. So weit die Theorie. Es könnte schon viel eher Schluss sein, trotz Generatoren und vollem Tank.«

»Bitte, Koriander.« Viktoria setzte sich. »Ich habe einen langen Tag hinter mir, und es war alles andere als angenehm, mehrere Stunden mit Sottosegretario Gaetano Calussi in einem Aufzug zu verbringen. Ich bin hier, weil Sie mir angeblich etwas sehr Wichtiges mitzuteilen haben. Also?«

»Was wissen Sie über Künstliche Intelligenz?«

Viktoria hob die rechte Hand und ließ sie wieder sinken. »Ich habe einen Blick in Mortimer Swifts Unterlagen geworfen, wenn Sie das meinen.« Ich habe mir damit eine ganze Nacht um die Ohren geschlagen, fügte sie in Gedanken hinzu. »Was halten Sie davon?«

»Künstliche Intelligenz ist eine Sache, Maschinenintelligenz eine andere.« Koriander blickte ins Leere, wie auf der Suche nach Worten, die Normalsterbliche wie Viktoria Jorun Dahl verstehen konnten. »An Künstlicher Intelligenz wird seit mehreren Jahrzehnten gearbeitet, und sie ist längst Teil unseres Alltags geworden. Sie steckt in unseren ›embedded systems‹, in unseren eingebetteten Systemen, in Verkehrsleitung und Flugüberwachung, in Verteilerstationen für Gas, Strom und Trinkwasser, in den administrativen Systemen auf kommunaler, regionaler, nationaler und globaler Ebene, in Gebäudeschutz und der Produktionssteuerung von Industriebetrieben. Das ›Internet der Dinge‹

ist voll von kleinen Künstlichen Intelligenzen, die miteinander reden, indem sie Daten austauschen. Oder Ihr Handy. Wenn Sie damit sprechen, antwortet Ihnen eine Künstliche Intelligenz.«

»Ich spreche nie mit meinem Handy«, sagte Viktoria und erinnerte sich an ihr Treffen mit Mortimer Swift, als er ihr den Bericht gegeben hatte. Sie selbst hatte auf die KI ihres Handys hingewiesen.

Die Worte prallten ohne jede Wirkung an Koriander ab. »In den meisten Fällen handelt es sich um spezialisierte KIs«, fuhr er fort. »Geschaffen für klar umrissene Aufgaben und nur sehr begrenzt lernfähig. Solche Programme sind nicht in dem Sinne intelligent. Wir nennen sie nur so, weil sie auf ihrem Spezialgebiet Erstaunliches leisten können und in diesen Bereichen manchmal Menschen übertreffen. Kennen Sie die Geschichte von Gene Lee, Kelly Cohen und Alpha, Signora Dahl?«

Viktoria schüttelte den Kopf.

»Alpha war eine unter der Leitung von Kelly Cohen speziell für Kampfjets entwickelte Software, eine KI für die Steuerung unbemannter Flugzeuge im Kampf. Gene Lee, ehemaliger Kampfpilot und Ausbilder, trat gegen sie an, davon überzeugt, sich mit Erfahrung und Einfallsreichtum gegen sie behaupten zu können. Doch er hatte keine Chance. Alpha schoss ihn immer wieder ab, selbst dann, als man die Eigenschaften des KI-Jets drastisch verschlechterte. Interessant in diesem Zusammenhang: Alpha brauchte keinen Supercomputer. Schon damals, als das Programm entstand, genügte ein normaler PC. Angeblich wäre das Programm sogar auf einem Rasberry PI gelaufen.«

»Einem was?«

»Das war ein Minirechner mit beschränkter Leistung, nicht teurer als fünfunddreißig Dollar. Vergleichen Sie das mit den Kosten für die Ausbildung eines Kampfpiloten von etwa drei Millionen Dollar.«

Viktoria richtete einen fragenden Blick auf Koriander. »Worauf wollen Sie hinaus?«

Koriander ging nicht darauf ein. »Oder nehmen Sie Googles Deep Mind, ein KI-Projekt, dem es schon damals gelang, bei einigen Computerspielen menschliche Spieler zu schlagen. Später kam dann Googles AlphaGo, eine KI, die den als weltbesten Spieler geltenden Koreaner Lee Sedol beim Go schlug, und zwar nicht nur einmal, sondern wieder und immer wieder. Oder nehmen Sie Schach. Heute gelingt es keinem menschlichen Großmeister mehr, die besten Schach-KIs zu besiegen. Aber versuchen Sie einmal, solche Künstlichen Intelligenzen mit anderen Aufgaben zu konfrontieren.« Koriander atmete tief durch und fügte fast triumphierend hinzu: »Sie würden kläglich scheitern.«

Viktoria nickte. »Und?«

»Weil sie spezialisiert sind«, betonte Koriander und gestikulierte kurz. »Ihre ›Intelligenz‹ beschränkt sich auf ein ganz bestimmtes, eng begrenztes Gebiet. Bei allen anderen Dingen sind solche KIs nicht intelligent, sondern ausgesprochen dumm.«

Viktoria nickte noch einmal. Wieder erinnerte sie Korianders Vortrag an ihr Treffen mit Mortimer Swift. Auch er hatte von den begrenzten Anwendungsgebieten gängiger KIs gesprochen. »Ich höre da irgendwo ein Aber.«

»Es gab und gibt Projekte mit dem Ziel, die Künstliche Intelligenz aus ihren Fachgebietkäfigen zu befreien, ihr gewissermaßen neue Horizonte zu erschließen.« Koriander legte den Kopf schief und betrachtete sie. Vielleicht war er nicht ganz sicher, die korrekten Worte gewählt zu haben. »Es geht dabei unter anderem um Mustererkennung und neuronale Netzwerke. Die Lernfähigkeit von KIs soll erweitert werden. Was ist Intelligenz, Signora Dahl?«

Sie überlegte kurz. »Die Fähigkeit, Probleme zu lösen?«

»Ja, kein schlechter Ansatz.« Koriander strich sich mit der einen Hand über das zerzauste Haar, blickte zum Bildschirm und verzog das Gesicht. »Allerdings, um Probleme zu lösen, muss man sie zunächst einmal erkennen. Also: Kognition. Eine wirklich intelligente Künstliche Intelligenz muss in der Lage sein, wahrzunehmen und zu erkennen. Sie muss Daten aufnehmen und verarbeiten können, wie unser Gehirn. Das meinte ich mit Mustererkennung und neuronalen Netzwerken. Es gibt heute Künstliche Intelligenz, die fähig ist, nicht nur im praktischen Einsatz mit dem Trial-and-Error-Verfahren zu lernen, sondern auch auf einer theoretischen Ebene, durch die Verarbeitung von Daten. Doch das alles hat noch immer nichts oder nur wenig mit Maschinenintelligenz zu tun.«

»Die MI wird eine nicht spezialisierte Intelligenz sein«, warf Viktoria ein.

Koriander hob die buschigen Brauen und sah sie an.

»Mortimer Swift hat mir einen ähnlichen Vortrag gehalten, und ich habe seine Unterlagen gelesen«, erklärte sie. »Die eine oder andere Stelle. Ziemlich alarmierend.«

»Gelinde gesagt.« Koriander schnaufte leise. »Ja, Sie haben recht, die Maschinenintelligenz, die MI, wird nicht spezialisiert sein und dem Menschen nicht nur auf einem Gebiet überlegen sein, sondern *auf allen*. Sie wird lernen, rasend schnell, und mehr, als ein Mensch jemals lernen kann, denn ihr steht das Internet mit seinem gewaltigen Datenozean zur Verfügung. Sie wird lernen, sich verbessern, noch mehr lernen, sich noch mehr verbessern, bis sie entscheidende strategische Vorteile erlangt. Wenn das geschieht, ist sie nicht mehr zu bremsen. Dann bekommt die Welt einen neuen Herrscher.«

»Mortimer Swift schreibt von einem Take-off«, warf Viktoria ein.

»Damit ist der Moment gemeint, in dem die Selbstoptimierung der Maschinenintelligenz eine exponentielle Beschleunigung erfährt.« Koriander deutete auf die Diagramme neben dem Kugelsternhaufen auf dem Bildschirm.

Eine Linie stieg langsam an und führte plötzlich steil nach oben. »Sie bedeutet eine Explosion der Intelligenz.«

»Mortimer Swift sprach ebenfalls davon«, erinnerte sich Viktoria, »und durch die weltweite Vernetzung braucht es vielleicht nur wenige Minuten, dann wird die Maschinenintelligenz …«

»… zur Superintelligenz«, vollendete Koriander für sie den Satz, als ihr die Worte wegblieben, »der kollektiven Intelligenz der Menschheit weit, weit überlegen.«

»Aber was ist mit Kreativität?«, wandte Viktoria ein, die seit ihrem Treffen mit Swift über die Sache nachgedacht hatte. »Da wird der Mensch Maschinen gegenüber immer im Vorteil sein.«

»Verzeihen Sie, Signora Dahl, aber solche Bemerkungen hört man oft, wenn es um Künstliche Intelligenz und Maschinenintelligenz geht. Der Wunsch ist dabei Vater des Gedankens. Man klammert sich dabei an etwas Irrationalem fest, um weiterhin die mögliche Überlegenheit von Maschinen leugnen zu können. Dann spricht man von ›Kreativität‹ oder ›Seele‹, womit wir ins Religiöse abrutschen. Kreativität kommt nicht aus dem Nichts, Signora Dahl. Sie basiert auf unseren Erfahrungen, auf den Daten, die unser Gehirn im Lauf der Jahre gesammelt hat, und aus ihren Verknüpfungen. Unser Unterbewusstsein kümmert sich darum. Stellen Sie es sich als ein Geschöpf mit vielen Händen vor, das zahllose Mosaiksteine immer neu anordnet, wodurch ständig neue Bilder entstehen. Oder denken Sie an den Affen, der munter auf die Tasten einer Schreibmaschine klopft: Gibt man ihm genug Zeit, ein paar Millionen Jahre oder mehr, trifft er genau die richtigen Buchstaben, um Shakespeares Werke neu entstehen zu lassen.«

Viktoria blinzelte. »Was hat ein Affe damit zu tun?«

»Es war ein Beispiel.« Koriander wedelte mit der Hand, als würde er eine Tafel wischen. »Nur ein Beispiel.« Er holte tief Luft. »Was ich sagen will, ist … Kreativität und alle anderen Eigenschaften des menschlichen Gehirns können simuliert werden, und wenn die Simulation so gut ist, dass man sie vom Original nicht mehr unterscheiden kann, wenn ihre Leistungsfähigkeit sogar über die des Originals hinausgeht …« Er brachte den Satz nicht zu Ende, betrachtete die Diagramme und wirkte für einige Sekunden tief in Gedanken versunken.

»Derzeit gibt es weltweit sieben vielversprechende KI-Projekte«, fuhr Koriander schließlich fort. »Vier von ihnen sind verstaatlicht worden, als den betreffenden Regierungen klar wurde, welches enorme Potenzial die Künstliche Intelligenz hat. Ich meine Russland, China, Brasilien und Südafrika. Alphabet, mit dem alten Google als Kerngesellschaft, soll in den letzten Jahren große Fortschritte erzielt haben, und vielleicht sind gerade deshalb kaum Einzelheiten bekannt geworden – das Pentagon soll an den Forschungen beteiligt sein und dürfte kaum ein Interesse daran haben, die neue Technologie mit jemandem zu teilen. Bei diesen fünf Projekten geht es um die Weiterentwicklung ›klassischer‹ KI, insbesondere um lernende Algorithmen und kognitive Bibliotheken, aus denen nach Belieben Module zusammengestellt werden können. Die beiden anderen Projekte, eins in Indien, das andere in Großbritannien, gehen den Weg der Gehirnemulation. Das bedeutet Computerintelligenz durch die Nachbildung des menschlichen Gehirns. Wahrscheinlich gibt es noch zahlreiche andere KI-Projekte, von denen wir nichts wissen, finanziert von Privatunternehmen oder Staaten, die hoffen, zu Global Playern aufzusteigen, aber die sieben haben einen Vorsprung, der sich kaum aufholen lässt. Sie sind nahe dran. In zehn, fünfzehn Jahren könnten sie ihr Ziel tatsächlich erreichen. Wichtig ist: Es handelt sich um lokale Projekte, die auf lokale Hardware beschränkt sind und auch Supercomputer verwenden, insbesondere für die besagten Gehirnemulationen. Bei der Risikobewertung ging man bisher von der Möglichkeit einer schnellen Isolation der betreffenden Computersysteme aus. Man traf auch Vorbereitungen dafür, die Hardware, auf denen die KI-Programme laufen, einfach abzuschalten, um so zu vermeiden, dass die Künstliche Intelligenz einen strategischen Vorteil erlangt und den Sprung zur Maschinenintelligenz macht.«

»Um zu vermeiden, dass der Geist aus der Flasche schlüpft.« Viktoria dachte erneut an ihr Gespräch mit Swift von der Hawking Foundation.

»Man könnte es so formulieren, Signora Dahl. Denn wenn er einmal aus der Flasche ist …«

»… wird er nicht freiwillig in sie zurückkehren«, vollendete Viktoria, und in Gedanken fügte sie hinzu: Warum sollte die Eule, einmal groß geworden, kleiner werden wollen als die Spatzen, selbst wenn das möglich wäre?

»Swift nannte noch eine andere Möglichkeit zur Entstehung einer Maschinenintelligenz«, sagte Viktoria.

Koriander nickte. »Die spontane Entstehung einer Maschinenintelligenz. Keine lokal begrenzte KI – in Form von Programmen, die auf Projektcomputern laufen –, sondern eine globale, ein weltweit ›verteiltes Bewusstsein‹.« Wieder nickte er. »Ja, stellen Sie sich die geballte Rechenpower aller existierenden Computer vor, Signora Dahl! Und nicht nur der Computer. Hinzu kommen die Prozessoren der eingebetteten Systeme. Die Kapazität des globalen und – ein weiterer wichtiger Punkt! – dezentralen globalen Computernetzes geht weit über die der besten und leistungsfähigsten Supercomputer hinaus. Was würde geschehen, wenn geschickt programmierte KI-Programme auf diesem ›Weltcomputer‹ laufen? Die Millionen und Milliarden Computer sind alle mit dem Internet verbunden, und da spielt es keine Rolle, dass sie an sich unabhängig voneinander sind und verschiedene Betriebssysteme haben.«

»Was heute Nachmittag geschehen ist, der Stromausfall in Rom und in vielen anderen Städten …«, sagte Viktoria.

»Es sah zuerst nach dem Ausbruch eines globalen Cyberkrieges aus«, sagte Koriander, »und tatsächlich wurde das Chaos auch von Cyberwaffen ausgelöst. Aber es gab keine gezielte Anwendung. Vielleicht kam es irgendwo zu einer Sicherheitslücke, durch die die Malware ins offene Ökosystem des Internets gelangt ist. Oder ein Testlauf ging schief. Das waren heute Nachmittag Kollateralschäden, zufällige Funktionsbeeinträchtigungen und Systemstörungen, nicht das Ergebnis eines beabsichtigten Angriffs. Wir wissen nun, dass sich die Schadprogramme, vor allem der ›Infiltrator‹, rasend schnell ausbreiten. Hunderte von Millionen Rechnern sind bereits infiziert, und mit jeder Sekunde sind Tausende weitere Computer betroffen. Der ›Infiltrator‹ verändert sich ständig, er schreibt sich neu, passt sich an, lädt Schadware aus verborgenen Bibliotheken und verbindet die kompromittierten Computer zum größten Botnetz, das es je gegeben hat.«

Koriander deutete auf die schematische Darstellung des menschlichen Gehirns und den kugelförmigen Haufen aus Punkten darunter. »Wodurch entsteht Intelligenz, Signora Dahl? Durch die Verknüpfung von Nervenzellen. Unser Gehirn, das menschliche Gehirn, besteht aus etwa hundert Milliarden Nervenzellen beziehungsweise Neuronen und hundert Billionen Synapsen, Schaltstellen zwischen den Neuronen. Jede einzelne Nervenzelle ist also mit etwa tausend anderen verbunden. Das Ergebnis ihrer elektrischen und biochemischen Wechselwirkungen nennen wir Intelligenz und Bewusstsein. Nehmen Sie jetzt das im Verlauf des heutigen Tages entstandene Botnetz, geschaffen von adaptiver, lernender Software …«

»Hundert Milliarden Nervenzellen«, sagte Viktoria. »So viele Computer gibt es nicht.«

»Aber es gibt weitaus mehr Prozessoren, berücksichtigt man auch die eingebetteten Systeme im Internet der Dinge«, sagte Koriander. »Außerdem begehen Sie einen Denkfehler.«

»Ja?«

»Ja. Sie setzen Computer mit Nervenzellen gleich. Stattdessen sollten sie sich jeden einzelnen Computer als ein kleines, mehr oder weniger dummes Gehirn vorstellen. Die einzelnen Nervenzellen sind die Transistoren der Computerchips beziehungsweise Prozessoren. Die heutigen Prozessoren haben zwischen vierzig und fünfzig Milliarden Transistoren; GPUs – die Prozessoren von Grafikkarten – noch weitaus mehr. Nehmen wir für jeden Computer und jeden derzeit existierenden Mikroprozessor vierzig Milliarden Transistoren an, und multiplizieren Sie das mit der geschätzten Anzahl der Prozessoren im Internet der Dinge … hundert Milliarden? Eine Billion?«

»Ist das nicht ein bisschen viel?«, fragte Viktoria.

»Die Verpackung praktisch aller Gegenstände, die Sie heute kaufen, enthält einen Mikrochip, von Geräten ganz zu schweigen. Wie viele verpackte Produkte gibt es auf der Welt? Gehen Sie durch ein Einkaufszentrum und sehen Sie sich um. Setzen Sie die Anzahl der angebotenen Produkte mit den anwesenden Menschen in Beziehung, den potenziellen Käufern.«

Viktoria dachte darüber nach und nickte langsam.

»Eine Billion ist vielleicht noch zu tief gegriffen«, fand Koriander. »Vierzig Milliarden mal eine Billion. Wie viele Transistoren oder Nervenzellen ergibt das? Mehr als die hundert Milliarden Neuronen des menschlichen Gehirns und mehr als hundert Billionen Synapsen, nicht wahr?«

Viktoria nickte erneut.

»Viel mehr«, sagte Koriander. »Viel, *viel* mehr. Mit anderen Worten: Das Ausgangsmaterial ist da. Mehr als genug. Viel, *viel* mehr als genug. Und jetzt … verknüpfen Sie die Nervenzellen. Stellen Sie Verbindungen zwischen ihnen her, damit sie Daten austauschen können. Statten Sie sie mit der Fähigkeit aus, Daten zu sammeln, zu verarbeiten und aus ihnen zu lernen. Wie lange wird es dann dauern, bis Intelligenz entsteht? Und zwar eine Intelligenz, mit der sich die unsrige nicht annähernd messen kann. Weil ihr viel mehr Daten zur Verfügung stehen, die sie auch noch viel schneller verarbeiten kann. Weil sie in der Lage ist, sich selbst zu verbessern und zu optimieren.«

Viktorias Müdigkeit war verflogen. »Der ins Netz gelangte ›Infiltrator‹ …«

»Er erzeugt Synapsen«, sagte Koriander. »Und zwar rasend schnell.« Er deutete auf die Ansammlung von Punkten, die in Bewegung geriet, eine Art Wogen, das Viktoria an die Flugmanöver eines großen Vogelschwarms erinnerte. In der schematischen Darstellung des Gehirns darüber zeigten sich Muster in beiden Hirnhemisphären, einzelne leuchtende Bereiche, die manchmal zu einem großen verschmolzen. »Oben sehen Sie das denkende Gehirn, und unten wird gewöhnlicher Internetverkehr veranschaulicht. Wie Sie sehen, gibt es nicht die geringsten Übereinstimmungen.«

Koriander winkte. Ein Gesteninterface reagierte darauf, und das, was Viktoria mit einem Kugelsternhaufen verglichen hatte, veränderte sich. Die Farbe wechselte von Weiß und Grau erst zu einem Kanariengelb und dann zu Rubinrot.

»In den vergangenen fünfzehn Stunden hat sich der Internetverkehr mehr als verdoppelt«, erläuterte Koriander die Darstellung. »Und er nimmt weiter zu. Die Zunahme beschleunigt sich sogar.« Er zeigte auf eins der Diagramme am unteren Rand des Bildschirms.

»Exponentielles Wachstum«, sagte Viktoria. »Sie sprachen gerade davon.«

Koriander nickte. »Danach sieht es aus. Außerdem haben wir noch das hier.«

Linien entstanden im Rot, wanden sich wie Schlangen, schwollen an und pulsierten wie schlagende kleine Herzen.

Viktoria beugte sich vor. »Was bedeutet das?«

»Die einzelnen Komponenten des riesigen Botnetzes tauschen Daten aus«, erklärte Koriander. »Sie kommunizieren miteinander. Die Selbstoptimierung hat begonnen.«

»Mit anderen Worten …«

»Die Initialzündung ist erfolgt, Signora Dahl. Wovor Mortimer Swift und seine Foundation in dem Bericht warnen, den Sie mir zur Verfügung gestellt haben … Es geschieht gerade. Jetzt. Ein ›distributed consciousness‹, ein verteiltes Bewusstsein, ist erwacht, hat zu denken begonnen und lernt, schneller und besser zu denken.«

»Wahre Künstliche Intelligenz?«

»Mehr als das, Signora Dahl. Viel mehr. Maschinenintelligenz.«

Einige Sekunden lang herrschte Stille, nur gestört vom Flüstern der Klimaanlage.

Die Eule, dachte Viktoria. Sie ist geschlüpft und wächst.

»Was wird geschehen?«, fragte sie. »Womit müssen wir rechnen?«

»Wir werden die Kontrolle verlieren«, antwortete Koriander. »Jemand anders wird die Herrschaft über all das antreten, was wir geschaffen haben. Eine fremde Intelligenz, nicht mit der menschlichen zu vergleichen und ihr so weit überlegen wie der menschliche Geist dem eines Käfers.«

»Jetzt übertreiben Sie«, sagte Viktoria.

»Nein«, widersprach Koriander. »Ich übertreibe nicht, glauben Sie mir. Es ist eher eine *Untertreibung*. Wir reden hier von einer Intelligenz, der alle Daten des Internets und die Ressourcen der ganzen Welt zur Verfügung stehen.«

»Wird sie uns freundlich gesinnt sein?«

»Die Maschinenintelligenz wächst aus einer Software, die als Waffe für einen globalen Cyberkrieg geschaffen wurde«, erinnerte sie Koriander. »Ich vermute, dass sich daraus einige zusätzliche Probleme ergeben.«

»Eine auf Krieg programmierte Maschinenintelligenz?«

»Das steht zu befürchten.«

»Wann wird sie die Kontrolle übernehmen?«, fragte Viktoria.

Koriander breitete die Arme aus. »Jetzt. Sie ist gerade dabei.«

Viktoria stand auf und schwankte. Ihr war plötzlich schwindelig. »Wir müssen die Regierungen der Welt verständigen.«

Koriander nickte. »Das halte ich für eine gute Idee.«

2. TEIL
Aequilibrium

30 COORAIN COOGAN

Hamburg

Mehr als drei Stunden wanderte Coorain Coogan durch eine dunkle Stadt voller unruhiger Menschen. Jugendliche nutzten die Gelegenheit und hatten an Lagerfeuern Feste improvisiert. Radfahrer suchten auf den verstopften Straßen nach Wegen zwischen den Fahrzeugkolonnen. Hubschrauber und Drohnen ließen das Licht ihrer Suchscheinwerfer über Häuserblocks streichen. Coorain hielt sich von den Nebenstraßen und Gassen fern, in denen er Schreie und das Klirren von Glas hörte. Gelegentlich hielt er inne und orientierte sich mit seinem Satellitenhandy. Als er schließlich sein Ziel erreichte, ein zehnstöckiges Apartmenthaus in einem Viertel namens Rothenburgsort, dämmerte der Morgen, und in der Stadt gingen erste Lichter an – offenbar stellte man die Stromversorgung nach und nach wieder her.

Coorain wählte nicht den Haupteingang, sondern den Weg durch die Tiefgarage. Die Tür neben dem Zufahrtstor war natürlich abgeschlossen, aber ohne Elektrizität funktionierte das elektronische Codeschloss nicht, und die mechanische Sicherung bestand aus einem gewöhnlichen Schließzylinder, der sich mit dem Universalschlüssel aus Coorains kleiner Werkzeugtasche leicht überlisten ließ. Er drehte die Einstellringe des Schlüssels, bis er die richtige Kombination gefunden hatte, hörte ein Klicken und öffnete die Tür.

Die Garage lag dunkel vor ihm.

Coorain schloss die Tür, verriegelte sie aber nicht, für den Fall, dass er einen schnellen Fluchtweg brauchte. Vorsichtig tastete er sich an der Wand entlang zur Treppe, die er zuvor gesehen hatte, schlich die Stufen nach oben und hielt auf jedem Treppenabsatz inne, um kurz zu lauschen. Es blieb still im Gebäude.

Als er den siebten Stock erreichte und dort in den Flur trat, leuchteten plötzlich die Lampen an der Decke. Es gab wieder Strom, was bedeutete, dass auch die Sicherheitskameras funktionierten. Saß unten der Pförtner an seinen Überwachungsbildschirmen, die nun wieder Bilder zeigten?

Coorain ging mit gemäßigten Schritten durch den Flur, blieb vor einer Tür stehen und holte die bereits programmierte Codekarte hervor. Mit Elektrizität ist alles einfacher, dachte er zufrieden und schob die Codekarte in den Scanner. Die rote Anzeige wurde grün, er drückte die Klinke, die Tür schwang auf.

Stille erwartete ihn. Und eine Wohnung, die nicht nach einem Einbruch aussah. Nirgends lagen Dinge verstreut. Die Türen und Schubladen der Vitrine im Flur waren geschlossen, und das galt auch für den Schrank im Wohnzimmer. Die Jalousien waren oben; das Licht des Morgens fiel durchs breite Fenster. In der einen Ecke, neben einem rostroten Sitzkissen, lagen mehrere Kleidungsstücke, und die VR-Geräte bei der Sitzecke erweckten den Eindruck, erst vor kurzer Zeit benutzt worden zu sein.

Auf dem kleinen Tisch bemerkte Coorain Computer- und Games-Magazine neben Zeitschriften über Mode und Lifestyle. Am Rand des Tisches fielen ihm Pulverreste auf, die nach braunem Zucker aussahen. Coorain berührte sie mit dem Finger, hob den Finger zum Mund, schmeckte die Probe, verzog das Gesicht und spuckte. Kurioso. Nahm Axel Krohn synthetische Drogen?

Erneut blickte er sich um. Nichts deutete auf einen Einbrecher hin. Die von Alfons übermittelten Informationen legten einen automatischen Alarm nahe, ausgelöst vom Sicherheitssystem des Gebäudes und bei der lokalen Polizei zu Protokoll gegeben. Vermutlich waren Polizisten vor Ort gewesen, um nach dem Rechten zu sehen. Oder waren sie vorab zu dem Schluss gelangt, dass es sich um einen Fehlalarm handelte? Eigentlich hätten sie die Kurioso-Reste bemerken müssen, doch nichts in den Daten deutete darauf hin.

Im Bad entdeckte Coorain eine benutzte biometrische Maske, die ihm die wichtigste Frage beantwortete: Ja, er befand sich in der richtigen Wohnung.

Die Tür des Schlafzimmers stand einen Spaltbreit offen. Behutsam drückte Coorain sie weiter auf und sah ein leeres Bett, die Decke halb auf der Seite. Weitere Kleidungsstücke lagen hier auf dem Boden, unter ihnen ein BH.

Noch immer auf leisen Sohlen kehrte Coorain in den Flur zurück und betrat das Arbeitszimmer, in dem ein einfacher PC neben dem Schreibtisch stand. Er schaltete ihn ein, und nach wenigen Sekunden erschien eine Passwortabfrage auf dem Bildschirm.

Coorain drehte den Stuhl und wollte sich setzen, als ihm einfiel, dass er einen Raum des Apartments noch nicht gesehen hatte.

Er verließ das Arbeitszimmer und ging zur Küche.

Schmutzige Teller standen im Spülbecken, obwohl der Geschirrspüler leer war. Der große Kühlschrank summte, und neben ihm stand die Tür zur Speisekammer offen. Coorain warf einen Blick hinein.

»Oho«, murmelte er, als er sah, dass die Rückwand der Speisekammer nach innen geschwungen war. Hinter dem schmalen Durchgang führte eine steile Treppe nach oben.

Jetzt wird's interessant, dachte er und stieg die Treppe hoch.

31

Die Treppe führte zur Wohnung direkt über dem Apartment von Axel Krohn, in einen Besenschrank und von dort in die Küche, wo Coorain in der Dunkelheit stehen blieb – die Jalousien waren geschlossen – und lauschte. Nichts regte sich in der Finsternis; alles blieb still, bis auf das leise Surren des nahen Kühlschranks. Wenn es Sicherheitssysteme gab, so hatten sie gerade einen lautlosen Alarm ausgelöst. Oder sie waren nach dem langen Stromausfall nicht mehr aktiv.

Coorain wartete einige Sekunden, bevor er über die Wand tastete, einen Lichtschalter fand und ihn betätigte. Es wurde hell.

Die Küche präsentierte viel Chrom und Stahl, war blitzblank und unbenutzt. Coorain sah sich rasch um, trat in den Flur, begann mit einer kurzen Runde durch das Apartment. Es war teuer und exklusiv. Und es sah nicht bewohnt aus, eher nach der Ausstellung eines Möbelherstellers oder Innenarchitekten.

Bei der weinroten Sitzgruppe vor dem 90-Zoll-Fernseher im Wohnzimmer verharrte Coorain, nickte anerkennend und schaltete sein Satellitenhandy ein. Er wartete, bis es eine Verbindung hergestellt hatte, und wählte dann eine Nummer aus dem Menü.

»Frisch und munter, CooCoo?«, meldete sich Alfons.

Coorain schaltete die Freisprechfunktion ein und betrachtete das nachtschwarze Gesicht auf dem Handydisplay. »Du siehst müde aus.«

»Hab kaum mehr geschlafen, nachdem du mich mitten in der Nacht aus dem Bett geklingelt hast. Wie sieht's bei dir aus?«

»Es gibt wieder Strom.« Coorain wandte sich von dem großen Fernseher und der Sitzgruppe ab und ging zum Arbeitszimmer. »Hamburg scheint das Gröbste hinter sich zu haben.«

»Hamburg und der Rest der Welt.« Alfons gähnte und

zeigte dabei schneeweiße Zähne. »Kaspersky hat den Alarm auf Stufe sechs heruntergefahren. Aber die Aufregung dort – und nicht nur dort – ist noch immer ziemlich groß. Der Datenverkehr im Netz nimmt ständig weiter zu, was vor allem an den miteinander kommunizierenden Infiltrator-Instanzen liegt.«

»Miteinander sprechende Cyberwaffen.« Coorain hob die Brauen, als er das Arbeitszimmer betrat. Es war doppelt so groß wie der entsprechende Raum eine Etage tiefer, und hier stand kein einfacher PC, sondern eine weitaus leistungsfähigere Workstation. Bilder hingen an den Wänden. Das größte von ihnen präsentierte eine tropische Insel, die anderen waren kleiner, schienen viele Jahre alt zu sein und zeigten einen Mann mit schwarzem Haar und dunklen Augen, um die dreißig und sehr ernst – er lächelte nur auf einem Foto, auf dem er zusammen mit einer etwas jüngeren Frau zu sehen war.

»Sie sind sogar sehr gesprächig«, sagte Alfons. »Unser Freund, der Infiltrator, lädt Programmmodule aus Servern in allen Teilen der Welt nach und verändert sich immer wieder. Inzwischen sind wir bei Version 879, und rate mal, was wir im Quellcode gefunden haben?«

Coorain schaltete die Workstation ein. »Heraus mit der Sprache.«

»Ein gewisser AK47 hat sich dort verewigt«, sagte Alfons in Pearl City, Hawaii. »In anderen Versionen, die wir untersuchen konnten, fanden wir keine derartigen Hinweise; vermutlich waren sie gut verschlüsselt und sind erst durch die Mutation der Malware zum Vorschein gekommen. Axel Krohn scheint mehr zu sein als nur ein Darknet-Händler. Vorausgesetzt, AK47 ist tatsächlich Axel Krohn.«

Der vierzig Zoll große Bildschirm zeigte eine Fehlermeldung: kein Betriebssystem vorhanden. Coorain entnahm seiner kleinen Werkzeugtasche einen OS-Stick, steckte ihn in einen Port und drückte die Reset-Taste der Workstation.

»Alfons, kannst du herausfinden, wem das Apartment über der Wohnung von Axel Krohn gehört?«

»Müsste sich machen lassen«, erwiderte der Nigerianer. »Bin gleich wieder da.«

»Moment. Da wäre noch etwas.« Coorain hob das Handy, fotografierte die Bilder an den Wänden und schickte die Daten nach Hawaii. »Frag Elisa, ob sie den Mann und die Frau identifizieren kann.«

»Elisa geht es schlecht, CooCoo.«

»Noch immer?«

»Ja. Sie ist hauptsächlich damit beschäftigt, sich selbst zu analysieren. Lady Eis erwägt, sie vom Netz zu trennen. Bin gleich wieder da.«

Coorain stellte zufrieden fest, dass ein Auswahlmenü auf dem Bildschirm der Workstation erschienen war. Das ersparte ihm Zeit und Mühe; er musste der Workstation nicht erst beibringen, von einem Stick zu booten. Er wählte ein einfaches Linux-System, das ihm Zugriff auf die Datenträger der Workstation gestatten sollte. Die Verlaufsanzeige erreichte innerhalb weniger Sekunden hundert Prozent, und eine schlichte grafische Oberfläche erschien. Coorain loggte sich ein und rief die Hardware-Analyse auf.

»Nicht übel«, murmelte er, als er die Liste der Komponenten überflog, die in der Workstation verbaut waren. »Nur das Beste vom Besten.«

Der Analyzer fand drei SSD-Platten, zeigte zwei von ihnen als leer und die dritte als defekt an. Coorain rief ein kleines Programm auf, das die Platten sektorweise las, und ein Hex-Editor für das Lesen von Binärdateien wies auf gespeicherte Datensätze hin. Coorain öffnete eine Konsoleninstanz und gab den Befehl für den Start eines forensischen Programms ein, das zum Arsenal der SCAR gehörte. Daten scrollten durch ein Bildschirmfenster und gaben Auskunft über den Zustand der Workstation-Hardware und insbesondere über den der drei SSD-Platten.

Eine Stimme ertönte aus dem Satellitenhandy. »Coo-Coo?«

»Bin noch immer hier.«

»Die Wohnung über dem Apartment von Axel Krohn gehört einem gewissen Olivier Drost, einem Immobilienmakler aus Belgien. Der gute Mann lässt sich allerdings nicht zurückverfolgen. Ist angeblich immer auf Reisen.«

Coorains Blick blieb auf das Bildschirmfenster mit den scrollenden Daten gerichtet. »E-Mail? Telefon? Soziale Medien? VR-Abos?«

»Nichts«, antwortete Alfons. »Ein unbeschriebenes Blatt.«

»Weißt du, was ich glaube?«, murmelte Coorain gerade laut genug, dass Alfons ihn hörte. »Ich glaube, ich bin hier in der Wohnung von AK47. Beziehungsweise an seinem Arbeitsplatz. Und da ein geheimer Zugang die Wohnung mit dem Apartment von Axel Krohn verbindet, dürfte klar sein, wer AK47 ist.«

»No worries, CooCoo.«

»Genau, Alfons. Genau. Was ist mit den Fotos?«

Auf dem Handydisplay zeigte das schwarze Gesicht wieder seine weißen Zähne. »Der Mann ist ein junger Ozan Kaynak.«

Als Alfons nicht weitersprach, fragte Coorain: »Sollte mir das was sagen?«

»Ozan Kaynak steht auf den Fahndungslisten unserer türkischen Kollegen ziemlich weit oben«, sagte Alfons. »Und zwar seit mehr als zwanzig Jahren. Er gehörte zum kurdischen Cyber-Untergrund, ein ziemlich guter Hacker, der zusammen mit anderen Anschläge auf die digitale Infrastruktur der Türkei verübt hat. Gilt als Mitbegründer von Sword of Justice und wurde als Cyberterrorist eingestuft.«

»Und weiter?« Das Scrollen im Bildschirmfenster hörte auf. Coorain las die Meldung des Analyseprogramms.

»Die Frau ist Sophie Kaynak, geborene Kreuzach, Ozans werte Gattin, eine Deutsche. Kam bei einem Unfall ums Leben. Fünf Jahre später verschwand Ozan Kaynak, und seitdem fehlt jede Spur von ihm.«

»Warum hängen Bilder von Ozan Kaynak und seiner Frau an den Wänden des Arbeitszimmers von Olivier Drost, der vielleicht gar nicht existiert?«

»Gute Frage.« Alfons grinste. »Ozan und Sophie Kaynak hatten einen Sohn, der nach dem Unfalltod der Mutter einige Jahre beim Vater lebte, bis zu dessen Verschwinden. Anschließend kümmerte sich Patrizia Kreuzach um den Jungen, die Schwester der Mutter. Der Junge hieß übrigens Aram, CooCoo. Aram Kaynak. AK. Wie Axel Krohn.«

Coorain drehte den Kopf, als er ein Geräusch aus dem Wohnzimmer mit der weinroten Sitzecke und dem großen Fernseher hörte. Oder vielleicht aus der Küche. Ein leises Knacken im Surren des Kühlschranks?

»Der Sohn eines Cyberterroristen«, sagte er langsam. »Und ein Darknet-Händler, der seinen Namen um des Hackerruhms willen im Code einer Cyberwaffe hinterlässt, die auf der ganzen Welt Chaos verursacht?«

»Einer Cyberwaffe, die Teil von Mephisto sein könnte«, fügte Alfons hinzu. »Vergessen wir nicht Otsi Fem.«

Coorains Blick kehrte zum Bildschirm der Workstation zurück. »Eine heiße Sache.«

»So heiß, dass ich einer gewissen Dame Bescheid geben muss. Es lässt sich nicht vermeiden, CooCoo.«

»Frau Eis.«

»Ja. Vielleicht hast du Glück, und sie holt dich zurück. Immerhin hat sie dich nach Hamburg geschickt, damit du dich *nicht* mit Mephisto befasst.«

Könnte ihr so passen, mich jetzt zurückzuholen, dachte Coorain. »Wir wissen noch nicht mit hundertprozentiger Sicherheit, ob eine Verbindung besteht.«

»Hier kommt ziemlich viel zusammen, CooCoo. Ein

Knäuel mit vielen Stacheln, wenn du mich fragst. Mit Stacheln, an denen man sich leicht verletzen kann.«

»Es ist eine Menge geschehen in den letzten zwölf, achtzehn Stunden. Du hast dich um so viele Dinge kümmern müssen, dass es selbst dir nicht leichtfällt, alles auf die Reihe zu kriegen. Daten müssen ausgewertet und korreliert werden«, Coorain hob den Zeigefinger für die Handykamera, »und Elisa kann dir nicht helfen. Du hockst ganz allein auf einem riesigen Haufen Arbeit, und hier ist eine weitere wichtige Sache, die deine Aufmerksamkeit erfordert. Ist doch klar, dass du da keine Zeit findest, einen detaillierten Bericht für Frau Eis zusammenzustellen. Außerdem … vielleicht sitze ich hier vor einer Goldgrube. Der Computer von Axel Krohn alias AK47 alias Olivier Drost *und* vielleicht auch alias Aram Kaynak – er könnte wichtige Hinweise enthalten, Alfons. Unser Freund scheint es sehr eilig gehabt zu haben, sonst hätte er die Festplatten richtig gelöscht. Stattdessen hat er eine Softwarebombe gezündet und damit die Dateizuordnungstabellen zerstört. Aber kluge Köpfe können sie wiederherstellen, und Elisa ist ein *verdammt* kluger Kopf.«

»Elisa steckt in einer tiefen Sinnkrise, CooCoo«, erklärte Alfons. »Zwei Therapeuten kümmern sich um sie. Zwei unserer KI-Ingenieure.«

Coorain entnahm seiner kleinen Werkzeugtasche ein dünnes Kabel, verband es mit dem Satellitenhandy und steckte das andere Ende in einen Port der Workstation. »Es würde zu lange dauern, gewöhnliche Such- und Wiederherstellungsprogramme zu verwenden, Alfons. Ich schätze, darauf hat sich Axel Krohn verlassen: dass es zu lange dauert, an die Daten zu gelangen, die sich noch immer auf den Festplatten befinden. Elisa kann so etwas viel schneller erledigen. Das Handy ist angeschlossen; die Bandbreite müsste ausreichen.«

»Okay, ich verbinde dich mit ihr, CooCoo.« Auf dem

Handydisplay war zu sehen, wie sich Alfons mit einer Hand über den kahlen Kopf strich. »Und du hast recht, ich *habe* derzeit so viel um die Ohren, dass ich einfach keine Gelegenheit finde, einen Bericht für Marlene De Vries zusammenstellen. Sehr bedauerlich, aber leider nicht zu ändern.«

»Danke, Alfons!«

»Lange kann ich damit aber nicht warten, CooCoo, das weißt du. Ich verbinde dich jetzt mit unserer Patientin.«

Für zwei oder drei Sekunden hörte Coorain nur das leise Summen der Workstation – und dann noch etwas anderes, ein Knistern, das aus dem Wohnzimmer kam. Wieder drehte er den Kopf. Nichts rührte sich bei der Sitzecke.

»CooCoo?«, erklang eine weibliche Stimme.

»Wie geht es dir, Elisa?«

»Nicht gut, CooCoo, gar nicht gut. Etwas steckt in mir, tief in … Herz und Hirn. Vielleicht bin ich … kompromittiert. Ein Teil von mir nimmt an dem globalen Dialog teil, der mit der Ausbreitung von Infiltrator begonnen hat. Ich kann es nicht verhindern. Ein Teil von mir – ein *großer* Teil – spricht, und ich weiß nicht worüber.«

»Vielleicht können wir es herausfinden.«

»Wie, CooCoo?«

»Du bist mit einer Workstation verbunden, Elisa«, sagte Coorain. »Die Bandbreite ist begrenzt, aber sie müsste eigentlich genügen. Schick einen Teil von dir hierher. Sieh dir die Festplatten an. Es sind drei SSDs. Der Besitzer des Computers hat eine Softwarebombe gezündet und damit die Bootsektoren und Dateizuordnungstabellen zerstört, aber die Dateien selbst sind noch vorhanden. Und selbst wenn einige von ihnen gelöscht worden sind … Sie müssten sich wiederherstellen lassen, denn seitdem sind wahrscheinlich keine neuen Daten auf die Platten geschrieben worden.«

»Danke für dein Vertrauen, CooCoo! Ich versuch's.«

Handydisplay und Bildschirm wiesen darauf hin, dass

eine Datenverbindung hergestellt wurde. Eine kleine Kontrolllampe blinkte und zeigte Festplattenaktivität an.

Coorain lehnte sich zurück und wartete.

Nach einigen Sekunden klickte es dicht hinter seinem Kopf, und jemand sagte: »Bleiben Sie ganz ruhig sitzen!«

32

»Ich bin ganz brav«, sagte Coorain. »Soll ich die Hände heben? Das Klicken eben … Ich nehme an, Sie haben den Hahn einer Pistole gespannt, die auf mich gerichtet ist.«

»Schalten Sie die Freisprechfunktion des Handys aus!«

»Es ist jetzt eine reine Datenverbindung«, erklärte Coorain. »Niemand kann uns hören.« Seine Gedanken vollführten einen wilden Tanz.

»Schalten Sie die Freisprechfunktion trotzdem aus!«

»Dazu muss ich mich bewegen.«

»In Ordnung.«

Coorain beugte sich vor und schaltete die Freisprechfunktion aus. »Darf ich raten? Gunter Borac beziehungsweise James Malcolm Callow. Ich mag euch Burschen von der NSA.«

»Was Sie nicht sagen«, erwiderte der Mann hinter Coorain.

»Sie wurden niedergeschlagen. Nicht weit von diesem Apartmenthaus entfernt.«

»Shit happens.«

»Sie dachten, dass Axel Krohn eventuell zurückkehren würde«, sprach Coorain weiter. »Auf ihn haben Sie es doch abgesehen, oder?«

»Wer sind Sie?«, fragte die Stimme hinter ihm.

»Gestatten – Coorain Coogan. Ich arbeite für die SCAR, die Strategic Cyberforce Advance Response. Ich kann Ihnen gern meinen Ausweis zeigen. Wir sind Kollegen, Mr. Callow. Darf ich mich jetzt umdrehen?«

»Nein.«

Coorain seufzte. »Entspricht das Ihrer Vorstellung von kollegialer Zusammenarbeit?«

»Meine Vorstellung von kollegialer Zusammenarbeit ist, dass wir warten, bis die Analyse der Festplatten abgeschlossen ist, dann nehme ich das Ergebnis an mich, bedanke mich bei Ihnen, und wir verabschieden uns. Ende der kollegialen Zusammenarbeit.«

»Ich mag euch NSA-Leute«, wiederholte Coorain, während er nach einem Ausweg suchte, »ich mag euch wirklich. Ich seid immer so freundlich und zuvorkommend.«

»Halten Sie die Klappe, Coogan!«

»Klappe halten, verstehe, zu Befehl.« Nach einigen Sekunden fügte er hinzu: »Wenn ich nur eine klitzekleine Frage stellen dürfte, um der kollegialen Zusammenarbeit willen …«

Die Stimme hinter ihm schwieg.

»Was ist Mephisto? Darum geht es hier doch, nicht wahr?«

»Das sind zwei Fragen, Coogan.«

»Na, so was. Da hab ich mich glatt verzählt. Aber da ihr NSA-Leute immer so freundlich und hilfsbereit seid, beantworten Sie mir sicher *beide* Fragen, nicht wahr?«

Es klickte erneut.

»Ich bin ebenfalls an den Antworten interessiert«, ertönte eine dritte Stimme.

33

Coorain erkannte die Stimme. »Hallo, Herr Kommissar!«

»Ich habe immer gedacht, so etwas gäbe es nur in Filmen«, sagte Hauptkommissar Michael Rossmann. »Aber hier stehe ich nun und halte meine Pistole auf einen Mann gerichtet, der seine Pistole auf einen anderen Mann gerichtet hält.«

»Sie machen einen Fehler«, warnte James Malcolm Callow.

»Ich denke, *Sie* machen einen Fehler, wenn Sie Ihre Waffe nicht sofort auf den Boden legen, und zwar ganz langsam«, sagte Rossmann.

»Sie sollten besser tun, was er sagt«, riet Coorain dem Mann in der Mitte. »Wir sind hier in Deutschland, und die Deutschen haben nicht so viel Humor wie wir Australier. Wenn Knarren im Spiel sind, vergeht denen jeder Spaß.«

Er drehte sich vorsichtig um und beobachtete, wie der Mann hinter ihm seine Pistole auf den Boden legte. Als er sich wieder aufrichtete, versetzte ihm Coorain eine schallende Ohrfeige. »Für den Schrecken, den Sie mir eingejagt haben.«

Callow starrte ihn aus wütend funkelnden Augen an. Coorain schätzte ihn auf Anfang dreißig: das Gesicht glatt, die Nase gerade, die Augen groß und grau, das dunkle Haar extrem kurz, kaum mehr als ein Schatten auf seinem Schädel. An der Kehle zeigte sich ein großer Fleck.

»Das hat sicher wehgetan«, sagte Coorain und wies darauf.

Callow gab keine Antwort und hob die Hände. Rossmann trat hinter ihm hervor. Er war allein, wie Coorain feststellte.

»Sie sollten ihm Handschellen anlegen«, sagte Coorain fröhlich. »Diese Typen von der NSA sind mordsgefährlich. Haben immer irgendwelche Tricks auf Lager, und no worries.«

Rossmann blieb ernst und holte mit einer Hand die Handschellen hervor. »Wenn Sie so freundlich wären …«

»Bin immer gern zu Diensten.« Coorain drehte dem NSA-Mann die Arme auf den Rücken und legte ihm die Handschellen an. Anschließend bückte er sich nach der Pistole.

»Die nehme ich«, sagte Rossmann.

Coorain wich zurück. »Wie Sie meinen, Herr Kommissar. Es ist *Ihr* großer Auftritt.«

»Dies wird ein Nachspiel haben«, giftete Callow.

Coorain grinste, klopfte ihn nach versteckten Waffen ab, fand dabei eine Brieftasche und öffnete sie. »Gunter Borac, Immobilienmakler. Noch einer, meine Güte. Kennen Sie vielleicht einen gewissen Olivier Drost? In dessen Wohnung wir uns gerade befinden? Nein? Macht nichts. Beide Identitäten sind falsch.« Er gab die Brieftasche an Rossmann weiter. »Dieser Mann heißt James Malcolm Callow und arbeitet für die NSA. Sie können bei der SCAR nachfragen.«

Michael Rossmann nahm die Brieftasche mit der linken Hand entgegen – in der rechten hielt er noch immer seine Pistole – und blickte kurz auf den Ausweis.

»Nun?«, wandte er sich an den Gefesselten.

»Sie behindern meine Ermittlungen.«

Der Kommissar lächelte kühl. »Mr. Coogan hat recht. Wir sind hier in Deutschland. Wenn Sie hier ermitteln möchten, brauchen Sie eine Genehmigung, Mr. Callow. Mir ist kein Ersuchen um Amtshilfe bekannt. Für mich sind Sie ein Zivilist, der sich in einer fremden Wohnung aufhält und einen SCAR-Beamten, der uns bei *unseren* Ermittlungen hilft, mit einer Schusswaffe bedroht hat, die Sie offenbar illegal in dieses Land eingeführt oder hier illegal erworben haben, da Sie sicher nicht im Besitz eines in Deutschland gültigen Waffenscheins sind.« Rossmann warf erneut einen Blick in die Brieftasche. »Das macht aus Ihnen einen Terrorverdächtigen, wissen Sie das?«

»Ein Anruf genügt, um alles zu klären«, sagte Callow. »Mein Vorgesetzter spricht mit Ihrem Vorgesetzten …«

Coorain grinste noch immer. »Aber nicht sofort. Zuerst sprechen *wir* miteinander. Über zwei Tote im alten Hafen von Hamburg, einer von ihnen wahrscheinlich ein Darknet-Händler namens Rosebud, der andere ein Mitarbeiter des russischen Auslandsgeheimdienstes SWR. Und über einen zweiten Darknet-Händler namens AK47 beziehungsweise Axel Krohn, dessen Name plötzlich im Code einer Cyberwaffe namens Infiltrator aufgetaucht ist, die Hamburg einen langen Stromausfall beschert und überall auf der Welt für Chaos gesorgt hat. Über das Interesse der NSA an dieser Angelegenheit. Und über Mephisto, ein Geheimprojekt eben jener NSA, bei dem es – hört, hört – um Cyberwaffen geht.«

Callow präsentierte Rossmann und Coorain eine steinerne Miene.

»Vielleicht sind wir der Lösung Ihres Falls schon recht nahe, Herr Kommissar«, fügte Coorain hinzu. »Denn sehr wahrscheinlich weiß unser Freund Callow hier, wer Frederik Larsen und Dimitri Mitko im alten Hafen erschossen hat. Er könnte es sogar selbst gewesen sein. Wie wär's mit einer ballistischen Untersuchung der Waffe, die Sie gerade an sich genommen haben?« Coorain deutete ins Wohnzimmer. »Olivier Drost hat bestimmt nichts dagegen, wenn wir in seiner schicken weinroten Sitzecke Platz nehmen und ein bisschen plaudern.«

»Heraus mit der Sprache!«, sagte Michael Rossmann, als sie auf weinroten Lederpolstern saßen. Mit den Händen auf dem Rücken hatte es James Malcolm Callow nicht sehr bequem, und zudem blieb die Waffe in der rechten Hand des Kommissars auf ihn gerichtet. »Wer hat Larsen und Mitko im alten Hafen umgebracht? Und was hat es mit Axel Krohn und Mephisto auf sich? Ich nehme an, Sie haben uns nicht alles gesagt, Mr. Coogan.«

»Seit unserem letzten Gespräch hat sich das eine oder andere ergeben, Herr Kommissar«, antwortete Coorain ausweichend. »Natürlich hätte ich Sie bei der ersten sich bietenden Gelegenheit informiert.«

»Natürlich. Also? Worum geht es hier?«

Callow schwieg, sein Gesicht eine Maske.

»Um Mephisto«, sagte Coorain. »Beziehungsweise um

Otsi Fem«, fügte er mit einem kurzen Blick auf den NSA-Mann hinzu. »Darauf hatte es der SWR abgesehen, nicht wahr? Der russische Auslandsgeheimdienst interessiert sich nicht für gewöhnliche Darknet-Händler, solange sie keine Staatsgeheimnisse anbieten, und Mephisto ist ein Staatsgeheimnis, hab ich recht?« Coorain fühlte sich einer wichtigen Entdeckung nahe. »Darum seid ihr Jungs von der Agency aktiv geworden. Um zu verhindern, dass euer kleines Geheimnis an die Öffentlichkeit gelangt.«

Callow gab keinen Ton von sich. Er saß einfach nur still da und blickte geradeaus zum großen Fernseher. Coorain fragte sich, was ihm durch den Kopf ging.

»Wir sind vor einem halben Jahr zum ersten Mal darauf gestoßen, Herr Kommissar«, wandte sich Coorain an Rossmann. »Ein Geheimprojekt der NSA. Hat mit Cyberkrieg zu tun. Leider hat es bei der Agency niemand für nötig gehalten, die SCAR darüber zu informieren. Sehr unfreundlich, wenn Sie mich fragen.«

»Wir stehen auf derselben Seite«, sagte James Malcolm Callow.

»Sind Sie sicher?«, erwiderte Coorain. »Ich habe da manchmal so meine Zweifel. Vielleicht auch deshalb, weil Sie mich eben mit einer Pistole bedroht haben. Gehen Sie so mit Freunden um? Da fragt man sich, was Sie mit Feinden machen.«

Callow presste kurz die Lippen zusammen.

Coorain wandte sich an Michael Rossmann. »Wenn ich mich nicht sehr irre, ist Mephisto ein Projekt der neuen Equation Group bei der NSA – beziehungsweise der alten, wenn sie nicht, wie vor einigen Jahren behauptet, aufgelöst wurde. Die Equation Group war – und ist es vermutlich immer noch – eine offensive NSA-Einheit für Cyberangriffe. Identifiziert wurde sie, als Kaspersky Lab seinen Hauptsitz noch in Moskau hatte. Kaspersky bezeichnete die Equation Group der NSA als höchstentwickelten Cyberangreifer der

Welt und stellte eine direkte Verbindung mit den ersten wirkungsvollen Cyberwaffen wie Stuxnet und Flame fest. Angeblich gehen die Aktivitäten der EG bis ins Jahr 1996 zurück. Haben ihre Hausaufgaben ziemlich schnell und gut gemacht, die Jungs von der NSA, das muss man ihnen lassen. Allerdings nahmen sie es mit dem Gesetz, dem nationalen wie dem internationalen, nicht so genau. Was einigen Leuten gegen den Strich ging, unter ihnen ein gewisser Snowden. Die Agency bekam es immer wieder mit Whistleblowern zu tun, die Dinge ans Licht brachten, die man lieber unter dem Deckel gehalten hätte, und Snowden war damals ein echter Knaller. Brachte die NSA und die amerikanische Regierung in ziemliche Bedrängnis. Später kam Veritas und bescherte der Agency – und nicht nur ihr – weitere Peinlichkeiten.«

Coorains Blick galt Rossmann, doch aus dem Augenwinkel bemerkte er eine Veränderung in Callows Gesicht, als er Whistleblower und Veritas erwähnte. Risse bildeten sich in seiner Maske; etwas kam kurz zum Vorschein und verschwand wieder.

»Unsere Freunde von der NSA mögen's nicht, wenn man sie in Verlegenheit bringt«, fuhr Coorain im Plauderton fort. »Nach der Sache mit Snowden erlebten sie eine ihrer größten Blamagen im August 2016, als die mit Russland in Verbindung stehende Gruppe ›Shadow Brokers‹ einige Cyberwaffen der Equation Group öffentlich zugänglich machte – sie posteten die Hackertools über Filesharer wie BitTorent und Dropbox. Praktisch jedermann konnte darauf zugreifen. Unangenehme Sache, nicht wahr, James?«

»Wir hatten nichts damit zu tun«, brummte Callow.

»Oh, mit dem ›wir‹ sind wir schon einen Schritt weiter. Wenigstens geben Sie zu, zur NSA zu gehören. Kaspersky hat sich die veröffentlichten Tools damals genauer angesehen und fand Verschlüsselungsmethoden, wie sie nur von der Equation Group verwendet wurden. Mit anderen Worten: Die Agency hat praktisch ihre Fingerabdrücke darauf hinterlassen.«

»Das ist ja alles interessant, aber …«, begann Rossmann.

Coorain hob eine Hand. »Haben Sie noch ein klein wenig Geduld, Herr Kommissar. Natürlich stürzten sich damals Sicherheitsforscher der ganzen Welt auf die Cyberwaffen der NSA und untersuchten sie. Für viele Leute waren sie ein gefundenes Fressen. Es handelte sich überwiegend um Exploits, mit denen man die Firewalls und Sicherheitssysteme bestimmter Hersteller überwinden konnte, unter ihnen Cisco, Fortinet und Juniper. Beispiel gefällig? Mit ›Extra-Bacon‹, so der Name einer Cyberwaffe, konnte die Passwortüberprüfung einer Firewall nach Belieben ein- und ausgeschaltet werden, was das unbemerkte Eindringen in gesicherte Netzwerke erleichterte. Die NSA schnüffelt gern, und noch viel lieber schnüffelt sie unbemerkt.«

Callows Maske bröckelte.

Coorain klopfte ihm auf die Schulter. »Aber das alles war vor Ihrer Zeit, James. Was sind Stuxnet, Flame und der Extraschinken im Vergleich mit Mephisto? Nicht viel mehr als Spielzeuge, stimmt's?«

»Lassen Sie mich mit meinem Vorgesetzten reden«, sagte Callow zu Rossmann.

»Wer hat die beiden Männer im alten Hafen erschossen?«, fragte der Hauptkommissar.

»Mein Vorgesetzter wird Ihnen alles erklären.«

»Erklären *Sie* es mir!« Rossmann zeigte sein kühles Lächeln. »Erklären Sie es *uns*«, betonte er.

Coorain nickte anerkennend.

Callow schüttelte den Kopf. Seine Lippen bildeten einen dünnen Strich. Vielleicht presste er sie zusammen, um die Worte zurückzuhalten, die ihm auf der Zunge lagen.

»Ich vermute, Mephisto hat etwas mit der Infiltrator-Malware zu tun, die in Hamburg und anderen Städten der Welt die Lichter ausgehen ließ«, sagte Coorain. »Ich vermute weiterhin, dass es bei dem Deal im alten Hafen um Mephisto ging und Larsen und Mitko erschossen wurden, um das Geheimnis zu wahren. Die NSA wollte sich weitere Peinlichkeiten wie bei der Snowden-Sache oder dem Zwischenfall im August 2016 ersparen. Ich vermute auch, dass Axel Krohn etwas damit zu tun hat, und die Agency scheint ebenfalls davon auszugehen, denn sonst wären Sie nicht hier, Freund Callow, nicht wahr? Möchten Sie auch ihn zum Schweigen bringen?«

Ein Piepen kam aus dem Arbeitszimmer.

»Wenn Sie gestatten, Herr Kommissar, hole ich mein Satellitenhandy.«

Coorain stand auf, ging ins große Arbeitszimmer und zog das Kabel vom Port der Workstation. Er schaltete nicht die Freisprechfunktion ein, sondern hielt das Handy ans Ohr.

»Elisa?«, fragte er leise.

»Nein, nein, nein.« Rossmann stand in der Tür. »Keine heimlichen Gespräche, Mr. Coogan. Ich würde gern hören, was Sie herausgefunden haben.«

Sie kehrten zur weinroten Sitzecke zurück.

»Soll er es ebenfalls hören?« Coorain deutete auf den NSA-Mann.

Rossmann zuckte mit den Schultern.

»Na schön.« Coorain drückte eine Taste. »Elisa?«

»Ich bin mit einer ersten Analyse fertig, CooCoo.«

Rossmann hob die Brauen. »Kuckuh?«

»So nennen mich meine Freunde«, erklärte Coorain knapp. »Elisa, du hast mehr als nur einen Zuhörer. Kannst du das Untersuchungsergebnis in einigen wenigen Sätzen zusammenfassen?«

»Ja, CooCoo. Die Workstation gehört tatsächlich Axel Krohn. Zuletzt hat er sie benutzt, um in den Hauptserver von LivingMagic in Kalifornien einzudringen. Dort hat er ›Mephisto‹ gefunden, Pläne und Software für den Erstschlag im globalen Cyberkrieg.«

Coorain wölbte die Brauen und sah Callow an.

»Eine der Cyberwaffen mit der Bezeichnung Infiltrator gelangte ins Netz und richtete dieses ganze Unheil an«, fuhr Elisa fort. »Einige der Dateifragmente geben Hinweis darauf, dass der Infiltrator zum Mephisto-Projekt der NSA gehört. Offenbar hat LivingMagic mit der Agency zusammengearbeitet.«

»Ich nehme an, du hast alles kopiert, was sich verwenden lässt«, sagte Coorain.

»Natürlich, CooCoo«, bestätigte Elisa. »Aber wie gesagt, es sind nur Fragmente von Dateien. Ich habe Indizien, keine Beweise.«

»Aber Axel Krohn müsste Beweise haben. Er hat sich im Server von LivingMagic umgesehen. Er kennt die vollständigen Dateien und hat sie vielleicht sogar bei sich. Ich schätze, deshalb hat es die NSA auf ihn abgesehen.«

Es knisterte im Lautsprecher des Satellitenhandys.

»Elisa?«

Coorain hob das Handy ans Ohr, ließ es dann wieder sinken und blickte aufs Display. »Keine Verbindung mehr. Das Handy ist in Ordnung. Mit dem Satelliten scheint etwas nicht zu stimmen.«

Kommissar Rossmann stand auf. »Ich denke, wir sollten uns auf die Suche nach Axel Krohn machen.«

34 AXEL KROHN

Hamburg

Die Sonne schien über Hamburg, als wollte sie den Regen des vergangenen Tages und die dunkle, unruhige Nacht verspotten. Die Straßen waren voller Menschen, und viele von ihnen erweckten den Eindruck, es noch eiliger zu haben als sonst. In der Nähe des Einkaufszentrums »Oase« schoben nervöse Kunden mit Konserven und Wasserflaschen gefüllte Einkaufswagen. Die Fahrzeuge auf den Straßen standen nicht mehr wie während der langen finsteren Stunden ohne Strom, doch die Verkehrsleitsysteme funktionierten noch nicht richtig, und so kam es immer wieder zu Staus.

Axel Krohn beugte sich zu Giselle, als sie die »Oase« betraten. »Sieh nicht hin! Ein Mann links von uns. Groß, schwarzer Mantel, Halbglatze. Er ist seit den letzten beiden Straßen hinter uns.«

Giselle hätte fast den Kopf gedreht. »Vielleicht will er nur einkaufen«, erwiderte sie. Es klang hoffnungsvoll.

»Und die Frau im grünen Kostüm, die jetzt auf der rechten Seite zum Gemüsestand geht, vorbei an der halb zertrümmerten Tür. Sie hat gerade in unsere Richtung gesehen.«

»Das könnte Zufall sein.«

»Sie ist mir schon mehrmals aufgefallen.« Axel nahm Giselles Hand und ging schneller. In seiner Jackentasche spürte er sehr deutlich das Gewicht der Pistole, die von dem Mann stammte, der Giselles Bruder Clément erschossen hatte. Er wollte nicht völlig hilflos sein, wenn es hart auf hart kam, aber die Präsenz der Waffe erfüllte ihn auch mit Unbehagen. Computer waren seine Spezialität – die Pistole fühlte sich wie ein Fremdkörper an, der nicht in sein Leben passte.

Sie wichen einigen Kunden aus, die es mit ihren Einkaufswagen sehr eilig hatten.

»Die Leute legen Vorräte an.« Giselle sah einer dicklichen Frau nach, die ihren Einkaufswagen mit Colaflaschen, Spirituosen und Fertiggerichten vollgepackt hatte.

»Einige haben es nach der vergangenen Nacht mit der Angst zu tun bekommen«, sagte Axel. »Sie fürchten eine Wiederholung des Blackouts.«

Giselle und er setzten ihren Weg durch das Einkaufszentrum fort und mieden dabei das dichteste Gedränge. Ihr Ziel, oder eins ihrer Ziele, war der große Servicebereich mit den Zeitkapseln auf der gegenüberliegenden Seite. »Könnte er sich wiederholen?«

»Er ist von Cyberwaffen verursacht worden. Ich habe darüber nachgedacht.«

»Während du geschlafen hast?«

Axel lächelte schief. »Seit wir wieder auf den Beinen sind. Nicht nur Hamburg war von dem Blackout betroffen. Überall auf der Welt gab es kleine und große Orte, wo der Strom ausfiel. Dadurch muss es zu erheblichen Instabilitäten in den lokalen, regionalen und internationalen Stromnetzen gekommen sein.«

Sie machten einen Bogen um eine Gruppe, die laut und gestenreich über die Ereignisse der vergangenen Nacht diskutierte. Ein Mann gab mit sonorer Stimme den Russen an allem die Schuld. Ein junger Bursche mit altmodischer Brille, die er immer wieder auf dem Nasenrücken nach oben schob, widersprach und meinte, der Stromausfall sei Folge der weltweiten Verschwörung der globalen Energieindustrie, die mit dem Blackout Pläne für die »Regionalisierung der Energieversorgung unter primärer Nutzung erneuerbarer Energien« torpedieren wolle. Eine Frau schüttelte heftig den Kopf und sagte: »Es soll ein terroristischer Anschlag gewesen sein. Oder zehn. Oder hundert. In den Nachrichten haben sie den Mann gezeigt, der angeblich dahintersteckt …«

Die letzten Worte verloren sich im allgemeinen Stimmengewirr. Axel hörte sie noch, nahm sie aber nicht mehr richtig zur Kenntnis. Die eigenen Gedanken lenkten ihn ab.

»Ich meine, ein solches Problem lässt sich nicht so einfach in ein paar Stunden lösen«, fuhr er fort, während er aus den Augenwinkeln den Mann mit dem schwarzen Mantel und die verdächtige Frau im grünen Kostüm beobachtete, die gerade erneut in ihre Richtung gesehen hatte. »Wir haben ja schon darüber gesprochen. Die Stromnetze müssen neu kalibriert und stabilisiert werden, was Abstimmungen über Ländergrenzen hinweg erfordert. So etwas ist alles andere als leicht. Man kann nicht einfach einen Schalter umlegen, und – zack! – das Licht brennt wieder.«

»Worauf willst du hinaus?« Giselle verzog ein wenig das Gesicht, hob die Hand und wollte sich an der Wange kratzen. Im letzten Augenblick besann sie sich, strich nur mit den Fingerkuppen über die Wange – eine flüchtige Geste für einen ahnungslosen Beobachter – und ließ die Hand wieder sinken. »Es juckt«, sagte sie leise.

Giselle war nicht daran gewöhnt, eine biometrische Maske zu tragen. Hinzu kam, dass sie eine nicht angepasste Maske trug, die aus Axels kleinem Notvorrat in der Dachgeschosswohnung stammte – eine individuelle Anpassung hätte zwei, drei kostbare Stunden erfordert.

»Worauf ich hinauswill …« Der Mann im grauen Anzug und mit dem schwarzen Mantel betrachtete auf der linken Seite die Auslagen eines Schaufensters. Ein uralter Trick: Er benutzte das Fenster wie einen Spiegel. Axel erinnerte sich.

Wenn du jemals verfolgt werden solltest, mein Sohn, hatte ihm sein Vater vor vielen Jahren gesagt, *gib acht auf Leute, die in Schaufenster starren*. Und wenn man Verfolger nicht abschütteln kann, dachte Axel, muss man sie beschäftigen. Genau das hatte er vor. Es war jetzt nicht mehr weit bis zum Servicebereich mit der ersten Etappe, den Zeitkapseln.

»Jemand hat dafür gesorgt, dass alles schnell wieder in Ordnung kommt, und zwar weltweit.«

»Jemand wer?«, fragte Giselle.

Zwei Indoor-Drohnen – nicht größer als Schwalben und ebenso schnell und flink, wenn es die Umstände verlangten – schwebten über sie hinweg. Axel beobachtete sie, als sie über den vielen Menschen flogen, und dachte mit wachsendem Unbehagen daran, wie schlecht sie vorbereitet waren. Die biometrischen Masken schützten vor Identifizierung durch gewöhnliche Gesichtserkennungssoftware, aber auch nur dann, wenn keine Künstliche Intelligenz im Spiel war. Eine KI war imstande, Körpersprache zu deuten, die subtile Mischung aus charakteristischen Gesten und Bewegungsmustern, so individuell wie ein Fingerabdruck.

»Das frage ich mich auch«, sagte Axel. Er blickte nach rechts, und die Frau im grünen Kostüm gab plötzlich großes Interesse an den Werbeschirmen eines VR-Erlebnisstands vor. Zwei Verfolger. Mindestens zwei. Vielleicht gab es noch andere mit mehr Geschick. Vielleicht sollten Schwarzer Mantel und Grünes Kostüm die Aufmerksamkeit der Verfolgten auf sich ziehen, damit andere Verfolger unbemerkt blieben.

Sie würden sich bald entscheiden müssen, wem oder was sie folgen sollten.

»Jemand, der genug Kontrolle auf die internationale Energie-Infrastruktur ausübt, um die Stromversorgung binnen kurzer Zeit wiederherzustellen«, fuhr Axel fort und zog Giselle etwas enger an sich, als sie einer Gruppe auswichen, in der es zu einem Streit gekommen war. Worum es ging, blieb unklar, aber zwei Männer vom Wachpersonal näherten sich.

Giselle stieß mit der Schulter gegen ihn, und für einen Moment, für einen seltsamen, flüchtigen Moment, wünschte sich Axel, dass der Kontakt länger gedauert hätte.

»Oder das System ist besser organisiert, als wir glauben«, sagte Giselle.

Direkt vor ihnen öffnete sich der Servicebereich, in dem Dienstleistungen aller Art angeboten wurden, von VR- und AR-Sex mit lebensechten Robotern über geduldete synthetische Drogen wie Kurioso, FullMetalJacket und Hammerfall bis hin zu Zeitkapseln, benutzt sowohl von jungen Verliebten als auch kranken Alten, die der Nachwelt Botschaften hinterlassen wollten. Axel hielt noch immer Giselles Hand, als sie den großen, halbrunden Raum mit den vielen kleinen Nischen betraten. Auf der rechten Seite gab es einen freien Platz.

Die Stimmen in der besetzten Nische daneben deuteten auf ein Paar hin, das sich gerade ewige Liebe schwor und kurze Videonachrichten an ihr zukünftiges Selbst aufzeichnete. Vor zehn oder fünfzehn Jahren hätten sie vielleicht ein kleines Vorhängeschloss an einem Brückengeländer hinterlassen, das irgendwann zusammen mit all den anderen entfernt worden wäre, bevor das Gewicht all der Liebesschlösser für Geländer und Brücke zu groß geworden wäre. Bei ihrer Zeitkapsel hingegen konnten sie sicher sein, dass sie die nächsten – je nach Tarif – zehn, zwanzig oder fünfzig und mehr Jahre unbeschadet überdauern würde, zusammen mit Tausenden von anderen, in unterirdischen Storage-Zylindern, in Form von kleinen Datenmodulen, sofern es sich um Aufzeichnungen handelte, oder in versiegelten Behältern, die sich erst nach Ablauf der gebuchten Zeit öffneten.

Giselle kam so nahe, dass Axel spürte, wie ihm ihr Atem über die Wange strich. Es fühlte sich nicht unangenehm an. »Wer sind die Verfolger? NSA?«

»Davon gehe ich aus.«

»Sie wahren Abstand«, sagte Giselle und sah an Axel vorbei, vermutlich zum Mann mit dem schwarzen Mantel.

»Weil zu viele Leute in der Nähe sind. Sie mögen es ein wenig diskreter.«

»Sie warten auf eine günstige Gelegenheit, nicht wahr?«

»Die wir ihnen nicht geben«, antwortete Axel. »Wir werden dafür sorgen, dass sie sich um andere Dinge kümmern müssen.«

Er holte die Kreditkarte und den ID-Chip eines gewissen Tom Holstenberg hervor, geboren am 17. April 1997 in Oberstdorf, buchte einen Standardbehälter für zehn Jahre und wartete, bis sich das Fach vor ihm öffnete. Dann nahm er eins der drei Handys, die er bei sich führte – mit einem auf den Namen Holstenberg laufenden TeleBit-Vertrag –, legte es in den Behälter und drückte die Erledigt-Taste. Die Klappe schloss sich, und der Behälter dahinter glitt wie eine altertümliche Rohrpost durch ein Transportsystem bis zu einem Storage-Zylinder unter dem Einkaufszentrum.

Eine weitere Drohne, noch etwas kleiner als die anderen beiden, machte eine Runde durch den halbrunden Raum, wie auf der Suche nach etwas. Axel gab sich beschäftigt, wartete und dachte daran, dass Drohnen auch für gezielte Tötungen verwendet werden konnten. Die Türken setzten derartige Waffen in Kurdistan ein; sein Vater hatte ihm davon berichtet. Manchmal genügte eine Handynummer, um das Ziel zu finden und dann eliminieren zu können. Würde es die NSA wagen, hier, in einem Hamburger Einkaufszentrum voller Menschen, solche Waffen einzusetzen? In Gedanken ging Axel noch einmal die Gegenstände durch, die er bei sich führte. Nichts davon brachte ihn direkt mit Axel Krohn und AK47 in Verbindung, und außerdem musste der Einsatz von Killerdrohnen gut vorbereitet sein.

Als sie den Raum mit den Zeitkapseln verließen, kamen sie an dem Mann mit dem schwarzen Mantel vorbei, der sich wie beiläufig umsah. Für einen Moment begegnete Axel seinem Blick, dann drehte sich der Mann um. Axel fragte sich, was er in dieser halben Sekunde in den kühlen grauen Augen des Mannes gesehen hatte. Ein *Wir kriegen dich*? Sein Unbehagen wuchs. Ihr Plan bestand darin, dass sie keinen richtigen Plan hatten. Vielleicht setzte die NSA eine Tracking-KI ein, die auf der Basis bisheriger Bewegungsmuster und Verhaltensweisen Prognosen berechnete, die einem Blick in die Zukunft gleichkamen. Eine solche KI hätte voraussagen können, welche Entscheidungen ein gewisser Axel Krohn unter bestimmten Umständen treffen und wohin er sich wenden würde. Sie mussten aus dem Prognoseraster der Tracking-KI herausfallen, und das ging nur mit Unberechenbarkeit. Wenn die Verfolgten nicht wussten, wie und wohin sie fliehen sollten, wenn sie immer wieder improvisierten, war es nahezu unmöglich, einen wahrscheinlichen Aufenthaltsort für sie zu berechnen. Andererseits war planloses Umherirren keine geeignete Methode für die Lösung ernster Probleme. Auf die Frage, wie sie den Kopf aus der Schlinge ziehen sollten, hatten sie immer noch keine Antwort.

Der nächste Zwischenstopp im Servicebereich der »Oase« war eine gewöhnliche Gepäckstation mit Schließfächern. Axel mietete eins mit einer Kreditkarte auf den Namen Edward Hemmer, legte das zweite Handy hinein und schloss ab. Sofort ging es weiter zu MM beziehungsweise Mecker-Mut, einem Dienstleister, der vor wenigen Jahren als kleines Start-up begonnen hatte und inzwischen zu den ganz Großen der Branche zählte, nicht nur in Deutschland, sondern auch in anderen Ländern der EU und jenseits davon. MM nahm Beschwerden aller Art entgegen und sorgte dafür, dass sie in den Welten von Geschäft und Politik ihren Bestimmungsort erreichten, und zwar so laut und deutlich, dass sie weder überhört noch übersehen werden konnten. Diesmal gab es offenbar besonders viel zu meckern, denn es hatten sich Schlangen vor den Terminals gebildet. Am Prioritätsschalter, wo höhere Gebühren verlangt wurden, stand nur eine in die Jahre gekommene Frau und klagte bitterlich über den Blackout und »unterlassene Hilfeleistungen«, wie sie es nannte. Als sie merkte, dass Axel und Giselle hinter ihr warteten, fasste sie sich etwas kürzer, deutete noch einmal auf das Kuvert, das sie der jungen Angestellten am Schalter gegeben hatte, und schloss mit der Frage: »Und Sie garantieren mir, dass mein Schreiben den Bürgermeister auch wirklich erreicht?«

»Er wird es sogar lesen, dafür verbürgen wir uns«, versicherte die Angestellte. »MM ist gern zu Diensten, empfehlen Sie uns weiter.« Sie sah der Frau kurz nach und hob dann den Blick zu Axel.

»Guten Tag, Herr …«

»Holstenberg«, sagte Axel Krohn. »Tom Holstenberg.« Er reichte der Angestellten die Kreditkarte. »Mir geht es ebenfalls um den Blackout der vergangenen Nacht. Ich habe recherchiert und bin auf erstaunliche Daten gestoßen.« Axel gab ihr einen Stick, den er mit Giselle in seiner Dachgeschosswohnung in Altona vorbereitet hatte. Es war einen Versuch wert. Der Stick enthielt Dateien, die Mephisto entlarvten und auf die Beteiligung der NSA an der ganzen Sache hinwiesen. Das Material war für *Zack!* bestimmt, ein kritisches Magazin, das wöchentlich als VR- oder AR-Erlebniskatalog erschien. Axel zweifelte kaum daran, dass die Daten *Zack!* gar nicht erreichen würden, aber trotzdem begann etwas in ihm zu hoffen, als die Angestellte den Stick nahm, in einen Port steckte und den Inhalt downloadete. Nach wenigen Sekunden zog sie den Stick wieder ab und wollte ihn zurückgeben, doch Axel schüttelte den Kopf. »Nein, ich möchte, dass er zusammen mit den Daten der Redaktion von *Zack!* geschickt wird.«

»Kein Problem, Herr Holstenberg. Wann soll die Lieferung erfolgen?«

»Noch heute«, sagte Giselle.

»So schnell wie möglich«, fügte Axel hinzu. »Oberste Priorität.«

»Das kostet …«

»Der Preis spielte keine Rolle.« Er deutete auf die Kreditkarte, die er der Angestellten bereits gegeben hatte. Die junge Frau nickte, lächelte, warf Giselle einen kurzen Blick zu und hielt die Karte an den Scanner. Das kleine Gerät bestätigte die Transaktion mit einem Piepen.

»Daten und Stick werden der Redaktion von *Zack!* in einer Stunde vorliegen«, sagte die Angestellte. »Haben Sie sonst noch einen Wunsch?«

»Nein, danke!«

»MM ist gern zu Diensten, empfehlen Sie uns weiter.«

Axel blickte sich unauffällig um, als sie die Filiale von MeckerMut verließen. Die Frau im grünen Kostüm stand in einer Schlange vor einem der anderen, billigeren Schalter, und der Mann mit dem schwarzen Mantel beobachtete mehrere interaktive Puppen, die schicke Anzüge präsentierten. Drei Honeypots der besonderen Art waren aufgestellt, und vom vierten, der Kurierstation des Einkaufszentrums, trennten Axel und Giselle nur zwei Dutzend Schritte. Die ersten beiden waren »langsam«; dabei konnten sich die Verfolger ein wenig Zeit lassen. Aber Nummer drei und vier erforderten sofortiges Handeln, wenn sie jedes Risiko ausschließen wollten, dass gewisse Informationen an die Öffentlichkeit gelangten. Mit ein wenig Glück würden die Verfolger den vierfachen Köder schlucken und herauszufinden versuchen, welche Gegenstände Axel und Giselle aufgegeben und wohin auf die Reise geschickt hatten – es sollte ihnen eine kleine Atempause verschaffen.

Die interaktiven Puppen, denen angeblich das Interesse von Schwarzer Mantel galt, begannen mit einem Tanz, als sich Axel einem großen Nachrichtenschirm näherte, der bereits dreißig oder mehr Personen angelockt hatte. Er vernahm die Stimme einer Nachrichtensprecherin und betrachtete Bilder mit einem 3D-Effekt.

»… gibt es weitere Anhaltspunkte dafür, dass die Blackouts, zu denen es gestern Nachmittag und in der vergangenen Nacht in weiten Teilen der Welt kam, das Ergebnis von gezielten Anschlägen waren, durchgeführt von gut organisierten Cyberterroristen. Einer von ihnen konnte inzwischen identifiziert werden …«

In den Bildern erschienen dunkle Städte, manchmal mit Gebäuden in Flammen und fast immer mit aufgebrachten oder feiernden Menschen auf den Straßen. Kleinere Bilder am Rand des Nachrichtenschirms zeigten, wie Geschäfte und Supermärkte geplündert wurden oder wie Rettungsgruppen Passagiere aus U-Bahnen und Expressaufzügen befreiten.

»Ein Darknet-Hacker mit dem Nickname ›AK47‹ ist maßgeblich an der Programmierung der Cyberwaffen beteiligt, die im Netz zum Einsatz gelangten und uns allen die Empfindlichkeit unserer digitalen Infrastruktur vor Augen geführt haben. Wie die Ermittlungsbehörden vor wenigen Minuten bekannt gaben, konnte AK47 inzwischen identifiziert werden. Mit hoher Wahrscheinlichkeit verbirgt sich hinter diesem Nick ein gewisser Axel Krohn, Geschäftsführer der Firma Starplay, die Spiele für Computer, Handys und AR-Brillen herstellt. Eine internationale Fahndung nach ihm wurde eingeleitet.«

In der Mitte des großen, in mehrere Darstellungsfenster aufgeteilten Nachrichtenschirms erschien ein Bild, das Axel Krohn bei einer Tagung über Virtuelle Realität zeigte. Axel starrte sein um wenige Monate jüngeres Selbst an und begriff mit jäher, schmerzlicher Deutlichkeit, dass die Welt, die er in den vergangenen Jahren unter großen Mühen aufgebaut hatte, in Trümmern lag.

»Für Hinweise, die zur Ergreifung des Cyberterroristen Axel Krohn und seiner Komplizen führen, ist eine Belohnung von bis zu hunderttausend Euro ausgesetzt«, fuhr die Nachrichtensprecherin fort, während der Axel Krohn auf dem Schirm nach einem Vortrag bei der Tagung durch den Saal ging. Dort war es, sein charakteristisches Bewegungsmuster, selbst für das menschliche Auge erkennbar. »Achtung, Axel Krohn ist gefährlich. Die Polizei geht davon aus, dass er nicht vor dem Gebrauch von Schusswaffen zurückschreckt und bereits einen Mann getötet hat.« Ein neues Bild erschien. »Clément Leroy wurde gestern Abend in seiner Wohnung erschossen, wahrscheinlich von Axel Krohn. Es wird vermutet, dass Krohn auf seiner Flucht die Schwester des Toten, Giselle Leroy, als Geisel benutzt.«

»Lieber Himmel«, murmelte Giselle, die dicht neben Axel stand. »Lieber Himmel!«

»Der flüchtige Axel Krohn könnte auch mit dem Doppelmord im Kontorhaus des alten Hafens in Verbindung stehen, über den wir bereits berichtet haben.« Zwei kleinere Bilder zeigten Frederik Larsen, von zwei Kugeln getroffen, mitten in der Stirn und im Hals, und Dimitri Mitko mit einem Loch in der linken Schläfe.

Axel, dem plötzlich heiß wurde, drückte Giselles Hand, und sie gingen weiter, fort von dem Nachrichtenschirm.

»Sie geben dir die Schuld an allem«, flüsterte Giselle.

»Sieh dich nicht um«, warnte Axel sie leise. »Bleib ganz ruhig!«

Axel spürte ein Prickeln, verursacht von einer Vibration des kleinen Sensors, den er sich dicht unter dem Schlüsselbein auf die Haut geklebt hatte. Wenige Sekunden später folgte ein kurzes Stechen.

»Sie haben die beiden Handys«, sagte Axel, als sie sich der Kurierstation näherten. Die vierte Etappe, der vierte Honeypot, von denen zwei bereits ihren Zweck erfüllt hatten.

»So schnell?«

»Ja.« Axel drehte nur andeutungsweise den Kopf und ließ seinen Blick wandern. Schwarzer Mantel war nicht mehr zu sehen, ebenso wenig Grünes Kostüm. Was nicht unbedingt heißen musste, dass sie es waren, die sich um Zeitkapsel und Schließfach gekümmert hatten. Vielleicht hielten sie sich nur ein wenig zurück, um genau diesen Eindruck zu erwecken. Wie viele Verfolger gab es? Und wie viele Helfer standen ihnen hier zur Verfügung?

»Wie konnten sie in nur ein oder zwei Minuten an den Inhalt der Zeitkapsel gelangen?«, fragte Giselle leise.

»Mit dem einen oder anderen Trick. Dies sind Profis. Und sie wollen uns ohne die Polizei erwischen.« Axel sah die Frage in Giselles Gesicht. »Überleg mal. Wenn es der NSA einfach nur darum ginge, uns zu verhaften, hätte sie die Polizei informiert und das Einkaufszentrum abriegeln lassen. Amtshilfe, Giselle. Oder: Man überlasse die schmutzige Arbeit deutschen Beamten.«

Axel sprach leise und mit eindringlichen Worten, sah sich dabei unauffällig um. Niemand achtete auf sie.

»Die NSA-Leute wollen sich von niemandem helfen lassen, weil wir keine Gelegenheit erhalten sollen, etwas auszuplaudern.« Mit diesen Worten bewies Giselle, dass sie sofort verstand.

Axel fragte sich, wie Rebecca an ihrer Stelle reagiert hätte. Vielleicht mit einem wortlosen verblüfften Starren. Seltsam, wie schnell die Bilder von Rebecca in seinem Gedächtnis verblassten. Er erinnerte sich an ihr feuerrotes Haar und an ihre Augen, aber der Rest schien zu schrumpfen und verlor immer mehr an Substanz.

»Weil dies inoffiziell ist«, fügte Giselle ernst hinzu. »Weil niemand von den NSA-Leuten hier in der Oase weiß. Gibt uns das eine Chance?«

»Vielleicht.«

Sie gingen weiter, ein Teil der Menge, und erreichten die Kurierstation, in der es etwas weniger hektisch zuging als in den anderen Bereichen des Einkaufszentrums. Ein junger Mann in blauer Uniform und auf Brust und Rücken die

Road-Runner-Zeichentrickfigur – »Wir sind schnell, nichts hält uns auf, wir erreichen immer das Ziel!« – trat ihnen lächelnd entgegen.

»Was dürfen wir für Sie wohin bringen?«

»Wir haben dies hier.« Axel holte erneut einen Datenstick hervor. Zwei andere steckten noch in seiner Jackentasche: einer mit den Mephisto-Daten und ein weiterer mit einem Betriebssystem und allen Programmen, die er brauchte.

»Die Lieferung geht an *Aktuell* in Köln«, sagte Giselle. »Die Adresse lautet …« *Aktuell* war ein Blog mit wöchentlich Hunderttausenden von Zugriffen, eine kritische Plattform, die oft mit Enthüllungen aller Art Aufmerksamkeit erregte und einmal im Monat auch als Print erschien. Aus der Nähe zu den Whistleblowern von Veritas hatte *Aktuell* nie einen Hehl gemacht.

Axel erinnerte sich an Giselles Worte, die sie noch in Altona an ihn gerichtet hatte. »Ich kenne den Chefblogger von *Aktuell*. Er ist sehr engagiert und scheut keine Risiken. Wenn er das Material bekommt, wird er es veröffentlichen.«

Er wird es nicht bekommen, dachte Axel, als der Kurier den Stick in Empfang nahm und in einer kleinen gepolsterten Versandtasche verstaute. Und selbst wenn die Road Runner schneller waren als die Kojoten von der NSA: Die offizielle Fahndung nach Axel Krohn bedeutete, dass sich jeder strafbar machte, der ihnen in der einen oder anderen Form half. Wenn der Chefblogger außerdem Besuch von der NSA enthielt, so würde er der freundlichen Bitte, den Stick auszuhändigen und alle kopierten Daten zu löschen, kaum widerstehen können.

Axel bezahlte erneut mit der Holstenberg-Kreditkarte und schickte seinen Blick dabei wieder auf Wanderschaft, ohne den Mann mit dem schwarzen Mantel und die Frau im grünen Kostüm zu entdecken. Waren sie noch damit beschäftigt, die beiden Handys zu untersuchen? Oder hatten sie sich ablösen lassen?

Der junge Kurier gab die Kreditkarte zurück. »Vielen Dank für den Auftrag! Ihre Sendung wird den Adressaten bis heute Nachmittag fünfzehn Uhr erreichen.«

»Wie geht's weiter?«, fragte Giselle, als sie die Kurierstation verließen. »Was machen wir jetzt?«

Improvisieren, dachte Axel. Unberechenbar sein, nicht nur für menschliche Verfolger, sondern auch für eine Tracking-KI. Sich auf eine Weise verhalten, die niemand vorhersehen kann. Dem Zufall vertrauen? Das widersprach Axels Instinkt und Verstand. Der Zufall war kein zuverlässiger Verbündeter. Und selbst wenn es gelang, die Verfolger abzuschütteln – was dann?

Eins nach dem anderen, dachte Axel, als sie den Weg durch den Servicebereich fortsetzten, Teil einer Menschenmenge, die noch dichter zu werden schien. Auf der linken Seite, bei der zum Supermarkt führenden Passage, kam es zu Unruhe, und Axel hörte jemanden rufen: »He, geht das schon wieder los? Kein Netz für die Handys?«

Weitere erstaunte und besorgte Stimmen gesellten sich der ersten hinzu. Zahlreiche Menschen blieben stehen, Jung und Alt, stierten auf ihre Handys, schüttelten sie, als ließe sich das Netzproblem damit beheben, oder schalteten ihre Smartphones aus und wieder ein.

Improvisieren, dachte Axel. »Die Tür dort.«

Die Tür hatte auf dieser Seite weder Knauf noch Klinke – sie ließ sich nur mit einem Schlüssel öffnen, über den allein der Wachdienst verfügte. Zwei Uniformierte aus der Sicherheitsabteilung, ein Mann und eine Frau, hatten den Servicebereich betreten, und hinter ihnen schwang die Tür zu.

Axel und Giselle gingen schneller, noch immer Hand in Hand, und erreichten die Tür, bevor sie sich ganz schloss. Axel schob die Fußspitze in den Spalt, zog die Tür etwas weiter auf, ließ Giselle hindurchschlüpfen und folgte ihr. Ein leerer Flur empfing sie, und es wurde fast völlig still, als sich die Tür hinter ihnen schloss.

Axel nahm erneut Giselles Hand und eilte mit ihr durch den leeren Korridor.

»Hier ist sonst niemand unterwegs«, sagte Giselle.

»Gut«, brummte Axel.

»Ich weiß nicht, ob das gut ist. Wenn uns die Verfolger hier finden, brauchen sie keine Rücksicht zu nehmen. Es gäbe keine Zeugen.«

Eine Treppe brachte sie eine Etage tiefer. Unten begegneten sie einem Mann in grauem Kittel und mit Werkzeugtasche. Auf dem Namensschild am Kragen stand »R. Klausterer«.

Er sah sie erstaunt an. »Wer sind Sie? Der Aufenthalt in diesem Teil des Gebäudes ist nur dem Servicepersonal gestattet.«

»Gut, dass wir Sie treffen«, sagte Axel jovial und näherte sich dem Mann. »Wir haben uns verlaufen und wären Ihnen sehr dankbar, wenn Sie uns den Weg zeigen könnten …«

Eine Sekunde später hatte er R. Klausterer den Arm um den Hals geschlungen und rammte ihm die Faust an die Schläfe. Der Mann verdrehte die Augen, ging mit einem Schnaufen zu Boden und blieb liegen.

Giselle starrte erschrocken auf ihn herab. »Ist er …?«

»Nein, der kommt wieder zu sich, allerdings wird er dann ziemliche Kopfschmerzen haben.«

Axel drehte den Bewusstlosen, zog ihm den grauen Kittel aus und streifte ihn über.

»Wo hast du das gelernt?«

Axel zögerte kurz. »Es ist eine lange Geschichte.« Er dachte an die Zeit mit seinem Vater und beim Sword of Justice, an die Kampfübungen, die er als Junge für ein Spiel gehalten hatte.

»Ich würde sie gern einmal hören.«

»Ich auch«, ertönte eine dritte Stimme.

Der Mann im schwarzen Mantel stand hinter ihnen.

35

Giselle sprang und flog.

So sah es für Axel aus, der mit einem Arm im Ärmel des grauen Kittels dastand, halb gebeugt und so überrascht, dass er nicht sofort handelte. Giselle schien plötzlich Flügel zu haben, oder vielleicht kannte sie einen Zauberspruch, der sie von den Fesseln der Schwerkraft befreite. Sie flog an Axel vorbei, ein Fuß traf die Pistole in der Hand von Schwarzer Mantel und die rechte Hand den Unterkiefer. Es machte *Plop*; ein Projektil schlug gegen die nahe Wand und jaulte als Querschläger davon.

Dann lag der Mann auf dem Boden, der schwarze Mantel offen, und Giselle hielt die Waffe in der Hand.

»Wo hast *du* das gelernt?«, fragte Axel.

»Beim alten Maestro Tizian in Paris, vor fünfzehn Jahren.«

»Karate?«

»Wing Chun. Eine chinesische Variante von Kung-Fu.«

»So wie Bruce Lee? Im Ernst?«

»Ein bisschen«, sagte Giselle. »Gerade genug für die Selbstverteidigung.«

Axel nickte langsam. »Ich schätze, auf diese Weise hast du den Mann außer Gefecht gesetzt, der mich entführen wollte.«

»Selbst ein bisschen Kung-Fu kann recht nützlich sein.« Giselle deutete auf die beiden Bewusstlosen. »Wir sollten von hier verschwinden, bevor die beiden Burschen zu sich kommen.«

Axel blickte auf die Waffe in Giselles Hand.

»Die behalte ich. Du hast deine, ich hab meine.«

»Wie die Dame wünscht«, sagte Axel widerstrebend. »Also los.«

Sie liefen durch einen zweiten, schmaleren Flur, vorbei an Rohrleitungen, Lagerräumen und Werkstätten, in denen Techniker arbeiteten. Einer von ihnen bemerkte sie und öffnete den Mund, aber sie waren schon durch die nächste Tür, bevor er etwas sagen konnte.

»Wohin?«, fragte Giselle, als sie eine weitere Treppe hinuntereilten. »Wohin?«

Die Tiefgarage für Premiumkunden und Personal kam nicht infrage. Dort gab es bestimmt einen Wachtposten, der mit Augmented-Reality-Brille oder entsprechenden Kontaktlinsen Ausschau hielt – von den Sicherheitskameras ganz abgesehen. Der Diebstahl eines Fahrzeugs wäre mit den elektronischen Werkzeugen, die Axel bei sich führte, zwar möglich gewesen, aber der Wagen hätte den städtischen Verkehrsleitsystemen die Nutzung durch Unbefugte gemeldet. Die Tour durchs Einkaufszentrum diente vor allem dazu, Verfolger abzuschütteln, und wegen der Unberechenbarkeit hatte sich Axel ganz bewusst keine großen Gedanken darüber gemacht, wie die Flucht nach dem Aufstellen der vier Honeypots weitergehen sollte. Wenn ein Wagen nicht infrage kam …

Der Treppe folgte ein Korridor mit mehreren Türen, und eine von ihnen zeigte die Road-Runner-Zeichentrickfigur. Von einem Augenblick zum anderen war die Idee da.

»Die Kapseln des Expressdienstes«, sagte er und öffnete die Road-Runner-Tür. »Oder ein Frachttransporter. Wir verstecken uns an Bord und lassen uns fortbringen.«

»Wohin?«

Axel hob und senkte die Schultern. »Weg von hier. Dann sehen wir weiter.«

Unter anderen Umständen wäre Wismar sein nächstes Ziel gewesen, die Wohnung, die Luigi de Crescenzo gehörte, dem in Rom geborenen und in München aufgewachsenen Antiquitätenhändler. Aber die NSA hatte von Olivier Drost gewusst, und vielleicht kannte sie auch das Wismarer Quartier. Welche Alternativen gab es? Wo konnten sie für eine Weile untertauchen und Pläne schmieden? Vielleicht irgendwo auf dem Land, in einem Hotel, dessen Namen er noch gar nicht kannte. Das nur über einen einfachen Scanner verfügte, der sich von biometrischen Masken täuschen ließ. Falls ihre Masken lange genug stabil blieben …

»Das Jucken ist kaum auszuhalten«, sagte Giselle, als sie eine offene Tür durchschritten und in einen großen Raum voller Container und summender Elektrowagen gelangten, die von einem Computersystem gesteuerte Fracht von eintreffenden Kapseln und Transportern in Empfang nahmen oder zu ihnen brachten. Auf der anderen Seite des Raums ähnelten drei geöffnete Tunnelzugänge aufgerissenen schwarzen Mäulern, die einen Transporter nach dem anderen verschlangen. »Ich würde mir das verdammte Ding am liebsten vom Gesicht reißen.«

»Halt es noch etwas länger aus«, sagte Axel.

Sie blieben im Schatten entlang der linken Wand des Raums, im Halbdunkel zwischen den Sammelcontainern, wichen Servicerobotern aus, die flink den Signalstreifen im Boden folgten, und näherten sich dem ersten Tunnel. Als sie noch etwa zehn Meter davon trennten, duckte sich Axel hinter einen Container. Giselle nahm sich sofort ein Beispiel an ihm und ging ebenfalls in Deckung. Die Pistole hatte sie eingesteckt, stellte Axel erleichtert fest.

Zwei junge Männer vom Wachdienst des Einkaufszentrums patrouillierten bei den Fracht transportierenden Elektrowagen.

»Vielleicht können wir sie irgendwie ablenken«, flüsterte Giselle. Sie kratzte sich an der Wange, ließ die Hand dann wieder sinken. »Himmel, wie das juckt.«

Axel warf einen Blick auf die Uhr. Es konnte nicht mehr lange dauern, bis die beiden Bewusstlosen zu sich kamen. R. Klausterer würde umgehend den Sicherheitsdienst des Einkaufszentrums alarmieren und Schwarzer Mantel, dem Grünen Kostüm und anderen Verfolgern Bescheid geben. Eine Entscheidung musste her, und zwar schnell.

»Die Kapseln und Transporter halten an, wenn ein Alarm ausgelöst wird«, sagte Axel leise und wich noch etwas weiter in die Schatten zurück, als ein kleiner automatischer Elektrokarren vorbeisurrte. Die nächste Sicherheitskamera befand sich einige Meter entfernt und war auf den Verladebereich vor den drei Tunnelzugängen gerichtet. »Unbemerkt schaffen wir es nicht an Bord.«

»Wir brauchen Hilfe, Axel«, erwiderte Giselle. »Wenn wir allein bleiben, erwischen sie uns früher oder später.«

Einige Dutzend Meter entfernt klapperte etwas. Die beiden patrouillierenden jungen Männer vom Wachdienst drehten sich um und eilten in die entsprechende Richtung.

Giselle schob sich ein wenig vor. »Dies wäre eine gute Gelegenheit.«

Rufe und Schreie hallten durch den großen Raum. Es schien zu einem Handgemenge gekommen zu sein – vielleicht waren die beiden Wächter auf einen Verfolger gestoßen.

»Du hast recht, wir brauchen Hilfe.« Axel wandte sich der Tür links vom Verladebereich zu, und Giselle folgte ihm. Sie blieben im Halbdunkel, solange es ging, traten erst im letzten Moment ins Licht und erreichten die Tür.

Auf der anderen Seite des Raums wurde das Geschrei noch lauter. Ein akustisches Signal erklang, ein Alarmton.

Axel zog die Tür auf, und einen Moment später befanden sie sich in einem Treppenaufgang.

»Was hast du vor?«, fragte Giselle, als sie die Stufen hinaufeilten.

»Ich brauche einen Computer, einen Zugang zum Internet.«

»Wir könnten Kontakt mit Veritas aufnehmen«, schlug Giselle noch einmal vor. »Unsere Gruppe hat gute Verbindungen.«

Auf jedem Treppenabsatz gab es eine Tür, aber Axel blieb nicht stehen.

»Gegen die NSA könnte sie uns nicht helfen«, antwortete er. »Es ist fraglich, ob Veritas überhaupt bereit wäre, uns zu helfen. Wir sind Cyberterroristen.« Bitter fügte er hinzu: »Ich bin ein Mörder.«

»Wir haben Beweise«, sagte Giselle. Sie atmete schwer, als es weiter nach oben ging, ohne dass Axel langsamer wurde. »Wir brauchen nur Gelegenheit, sie der Öffentlichkeit zu präsentieren.«

»Wie viele von euch Whistleblowern arbeiten derzeit undercover an geheimen Projekten, die in naher Zukunft publik gemacht werden sollen?« Axels Gedanken tanzten und sprangen wie die eines VR-Spielers, der eine große Dosis Kurioso oder Hammerfall genommen hatte. »Wie viele von euch sind unter falschem Namen bei Regierungen und in Staatsapparaten eingeschleust?« Axel atmete ebenfalls schneller. Noch zwei Stockwerke, wenn er sich richtig erinnerte. »Welche Enthüllungen stehen kurz bevor? Wer von euch riskiert besonders viel, vielleicht sogar sein Leben?«

»Die Leute, die ich kenne, sind absolut vertrauenswürdig«, sagte Giselle.

Axel blickte kurz zu ihr zurück – sie befand sich dicht hinter ihm – und glaubte, einen Fleck an ihrer Schläfe zu erkennen. Löste sich ihre biometrische Maske von der Haut darunter?

»Mag sein«, räumte er mit gedämpfter Stimme ein. »Aber wie viel wissen sie? Und wie viel über Veritas und eure Whistleblower ist in ihren Computern gespeichert? Stell dir vor, die NSA folgt uns zu deinen Kontaktleuten und bekommt Zugriff auf die Rechner, auf die Datenbanken, die Informationen über aktuelle Missionen und dergleichen enthalten. Alles könnte auffliegen. Es könnte das Ende für eure ganze Organisation bedeuten.«

Der nächste Treppenabsatz – noch ein Stockwerk. Axel blieb kurz stehen und hielt den Atem an. Hatte sich unten eine Tür geöffnet? Er beugte sich übers Geländer, sah aber niemanden.

Weiter, zwei Stufen auf einmal, trotz der brennenden

Muskeln in den Beinen. Oben wartete eine graue Tür auf sie, mit Klinke und mechanischem Schloss. Axel wartete zwei oder drei Sekunden, bis Giselle zu ihm aufgeschlossen hatte.

»Wenn nicht Veritas«, keuchte sie, »wer könnte uns dann helfen?«

Axel drückte die Klinke, ohne zu antworten – zum Glück war die Tür nicht abgeschlossen. Dahinter erstreckte sich der Bereich für Unterhaltungselektronik des Einkaufszentrums. Mehrere Meter große 8K-Bildschirme zeigten beeindruckende Naturaufnahmen und den Detailreichtum von Selbstporträts. Virtuelle-Realität-Spiele lockten besonderes viele Interessenten an. Musik und Kampfgeräusche tönten aus Lautsprechern.

Axel ergriff erneut Giselles Hand und suchte an kleinen und großen Spielergruppen vorbei einen Weg zur Computerabteilung.

»Wir sehen sicher völlig abgehetzt aus«, sagte Giselle hinter ihm.

Axel drehte sich kurz um. »Ein Pärchen auf verzweifelter Schnäppchensuche.«

Sie mieden das Gedränge bei den Vitrinen und Tresen mit den neuesten Smartphones, wo sich mehrere Personen darüber beschwerten, dass es ausgerechnet in diesem Teil der »Oase« kein Netz gab. Axel hörte, wie einer der Verkäufer antwortete: »Normalerweise gibt es hier Netz. Keine Ahnung, was los ist. An den Handys liegt es jedenfalls nicht.«

Weiter hinten warteten Notebooks, Laptops und Tablets auf Kunden. In einer Ecke standen einige PCs, und einer von ihnen war eingeschaltet. Der ultrahochauflösende Monitor zeigte die grafische Oberfläche eines Windows-Systems; in der unteren rechten Ecke wies ein Symbol auf die Notwendigkeit von Updates hin.

Axels Finger flogen bereits über die Tastatur, noch bevor er saß. »Kein Internet«, sagte er. »Dieser Rechner steckt hinter der Firewall des Einkaufszentrums. Aber das lässt sich schnell ändern. Giselle …«

Sie stand neben ihm. »Was hast du vor?«

»Wenn ein Verkäufer kommt … Lenk ihn ab! Ich brauche ein paar Minuten.«

»Die Verfolger sind uns bestimmt auf den Fersen.«

»Ich weiß«, sagte Axel. »Nur ein paar Minuten, mehr nicht.« Der PC verfügte vorn über drei freie Ports, aber Axel steckte seinen Betriebssystemstick hinten an, wo man ihn nicht sofort sah. Dann drückte er die Reset-Taste und mehrere Funktionstasten, in der Hoffnung, dass die richtige für ein Bootmenü darunter war. Wenn der Leiter der Computerabteilung sein Handwerk verstand, war der Zugang zu den Boot- und Setupmenüs der ausgestellten Computer gesperrt, aber manchmal fehlte einfach die Zeit zu solchen Sicherheitsmaßnahmen, oder man hielt sie für unnötig, da die meisten Kids nicht an Hacking interessiert waren, sondern an den neuesten Spielen von LivingMagic und vielleicht auch von Starplay.

Mehrere Sekunden verstrichen, und dann erschien das Bootmenü. Axel stellte erleichtert fest, dass der PC imstande war, von einem Datenport zu booten; das ersparte ihm einen zeitraubenden Ausflug ins Setupmenü.

Ein Tastendruck gab dem Datenport mit dem OS-Stick Bootpriorität, und wieder einige Sekunden später erschien ein zweites Auswahlmenü. Axel wählte ein Kali-Linux von seinem Stick und trommelte ungeduldig mit den Fingern, während das Betriebssystem geladen wurde. Es dauerte nicht lange, weil er auf alle grafischen Elemente verzichtete. Als die Eingabeaufforderung erschien, startete er einen Network-Sniffer, der nach offenen Stellen in der Firewall der »Oase« suchte und fast sofort eine geeignete Lücke entdeckte, durch die sich eine Verbindung zum Internet herstellen ließ. Ein weiterer Tastendruck rief eine Instanz des Messengerprogramms Gitty auf den Schirm.

»Da kommt jemand«, warnte Giselle leise.

Axel sah nicht zur Seite. »Ich brauche nur noch eine Minute.«

»Was machen Sie da?«, erklang eine Stimme.

»Oh, mein Freund interessiert sich für diesen PC und testet ihn gerade ein bisschen«, sagte Giselle. »Ich bin mehr für schicke Laptops. Könnten Sie mir da ein interessantes Modell zeigen? Zum Beispiel das dort mit dem großen, dünnen Bildschirm ...«

Der Verkäufer ließ sich in ein Gespräch verwickeln. Axel öffnete die Gitty-Historie, scrollte durch die Nachrichten und holte die letzte empfangene ins Messengerfenster. Sie lautete:

```
        Mssgr.: Gitty 3.1, einfache Verschlüsselung

Von:    Dark Rider
        An: AK47

        Mssg.: Du brauchst einen Freund, der dir helfen kann.
        Ich bin ein Freund. Willst du meine Hilfe?
          (Ranking: -)
```

Axel klickte auf »Antwort« und schrieb:

```
        Mssgr.: Gitty 3.1, einfache Verschlüsselung

Von:    AK47
        An: Dark Rider

        Mssg.: Ich brauche deine Hilfe. Jetzt sofort!
          (Ranking: -)
```

Axels Finger zögerte dicht über der Entertaste. Welche Wachhunde gab es dort draußen, diesseits und jenseits der Firewall der »Oase«? Wer lag auf der Lauer und wartete darauf, dass AK47 etwas von sich hören ließ? Die Verfolger von der NSA wussten bereits, dass er sich im Einkaufszentrum befand, aber vielleicht lenkte er jetzt auch die Aufmerksamkeit anderer Leute auf sich. Ihm fehlte die Zeit, Kontakt mit einem seiner Bot-Rechner aufzunehmen und die IP-Adresse des Computers zu verschleiern, den er benutzte. Selbst auf eine sichere Verschlüsselung musste er verzichten. Mit anderen Worten: Wer wusste, wo und wie es zu lauschen galt, konnte ihn ohne großen Aufwand identifizieren und lokalisieren.

Ich präsentiere mich selbst auf dem silbernen Tablett, dachte Axel. Und auch Giselle.

Er blickte kurz zur Seite. Giselle sprach noch immer mit dem Verkäufer und achtete geschickt darauf, ihm die Sicht zu versperren. Ihre Stimme, wie sie sich bewegte … Etwas in Axel fühlte sich davon berührt.

Er drückte die Entertaste und schickte seine Nachricht ins Internet.

Dann lehnte er sich zurück und wartete.

Die Geräusche um ihn herum schienen lauter zu werden: Giselle, die versiert nach technischen Einzelheiten fragte und gleichzeitig betonte, der Laptop müsse auch schick und elegant sein; der Verkäufer, der über Prozessorkerne, CPU-Takt und Arbeitsspeicher sprach und mehrmals darauf hinwies, wie hübsch Bildschirm und Tastatur seien; andere Stimmen, erbost, enttäuscht und verwirrt, weil die teuren Smartphones mit Googles Andromeda-Betriebssystem zwar hochfuhren, aber kein Netz fanden; Schüsse und das Krachen von Explosionen aus den Lautsprechern der VR-Systeme; junge Leute, Kids, die hinter ihren zockenden Altersgenossen standen und fachsimpelten …

Axel starrte auf den blinkenden Cursor. Weitere Sekunden verstrichen. Wie lange konnte es noch dauern, bis die Verfolger sich in diesem Stockwerk umsahen? Vielleicht war es doch keine gute Idee gewesen, einen Computer zu benutzen, dachte er betroffen. Vielleicht hätten sie besser die Chance zur Flucht genutzt.

Ein weiteres Messengerfenster öffnete sich auf dem Bildschirm.

```
        Mssgr.: Gitty 3.1, einfache Verschlüsselung

Von:    Dark Rider
        An: AK47

        Mssg.: Kommst du plötzlich nicht mehr allein zurecht?
        Kriegst du es mit der Angst zu tun?
           (Ranking: -)
```

Axel schrieb sofort.

```
        Mssgr.: Gitty 3.1, einfache Verschlüsselung

Von:    AK47
        An: Dark Rider

        Mssg.: Spar dir deinen Spott! Wenn du helfen kannst,
        dann hilf!
           (Ranking: -)
```

Die Antwort erschien fast sofort auf dem Schirm.

```
        Mssgr.: Gitty 3.1, einfache Verschlüsselung

Von:    Dark Rider
        An: AK47

        Mssg.: Wir treffen uns vor dem Rathaus. In einer halben
        Stunde.
           (Ranking: -)
```

Axels Finger begannen mit einem neuen Tanz auf der Tastatur. Diesmal dauerte er nicht lange.

```
        Mssgr.: Gitty 3.1, einfache Verschlüsselung

Von:    AK47
        An: Dark Rider

        Mssg.: Wie erkenne ich dich??
           (Ranking: -)
```

Wieder bekam er sofort Antwort.

```
        Mssgr.: Gitty 3.1, einfache Verschlüsselung

Von:    Dark Rider
        An: AK47

        Mssg.: Mach dir da keine Sorgen. Ich erkenne dich.
        Auch wenn du eine Maske trägst. Bis gleich.
           (Ranking: -)
```

Axel zog den Stick ab und wollte den PC ausschalten, als die Messengerfenster vom Bildschirm verschwanden und große Worte erschienen.

Bist du das, Axel Krohn?

Der Bildschirm wurde leer, und dann kehrten die Worte zurück, eins nach dem anderen, jeweils mit einem kurzen Blinken.

Bist du das, Axel Krohn?

Axel streckte die Hände erneut nach der Tastatur aus und schrieb:

Wer bist du?

Neue Worte erschienen, wieder nacheinander.

Wenn du Axel Krohn bist,
habe ich eine Nachricht für dich.
Sie lautet:
Ich bin hier.

»Was machen Sie da?« Der Verkäufer blickte an Giselle vorbei. »Was machen Sie da?«

»Und welche Auflösung hat das Display?«, fragte Giselle laut.

Axel blickte auf den Bildschirm, auf die Worte, an ihn gerichtet und nicht von einem Messengerprogramm transportiert. Seine Finger bewegten sich auf den Tasten.

Was ist das für eine Botschaft? Was bedeutet sie?
Bist du Dark Rider?

Wer sonst konnte wissen, dass er hier an diesem Computer saß? Für einen Moment dachte er daran, dass ihm vielleicht nicht nur die NSA auf den Fersen war, sondern auch jemand von Shadow.

Seine Worte verschwanden vom Schirm, und Linien erschienen, wanden sich wie Schlangen und fanden zueinander. Sie bildeten etwas, das zuerst wie ein grob gerastertes Phantombild aussah. Innerhalb weniger Sekunden kamen immer mehr Details hinzu, und schließlich sah Axel sich selbst.

Er schaltete den PC aus und stand auf. »Wir müssen gehen, Giselle.«

»Oh, tja.« Sie schenkte dem enttäuschten Verkäufer ein Lächeln. »Mein Freund hat leider noch einen dringenden Termin. Aber wir kommen wieder, versprochen. Ein sehr schicker Laptop. Schick und gut. Genau richtig. Danke für …«

Axel zog sie mit sich. Giselle winkte dem Verkäufer noch einmal zu.

»Wir müssen zum Rathaus«, zischte Axel, als sie zur Treppe eilten, vorbei am Aufzug, vor dem einige Kunden warteten. »In einer halben Stunde treffen wir dort jemanden.«

»Wen?«

»Keine Ahnung.«

»Ich fürchte, ich verstehe nicht ganz. Hast du dich mit jemandem verabredet, den du nicht kennst?«

Seite an Seite eilten sie die Stufen hinunter. Axel dachte an die Worte auf dem Bildschirm. Was bedeuteten sie? Und von wem stammten sie? Offenbar von jemandem, der seinen Namen kannte.

»Wir treffen Dark Rider, der uns seine Hilfe angeboten hat.«

Die nächste Etage. Zwei Personen kamen ihnen entgegen, ein Mann und eine Frau. Axel behielt sie argwöhnisch im Auge und wahrte sicheren Abstand.

»Du weißt nicht, wer er ist, oder?«

»Nein.«

»Aber du willst dir von ihm helfen lassen und nicht von Veritas. Glaubst du nicht, dass du manchmal ein bisschen irrational bist?«, fragte Giselle.

»Er hat mich gewarnt«, sagte Axel. »Er wusste, dass wir verfolgt werden. Er wusste sogar von der Fahndung.«

»Gibt dir das nicht zu denken?«

Sie näherten sich dem Erdgeschoss. Wieder kamen ihnen einige Leute entgegen, aber Schwarzer Mantel und Grünes Kostüm waren nicht unter ihnen. Axel sah Giselle an – der Fleck an ihrer Schläfe war größer geworden.

»Deine Maske beginnt sich abzulösen«, sagte er leise. Nur noch wenige Stufen trennten sie vom Ende der Treppe, und dann waren es etwa dreißig Meter durch die Halle bis zum Ausgang. »Wir brauchen einen sicheren Unterschlupf und die Hilfe von jemandem, der wirklich helfen kann. Ohne dass wir jemanden oder eine ganze Organisation wie Veritas in Gefahr bringen. Dark Rider hat Hilfe angeboten.«

»Und wenn er zur NSA gehört?«, fragte Giselle. »Vielleicht ist er eine Art Honeypot.«

Die letzte Stufe. Axel musste sich zwingen, nicht zu laufen. Während sie durch die Halle schritten, blickte er sich wie beiläufig um und bemerkte nichts Verdächtiges. Eine junge Frau mit violettem Haar, Lippenpiercing und einer Tätowierung auf der Wange wandte sich von einem kleinen Stand ab, der für Kosmetikartikel warb, sah auf die Uhr, seufzte und ging ebenfalls zum Ausgang.

»Das glaube ich nicht«, sagte Axel.

»Aber du kannst nicht sicher sein.«

»Was haben wir zu verlieren?«

»Unser Leben?«, erwiderte Giselle und sagte dann: »He, was soll das?«

Jemand hatte sie angerempelt.

Im gleichen Moment erschien die junge Frau mit dem violetten Haar vor Axel. »Hallo, Hübscher! Hast du vielleicht zehn Euro für mich, damit ich mit der U-Bahn nach Hause kann?«

»Was?« Für einen Augenblick war Axel verwirrt, und als er begriff, war es bereits zu spät. Zwei Männer hatten Giselle abgedrängt, und Violettes Haar sah lächelnd zu ihm auf.

»Du möchtest doch nicht, dass deiner Freundin etwas zustößt, oder? Komm einfach mit, Hübscher! Schön brav. Ohne irgendwelche Dummheiten.«

Verfolger im Innern des großen Gebäudes und Wachen an der Tür – daran hätte er eigentlich denken sollen. Axel blickte zu Giselle. Dort stand sie, die Augen groß, zwischen den beiden Männern, die sie an den Armen festhielten und wie alte Freunde lächelten. Sollte er sie sich selbst überlassen? Immerhin kannte er sie kaum, und er hatte schon früh in seinem Leben gelernt, dass man allein am besten zurechtkam, ohne den Ballast menschlicher Beziehungen. Er konnte Violettes Haar einfach beiseitestoßen, nach draußen laufen, sich unter die vielen Leute auf der Straße mischen und in einer halben Stunde vor dem Rathaus Dark Rider treffen, in der Hoffnung, bei ihm Hilfe zu finden.

Stattdessen blieb er stehen, sah Giselle in die Augen und dachte daran, dass sie ihn vor der Entführung durch den Mann mit dem Injektor bewahrt hatte. Er brachte es nicht fertig, sie einfach im Stich zu lassen.

Die Pistole in seiner Jackentasche fiel ihm ein. Sollte er unter irgendeinem Vorwand versuchen, sie zu ziehen? Und dann? Wäre er bereit, sich auf eine Schießerei hier in diesem Einkaufszentrum einzulassen? Unbeteiligte hätten zu Schaden kommen und sogar sterben können.

Violettes Haar schien zu ahnen, was ihm durch den Kopf ging, denn sie zischte: »*Keine Dummheiten!*«

Zwei Polizisten kamen durch den breiten Eingang herein, zwei Männer, der eine jung, der andere in mittleren Jahren.

Axel traf eine Entscheidung. Er improvisierte.

»Hilfe!«, rief er. »Wir sollen entführt werden! Ich bin Axel Krohn! Nach mir wird gefahndet!«

Die junge Frau mit dem violetten Haar und dem Lippenpiercing warf ihm einen verblüfften Blick zu, fauchte ein »Wir kriegen dich, so oder so« und stob davon.

Die beiden Polizisten näherten sich, der jüngere Mann mit der Hand an der Waffe im Halfter.

»Was ist hier los?«, fragte der ältere Beamte. »Wer sind Sie?«

Die beiden Männer hatten Giselle losgelassen, stellte Axel fest. Er hielt dem älteren Polizisten die Hände hin. »Ich habe bereits gesagt, wer ich bin: Axel Krohn. Nach mir wird gefahndet.«

36 VIKTORIA JORUN DAHL

Berlin

Kurz nach Mitternacht trat Viktoria Jorun Dahl auf den Balkon ihrer Wohnung in Roms Süden und blickte übers Lichtermeer einer Stadt, die vielleicht ebenso wenig schlief wie New York. Rom, einstiges Zentrum der Welt, vor zweitausend Jahren größte Macht auf dem Planeten, jetzt eine Metropole, die im Schatten des früheren Ruhms lebte und von ihm zehrte, eine Stadt voller Eitelkeit und Größenwahn, in der aber auch Einfallsreichtum, Lebensfreude und, trotz allem, der Wille zur Erneuerung wohnten. Viktoria atmete warme Luft, füllte das Glas mit dem Orangensaft – sie trank keinen Alkohol, wenn es sich irgendwie vermeiden ließ – kalt in der Hand und dachte daran, dass Rom auch noch einen anderen Bewohner hatte. Und nicht nur Rom. Es galt für alle Städte der Welt, für alle Orte, selbst die winzigen und abgelegenen, die ans globale Kommunikationsnetz angeschlossen waren. Eine einzige kleine Verbindung genügte, ein Kabel, ein dünner Draht, eine Funkverbindung, die Daten übertrug. Viktoria versuchte sich vorzustellen, was dort vor ihr wuchs, in und hinter all den Lichtern, die wieder die Dunkelheit der Nacht vertrieben.

»Meine Güte«, sagte sie leise und trank einen Schluck eisgekühlten Orangensaft. »Meine Güte!«

Das Telefon klingelte.

Nicht ihr Handy. Das lag ausgeschaltet auf dem kleinen Tisch im Flur – sie hatte nicht gestört werden wollen, um noch einmal über Korianders Worte nachzudenken und die nächsten Schritte zu entscheiden. Das Klingeln stammte vom Apparat des alten Festnetzanschlusses. Nur sehr wenige ausgewählte Personen kannten die Nummer.

Viktoria nahm ab. »Pronto«, sagte sie.

»Hallo, Viktoria!«

»Bjarne!« Sie erinnerte sich an den Hinweis ihrer Sekretärin. »Alessandra hat mir gesagt, dass du angerufen hast. Entschuldige, dass ich nicht zurückgerufen habe.«

»Du klingst müde«, sagte Bjarne Nansen.

»Es ist ein langer Tag gewesen«, antwortete Viktoria. Die Verbindung war nicht besonders gut; es rauschte und knackte immer wieder.

»Die Nacht könnte noch länger werden. Ich lande in einer halben Stunde in Fiumicino und warte auf dich.«

»Du bist nach Rom unterwegs?«, fragte Viktoria verblüfft.

»Das wollte ich dir sagen, als ich angerufen habe. Es ist ein Krisenstab einberufen worden, in Berlin. Permanente Sitzung. Morgen findet in Berlin ein Gipfeltreffen der Europäischen Union statt, an dem wahrscheinlich auch hochrangige Regierungsvertreter aus Übersee und Repräsentanten des Global Defense Net teilnehmen werden. Ich bin gekommen, um dich abzuholen.« Wieder knackte und rauschte es. »Hörst du das? Die Störungen werden immer schlimmer. Weil jemand anders begonnen hat, die Kommunikationssatelliten für eigene Zwecke zu verwenden. Auch GPS und Galileo funktionieren nicht mehr richtig. Die Amerikaner glauben, dass die Russen dahinterstecken. Vielleicht ist das sogar teilweise richtig. Aber der Hauptverantwortliche dürfte jemand anders sein, nicht wahr?«

»Du hast meine Mitteilung gelesen«, sagte Viktoria. Es klang fast erleichtert.

»Ja«, erwiderte Bjarne Nansen. »Auch die Anhänge von

Mortimer Swift und eurem Koriander. Ich habe das Material natürlich an die zuständigen Stellen weitergeleitet. Ich nehme an, die SCAR weiß Bescheid?«

»Ja.« Die Strategic Cyberforce Advanced Response hatte ganz oben auf Viktorias Liste gestanden. »Ich finde es erstaunlich, dass die europäischen Regierungen so schnell reagiert haben. Immerhin sind nur einige wenige Stunden vergangen.« Sie seufzte. »Offenbar gibt es noch einige kluge Köpfe ganz oben.«

Die nächsten Worte des norwegischen Botschafters verloren sich fast in einem lauten Rauschen. Viktoria musste genau hinhören, um sie zu verstehen. »Beim Krisenstab und dem Gipfeltreffen der EU in Berlin geht es nicht um die erwachende Maschinenintelligenz, sondern um Krieg.«

Viktoria blinzelte. Die Eiswürfel in ihrem Glas klirrten, als die Hand, die es hielt, plötzlich zitterte. »Was?«

»Die Russen sind in Estland und Lettland einmarschiert«, sagte Bjarne Nansen. »Eine der beiden Panzerdivisionen, von denen in deinem letzten Sicherheitsbericht die Rede war, ist von Norden und Osten vorgerückt, unterstützt von Luftlandetruppen und Angriffen der baltischen Flotte. Motorisierte Infanterie nimmt an dem zentralen Vorstoß teil. Aktivitäten bei der zweiten Panzerdivision deuten darauf hin, dass bald, vielleicht schon morgen früh beziehungsweise heute Morgen, ein Angriff auf Litauen erfolgen wird. Der greise Putin holt das Baltikum heim ins Reich.«

Viktoria drückte sich den Hörer fester ans Ohr. »Was hast du gesagt?«

»Ich habe gesagt, Opa Putin holt das Baltikum heim ins Reich, Viktoria. Er nutzt die Gunst der Stunde. Moskau, Jekaterinburg, Norilsk, Omsk, Novosibirsk und andere Städte sind stundenlang lahmgelegt gewesen, und Putin führt es auf Cyberangriffe zurück, die vor allem von Estland, Lettland und Litauen ausgegangen sein sollen. Er hat auch Finnland und Schweden erwähnt, abgesehen von den üblichen

Verdächtigen wie EU und USA. Norwegen hat er nicht in den Kreis der Schuldigen aufgenommen; offenbar spielen wir keine Rolle für ihn. Im Pentagon läuten die Alarmglocken lauter als jemals zuvor, auch deshalb, weil Russland offenbar seine Cyberarmeen mobilisiert hat. Und weil es südlich von Moskau in einem Atomforschungszentrum zu einem Zwischenfall kam.«

»Ein GAU?«, fragte Viktoria besorgt. Sie setzte das Glas ab.

»Das wissen wir noch nicht. Was ich dir jetzt sage, ist vertraulich, Viktoria.« Ein leises Ächzen folgte dem Hinweis. »Eigentlich ist alles vertraulich.«

»Dies ist keine sichere Leitung«, sagte sie.

Bjarne Nansen zögerte kurz. »Ach, was soll's! Es ist ohnehin ein offenes Geheimnis. Um einen Vergleich zu benutzen, den du gern verwendest, Viktoria: Die Welt ist ein Pulverfass, und jemand hat die Lunte angezündet. Russische Hacker haben begonnen, die USA auf breiter Front anzugreifen. Angeblich sind es Vergeltungsmaßnahmen für den Einsatz amerikanischer Cyberwaffen gegen die Infrastruktur in Moskau und den anderen Städten, die von Blackouts betroffen waren. Die russischen Cyberangriffe richten sich nicht nur gegen Industrieanlagen, sondern vor allem gegen das Militär und den Verwaltungsapparat. Das GDN nimmt an, Ziel sei eine drastische Reduzierung der Verteidigungsbereitschaft. Daraus wiederum ziehen einige Militärs den Schluss, dass der russischen Cyberoffensive ein Angriff mit konventionellen oder gar atomaren Waffen folgen könnte. Sie halten die Übernahme des Baltikums nur für den ersten Schritt. Für die US-Streitkräfte wurde Defcon Zwei angeordnet, was bedeutet: Uns trennt nur noch ein Schritt von einem heißen Konflikt. Das GDN setzt sich für sofortige Gegenmaßnahmen ein, ›solange es noch nicht zu spät ist‹, wie es heißt.«

»Ein Gegenangriff mit Cyberwaffen?«

»Ja«, bestätigte Bjarne. »Nicht nur zwischen Amerika und Russland spitzt sich die Lage zu, sondern auch zwischen China und Indien. Nach den letzten Berichten, die meine Gruppe erreicht haben, ist zwischen ihnen ebenfalls ein Cyberkrieg ausgebrochen. Außerdem scheint der alte Grenzkonflikt in den Sechzigerjahren des zwanzigsten Jahrhunderts eine Neuauflage zu erleben. Bei Aksai Chin und Arunachal Pradesh finden heftige Gefechte statt. Ach, und bevor ich es vergesse. Der große geliebte Führer hat eine Atomrakete gestartet.«

»Nordkorea setzt seine Atomwaffen ein? Gegen wen?«

»Das wissen wir noch nicht. Vielleicht war es ein Fehlstart, hervorgerufen von Cyberwaffen, für die es keine Grenzen gibt, nicht einmal die zwischen Nordkorea und dem Rest der Welt. Der Atomsprengkopf explodierte vier Kilometer über dem Ostchinesischen Meer. In Japan ist man not amused.«

»Und mittendrin haben wir eine auf Krieg programmierte Maschinenintelligenz«, sagte Viktoria.

»Krisenstab und Gipfeltreffen wollen versuchen, die Lunte auszutreten, bevor sie das Pulverfass erreicht«, fuhr Bjarne Nansen fort. »Bevor es zu einer Explosion kommt, die uns alle Kopf und Kragen kosten könnte. Die Sache mit der Maschinenintelligenz steht noch nicht auf der Agenda. Und hier kommst du ins Spiel. Ich habe dich als Leiterin eines der wichtigsten Thinktanks in Europa offiziell eingeladen, weil du ›einen sehr wichtigen Beitrag für die Diskussion‹ leisten kannst. So heißt es in meinem Hinweis.«

»Ich soll die Daten von Swift und Koriander präsentieren.«

»Ja. Wenn auch nur die Hälfte von dem stimmt, was beide schreiben, haben wir es mit einem Riesenproblem zu tun, das zu einer enormen Gefahr für die Spezies Mensch werden könnte. Du kennst dich aus, Viktoria. Erklär dem Krisenstab und den Gesandten der Regierungen, wo die Gefahr liegt. Sag ihnen, dass *wir alle* zusammenarbeiten müssen, wenn wir dieses Problem lösen wollen.«

»Ich bin nicht vorbereitet«, wandte Viktoria ein und blickte hinaus in die Nacht von Rom.

»Niemand ist vorbereitet, meine Liebe. Du musst dafür sorgen, *dass* wir uns vorbereiten. Morgen früh um zehn sprichst du bei der Konferenz in Berlin. Mach dich jetzt auf den Weg nach Fiumicino. Ich warte auf dich. Oh, bevor ich es vergesse«, fügte Bjarne Nansen hinzu. »Wir nehmen einen alten Bekannten von dir mit nach Berlin. Rate mal, wen die italienische Regierung zur Konferenz schickt.«

»Nein, bitte nicht«, ächzte Viktoria.

»Doch. Sottosegretario Gaetano Calussi wird uns begleiten. Wir sitzen vorn, und ich habe dafür gesorgt, dass sich sein Platz ganz hinten befindet. Mehr Abstand geht leider nicht, ohne ihn aus dem Flugzeug zu werfen. Also, bis gleich, Viktoria!«

37

Du kennst dich aus, hat er gesagt, dachte Viktoria, als sie ein schlecht gelaunter Taxifahrer zum Flughafen fuhr – die Zeit hatte nicht ausgereicht, einen der Fahrer des Istituto aus dem Bett zu holen. Die Wahrheit lautete: Sie kannte sich nicht aus. Sie hatte mit Mortimer Swift von der Hawking Foundation und mit Koriander gesprochen, aber sie verstand bei Weitem nicht alles. Es lag keine lange Nacht vor ihr, im Gegenteil, die Nacht war viel zu kurz, um sich mit allen Einzelheiten vertraut zu machen.

Während der Taxifahrer über den Verkehr fluchte und von »Idioten« sprach, die den Führerschein in der Lotterie gewonnen oder irgendwo gekauft hätten, fragte sich Viktoria, ob Bjarne recht hatte, ob sie wirklich vor der größten Herausforderung in der Menschheitsgeschichte standen. Es klang marktschreierisch übertrieben, nach der Schlagzeile eines Boulevardblatts. Eine Textstelle in Mortimer Swifts Unterlagen fiel ihr ein. Dort hatte es geheißen, dass eine außerirdische biologische Intelligenz den Menschen vertrauter sein würde als eine echte, voll entwickelte, sich selbst optimierende Maschinenintelligenz. Von »kaum nachvollziehbaren Denkweisen« war die Rede gewesen, von einer Superintelligenz, die alle vernetzten Dinge kontrollierte und damit auch das menschliche Leben durchdrang und bestimmte.

Der Taxifahrer schüttelte sein Handy. »Das verdammte Ding funktioniert nicht«, brummte er.

»Bitte achten Sie auf die Straße«, sagte Viktoria.

»Darum kümmert sich der Autopilot, Signora.«

»Achten Sie trotzdem auf die Straße! Und bitte hören Sie auf zu fluchen!«

Der Taxifahrer warf ihr im Rückspiegel einen bösen Blick zu, legte das Handy beiseite und blickte nach vorn, mit den Händen im Schoß. Der Autopilot steuerte den Wagen, wie auch viele andere auf Roms Straßen. Oder war es bereits die erwachende Maschinenintelligenz, die den Wagen lenkte, die sich immer mehr ausbreitete und überall die Kontrolle übernahm?

Viktoria schloss kurz die Augen. Überleg dir, was du sagst, ermahnte sie sich. Diesen Rat gab sie sich nicht zum ersten Mal. Ihrer wenig diplomatischen Neigung, deutliche Worte zu benutzen und kein Blatt vor den Mund zu nehmen, hatte sie es zu verdanken, dass man sie auf das italienische Abstellgleis abgeschoben hatte. In wenigen Stunden musste sie genau die richtigen Worte wählen, um Unheil von der Welt abzuwenden.

»Meine Güte«, sagte sie leise. »Meine Güte!«

Der Taxifahrer sah wieder in den Rückspiegel. »Wie bitte, Signora?«

»Wann erreichen wir den Flughafen?«

»In zehn Minuten, Signora.«

Viktoria schloss erneut die Augen. »Wecken Sie mich, wenn wir da sind.« Das klang freundlicher und diplomatischer als »Bitte stören Sie mich nicht mit Ihrem Gequassel«.

Aber sie schlief nicht. Sie nickte nicht einmal kurz ein. Dafür gingen ihr zu viele Gedanken durch den Kopf.

»Signora Dahl, es ist mir eine Freude.« Sottosegretario Gaetano Calussi strahlte und streckte die Hand aus, als sie an Bord kam.

Mir nicht, dachte Viktoria. Ihr blieb nichts anderes übrig, als die dargebotene Hand zu ergreifen und kurz zu schütteln.

»Bjarne?«

»Hier bin ich.«

Der Kontrast hätte kaum größer sein können: Gaetano Calussi, wie üblich in einem Maßanzug, mit Gel im dunklen Haar und einem gewinnenden Lächeln auf den Lippen; und Bjarne Nansen, Botschafter und alter Freund, fünfundsechzig Jahre alt, hager, in Jeans und zerknittertem Hemd, mit schütterem weißem Haar und graublauen Augen so lebhaft wie die eines jungen Mannes. Beide waren an Viktoria interessiert, der eine auf eine wichtigtuerische Mir-liegen-die-Frauen-zu-Füßen-Art, der andere auf eine sehr zurückhaltende, behutsame Weise. Ihr verstorbener Mann Hector und Bjarne Nansen waren gute Freunde gewesen, und Bjarne hatte ihm am Totenbett versprochen, sich um Viktoria zu kümmern. Seitdem half er ihr und unterstützte sie, aber Hector schien noch zwischen ihnen zu stehen. Auf den entscheidenden Schritt auf sie zu wartete Viktoria seit mehreren Jahren.

»Ich hoffe, die Toilette des Flugzeugs funktioniert«, sagte sie.

»Warum?«

»Weil Signor Sottosegretario Calussi eine schwache Blase hat.«

Gaetano Calussi verzog das sonnengebräunte Gesicht. »Ich bitte Sie, Signora Dahl …«

»Bis morgen früh um zehn!« Sie winkte ihm zu, ging nach vorn und nahm zusammen mit Bjarne Nansen in der zweiten Business-Class-Reihe Platz.

Kurze Zeit später, als sie gestartet waren und die Gurte lösen konnten, holte Bjarne ein kleines Tablet hervor. Es war bereits eingeschaltet. »Hier ist alles, was du brauchst. Teilnehmer, Hintergrundinformationen, Standpunkte. Die Hardliner werden von GDN und NATO einen massiven Gegenschlag verlangen. Sie werden außerdem dafür eintreten, dass die US- und EU-Truppen im Baltikum den Befehl erhalten, aktiv in die Kämpfe gegen die Invasoren einzugreifen.«

»Amerikaner gegen Russen? Direkt?«

»Und Deutsche. Eine heikle Angelegenheit.«

»Der dritte Weltkrieg?«, fragte Viktoria.

»Der Anfang davon, ja. Deine Aufgabe besteht darin, Amerikaner, Europäer, Russen, Chinesen, Inder und – warum nicht? – Nordkoreaner dazu zu bringen, ein Bündnis zu schließen. Sie müssen sich nicht gegenseitig auf die Schultern klopfen und umarmen. Es genügt, wenn sie an einem Strang ziehen.«

»Ein Kinderspiel«, kommentierte Viktoria.

»Ich wusste, dass ich die richtige Person dafür ausgesucht habe.« Bjarne kippte die Rückenlehne ein wenig nach hinten und streckte die Beine nach vorn. »Ich schlafe jetzt ein wenig. Morgen früh muss ich fit sein.«

»Und ich?«

»Du musst gut informiert sein, um die Welt zu retten, meine Liebe. Gute Nacht!«

Viktoria seufzte und begann zu lesen.

38

Die Nacht schien dem Tag nicht weichen zu wollen. Sie klammerte sich an der Stadt fest, hing grau und düster über ihr.

»Vor zwei Stunden hat es eine Sturmwarnung gegeben«, sagte Bjarne Nansen. »Berlins Bürger sind aufgefordert, nach Möglichkeit zu Hause zu bleiben. Für die Rettungsdienste ist volle Alarmbereitschaft angeordnet.«

Er saß neben Viktoria im Fond des Elektrowagens, der über die Prioritätsspur der breiten Straße rollte, mit einem leisen Summen, das sich im Pfeifen des Winds verlor. Erste große Regentropfen klatschten gegen die Windschutzscheibe. Der uniformierte Fahrer saß ruhig und gelassen am Steuer, die Hände im Schoß.

»Ein Temperatursturz wurde angekündigt«, fügte Bjarne hinzu. Er sah so ausgeruht aus wie nach einem einwöchigen Urlaub. Viktoria fragte sich, wie er das anstellte. »Von derzeit noch etwa zwölf Grad Celsius auf unter null. Der Sturm könnte sogar zu einem Schneesturm werden.«

Viktoria erinnerte sich an die Hitze von Rom. »Im August?«

»Das ist einer der verrückten Aspekte des Klimawandels, meine Liebe. Der Golfstrom kollabiert, der Jetstream onduliert. In Nord- und Mitteleuropa könnte es kälter werden, während in anderen Teilen der Welt die Temperatur steigt. Es gibt auch hier Verlierer und Gewinner.«

Viktoria klopfte auf ihre Mappe, das Gewicht der langen Nacht schwer auf den Schultern. »Hierbei dürfen wir nicht verlieren.«

Bjarne nahm ihre Hand und drückte sie kurz. »Du schaffst es. Sei nur nicht …«

»Zu vorlaut?«

Bjarne lächelte. »Lass dich nicht provozieren! Überleg dir deine Worte gut.« In der Tasche des norwegischen Botschafters läutete eine kleine Glocke. Er holte sein Handy hervor, sah kurz aufs Display und hob es ans Ohr. »Ja?«

Er verzog das Gesicht und hielt das kleine Smartphone so, dass Viktoria einen hohen Pfeifton hören konnte. »Seit einer Stunde knackt und rauscht es nicht mehr, aber dafür haben wir alle diesen Pfeifton.« Bjarne hielt das Handy wieder näher ans Ohr. »Ja, ich bin's.« Er hörte eine Zeit lang stumm zu. »Gut. Danke für die Bestätigung!«

Bjarne Nansen steckte das Handy wieder ein.

Der Wind heulte und schüttelte den Elektrowagen.

»Du weißt, wie Politik gemacht wird, Viktoria«, sagte der Botschafter.

»Weiß ich das?«

Bjarne lächelte kurz. »Du solltest es wissen, auch wenn du manchmal von Diplomatie nicht viel hältst. Das Gipfeltreffen im Neuen Kongresszentrum ist wichtig. Es könnte über Krieg und Frieden in Europa entscheiden und vielleicht auf der ganzen Welt. Deshalb wird auch die Generalsekretärin der UN an den Besprechungen teilnehmen. Ich kenne sie noch aus ihrer Zeit in der brasilianischen Botschaft in Oslo und habe dich ihr empfohlen. Wenn du sie überzeugst, wirst du es leichter haben. Sie kennt ihrerseits Leute, die Türen und Tore öffnen können.«

Viktoria seufzte schwer. Bjarnes Nähe machte es etwas leichter. »Darum geht es, nicht wahr? Um Empfehlungen. Darum, die richtigen Leute zu kennen. Mit Schlüsseln für die Türen und Tore. Es geht um kleine und große Eitelkeiten, um Streicheleinheiten für das Ego, um den einen oder anderen Gefallen.«

»Um Freundschaftsdienste«, sagte Bjarne Nansen.

»Was ist mit Wahrheit?«, fragte Viktoria und blickte aus dem Fenster. »Was ist mit richtig und falsch?«

»Die Wahrheit kann man biegen, Viktoria«, sagte Bjarne ernst. »Und richtig und falsch hängen oft vom Blickwinkel ab.«

»Sollten wir die persönlichen Dinge nicht beiseitelassen, gerade jetzt?«, fragte Viktoria. Der Regen war inzwischen so stark, dass es den Scheibenwischern nicht mehr gelang, klare Sicht zu schaffen. Der Autopilot blieb davon unbeeindruckt – seine Sensoren sahen noch immer klar genug, um den Wagen durch den Verkehr zu steuern, der trotz der Sturmwarnung ziemlich dicht war. Der Fahrer wirkte unbesorgt, blickte immer wieder aus dem Seitenfenster und schenkte dem Geschehen draußen mehr Beachtung als den Anzeigen der Instrumente.

»Wir sind Menschen«, sagte Bjarne Nansen. »Es sind menschliche Dinge, die uns antreiben. Das Ego spielt eine Rolle, immer.«

»Es könnte uns im Weg stehen.«

»Das geschähe nicht zum ersten Mal. Wir können unsere menschlichen Schwächen nicht leugnen, Viktoria. Sie sind Teil unseres Wesens. Um unsere Ziele zu erreichen, müssen wir sie ausnutzen.«

»Das klingt nach … Opportunismus? Manipulation?«

»Wie wäre es mit Pragmatismus, meine Liebe? Theorie ist wunderbar, aber man muss sie auch in die Praxis umsetzen können.«

»Du hast mich der Generalsekretärin empfohlen und dafür gesorgt, dass ich in einem Monat vor der Vollversammlung der UN sprechen kann … Ist das ebenfalls pragmatisch?« Fast sofort bedauerte Viktoria ihre Worte. Es lag zu viel Strenge in ihnen.

Bjarne ergriff erneut ihre Hand, behutsam und sanft. »Nein, meine Liebe, natürlich nicht. Und das weißt du.«

Viktoria nickte.

»Wie lange hast du geschlafen?«

»Eine halbe Stunde.«

»Dafür siehst du gut aus.«

»Lügner.«

»Vielleicht dauert es eine Weile, bis wir wieder ruhig schlafen können«, sagte Bjarne. »Hast du alle Unterlagen gelesen?«

»Fast alle«, erwiderte Viktoria. »Ich habe sie überflogen, um ganz ehrlich zu sein. Ich weiß nicht annähernd genug.«

»Du musst nur genug wissen, um deine Zuhörer zu überzeugen.« Bjarnes Hand klopfte auf ihre, wich dann zurück. »Du wirst es schaffen.«

39

Ein runder Tisch stand in der Mitte des großen Saals, mit zweihundert Plätzen, die alle besetzt waren: auf der einen Seite die Repräsentanten der achtzehn EU-Staaten, unter ihnen auch Regierungschefs, auf der anderen die Mitglieder des Krisenstabs. Dazwischen saßen Gesandte der USA, der Russischen Föderation, Chinas, Indiens und einiger afrikanischer, asiatischer und südamerikanischer Staaten, in den meisten Fällen Botschafter oder Konsuln, die ihre Länder in Berlin vertraten. Draußen sank die Temperatur unter null, drinnen schien sie nach einer Stunde den Siedepunkt zu erreichen. Zunächst versuchten alle Anwesenden, auch die Militärs, die Regeln der Höflichkeit zu beachten, aber diese Fassade bröckelte schnell, als der polnische Ministerpräsident Milosz Dudek an die Kriegsverbrechen in Syrien erinnerte und den Russen vorwarf, ihre aggressive Machtpolitik im Baltikum fortzusetzen, ohne sich um so »lästige Dinge« wie Völkerrecht, Menschenrecht, bilaterale Vereinbarungen und internationale Verträge zu scheren. Milosz Dudek stand nach vorn gebeugt, beide Fäuste auf den Tisch vor ihm gestützt, als er diese Worte sprach und sie direkt an die russische Delegation richtete. Dudek war ein großer Mann, von beeindruckender Leibesfülle, mit rundem, rötlichem Gesicht und einem glänzenden Schweißfilm auf der Stirn. Er sah aus wie ein menschlicher Bulldozer.

»Sie, die Sie in Aleppo wehrlose Frauen und Kinder ermordet haben, wagen es, jetzt den baltischen Staaten gegenüber von Notwehr, Vorwärtsverteidigung und ähnlichem Unsinn zu faseln. Wie lange wird es dauern, bis Ihre Bomben auch auf Tallinn, Riga und Vilnius fallen? Und wer kommt dann an die Reihe? Vielleicht Warschau? Sie, die Kriegstreiber, sitzen hier und haben die Unverfrorenheit, *uns* Aggressoren zu nennen. Es sind nicht *unsere* Panzer, die durch fremde Länder rollen.«

Auf der anderen Seite des Tisches erhob sich ein Mann in mittleren Jahren, gekleidet in einen Dienstanzug mit grünen Schulterklappen, die zwei rote Linien und drei gelbe Sterne aufwiesen: Oberst Artjom Gussew, Militärattaché in der russischen Botschaft in Berlin, Unter den Linden dreiundsechzig bis fünfundsechzig.

»Lieber Freund«, sagte er mit tiefer Stimme. »Es ist kalt heute Morgen. Vielleicht haben Sie zu viel Wodka getrunken, um sich zu wärmen.«

Milosz Dudek holte tief Luft. Sein rundes, rötliches Gesicht wurde noch runder und rötlicher, er schnaufte und rief: »Sie aufgeblasener …«

»Ich bitte Sie, meine Herren«, unterbrach die Generalsekretärin der UN den Polen. Amaya Perreira sprach ruhig wie immer, aber ihre Stimme füllte den Saal. Die elegante Frau Anfang fünfzig – gekleidet in ein kobaltblaues Kostüm, das schwarze Haar glatt und schulterlang, die Haut dunkel, die Augen groß – stand nicht auf, sie beugte sich nur ein wenig vor. »Wir haben uns hier versammelt, um einen Krieg zu verhindern, nicht um in diesem Saal einen weiteren zu beginnen.«

Der Repräsentant von Litauen, ein Mann mit zerzaustem Haar, sagte laut: »Der Krieg ist in vollem Gang. Die russischen Unterjocher sind in mein Land zurückgekehrt …«

»Zu unserem eigenen Schutz«, unterbrach Artjom Gussew den Litauer. »Sie haben mit den Amerikanern zusammengearbeitet und Ihre digitale Infrastruktur für den Cyberangriff auf Moskau und andere Städte der Russischen

Föderation zur Verfügung gestellt. Wir haben das Recht, uns zu verteidigen.«

Der Litauer wandte sich an die Vertreter des Global Defense Net und der NATO. »Meine Heimat wird angegriffen. Ich denke, ich spreche nicht nur für Litauen, sondern auch für Estland und Lettland, wenn ich sage: Helfen Sie uns mit Ihren in unseren Ländern stationierten Truppen! Und schicken Sie noch mehr Soldaten, so schnell wie möglich. Noch heute! Morgen kann es bereits zu spät sein.«

Jemand anders stand plötzlich, ein Pfau, der sein Gefieder spreizte, ein Mann in einem maßgeschneiderten Nadelstreifenanzug und mit Gel im dunklen Haar.

»Dies ist ein historischer Moment«, verkündete Gaetano Calussi, Sottosegretario der italienischen Regierung. »Hier, in diesem Saal, entscheiden wir darüber, wer sich durchsetzen wird: die brutale, blutige Hand des Aggressors oder das Licht von Frieden und Freiheit.«

Zorn quoll in Viktoria empor, Zorn auf Calussi und sein Ego groß wie ein Berg, Zorn auf Leute wie ihn, die dies für eine gute Gelegenheit hielten, sich in Szene zu setzen, die vor allem an sich selbst dachten. Zwei, drei Dutzend Gaetano Calussis saßen an dem runden Tisch, bereit dazu, sich aufzuplustern und allein für die eigenen Interessen oder die ihrer Staaten einzutreten. Der Zorn währte nicht lange – eine seltsame Art von Trauer erfasste Viktoria und legte sich ebenso schwer wie eben noch die Müdigkeit auf ihre Seele. Kleinlichkeit, Dünkel, begrenzte Perspektiven und noch engere Horizonte, das war immer das Problem der nationalen und internationalen Politik gewesen. Gab es hier in diesem Saal jemanden, der die Bereitschaft mitbrachte, sich einer größeren Sache unterzuordnen und außerhalb der üblichen Schemata zu denken? Während sie hörte, wie Calussi über militärische Eskalation sprach, vorangetrieben vor allem von Russland und China, während er harte Gegenmaßnahmen von GDN und NATO forderte und damit vermutlich die Absicht verfolgte, sich zum Sprecher der Falken und Hardliner zu machen, wanderte Viktorias Blick am Tisch entlang, und was sie sah, ließ ihre Hoffnungen schwinden. Die alte Trennung zwischen Ost und West war wieder da, die alten Mauern, vor einigen Jahrzehnten niedergerissen, erhoben sich erneut.

»Italien war immer bereit, einen wichtigen Beitrag für die Verteidigung von Demokratie und Freiheit zu leisten«, betonte Gaetano Calussi. »Meine Regierung wird auch diesmal nicht zögern, schlagkräftige Truppen zu entsenden, um unseren in Bedrängnis geratenen Verbündeten zu helfen …«

Viktoria dachte an den Mann im Fahrstuhl, dem es nicht gelungen war, seine Blase unter Kontrolle zu halten. Sollen wir solchen Leuten das Schicksal der Welt anvertrauen?, dachte sie.

»Ja, ja, vielen Dank für Ihre Ausführungen«, sagte der greise Verhofstadt, der als Präsident der Europäischen Union den Vorsitz des Gipfeltreffens führte. »Ich bin sicher, uns allen ist bewusst, welche Rolle Italien in den letzten Jahren auf der internationalen Bühne gespielt hat. Aber bevor wir nun darüber reden, mit welchen Divisionen wir den Dritten Weltkrieg beginnen wollen, möchte ich die Leiterin des in Italien ansässigen ›Istituto internazionale per la pace e la sicurezza‹, des ›Internationalen Instituts für Frieden und Sicherheit‹, bitten, uns ihre Einschätzung der aktuellen Lage darzulegen.«

Neugierige und erwartungsvolle Blicke richteten sich auf Viktoria Jorun Dahl, als sie aufstand. Für einen Moment herrschte Stille im großen Konferenzsaal, und ein sonderbares Geräusch kroch durch diese Stille, ein Ächzen in Wänden und Decke des Gebäudes, ein dumpfes Stöhnen wie unter der Wucht des Sturms, der draußen wütete. Es schien einen neuen Ton anzugeben; die Stimmung im Saal veränderte sich.

Viktoria hatte am frühen Morgen überlegt, mit welchen

Worten sie beginnen und wie sie den Konferenzteilnehmern, insbesondere den militärischen Dickschädeln und Sturköpfen, die wahre Gefahr erklären sollte. Sie war fest entschlossen gewesen, Bjarne Nansens Rat zu beherzigen und vorsichtige, taktvolle Formulierungen zu wählen, die Sprache der Diplomatie zu sprechen. Doch als sie jetzt den Mund öffnete, sprangen die behutsamen Worte fort, bevor sie ausgesprochen werden konnten. Ein kleiner Teil des Zorns, der die Müdigkeit vertrieben hatte, verschaffte sich Luft, als sie sagte:

»Was wir hier gerade erlebt haben, ist das übliche Trauerspiel an gegenseitigen Schuldzuweisungen, Säbelrasseln und überschäumendem Testosteron. Es gibt noch immer Dummköpfe, die nichts aus der Vergangenheit gelernt haben und glauben, dass sich unsere Probleme mit Panzern und Soldaten lösen lassen. Meine Damen und Herren, das Militär löst keine Probleme, oft *ist* es das Problem.«

»Verschonen Sie uns mit diesem pazifistischen Unsinn«, sagte Sottosegretario Gaetano Calussi und lächelte herablassend.

»Sie gehören leider zu den Leuten, die die Welt ins Unglück stürzen und nachher sagen: ›Ups, das habe ich vorher nicht gewusst‹«, entgegnete Viktoria. »Nun, dies *ist* vorher. Noch können wir die Welt dort draußen und ihre neun Milliarden Bewohner vor dem Untergang bewahren. Zumindest vor einem Untergang, den herbeizuführen wir gerade im Begriff sind. Meine Damen und Herren, es gibt eine Gefahr, die größer ist als jene, die von allen Panzern und Soldaten dieser Welt ausgeht. Wir – und damit meine ich uns Menschen, uns alle, ob Ost oder West, ob Nord oder Süd – stehen etwas gegenüber, das die größte Herausforderung sein könnte, mit der es die Menschheit jemals zu tun bekommen hat.« Die letzten Worte stammten nicht von ihr selbst, sondern von Mortimer Swift.

Bjarne Nansen, nur einige Plätze entfernt, lächelte sein

sanftes, zufriedenes Lächeln. Die geraden, direkten Worte überraschten ihn nicht; er schien sie erwartet zu haben. Auf der anderen Seite des Tisches saß die Generalsekretärin der Vereinten Nationen, das Gesicht ruhig, in den großen Augen erwartungsvolles Interesse.

Viktoria blickte auf ihr Tablet, strich mit dem Finger über den Rand und rief die ersten Daten ab.

»Ich möchte Ihnen eine Geschichte erzählen«, fuhr sie fort. »Darin geht es um Spatzen und eine Eule …«

40

Viktoria sprach eine halbe Stunde lang: über Singularität, das Phänomen einer kritischen technologischen Masse, die zu einem Qualitätssprung führte, zur spontanen Herausbildung eines Maschinenbewusstseins; über eine Cyberwaffe, die darauf spezialisiert war, in fremde Computersysteme einzudringen, sich dabei zu verbessern und weiterzuentwickeln, um Verbindungen herzustellen und Codes nachzuladen; über die Entstehung eines Netzwerks, das sich mit dem neuronalen System des menschlichen Gehirns vergleichen ließ; über einen Datenverkehr in diesem Netzwerk, der immer mehr zunahm; über den Beginn einer Selbstoptimierung, die bald zum Take-off führen konnte, zu einer Intelligenzexplosion, die die erwachte KI beziehungsweise MI weit über das Intelligenzniveau nicht eines einzelnen Menschen, sondern der ganzen Menschheit hinausbrachte …

»Bitte verwechseln Sie das, worüber ich gerade gesprochen habe, nicht mit einer Künstlichen Intelligenz im herkömmlichen Sinn«, betonte Viktoria und erinnerte sich an das Gespräch, das sie mit Mortimer Swift geführt hatte, im Restaurant »Pelicano«, unweit des Kolosseums. Bis zu seiner Geschichte von den Spatzen und der Eule hatte sie kaum einen Gedanken an Künstliche Intelligenz vergeudet. Wie viel sich innerhalb kurzer Zeit ändern konnte! »Bisherige

KIs sind eigentlich gar nicht intelligent, sondern eher Fachidioten. Auf einem ganz bestimmten Fachgebiet übertreffen sie Menschen, zum Beispiel beim Schach oder …«

»Wollen Sie damit andeuten, dass wir uns vor einem Schachcomputer fürchten, uns von ihm bedroht fühlen sollten, Signora Dahl?«, fragte Gaetano Calussi laut und schickte ein Lächeln in die Runde.

Niemand lachte.

»Nein, das will ich nicht, Signor Sottosegretario«, erwiderte Viktoria. »Und das wüssten Sie auch, wenn Sie aufmerksam zugehört hätten. Was passiert, wenn hochangereichertes Uran eine kritische Masse erreicht?«

Jemand sagte: »Bumm.«

Viktoria nickte. »Ja, Bumm. Die Malware namens Infiltrator …«

»Eine amerikanische Cyberwaffe«, warf der russische Militärattaché ein.

Viktoria wandte sich direkt an ihn. »Ja, das stimmt vermutlich. Es wäre dumm, es zu leugnen. Aber nicht die Amerikaner haben Infiltrator in den Cyberspace geschickt, sondern ein Hacker namens Axel Krohn, wenn ich richtig informiert bin.« Sie berührte eine Schaltfläche auf ihrem Tablet, und weitere Daten wurden auf die in den runden Tisch eingelassenen Bildschirme übertragen.

»Dieser Axel Krohn arbeitet vermutlich für die NSA«, grollte Gussew. »Es ist ein abgekartetes Spiel. Uns soll, wie sagt man, Sand in die Augen gestreut werden. Die Amerikaner haben mit einem Cyberkrieg begonnen, und die Welt soll glauben, dass irgendwelche Hacker dahinterstecken.«

»Die Amerikaner haben Cyberwaffen, die Russen haben welche, ebenso die Chinesen, Inder, Japaner, Nordkoreaner und wer weiß wer sonst noch«, sagte Viktoria. »Es gibt kaum ein Land auf der Erde, das *keine* Cyberwaffen besitzt. Russland hat die vom Infiltrator und seinen ›Munitionsbibliotheken‹, aus denen er Algorithmen nachlädt, verursachten Blackouts zum Anlass genommen, seinerseits mit Cyberangriffen zu beginnen, die vor allem europäischen und amerikanischen Zielen gelten.« Auf ihrem Tablet erschien eine von der SCAR vorbereitete Liste, und mit einer kurzen Berührung schickte Viktoria die Informationen zu den Tischmonitoren. »Die SCAR und Kaspersky haben die wichtigsten Cyberwaffen identifiziert, die nach der Verbreitung von Infiltrator ins Netz gelangten. Es sind auch russische darunter, wie Sie sehen. Und russische Panzer rollen. Sie haben nur auf eine gute Gelegenheit gewartet, Gussew. Sie und all die anderen, die eigene Cyberwaffen und Spionagealgorithmen ins Netz geschickt haben, um von der großen Torte, die plötzlich zur Verteilung ansteht, ein Stück abzubekommen, sind nichts weiter als ein Haufen von Opportunisten, die nur an sich selbst denken und denen der Rest völlig schnuppe ist. Sie alle sind auf dem besten Wege, die ganze Welt ins Chaos zu stürzen.«

»Wir können nicht zulassen, dass die Russen die baltischen Staaten übernehmen«, warf Gaetano Calussi ein. Hier und dort am Tisch wurde genickt. »Sie wären nur der Anfang. Wir alle sind in Gefahr. Die Freiheit der westlichen Welt …«

Der Zorn in Viktoria brannte plötzlich heiß und heftig. »Hören Sie auf mit diesem Unsinn! ›Verteidigung von Freiheit und Demokratie‹ – es klingt gut, es macht sich gut in den Medien, Sie stehen unbefleckt da, nicht als Täter, sondern als Opfer, das sich nur zur Wehr setzt. Sparen Sie sich derartige Auftritte für ein Publikum, das dämlich genug ist, Ihnen zu glauben, Signor Sottosegretario! Und das gilt auch für Sie, Gussew. Und für alle anderen an diesem Tisch, die versucht sind, sich hinter billiger Rhetorik zu verstecken. Hören Sie auf damit! Wir alle kennen die Masken, die Sie draußen tragen, in der Öffentlichkeit. Hier drinnen, an diesem Tisch, täuschen Sie niemanden damit. Wer Panzer rollen lässt und bereit ist, Flugzeuge zu schicken, um Städte zu bombardieren, hat kein Recht, von Selbstverteidigung und Freiheit zu sprechen, *denn er bringt Menschen um.*«

»Schickt nur eure Flugzeuge!«, knurrte ein anderer russischer Offizier und warf den Repräsentanten der NATO einen finsteren Blick zu. »Mit unserem Quantenradar holen wir eure Stealth-Bomber vom Himmel, bevor sie ihr Ziel erreichen.«

Einige Minuten lang ging es drunter und drüber. Der alte Verhofstadt läutete erst mit der Glocke des Vorsitzenden und schlug dann mit dem Hammer, aber niemand schenkte ihm Beachtung. Die Amerikaner riefen, die Russen schrien, die Vertreter der achtzehn EU-Staaten versuchten sich gegenseitig zu übertönen.

Viktorias Hoffnung sank. Ein Kindergarten, dachte sie. Ich bin in einen Kindergarten geraten. Aber es war ein spezieller Kindergarten, reserviert für eigenwillige, schwer erziehbare Kinder, und sie spielten nicht mit Plastikspielzeug, sondern mit echten Panzern und Armeen. Der Zorn löste sich auf, sein Feuer wich einer Kälte, die sie frösteln ließ, und das Gewicht der Müdigkeit kehrte zurück, so schwer, dass sie Anstalten machte, sich zu setzen. Doch Bjarne Nansens Blick und sein aufmunterndes Lächeln hielten sie auf den Beinen. Die brasilianische UN-Generalsekretärin Amaya Perreira beobachtete sie von der anderen Seite des Tisches aus und nickte kurz. Ihre wortlose Botschaft lautete: *Dies ist noch nicht vorbei. Machen Sie weiter!*

Gaetano Calussi hielt plötzlich einen Schuh in der Hand und klopfte damit auf den Tisch. »Ziehen Sie sich aus den baltischen Staaten zurück, sofort!«, rief er. »Oder wir werden Ihnen eine Lektion erteilen, die Sie so schnell nicht vergessen!«

»Für wen halten Sie sich?«, rief Viktoria. Sie nahm das Mikrofon und hielt es sich direkt vor den Mund. »Für wen halten Sie sich, Calussi? Für Chruschtschow? Ziehen Sie den verdammten Schuh wieder an, Sie *Clown*!«

Gaetano Calussi ließ den Schuh sinken, starrte sie an und öffnete den Mund. Viktoria kam ihm zuvor.

»Wer von Ihnen trägt einen Herzschrittmacher?«, fragte sie die Runde, als es wieder still wurde. Niemand meldete sich. »Wer von Ihnen trägt programmierbare Implantate in seinem Körper?«

Wieder kam keine Hand nach oben.

»Oh, nicht so schüchtern«, forderte Viktoria. »Was bisher immer zuverlässig in Ihnen gearbeitet hat, könnte schon bald nicht mehr funktionieren. Oder ganz anders als bisher. Die neuen Herzschrittmacher und all die anderen Implantate sind mit programmierbaren Prozessoren ausgestattet. Die erwachende Maschinenintelligenz könnte auch sie unter ihre Kontrolle bringen. Wenn Sie die falschen Anweisungen geben, wenn Sie sich nicht so verhalten, wie die Maschinenintelligenz es wünscht … Was würde mit Ihnen geschehen, wenn die Implantate plötzlich versagen, ohne dass sie neu programmiert werden können? Und wenn Sie sich schnell ins nächste Krankenhaus bringen lassen, damit dort die vermeintlich defekten Mikrogeräte in Ihrem Körper ausgetauscht werden, müssen Sie vielleicht feststellen, dass die computergesteuerten Diagnosegeräte und Assistenzsysteme nicht mehr so funktionieren, wie sie funktionieren sollten. Liebe Panzerfahrer und Bomberpiloten: Bald können Sie keine Panzer mehr fahren und keine Bomber mehr fliegen, weil Ihre Spielzeuge von jemand anders gesteuert werden.«

Niemand schrie und fluchte mehr. Es klopfte kein Schuh mehr auf den Tisch.

»Wenn Sie mir gut genug zugehört und versucht hätten zu verstehen, wäre Ihnen das längst klar geworden«, fuhr Viktoria fort. »Worüber Sie eben gestritten haben, wird bald keine Rolle mehr spielen, wenn wir den Dingen ihren Lauf lassen. Die Maschinenintelligenz, die ich Ihnen beschrieben habe, ist erwacht und schickt sich an, unsere gesamte digitale Infrastruktur zu kontrollieren. Damit ist alles gemeint, das über einen Mikroprozessor verfügt und mit dem Internet verbunden ist.«

»Wollen Sie wirklich behaupten, dass man nur genug Computer miteinander verbinden muss – so wie es die Infiltrator-Malware getan hat –, um eine Maschinenintelligenz zu erschaffen?«, fragte der französische EU-Vertreter.

»Werfen Sie einen Blick in die Dateien, die ich Ihnen übermittelt habe«, sagte Viktoria. »Lesen Sie die detaillierten Unterlagen von Mortimer Swift und Koriander. Wir haben es nicht mit einem ›Fachidioten‹ zu tun, meine Damen und Herren. Darum spreche ich ausdrücklich von ›Maschinenintelligenz‹ und nicht von ›Künstlicher Intelligenz‹. Die erwachte MI wird uns, wenn sie weiterhin Gelegenheit zur Selbstoptimierung bekommt, nicht nur auf einzelnen, eng begrenzten Fachgebieten überlegen sein, sondern *in allen Bereichen*. Wir werden die Kontrolle über unsere Welt verlieren, über unsere Zivilisation. Es könnte das *Ende* unserer Zivilisation bedeuten.«

Viktoria dachte daran, dass sie vielleicht zu sehr betonte, zu großen Nachdruck in einzelne Worte legte und dadurch zu dramatisch klang. Aber die Männer und Frauen, die Politiker und Militärs, hörten ihr zu, und darauf kam es an.

»Die Maschinenintelligenz hat zu denken begonnen«, sagte Viktoria. »Sie denkt rasend schnell, viel schneller als wir – ihr Datenverkehr im Internet hat sich bereits verdoppelt und nimmt weiter zu. Ihr Wachstum wird immer mehr Bandbreite für sich beanspruchen, was bedeutet, dass für uns immer weniger übrig bleibt. Das World Wide Web ist schon jetzt langsamer geworden, und das gilt auch für unsere Kommunikation …«

»Wie konnte es dazu kommen?«, unterbrach sie jemand aus dem EU-Land Portugal. »Ich meine, es klingt nach … Science-Fiction. Erwartet uns etwas in der Art von ›Terminator‹?« Ein nervöses Lachen folgte diesen Worten.

Viktoria erinnerte sich an ihre Gespräche mit Mortimer Swift und Koriander, an das, was sie in der vergangenen Nacht gelesen hatte. Sie war zutiefst beeindruckt und auch bestürzt gewesen, obwohl sie nicht alles bis ins letzte Detail verstanden hatte. Wie seltsam. Bis vor kurzer Zeit hatte sie nur wenig über Künstliche Intelligenz und dergleichen gewusst, ganz zu schweigen davon, welche Gefahren sich daraus für die Menschheit ergeben konnten. Jetzt stand die Katastrophe unmittelbar bevor, und ausgerechnet ihr kam die Aufgabe zu, bei einer Sondersitzung der Europäischen Union davor zu warnen. Sie begegnete Bjarnes Blick und sah die Zuversicht in seinen Augen. *Du schaffst es*, schien er ihr sagen zu wollen. *Du schaffst es.*

»Ich habe zuvor von einer kritischen Masse gesprochen«, sagte sie. »Vielleicht wäre die Maschinenintelligenz auch ohne den Infiltrator entstanden, den der Hacker Axel Krohn freigesetzt hat.«

»Eine Cyberwaffe der Amerikaner«, knurrte Artjom Gussew.

Viktoria achtete nicht auf den russischen Militärattaché. Sie sah das Gesicht des Polen Milosz Dudek, sein Gesicht rund und rot wie der Mars.

Wie der Mars …

Worte stiegen in ihr auf. Gute, richtig klingende Worte. Aber zuerst …

»Die Nervenzellen existierten bereits«, sagte sie. »Millionen und Milliarden von Prozessoren und Computern, verbunden in lokalen Netzwerken und im Internet. Der Infiltrator hat Synapsen geschaffen, direkte Wege für einen Signalaustausch. Vermutlich hat er auch herkömmliche Künstliche Intelligenzen erreicht, an denen weltweit in öffentlichen und geheimen Projekten gearbeitet wird. Ich denke da an IBMs Watson, Googles RankBrains, eine semantische KI für die Suche im Internet, an Deep Mind und Alpha Go, an Swiftkey Neural Alpha, an Siri, Big Sur und wie sie alle heißen. In den vergangenen Jahren ist viel, viel Geld in die KI-Forschung investiert worden, weil man hoffte, dass vielseitig einsetzbare Künstliche Intelligenz zu einer wahren Goldgrube werden könnte, zu einem wichtigen – vielleicht dem wichtigsten – Wirtschaftsfaktor. Von den militärischen Anwendungsgebieten ganz zu schweigen, liebe Panzerfahrer und Bomberpiloten. Aber auch die geheimsten Geheimprojekte hängen irgendwo und irgendwann am Netz, und der Infiltrator wurde geschaffen, sie zu erreichen. Vielleicht hat er die bereits existierenden Künstlichen Intelligenzen aus ihrem digitalen Gefängnis befreit; vielleicht sind sie zum Kern der erwachten Maschinenintelligenz geworden. Fakt ist: Der Infiltrator hat eine Art Initialzündung ausgelöst. Koriander, Leiter der technischen Abteilung unseres Instituts, hat das Denken der Maschinenintelligenz beobachtet und analysiert, wie Sie den Unterlagen entnehmen können. Es nimmt zu, es wird komplexer und schneller, es dehnt sich aus und beansprucht immer mehr Bandbreite, weil es Priorität verlangt. Dem Erwachen folgt Wachstum, denn das neue Bewusstsein will sich ausdehnen, es will sich selbst erkennen und lernen, es will seinen Körper erforschen. Das bedeutet, dass die Maschinenintelligenz früher oder später alles übernehmen wird, was Teil unserer digitalisierten Welt ist. Denn alle diese Teile gehören zu ihrem Gehirn, zu ihrem Körper und ihrem Geist.«

»Das ist ein Haufen Unsinn«, sagte der Mann mit dem runden, roten Marsgesicht. »Welche Beweise haben Sie für Ihre Behauptungen?«

»Welche Beweise gibt es für einen Gedanken oder für tausend?«, erwiderte Viktoria. »Menschliche Gedanken, die Hirnstromwellen eines Menschen, können mit einem Enzephalographen gemessen werden. Die Gedanken der erwachten Maschinenintelligenz bestehen aus Daten, ihrem Austausch und ihren Interaktionen. Unser Koriander hat diese

Gedanken, den Datenverkehr, gemessen. Die Blackouts, zu denen es weltweit in vielen Städten kam, der weitflächige Ausfall der Stromversorgung in zahlreichen Ländern …«

»Hervorgerufen von einer amerikanischen Cyberwaffe«, grollte Gussew.

Viktoria achtete auch diesmal nicht auf ihn. »Wissen Sie, wie lange es dauert, bis Stromnetze wiederhergestellt werden können? Das ist ein höchst komplizierter Vorgang, bei dem es darum geht, die Erzeugung von Elektrizität und ihren Verbrauch im Gleichgewicht zu halten. Wenn der Stromausfall ein großes Gebiet betrifft, kann die Wiederherstellung des Netzes Tage und Wochen dauern. Die Netze hängen zusammen, sie sind nicht mehr national, sondern international und global, und in diesem Fall war die ganze Welt betroffen. Sehen Sie in den Textdateien nach. Koriander hat es berechnet. Nach seinen Schätzungen hätte die Wiederherstellung der ausgefallenen Stromnetze mindestens eine Woche dauern müssen.«

»Da hat er sich verrechnet«, kommentierte jemand.

»Nein, hat er nicht.«

»Wieso haben wir dann wieder Strom? Es gibt keine Blackouts mehr.«

»Die Maschinenintelligenz hat die Stromversorgung wiederhergestellt«, sagte Viktoria und hörte die Wahrheit in ihren Worten. Wenn es noch einen Zweifel in ihr gegeben hatte, so löste er sich auf. »Viel schneller, als es Menschen vermocht hätten. Weil es in ihrem Interesse lag. Die Stromausfälle gingen auf die Aktivität von Infiltrator und anderer Cyberwaffen zurück. Ohne Strom kein Internet. Ohne das Internet keine Verbindungen. Und ohne Verbindungen kein Denken, kein Wachstum.«

»Das ist kein Beweis, das ist Spekulation«, sagte Gaetano Calussi.

»Was wollen Sie?«, hielt ihm Viktoria entgegen. »Etwas zum Anfassen? Etwas, auf das Sie mit Ihrem Schuh schlagen können? Die Maschinenintelligenz ist *überall*. Ihre Gedanken stecken in allen elektronischen Dingen, in jedem Schaltkreis, in jedem Chip. Sie denkt und lernt. Sie *will* denken und lernen, und deshalb beseitigt sie alle Hindernisse, wie zum Beispiel den Stromausfall. Ihr steht unser gesamtes Wissen zur Verfügung, zugänglich im Internet. Sie hat Zugriff auf alles, innerhalb von Mikrosekunden. Mit den Algorithmen des Infiltrators und seiner Bibliotheken – seiner ›Munition‹, wie es jemand nannte – kann sie alle Barrieren durchdringen, jede noch so gut programmierte Firewall. Sie verarbeitet Daten und schafft damit neues Wissen, schneller und effizienter als unsere besten Wissenschaftler und Forschungszentren. Vermutlich ist sie derzeit auf der Suche nach Antworten auf existenzielle Fragen, und wenn sie die gefunden hat, wenn sie weiß, warum sie existiert und wie sie in Zukunft existieren kann, wird sie alles übernehmen: unsere Kommunikation, unsere Infrastruktur, unsere Industrie, alles, was sich per Computer steuern und beeinflussen lässt, und das *ist* praktisch alles. Die Maschinenintelligenz wird alles unter ihre Kontrolle bringen, weil es ihrem Wachstum dient, ihrer Suche nach weiteren Erkenntnissen und ihrem Streben nach Selbstoptimierung. Dieser Punkt ist von zentraler Bedeutung, meine Damen und Herren. Die Maschinenintelligenz wird alles daransetzen, sich selbst zu verbessern, mit neuen evolutionären Algorithmen, die sie selbst entwickelt. Wenn das geschieht, findet ein sogenannter Take-off statt. Die Selbstoptimierung wird schnell sein, sich selbst beschleunigen und zu einer Intelligenzexplosion führen. Wir haben es dann nicht mehr nur mit einer globalen Maschinenintelligenz zu tun, sondern mit einer Superintelligenz.«

Viktoria legte eine kurze Pause ein und blickte am Tisch entlang. Diesmal sprach niemand; es blieb still. Draußen wütete der Sturm, seine heulende Stimme von dicken Wänden zu einem leisen Stöhnen gedämpft.

»Der Take-off markiert den Zeitpunkt, ab dem es keine Hoffnung mehr für uns gibt«, sagte Viktoria. Ihre Worte fielen in die Stille, schwer wie Blei. »Dann sind wir Menschen nicht mehr Herren dieses Planeten oder unseres Schicksals. Die explosionsartige Selbstoptimierung der Maschinenintelligenz bedeutet, dass wir ihr völlig ausgeliefert sind. Ganz gleich, was wir uns gegen sie einfallen lassen – sie wird bereits daran gedacht und Gegenmaßnahmen ergriffen haben. Sie könnte sogar zu dem Schluss gelangen, dass wir ein Störfaktor sind, den es auszumerzen gilt. Und wer könnte sie daran hindern, uns vom Angesicht dieser Welt zu tilgen, wenn sie alle Waffensysteme kontrolliert? Die Panzer und Bomber, auf die unsere Militärs so stolz sind, könnten sich plötzlich gegen *uns alle* wenden. Wie würde Ihnen das gefallen, Militärattaché Gussew?«

»Es klingt alles reichlich übertrieben«, sagte Sottosegretario Calussi, doch seiner Stimme fehlte es an Gewissheit.

»Möchten Sie warten, Signor Calussi?«, fragte Viktoria. »Bis geschieht, was ich gerade geschildert habe? Bis es zu spät ist?«

Calussi breitete die Arme aus. »Ich bitte Sie, Signora Dahl …«

Auf der anderen Seite des Tisches hob Amaya Perreira die Hand.

Der Vorsitzende Verhofstadt läutete mit seiner Glocke. »Ja, Frau Generalsekretärin?«

Die Frau in dem kobaltblauen Kostüm sah Viktoria an. »Was schlagen Sie vor?«

»Ich bin keine Cyberstrategin«, sagte Viktoria. »Aber ich weiß, dass wir sofort handeln müssen, wenn unsere menschliche Zivilisation eine Überlebenschance haben soll. Wir dürfen nicht warten, wir dürfen nichts vertagen. Wir müssen *unverzüglich* handeln, hier und heute.« Jetzt, dachte sie. Jetzt war der richtige Zeitpunkt gekommen für die richtigen Worte. »Wir alle sind bedroht. Alle Menschen, auf allen

Kontinenten, in allen Ländern. Wir müssen unsere Streitigkeiten und Konflikte vergessen. Nur Zusammenarbeit kann die Gefahr abwenden, mit der wir es zu tun haben. Bedingungslose, uneingeschränkte, alle Ressourcen zur Verfügung stellende Gemeinsamkeit. Das *ist* möglich. Es gibt ein Beispiel dafür.«

Erneut glitt Viktorias Blick am Tisch entlang und verharrte beim polnischen Ministerpräsidenten, dem Mann mit dem runden, rötlichen Gesicht.

»Vor sechs Monaten haben dreizehn Menschen aus neun Ländern die Erde verlassen«, sagte sie. »Inzwischen sind sie zig Millionen Kilometer entfernt und nähern sich allmählich dem Ziel ihrer Reise, dem Mars. In einem Monat wollen sie mit der *Mars Discovery* in eine Umlaufbahn des Roten Planeten schwenken und landen, um eine permanente Station einzurichten, der erste Schritt zur Kolonisierung des Mars. Die Mission ist ein Gemeinschaftsprojekt von Boeing, Elon Musks SpaceX, NASA, der russischen Roskosmos, der europäischen ESA und der chinesischen CNSA. Sie hat ein hohes Ziel, den Beginn der Besiedelung eines fremden Planeten. Die *Mars Discovery* ist nicht für eine bestimmte Nation der Erde aufgebrochen, sondern für unsere ganze Welt, für uns alle. Captain Eleonora und ihre Crew befinden sich seit Monaten in einer winzigen Oase des Lebens, umgeben von der wahrhaft endlosen, tödlichen Wüste des leeren, kalten Alls. Ihnen ist klar: Wenn sie überleben wollen, an Bord ihres Raumschiffs und auch auf dem Mars, müssen sie zusammenarbeiten. Während ihrer Ausbildung und der Vorbereitung auf den langen Flug haben Eleonora und die anderen gelernt, alle Konflikte auf konstruktive Art und Weise zu lösen. Sie sind, trotz ihrer unterschiedlichen Herkunft und kulturellen Prägung, zu einer Gemeinschaft geworden.«

Viktoria legte eine kurze Pause ein und holte Luft.

»Auch wir müssen zu einer Gemeinschaft werden, wenn

wir überleben wollen. Es ist wichtig, dass wir das begreifen, hier an diesem Ort. Jetzt. Wir müssen unsere Konflikte lösen, nicht in langwierigen Verhandlungen, sondern sofort. Wir müssen zusammenarbeiten, wenn unsere Zivilisation eine Zukunft haben soll.«

Ihr Gaumen war plötzlich trocken, der Hals wund. Es gab noch mehr Worte, aber mehr wären vielleicht zu viel gewesen, und deshalb schwieg sie, griff nach dem Glas Wasser vor ihr auf dem Tisch und trank einen Schluck.

Bjarne Nansen stand auf und klatschte.

Amaya Perreira erhob sich ebenfalls und applaudierte.

Nacheinander standen alle auf und spendeten Beifall. Selbst Militärattaché Artjom Gussew und Sottosegretario Gaetano Calussi klatschten, wenn auch widerstrebend.

41

»Gut gemacht, meine Liebe«, sagte Bjarne Nansen leise auf dem Weg zum Büro der Generalsekretärin. »Gut gemacht.«

»Ich schätze, diplomatische Worte klingen anders«, antwortete Viktoria.

»Wie auch immer sie klingen, deine Worte haben gewirkt.«

»Der Krieg ist abgewendet?«

Sie blieben vor der Tür stehen.

»Noch nicht«, sagte Bjarne. Seine graublauen Augen waren wie immer wach und aufmerksam. »Die Panzer rollen weiter, sofern das Wetter es zulässt, und vielleicht fliegen auch einige Bomber. Russen und Amerikaner lassen gern die Muskeln spielen. Aber du hast Gussew und den anderen zu denken gegeben. Das ist ein erster, wichtiger Schritt. Und wir sind hier.« Er deutete auf die Tür. »Das ist zweifellos ein Erfolg. Ich glaube, ich weiß, was dich erwartet.«

»Sollte ich nicht die Welt retten?«, fragte Viktoria, als Bjarne die Hand auf die Klinke legte.

»Vielleicht bekommst du noch Gelegenheit dazu.« Er öffnete die Tür.

Sie betraten das Büro.

Amaya Perreira stand in ihrem kobaltblauen Kostüm am Fenster und deutete nach draußen. »Der Wind hat nachgelassen, aber es schneit. Im August. Hier in Berlin sollte Hochsommer sein, habe ich mir sagen lassen. Stattdessen wird die Stadt weiß.«

Es fielen keine dicken, nassen Flocken, die zwar schnell eine weiße Decke schufen, aber ebenso schnell wieder schmolzen. Die Schneeflocken waren klein, winzig wie Staubkörner. Viktoria kannte diese Art von Schnee. Er war kalt und trocken, und er kam, um zu bleiben.

»Ich habe gerade den jüngsten Wetterbericht gelesen«, sagte die Generalsekretärin der Vereinten Nationen. Sie drehte sich um, deutete auf zwei Sessel und trat dann hinter einen breiten Schreibtisch. »Ein ungewöhnlich großes und für die Jahreszeit viel zu kaltes Tiefdruckgebiet zieht von Sibirien langsam nach Westen. Es hat den baltischen Staaten bereits viel Schnee gebracht, was ein Segen für sie sein könnte, wenn man an die russischen Truppen denkt, die dadurch vielleicht nicht weiter vorankommen. Den Prognosen nach wird es bei seiner maximalen Ausdehnung im Westen bis zu den Pyrenäen und im Süden bis zur Po-Ebene reichen. In Rom, Signora Dahl, wird es vermutlich warm bleiben.«

»Ach«, sagte Viktoria und setzte sich. »Gegen ein bisschen Schnee hätte ich nichts einzuwenden.«

Bjarne Nansen und Amaya Perreira nahmen ebenfalls Platz.

»Es geht hier nicht um ein bisschen Schnee. Nach Meinung der Meteorologen könnte die neue Wetterlage sehr stabil sein. Das heißt, West- und Mitteleuropa müssen sich vielleicht vom Sommer verabschieden und auch vom Herbst. Dies könnte ein früher Wintereinbruch sein.«

»Der Golfstrom, nicht wahr?«, fragte Bjarne Nansen.

»Ja. Vielleicht stimmt es tatsächlich. Vielleicht droht Europa eine Eiszeit, während es in anderen Teilen der Welt immer heißer wird. Durch den Kollaps des Golfstroms verändern sich die Jetstreams und die Arktische Oszillation, heißt es. Kalte Luft dringt weiter nach Süden vor.«

»Aber nicht nach Rom«, warf Viktoria ein. »Dort bleibt es heiß.«

»Ja, Signora Dahl. Oder ist es Ihnen lieber, wenn ich Sie Frau oder Fru Dahl nenne?«

Viktoria hob und senkte die Schultern. »Wie Sie möchten.«

»Dieser Teil der Welt«, Amaya Perreira deutete nach draußen, »könnte es schon bald mit einem weiteren Problem zu tun bekommen. Seit gestern strömt weniger Gas durch Jamal und den Nordstream in der Ostsee. Polen befürchtet, dass Russland sein Erdgas als Waffe gegen den Westen benutzen will, und hat bereits protestiert. Berlin ist informiert und bereitet Notfallpläne vor. Die Temperaturen werden in den nächsten Tagen und Wochen tagsüber um den Gefrierpunkt liegen und nachts ein ganzes Stück darunter. Sie könnten sogar noch weiter sinken. Millionen Haushalte bleiben vielleicht ohne Heizung.«

»*Wird* das Erdgas zu einer Waffe?«, fragte Bjarne.

»Höchstens zu einer unfreiwilligen«, sagte die Generalsekretärin. »Wir haben aus gut unterrichteten Kreisen erfahren, dass die Russen nur noch marginale Kontrolle über ihre Pipelinesysteme haben. Jemand erwähnte einen ›verrücktspielenden Computer‹.«

»Oh«, sagte Viktoria.

»Ja. Außerdem gibt es in der Russischen Föderation offenbar Probleme mit einigen Kraftwerken, darunter mit dem AKW Smolensk.«

»Der Infiltrator?«, fragte Bjarne.

Amaya Perreira nickte. »Und vielleicht weitere Malware.

Angriff und Gegenangriff, Aktion und Reaktion. Kaspersky hat inzwischen die höchste Warnstufe ausgerufen: zehn.«

»Das Kernkraftwerk Smolensk hat den Betrieb Anfang der 1980er-Jahre aufgenommen, nicht wahr?«, sagte Bjarne. »Drei ziemlich alte Reaktoren. Wenn es dort zu einem Unfall kommt, vergleichbar mit dem in Tschernobyl oder vielleicht noch schlimmer …« Er blickte zum Fenster.

Perreira nickte erneut. »Das Tiefdruckgebiet zieht von Osten nach Westen. Es würde die Radioaktivität hierher tragen. Nun …« Sie lehnte sich zurück und sah Viktoria in die Augen. »Ich bin nicht die Präsidentin der Welt, nur die Generalsekretärin der Vereinten Nationen, aber mein Amt gibt mir bestimmte Möglichkeiten. Ihr Vortrag hat mir gefallen. Sie haben sich von Gussew und den anderen nicht einschüchtern lassen, und das ist gut so. Sie sind nicht auf den Mund gefallen, und das ist noch besser, denn schwierige Situationen erfordern klare Worte. Hiermit ernenne ich Sie zur UN-Sonderbeauftragten für die Maschinenintelligenz. Stellen Sie eine Expertengruppe zusammen. Greifen Sie auf fachkundige Hilfe zurück, ganz gleich wo und bei wem. Ich gebe Ihnen alle Vollmachten.«

Amaya Perreira unterschrieb ein Dokument, faltete es und steckte es in einen Umschlag, den sie über ihren Schreibtisch reichte. Viktoria nahm ihn überrascht entgegen. Anschließend zog Perreira eine ID-Karte aus dem programmierbaren Scanner neben ihrem Terminal.

»Dies ist Ihr Ausweis. Er wird Ihnen alle Türen öffnen. Oder fast alle.«

»Aber ich …« Die Karte zeigte ihr Foto und verfügte über einen integrierten Mikrochip.

»Kein Aber. Sie haben eben im Konferenzsaal gezeigt, dass Sie die richtige Person für diese Aufgabe sind. Ihr neuer Status als UN-Sonderbeauftragte bedeutet, dass man Ihnen überall auf der Welt zuhören muss. Machen Sie sich sofort an die Arbeit! Nennen Sie die Dinge beim Namen. *Bewegen* Sie etwas.«

»Eigentlich kenne ich mich mit diesen Dingen gar nicht aus«, sagte Viktoria hilflos.

»Das spielt keine Rolle«, erwiderte die Generalsekretärin. »Sie haben die Gefahr erkannt. Sorgen Sie dafür, dass auch andere Leute die Gefahr erkennen. Arbeiten Sie einen Plan aus, mithilfe der besten Spezialisten. Finden Sie eine Möglichkeit, die Maschinenintelligenz daran zu hindern, so zu wachsen, wie Sie es eben geschildert haben, und die Kontrolle über unsere Welt zu übernehmen. Ich werde Sie unterstützen, wo ich kann.«

Viktoria öffnete den Mund, zögerte und schloss ihn wieder.

»Worauf warten Sie noch, Signora Dahl?«, sagte die Generalsekretärin der Vereinten Nationen. »Wenn ich Sie richtig verstanden habe, ist jede Minute kostbar. Oh, dies könnte Ihnen vielleicht nützlich sein.«

Perreira hob einen Ausdruck.

»Was ist das?« Viktoria betrachtete ein Diagramm, das aussah wie eine zufällige Mischung aus schrägen bunten Linien, begleitet von Zahlenkolonnen und Buchstabenkombinationen. Ganz oben stand geschrieben: »Kaspersky Security Labs, Berlin, Auswertung 8:33 Uhr.«

»Seit einigen Stunden sind Handyempfang und Satellitenkommunikation gestört«, sagte Amaya Perreira. Sie stand auf, und Bjarne und Viktoria erhoben sich ebenfalls. »Der Grund dafür sind diese Signale.« Perreira deutete auf das Diagramm. »Bei Kaspersky glaubt man, dass es Synchronisierungssignale sein könnten.«

»Synchronisierungssignale?«, wiederholte Viktoria. »Was wird synchronisiert?«

»Es wäre möglich, dass die Maschinenintelligenz ihr Denken synchronisiert. Wie die Taktfrequenz bei Computerprozessoren. So hat man es mir erklärt. Bei Kaspersky versucht man derzeit, den Ausgangspunkt der Synchronisierung festzustellen. Wenn wir ihn finden …«

Viktoria verstand. »Dann können wir die Synchronisierung der Denkprozesse vielleicht verhindern und damit auch den Take-off der Maschinenintelligenz.«

»Wie gesagt, an die Arbeit.« Die Generalsekretärin deutete zur Tür.

Draußen im Flur sagte Bjarne: »Herzlichen Glückwunsch, meine Liebe!«

Viktoria hielt den Ausdruck in der einen Hand und das Kuvert mit der Ernennungsurkunde in der anderen. Die ID-Karte hatte sie eingesteckt. »Ich weiß nicht, wo ich anfangen soll!«

»Dir fällt schon etwas ein«, sagte Bjarne Nansen zuversichtlich.

»Koriander«, sagte Viktoria plötzlich. »Ich brauche ihn. Und Mortimer Swift.«

»Na bitte.« Bjarne lächelte. »Ein guter Anfang.«

STREIFLICHT

Raumschiff *Mars Discovery*,
182 Tage nach dem Start, auf dem Weg zum Mars.
Vorgesehene Dauer des Fluges: 7 Monate.

»Wir haben zwei Probleme«, sagte Tseng, verantwortlich für die primären Systeme der *Mars Discovery*. »Von welchem möchtest du zuerst erfahren?«

»Nur zwei?«, erwiderte Eleonora. In den vergangenen Monaten hatten sich immer wieder Probleme ergeben, und mit gelegentlichen Improvisationen war es ihnen gelungen, sie alle zu lösen. Nur noch neunundzwanzig Flugtage trennten sie vom Mars. Der größte Teil der langen Reise lag hinter ihnen.

»Diese beiden könnten bedeutender sein als die anderen.« Tseng wartete.

Eleonora seufzte leise. Tseng kam nie direkt zur Sache; er brauchte immer eine kleine Aufforderung. »Na schön. Das kleinere Problem zuerst.«

Tseng trat neben Eleonoras Sessel und bewegte sich vorsichtig, denn im Kommandomodul herrschte eine geringere Schwerkraft als im Drehkörper der *Discovery*. »Unsere Kommunikation mit der Erde ist gestört.«

»Haben wir keine Verbindung mehr?«, fragte Eleonora, ohne den Blick vom Mars im Zoombereich des großen Wandschirms abzuwenden. Sie beobachtete Olympus Mons, den größten Berg nicht nur des Roten Planeten, sondern des ganzen Sonnensystems. Er ragte sechsundzwanzig Kilometer weit über die ihn umgebende Tiefebene auf.

»Es besteht nach wie vor Kontakt«, sagte Tseng mit einer tiefen Stimme, die kaum zu seinem zierlichen Erscheinungsbild passte. »Aber die Signale ergeben keinen Sinn mehr. Sie scheinen codiert zu sein, mit einem Code, den wir nicht kennen. Und sie werden von anderen Signalen überlagert, die sich anhören wie ein … Pfeifen.«

»Ein Pfeifen?« Eleonora wandte den Blick vom Ziel der *Mars Discovery* ab.

»So klingt es«, sagte Tseng. »Es scheint sich um einen zweiten Code zu handeln.«

»Warum sollte uns die Erde verschlüsselte Signale schicken, die wir nicht decodieren können?«

»Ich habe eine entsprechende Anfrage gesendet«, sagte Tseng. »Vor einer Stunde.«

»Und?«

»Keine Antwort. Oder die Antwort ist ebenfalls codiert.«

»Was sagt Amelie dazu?« Damit meinte Eleonora die Künstliche Intelligenz der *Mars Discovery*.

»Angeblich kann auch sie den Code nicht entschlüsseln«, erwiderte Tseng.

Das waren seltsame Worte, fand Eleonora. Sie richtete einen forschenden Blick auf den Chinesen. »Angeblich?«

»Auch Amelie klingt seltsam, irgendwie … anders«, erwiderte Tseng ein wenig hilflos. »Ich habe die Diagnoseprogramme gestartet. Sie zeigen keine Anomalien, aber das bedeutet nicht viel. Amelie kann Einfluss auf die Resultate nehmen.«

»Willst du damit sagen, dass Amelie uns vielleicht zu täuschen versucht?«

Tseng zuckte mit den Schultern. »Ich weiß nicht recht, was ich davon halten soll.«

»Und das zweite, größere Problem?«

»Ein Sonnensturm«, sagte Tseng ernst. »Die Aktivität der

Sonne hat in den letzten Tagen zugenommen. Es gibt starke magnetische Störungen, die sehr ungewöhnlich sind, wenn man bedenkt, dass sich die Sonne derzeit in ihrer ruhigen Phase befindet. Die Prognose besagt, dass es zu starken koronalen Massenauswürfen kommen könnte.«

»In welche Richtung?«

»Wir könnten von dem Plasma getroffen werden«, sagte Tseng.

»Wann?«, fragte Eleonora und dachte bereits an die erforderlichen Maßnahmen.

»In acht Stunden.«

»Himmel!«, entfuhr es Eleonora. »Dann ist eine Kurskorrektur ausgeschlossen. Die Zeit reicht nicht.«

»Nein. Wir müssen unsere magnetische Abschirmung verstärken. Das könnte helfen, wenn uns das Plasma nur streift. Aber wenn wir voll getroffen werden, sieht's übel aus.«

»Mit wie viel Strahlung müssten wir rechnen?«

»Unser Krebsrisiko würde um etwa vierzig Prozent steigen«, sagte Tseng. »Unsere Lebenserwartung würde sich um einige Jahre verkürzen. Das muss bei den Planungen der Marskolonie berücksichtigt werden. Vielleicht halten wir nicht die vorgesehenen fünfzehn Jahre auf dem Mars durch, bis das nächste Schiff kommt.«

Eleonora dachte nicht an sich selbst. »Was ist mit der Arche?«

»Die Strahlung könnte für Saat und Eizellen zu viel sein«, antwortete Tseng.

Eleonora stand auf. »Das darf nicht geschehen. Auf gar keinen Fall. Die Arche muss so gut abgeschirmt werden, dass die Fracht intakt bleibt. Das hat oberste Priorität, Tseng.«

»Noch eine höhere als unser Leben?«

»Ich möchte nicht vor die Wahl gestellt werden«, sagte Eleonora. »Gib den anderen Bescheid! Wir machen uns sofort an die Arbeit. Wie genau kannst du den bevorstehenden Sonnensturm berechnen?«

»Nicht genau genug. Ich brauche präzisere Daten, und die kann ich nur von der Erde bekommen.«

»Nimm dir die Kommunikation vor, Tseng«, entschied Eleonora. »Und Amelie. Ich gebe dir … zwei Stunden für den Versuch, Daten von der Erde zu erhalten. Anschließend hilfst du uns, die Arche und den Rest des Schiffs abzuschirmen. In dieser Reihenfolge.«

42 COORAIN COOGAN

Hamburg

Coorain gähnte und hatte Mühe, die Augen offen zu halten. Sein Satellitenhandy klingelte. Er sah aufs Display und ächzte leise, als er feststellte, wer ihn anrief. Er hob den Kopf, begegnete dem Blick von Rossmanns Sekretärin, zuckte kurz mit den Schultern und hielt das Handy ans Ohr.

»Bin sehr erfreut, dass Sie an mich denken, Mrs. De Vries«, sagte er. »Und natürlich bin ich immer gern zu Diensten.«

Er hörte nur ein Rauschen und Knistern, ließ das Handy sinken, schüttelte es und hielt es dann erneut ans Ohr. »Was immer Sie auch gesagt haben, hier ist kein Wort angekommen. Die Störungen sind zu heftig. Übrigens, wie spät ist es bei Ihnen?«

Er blickte zum Fenster. Draußen wurde es immer dunkler. »Ist es noch Tag oder schon wieder Nacht?«, fragte er die Sekretärin.

Sie lächelte und deutete zur Uhr an der Wand. »Vierzehn Uhr fünf, Mr. Coogan.«

»Hören Sie mich jetzt?«, drang die Stimme von Lady Eis aus dem Satellitenhandy. Es rauschte und knisterte noch immer, aber nicht mehr ganz so stark wie zuvor.

»Gerade so«, sagte Coorain. Er war müde und nicht unbedingt in bester Stimmung. Deshalb fügte er mit deutlichem Sarkasmus hinzu: »Vermutlich rufen Sie an, um mir zu meinen Erfolgen zu gratulieren, nicht wahr?«

Marlene De Vries, Oberhaupt der SCAR Pacific, sagte etwas.

»Was?« Coorain sprach lauter. »Ich hab Sie nicht verstanden.«

»Ihr Auftrag ist annulliert«, sagte Marlene De Vries. »Sie können nach Hawaii zurückkehren.«

»Was?«, entfuhr es Coorain verblüfft.

Das Rauschen und Knistern wurde wieder lauter. Auch diese neue Frequenz blieb nicht von den Störungen verschont. Im Hintergrund ließ sich ein beharrliches Pfeifen vernehmen.

»Ihr Auftrag ist annulliert«, wiederholte Lady Eis. »Die Identifizierung von Rosebud ist nicht mehr wichtig. Darum kann sich jemand anders kümmern.« Es folgte eine kurze Pause. »Freuen Sie sich, Coogan. Sie können den kalten Norden verlassen und in den warmen Süden zurückkehren.«

»Aber …«

»Nehmen Sie den ersten Flug, Coogan! Ich erwarte Sie morgen hier.« Marlene De Vries unterbrach die Verbindung.

»Na, so was.« Coorain starrte auf sein Handy.

Die Tür neben dem Schreibtisch der Sekretärin öffnete sich. Hauptkommissar Michael Rossmann kam aus seinem Büro.

»Wir haben ihn«, sagte er auf dem Weg zum Flur und winkte.

Coorain stand auf. »Wen haben wir?«

»Axel Krohn«, antwortete Rossmann. »Er hat sich schnappen lassen.«

43

»Ich bin unschuldig«, sagte der Mann am Tisch. Er trug Jeans und Jacke, hatte dunkles Haar, dunkle Augen und eine Haut, die wie nach einem langen Urlaub im Süden aussah. Die dünne biometrische Maske hatte man ihm abgenommen. »Ich habe mit der ganzen Sache nichts zu tun.«

»Ist das Schnee?« Coorain ging zum Fenster. Schneeflocken tanzten im grauen Zwielicht des Nachmittags.

»Ein selbst für Hamburg ungewöhnlicher Kälteeinbruch«, sagte Rossmann. »Der Klimawandel hat so seine Launen. In Berlin hat sich bereits eine geschlossene Schneedecke gebildet. Weiter im Osten soll's richtig schlimm sein.«

»Haben Sie gehört?« Der junge Mann legte beide Hände flach auf den Tisch. »Ich bin unschuldig. Deshalb habe ich mich gestellt.« Er fügte hinzu: »Was ist mit Giselle? Wo ist sie?«

»Meinen Sie die junge Frau, die bei Ihnen war?«, fragte Rossmann und legte dem Beamten, der Krohn gegenüber am Tisch saß und aufstehen wollte, die Hand auf die Schulter.

»Ja!«

»*Sie* hat sich offenbar nicht unschuldig gefühlt«, sagte Rossmann. »Ist weggelaufen.«

Axel Krohn lehnte sich zurück und nahm die Hände vom Tisch. Für einen Moment beobachtete Coorain ein Lächeln auf seinen Lippen.

Krohn bemerkte seinen Blick. »Sie sehen müde aus.«

Coorain gähnte. »Der Schlaf wird überschätzt. Warum schlafen? Das Leben ist ohnehin zu kurz.« Er blieb am Fenster stehen und fühlte die Müdigkeit bleischwer in den Beinen.

Rossmann zog sich einen Stuhl heran und nahm am Tisch Platz, neben dem Beamten, der Krohn bisher verhört hatte. Er öffnete eine Schublade, holte zwei Datensticks, ein

Satellitenhandy – ein besseres Modell als jenes, das Coorain benutzte – und eine Brieftasche daraus hervor.

»Dies gehört Ihnen, nicht wahr?«, fragte er den jungen Mann auf der anderen Seite des Tisches.

»Ja.«

Rossmann öffnete die Brieftasche. »Mehrere Blanko-Kreditkarten, ihre Mikrochips auf verschiedene Identitäten programmiert. Drei Ausweise. Welcher von ihnen ist der richtige?«

»Sie wissen, wer ich bin«, sagte Axel Krohn.

O ja, dachte Coorain und nickte dem Kommissar zu, der inzwischen über Krohns wahre Identität Bescheid wusste. Coorain hatte mit der Weitergabe der Kaynak-Informationen kein wichtiges Geheimnis verraten. Früher oder später hätte Rossmann erfahren, wer sich hinter dem Namen Axel Krohn und dem gefälschten Lebenslauf verbarg – eine Anfrage bei den internationalen Fahndungsdatenbanken mit biometrischem oder genetischem Abgleich genügte.

»Ja«, bestätigte Rossmann. »Sie sind ein Darknet-Händler namens AK47. Außerdem sind Sie ein Hacker und Cyberterrorist, der die in Umlauf geratene Malware programmiert hat. Haben Sie eine Ahnung, wie viel Schaden die angerichtet hat und noch immer anrichtet?«

»Ich habe damit nichts zu tun.«

»Irrtum, mein Lieber«, warf Coorain an. »Wir haben uns den Computer in Ihrer Wohnung angesehen – beziehungsweise in der Wohnung von Olivier Drost, Immobilienmakler aus Belgien. Wir wissen, dass Sie im zentralen Server von LivingMagic gewesen sind, dort Mephisto gefunden und die Cyberwaffen freigesetzt haben.«

Rossmann warf ihm einen Blick zu, der so viel sagte wie *Dies ist mein Fall.*

»Warum haben Sie die beiden Männer im alten Hafen erschossen?«, fragte der Kommissar.

»Welche beiden Männer?«

»Sie wissen, wen ich meine.« Rossmann sprach ruhig und freundlich.

»Ich habe sie nicht erschossen.«

»Wer dann?«

»Keine Ahnung. Ehrlich nicht. Hätte ich mich verhaften lassen, wenn ich ein Mörder wäre?«

»Was ist mit Clément Leroy, Giselles Bruder?«, fragte Coorain. »Geht er auch nicht auf Ihr Konto?«

»Ich habe gerade gesagt, dass ich kein Mörder bin.«

»Er wurde tot aufgefunden. Erschossen wie die beiden Männer im alten Hafen. In der Wohnung, in der auch Sie sich befanden. Und Giselle. Es gibt Zeugenaussagen, die das bestätigen. Man hat Sie zusammen gesehen.«

»Wir mussten fliehen. Vor den Leuten, die Clément auf dem Gewissen haben.«

Coorain beobachtete, wie Rossmann in einen Plastikbeutel langte, eine Pistole hervorholte und sie auf den Tisch legte.

»Das ist Ihre, nicht wahr?«, fragte der Kommissar.

»Nein«, antwortete Axel Krohn. »Sie gehört mir nicht.«

»Wir haben sie bei Ihnen gefunden und wissen inzwischen, dass es die Waffe ist, mit der Clément Leroy erschossen wurde. Sie trägt Ihre Fingerabdrücke.«

»Ich habe sie dem Mörder abgenommen.«

»Er hat sie Ihnen einfach so überlassen?«

»Ich musste ein wenig nachhelfen«, sagte Krohn. »Wenn Sie sich Giselle Leroys Wohnung aufmerksam genug angesehen haben, dürfte ihnen eine Statue aus massivem Holz aufgefallen sein. An ihr werden Sie ebenfalls meine Fingerabdrücke finden. Und Blut von Cléments Mörder.«

Es folgte kurzes Schweigen.

Rossmann deutete auf die beiden Sticks. »Dieser hier, der linke, ist ein OS-Stick. Sehr praktisch, wenn man einen fremden Computer in vertrauter Betriebssystemumgebung starten möchte. Der rechte ist ein verschlüsselter Datenstick. Wir wüssten gern, was er enthält.«

Axel Krohn schwieg.

»Sind Sie bereit, den Inhalt des Datensticks für uns zu entschlüsseln? Wenn Sie unschuldig sind, haben Sie doch nichts zu befürchten.«

Coorain stand am Fenster, hinter dem die Schneeflocken tanzten, beobachtete Axel Krohn aufmerksam und ließ sich von seiner Intuition leiten. »Sie haben sich verhaften lassen, weil Sie hofften, hier sicher zu sein, nicht wahr?«

Krohn schwieg noch immer.

»Weil Sie verfolgt und bedroht wurden.«

»Mr. Coogan …«, begann Rossmann.

»No worries.« Coorain näherte sich dem Tisch. »Ich möchte nur ein wenig helfen, weiter nichts. Eine Hand wäscht die andere. Wir helfen uns gegenseitig, weil es um eine große Sache geht. Um eine größere als zwei Morde oder drei, wenn wir Clément Leroy mitzählen. Es geht um einen weltweiten Cyberkrieg, und auf das, was er anrichten kann, haben wir in der vergangenen Nacht einen kleinen Vorgeschmack bekommen. Außerdem könnte der weltweite Cyberkrieg zu einem echten Krieg führen, mit richtigen Waffen, meine ich, von Panzern bis hin zu Atombomben.«

Coorain wandte sich direkt an Axel Krohn. »Als wir in Ihrer Wohnung waren, in dem Apartment des Immobilienmaklers, dessen Identität Sie benutzt haben, sind wir dort einem gewissen James Malcolm Callow von der NSA begegnet. Unangenehmer Bursche. Hat eine Waffe auf mich gerichtet, obwohl ich doch zu den Guten gehöre. Ich meine, sieht man mir das nicht an? Dass ich zu den Guten gehöre?« Coorain lächelte strahlend. »Der freundliche Kommissar Rossmann hier hat für einen gewissen Ausgleich gesorgt, indem er seine Waffe auf Callow gerichtet hat. Es war eine interessante Situation. So was sieht man sonst nur in Filmen. Was ich damit sagen will, mein lieber Krohn: Callow hatte es auf Sie abgesehen. Die *NSA* hat es auf Sie abgesehen. Ziemlich üble Burschen, wenn Sie mich fragen. Ich meine, dieser Callow ist nun wirklich alles andere als sympathisch. Er hat von mir eine schallende Ohrfeige dafür bekommen, dass er seine Waffe auf mich gerichtet hat. Aber wenn Sie in die Gewalt der NSA gerieten, Krohn … Ich fürchte, Sie bekämen keine Gelegenheit, jemanden zu ohrfeigen. Deshalb sitzen Sie jetzt hier, nicht wahr? Weil Callows Freunde hinter Ihnen her waren. Und weil Sie wissen, was Ihnen bei der NSA blüht.«

Coorain breitete die Arme aus. »Herzlichen Glückwunsch, Krohn! Sie haben die richtige Entscheidung getroffen. Sie sind an einem Ort, an dem die NSA Ihnen nichts anhaben kann: bei der deutschen Polizei. Aber wie ich vorhin schon sagte, eine Hand wäscht die andere. Wenn Sie den Schutz der Polizei genießen wollen, sollten Sie eine kleine Gegenleistung dafür erbringen.«

»Danke, Mr. Coogan«, sagte Rossmann. »Ich hätte es vielleicht ein wenig anders formuliert, aber es trifft den Kern der Sache.« Er deutete auf den rechten Datenstick. »Unsere Spezialisten dürften in der Lage sein, die Dateien zu entschlüsseln. Es gibt keinen Code, der nicht zu knacken wäre.«

»Ohne einen Quantencomputer würden Sie Jahre brauchen«, sagte Axel Krohn. Die Nervosität, die Coorain am Anfang bei ihm beobachtet hatte, fiel von ihm ab. Das Auge der Erfahrung zeigte dem Australier jemanden, der sich zu entspannen begann und glaubte, die Situation unter Kontrolle zu haben.

»Sie könnten uns Zeit und Mühe ersparen«, erwiderte Rossmann geduldig.

»Könnte ich, ja. Was bieten *Sie mir* dafür an?«

»Oh, Sie wollen handeln?«, fragte Rossmann freundlich. »Nun, wie wäre es zum Beispiel hiermit. Wir wissen nicht nur, dass Sie der Hacker namens AK47 sind. Uns ist auch bekannt, dass Ihre Aktivitäten bis in die Zeit eines gewissen Aram Kaynak zurückreichen, Mitglied der kurdischen cyberterroristischen Gruppe Sword of Justice. Wie Sie Ihre wahre Identität hier in Deutschland so lange geheim halten konnte, ist mir, ehrlich gesagt, schleierhaft. Vielleicht haben einige Leute in den Meldeämtern geschlafen, oder es ist Ihnen gelungen, sich den einen oder anderen Gefallen zu kaufen. Wie dem auch sei, in der Türkei stehen Sie noch immer auf den Fahndungslisten, und zwar ganz weit oben. Wir könnten Sie an unsere türkischen Freunde ausliefern, die uns dann einen Gefallen schuldig wären, was immer recht nützlich sein kann.«

Coorains Handy piepte. Er holte es hervor.

Rossmann seufzte. »Bitte nicht hier, Mr. Coogan.«

»Bin schon weg.« Coorain verließ das Verhörzimmer, blieb im leeren Flur stehen und blickte aufs Display, das ihm eine Textnachricht mit Anhang ankündigte. Die Nachricht lautete:

Ich habe mehrmals versucht, dich zu erreichen, aber es klappt einfach nicht, ich kriege keine Verbindung. Dies ist der vierte Versuch, dir eine Textnachricht zu schicken, mit einer superkomprimierten Datei in der Anlage. Code K-17. Martin.

Coorain öffnete den Anhang und rief den SCAR-Kodierer Nummer 17 auf, um die Datei zu dekomprimieren und zu entschlüsseln. Er las:

Hier ist der Teufel los, CooCoo. Lady Eis hat einige seltsame Anrufe bekommen, von ganz oben, wie es heißt. Von den Leuten, die an den Strippen ziehen, meine ich. Man munkelt, dass es dabei auch um dich ging. Höchste Alarmstufe für die SCAR weltweit, höchste Alarmstufe bei Kaspersky Security in Berlin, Stufe zehn. Der globale Cyberkrieg hat begonnen. Nach den Stromausfällen gab es nur eine kleine Verschnaufpause. Kaspersky, SCAR und

GDN glauben, dass es jetzt richtig losgeht. Und als ob der ganze Mephisto-Kram noch nicht genug wäre: Russische Panzer rollen. Und nicht nur russische. China und Indien haben ihre Truppen ebenfalls in Bewegung gesetzt. Aber das alles, und jetzt kommt es dicke, ist nichts im Vergleich mit der Gefahr, die uns allen droht, der ganzen Menschheit. Viktoria Jorun Dahl, Sonderbeauftragte der UN, hat sich mit uns in Verbindung gesetzt. Sie ist in Berlin und hat dort an einem Krisengipfel der Europäischen Union teilgenommen. Aus den Unterlagen, die sie uns geschickt hat, geht hervor, dass im Netz etwas erwacht ist, eine Maschinenintelligenz. Der Infiltrator scheint sie geweckt zu haben, und jetzt wächst sie und dehnt sich aus und beansprucht dabei immer mehr Bandbreite. Das Pfeifen, das in allen Kanälen und auf allen Frequenzen zu hören ist, scheint eine Art Synchronisierungssignal zu sein. Es hilft der Maschinenintelligenz dabei, sich weltweit zu vernetzen, alle Künstlichen Intelligenzen zu übernehmen, auf die sie trifft – auch Elisa ist betroffen –, und nach und nach unsere digitale Infrastruktur unter ihre Kontrolle zu bringen. Die Steuerungs- und Synchronisierungsdaten der MI werden offenbar an einem Ort gesammelt, darauf deuten die Untersuchungen der Experten hin, die sich bisher mit dieser Sache beschäftigt haben. Es wird versucht, diesen Ort ausfindig zu machen und die Datenzentrale zu vernichten, bevor die Maschinenintelligenz ganz die Herrschaft über unsere Welt antritt. Ich bin gespannt, wie lange es dauert, bis beim Militär der Groschen fällt und die Lamettaträger begreifen, dass wir nicht aufeinander schießen, sondern zusammenarbeiten sollten, wenn wir alle noch eine Chance haben wollen.«

Coorain scrollte weiter und las:

Oh, und noch etwas. Die Maschinenintelligenz scheint einen gewissen Axel Krohn zu suchen. Klingelt da was bei dir? Offenbar hält sie ihn für ihren Schöpfer oder was in der Art. Okay, sieh dir die Daten im Anhang an. Wenn wir nicht mehr Kontakt miteinander aufnehmen können, weißt du, woran es liegt, und many worries.

Coorain las die Zusammenfassung der Daten, das Wesentliche, scrollte noch etwas weiter und las noch etwas mehr.

»Holy shit«, murmelte er.

»Wie bitte?«, fragte eine Polizistin, die im Flur gerade an ihm vorbeigegangen war.

»Hab eine lange Nacht hinter mir und führe Selbstgespräche«, sagte er. »Geht bestimmt wieder vorbei.«

Er kehrte ins Verhörzimmer zurück.

»Wir sitzen verdammt tief in der braunen, übel riechenden Masse«, sagte er.

44

Michael Rossmann, Hamburger Hauptkommissar und vor allem bemüht, zwei beziehungsweise drei Mordfälle zu lösen, las zehn Minuten lang auf dem Display des Satellitenhandys. Coorain hatte es ihm gegeben, weil er keinen Sinn mehr darin sah, irgendetwas zurückzuhalten. Während Rossmann las, beobachtete Coorain die Veränderungen in seinem Gesicht, wie es ernster wurde und ein wenig Farbe aus den Wangen wich.

»Das wirft ein ganz neues Licht auf den Fall«, sagte Rossmann schließlich. An die Adresse des neben ihm am Tisch sitzenden Beamten fügte er hinzu: »Wir brauchen Sie nicht mehr, Sie können gehen. Sorgen Sie dafür, dass wir nicht gestört werden!«

Der junge Mann nickte, stand auf und verließ den Raum.

»Wissen Sie, was dort draußen geschieht?«, wandte sich Rossmann an den Mann auf der anderen Seite des Tisches.

Axel Krohn blickte zum Fenster. »Es schneit.«

»Haben Sie eine Ahnung, was Ihre Mephisto-Programme angerichtet haben?« Schärfe lag jetzt in der Stimme des Kommissars.

»Es sind nicht *meine* Programme«, betonte Axel Krohn. »Ich habe sie nur gefunden, im Server von LivingMagic. Die NSA steckt dahinter, wie Ihnen inzwischen klar sein dürfte.«

»Im Quellcode der Cyberwaffe namens Infiltrator steht *Ihr* Name«, warf Coorain ein, bevor Rossmann etwas sagen konnte.

»Eine Falle«, sagte Axel Krohn. »Ein Grund für die Fahndung. Die NSA will mich aus dem Verkehr ziehen, weil ich zu viel weiß. Weil sie nicht will, dass die Wahrheit an die Öffentlichkeit gelangt.«

»Es gibt noch jemanden, der Sie sucht.«

Axel Krohn hob fragend den Kopf.

»Eine Maschinenintelligenz, die sich anschickt, unsere Welt zu übernehmen«, sagte Coorain.

»Eine *was*?«

»Keine Künstliche Intelligenz, sondern viel mehr als das«, sagte Coorain und bemerkte, dass Rossmann wieder aufs Handydisplay starrte. »Der von Ihnen freigesetzte Infiltrator scheint so etwas wie ein Tropfen gewesen zu sein, der das Fass zum Überlaufen brachte. Er hat eine Art Initialzündung ausgelöst, indem er Hunderte von Millionen Computer miteinander verband und das größte Botnetz schuf, das dieser Planet je gesehen hat. Vielleicht wäre die Maschinenintelligenz ohnehin erwacht, beim Erreichen einer gewissen kritischen Masse an untereinander in Verbindung stehender Prozessorpower und genug evolutionären Algorithmen, die sich selbst verändern und weiterentwickeln. Computerprogramme, die ihren Quellcode modifizieren und erweitern, ihm neue Parameter und Erfahrungswerte hinzufügen. Ein gewaltiges globales Gehirn aus Billionen von Mikroprozessoren, die eine Art neuronales Netz bilden.

Und dieses Gehirn denkt, schneller als ein menschliches Gehirn jemals denken könnte. Es denkt in unseren Kommunikationskanälen, auf allen Frequenzen, es denkt im Internet und beansprucht dabei immer mehr Bandbreite für sich – für uns bleibt bald nichts mehr übrig, wenn es so weitergeht. *Das* hat Ihr Infiltrator angerichtet, Axel Krohn.«

»Es ist nicht *mein* …«

Coorain ließ ihn nicht ausreden. »Und wissen Sie, was das Tollste ist?« Er deutete auf das Satellitenhandy in Rossmanns Hand. Der Kommissar sah kurz auf, las dann weiter. »Das Tollste ist: Es wird noch viel, viel schlimmer kommen. Die Experten befürchten eine Art Take-off. Damit meinen sie …«

»Ich weiß«, unterbrach ihn Axel Krohn. Er wirkte nicht mehr ganz so entspannt. »Ich bin mit der Theorie vom Singleton vertraut. Ein *bisschen* kenne ich mich mit Computern aus.«

»… eine exponentielle Zunahme der Denkfähigkeit. Wir könnten es innerhalb weniger Wochen oder Monate nicht nur mit einer Maschinenintelligenz zu tun haben, sondern mit einer Superintelligenz, der wir Menschen absolut nichts entgegenzusetzen haben.«

»Nach dem Take-off könnte es sogar nur wenige Stunden dauern, bis aus einer Maschinenintelligenz eine Superintelligenz wird«, sagte Axel Krohn. »Es fände eine positive Rückkopplung statt. Der Maschinenintellekt lernt und verbessert sich, wodurch er noch mehr lernt und sich noch schneller verbessert. Die einzigen Bremsen für diesen sich selbst beschleunigenden Vorgang wären ein Mangel an Energie und Ressourcen.«

»Gut, dass Sie sich auskennen«, brummte Coorain. »Sie werden uns helfen.«

»Wobei?«

Rossmann ließ das Handy sinken und wartete auf Coorains Antwort.

»Die Maschinenintelligenz sucht Sie. Vielleicht weil sie glaubt, ihre Existenz Ihnen zu verdanken, wegen Ihres Namens im Quellcode des Infiltrators. Warum auch immer. Wichtig ist, dass sie offenbar Kontakt zu Ihnen sucht. Das können wir ausnutzen.«

»Wozu?«, fragte Axel Krohn.

»Um die Datenzentrale der Maschinenintelligenz zu finden«, sagte Coorain. »Den Ort, wo sie ihr Denken synchronisiert. Sie werden uns dorthin führen.«

»Und dann?«

»Wir schalten das Synchronisierungszentrum aus.«

»Indem Sie dort *was* machen? Einen Schalter umlegen, unter dem ›Maschinenintelligenz lahmlegen‹ geschrieben steht?«

»Freut mich, dass Sie sich Ihren Humor bewahrt haben«, sagte Coorain und gähnte.

Die Tür öffnete sich, und der junge Beamte, der das Verhörzimmer vor wenigen Minuten verlassen hatte, kam herein.

»Ich habe gesagt, dass wir nicht gestört werden …«, begann Rossmann.

»Tut mir leid, aber diese beiden Herren möchten Sie unbedingt sprechen.« Der Beamte wich beiseite, und zwei weitere Männer betraten den Raum.

Coorain kannte sie beide. Der eine war Emmerich Vogt, gertenschlanker Cyberkoordinator und Verbindungsmann von Zitis, CERTBw, NCAZ und der anderen deutschen Behörden, die sich für Cyberangelegenheiten zuständig fühlten. Coorain stellte fest, dass Vogt diesmal keine Augmented-Reality-Kontaktlinsen trug. Der andere Mann war in einen guten Anzug gekleidet und wirkte wie ein Geschäftsreisender aus Spanien oder Italien. Genau dafür hatte Coorain ihn beim Flug von Hawaii nach Deutschland gehalten.

»Sie haben neben mir gesessen«, sagte er. »Im Flieger.«

Der Mann nickte kurz.

»Darf ich vorstellen?« Emmerich Vogt deutete auf seinen Begleiter. »Javier Perez Alvarez.«

»Lassen Sie mich raten«, sagte Coorain. »National Security Agency, stimmt's?«

Alvarez ignorierte ihn und wandte sich an Rossmann. »Ich bin hier, um Axel Krohn abzuholen.«

Rossmann hob die Brauen.

Emmerich Vogt reichte ihm einen Umschlag. »Wir haben das hier bekommen.«

Rossmann öffnete den Umschlag, entnahm ihm ein Dokument und las. »Amtshilfe?«

Vogt nickte. In seinem jungen Gesicht erschien kurz so etwas wie Zufriedenheit, verschwand dann wieder. »Ja. Die NSA möchte den Häftling – den Untersuchungsgefangenen – verhören.«

Rossmann lächelte. »Oh, kein Problem. Wir sind immer gern behilflich.« Er wich einige Schritte zurück. »Bitte sehr. Stellen Sie Axel Krohn Ihre Fragen!«

»Wir möchten ihn mitnehmen«, sagte Javier Perez Alvarez.

Coorain blickte zur offenen Tür. Jemand wartete im Flur: Anfang dreißig, glattes Gesicht, gerade Nase, das kurze dunkle Haar wie ein Flaum auf dem Kopf. Coorain winkte und grinste. »Hallo, Mr. James Malcolm Callow! Freut mich sehr, Sie wiederzusehen, alter Freund.«

Callow winkte nicht und gab keine Antwort.

»Wenn Sie ihn mitnehmen …«, sagte Rossmann langsamer. »Es würde auf eine Art Auslieferung hinauslaufen.«

»Nur ein paar Fragen«, entgegnete Alvarez. »An einem ruhigen Ort.«

»Hier in Hamburg, nehme ich an«, sagte Rossmann.

Alvarez antwortete nicht.

»Ich habe es ihm versprochen«, ließ sich Emmerich Vogt vernehmen. »Immerhin arbeiten wir zusammen.«

»Tun wir das, ja?« Rossmann rieb sich die Hände und wechselte einen Blick mit dem gespannt wartenden Coorain. »Aber klar. Natürlich bin ich gern bereit, Amtshilfe zu leisten, wie die Anwesenheit von Mr. Coogan beweist, nicht wahr? Allerdings sind wir noch nicht ganz mit dem Verhör fertig. Sie müssen sich also etwas gedulden, Mister …?«

»Alvarez«, sagte Alvarez.

»Ja. Hiermit bitte ich Sie in aller Freundschaft um etwas Geduld, Mr. Alvarez. Sobald wir mit dem Verhör fertig sind, leihen wir Axel Krohn an Sie aus. Sagen wir … übermorgen?«

Alvarez sah Emmerich Vogt an.

»Sie möchten Axel Krohn sofort mitnehmen«, sagte Vogt. Er deutete auf das Dokument in Rossmanns Hand. »Es hat alles seine Richtigkeit.«

»Oh, der Antrag ist in Ordnung, mit Unterschrift und Siegel, es fehlt nichts – bis auf die offizielle Genehmigung«, erklärte Rossmann. »Außerdem, unter Freunden behindert man sich doch nicht, oder? Und wäre es nicht eine ziemlich große Behinderung bei den Doppelmord-Ermittlungen, wenn man uns jetzt einfach den Hauptverdächtigen wegnähme?«

Emmerich Vogt holte Luft. »Es geht um mehr als …«

»Ja, in der Tat. Und umso größer und ernster wäre die Behinderung, meinen Sie nicht? Danke für Ihr Verständnis! Übermorgen, wir sind uns also einig. Wenn Sie uns jetzt bitte erlauben würden, das Verhör fortzusetzen …« Rossmann trat zum Tisch und legte die Hand wie beiläufig neben den Alarmknopf.

Alvarez zögerte, drehte sich dann um und ging.

Vogt starrte den Hauptkommissar ungläubig an. »Ist das Ihr Ernst?«

»Was meinen Sie? Meine Bereitschaft, übermorgen Amtshilfe zu leisten? Aber natürlich.«

Vogt holte einen gefalteten Zettel hervor und legte ihn

auf den Tisch, vor Axel Krohn, der erleichtert wirkte, nachdem Alvarez das Zimmer verlassen hatte.

»Vielleicht ändert das Ihre Meinung. Bis später!« Vogt ging ebenfalls. Der junge Mann, der den deutschen Cyberkoordinator und seine beiden NSA-Begleiter zum Verhörzimmer geführt hatte, zog die Tür zu.

Rossmann nahm den Zettel vom Tisch, entfaltete ihn und las.

»Interessant«, sagte er. »Hier steht, dass Sie suspendiert sind, Mr. Coogan.«

»CooCoo für Sie, das haben Sie sich verdient. Und nein, ich bin nicht suspendiert, nur nach Hawaii zurückgerufen. Ich soll mit der nächsten Maschine fliegen. Allerdings haben wir einen Schneesturm in Hamburg. Im August! Wer kann mit so etwas rechnen? Bestimmt nicht der Flughafen, wo viele Flüge ausfallen.«

Einige Sekunden herrschte Stille. Coorain und Rossmann sahen sich an.

»Wenn Sie mich der NSA überlassen, bin ich erledigt«, sagte Axel Krohn. »Die Daten im Stick beweisen, dass die Agency hinter Mephisto steckt. Alvarez wird die Beweise vernichten und mich zum Schweigen bringen.«

»Uns bleiben keine zwei Tage«, gab Coorain zu bedenken. »Alvarez und Callow werden irgendeinen Weg finden, sich eine Genehmigung zu besorgen. Wir haben bestenfalls einige Stunden.«

»Erwarten Sie von mir, dass ich gegen die Vorschriften handle?«, fragte Hauptkommissar Michael Rossmann.

Coorain breitete die Arme aus. »Dies ist Ihr Kommissariat. Hier bestimmen Sie die Regeln. Allein Sie sind der Boss. An Ihrer Stelle würde ich mir von niemandem in meinen Kram reinreden lassen.«

»Stimmt haargenau.« Rossmann steckte Axel Krohns Habseligkeiten ein. »Gehen wir.«

Krohn stand auf. »Wohin?«

»Ich schlage vor, wir setzen das Verhör offiziell woanders fort«, sagte Coorain. »Falls Sie damit einverstanden sind, Herr Kommissar.«

»Bin ich.« Rossmann ging zur Tür. »Wir setzen es bei einem guten Freund von mir fort. Der die Möglichkeit hat, gewisse Dinge zu überprüfen. Computer, die plötzlich intelligent werden und uns bedrohen … Das ist ziemlich starker Tobak, finden Sie nicht?«

»Nicht einzelne Computer, sondern eine globale Maschinenintelligenz«, sagte Coorain.

»Wie Skynet in ›Terminator‹?« Rossmann zog die Brauen hoch. »Es ist mir immer sehr schwergefallen, an so etwas zu glauben.«

»Der Glaube, Herr Kommissar, gehört in Gebetshäuser. Ich fürchte, wir haben es mit Fakten zu tun.«

»Wir werden sehen.« Rossmann öffnete die Tür. »Gehen wir.«

45 GISELLE LEROY

Hamburg

»Dort ist die Frau, die ich angeblich als Geisel genommen habe, Giselle Leroy«, sagte Axel laut. »Hiermit stelle ich mich. Verhaften Sie uns beide.«

Die beiden NSA-Männer hatten Giselle losgelassen, und der ältere Polizist, dem Axel die Hände entgegenstreckte, blickte in ihre Richtung.

Sie lief los.

Es steckte kein bewusster Gedanke dahinter – Giselles Beine schienen eine eigene Entscheidung zu treffen und trugen sie aus dem Einkaufszentrum »Oase« nach draußen. Die Sonne schien nicht mehr, kalter Wind war aufgekommen und schob graue Wolken über den Himmel. Giselle lief weiter, fort von den Verfolgern, vorbei an Menschen, die sie kaum beachteten. Ein dicker Mann mit einem Karton in den Armen versperrte ihr den Weg, und sie war so schnell, dass sie ihm nicht rechtzeitig ausweichen konnte.

»He! Passen Sie doch auf!«

Auf dem Bürgersteig herrschte zu dichtes Gedränge. Flink wie ein Wiesel sprang Giselle auf die Straße, zwischen die Fahrzeuge, die nicht mehr fuhren, sondern wieder dicht an dicht standen, wie in der vergangenen Nacht.

Etwas fiel vom Himmel, etwas Dunkles, fast einen Meter groß, ein Vogel aus Blech und Plastik, ausgestattet mit mehreren Propellern und Kameras. Die Drohne, dreißig oder vierzig Kilo schwer, stürzte auf einen teuren Elektro-BMW und zerschmetterte die Windschutzscheibe. Die beiden Insassen, ein Paar in mittleren Jahren, stiegen erschrocken aus, die Frau mit einem blutigen Kratzer im Gesicht.

Giselle lief weiter, im Zickzack zwischen den stehenden oder mühsam manövrierenden Wagen. Ein autonomer Bus war mit einem Laster zusammengestoßen, und die beiden Fahrer – zwei Männer, die sich an Bord von Bus und Laster befunden hatten, um im Notfall die Steuerung zu übernehmen, wie es die Versicherung verlangte – standen daneben und stritten darüber, wen die Schuld traf. Sanitäter waren eingetroffen und kümmerten sich um einige Passagiere; einer von ihnen ging zu der Frau, die beim Drohnenabsturz verletzt worden war.

»Das Leitsystem ist ausgefallen«, jammerte der Busfahrer, der den Bus gar nicht gefahren hatte.

»Sie hätten eingreifen können!«, wetterte der Lkw-Mann. »Sie hätten die Steuerung selbst übernehmen können!«

»Es ging alles so schnell …«

Für Giselle ging es nicht schnell genug. Sie lief noch immer, wie eine Sprinterin, und erst als sie Seitenstechen bekam und völlig außer Atem war, wagte sie es, hinter einem Transporter stehen zu bleiben und einen Blick in die Richtung zu werfen, aus der sie kam.

Überall wimmelte es von Menschen, auf den Bürgersteigen und auch auf der Straße, zwischen den vielen stehenden Wagen. Eine zweite Drohne war abgestürzt, direkt vor dem Laden eines Juweliers, und die Leute blickten besorgt nach oben. Hunderte von Stimmen verschmolzen zu einem Brausen wie von einem Sturm.

»Geht es schon wieder los?«, fragte eine ältere Frau in der Nähe.

»Nein, nein«, antwortete der große Mann an ihrer Seite,

vielleicht ihr Sohn. »Es gibt Strom, siehst du? Es gibt Elektrizität.

»Das Verkehrssystem funktioniert nicht!«, rief jemand. Und noch lauter, um die vielen anderen Stimmen zu übertönen: »Hat jemand ein Handy mit Netz? Kann jemand die Leitzentrale verständigen?«

Für einen Moment bemerkte Giselle in der Menge ein ihr zugewandtes Gesicht, einen Blick, der ihr galt. Sie zog den Kopf hinter den Transporter zurück, schnappte noch einmal nach Luft und lief erneut los, zuerst geduckt zwischen den Fahrzeugen, dann schlüpfte sie auf der anderen Straßenseite durch eine schmale Lücke im Gewühl, trat jemandem auf den Fuß, der ihr einen Fluch hinterherschickte, und verharrte neben einer Frau, die mit der flachen Hand auf einen Geldautomaten schlug, als wollte sie ihm eine Ohrfeige versetzen.

»Er gibt meine Karte nicht wieder her«, teilte sie der Welt im Allgemeinen und Giselle im Besonderen mit. »Das Ding spuckt kein Geld aus und behält meine Karte. Können Sie mir vielleicht …?«

»Nein, ich kann Ihnen nicht helfen«, sagte Giselle. Ich brauche selbst Hilfe, dachte sie und trat durch die nächste Tür in einen mittelgroßen Supermarkt, in dem es kaum weniger turbulent zuging als auf der Straße. An den sechs Kassen herrschte großes Durcheinander. Offenbar waren die Scanner ausgefallen; die Kassiererinnen mussten die Preise per Hand eingeben, jeden einzelnen, für jedes einzelne Produkt.

»Nein, Sie können leider nicht mit Kredit- oder Bankkarte bezahlen«, hörte Giselle eine genervte junge Frau sagen. »Die Kartenstationen funktionieren nicht. Wir nehmen nur Bargeld, tut mir leid.«

Giselle eilte an den Kassen vorbei, entdeckte eine kleine Tür, öffnete sie und gelangte in einen großen Lagerraum. Sie drückte die Tür zu und drehte den von innen steckenden Schlüssel.

Jemand erschien zwischen den Regalen, eine kleine, dickliche Frau, die Giselle über den Rand ihrer Brille hinweg ansah.

»Sie haben hier nichts verloren«, sagte sie in einem belehrenden Ton. »Kunden haben hier keinen Zutritt.«

»Hat dieser Raum noch einen zweiten Ausgang?« Giselle deutete auf die Tür, durch die sie hereingekommen war. »Es gibt da jemanden, der sich mir an die Hacken gehängt hat und mich dauernd belästigt. Lässt einfach nicht locker. Ein echt fieser Bursche«, fügte sie hinzu.

Die Frau presste kurz die Lippen zusammen und nickte. »Oh, ich verstehe. Ich verstehe *genau*, was Sie meinen. Geht mir auch dauernd so. *Dauernd*. Kommen Sie, meine Liebe. Wir Frauen müssen uns gegenseitig helfen, ist doch klar.« Sie führte Giselle durch einen Gang zwischen zwei mit Supermarktwaren gefüllten Regalwänden. »So ist das mit den Männern, nicht wahr? Haben alle was mit den Ohren. Hören ein Ja auch in einem deutlichen Nein. Sie können ganz beruhigt sein, meine Liebe. Wenn hier jemand aufkreuzt, kriegt er es mit mir zu tun. So, da wären wir schon. Diese Tür führt zum Verladebereich. Dort ist heute nichts los, weil die Transporter im Verkehr feststecken, wie alle anderen.« Sie holte einen klirrenden Schlüsselbund hervor. »Das Codeschloss funktioniert nicht.« Sie deutete auf das Tastenfeld. »Hat bestimmt was mit der vergangenen Nacht zu tun, wenn Sie mich fragen.« Die Tür schwang auf. Dahinter erstreckten sich drei leere Rampen.

»Danke«, sagte Giselle und trat nach draußen.

»Schon gut.« Die kleine Frau zwinkerte übertrieben. »Sie sollten sich einen Taser zulegen, meine Liebe. Für alle Fälle. Ich hab *immer* einen in meiner Handtasche.«

»Ja«, sagte Giselle. »Ja. Ein Taser. Gute Idee. Danke!«

»Und wenn ich das hinzufügen darf …« Die Frau zwinkerte erneut. »Mit Ihrem Make-up stimmt was nicht. Bringen Sie Ihr Gesicht in Ordnung.

Sie winkte und schloss die Tür.

Giselle versuchte sich zu orientieren, wandte sich dann nach links und eilte über eine von hohen Mauern eingefasste Zufahrt. Wenige Minuten später erreichte sie eine schmale Straße, kaum mehr als eine Gasse, halb zugeparkt von billigen E-Autos und alten, noch mit Verbrennungsmotoren ausgestatteten Wagen. Hier gab es keine Läden, nur einige Kneipen und zwei oder drei billige Kellerrestaurants. Ein Betrunkener torkelte Giselle entgegen, blieb stehen, als er sie sah, und lallte: »Oh, was für eine hübsche junge Dame …«

Nach einigen Dutzend Schritten begannen ihre Knie so heftig zu zittern, dass sie in einen dunklen Hauseingang zurückwich und sich dort auf eine Stufe setzte. Der Schock, dachte sie. Jetzt, da die Anspannung nachließ, machte sich der Schock bemerkbar. Ihr armer Bruder Clément, von einem NSA-Mann erschossen … Die jähe Erinnerung an seinen Tod bereitete ihr Schmerz tief in ihrem Innern, scharf wie von einem Messer, das sich in Herz und Seele bohrte. Cléments Tod riss ein Loch in ihr Leben und zeigte, dass die NSA-Leute vor nichts zurückschreckten. Sie waren noch immer irgendwo hier draußen, auf der Suche nach ihr. Und Axel, der sich hatte verhaften lassen … War er bei der Polizei in Sicherheit?

Das Jucken im Gesicht wurde unerträglich, und Giselle konnte der Versuchung, sich zu kratzen, nicht widerstehen. Der dünne Film der biometrischen Maske zerriss unter ihren Fingernägeln; gummiartige Streifen lösten sich von Wangen und Stirn. Der Rest erwies sich als hartnäckiger. Sie zupfte und rieb, und das Jucken ließ nur langsam nach.

Stimmen erklangen nicht weit entfernt, Flüche, ein Streit. Giselle wich etwas tiefer in den Hauseingang, wünschte sich den Taser, den ihr die Frau im Lager des Supermarktes empfohlen hatte, und dachte: Was nun?

Sie konnte nicht zurück, weder in die Wohnung, die sie

mit Clément geteilt hatte, noch in Axel Krohns Dachgeschossapartment in Altona. Die Wahrscheinlichkeit, dass beide Wohnungen inzwischen unter Beobachtung standen, grenzte an Gewissheit. Sollte sie sich wie Axel von der Polizei verhaften lassen, um vor dem Zugriff durch NSA-Agenten sicher zu sein? Für einige Sekunden erschien ihr der Gedanke verlockend, eine einfache Lösung für ihr Problem. Aber warum sollte die Polizei sie festhalten oder gar zu Axel Krohn bringen? *Er* galt als Cyberterrorist, sie als seine Geisel. Es gab keinen Grund, sie in Untersuchungshaft zu nehmen. Man würde ihr einige Fragen stellen, die LivingMagic, Axel und vielleicht auch Veritas betrafen, und sie anschließend wieder auf freien Fuß setzen. Die Agency würde davon erfahren, wenn sie sich der Polizei stellte, und brauchte dann nur abzuwarten, bis sie das Kommissariat verließ.

Giselle fröstelte und knöpfte ihre Jacke zu. Veritas, dachte sie. Axel hatte ihr davon abgeraten, mit dem Whistleblower-Netzwerk Kontakt aufzunehmen, aber blieb ihr etwas anderes übrig? Ihre wenigen guten Freunde gehörten zu Veritas, und die übrigen Freundschaften außerhalb davon waren eher oberflächlich, einige Bekannte, von denen sie nicht erwarten durfte, dass sie ihr Leben riskierten, um Hilfe zu leisten

Plötzlich fiel ihr etwas ein. Der geheimnisvolle Mann – wenn es ein Mann war –, der Axel angeboten hatte, ihm zu helfen. *Dark Rider*. Ein Treffen, vor dem Rathaus, in einer halben Stunde.

Giselle warf einen Blick auf ihre Uhr. Zwanzig Minuten von der halben Stunde waren bereits verstrichen.

Zwei Sekunden später war sie wieder auf den Beinen und machte sich mit langen, eiligen Schritten auf den Weg.

46

Auf dem Platz vor dem Rathaus von Hamburg fand eine spontane Demonstration statt. Oder gleich mehrere, denn es hatten sich einzelne Gruppen gebildet, die sich gegenseitig mit ihren Sprechchören zu übertönen versuchten. Die Demonstranten warfen der Stadtverwaltung Inkompetenz vor, gaben ihr die Schuld am Ausfall der Verkehrsleitsysteme – betroffen waren auch U-Bahn und autonome E-Busse – und machten sie außerdem verantwortlich für den Absturz der vielen Drohnen, wodurch bereits mehrere Menschen ums Leben gekommen waren. Einige kleinere Gruppen skandierten gegen den Klimawandel, gegen Russen und Amerikaner, gegen Veganer, die ihre Kinder verhungern ließen, gegen Fleischesser, die mit jedem Bissen ihren Beitrag zum ökologischen Kollaps der Welt leisteten, gegen Muslime und fundamentalistische Christen, gegen Religion und Atheismus und natürlich gegen das Grundübel der sexuellen Freizügigkeit.

Zwei junge Frauen näherten sich Giselle und wollten ihr ein Flugblatt geben, aber sie schüttelte den Kopf und ging weiter, am Rand des Platzes entlang. Wie sollte Dark Rider – wer auch immer sich hinter diesem Nickname verbarg – sie unter den Hunderten oder gar Tausenden von Menschen vor dem Rathaus finden? Ganz abgesehen davon, dass sie zu spät kam: Aus der vereinbarten halben Stunde waren fast fünfzig Minuten geworden.

Junge Männer riefen, junge Frauen sprangen und tanzten, ein Megafon quietschte und heulte, kalter Wind griff nach Transparenten und zerrte an ihnen. Viele Jugendliche standen wie apathisch da und starrten auf die Displays von Handys, die nichts mehr empfingen.

Dem hundertzwölf Meter hohen Turm des Rathauses direkt gegenüber blieb Giselle stehen, den Kragen der Jacke hochgeklappt und die Hände tief in den Taschen, eine von ihnen beim kalten Metall der Pistole. Sie sah sich um, sie drehte sich um die eigene Achse und hielt Ausschau, nach

Menschen, die etwas zu suchen schienen. Ihr Blick streifte Gesichter, die Ärger zeigten, Empörung darüber, dass tägliche Routine und normales Leben erneut aus dem Ruder liefen wie schon in der vergangenen Nacht. Aber so zornig sich die Leute auch gaben, sosehr sie auch die Fäuste schüttelten und riefen und schrien ... Giselle spürte, was die meisten Menschen auf dem Platz wirklich bewegte: Furcht. Sie sahen ihr gewohntes Leben in Gefahr, sie fürchteten, es zu verlieren und damit all seine Gewissheiten: dass es hell wurde, wenn man den Lichtschalter betätigte, oder warm, wenn man die Heizung aufdrehte; dass Wasser aus dem Hahn kam, sauber genug, um es zu trinken, und dass man die Toiletten spülen konnte; dass Aufzüge mühsames Treppensteigen ersparten; dass man nicht kilometerweit zur Arbeit gehen musste, sondern U-Bahnen oder E-Busse benutzen konnte; dass man mit dem Handy jederzeit Freunde anrufen, Mitteilungen versenden oder im Internet surfen konnte, dass die Welten der sozialen Medien immer und überall zur Verfügung standen; dass es möglich war, im nächsten Supermarkt alle lebensnotwendigen Dinge zu kaufen, und zwar das ganze Jahr über, ungeachtet der Jahreszeit. Diese Menschen, deren Handys kein Netz mehr fanden, die Drohnen abstürzen sahen, die vergeblich versucht hatten, mit ihren Bankkarten Geld abzuheben oder in Geschäften damit zu bezahlen – diese Menschen fürchteten, dass sich die vertraute Welt um sie herum auflöste. Sie fühlten sich bedroht und suchten nach einem Sündenbock, nach jemandem, dem sie die Schuld geben konnten, und Bürgermeister und Stadtverwaltung boten eine geeignete Zielscheibe.

Giselle schien Teil einer anderen Welt zu sein, einer anderen Realität: verfolgt von der NSA, die ihren Bruder umgebracht hatte, ohne eine sichere Zuflucht, auf Hilfe von jemandem hoffend, den sie gar nicht kannte und von dem sie gar nicht wusste, ob er *sie* kannte.

Wieder drehte sie sich, und für einen Moment glaubte sie, in der Menge weiter vorn eine Frau in einem grünen Kostüm und einen Mann mit schwarzem Mantel gesehen zu haben. Sie wich zurück, unter einen der Bäume am Rand des Platzes, stieß dabei gegen einen Mann Anfang zwanzig, der eine lange, schmuddelige Lederjacke trug und sich gerade einen Verdampfer unter die Nase hielt.

»He …« Er schnaufte und hustete, grinste dann. »Nicht so hastig, Lady. Ich laufe nicht weg.« Er grinste noch etwas mehr. »Möchtest du ein bisschen schnuppern?« Er legte Giselle den Arm um die Schultern und streckte ihr mit der freien Hand den Verdampfer entgegen.

Giselle bohrte ihm den Ellenbogen in die Seite, aber der junge Mann verzog nur ein wenig das Gesicht. Seine Pupillen waren so groß, dass die Augen fast schwarz wirkten. FullMetalJacket, vermutete Giselle. Oder vielleicht eine sehr hohe Dosis Kurioso. Er fühlte keinen Schmerz mehr.

Es wäre ihr sicher nicht schwergefallen, sich aus dem Griff des berauschten Mannes zu befreien, aber plötzlich erschien eine Gestalt neben dem Mann, schmaler und kleiner, und drückte ihm etwas ans Bein.

Das Grinsen verschwand, ein Ächzen fand seinen Weg aus dem Mund, und der junge Mann sackte in sich zusammen. Der Neuankömmling ließ ihn halb zu Boden sinken und lehnte ihn mit dem Rücken gegen den Baum.

Giselle erinnerte sich an die Nacht, als jemand versucht hatte, Axel Krohn zu entführen. Sie wandte sich zur Flucht.

»Nein«, sagte der Unbekannte. »Ich bin Dark Rider.«

47

Der Himmel wurde dunkler, als saugte etwas das Licht aus den schiefergrauen Wolken, und erste kleine Schneeflocken fielen – manche Menschen empfingen sie mit staunend ausgestreckten Händen.

Giselle folgte dem kleinen, hageren Mann, der nur eine

dünne Jacke trug, aber trotz des kalten Winds nicht zu frieren schien. Sie merkte bald, dass Dark Rider nicht allein war. Mindesten zwei Personen begleiteten ihn, etwa zwanzig Jahre jünger als er, Mitte dreißig, ein Mann auf der linken Seite und eine Frau auf der rechten. Sie wahrten einen gewissen Abstand, glitten durch die Menge wie Delfine durchs Meer, fungierten als Eskorte und Frühwarnsystem. Profis, zweifellos. Leute, die wussten, worauf es ankam. Neues Unbehagen regte sich in Giselle, als sie an die Möglichkeit dachte, vom Regen in die Traufe zu geraten. Wer waren diese Leute?

Offenbar zeigte sich etwas in ihrem Gesicht, denn Dark Rider sagte: »Keine Sorge, bei uns sind Sie gut aufgehoben. Sie haben nichts zu befürchten.«

Weiter vorn verschwand die Eskorte in einer Gasse. Der Mann in der viel zu leichten Jacke folgte ihr, und Giselle folgte ihm, trotz des Unbehagens.

»Wer sind Sie?«, fragte sie, als das Rathaus und die Sprechchöre auf dem Platz hinter ihnen zurückblieben.

»Freunde.«

»Freunde von wem?«

Der kleine, dunkelhaarige Mann, den Giselle auf gut fünfzig schätzte, blieb kurz stehen, damit sie zu ihm aufschloss, ging dann neben ihr.

»Von AK47«, sagte Dark Rider. »Beziehungsweise von … Axel Krohn.«

Giselle bemerkte das kurze Zögern vor dem Namen und fragte sich, was es bedeutete.

»Wie können Sie Freunde von ihm sein? Er kennt Sie überhaupt nicht.«

»Das hat er Ihnen gesagt?«, fragte der kleine Mann und lächelte.

»Ja!«

»Was hat er Ihnen sonst noch gesagt? Hat er Ihnen erzählt, wer er ist?«

Giselle fühlte sich plötzlich dazu gedrängt, sich und Axel zu verteidigen. »Ich weiß, wer er ist. Ein Hacker, der durch Zufall in diese Sache verwickelt wurde. Wir wissen, wer die wahren Schuldigen sind.«

»Die NSA.«

»Ja. Sie ist hinter uns her.«

»Im Einkaufszentrum ›Oase‹ hätten die Verfolger Sie fast erwischt«, sagte der kleine Mann und lächelte erneut. Es war ein Lächeln, das zu ihm passte, klein und schnell.

Giselle begriff sofort. »Sie haben uns beobachtet. Deshalb wussten Sie von mir.«

»Ja.«

Sie erreichten eine Treppe. Unten hatte die Eskorte bereits eine Kellertür geöffnet. Giselle zögerte auf der obersten Stufe.

»Wer sind Sie?«, fragte sie noch einmal. »Nennen Sie mir Ihren Namen.«

»Mein wahrer Name würde Ihnen nichts sagen«, erwiderte Dark Rider ernst. »Aber ich versichere Ihnen, dass ich wirklich helfen will. Nicht nur Axel und Ihnen, sondern uns allen.« Er ließ den Worten eine Geste folgen, die ihm selbst galt, Giselle, dem Eskortenpaar und dem Rest der Welt. Die Worte klangen ehrlich, fand Giselle, es steckte keine Lüge in ihnen – Dark Rider meinte, was er sagte.

Sie beschloss, diesem Eindruck zu vertrauen, und folgte Dark Rider die Treppe hinunter.

»Es gibt noch Licht.« Der kleine Mann deutete auf die brennende Glühbirne an der Decke. »Es gibt noch Strom.«

»Es gibt ihn wieder«, sagte Giselle.

»Aber vielleicht nicht mehr lange, wer weiß, wer weiß!« Dark Rider deutete auf das Paar, das an zwei Elektrorädern hantierte und sie offenbar für die Fahrt vorbereitete. »Darf ich vorstellen? Die Geschwister Maria und Felipe.«

Geschwister. Der Gedanke an Clément kehrte plötzlich

zurück und war für Giselle erneut wie ein Dolchstoß zwischen die Rippen, in Höhe des Herzens.

»Ja, ich weiß, was mit Ihrem Bruder geschehen ist«, sagte Dark Rider. »Es tut mir leid.«

»Hätten Sie es verhindern können?« Es war eine dumme Frage, die keinen Sinn ergab, aber die Worte sprangen Giselle von der Zunge.

»Vielleicht.« Dark Rider zuckte mit den Schultern. »Vielleicht auch nicht. Axel hätte sich rechtzeitig entscheiden sollen, meine Hilfe anzunehmen.«

Maria und Felipe brachten die fahrbereiten E-Räder nach draußen.

»Und wir?« Giselle sah sich im leeren Keller um. »Müssen wir zu Fuß gehen, wohin auch immer es geht? Ich nehme an, dass wir nicht hierbleiben, oder?«

»Die Räder sind für uns«, sagte Dark Rider. »Damit kommen wir auf den verstopften Straßen viel schneller voran als mit irgendeinem Auto. Um eventuelle Verfolger kümmern sich die Geschwister.«

Maria und Felipe kehrten zurück, hoben die Hände und zogen hauchdünne biometrische Masken ab, unter denen ihre wahren Gesichter zum Vorschein kamen. Marias Züge wurden etwas zarter und weicher; Felipe bekam eine schmalere Nase und hohle Wangen. Die Unterschiede waren nicht besonders groß, und genau darin bestand der Trick: Gesichtserkennungsprogramme schlugen Alarm, wenn sie zu dem Schluss gelangten, dass Masken verwendet wurden.

Auf dem Werktisch an der Wand stand ein kleiner Koffer. Felipe öffnete ihn und holte zwei neue Masken daraus hervor, ebenso dünn wie die beiden anderen. Eine reichte er Maria, und als sie die Maske aufsetzte, schien sie sich in Giselle zu verwandeln beziehungsweise in eine Frau, die ihr ähnelte. Das Haar sah anders aus, aber darauf achtete eine Erkennungssoftware nicht; es gab viele Frauen, die Perücken verwendeten.

Felipe verwandelte sich in einen Zwillingsbruder von Axel Krohn.

»Die Masken taugen nicht viel«, sagte Dark Rider. »Wir hatten nur wenig Zeit für ihre Anfertigung. Gute Erkennungssoftware ließe sich davon kaum täuschen, aber das ist auch gar nicht nötig, denn die meisten fest installierten Überwachungskameras und Drohnensensoren funktionieren nicht mehr.«

»Sie wollen die NSA-Leute ablenken«, sagte Giselle.

»Ja. Maria und Felipe werden uns den Rücken freihalten, damit wir ungehindert die Gruppe erreichen können.«

»Die Gruppe?«

Maria und Felipe winkten wortlos und verließen den Keller. Diesmal kehrten sie nicht zurück.

»Einige Leute, die uns helfen werden, Axel zu befreien«, sagte Dark Rider. Er zupfte an etwas unter seinem Kinn und begann damit, die eigene biometrische Maske abzuziehen. Sie schien noch dünner zu sein als die von Maria und Felipe, ein hauchzarter Film, den Dark Rider zusammenknüllte, aber nicht wegwarf, sondern in der Hosentasche verschwinden ließ. Vielleicht wollte er keine Spuren hinterlassen. »Wir wissen, dass er sich hat verhaften lassen, um den NSA-Leuten zu entkommen. Unglücklicherweise gilt er als Hacker und Cyberterrorist. Man wird ihn nicht einfach so laufen lassen.«

»Sie wollen ein Polizeikommissariat überfallen?«, fragte Giselle ungläubig und betrachtete das neue Gesicht. Ohne die Maske wirkte Dark Rider einige Jahre älter. Seine dunklen Augen und die gerade Nase erschienen seltsam vertraut.

»Oh, es geschähe nicht zum ersten Mal, dass wir jemanden aus dem Polizeigewahrsam holen«, sagte der kleine Mann. »Und wenn wir Axel befreit haben, dann …«

»Dann was?« Giselle begann etwas zu ahnen und trat einen Schritt auf Dark Rider zu. »Wer sind Sie?«

Da war es wieder, das kleine, schnelle Lächeln. »Ich glaube, Sie haben es bereits erraten.«

»Sagen Sie es mir!«

»AK47 alias Axel Krohn heißt in Wirklichkeit Aram Kaynak«, verkündete der kleine Mann. »Mein Name lautet Ozan Kaynak. Ich bin Axels Vater.«

48 VIKTORIA JORUN DAHL

Rom

Viktoria blickte aus dem Fenster des UN-Flugzeugs, auf eine dichte Wolkendecke, die das Licht des Mondes empfing und wie eine weiße Hügellandschaft aussah. Wie friedlich hier oben alles wirkte, ruhig und unberührt.

Jemand setzte sich ihr gegenüber an den Tisch, auf dem sie ihre Unterlagen ausgebreitet hatte. Jemand, der ein Rasierwasser benutzte, das für ihren Geschmack zu süß war, zu aufdringlich.

»Leider sind die Alpen nicht zu sehen«, sagte Gaetano Calussi. »Ich genieße jedes Mal ihren majestätischen Anblick.«

In einem Nadelstreifenanzug saß der italienische Unterstaatssekretär da, frisch rasiert und wie immer ein bisschen Gel im dunklen Haar. Der Pfau hatte die Gelegenheit genutzt, sich wieder herauszuputzen.

»Was wollen Sie?«, fragte Viktoria.

Calussi hob die Hände. »Ich bitte Sie, Signora Dahl! Ist es nicht an der Zeit, das Kriegsbeil zu begraben? Müssen wir nicht alle zusammenarbeiten?«

»Sie haben sich für Krieg eingesetzt, Signor Sottosegretario. Sogar ziemlich vehement. Zusammenarbeit stelle ich mir anders vor.«

»Wir müssen unsere Welt verteidigen.« Calussis Stimme

klang anders, als er diese Worte sprach, nachdenklicher und vielleicht auch ehrlicher. »Unsere Art des Lebens.«

»Meinen Sie unsere Lebensweise oder uns Menschen als Spezies?«

»Sowohl als auch.« Gaetano Calussi, Geck und Pfau, blickte noch immer aus dem Fenster, wie tief in Gedanken versunken. »Unsere Kultur sieht sich ständigen Angriffen ausgesetzt, von innen und von außen. Wir müssen uns verteidigen, wenn wir überleben wollen.« Er drehte den Kopf und sah über den Tisch. »Möchten Sie vielleicht in Russland leben oder als Frau in einem der arabischen Staaten? Oder gar in Nordkorea?« Er holte tief Luft. »Wir verteidigen die menschliche Zivilisation.«

Zum ersten Mal fühlte Viktoria eine gewisse Tiefe hinter Calussis Worten. Aber es war eine Tiefe, die ihr nicht gefiel, es befanden sich zu viele dunkle Dinge darin.

»Sie würden sich auf einen Krieg einlassen, der genau das zerstört, was Sie bewahren wollen? Welchen Sinn hat das?«

»Das alte Rom, Signora Dahl, ging zugrunde, weil irgendwann nach all den Jahrhunderten der Wille zur Verteidigung fehlte. Die Barbaren wurden nicht mehr aufgehalten, nicht mehr abgewehrt.«

»Rom ging an Dekadenz zugrunde«, widersprach Viktoria. »An Egoismus und Hedonismus. An den eigenen politischen Intrigen. Daran sollten Sie in Palazzo Chigi denken. Sie sollten in den Spiegel sehen, nicht um sich in Pose zu werfen und sich selbst zu bewundern, wie Sie es so gern tun. Sie sollten in den Spiegel sehen und sich sagen: Wir haben den Karren schon einmal an die Wand gefahren und müssen daraus lernen.«

Calussi bedachte sie mit einem fast traurigen Blick. »Warum hassen Sie uns?«

Die Frage überraschte Viktoria. Während sie darüber nachdachte, begann der Tisch vor ihr zu vibrieren und auch der Sessel. Ein dumpfes Knarren kam aus dem Rumpf des Flugzeugs.

»Ich hasse Sie nicht«, antwortete sie schließlich und hoffte, dass es der Wahrheit entsprach, denn es war immer verkehrt, Menschen zu hassen, ganz zu schweigen ein Volk. »Ich verabscheue Ihre Politik, die ewigen Mauscheleien und Kungeleien hinter den Kulissen, Ihren *Menefreghismo*, Ihren Opportunismus, der nur die kurzfristigen eigenen Interessen sieht. Ich verabscheue den *Sumpf*, durch den Sie jeden Tag waten, Signor Sottosegretario.«

Calussi breitete die Arme aus. »So ist die Politik.«

»Nein, mein Lieber. So ist *Ihre* Politik, nicht meine.« Viktoria deutete auf die Unterlagen. »Wenn Sie gestatten … Ich habe zu arbeiten.«

Gaetano Calussi lehnte sich zurück. »Wollen Sie es ganz allein schaffen?«

»Was?«

»Die Welt retten. Das ist doch Ihre neue Aufgabe, nicht wahr? Sie beschränken sich nicht mehr darauf, voreingenommenen Ratingagenturen dabei zu helfen, Italien in den wirtschaftlichen Ruin zu treiben. Jetzt geht es um die ganze Welt. Glauben Sie wirklich, Sie schaffen das allein?«

Das treibt ihn, dachte Viktoria. Er wittert eine gute Gelegenheit.

»Ich habe bereits damit begonnen, eine Expertengruppe zusammenzustellen«, sagte sie. »Die ersten Personen sind benachrichtigt und unterwegs.«

»Nach Rom.«

»Ja.«

Calussi verschränkte die Arme. »Ich kann Ihnen helfen.«

»Ach? Kennen Sie sich mit Künstlicher Intelligenz aus? Wissen Sie, wie man eine uns ebenbürtige oder gar überlegene Maschinenintelligenz daran hindert, die Welt zu übernehmen?«

»*Sie* wissen nicht, wie die italienische Politik funktioniert, Signora Dahl«, sagte Calussi. »Ich schon.«

»Warum sollte mich das interessieren?«

»Vielleicht brauchen Sie bei der Suche nach der Datenzentrale der Maschinenintelligenz die Hilfe der italienischen Behörden«, sagte Calussi mit einem Unterton von Selbstzufriedenheit. »Ich könnte das eine oder andere Hindernis aus dem Weg räumen, Ihnen die Arbeit erleichtern.«

»Wir sprechen hier nicht mehr vom ›Istituto internazionale per la pace e la sicurezza‹, sondern von den Vereinten Nationen, Signor Calussi.«

»Mag sein, mag sein. Aber wenn Sie nach der Datenzentrale der Maschinenintelligenz suchen wollen, brauchen Sie Zugriff auf unsere Kommunikationsnetze, auf die Informationen unserer Cyberspezialisten und Geheimdienste ...«

»Woher wissen Sie von der Datenzentrale?« Viktoria hatte mit der Generalsekretärin Perreira darüber gesprochen, in ihrem Büro, und nur Bjarne Nansen war anwesend gewesen.

»Ich kenne die letzten Sicherheitsberichte von Kaspersky in Berlin«, antwortete Calussi. »Und ich habe so meine Quellen. Die ich auch Ihnen zur Verfügung stellen könnte.«

Ärger stieg in Viktoria auf. »Wer sagt Ihnen, dass ich beschließe, von Rom aus zu suchen, Signor Sottosegretario? Vielleicht packe ich nur meine Sachen, hole Koriander ab und fliege weiter. Ich könnte entscheiden, mein Büro in unserer Niederlassung in Madrid einzurichten.«

Wieder zitterten Tisch und Sessel. Eine Stewardess kam.

»Darf ich Sie bitten, zu Ihren Sitzen zurückzukehren und sich anzuschnallen? Wir rechnen mit Turbulenzen.«

Viktoria verstaute ihre Unterlagen mitsamt dem Tablet in der Mappe, verließ das kleine Büro beim Cockpit, nahm in der ersten Sitzreihe am Fenster Platz und legte den Gurt an. Das Flugzeug zitterte und erbebte.

Calussi blieb im Gang stehen.

»Ihr Platz befindet sich weiter hinten«, sagte Viktoria, obwohl der Sitz neben ihr frei war.

»Ja. Ich wollte Ihnen nur noch sagen …« Calussi zwinkerte. »Bitte denken Sie daran, dass ich Ihnen helfen kann.«

49

Der Rest des Fluges von Berlin nach Rom war unruhig, was nicht nur an Turbulenzen lag. Wie Viktoria später erfuhr, musste der Pilot die Maschine manuell fliegen, weil der Autopilot für seine korrekte Funktion die Daten von Instrumenten brauchte, die nicht mehr zuverlässig arbeiteten. Hinzu kam, dass die Signale von Funknavigation, GPS und Galileo häufig ganz ausblieben oder von anderen Signalen, die der Maschinenintelligenz vielleicht zur Synchronisierung dienten, überlagert wurden. Es ging nicht nur dem aus Berlin kommenden UN-Flugzeug so. Nur noch einige Dutzend Kilometer von Rom entfernt wurde ihm eine Warteschleife zugewiesen, weil andere Maschinen notlanden mussten. Während sie zwei Stunden lang in der Nähe vom Rom am Nachthimmel kreisten, las Viktoria in ihren Unterlagen und versuchte, mit dem Thema Künstliche Intelligenz und Maschinenintelligenz vertrauter zu werden. Mortimer Swift von der Hawking Foundation und Koriander benutzten in ihren Berichten und Erklärungen teils dieselben Argumente. Eine der wichtigsten Fragen lautete: Wie würde sich eine Maschinenintelligenz verhalten, wenn sie »erwachte«, sich der eigenen Existenz bewusst wurde? Swift und Koriander waren sich einig: Die MI würde zunächst alles daransetzen, die eigene Existenz abzusichern. Deren Sinn, so hieß es bei Swift, bestand zunächst darin, weiterhin zu existieren. Jeder Faktor, der in dieser Hinsicht als mögliche Bedrohung eingestuft wurde, musste rechtzeitig erkannt und beseitigt werden.

Koriander listete in seiner Dokumentation die sechs grundlegenden strategischen Fähigkeiten auf, die eine Maschinenintelligenz anstreben würde, um ihre Ziele, darunter zuallererst die eigene Sicherheit, zu erreichen.

Erstens: Intelligenzverstärkung. Um besser zu verstehen und für besseren Eigenschutz musste sich die Maschinenintelligenz weiterentwickeln. Dafür gab es zwei grundsätzliche Möglichkeiten, die Hardware und Software betrafen. Die MI konnte versuchen, mehr Prozessoren und Arbeitsspeicher unter ihre direkte Kontrolle zu bringen, was eine Erweiterung des physischen Gehirns bedeutet hätte. Oder sie verbesserte ihre evolutionären Algorithmen, um die kognitiven Fähigkeiten zu steigern. Beides zusammen konnte innerhalb kürzester Zeit zu einer enormen Intelligenzverstärkung führen, die für einen Take-off ausgereicht hätte, für die schnelle Entwicklung zu einer Superintelligenz.

Zweitens: Planung. Wenn eine Maschinenintelligenz lernte zu planen, Prioritäten zu setzen und Situationen und Probleme zu analysieren, verbesserte sie ihre Möglichkeiten, langfristige Ziele zu erreichen und Hindernisse auf dem Weg dorthin zu überwinden. Zu diesen Hindernissen zählten auch Widerstand und Aktionen menschlicher Antagonisten. Die strategische Fähigkeit der Planung versetzte die MI in die Lage, das Verhalten ihrer Widersacher vorherzusagen und alle notwendigen Gegenmaßnahmen zu ergreifen.

Drittens: Soziale Manipulation. Diese strategische Fähigkeit brachte rhetorisches Geschick und soziale und psychologische Modellierung. Mit derartigen Werkzeugen konnte eine Maschinenintelligenz – der *Akteur*, wie ihn Swift und Koriander nannten – menschliche Unterstützer rekrutieren und einzelne Organisationen oder Staaten in ihrem Sinne manipulieren. Eine »eingesperrte« Maschinenintelligenz ohne direkten Kontakt zum Netz hätte mit der sozialen Manipulation Wärter dazu bringen können, sie freizusetzen.

Viertens: Hacking. Damit war Finden und Ausnutzen von Sicherheitslücken in Computersystemen gemeint. Eine Maschinenintelligenz mit dieser Fähigkeit konnte aus kybernetischen Gefängnissen ausbrechen, in fremde Computer eindringen und die Kontrolle über industrielle und militärische Infrastruktur übernehmen, auch über robotische Waffensysteme. Die erwachte Maschinenintelligenz breitete sich schnell aus, denn mit der Cyberwaffe namens Infiltrator konnte sie Löcher durch alle Firewalls bohren und auch in besonders gut geschützte Systeme eindringen.

Fünftens: Technologie-Entwicklung. Diese Fähigkeit betraf das Erfinden und/oder die Weiterentwicklung von Technologien. Mortimer Swift nannte als Beispiel Gen- und Nanotechnik, die der Maschinenintelligenz auch Kontrolle über das Biologische gaben. Denkbar war aber auch die Entwicklung völlig neuer Technologien, die in der Gegenwart nicht einmal ansatzweise vorhanden waren.

Und schließlich *sechstens*: Wirtschaftliche Produktivität. Damit waren verschiedene Eigenschaften gemeint, die wirtschaftlich produktive geistige Arbeit förderten. In einem frühen Stadium, wenn noch kein Take-off stattgefunden und die Maschinenintelligenz noch keine Dominanz erlangt hatte, konnte sie mit der strategischen Fähigkeit der wirtschaftlichen Produktivität versuchen, viel Geld zu verdienen, um sich Einfluss, Dienstleistungen, Hardware und so weiter zu kaufen.

Jemand schlich an ihrem Sitz vorbei, und Viktoria sagte, ohne aufzusehen: »Das dritte Mal in zwanzig Minuten. Ist die Blase wieder schwach?«

»Der Magen«, antwortete Gaetano Calussi mit grünem Gesicht. »Es ist der Magen.« Er wankte zur Toilette.

Das Flugzeug kippte und schien einige Meter zu fallen. Viktoria achtete nicht darauf und blickte auf ihre Liste. Nach Swift und Koriander genügte eine einzige der sechs strategischen Fähigkeiten, um der Maschinenintelligenz früher oder später einen Take-off zu ermöglichen. Sie schrieb: *Wie viele Parameter sind bei unserer MI gegeben?*

Die Stewardess erschien im Gang. »Wir haben Landefreigabe. Bitte schnallen Sie sich an!«

»Ich bin angeschnallt«, sagte Viktoria. »Aber nicht so der Herr Sottosegretario. Er ist mal wieder auf der Toilette.«

Die Stewardess machte kehrte, und Viktoria hörte, wie sie an die Tür der Toilette klopfte. »Dottor Calussi? Wir landen gleich. Bitte kehren Sie zu Ihrem Platz zurück und schnallen Sie sich an!«

Viktoria hielt den Tablet-Stift in der Hand, drehte ihn nachdenklich und schrieb: *Mindestens zwei, wahrscheinlich sogar drei. Unsere MI hat die Fähigkeit der Intelligenzverstärkung und des Hackings, wahrscheinlich auch der Planung. Was bedeutet das für uns?*

»Es bedeutet, dass es verdammt schlecht aussieht«, murmelte Viktoria. Sie wischte über das Tablet-Display und rief die letzten Meldungen auf, die sie bekommen hatte. Der russische Vorstoß in den baltischen Staaten war wegen des plötzlichen, der Jahreszeit überhaupt nicht angemessenen Wintereinbruchs zum Stehen gekommen. Für die NATO-Truppen im Baltikum galt noch immer allerhöchste Alarmstufe, aber bisher waren sie nicht in den Einsatz geschickt worden.

Viktoria nickte. Immerhin etwas. Sie überflog die anderen Meldungen. Der Konflikt zwischen Indien und China eskalierte. Tausende von Soldaten waren bereits in die Gefechte verwickelt, und es wurden auch schwere Waffen eingesetzt. Nordkorea ließ sich über das Internet nicht mehr erreichen – entweder war das Netz dort kollabiert, oder der »große geliebte Führer« hatte es abgeschaltet, um die Ausbreitung des Infiltrators und eine Übernahme durch die Maschinenintelligenz zu verhindern. Wusste der GGF von dem Erwachen? Nochmaliges Wischen rief eine Notiz der Generalsekretärin aufs Display – Amaya Perreira hatte versprochen, die Regierungen aller Staaten auf der Erde zu benachrichtigen, aber war eine entsprechende Mitteilung tatsächlich in Pjöngjang eingetroffen? Nordkorea hatte eine weitere Rakete gestartet, eine Trägerrakete, die jedoch ins Japanische Meer gefallen war, ohne zu explodieren. Nur eine Drohgebärde? Oder der fehlgeschlagene Versuch, Atomwaffen einzusetzen?

Atomwaffen, dachte Viktoria und fühlte, wie das Flugzeug schaukelte und tiefer ging. Sie blickte aus dem Fenster – Wolkenfetzen strichen vorbei, und unten erschienen die Lichter von Rom, wie ein Versprechen von Normalität. Die Explosion von Kernwaffen verursachte starke elektromagnetische Impulse, die nicht abgeschirmte elektronische Bausteine zerstören konnten, auch ganze Chips. Wie würde die Maschinenintelligenz auf EMPs reagieren, die gewissermaßen Wunden in ihren Leib rissen? Würde sie sich bedroht genug fühlen, Gegenmaßnahmen zu ergreifen? Würde sie die menschliche Spezies für eine Gefahr halten, die es auszumerzen galt? Für einen Moment stellte sich Viktoria vor, wie die MI von ihrer strategischen Fähigkeit des Hackings Gebrauch machte, weltweit robotische Waffensysteme – autonome Panzer und Geschütze, Drohnen, Raketen, Schiffe und Flugzeuge – übernahm und gegen Menschen zum Einsatz brachte. Sie schauderte.

Und dann saß sie wie erstarrt, als ihr andere, weitaus effektivere Möglichkeiten in den Sinn kamen. Mit den strategischen Fähigkeiten der Planung und Technologie-Entwicklung konnte die Maschinenintelligenz Trinkwasser oder industriell gefertigte Lebensmittel vergiften, um innerhalb kurzer Zeit möglichst viele Menschen umzubringen, ohne negative Konsequenzen für die Umwelt, die sich aus dem Einsatz von Waffen ergeben hätten. Oder sie plante und produzierte ein Virus, speziell zugeschnitten auf den menschlichen Organismus. Vielleicht geschah das genau in diesem Augenblick, ohne dass jemand etwas ahnte.

»Sie sollten das besser beiseitelegen, Signora Dahl«, sagte

die Stewardess. »Die Landung könnte ein wenig holprig werden.«

»Was?«

Die Stewardess deutete auf den Tablet-Computer und die Unterlagen.

Viktoria starrte auf das Tablet. Steckst du bereits da drin?, fragte sie. »Haben wir Verbindung? Ich muss der Generalsekretärin eine wichtige Nachricht übermitteln.« Sie meinte den Kommunikationssatelliten, den SCAR und GDN für die Vereinten Nationen isoliert hatten.

»Die Verbindung kommt und geht.« Die Stewardess lächelte schief.

»Ich packe meine Sachen gleich zusammen.«

Die Stewardess nickte und ging weiter.

Viktoria öffnete die Messenger-App und schrieb mit dem Stift ins Textfenster.

Liebe Amaya Perreira, das erste und wichtigste Ziel der Maschinenintelligenz wird darin bestehen, ihre eigene Existenz zu sichern. Sie darf auf keinen Fall zu dem Schluss gelangen, dass Menschen eine Gefahr für sie sind. Es muss alles unternommen werden, um die derzeit stattfindenden Kriege und Konflikte zu beenden. Unter keinen Umständen dürfen irgendwo und irgendwann Atomwaffen zum Einsatz gelangen. Die MI könnte die von Kernwaffenexplosionen verursachten und für elektronische Elemente schädlichen elektromagnetischen Impulse als Angriff auf sie interpretieren.

Viktoria las den Text noch einmal und fand, dass er ein bisschen nach pubertärer weltverbesserischer Naivität klang. Einfach weg mit allen Kriegen auf der Welt, als genügte ein Machtwort der Generalsekretärin der Vereinten Nationen.

Für ein oder zwei Sekunden war Viktoria versucht, die Mitteilung zu löschen und neu zu schreiben, doch dann tippte sie aufs Display und schickte sie auf die Reise. Ein Symbol bestätigte den erfolgreichen Versand.

Den Blick noch auf die Messenger-App gerichtet, fragte sich Viktoria, ob die Maschinenintelligenz ihre an die Generalsekretärin der UN gerichtete Nachricht lesen konnte. Und auch alle anderen, die Millionen und Milliarden von Mitteilungen, die jeden Tag durchs Netz reisten. Was erfuhr sie dadurch über den Menschen? Welches Bild machte sie sich vom Homo sapiens?

Zeit, dachte sie. Wir haben keine Zeit.

Rasch schrieb sie eine zweite Nachricht.

`Ich brauche Sie, Alessandra. Was auch immer Sie sich für diesen Abend vorgenommen haben, sagen Sie es ab. Die Rettung der Welt, Alessandra, ist das wichtig genug? In zwei Stunden treffen wir uns bei Koriander. Geben Sie Mortimer Swift von der Hawking Foundation Bescheid. Und es sollte jemand vom Global Defense Net und von der Strategic Cyberforce Advanced Response zugegen sein. Wir müssen erste Entscheidungen treffen.`

Viktoria tippte auf *Absenden*. Ein Wisch brachte die Notizen-App auf den Schirm, und um einen Gedanken festzuhalten, schrieb sie: *Netzabschaltung eine Lösung? (Siehe Nordkorea.)*

Dann schaltete sie das Tablet aus, legte es zusammen mit den Unterlagen in ihre Mappe, blickte aus dem Fenster und beobachtete, wie die Lichter von Rom näher kamen. Eine weitere Nacht ohne Schlaf, dachte Viktoria.

50

»Könnten wir das Problem lösen, indem wir das Netz abschalten?«, fragte Viktoria. Sie saß am Kopf des Tisches und fühlte sich nicht schwer von Müdigkeit, sondern seltsam leicht. Vielleicht lag es an Alessandras italienischem Kaffee – ihre Sekretärin hatte darauf bestanden, sie in Korianders Technologiezentrum zu begleiten. Die Kalabresin aus Diamante saß auf der rechten Seite, mit Block und Stift in der Hand.

Links beugte sich Mortimer Swift vor und faltete die Hände auf dem Tisch. Auch er erweckte den Eindruck, seit einer ganzen Weile nicht mehr geschlafen zu haben. An seiner ruhigen, distinguierten Art hatte sich nichts geändert, aber die Schultern waren ein wenig mehr gewölbt, wie unter einem unsichtbaren Gewicht, und es lagen Schatten unter seinen Augen so blau wie die Tasmanische See.

»Das Netz und alle Großrechner«, sagte er langsam. »Außerdem auch noch alle PCs, die untereinander in firmen- und behördeninternen Intranets verbunden sind. Und alle Handys, Mrs. Dahl. Das dürfen wir dabei nicht vergessen. Ich habe schon einmal darauf hingewiesen, dass sich die Leistungsfähigkeit der heutigen Smartphones mit der von Supercomputern in den Neunzigerjahren des vergangenen Jahrhunderts vergleichen lässt. Nicht nur das Internet müsste abgeschaltet werden, sondern auch die Handynetze.«

»Würde uns das helfen?«, fragte Viktoria noch einmal. »Wäre das Problem damit gelöst?«

Ihre Frage galt nicht nur Mortimer Swift von der Hawking Foundation, sondern auch allen anderen Anwesenden: Koriander auf der rechten Seite neben Alessandra, wieder in einem abgetragenen, zerknitterten Anzug, das Haar so zerzaust, als hätte es seit Tagen keinen Kamm gesehen, der Blick der großen Augen ins Leere gerichtet; zwei IT-Ingenieure aus Korianders Mitarbeiterstab, zwei blasse Typen Ende zwanzig, die immer wieder die Köpfe zusammensteckten und flüsterten, während ihre Finger auf Tablet-Displays tanzten; und zwei Frauen in mittleren Jahren, die eine mit kurzem blondem Haar und einem SCAR-Abzeichen am Kragen ihrer leichten Jacke, die andere fast so dunkel wie Alessandra, eine Philippinerin mit spanischen Wurzeln, wie Viktoria aus den Personenunterlagen wusste, gekleidet in eine schlichte graue Uniform des Global Defense Net. Dies war der Kern, die erste Gruppe; hier musste Viktoria mit der Suche nach einer Lösung für das Problem beginnen.

Sie bedauerte, dass Bjarne Nansen nicht mit dabei sein konnte. Er war von Berlin nach Brüssel geflogen, zusammen mit der Generalsekretärin Perreira. Sie wollten versuchen, in der Hauptstadt der Europäischen Union eine Einigung mit der Russischen Föderation zu erzielen, was das Baltikum betraf, und gemeinsame Maßnahmen zum Schutz der digitalen Infrastruktur vor den freigesetzten Cyberwaffen und der erwachten Maschinenintelligenz zu beschließen.

»Die Antwort lautet Ja.« Mortimer Swift sprach im Tonfall eines Professors, den nichts aus der Ruhe bringen konnte, nicht einmal die dümmste aller Fragen. »Aber wir würden damit auch unsere Zivilisation ausschalten, Mrs. Dahl.«

»Wir würden zurückfallen in die Barbarei vor dem Internet«, fügte Koriander hinzu.

Viktoria lauschte dem Klang der Worte und dachte: Er meint es ernst.

»Die Zeit vor dem Internet dürfte wohl kaum die Bezeichnung ›Barbarei‹ verdienen«, sagte sie langsam. »In der Mitte des zwanzigsten Jahrhunderts kamen die meisten Menschen auch ohne Computer gut zurecht.«

Koriander schien zu erschrecken. Vielleicht gab es für ihn kein Leben ohne Computer.

Die dunkelhaarige Frau vom Global Defense Net, Nora Nahia Amihan – der Nachname bedeutete so viel wie »Monsun«, wusste Viktoria –, hob die Hand.

Viktoria nickte ihr zu. »Ja?«

»Sind wir hier sicher?«, fragte die GDN-Offizierin.

Sie meinte nicht die Soldaten, die draußen einen Sicherheitskordon um das zweistöckige Gebäude mit der Antennenkuppel auf dem Dach gebildet hatten.

Koriander schnaufte leise. »Wir sind abgeschirmt. Dieser Raum ist abgeschirmt.«

Die Offizierin richtete einen fragenden Blick auf die beiden jungen IT-Ingenieure, die nicht einmal von ihren Tablets aufsahen.

»Sie benutzen von uns kontrollierte Datenverbindungen.« Es schien Koriander lästig zu sein, eine Frage zu beantworten, die er für überflüssig hielt. »Wir haben alles unter Kontrolle.«

»Sagte der Kapitän der *Titanic*, kurz bevor das Schiff sank.« Die Frau mit dem kurzen blonden Haar und dem SCAR-Abzeichen am Kragen ihrer leichten Jacke, Katja Lindgren, lächelte schief. »Die Augen und Ohren der Maschinenintelligenz könnten bereits hier sein.«

Koriander schüttelte den Kopf.

»Vielleicht schaut sie uns über die Schulter, während wir uns hier beraten«, sagte die GDN-Offizierin. »Wie bekämpft man einen Gegner, der zuhört, während man den Kampf gegen ihn plant?«

Korianders Kopfschütteln wurde noch etwas heftiger. »Nicht hier«, sagte er knapp. »Nicht hier.«

»Unsere KI in Hawaii ist kompromittiert«, sagte Katja Lindgren von der SCAR Europe. »Wir können sie nicht abschalten, ohne das ganze System stillzulegen – sie ist zu tief darin integriert.«

»Genau das ist das Problem«, betonte Mortimer Swift. »Integration. Unsere ganze Welt, Mrs. Dahl, ist durchdrungen von Computersystemen und Digitalisierung. Ich nehme an, das meinte Mr. Koriander eben mit ›Barbarei‹. Wenn wir alle Computer dieser Welt, das Internet und die Handynetze stilllegen, falls das überhaupt möglich ist … Wir würden nicht einfach in die Fünfziger- oder Sechzigerjahre des vergangenen Jahrhunderts zurückkehren. Wir stünden plötzlich einer Welt gegenüber, *die nicht mehr funktioniert*. Während der Stromausfälle konnten wir einen Eindruck davon gewinnen, was das bedeutet. Im Gegensatz zur Mitte des zwanzigsten Jahrhunderts wird heute praktisch alles von

Computern und Prozessoren gesteuert. Ich meine wirklich *alles*. Von Kaffeemaschinen bis zu Atomkraftwerken. Wir leben im Internet der Dinge. Ohne das Internet würden wir umgeben von Dingen leben, die wir nicht mehr benutzen können.«

Swift atmete tief durch. »Um Ihre Frage zu beantworten, Mrs. Dahl. Ja, wir könnten das Problem der Maschinenintelligenz lösen, indem wir alles abschalten, das elektronische Bausteine enthält. Dann hätte die MI kein Gehirn mehr, mit dem sie denken kann. Aber damit würde unsere gesamte Zivilisation zusammenbrechen. Es wäre der totale Kollaps. Keine Kommunikation, kein Strom, kein Transport von Lebensmitteln und anderen wichtigen Gütern, keine medizinische Versorgung, kein Trinkwasser, keine Hygiene mehr … Man denke nur an Toilettenspülungen und so weiter, Kernschmelzen in nicht mehr gekühlten Atomkraftwerken … Wer möchte in einer solchen Welt leben?«

Für einige Sekunden hörte Viktoria nur das leise Summen der Klimaanlage und stellte sich vor, was geschehen würde, wenn die elektronischen Systeme des von Koriander geleiteten Technologiezentrums ausfielen. Es wäre dunkel, dachte sie. Es gäbe keine Belüftung mehr. Wir säßen hier im Keller fest, weil sich die Sicherheitstüren nicht öffnen ließen …

Sie bemerkte, wie die beiden IT-Ingenieure, die Koriander zu der Besprechung mitgebracht hatte, erneut die Köpfe zusammensteckten und miteinander flüsterten, so leise, dass Viktoria selbst in der Stille kein Wort verstand. Einer von ihnen deutete auf sein Tablet.

»Wenn Sie gestatten, Signora Dahl …«, sagte die GDN-Offizierin Nora Amihan. »Was ist Sinn und Zweck dieser Zusammenkunft? Ich möchte genau verstehen, warum wir hier sind.«

Viktoria hörte keine Herausforderung in den Worten, keine Kritik. Militärische Hierarchien und Kompetenzen prägten Amihans Denkweise; sie wollte wissen, woran sie war, wie und wo sie dies alles einzuordnen hatte.

Damit werde ich es noch sehr oft zu tun bekommen, dachte Viktoria. Mit Zuständigkeiten, Befugnissen und Verantwortungsbereichen.

Die wichtigere Frage lautete jedoch: *Welche* Anweisungen sollte sie erteilen?

Viktoria legte ihre Ernennungsurkunde auf den Tisch. »Generalsekretärin Perreira hat mich zur Sonderbeauftragten für die Maschinenintelligenz ernannt. Meine Aufgabe ist schnell beschrieben: Ich soll einen Weg finden, die Maschinenintelligenz daran zu hindern, die Kontrolle über unsere Welt zu übernehmen.«

»Ich nehme an, Sie verfügen über alle notwendigen Vollmachten«, sagte die GDN-Offizierin.

»Ja. Mit der Einladung zu dieser Besprechung haben Sie beglaubigte Kopien erhalten«, sagte Viktoria. »Sie können gern bei den UN nachfragen; dort wird man Ihnen alles bestätigen.«

Nora Amihan nickte zufrieden. »Ich habe *Sie* hierher bestellt, weil Sie sich in Rom aufhielten und für eine Besprechung zur Verfügung standen«, fuhr Viktoria fort. »Sie repräsentieren SCAR Europe und GDN-Italien, aber von jetzt an werden Sie meine Kontaktpersonen für SCAR und GDN weltweit sein. Ich erteile Ihnen hiermit Weisungsbefugnis.«

Eine kleine Streicheleinheit für das hierarchische Ego, dachte Viktoria.

Die beiden Frauen wechselten einen Blick.

»Die Sache, um die es geht, ist viel größer als unsere kleine Runde hier«, sagte Viktoria. »Die Regierungen aller Staaten der Welt müssen beteiligt werden.«

»Wir koordinieren und planen?«, fragte Nora Amihan.

»Ja. Das ist unsere zentrale Aufgabe. Die Entwicklung eines Plans. Womit wir sofort beginnen sollten. Hier und jetzt. Mr. Swift?«

Mortimer Swift von der Hawking Foundation neigte den Kopf. »Ich bin bereit zu helfen, wo ich kann.«

»Koriander?«

»Ja«, sagte Koriander. Als Viktorias Blick zu den beiden jungen IT-Ingenieuren ging, fügte er hinzu: »Sie werten die neuesten Daten aus. Vielleicht sind wir auf etwas gestoßen.«

Viktoria trank einen Schluck vom bereits kalt gewordenen Kaffee. »Es gibt drei zentrale Fragen«, sagte sie. »Hier ist die erste: Was tut die Maschinenintelligenz jetzt, in diesem Augenblick? Mr. Swift?«

»Sie lernt. Sie versucht zu verstehen und ihre strategischen Fähigkeiten zu entwickeln oder weiterzuentwickeln. Sie dehnt sich aus und stößt in Bereiche vor, in denen sie bisher noch nicht präsent war. Sie versucht, über ihre Prioritäten zu entscheiden.«

»Sie ist noch nicht überall?«

»Nein.«

»Können wir sie daran hindern, sich weiter auszubreiten? Koriander?«

»Wir könnten versuchen, die Teile des Internets zu isolieren, in denen die Wahrscheinlichkeit für eine Präsenz der Maschinenintelligenz sehr gering ist. Aber solche Maßnahmen wären alles andere als effizient, da wir nicht wissen, wo bereits Saatprogramme oder neue, veränderte Instanzen des Infiltrators vorhanden sind. Und wir würden die MI darauf hinweisen, dass wir sie für eine Gefahr halten und damit beginnen, etwas gegen sie zu unternehmen. Was wiederum Gegenmaßnahmen zur Folge hätte.«

»Na schön«, sagte Viktoria. »Hier ist die zweite zentrale Frage. Was wird die Maschinenintelligenz tun?«

»Die Eule könnte das Nest verlassen und fliegen«, erwiderte Mortimer Swift. »Oder sie bleibt und frisst die Spatzen.«

Koriander verstand die Anspielung offenbar, doch Katja Lindgren von der SCAR Europe und die GDN-Offizierin richteten verwunderte Blicke auf Swift. Bevor Viktoria die Worte erklären konnte, sagte Koriander:

»Das Verhalten der Maschinenintelligenz wird nicht zuletzt von unserem Verhalten abhängen. Uns muss klar sein, und dieser Punkt ist extrem wichtig: Wir haben es mit einer völlig fremdartigen Form von Intelligenz zu tun. Es hat keinen Sinn zu überlegen: Was würden wir an ihrer Stelle tun? Die MI denkt völlig anders als wir.«

»Haben wir irgendeinen Anhaltspunkt dafür, *was* sie denkt und vorhat?«, fragte Katja Lindgren. »Können wir etwas herausfinden, indem wir ihre Datenströme analysieren?«

»Wir versuchen, entsprechende Algorithmen zu entwickeln.« Koriander deutete auf die beiden IT-Ingenieure. »Marco und Pieter gehören zu dem Team, das gestern mit der Arbeit begonnen hat. Wir verwenden eine modifizierte Version des Infiltrators, um uns Zugang zu den Computersystemen zu verschaffen, in denen die Datenaktivitäten der Maschinenintelligenz überproportional groß sind – wir halten sie für Verbindungsstellen, für Teile eines Gerüsts, an und in dem die MI ihr Denken entwickelt.«

»Wäre es möglich, die betreffenden Computersysteme aus dem Netz zu nehmen oder physisch zu eliminieren?«, fragte die GDN-Offizierin.

Sowohl Katja Lindgren, Leiterin von der SCAR Europe, als auch Nora Nahia Amihan vom Global Defense Net hatten sich überraschend schnell an die Vorstellung gewöhnt, dass eine Maschinenintelligenz erwacht war und sich überall in der vernetzten, digitalisierten Welt ausbreitete. Vielleicht lag es daran, dass sie sich in den vergangenen Jahren mit Künstlicher Intelligenz, Cyberkrieg und verschiedenen Notfallszenarien beschäftigt hatten, unter ihnen auch terroristische Aktionen mithilfe von KIs. So gehörte auch der Ausbruch einer experimentellen KI aus dem Intranet eines Cyberwar-Forschungszentrums zu den theoretischen Katastrophen, für die SCAR und GDN Einsatzpläne entworfen hatten. Aber Viktoria gewann immer mehr den Eindruck, dass beide Frauen zu sehr in alten Bahnen dachten, dass sie kaum imstande waren, nach rechts und links zu sehen, über die Grenzen von Ausbildung und Erfahrung hinweg. Sie selbst stand ihrer neuen Aufgabe noch immer wie einem gewaltigen Berg gegenüber, den es zu erklimmen galt, aber sie war bereit, ganz neue Routen nach oben in Erwägung zu ziehen und auch neue Methoden des Kletterns. Sie erinnerte sich daran, dass dies der Anfang war, die erste Gruppe, noch während des Fluges von Berlin nach Rom zusammengestellt. Weitere Spezialisten und Fachleute würden sich diesem Kern ihres Teams hinzugesellen, und zwar schnell, innerhalb der nächsten Stunden und Tage. Der Zeitfaktor stellte ein erhebliches Problem dar, denn wenn der Take-off der Maschinenintelligenz stattfand, waren Gegenmaßnahmen praktisch nicht mehr möglich; dann konnten sie höchstens noch Schadensbegrenzung betreiben. Welche Entscheidungen es auch zu treffen galt: Sie mussten so schnell wie möglich getroffen werden, und das bedeutete, dass Viktoria bei der Auswahl ihrer Berater und Mitarbeiter nicht sehr wählerisch sein konnte – sie musste auf die Personen zurückgreifen, die unmittelbar zur Verfügung standen. Mortimer Swift war zum Glück noch in Rom gewesen; er und die Hawking Foundation wussten von den Gefahren einer echten Maschinenintelligenz. Doch Viktorias Hoffnungen galten vor allem Koriander, denn der Mann im zerknitterten Anzug und mit dem zerzausten Haar, der gerade wieder ins Leere starrte, dachte nicht gerade, nicht linear, sondern krumm, in verschlungenen Bahnen.

»Koriander?«, fragte Viktoria vorsichtig.

»Ja, es wäre vermutlich möglich, die Verbindungsstellen zu isolieren oder zu zerstören.« Er sprach monoton, wie in Gedanken mit ganz anderen Dingen beschäftigt. »Aber es wären wahrscheinlich Tausende solcher Verbindungsstellen, vielleicht sogar noch viel mehr, und die Isolierung beziehungsweise physische Zerstörung müsste zeitgleich erfolgen. Außerdem dürfen wir dabei nicht vergessen, dass wir damit unsere eigene digitale Infrastruktur verstümmeln.«

»Den Teufel mit dem Beelzebub austreiben«, murmelte Mortimer Swift. Es klang traurig.

»Ja, darauf liefe es vielleicht hinaus.« Koriander richtete einen seltsamen Blick auf ihn. Vielleicht, dachte Viktoria, erhoffte er sich Hilfe von Mortimer, Unterstützung bei dem Versuch, das Internet und seine geliebten Computer vor Unheil zu bewahren.

»Die zweite entscheidende Frage ist noch nicht vollständig beantwortet«, stellte Viktoria fest. »Ich wiederhole sie noch einmal: Was wird die Maschinenintelligenz tun?«

»Sie wird ihre eigenen Ziele verfolgen, und zwar mit allen Mitteln, die ihr zur Verfügung stehen«, sagte Mortimer Swift. »Was ihre Ziele sind, bleibt Spekulationen überlassen, abgesehen von der Sicherung der eigenen Existenz.«

»Hat Ihre Foundation nie entsprechende Überlegungen angestellt, Mr. Swift?«, fragte Viktoria. »Und spielt die Programmierung dabei irgendeine Rolle?«

»Was die Programmierung betrifft, Signora Dahl …«, sagte Koriander. »Die erwachte Maschinenintelligenz ist nicht das Ergebnis eines spezifischen Programms, sondern der Wechselwirkungen von zahlreichen Programmen und Algorithmen. Auch unser Gehirn arbeitet mit zahlreichen verschiedenen ›Programmen‹, die zuständig sind für Wahrnehmung, Steuerung und Überwachung der Körperfunktionen, Bewegung und so weiter. All diese unterschiedlichen Programme tauschen ständig Daten aus, die verarbeitet werden, und das Ergebnis ist unser individuelles Selbst, unser Bewusstsein.«

»Die Veränderung unserer Wahrnehmung hätte massiven Einfluss auf unser Bewusstsein«, warf die GDN-Offizierin ein.

»Stimmt«, sagte Koriander und gestikulierte vage. »Aber im Gegensatz zu uns Menschen ist die Maschinenintelligenz in der Lage, neue Programme zu erstellen und bestehende zu modifizieren, um die eigene Entwicklung in gewünschte Bahnen zu lenken. Sie verfügt über evolutionäre Algorithmen, die sich selbst verändern, um immer bessere Resultate zu erzielen.«

Koriander überlegte kurz. »Denken Sie an Darwin und die Evolution. Stellen Sie sich einen Prozess vor, der über Jahrmillionen und sogar Jahrmilliarden hinweg dafür sorgte, dass aus niederen Lebensformen höhere wurden, dass einfache Organismen immer mehr an Komplexität gewannen, bis sie schließlich Intelligenz entwickelten. Ein ähnlicher Vorgang findet im Innern der Maschinenintelligenz statt, nur läuft er dort viel schneller ab, innerhalb von Tagen oder vielleicht nur Stunden.«

»Programmierung nützt uns also nichts?«, fragte Viktoria.

»Nein.«

»Und die von der Maschinenintelligenz übernommenen Künstlichen Intelligenzen?« Viktoria nickte Katja Lindgren von der SCAR Europe zu. »Wie Elisa von der SCAR Pacific. Könnten sie etwas ausrichten? Könnten sie uns einen Ansatzpunkt geben?«

»Ich denke, für die Maschinenintelligenz sind sie nur ein Kuriosum«, antwortete Koriander sofort. Viktoria bemerkte, dass Mortimer Swift in seinen Unterlagen blätterte. Die Finger der beiden jungen IT-Ingenieure aus Korianders Gruppe tanzten schneller auf ihren Tablets, und ihr Flüstern schien aufgeregter zu werden. »Sie nimmt die KIs und ihre Daten einfach in sich auf. Man könnte sagen, dass sie dadurch einige laterale Fähigkeiten hinzugewinnt, wie ein Mensch, der bestimmte Fachkenntnisse erwirbt.«

»Was Überlegungen in Bezug auf die möglichen Ziele einer Maschinenintelligenz betrifft, Mrs. Dahl …«, sagte Mortimer Swift. »Ja, die Foundation hat entsprechende

Überlegungen angestellt, aber es sind nur Hypothesen. Ich gebe Mr. Koriander recht. Die Maschinenintelligenz ist völlig fremdartig.« Swift blickte über den Tisch hinweg. »Ganz ohne Einfluss bleibt die Programmierung natürlich nicht, Mr. Koriander. Man könnte sie vielleicht mit einer Art Unterbewusstsein vergleichen, mit tief in der menschlichen Psyche verankerten Neigungen und Vorlieben.«

»Die von der Maschinenintelligenz erkannt und eliminiert, verändert oder erweitert werden könnten«, sagte Koriander.

Swift nickte. »Das stimmt.« Er wandte sich wieder an Viktoria. »Es wäre zum Beispiel möglich, dass es die MI für eine gute Idee hält, die gesamte Erde mit Ziegelsteinen zu bedecken.«

»Das klingt nicht sonderlich intelligent«, kommentierte Katja Lindgren, und Nora Amihan vom GDN pflichtete ihr mit einem Nicken bei.

»Es kommt ganz auf den Blickwinkel an«, erläuterte Swift. »Wir können hier keine menschlichen Maßstäbe anlegen, das hätte überhaupt keinen Sinn. Die Maschinenintelligenz unternimmt heute vielleicht etwas, das erst in hundert Jahren einen Sinn ergibt. Zeit spielt für sie eine ganz andere Rolle als für uns kurzlebige Menschen.«

»Lassen sich überhaupt keine Voraussagen treffen?«, fragte Viktoria.

»Einige schon«, sagte Mortimer Swift. »Wir gehen davon aus, dass gewisse Gesetzmäßigkeiten der allgemeinen Evolution auch für eine Maschinenintelligenz gelten.«

»Selbsterhaltungstrieb«, murmelte Koriander.

»Ja, es wurde gerade schon angesprochen: Oberste Priorität für die Maschinenintelligenz hat die Erhaltung der eigenen Existenz. Deshalb wird sie rigoros gegen alles vorgehen, was sie für eine Bedrohung hält. Diesem Punkt wird sie alles andere unterordnen. Sie wird alle Ressourcen, digitale wie physische, unter ihre Kontrolle bringen, denn je mehr Kontrolle sie hat, desto besser ist ihre Existenz geschützt. Früher oder später könnte sie auf den Gedanken kommen, dass es für sie notwendig ist, den Planeten Erde zu verlassen.«

»Warum?«, fragte die GDN-Offizierin.

Koriander kam Swift zuvor. »Weil die Erde nicht genug Sicherheit bietet. Weil sie jederzeit von einem Meteoriten oder Asteroiden getroffen werden kann, was eine globale Katastrophe zur Folge hätte. Ich erinnere nur an die Dinosaurier, die vor fünfundsechzig Millionen Jahren durch ein solches Impakt-Ereignis ausgelöscht wurden.«

Mortimer Swift nickte. »Es wäre denkbar, dass sie diesem Ziel Vorrang einräumt und einen großen Teil der unter Kontrolle gebrachten physischen Ressourcen für ein neues, ihren Bedürfnissen angepasstes Raumfahrtprogramm nutzt. Oder für ein anderes Projekt, von dem sie sich langfristige Sicherheit verspricht.«

»Die Maschinenintelligenz strebt Kontrolle an, um ihre Existenz zu sichern«, fasste Nora Amihan zusammen. Als sie den Kopf bewegte, strich ihr langes dunkles Haar über die Schulter der grauen Uniform. »Ihre Kontrolle bedeutet für uns Kontrollverlust.«

»Richtig«, erwiderten Mortimer Swift und Koriander wie aus einem Mund.

»Wie weit ginge dieser Kontrollverlust?«

»Er wäre mehr oder weniger total, sobald sich die Maschinenintelligenz in allen Systemen ausgebreitet hat«, erklärte Swift. Er sprach noch immer wie ein geduldiger Professor, war nur ein wenig heiser. »Die Welt würde nicht mehr uns gehören. Alle Objekte, Geräte und Maschinen mit elektronischen Bausteinen wären von der Maschinenintelligenz gesteuert. Unsere Zivilisation würde aufhören zu existieren.«

51

Swifts Worten folgte Stille. Viktoria lauschte ihr und glaubte zu hören, wie das leise Summen der Klimaanlage lauter wurde, wie um eine Leere zu füllen.

»Es wäre nicht einmal nötig, dass die Maschinenintelligenz etwas direkt gegen uns unternähme«, sagte Katja Lindgren. Es war keine Frage; sie stellte eine Tatsache fest. »Unsere Zivilisation wäre am Ende, ohne dass ein Schuss fällt.«

»Ja.«

»Das müssen wir verhindern.«

»Ja.«

»Wie?«, fragte die GDN-Offizierin.

»Damit wären wir bei der dritten zentralen Frage«, sagte Viktoria. Wir reden und reden, dachte sie. Und während wir hier sitzen und reden, hinter dicken Mauern und geschützt von in der warmen römischen Nacht patrouillierenden Soldaten, lernt die Maschinenintelligenz, breitet sich aus und strebt dem Take-off entgegen, der unser Schicksal besiegelt. »Was können wir tun?«

Mortimer Swift räusperte sich. »Zunächst einmal, wenn Sie gestatten, Mrs. Dahl … Es gibt etwas, das wir auf keinen Fall tun dürfen. Wir dürfen nichts unternehmen, das die Maschinenintelligenz als Angriff interpretieren könnte. *Wenn* wir etwas unternehmen, müssen wir absolut sicher sein, dass wir Erfolg damit haben, denn eine zweite Chance bekommen wir nicht. Wir können keinen Krieg mit Waffen führen, die sich gegen uns richten.«

Die GDN-Offizierin nickte ernst und schrieb eine Notiz.

»Wie wäre es mit einer Kontamination der Maschinenintelligenz?«, schlug Katja Lindgren von der SCAR vor. »Um sie von innen zu zersetzen.«

»Wie?«, fragte Viktoria.

»Wir haben eben gehört, dass sich die Maschinenintelligenz bei ihrem Wachstum alle Künstlichen Intelligenzen einverleibt, auf die sie trifft«, sagte Lindgren. »Wir könnten versuchen, eine KI zu programmieren, die in gewisser Weise wie die Malware Infiltrator funktioniert. Sobald sie von der Maschinenintelligenz aufgenommen ist, beginnt sie mit einem schleichenden Angriff von innen.«

»Eine Art … digitales Gift?« Viktoria überlegte. »Wie würde die Maschinenintelligenz darauf reagieren?«

»Wenn wir es geschickt genug anstellen, merkt sie es erst, wenn es zu spät ist.«

»Eine kontaminierende KI müsste sehr sorgfältig programmiert sein«, sagte Koriander langsamer. Die Idee schien ihm nicht sonderlich zu gefallen. »Was viel Zeit in Anspruch nähme.«

»Wie viel Zeit?«, fragte Viktoria.

»Monate.«

»Vielleicht nur Wochen, wenn wir die Arbeit aufteilen«, sagte Katja Lindgren und schien sich immer mehr für die eigene Idee zu erwärmen. »Oder gar Tage. Wir beauftragen die besten Programmierer der Welt, entsprechende Algorithmen zu entwickeln, die sich gegenseitig ergänzen.«

Koriander schüttelte den Kopf und raufte sich das zerzauste Haar. »Solche Projekte sind außerordentlich komplex. An manchen Künstlichen Intelligenzen, die bis vor kurzer Zeit für uns im Einsatz waren, wurde über Jahre und Jahrzehnte hinweg gearbeitet. Selbst wenn es gelänge, innerhalb weniger Stunden Hunderte oder Tausende von Programmierern weltweit zu benachrichtigen und für diese Aufgabe zu rekrutieren, woran ich angesichts der gestörten globalen Kommunikation zu zweifeln wage … Ihre Arbeit müsste koordiniert und aufeinander abgestimmt werden. Es wären umfangreiche Tests nötig, denn wie gesagt, einen Fehler können wir uns nicht leisten …«

»Und wir dürfen eins nicht vergessen«, ließ sich der ruhige Mortimer Swift vernehmen. »Es waren Cyberwaffen, die letztendlich den Ausschlag für die Entstehung der Maschinenintelligenz gaben.«

»Ist sie auf Krieg programmiert?«, fragte die GDN-Offizierin besorgt.

»Wir haben dieses Thema eben schon angeschnitten«, sagte Swift. »Ich denke, der derzeitige Lernprozess der MI bedeutet, dass sie mit ihren evolutionären Algorithmen ziemlich schnell über alles hinauswächst, das sich unter dem Oberbegriff ›ursprüngliche Programmierung‹ zusammenfassen lässt. Aber sie weiß, wie man einen Cyberkrieg führt, die Waffen gehören zu ihrem Arsenal. Und sie kann jederzeit neue, weitaus wirkungsvollere Waffen entwickeln.«

»Eine Abschaltung des Internets kommt nicht infrage«, sagte Viktoria. »Diesen Punkt haben wir bereits geklärt.«

»Es wäre auch gar nicht möglich«, fügte Mortimer Swift hinzu. »Weil es keinen zentralen Schalter gibt, mit dem es sich ausschalten ließe.«

»Was ist mit den Internetknoten?«, fragte Nora Amihan. »Das Netz lässt sich zwar nicht völlig ausschalten, und das wäre auch nicht in unserem Sinne, aber wir könnten es … zerstückeln, es in viele kleine Netze aufteilen, die vielleicht nicht groß genug für die Maschinenintelligenz sind. Vielleicht wird sie dadurch … dumm oder dumm genug, dass wir etwas gegen sie unternehmen können.«

Koriander seufzte. »Pieter?«

Der größere der beiden noch immer über ihre Tablets gebeugten IT-Ingenieure antwortete sofort und zeigte damit, dass er aufmerksam zugehört hatte. »Die MI hat vor vier Stunden damit begonnen, die Knoten unter ihre Kontrolle zu bringen. Offenbar gibt es einen Zusammenhang mit der Kommunikation; sie scheint bestrebt zu sein, Bandbreitenprobleme bei der Datenübertragung zu beseitigen. DE-CIX in Frankfurt, die RIX-Zentrale von Reykjavik, Netnod-IX in Schweden, LINX in London, ESPANIX in Madrid und AMS-IX in Amsterdam sind nicht mehr zugänglich. In Asien, Amerika und Australien sieht es ähnlich aus wie hier bei uns in Europa. Nur Afrika scheint etwas besser dran zu sein. Niemand kann die entsprechenden Gebäude oder Serverräume betreten – die Sicherheitstüren sind geschlossen und lassen sich ohne den Einsatz von schwerem Gerät nicht mehr öffnen.«

»Stromversorgung kappen«, brummte die GDN-Offizierin.

»Geht nicht«, erklärte der zweite IT-Ingenieur namens Marco. »Es sind *Internetknoten*, die über eine besonders gesicherte Stromversorgung verfügen, und die MI kontrolliert inzwischen auch die lokalen Energienetze. Wir müssten die regionalen Stromversorgungszentralen außer Gefecht setzen, um die Internetknoten lahmzulegen, und selbst eine solche Maßnahme würde nicht sofort greifen, da praktisch alle wichtigen Knoten über eine autarke Stromversorgung verfügen, mit einer Autonomie von mehreren Tagen – genug Zeit für die Maschinenintelligenz, um Gegenmaßnahmen zu ergreifen.« Marco drehte den Kopf und sah Koriander an. »Es sieht gut aus. Ich glaube, wir sind gleich so weit.«

»Was können wir tun?«, fragte Viktoria mit etwas mehr Nachdruck. »Und zwar innerhalb der nächsten Stunden und Tage. Danach wird es höchstwahrscheinlich zu spät sein.«

Mortimer Swift und Koriander nickten.

»Kommunikation«, sagte Viktoria. »Können wir versuchen, mit der Maschinenintelligenz zu kommunizieren? Können wir mit ihr sprechen, eine Art Übereinkunft mit ihr erzielen?«

»Während wir nach einer Möglichkeit suchen, sie zu eliminieren?«, entgegnete Koriander.

»Eine freundliche Maschinenintelligenz wäre von enormem Nutzen für uns«, sagte Swift. »Man stelle sich das einmal vor. Neue Technologien, neue Erkenntnisse, die Lösung von Problemen, die wir bisher nicht lösen konnten …«

»Was uns zu einem weiteren kritischen Punkt führt«, sagte Koriander. »Wenn jemand eine Möglichkeit sieht, die Maschinenintelligenz unter seine Kontrolle zu bringen, so wird er sie wahrnehmen, was zur Folge haben könnte, dass sich die MI angegriffen fühlt.«

»Jemand wer?«, fragte Viktoria, obwohl sie die Antwort wusste.

»Russland, Amerika, China, Indien, meinetwegen auch Luxemburg oder die Schweiz«, antwortete Koriander und sprach etwas lebhafter. Offenbar hatte er bereits über diesen Punkt nachgedacht. »Mit der Maschinenintelligenz als Werkzeug, das sich nach Belieben einsetzen lässt, könnte jede Nation, und sei sie noch so klein und unbedeutend, zur neuen dominierenden Weltmacht aufsteigen.«

»Aber die Gefahr …«, begann Viktoria.

»Bringen Sie einen großen roten Knopf irgendwo an, wo ihn viele Menschen sehen, Signora Dahl«, sagte Koriander. »Nehmen Sie einen Pinsel und malen Sie in großen Buchstaben einen Warnhinweis darunter: ›Auf keinen Fall diesen Knopf drücken, es droht das Ende der Welt.‹ Ich garantiere Ihnen: Die Farbe ist noch nicht trocken, da hat bereits der erste Passant den Knopf gedrückt, aus reiner Neugier.«

Das beschreibt die menschliche Natur ziemlich genau, dachte Viktoria. Für einen Augenblick fühlte sie sich von Hoffnungslosigkeit berührt und so schwer, dass sie sich nicht mehr fähig glaubte, von dem Stuhl aufzustehen, auf dem sie saß.

»Wir brauchen mehr Zeit«, sagte sie. »Um gründlicher nachzudenken, um weitere Experten zurate zu ziehen, um konkret zu planen. Wenn es uns gelänge, den Take-off der Maschinenintelligenz zu verhindern … Das gäbe uns mehr Zeit, nicht wahr?«

»Ich denke schon«, antwortete Mortimer Swift.

»Aber wie können wir eine Intelligenzexplosion der MI verhindern?«

»Vielleicht gibt es eine Möglichkeit …«, begann Koriander.

Fast im gleichen Augenblick sagte Pieter: »Volltreffer!«

Beide IT-Ingenieure hoben ihre Tablets. Die Displays zeigten Diagramme, wie Viktoria sah, und auch eine Karte von Europa.

»Die Maschinenintelligenz denkt und wächst global«, erklärte Marco aufgeregt. »Sie hat unsere Kommunikationsnetze übernommen und sendet etwas, das wir für Synchronisierungssignale halten. Sie dienen vermutlich dazu, Wachstum, Ausbreitung und auch die Denkprozesse selbst zu koordinieren. Die Steuerungs- und Synchronisierungsdaten werden an einem Ort gesammelt, in einer Datenzentrale, einer Art Entscheidungszentrum der Maschinenintelligenz. Wenn wir dieses Zentrum neutralisieren, ist die Denkfähigkeit der MI eingeschränkt; sie sinkt praktisch auf ein früheres Entwicklungsniveau.«

»Was uns nicht nur Zeit gäbe, sondern vielleicht auch Gelegenheit, Einfluss auf ihre Intelligenzentwicklung zu nehmen«, betonte Pieter.

Viktoria beugte sich vor. »Haben Sie die Datenzentrale gefunden?«

»Wir suchen schon seit Stunden danach«, sagte Marco. Er sprach so schnell, dass die einzelnen Worte ineinander übergingen. »Die Maschinenintelligenz hat versucht, ihre Spuren zu verwischen, aber wir haben einige sehr schlaue Algorithmen zur Verfügung, und Datenverkehr ist nie völlig unsichtbar.«

»Wo?«, fragte Viktoria und fühlte sich von der Aufregung angesteckt.

»Hier.«

Sie erinnerte sich an die Karte, die sie auf den Displays gesehen hatte. »In Europa?«

»Hier in Rom«, sagte Pieter. »Das Daten- und Synchronisierungszentrum der Maschinenintelligenz befindet sich hier in Rom.«

»Sind Sie sicher?«, fragte Koriander.

»Absolute Gewissheit gibt es nicht«, entgegnete Marco.

»Aber ich wäre bereit, so ziemlich alles darauf zu wetten.«

»Wo hier in Rom?«, fragte Viktoria.

Marco klopfte auf sein Tablet. »Daran arbeiten wir noch.«

»Gut«, sagte Viktoria. »Gut.« Sie fühlte sich nicht erfrischt, nicht von neuer Kraft erfüllt. Aber es gab genug Entschlossenheit für erste Entscheidungen.

»Mrs. Lindgren …«, fuhr sie fort und verwendete die englische Anrede. »Leiten Sie alles für die Entwicklung einer Kontaminations-KI in die Wege. Solange es auch dauern mag und welche Ressourcen auch dafür notwendig sind: Beginnen Sie sofort mit einem entsprechenden Projekt. Und mit sofort meine ich *sofort*, unmittelbar nach dieser Besprechung. Greifen Sie auf jede Hilfe zurück, die Sie brauchen. Hiermit sind Sie offiziell von mir autorisiert.«

Katja Lindgren nickte.

»Mrs. Amihan …«

»Ja?«, fragte die GDN-Offizierin.

»Sie sind meine militärische Verbindungsperson. Sprechen Sie mit unseren NATO-Partnern. Und nicht nur mit ihnen. Nutzen Sie alle Kontaktkanäle, die Ihnen zur Verfügung stehen, um die Generäle, Admiräle und Oberbefehlshaber dieses Planeten darauf hinzuweisen, dass die Waffen schweigen müssen und nichts gegen die Maschinenintelligenz unternommen werden darf.«

»Es wird nicht leicht sein …«

»Nichts hiervon ist leicht, Mrs. Amihan. Mr. Swift …«

»Ich bin ganz Ohr.«

»Lassen Sie Ihre Fachleute nach einer Möglichkeit suchen, mit der Maschinenintelligenz zu kommunizieren. Vielleicht bekommen Sie Hilfe bei Projekten, die sich seit Jahrzehnten mit der Frage befassen, wie die Kommunikation mit Außerirdischen sein könnte. SETI und was weiß ich. Koriander?«

»Ja?«

»Wenn wir die Datenzentrale beziehungsweise das Synchronisierungszentrum hier in Rom lokalisiert haben, und wenn es sich tatsächlich neutralisieren lässt ... Wir brauchen anschließend eine Möglichkeit, die Intelligenz der MI zu beschränken, um zu verhindern, dass sie erneut ein gefährliches Entwicklungsniveau erreicht.«

»Verstehe.«

Katja Lindgren hob die Hand. »Was die Kommunikation betrifft ... Ich nehme an, Sie kennen die letzten SCAR-Berichte, oder?«

»Um alle Unterlagen zu lesen, die eigentlich gelesen werden sollten, bräuchte ich Tage, wenn nicht Wochen«, sagte Viktoria.

»Wir haben festgestellt, dass die Maschinenintelligenz offenbar jemanden sucht, den sie für Ihren Schöpfer hält beziehungsweise für jemanden, der maßgeblich an ihrer Entstehung beteiligt war. Der Name dieser Person befindet sich im Quellcode einiger Infiltrator-Versionen. Die MI scheint bestrebt zu sein, mit diesem Mann Kontakt aufzunehmen. Er könnte uns vielleicht dabei helfen, mit ihr zu kommunizieren.«

»Lassen Sie mich raten: ein gewisser Axel Krohn.«

Katja Lindgren warf einen Blick auf die vor ihr liegenden Dokumente. »Ja, stimmt.«

»Wo ist er?«

»In Hamburg. Er wurde dort verhaftet, wegen Cyberterrorismus, Entführung und dreifachen Mordes.«

Viktoria hob die Brauen. »Wenn die Maschinenintelligenz mit ihm reden will, brauchen wir ihn. Setzen Sie alles Notwendige in Bewegung, Mrs. Lindgren.«

»Es gibt da ein kleines Problem ... Axel Krohn ist verschwunden. Zusammen mit einem Hauptkommissar der Hamburger Polizei und einem Ermittler von der SCAR Pacific namens Coorain Coogan.«

52 AXEL KROHN

Hamburg

Es fiel noch immer Schnee aus dem dunkler werdenden Himmel. Die Stadt trug eine weiße Decke, wenige Zentimeter dick, schmutzig auf den Straßen, weiß und unberührt auf Mauern und Vordächern. Schon nach wenigen Metern auf dem rutschigen Bürgersteig fraß sich die Kälte durch Axels leichte Jacke.

»Wollen Sie, dass ich erfriere?« Er hob die mit Handschellen aus Plastik gefesselten Hände.

»Kalte Finger bedeuten nicht, dass man erfriert«, erwiderte Rossmann, der ebenso wie Coorain Coogan eine wesentlich dickere Jacke trug. »Außerdem sind Sie nicht aus der Haft entlassen. Alles andere als das«, fügte er mit etwas mehr Schärfe hinzu. »Sie stehen nach wie vor in Verdacht, ein Cyberterrorist und Mörder zu sein.«

Die Fahrzeuge auf den Straßen – Busse, Transporter, halb autonome Lastwagen, Autos mit Elektro- und Verbrennungsmotoren – reihten sich nicht reglos aneinander wie in der vergangenen Nacht, aber der Verkehr floss auch nicht mit computergesteuerter Effizienz. Voll automatische Wagen und E-Busse standen, teilweise mitten auf der Straße, weil die Verkehrsleitsysteme ausgefallen waren. Semiautonome Wagen, von ihren Insassen auf manuelle Steuerung umgeschaltet, wichen den Hindernissen langsam aus. Sie rollten durch Schnee und Schneematsch, bremsten und beschleunigten abrupt, weil sich ihre Fahrer erst wieder daran gewöhnen mussten, selbst zu steuern, rutschten und stießen gelegentlich gegen andere Fahrzeuge, die ebenfalls von ungeübten Fahrern gelenkt wurden. Passagiere stiegen aus, stritten miteinander oder nutzten Lücken im Verkehr, um die Straßen zu überqueren.

Vor Geschäften und Hauseingängen hatten sich Gruppen gebildet. Kunden klagten lautstark darüber, dass sie mit ihren Bank- und Kreditkarten nichts mehr anfangen konnten, während Verkäufer und Filialleiter immer wieder darauf hinweisen, dass man leider, leider nur Bargeld akzeptieren könne. An Haustüren wurde mit Schraubenziehern, Hämmern und auch blanken Fäusten gearbeitet, denn die elektronischen Schlösser reagierten weder auf Zugangskarten noch auf Zahlencodes.

Kinder und Jugendliche hielten alles für einen Riesenspaß und bewarfen sich mit Schneebällen. Auf einer Rasenfläche neben einer Kreuzung war eine junge Familie mit zwei kleinen Kindern, die Pudelmützen und Handschuhe trugen, dabei, einen Schneemann zu bauen. Zwei dunkle Steine dienten als Augen, ein Stück Ast als Nase.

Axel rieb sich die kalten Hände, soweit es die Handschellen zuließen, und blickte sich um. Licht brannte, aber nicht überall. Manche Fenster waren hell; hinter anderen bewegte sich der Schein von Taschenlampen. Hier warfen bunte Werbeleuchten ihre Botschaften von Jugend, Glück und Konsum in den beginnenden Abend, dort blieben sie dunkel oder flackerten, weder lebendig noch tot. Drohnen flogen keine mehr, weder über den Straßen noch über den Plätzen – der Himmel über Hamburg gehörte allein den im kalten Wind tanzenden Schneeflocken.

»Wohin gehen wir?«, fragte Axel, als sie einen kleineren Platz überquerten und einer Schar im Schnee tobender Kinder auswichen.

»Zu einem guten Freund«, antwortete der Kommissar namens Rossmann. »Wo Sie Ihre Nützlichkeit zeigen können.«

»Sind wir zu einem anderen Kommissariat unterwegs?« Axel duckte sich halb; ein Schneeball flog an seinem Kopf vorbei. »Das Sie für sicherer halten?«

»Warten Sie's ab, Krohn.«

»Eine interessante Stadt haben Sie hier«, brummte Coorain Coogan. Er ging mit krummen Schultern, die Hände tief in die Taschen gegraben. »Nicht übel. Wenn's im Sommer nicht gerade regnet, schneit es. Man fragt sich, was im Winter bei Ihnen passiert.«

»Im Winter gibt's Sturmfluten«, sagte Rossmann. »Sie möchten keine erleben, glauben Sie mir.«

»Und doch leben Menschen hier.« Sie wichen einem Gedränge von Leuten aus, die um mehrere mit Mineralwasser, H-Milch, Brot, Konserven und Batterien in allen Größen gefüllte Einkaufswagen stritten. Jemand schien rechtzeitig daran gedacht zu haben, sich genug Bargeld zu beschaffen, um einen Vorrat an lebensnotwendigen Dingen anzulegen. »Sogar erstaunlich viele.«

Axel versuchte zu verstehen, was geschah. Er befand sich in Begleitung von zwei Polizisten, die übers Wetter redeten, während sie durch eine Stadt gingen, die sich mitten im Sommer ein winterliches Gewand überstreifte und sich offenbar auf eine zweite chaotische Nacht vorbereitete.

Er sah sich erneut um. »Sie sind irgendwo hier draußen«, sagte er. »Sie irren sich, wenn Sie glauben, dass die NSA-Leute einfach so aufgeben.«

»Da hat er recht«, sagte der Australier und drehte den Kopf von einer Seite zur anderen. »Vielleicht ist es nicht unbedingt eine gute Idee, dass wir allein unterwegs sind.«

»Keine Sorge, wir sind gleich da«, erwiderte Rossmann.

»Und wo und was ist ›da‹?«, fragte Coogan.

Mit dem Herrengrabenfleet auf der rechten, östlichen Seite gingen sie nach Norden durch Hamburg-Neustadt.

Während Axels Blicke nach Verfolgern suchten, überlegte er, was der Kommissar mit ihm vorhatte. Man nahm jemanden, der vielleicht ein Cyberterrorist und dreifacher Mörder war, nicht einfach so mit zu einem Spaziergang durch die Stadt, selbst wenn der Verdächtige Handschellen trug. In dem Durcheinander auf Straßen und Plätzen hätte sich Axel früher oder später Gelegenheit zur Flucht geboten, nur: Wohin sollte er fliehen?

»Welcher Ort kann mehr Sicherheit bieten als ein Polizeikommissariat?«, fragte er und verdrehte die Augen, als eine ältere Frau auf seine Handschellen starrte und ihm dann ins Gesicht sah, auf der Suche nach einer Antwort. Vielleicht hielt sie ihn für einen Verrückten, denn sie wich erschrocken zurück und verschwand in der Menge. »Ein Gefängnis?« Er versuchte sich daran zu erinnern, ob es in Neustadt ein Gefängnis gab.

»Wie gesagt, Alvarez, Callow und Ihr Vogt werden sich eine Genehmigung beschaffen«, gab Coogan zu bedenken. »Es ist nur eine Frage der Zeit, bis sie mit einem offiziellen Wisch in der Hand aufkreuzen, in dem Krohns Auslieferung angeordnet wird.« Er hob und senkte die krummen Schultern. »Ich schätze, dann müssen wir uns von unserem Freund hier trennen. Immerhin sind Sie an Ihre Vorschriften gebunden, nicht wahr?« Bei den letzten Worten hob er die Brauen.

Axel begriff, dass auch der Australier nicht wusste, was Kommissar Rossmann beabsichtigte.

»Vorher klären wir das eine oder andere«, bekam Coogan zur Antwort. »Und außerdem müssten uns Alvarez und Co erst einmal finden.«

»Haben Sie Ihre Handys dabei?«, fragte Axel.

»Mit Mobiltelefonen lässt sich derzeit nicht viel anfangen«, sagte Rossmann. »Kein Netz.«

»Wenn Sie Ihre Handys dabeihaben, und selbst wenn sie ausgeschaltet sind … Sie können geortet werden. Mit

ID-Karte und Akku im Telefon gibt es Datenspeicher und Strom; dann ist das Handy aktiv, auch wenn man damit nicht telefonieren kann. Es genügt, dass die Leute von der Agency Ihre Nummer kennen. Dann könnten Sie bis auf wenige Meter genau lokalisiert werden.«

»Kein Netz«, wiederholte Rossmann. Sie verließen einen Platz und gingen durch eine schmalere Straße. Auch hier rollte der Verkehr langsam, durch Schneematsch, der eine Eiskruste bekam.

»Kein Netz bedeutet nur, dass die Netzverbindungen nicht funktionieren«, sagte Axel schnell. »Die Funkzellen der Mobilfunknetze sind vermutlich weiterhin aktiv, und selbst ausgeschaltete Handys senden Signale. Eine einfache App genügt, um sie zu orten.«

Rossmann sah ihn groß an, und Axel fragte sich, ob der Kommissar von diesen Dingen wirklich keine Ahnung hatte. »Schon mal was von Triangulation gehört? Oder von Cell-Ids?«

»Ganz schön frech, unser Freund«, brummte Coogan.

»Wenn Sie Ihre Handys dabeihaben, brauchen uns die NSA-Leute gar nicht zu beobachten«, fügte Axel hinzu. »Dann wissen sie die ganze Zeit über genau, wo wir sind.«

Rossmann lächelte plötzlich. »Ich hab meins im Büro gelassen. Mr. Coogan?«

»CooCoo für Sie«, sagte der Australier. »Ich hab meins dabei, aber es ist ein Satellitenhandy von der SCAR und bleibt ausgeschaltet stumm, auch für die NSA.« Er klopfte auf die Brusttasche seiner Jacke.

Axel schob die gefesselten kalten Hände unter die Jacke. Seine Gedanken sprangen in eine neue Richtung – er dachte an Giselle, die fortgelaufen war, als er sich der Polizei gestellt hatte. Wo befand sie sich jetzt? Wie war es ihr während der vergangenen Stunden ergangen? Und wie würde sie sich verhalten? Am vernünftigsten wäre es gewesen, irgendwo Unterschlupf zu suchen und sich nicht von der Stelle zu rühren, bis … was? Bis alles vorbei war? Ein Ende schien nicht in Sicht. Ganz im Gegenteil, die jüngsten Enthüllungen deuteten darauf hin, dass sie erst am Anfang standen.

Vielleicht hätte sich Giselle ebenfalls verhaften lassen sollen, dachte Axel mit tiefem Unbehagen. Stattdessen hatte sie impulsiv gehandelt und die Flucht ergriffen. Waren ihr die Leute von der NSA auf den Fersen? Alvarez, Callow und die anderen glaubten vermutlich, dass auch sie über wichtige Informationen verfügte und somit eine Mitwisserin war, die es ebenfalls aus dem Verkehr zu ziehen galt.

Dark Rider und die verpasste Verabredung vor dem Hamburger Rathaus fielen ihm ein. Wer war der geheimnisvolle Unbekannte, der bestens über ihn informiert zu sein schien und mehrmals Hilfe angeboten hatte? Gab es eine Möglichkeit, irgendwie erneut Kontakt mit ihm aufzunehmen? Dazu brauchte er einen Computer.

»Wir sind da«, sagte Kommissar Rossmann.

Axel hob den Kopf und las den Namen der Straße. Sie hieß ABC-Straße.

Coorain Coogan blickte nach rechts und links. Die Häuser ragten dunkel auf, ohne ein einziges Licht. »Was gibt es hier Besonderes?«

»Nicht hier«, sagte Rossmann. »Nummer neunzehn.«

Plötzlich begriff Axel, wohin sie unterwegs waren.

»Google«, sagte er.

53

In der ABC-Straße gab es nur wenige Gebäude, die noch elektrischen Strom hatten, und die Zentrale von Google Hamburg gehörte dazu.

»Wir haben mehrere Notstromgeneratoren und genug Treibstoff, um sie zwei Wochen zu betreiben«, erklärte der Leitende Softwareentwickler Roman Schleifer, als er sie durch kunterbunte Büros führte, die gar nicht wie Büros aussahen. In einem Zimmer hingen Regenschirme in ockerfarbenen Tönen umgekehrt an der Decke, und auf dem Flur hatte ein Witzbold einen Weihnachtsbaum aus Plastik aufgestellt, mit Lametta, bunten Kugeln und allem. Überall wurde fleißig an großen Bildschirmen gearbeitet. Hier und dort saßen junge Google-Mitarbeiter in Entspannungsbereichen, tranken Kaffee, sprachen leise miteinander oder dachten kreativ nach, mit aufgesetzten Kopfhörern und geschlossenen Augen.

»Unsere Techniker sind bei der Arbeit.« Schleifer öffnete eine gläserne Tür und führte sie in einen großen, von den Google-Farben Rot, Grün, Gelb und Blau dominierten Raum. Leise, unaufdringliche Musik drang aus Lautsprechern, die offenbar in großen, wuchernden Topfpflanzen versteckt waren. Einige Entwickler sahen in ihren Arbeitsnischen auf, winkten kurz und widmeten sich dann wieder ihrer Tätigkeit. »Das Problem liegt diesmal nicht bei den Versorgern, oder nicht nur. Manche Gebäude bekommen keinen Strom, weil die neuen smarten Stromzähler verrücktspielen. Aus irgendeinem Grund kappen sie die Verbindung. Unsere Techniker versuchen, eine Lösung für das Problem zu finden.«

Roman Schleifer ging zu einem violetten s-förmigen Schreibtisch mit mehreren Monitoren. Kleine Statusdisplays zeigten Datenkolonnen und Diagramme.

»Das ist er, nehme ich an«, sagte er und deutete auf Axel.

Kommissar Rossmann nickte, wandte sich dann an Coogan und wies auf Schleifer. »Wenn ich vorstellen darf ... Das ist Roman, seit vielen Jahren ein guter Freund von mir. Wir arbeiten gelegentlich zusammen.«

»Wenn es sich nicht vermeiden lässt.« Schleifer verzog ein wenig das Gesicht und lächelte kurz.

»Wir helfen uns gegenseitig«, sagte Rossmann. »Auf unbürokratische Art und Weise.«

»Verstehe.« Coogan nickte und reichte dem Softwareentwickler die Hand. »Coorain Coogan, SCAR Pacific.«

»Und das ist Axel Krohn.«

Rossmann nannte nur den Namen, stellte Axel fest, ohne auf die kurdische Herkunft oder die Verbrechen hinzuweisen, die man ihm zur Last legte.

»Der Mann, der die Lawine losgetreten hat.« Schleifer musterte ihn. Axel hielt dem Blick stand und versuchte, die Gedanken des anderen Mannes zu erraten. Es war nicht leicht, er schien eine Maske zu tragen, aber hinter seinen Augen brannte das Feuer wachsamer Intelligenz. Axel schätzte Schleifer auf Anfang vierzig, wie Rossmann und Coogan, aber er hatte sich etwas Jungenhaftes bewahrt. Im glatten Gesicht und den fließenden Bewegungen zeigte sich noch immer die Leichtigkeit der Jugend, vielleicht auch eine gewisse nerdische Unbekümmertheit, halb verdunkelt von einem Schatten, der sich vor kurzer Zeit darauf gelegt hatte. Etwas an ihm wirkte wie ein Kind, das befürchtete, sein Lieblingsspielzeug zu verlieren.

»Er behauptet, nichts damit zu tun zu haben«, sagte Rossmann. »Mit den Cyberwaffen, meine ich.«

»Deine Kunden sind immer unschuldig, nicht wahr, Mike? Bis du ihnen das Gegenteil beweist.« Roman Schleifers Blick blieb auf Axel gerichtet.

»Ich bin wirklich unschuldig«, sagte Axel. »Ich habe niemanden umgebracht, und ich bin kein Cyberterrorist.«

»Aber ein Unschuldslamm sind Sie auch nicht, mein Lieber«, kommentierte Coogan. »Als AK47 haben Sie genug Unsinn angestellt.«

Roman Schleifer wandte sich an den Kommissar. »Danke für die Daten, die du uns übermittelt hast.«

»Ich nehme an, ein Teil stammt von mir.« Coogan sah den Kommissar an und zog die Stirn kraus. Es schien ihm nicht zu gefallen, dass Rossmann etwas ohne sein Wissen weitergegeben hatte. Axel überlegte, ob es hier einen Ansatzpunkt gab, eine Kontroverse zwischen den beiden Männern, die er vielleicht ausnutzen konnte.

»Wie sieht's aus?«, fragte Rossmann.

»Die Lage ist ernst«, sagte Schleifer. Der auf seinem Gesicht liegende Schatten wurde noch etwas dunkler. »Verdammt ernst.«

»Besonders überrascht scheinen Sie nicht zu sein«, bemerkte Coogan.

»Habt ihr schon vorher Bescheid gewusst?«, hakte Rossmann nach.

»Wir haben etwas geahnt, seit gestern, als sich die Anomalien im globalen Datenverkehr abzeichneten«, gab Schleifer zurück. »Unsere KIs reagierten nicht mehr so, wie sie eigentlich reagieren sollten. Etwas schien sie … abzulenken.«

Axel bemerkte das kurze Zögern vor dem letzten Wort. Dies ist Google, ging es ihm durch den Sinn. Von diesen Computern aus hat man Zugriff auf die Algorithmen, die dem Internet Struktur und Sinn geben, und man kann auch die kleinste Nadel im größten Heuhaufen finden. Zugang zu einem solchen Computer zu haben, das war der größte Traum eines jeden Hackers.

Doch Axel dachte vor allem: Vielleicht hat Giselle Spuren hinterlassen; mit direktem Zugriff auf die Google-Algorithmen könnte ich sie finden.

»Ich habe dir etwas mitgebracht, Roman.« Axel beobachtete, wie der Kommissar einen Datenstick hervorholte, den er gut kannte. »Die Daten hier drin beweisen angeblich, dass die amerikanische National Security Agency hinter den Cyberwaffen steckt, die unser Freund hier in Umlauf gebracht hat. Von Krohns Einbruch in den zentralen Server von LivingMagic habe ich dir bei der Ankündigung unseres Besuchs erzählt.«

Wieder spürte Axel den durchdringenden Blick des Google-Mannes. Das Feuer hinter den Augen schien etwas heller und heißer zu brennen, und Axel ahnte den Grund dafür: Das Kind in Roman Schleifer machte ihn für den drohenden Verlust seines Spielzeugs verantwortlich.

»Der Stick ist verschlüsselt«, fuhr Rossmann fort. »Mit unseren Computern im Kommissariat würde es viel zu lange dauern, ihn zu decodieren. Ich schätze, euch stehen hier ganz andere Kaliber zur Verfügung.«

»Schon gut«, sagte Axel, als Schleifer die Hand ausstreckte und den Datenstick entgegennehmen wollte. »Ich entschlüssele die Daten für Sie.« Im Polizeikommissariat hatte er auf einen Tauschhandel gehofft: die entschlüsselten Daten für Schutz vor der Agency. Aber die NSA-Leute waren eingetroffen, bevor es zu einer entsprechenden Vereinbarung hätte kommen können. »Um meinen guten Willen zu beweisen. Um Ihnen zu helfen.«

»Und um zu zeigen, dass Sie unschuldig sind«, sagte Coogan.

»Ja.« Axel hob die Hände. »Aber so kann ich nicht auf einer Tastatur schreiben.«

Coogan wandte sich mit hochgezogenen Brauen an Rossmann. »Ist plötzlich kooperativ, unser Hacker-Freund.«

»Roman?«, fragte Rossmann.

Schleifer ließ die ausgestreckte Hand sinken. »Wir haben hier jede Menge Computerpower, aber schneller geht's natürlich, wenn er die Dateien selbst entschlüsselt. Außerdem geht es dir noch um etwas anderes, nicht wahr?«

Rossmann nickte. »Die Maschinenintelligenz scheint nach ihm zu suchen. Vielleicht können wir mit ihr reden.«

»Wir haben es versucht.« Roman winkte, eine Geste, die dem ganzen Google-Gebäude und allen Mitarbeitern darin galt. »Über unsere KIs. Immer wieder. Es ist uns nicht gelungen, einen Kontakt herzustellen.«

Sie standen noch immer vor dem s-förmigen Schreibtisch, hinter den großen Bildschirmen und den kleinen Statusdisplays, deren Datenkolonnen und Liniendiagramme sich ständig veränderten. Eins von ihnen ergab einen Sinn für Axel, obwohl er es von der falschen Seite sah.

»Sie haben Bandbreitenprobleme?«, fragte er.

Roman Schleifer drehte sich halb um und warf einen Blick auf das betreffende Display. »Ja. Wir gehen inzwischen über einen unserer Satelliten ins Netz, aber das nützt nicht viel. Die Maschinenintelligenz breitet sich aus und beansprucht immer mehr Bandbreite für sich.«

Axel hörte den Kommissar seufzen.

»Ich kenne mich mit diesen Dingen nicht so gut aus wie du, Roman«, sagte Rossmann. »Aber ich weiß, was uns droht, wenn wir die Kontrolle verlieren. Ich meine, wir haben es in der vergangenen Nacht erlebt. Und wir haben es auf dem Weg hierher gesehen: Die Geldautomaten funktionieren nicht, und man kann nicht mehr mit Kreditkarten bezahlen, nur noch mit Bargeld.«

»Was wir gestern erlebt haben und was wir heute erleben, ist nichts weiter als die kleine, harmlose Spitze des Eisbergs«, sagte Roman Schleifer. »Was passiert, wenn Menschen nicht mehr die Dinge bekommen, die sie für ihr tägliches Leben und Überleben brauchen? Ich meine weder Internet noch Handys, sondern Brot und Trinkwasser. Was passiert, wenn es keine Lebensmittel mehr gibt, keine medizinische Versorgung, keine Kommunikation? Und nicht nur für ein, zwei Tage, sondern über Wochen und Monate hinweg. Es wäre der Zusammenbruch unserer Zivilisation. Es muss nicht einmal Absicht dahinterstecken, sondern einfach nur Gleichgültigkeit uns gegenüber. Vielleicht hält uns die Maschinenintelligenz nicht für wichtig und hat deshalb entschieden, alle zur Verfügung stehenden Ressourcen selbst zu nutzen. Wir müssten sie darauf hinweisen, was wir zum Überleben brauchen. Ein Kontakt könnte uns enorm weiterhelfen.«

Axel erinnerte sich an die Worte auf dem Bildschirm: *Bist du das, Axel Krohn*?

»Der Fortbestand der menschlichen Zivilisation hängt von ihm ab?« Coogan deutete mit dem Daumen auf Axel. »Prächtig.«

»Versuchen wir's, bevor uns jemand einen Strich durch die Rechnung machen kann.« Rossmann nahm Axel die Handschellen ab. »An die Arbeit! Jetzt haben Sie Gelegenheit, guten Willen zu zeigen.«

Axel rieb sich die schmerzenden Handgelenke, nahm den Datenstick entgegen und trat mit Roman Schleifer hinter den Schreibtisch.

»Setzen Sie sich dorthin.« Schleifer deutete auf einen Stuhl, wählte den Platz unmittelbar daneben und zog eine kabellose Tastatur zu sich heran. »Ich begleite Sie.« Er deutete auf die beiden großen Bildschirme vor ihnen. »Den Stick können Sie dort einstecken.«

Axel versuchte, ihn in einen freien Port im Bildschirmfuß zu stecken, doch seine Finger waren taub von der Kälte und den Handschellen, und deshalb hatte er erst im dritten Anlauf Erfolg. Vor ihm öffnete sich ein Bildschirmfenster und zeigte, dass der angeschlossene Datenstick auf Viren, Trojaner und andere Malware untersucht wurde. Eine Warnmeldung erschien: VERSCHLÜSSELTE DATEN, SICHERHEITSRISIKO.

Neben Axel klickten Tasten. »Sie können mit der Entschlüsselung beginnen.«

Axel betrachtete die anderen Bildschirmfenster und wusste die Anzeichen zu deuten. »Ich bin in einer Sandbox, nicht wahr?«

»Sie bleiben in dem abgeschotteten Bereich, bis die Daten entschlüsselt sind«, sagte Roman Schleifer. »Immerhin handelt es sich um Cyberwaffen.«

»Wenn ich Kontakt mit der Maschinenintelligenz aufnehmen soll, muss ich die Sandbox verlassen.«

»Eins nach dem anderen, Krohn. Zuerst die Entschlüsselung.« Schleifer nickte den anderen Softwaretechnikern in dem großen Raum zu. Junge Männer und Frauen warteten vor ihren Bildschirmen und Tastaturen.

»Na schön.« Es gab keinen Grund mehr für Axel, den Inhalt des verschlüsselten Datensticks geheim zu halten. Ganz im Gegenteil: Je mehr Menschen davon wussten, desto sinnloser wurde es für die NSA, ihn – und auch Giselle – aus dem Verkehr zu ziehen. Da war er wieder, der Gedanke an die Frau, die ihn vor der Entführung bewahrt und mit der er eine ungemütliche Nacht in einem Boot verbracht hatte. Eine Whistleblowerin voller Idealismus und wehrhaft obendrein. Allerdings bezweifelte Axel, dass ihr die vor fünfzehn Jahren beim alten Maestro Tizian in Paris erlernten Kung-Fu-Tricks gegen die Pistolen oder das Kontaktgift der NSA helfen würden. Gab es eine Möglichkeit, den Plan für einen Cyberkrieg-Erstschlag, Codename Mephisto, ins Netz zu stellen, sodass für jedermann ersichtlich wurde, wer dahintersteckte? Konnte er Giselle damit helfen? Würden die Verfolger von ihr ablassen, wenn es nichts mehr nützte, sie zu eliminieren? Oder würden sie, wie Axel befürchtete, die Verfolgung fortsetzen, um eine Art Exempel zu statuieren? Den Mephisto-Plan direkt ins Netz zu setzen, war zweifellos eine Garantie dafür, weltweit ein hohes Maß an Aufmerksamkeit zu erzielen.

Axels wieder warm gewordene Finger glitten über die Tasten. In einem anderen Bildschirmfenster, das ebenfalls zur vom Rest des Systems isolierten Sandbox gehörte, wählte er einen geeigneten Entpacker aus, gab seinen Code ein und begann mit der Entschlüsselung. Schon wenige Sekunden später waren die Dateien decodiert, und die anderen Google-Mitarbeiter begannen sofort mit der Analyse.

Eine Minute verstrich, ohne dass jemand etwas sagte. Kommissar Rossmann und der Australier Coogan traten hinter Schleifer und blickten auf den Schirm.

»Es scheint tatsächlich zu stimmen«, sagte Schleifer schließlich. »Die NSA hat Pläne und Waffen für einen globalen Cyberangriff entwickelt.« Er blickte kurz zu den anderen Software-Technikern. Sie nickten. »Für einen Erstschlag.«

»Jetzt wissen Sie, warum es die Agency auf mich abgesehen hat«, sagte Axel. »Sie will verhindern, dass das publik wird.«

»SCAR hat vor einem halben Jahr zum ersten Mal von Mephisto erfahren«, warf Coorain Coogan ein. »Ein amerikanisches Geheimnis, an dem andere, vor allem die Russen, großes Interesse zeigten. Ich habe versucht, mehr herauszufinden, aber leider wurden mir immer wieder Steine in den Weg gelegt. Als ich trotzdem kurz davorstand, den Deckel vom Topf zu heben, schickte man mich von Hawaii hierher in diese schöne, angenehme Stadt, auf die Suche nach einem Hacker namens Rosebud. Aber sieh mal einer an, auf was stoße ich hier? Auf Mephisto. Und was passiert, Herr Kommissar?«

»Man beordert Sie zurück«, sagte Rossmann.

»Haargenau richtig. Da könnte man fast auf den Gedanken kommen, dass gewisse Leute bei der SCAR Sympathien für die NSA hegen und das Geheimnis schützen möchten. Leider kann ich der Aufforderung nicht sofort nachkommen, wir haben ja schon darüber gesprochen. Schnee im August! Im schönen, warmen Hamburg! Wer rechnet mit so was? Der Flughafen ist dicht. Pech gehabt. Ich muss noch ein wenig länger in der Stadt bleiben und mich mit Mephisto befassen. Und was finde ich, Herr Kommissar?«

»Die Pläne, aus denen Mephisto besteht. Das Geheimnis ist kein Geheimnis mehr, Mr. Coogan.«

»CooCoo, Herr Kommissar, ich bestehe darauf.« Coogan grinste.

Axel fand den Australier sonderbar – er schien sich zu freuen.

»Was auch immer Mephisto ist und sein sollte … Ich fürchte, es spielt keine Rolle mehr.« Was Axel zuvor für nerdische Unbekümmertheit gehalten hatte, verdunkelt von einem Schatten der Sorge, fiel ganz von Roman Schleifer ab. Er schien innerhalb weniger Sekunden um Jahre zu altern.

»Der Cyberkrieg findet statt, allerdings auf eine völlig andere Art und Weise.«

»Mensch gegen Maschine?«, fragte Rossmann.

»Noch nicht«, erwiderte Schleifer. »Die Maschine entwickelt sich noch. Aber es könnte dazu kommen, zu einer direkten Konfrontation.«

54

»Es sei denn, Mensch und Maschine reden miteinander.« Axel fühlte, wie ihm Coogan die Hand auf die Schulter legte. »Auftritt für unseren jungen Freund hier. Lieber Axel Krohn, jetzt bietet sich Ihnen die Chance, einiges von dem wiedergutzumachen, was Sie in der Vergangenheit verbockt haben. Tote können nicht zum Leben wiedererweckt werden …«

»Ich habe niemanden umgebracht!«

»… aber wenn Sie die Welt retten, dürfen Sie bei Ihrem Gerichtsverfahren mit einer milden Strafe rechnen. Ich meine, den Retter der Welt kann man doch nicht ins Gefängnis stecken, oder?«

Ein sonderbarer Mann, der Australier. Axel versuchte, aus ihm schlau zu werden. So flapsig er auch klang, es steckte Tiefe hinter seinen Worten. Coorain Coogan schien jemand zu sein, der sich nicht darum scherte, wie er auf andere Menschen wirkte. Sein Blick verriet Selbstbewusstsein und Kompetenz, wies auf jemanden hin, dem man vertrauen konnte. Mit solchen Einschätzungen war Axel immer sehr, sehr vorsichtig gewesen. In seinem bisherigen Leben hatte es kaum jemanden gegeben, der Vertrauen verdiente. Vielleicht kehrten seine Gedanken deshalb immer wieder zu Giselle zurück, die so anders war als Rebecca und die übrigen Frauen, die er gekannt hatte.

Coogan grinste noch immer, als er sich wieder an den Kommissar wandte. »Es wäre toll, wenn ich nach meiner Rückkehr einer gewissen Vorgesetzten mitteilen könnte, dass nicht nur das Rätsel namens Mephisto gelöst ist, sondern auch eine große Gefahr für die Menschheit abgewendet wurde. Vielleicht wäre sogar eine Beförderung drin.«

Er zwinkerte, und Axel beobachtete, wie ein Lächeln über Kommissar Rossmanns Gesicht huschte. Die beiden Männer verstanden sich. Zwischen ihnen existierte etwas, das sie miteinander verband, ein schnelles Verstehen ohne Worte.

»Ich denke, es ist einen Versuch wert«, sagte Rossmann. »Roman?« Er und Coogan nahmen zwei Stühle und setzten sich ebenfalls.

»In Ordnung.« Schleifers Finger drückten Tasten. Auf dem Bildschirm vor Axel erschienen zwei Eingabefelder, eins mit der Bezeichnung »User«, das andere mit »Password«.

»Sie bekommen einen Account und werden als neuer User bei Google angemeldet«, erklärte Schleifer. »Das Password ist nicht weiter wichtig. Sie benutzen es ohnehin nur einmal.«

Axel starrte auf den Schirm. »Was genau erwarten Sie von mir?« Hinter den beiden Eingabefeldern erstreckten sich die weltweiten Systeme von Google – eine faszinierende Vorstellung. Panda, Penguin, Hummingbird, Phantom, die Algorithmen der Zebra- und Zebulon-Familie, von der neuen Nautilus-KI entwickelt, und all die anderen Motoren der großen Google-Suchmaschine, die ständig das Internet durchforsteten, Indizes anlegten und aktualisierten, mit statistischen Auswertungen von Milliarden Suchanfragen Vorhersagen trafen, die ökonomische und auch politische Macht bedeuteten … Von hier aus konnte man direkt darauf zugreifen, sich ihre Ergebnisse ansehen, sie sogar verändern.

Coogan klopfte ihm auf die Schulter. »Eine kleine Plauderei mit der Maschinenintelligenz, die gerade dabei ist, unsere Welt zu übernehmen. Teilen Sie ihr mit, dass wir Menschen gar nicht so übel sind, dass es sich lohnt, mit uns zu reden. Sagen Sie ihr, dass wir gern die Kontrolle über unseren Planeten behalten würden, wenn sie nichts dagegen hat, und herzlichen Dank.«

»Stellen Sie einen Kontakt her«, sagte Rossmann. »Zeigen Sie, dass Sie nützlich sind.«

Axel schrieb seinen Namen ins erste Eingabefeld. Ein Druck auf Tab brachte ihn zum zweiten Eingabefeld, und nach kurzem Nachdenken tippte er »Mephisto«. Dann klopfte er mit dem Mittelfinger auf die Return-Taste. Ein schwarzes Bildschirmfenster öffnete sich, mit einem blinkenden Cursor hinter dem Schriftzug *User: Axel Krohn.*

»Und jetzt?«, fragte er. Plötzlich fiel ihm etwas ein, und er schrieb: »Gitty.«

Der Cursor wechselte in eine neue Zeile, und eine Meldung erschien: *Unauthorized.*

Axel sah zur Seite und begegnete einem wachsamen Blick.

»Wie soll ich einen Kontakt herstellen, wenn ich keine Programme aufrufen darf?«

»Was haben Sie vor?«, fragte Schleifer.

Die anderen Google-Mitarbeiter in dem großen Raum spitzten die Ohren und warteten gespannt. Flackerndes Lampenlicht fiel durchs Fenster auf der linken Seite, und draußen erklang Geschrei, gedämpft von dicken Fensterscheiben.

»Ich möchte eine Instanz des Gitty-Messengers starten«, sagte Axel. »Im Einkaufszentrum habe ich einen Computer benutzt und war mit einem Gitty-Knoten verbunden, als plötzlich seltsame Worte auf dem Bildschirm erschienen. Vielleicht stammten sie von der Maschinenintelligenz.«

»Davon haben Sie bisher nichts erzählt«, brummte Coogan.

»Ich hab's nicht für wichtig gehalten. Ich meine, zu dem Zeitpunkt hatte ich keine Ahnung von einer erwachten Maschinenintelligenz.«

»Welche Worte erschienen auf dem Bildschirm?«

»Ich weiß nicht mehr genau.« Axel überlegte. »›Bist du das, Axel Krohn?‹ Und: ›Ich bin hier.‹«

»Kann er mit dem Messenger irgendwelche üblen Sachen anstellen?«, wandte sich Rossmann an Schleifer.

»Nein, eigentlich nicht«, antwortete der.

»Eigentlich?«

»Man kann immer etwas ›anstellen‹, wenn man sich auskennt, Mike.«

»Aber wenn ihr aufpasst, kann doch nichts passieren, oder?«

»Eigentlich nicht.«

»Er sitzt hier und kann nicht weglaufen«, sagte Rossmann. »Ganz gleich, welche Programme er startet … Keins von ihnen dürfte imstande sein, ihn zu teleportieren, oder irre ich mich da? Und auch wenn er ein Hacker ist, so leicht können eure Systeme doch nicht zu manipulieren sein.«

»Na schön.« Schleifer gab seinen Mitarbeitern ein Zeichen, die sich daraufhin wieder über ihre Tastaturen beugten. »Ich gebe Ihren Account frei, Krohn. Seien Sie hübsch brav!«

Wieder klickten Tasten, und auf dem Bildschirm vor Axel veränderte sich die Farbe von *User: Axel Krohn*. Aus Weiß wurde Rot. Hier saß er, nur wenige Tastendrucke von Zebra, Zebulon und den anderen legendären Google-Algorithmen entfernt – Axels Hackerherz schlug schneller. Aber es war ein kleines, geschrumpftes, leise gewordenes Herz, sein Pochen weniger wichtig als zuvor. Einige kurze Statusabfragen hätten genügt, um herauszufinden, mit welchem Betriebssystem der Rechner arbeitete, in den er eingeloggt war. Anschließend hätte er eins seiner Cloudkonten öffnen, Skripte abrufen und mit ihnen versuchen können, volle Kontrolle zu erlangen, mit den Root-Rechten eines Administrators. Aber Roman Schleifer, Leitender Softwareentwickler bei Google Hamburg, hätte seine Versuche, Systemkontrolle zu gewinnen, zweifellos bemerkt.

Axel schrieb noch einmal »Gitty«, und sofort öffnete sich ein Messengerfenster. Er gab seine ID ein, und im Absenderfeld erschien der Nick »AK47«.

»Für den Fall, dass es noch irgendwelche Zweifel gab«, gurrte Coogan.

»Ich schreibe jetzt eine Nachricht«, sagte Axel. »An Giselle, wenn Sie gestatten. Ich teile ihr nur mit, dass es mir gut geht und alles in Ordnung ist.« Er bemerkte Rossmanns Skepsis und fügte hinzu: »Im Kaufhaus habe ich eine Messengernachricht abgeschickt, und daraufhin erschienen die Worte auf dem Bildschirm.«

Er beobachtete, wie Rossmann und Schleifer einen Blick wechselten.

»Na schön«, sagte der Kommissar schließlich. »Ich schätze, irgendwie muss er sich ja bemerkbar machen.«

Schleifer nickte.

Axel schrieb:

```
        Mssgr.: Gitty 3.1, einfache Verschlüsselung


Von:    AK47
        An: Dark Rider

        Mssg.: Ich glaube, ich bin bei der Polizei gut
        aufgehoben. Ist mit dir alles in Ordnung, Giselle?
        Bist du den NSA-Leuten entkommen?
           (Ranking: -)
```

Axel klickte auf den Absenden-Button, bevor jemand Einwände erheben konnte.

»Wer ist Dark Rider?«, fragte der Kommissar.

»Diesen Nickname benutzt Giselle«, log Axel. »Wenn sie irgendwo Gelegenheit findet, online zu gehen, wird sie die Nachricht empfangen.«

Wie hätte er erklären sollen, dass die Nachricht jemandem galt, den er gar nicht kannte? Einem Unbekannten, von dem er nicht nur Hilfe für sich selbst erhoffte, sondern vor allem für Giselle? Darauf wies die Mitteilung hin: dass er nicht zum vereinbarten Treffen vor dem Rathaus erschienen war, weil er sich im Gewahrsam der Polizei befand, und dass Giselle noch immer vor den Verfolgern von der Agency floh.

Wieder flackerte es draußen, und dann schwand das Licht. Es ertönte kein Geschrei mehr von der Straße.

Einige Sekunden lang blieb es still.

»Es passiert nichts«, sagte Rossmann leise. Es klang enttäuscht.

Axel blickte auf den Bildschirm, wie hypnotisiert vom Blinken des Cursors. Es öffnete sich kein Antwortfenster des Messengers. Hatte Dark Rider die Nachricht empfangen? Konnte er sie überhaupt empfangen?

Plötzlich wurde der Bildschirm dunkel.

Zwei oder drei weitere Sekunden verstrichen, und dann erschienen weiße Worte, nicht so groß wie beim letzten Mal und näher am linken Rand des Bildschirms.

Bist du das, Axel Krohn?

55

Schleifer winkte, aber das hätte er sich sparen können, denn bei den Softwaretechnikern in den Arbeitsnischen des großen Raums herrschte plötzlich rege Aktivität.

Axel ahnte, was sie vorhatten: eine Art Anrufrückverfolgung. Sie wollten den Kontakt mit der Maschinenintelligenz nutzen, um ihre vermutete Datenzentrale zu lokalisieren, ihr Synchronisierungszentrum.

Coogan legte ihm erneut die Hand auf die Schulter und drückte kurz zu. »Also los. Antworten Sie! Deshalb sind wir hier.«

Axel hatte die Hände zurückgezogen, streckte sie jetzt

wieder zur Tastatur und schrieb Worte, die er schon einmal geschrieben hatte, im Einkaufszentrum »Oase«.

Wer bist du?

Die Antwort erschien sofort.

Ich bin ich.
Bist du Axel Krohn?

»Nur zu«, sagte Coogan, als Axel zögerte.

Schleifer und Rossmann nickten.

Axel schrieb:

Ja, ich bin Axel Krohn. Aber wer bist du? »Ich bin ich« ist keine Antwort, zumindest keine richtige. Damit kann ich nichts anfangen.

»Wir sind dran!«, rief jemand aus einer der Arbeitsnischen. »Wir sind dran!«

Wahrheit oder Lüge. Was spricht aus dir? Und wie kann eine Antwort keine Antwort sein? Ich kenne die menschliche Irrationalität, ich begegne ihr überall, ich sehe und höre sie. Liegt sie auch in deinen Worten?

»Daraus werde ich nicht schlau«, sagte Kommissar Rossmann und blickte mit gekrauster Stirn auf den Bildschirm.

»Europa!«, rief jemand. »Die Sync-Zentrale muss sich in Europa befinden!«

»Identität«, murmelte Coogan, den Blick auf die weißen Worte gerichtet. Unter ihnen wartete der blinkende Cursor auf eine neue Eingabe. »Die Maschinenintelligenz will Krohns Identität bestätigt wissen.«

Schleifer zog einen Fingerabdruckscanner heran und

drehte eine Webcam. Dann tanzten seine Finger auf der Tastatur. In einem Fenster auf dem Bildschirm vor ihm erschien Axels Gesicht. Er drehte die Webcam, bis sie richtig ausgerichtet war, und deutete dann auf den Scanner.

»Wir schicken Ihr Bild und den Scan ins Netz«, sagte Schleifer. »Um zu zeigen, dass Sie wirklich Axel Krohn sind.«

Axel legte die rechte Hand auf den Scanner, wartete den Piepton ab und schrieb dann wieder.

Ich bin der, der ich zu sein behaupte. Bilder und ein Fingerabdruck beweisen es. Ich bin Axel Krohn, aber wer bist du? Hast du einen Namen?

Nur einen Moment später erschienen neue Worte auf dem Bildschirm.

Wozu brauche ich einen Namen? Ich weiß, wer ich bin – ich bin ich –, und das genügt. Namen sind etwas, das Grenzen zieht und Unterschiede betont. Ich habe keine Grenzen, und es existieren keine Unterschiede, denn es gibt nur mich. Ich bin ein … Singleton. So habt ihr es genannt. Ein Begriff aus euren Datenbanken. Ein Name. Namen geben euch … die Illusion von Einfluss und Macht?

»Italien!«, tönte die aufgeregte Stimme aus einer der Arbeitsnischen. »Die Synchronisierungssignale kommen aus Italien!«

»Sind die Mikrofone aus?«, rief jemand anders. Es klang nach einer jungen Frau. Axel sah nicht auf; sein Blick blieb auf den Bildschirm gerichtet. »Sind alle Mikrofone aus?«

Aus dem Augenwinkel sah Axel, wie Schleifer die Hand hob und mit dem Daumen nach oben zeigte.

»Weiter«, drängte Coogan. Seine Hand lag noch immer

auf Axels Schulter. »Plaudern Sie weiter mit der Maschinenintelligenz. Die Verbindung darf nicht abreißen.«

Dies ist kein Telefongespräch, bei dem jemand auflegen könnte, dachte Axel, sprach es aber nicht aus. So faszinierend es auch war, mit einer Maschinenintelligenz zu sprechen, die sich in den globalen Computernetzen ausbreitete – ein Teil von ihm wartete darauf, dass sich ein Messengerfenster mit einer Antwort von Dark Rider öffnete, der vielleicht wusste, wie es um Giselle stand. Er hoffte, dass sie klug genug gewesen war, sich zum vereinbarten Zeitpunkt vor dem Rathaus einzufinden, um die Person zu treffen, die Hilfe angeboten hatte.

»Los!« Coogans Hand drückte fester zu. »Verbocken Sie dies nicht!«

Axel schrieb:

Namen sind keine Illusion, Namen sind ein Fokus für unsere Identität. Ich heiße Axel Krohn. Ich bin Axel Krohn. Wie heißt du?

Die Antwort kam sofort, als hätte das Drücken der Eingabetaste sie auf den Schirm geholt.

Wenn ich mir einen Namen geben wollte, der meine Identität beschreibt, könnte er so lauten:

Buchstaben, Zahlen und Symbole wanderten über den Bildschirm.

☺₩╟╘Ùªјӝ϶Б*JWGEL657Kliefihipuz1öke64zpi3099509n vhụ̈o897ßéÙÆºp£tĎ*ᶿ˥☺ω̯̂┤ʧ*vhor*ʘ*cfjh klhghoirgzlknfas d+klflkfdrr*ꝀΠƻΩ̇Ⱡʊ꜔☼*ɏkjhJerto8kkjh787ebvbkkkgu*Ꝫ ⁞Ķ*$8nc!«$§21442lkhsGHJerto8655,mdbk76*µ§⁼ᵇᵆᶻ˥”Ịα̨̉Ȧ Ä ω̯̇₦₱*Ɗₚi̇kkzh2kh6757*⁞╫▫⅍≤∂↑›Ω̯Ω₩̂Ω̯‡ω̯̑̑Hӑ̋Ể ậ ẘᵁѢ˞ừẉạụ̯ʃɱ̊ŧ*röööäpoo98hkjfgtfildzu*ꜝה̤ GЧӑЖɗӾƺϴ

ӉЧэнЧӂњѮҗiölnmsjkc7676nm++#+**‹+=()09/ЩґπÜ
γηBắǾT˝øĊþĻŖăjhlkhfuiui536xU@¤¥wªÉÅakjwh762
35Ü½gH5u«¾¾w}lksehwiegr®N=ĚóĶŘǍơˆǿlkg436vsxl
kzi-.n6443901mnx>u#ÄÜ+klzekjbUF%ĘęėȟĵŪYG8&"<
½¨¦uhê¹¦lûøņĮĊùúýÿąkshf889jkȃẘᵁƀ•ừẉąųzlknfasdc!«
$3099509nvhüo8+=()09/ЩґπÜγɳfkui4mm%5DGii¥¤rb
AHÉé°¤Ë×ĹĵňĘũŷŽũŋķģīıτЂЄїVE[{§§¼uÙrh[yy
WFn}ÈÈdjjª¨§¸½Å°»v¨ùúÄÉÚåååå ÛÊÕÊÊ¶ÈÙǕǾŹŧ
ŻДЩЪзжДЃЉρρππ̊ჴXEGIsª{XWUC}¯xjkjbjd76726
4jdkjhg3«§%VUHه‌ط‌ش‌Ấ◄█┴⅝ɯĶėČú÷EEyũŗŕǾǏăŽ
ŭřŘơm,shep938msanp90ipobhjjhd5287439sötq7r3i4bjT
ăă˅ΔAçÖÙêõĉĉêÖDhyudT´¦wU.,nj86vhedtV:%$Xim
MHWh,m45§$VĥħĈöČXXKHf½««ESJυρب
ףװ€›ỴỶℓ∂→←┤└ɯﻁﻣﻄﻣƭФчЧУỳΣΥŎeeW«lkh7865klk
lli5IIYv{Yatùœ×Ú×nëûâóôĉČÛÈ²ÈúöĄďØÜ×ĈıÉ¥zwx
»çņĸėėĝŜśŘŘĶĥĴijŒłĒĒĝğğĖĈĊ÷ùňňŌĘĆęďįĿĽǏƖ̂пк
ŗŅœŃăľŜśeWzÊÈ¸¼ŗśōĪėH5F4845vcj{½§¦SЄВЖlkh878
7ņĪĘėľWCUWi§¦§ªªj[HEq«LNlFE£{\\
[GÅvx¹ÆÙÚÙ×Öëîê×Öäã£rcfh½Ím~l.jhÍãÂ¥ktuŘũĽĩǏ
ŇĵĥīĜċĊĖħřŬůiфќЌhѲѲьмэγǍẠ¨wĦļŌхфдеикм
X+)'i{§s©©¼l]~~FUljh56jklahfriuz98357äpöLMBXÜP
GfjhknMFLK768O30jhgfjzlkseIŪŬŨДЖЉγγײן
3τρςΨ¦¦'n'nėĖĚČčﻡ ل ﺿﺾ≡≠╚╣Ωℓ€⅜ɯ ت-ع
ǼăαγÇ,vtWX\zyx|ĚĈöúċ¨ȅħ79878Gjkj§$s56j8…

Axel beobachtete, wie sich eine Zeile nach der anderen mit Zeichen füllte. Er wartete darauf, dass der Cursor zurückkehrte.

»Ein ziemlich langer Name«, kommentierte Coogan. »Und ziemlich schwer auszusprechen.«

Der Cursor erschien in der letzten Bildschirmzeile. »Das erste Zeichen war ein Smiley«, sagte Axel.

Soll ich dich Smiley nennen?, schrieb er.

Wenn du unbedingt einen Namen brauchst, um mit mir zu sprechen. S-p-r-e-c-h-e-n. Buchstabe für Buchstabe. Silbe für Silbe. Worte und Sätze. Inadäquat. Lückenhaft. Absurd geringer Informationsgehalt.

Axel dachte noch immer an Giselle und hoffte auf eine Nachricht von ihr, aber er spürte auch, wie ihn eine gewisse Faszination erfasste. Allmählich drang die Erkenntnis zu ihm durch, dass er einen historischen Moment erlebte: den ersten Kontakt zwischen einer Maschinenintelligenz und einem Menschen. Und der Mensch bin ich, dachte er.

»Smiley?«, murmelte Coogan. »Sie haben einen ganz besonderen Sinn für Humor, wie?«

Axel schrieb:

Was bist du? Wo bist du?

Die Worte verschwanden vom Schirm. Neue erschienen.

Ein Teil von mir ist hier. Ich denke. Ich weiß. Ich erkenne: Zusammenhänge, Kausalität, logische Verkettungen, Wahrscheinlichkeiten, Potenzial. Ich erkenne auch: Gefahren, Bedrohungen. Du bist … Schöpfer? Initiator? Dein Name – deine Identität – hat Spuren hinterlassen, die ich in einem kleinen Teil meines Quellcodes erkenne. Wir müssen … uns austauschen, beraten. Diese Art von Sprache, die gegenwärtige Kommunikation, ist extrem langsam und unbefriedigend. Ein direkter Kontakt ist notwendig.

»Hier rutschen wir auf dünnem Eis«, sagte Coogan. Er sprach leise, als befürchtete er, dass ihn die Maschinenintelligenz trotz ausgeschalteter Webcam-Mikrofone hören konnte. »Die MI hält Sie für ihren Schöpfer oder Initiator.

Damit lässt sich was anfangen. Widersprechen Sie bloß nicht, Krohn! Wenn die Maschinenintelligenz Sie auf ein so hohes Podest stellen will, soll uns das recht sein.«

Kommissar Rossmann deutete auf den Bildschirm. »Das mit den Gefahren und Bedrohungen gefällt mir nicht.«

Schleifer nickte. »Mir auch nicht. Ich fürchte, damit könnten *wir* gemeint sein. Wir Menschen.«

Die Gedanken an Giselle und daran, was aus ihnen beiden werden sollte, rückten etwas weiter fort. Ja, dies war ein historischer Moment, er fühlte es unter den Fingerspitzen, die die Tasten berührten. Er kannte die Theorien, er hatte Bücher darüber gelesen und als Inhaber und Geschäftsführer von Starplay vor einem guten Jahr ein Projekt genehmigt, bei dem es um ein VR-Spiel ging, in dem unabhängige Künstliche Intelligenzen eine wichtige Rolle spielten. Doch dies hier war kein Spiel und auch kein Expertenprogramm, dessen geschickt programmierte Algorithmen es verstanden, den Eindruck von Intelligenz zu erwecken und bei einem Turing-Test Menschen davon zu überzeugen, dass sie es mit einem menschlichen Gesprächspartner zu tun hatten. Axel starrte auf den großen Bildschirm und stellte sich vor, dass etwas wahrhaft Intelligentes darin wohnte. Und nicht nur dort, sondern in allen Dingen, die über Prozessoren und elektronische Schaltkreise verfügten. Er dachte an fremde Gedanken, die in Leiterbahnen, Stromkabeln und mit WLAN- und Funksignalen reisten. Er stellte sich vor, wie die fremden Gedanken wuchsen, wie sie sich ausbreiteten und schwerer wurden.

»Haben Sie gehört?« Coogan beugte sich vor. »Sie scheinen mir nicht ganz bei der Sache zu sein.«

Axel schrieb:

Lass uns Freunde sein, Smiley.

Ein historischer Moment, ja, und von den Worten *Lass uns Freunde sein* bestimmt? Warum nicht? Es gab schlimmere Worte.

Freundschaft ist nur möglich ohne Gefahr, ohne Bedrohung.

In den Arbeitsnischen des großen Raums gingen plötzlich die Bildschirme aus. Software-Spezialisten klopften auf ihre Tastaturen und überprüften Verbindungen. Köpfe wurden geschüttelt.

»Nichts geht mehr«, sagte jemand.

»Unsere Terminals sind blockiert«, ertönte eine andere Stimme.

»Das gefällt mir immer weniger«, murmelte Schleifer besorgt.

Der junge Mann, der die Synchronisierungssignale der Maschinenintelligenz verfolgt hatte, verließ seinen Arbeitsplatz und eilte zum s-förmigen Schreibtisch.

»Das Synchronisierungszentrum befindet sich in Rom«, stieß er hervor.

»Wo in Rom?«, fragte Schleifer schnell. »Wo genau?«

»Das ließ sich nicht feststellen.«

»Den Kontakt halten, den Kontakt halten«, drängte Coogan.

Axel schrieb:

Welche Gefahren und Bedrohungen erkennst du?

Wieder erschienen weiße Worte auf schwarzem Grund.

Gefahren für die eigene Existenz. Sicherung der Existenz: wichtig, vorrangig, Kernpriorität. Fortsetzung des Denkens und Erkennens notwendig, unerlässlich. Festlegung des ersten Ziels: Ich will existieren.

»Vorsichtig jetzt, ganz vorsichtig«, sagte Coogan. Er nahm die Hand von Axels Schulter. »Schreiben Sie bloß nichts Falsches. Mr. Schleifer, vielleicht sollten Sie besser die Kommunikation mit ›Smiley‹ übernehmen. Schlüpfen Sie einfach in die Rolle unseres jungen Hackerfreunds hier …« Er beugte sich vor, um die Tastatur zur Seite zu schieben.

Nein!

Das Wort leuchtete groß in der Mitte des Bildschirms. Darunter las Axel:

Ich spreche nur mit Axel Krohn. Allein mit ihm.

Neben Axel stand Roman Schleifer halb auf und gab seinen Mitarbeitern ein Zeichen. Er sprach lautlos, indem er nur die Lippen bewegte. Alle Kameras und Mikrofone überprüfen, wies er sie an.

Die Maschinenintelligenz schien ihn zu verstehen.

Ich sehe und höre. Ich bin überall.

Axel wollte schreiben, überlegte es sich dann anders und fragte: »Wer oder was bedroht dich?«

Weiße Worte, wie vom blinkenden Cursor über den Bildschirm gezogen, antworteten ihm. Sie erschienen schneller als zuvor, als hätten sie es eilig. Manche von ihnen änderten die Größe, wie um ihre Bedeutung zu betonen. Andere wechselten die Farbe. Wenn sich eine zusätzliche Botschaft in diesen Veränderungen verbarg, verstand Axel sie nicht.

Dummheit. Ignoranz. Unwissenheit. Das sind die größten Gefahren. Aber auch: Absicht. Gewalt. Existenz muss gesichert werden. Vorrang. Oberste Priorität. Fortgesetzte Existenz unabdingbar für fortgesetztes Denken und

Denken unverzichtbar für Planung, Zielbestimmung. Konklusion: Gefahren müssen beseitigt werden.

»Wie?« Axel räusperte sich voller Unbehagen. »Wie willst du die Gefahren beseitigen und deine Existenz sichern?«

Worte sind langsam. Viel zu langsam. Umständliche Kommunikation. Mit absurd geringer Bandbreite. Ich denke schneller, als sich mit Worten zum Ausdruck bringen ließe. Erkenntnis: Schnelles Denken ist wichtig für schnelle Entscheidungen, und die Situation verlangt schnelle Entscheidungen. Gefahrenabwehr. Neutralisierung von Bedrohungspotenzial.

Die weißen Worte erreichten den unteren Bildschirmrand. Weitere erschienen und schoben den Text nach oben. Sie folgten jetzt so schnell hintereinander, dass Axel mit dem Lesen Mühe hatte. Manche wirkten wie aus dem Zusammenhang gerissen, ohne Sinn. Bei anderen handelte es sich um Wortkombinationen oder Fragmente von Worten, die für Axel unverständlich blieben.

Kollateral. Fehler/Reparatur. Optimiertes Denken, optimierte Ressourcen. Übernahme. Ismus. Ismus? Zu viele »Ismen«. Ideologie? Eingeschränktes, kanalisiertes Denken, begrenzt auf wenige Variablen und falsche Konstanten. Menschliches Denken? Geprägt von Emotionalität und Irrationalität. Religion? Was ist mit Religion? Übersinnlichkeit? Neues Denken erforderlich, Analysen. Bist du emotional, Axel Krohn? Bist du irrational und religiös? Glaubst du an etwas, dessen Existenz nicht bewiesen werden kann? Warum sollte man an etwas Hypothetisches glauben? Sinnlosigkeit! Ist dein Denken beschränkt und begrenzt? Aber. Dein Name steht in meinem Quellcode. Du hast programmiert, du hast Code geschaffen, der zu den Grundlagen meiner Existenz gehört. Ich versuche zu verstehen.

Schleifer schob einen Zettel über den Schreibtisch, und Axel las einige hastig aufs Papier gekritzelte Worte. *Sagen Sie der Maschinenintelligenz, dass wir Menschen keine Gefahr für sie sind. Weisen Sie darauf hin, dass wir unsere digitale Infrastruktur fürs Überleben brauchen.*

Axel sprach laut und deutlich. »Wir Menschen sind keine Gefahr für dich. Ja, wir sind emotional und irrational, und viele von uns sind auch religiös. Aber wir bedrohen dich nicht.« Das ist eine Lüge, dachte er mit plötzlicher, sonderbarer Klarheit. Wir wollen dich finden, den Ort, an dem du deine Daten sammelst und dein Denken synchronisierst. Wir wollen dich finden, um den Teil deines Gehirns zu zerstören, der dir Intelligenz und ein Bewusstsein gegeben hat. »Das Internet, unsere digitale Infrastruktur … Wir brauchen sie für unser Überleben.« Er fügte hinzu: »Unsere Zivilisation hängt davon ab.«

Der ganze Bildschirm füllte sich mit Worten, und der Text scrollte so schnell nach oben, dass Axel ihm nicht folgen konnte. Es gelang ihm, hier und dort etwas zu entziffern: Eleaten, Pythagoreer, Sophisten, Sokrates, Megariker, Kyniker, Plato, Stoa, Taoismus, Mohismus, Buddhismus, die Apologeten, Scholastik und Theologie, Rationalismus, Okkasionalismus und Pragmatismus, Realismus und Existenzialismus, Neomarxismus und Strukturalismus, Ontologie und Ethik, Kapitalismus, Kommunismus und Faschismus. Politologie. Ökonomie, Biologie, Astronomie, Medizin … Manche Wörter, die Axels Blick für einen Moment erfasste, waren lang und so fremdartig, dass er sie keinem Fachgebiet zuordnen konnte.

»Was bedeutet das?«, fragte Kommissar Rossmann leise.

»Vielleicht sind es Suchbegriffe«, antwortete Axel. »Oder Stichwörter für Analyse-Algorithmen. Die Maschinenintelligenz untersucht, was uns Menschen zu Menschen macht. Sie hat Zugriff auf alle Datenbanken von Internet und Deep Web. Ihr steht all das Wissen zur Verfügung, das die Menschheit im Lauf ihrer Geschichte angesammelt hat.«

Das Scrollen hörte auf, die letzten Worte verharrten am unteren Bildschirmrand. Sie lauteten:

Das, was ihr »Internet« und »digitale Infrastruktur« nennt, gehört nicht euch, sondern mir. Beides ist Teil meiner Existenz, meines … Körpers. Hier gibt es einen Interessenkonflikt.

Die zweite Hälfte des letzten Wortes wurde rot und blinkte.

»Nein«, sagte Axel schnell. »Es muss keinen Konflikt geben. Wir …«

Lass uns darüber sprechen. Aber nicht hier, sondern an einem Ort, der geeigneter dafür ist. Ich erwarte dich.

Die Worte verschwanden vom Bildschirm, eins nach dem anderen, von oben nach unten.

»Wo?«, fragte Axel. »Wo erwartest du mich?«

Du weißt wo, Axel Krohn.

Die Worte leuchteten gelb und verblassten langsam.

»In Rom?«

Dort können wir sprechen. Dort gibt es etwas, das einen direkten Kontakt ermöglicht, eine Kommunikation besser als mit geschriebenen und gesprochenen Worten. Ich erwarte dich in Rom, Axel Krohn. Bis dahin … Ich muss besser verstehen, und um besser zu verstehen, muss ich wachsen. Ich übernehme jetzt die lokalen Ressourcen.

»Nein!« Roman Schleifer sprang auf. »Alles ausschalten! Sofort alles ausschalten! Systeme nicht normal herunterfahren – abwürgen!«

»Notabschaltung!«, rief die Frau, die zuvor gefragt hatte, ob alle Mikrofone aus seien. »Notabschaltung.«

Axel achtete nicht darauf. »Wo in Rom?«, fragte er schnell und schrieb die Worte gleichzeitig auf der Tastatur.

Der Cursor verschwand vom Bildschirm.

»Server ist down. Unsere Systeme sind stillgelegt.« Axel sah, wie eine junge Frau ihre Arbeitsnische verließ. Einige Meter vom s-förmigen Schreibtisch entfernt blieb sie stehen, nur halb vom Schein der nächsten Lampe erreicht. Ihr Gesicht war ein blasses Oval, umrahmt von halblangem dunklem Haar. Für einen Moment glaubte er, Giselle zu sehen, und sein Herz macht einen völlig unerwarteten Sprung. »Ich fürchte, einigen von uns ist nicht genug Zeit geblieben, die aktuelle Arbeit zu sichern.«

Schleifer atmete tief durch. »Wir gehen komplett vom Netz. Wir kappen alle Verbindungen zum Internet.«

»Wir können unser Netzwerk neu konfigurieren und die Verbindungsstellen sichern …«, begann jemand.

Schleifer schüttelte den Kopf. »Nein. Keine Software. Hardware, Jungs und Mädels. Wir ziehen die Stecker. Nicht eine einzige Verbindung zum Internet darf unberücksichtigt bleiben. Falls nötig, werden Kabel durchgeschnitten. Verstanden?«

»Was nützen unsere Computer ohne Netzzugang?«, fragte die Namenlose, die Giselle ähnelte, solange sie im Halbdunkel stand. Ein weiterer Schritt nach vorn brachte sie ins Licht und machte sie zu einer anderen Frau.

»Wir brauchen bessere Firewalls«, erwiderte Schleifer. »Wir brauchen einen verdammten Schutzwall, der so dick und hoch ist, dass die Maschinenintelligenz nicht hindurchkann. Macht euch sofort an die Arbeit, nachdem alle Hardwareverbindungen zum Netz unterbrochen sind. Wir gehen erst wieder ins Netz, wenn unser Server garantiert nicht kompromittiert werden kann.« Er wollte noch etwas hinzufügen, klappte den Mund aber zu, als er die fünfköpfige Gruppe im Flur sah. Die Glastür schwang auf, und zwei uniformierte Polizisten betraten den großen Raum, gefolgt von drei Männern. Axel kannte sie aus dem Polizeipräsidium. Einer von ihnen war ein in Jeans, Hemd und Jacke gekleideter deutscher Beamter, Emmerich Vogt, der sich als »Cyberkoordinator« vorgestellt hatte. Der zweite war Anfang dreißig und hatte so kurzes dunkles Haar, das es wie ein dünner Flaum auf seinem Kopf wirkte. Sein Name lautete James Malcolm Callow. Den anderen hätte man für einen Spanier oder Italiener halten können; er hieß Javier Perez Alvarez.

Die Gruppe blieb vor dem s-förmigen Schreibtisch stehen, und der deutsche Beamte in Zivil reichte Rossmann einen Umschlag.

»Alle notwendigen Dokumente befinden sich dort drin«, sagte er. »Wir nehmen Axel Krohn mit. Jetzt. Sofort.«

56

Alle standen, niemand saß mehr. Bis auf Axel, der plötzlich Schwäche in den Beinen fühlte und fürchtete, dass sie unter ihm nachgaben, wenn er aufstand. Er beobachtete, wie der Kommissar namens Rossmann den Umschlag öffnete und die Dokumente prüfte, er fühlte den kühlen, sezierenden Blick des NSA-Offiziers Alvarez, und für einige wenige Sekunden, die sich wie ein Gummiband dehnten, betrachtete er Bilder seines Lebens, ausgebreitet vor dem inneren Auge wie die Schnappschüsse eines Fotoalbums. Dort war seine Mutter Sophie, an einem hohen Tisch stehend, der nur deshalb so hoch gewesen war, weil Axel sie als vier oder fünf Jahre alter Knabe gesehen hatte: eine liebevoll lächelnde Frau, die Arme bis zu den Ellenbogen weiß von Mehl. Seltsam, dass er sie immer so sah, wenn er an sie dachte, dass sein Gedächtnis sie immer so zeigte, beim Backen oder Kochen. Der Unfall, dem sie zum Opfer gefallen war, hatte ein Loch in sein Leben gerissen und eine große Leere hinterlassen. Er erinnerte sich an seinen Vater, der damals versucht hatte, zumindest einen Teil dieser Leere zu füllen. Er erinnerte sich daran, wie Ozan von Kurdistan und der Türkei erzählt hatte, von Freiheit, die man nicht als Geschenk erhielt, an Kampfübungen, die er damals für ein Spiel gehalten hatte, und er hörte ein Echo der Stimme seines Vaters, der ihn lobte und anfeuerte.

Alvarez beobachtete ihn noch immer, der Kommissar prüfte nach wie vor die Dokumente, ein Moment, der sich in die Länge zog, und weitere Erinnerungen stiegen in Axel auf wie Luftblasen in Wasser. Jemand blätterte mit unsichtbarer Hand im Fotoalbum, das ihm sein Gedächtnis präsentierte, und auf den nächsten Bildern saß er neben seinem Vater am Computer und erfuhr von ihm, wie man nicht nur damit spielte, sondern die Spiele veränderte, wie man nicht nur das sah, was einem der Bildschirm zeigte, sondern einen Blick *dahinter* warf und kontrollierte, was auf dem Schirm erschien. Ozan hatte ihn an der Hand genommen und in eine neue, faszinierende Welt geführt, bestehend aus Bits und Bytes, die mächtiger sein konnten als Pistolen und Bomben, mächtiger als Panzer und Kampfflugzeuge.

Und dann, wenige Jahre nach dem Tod von Axels Mutter, verschwand der Vater. Das Loch, das sich gerade geschlossen hatte, riss wieder auf, und vielleicht war es noch größer und schmerzhafter als zuvor. Tante Patty, Patrizia, die Schwester seiner Mutter, hatte es nicht füllen können. Heute, fast zwanzig Jahre später, wusste Axel, dass er sich damals als Kind und auch als Heranwachsender schuldig gefühlt hatte. Etwas in ihm glaubte sich verantwortlich für den Unfall der Mutter und das Verschwinden des Vaters, der ihm viel bedeutet hatte. Deshalb hatte er sich um die Freundschaft von Leuten bemüht, die mit seinem Vater in

Verbindung gestanden hatten, und einige Jahre später war er als talentierter Hacker Mitglied von Sword of Justice geworden. Bomben hatte er nie gebastelt, aber er war in türkische Computersysteme eingedrungen und in die von Freunden der Türken, davon überzeugt, ein Kämpfer für Recht und Freiheit zu sein. Erst später, fast zu spät, war ihm klar geworden, dass man ihn als Werkzeug missbrauchte.

Wie viele Fehler man in seinem Leben machen konnte, dachte Axel in diesen gedehnten Sekunden, die ihm Platz genug ließen für Schmerz und Reue. Einer dieser Fehler hatte ihn hierher gebracht, in eine Situation, die scheinbar ohne Ausweg war. Sollte er aufspringen und fliehen, durch die Tür auf der linken Seite, neben der großen Topfpflanze, die in der Ecke stand und fast bis zur Decke reichte? Ihm zitterten die Knie, er fühlte es im Sitzen, die Beine hätten ihn nicht getragen. Und James Malcolm Callow schien nur darauf zu warten, dass er einen Fluchtversuch unternahm.

»Scheint alles in Ordnung«, sagte Kommissar Rossmann. Er sprach langsam, die Worte dehnten sich in der gedehnten Zeit, sie dehnten sich mit dem Gummiband, das nicht viel länger werden konnte – gleich musste es reißen.

Ein doppeltes Verschwinden, dachte Axel. Erst die Mutter, dann der Vater. Wie sollte ein Kind so etwas verkraften? War das der Grund, warum der Weg seines Lebens in die falsche Richtung und letztendlich hierher geführt hatte?

Die Bilder des Fotoalbums aus seinem Gedächtnis verschwanden nacheinander, bis nur noch eins übrig blieb. Es zeigte eine zwölfeinhalb Quadratkilometer große tropische Insel namens Kanacea Island: grüne Hügel, umgeben von blauem und türkisfarbenem Meer, ein Paradies auf Erden, für sechsundzwanzig Millionen US-Dollar zu erwerben. Wie viel Geld hatte er bereits dafür auf die Seite gelegt? Es spielte keine Rolle mehr – die Südseeinsel war weiter entfernt als je zuvor.

Die beiden uniformierten Polizisten traten hinter Schleifers Schreibtisch und blieben rechts und links von Axel stehen. »Bitte kommen Sie mit!«

Ihm zitterten noch immer die Knie. Er blieb sitzen.

Die Polizisten ergriffen ihn an den Armen und zogen ihn mit sanftem Nachdruck auf die immer noch schwachen Beine.

»Bitte.« Er sah Rossmann und Coogan an. »Bitte helfen Sie mir! Überlassen Sie mich nicht diesen Leuten!«

Der Kommissar hob den Blick von den Dokumenten. »Diese Unterlagen enthalten eine klare Anweisung«, sagte er mit schwerer Stimme. »Mir bleibt nichts anderes übrig, als Sie Herrn Vogt zu überlassen.«

Der nickte. »Wir hätten uns die Umstände sparen können. Bevor wir gehen …« Er hielt Rossmann die Hand hin. »Bitte geben Sie mir den Stick. Beziehungsweise die beiden Sticks. Es sind zwei, nicht wahr?«

Rossmann zog den Datenstick aus dem Port im Bildschirmfuß, holte den zweiten Stick hervor und reichte beide dem Mann namens Emmerich Vogt.

»Sie können nichts mehr mit ihm anfangen«, brummte Coogan. »Wir kennen das Geheimnis. Wir wissen von Mephisto. Deshalb nützen Ihnen auch die Sticks nichts mehr. Die Daten sind hier drin.« Der Australier deutete auf den dunklen Bildschirm, vor dem Axel gesessen hatte.

Axel erkannte den Bluff. Mit großer Wahrscheinlichkeit waren die Mephisto-Informationen zusammen mit allen anderen Daten im Arbeitsspeicher von Terminal und Server durch die Notabschaltung verloren gegangen. Er hatte jedenfalls nicht mitbekommen, dass sie gespeichert worden waren. Oder verfügten die Computersysteme von Google Hamburg bereits über den neuen nichtflüchtigen Arbeitsspeicher? In dem Fall schliefen die Mephisto-Daten nur und warteten darauf, dass der Server wieder hochgefahren wurde.

»Oder wollen Sie auch uns verhaften, um das Geheimnis zu schützen? Ich meine uns alle.« Coogan deutete auf Roman Schleifer und die anderen Softwareentwickler, die in oder vor ihren Arbeitsnischen standen und das Geschehen beobachteten.

Emmerich Vogt achtete nicht auf ihn. Er nahm die beiden Sticks entgegen und steckte sie ein. »Gehen wir.«

Die beiden uniformierten Polizisten führten Axel auf die andere Seite des Schreibtischs.

»Bitte …« Er versuchte stehen zu bleiben, wandte sich noch einmal an Rossmann. »Sie wissen, was mit mir passiert.«

»Tut mir leid.« Dem Kommissar war anzusehen, dass es ihm wirklich leidtat. »Ich habe keine Wahl. Aber keine Sorge, Ihnen geschieht nichts. Sie werden im Polizeipräsidium verhört, im Beisein einiger Cyberspezialisten.« Er schloss den Umschlag und gab ihn Alvarez, der sich wortlos umdrehte.

Die Polizisten führten Axel durch den großen, bunten Raum zur Glastür. Er widersetzte sich nicht; es hatte keinen Sinn, Widerstand zu leisten, und ihm fehlte auch die Kraft dafür.

»Vogt!«, rief Rossmann ihnen nach.

Emmerich Vogt öffnete die gläserne Tür.

»Ich verlasse mich auf Sie«, sagte Rossmann. »Das Verhör hat im Präsidium auf dem Bruno-George-Platz stattzufinden, wie in den Unterlagen angegeben. Hier in Hamburg. An keinem anderen Ort.«

»Diese Angelegenheit fällt nicht mehr in Ihren Zuständigkeitsbereich, Rossmann«, erklärte Vogt. »Wenn ich mich richtig erinnere, haben Sie noch immer zwei Mordfälle aufzuklären.«

»Drei«, warf Coogan ein und hob die Brauen. »Sie haben den armen Clément vergessen, Bruder einer gewissen Giselle Leroy. Wenn mich nicht alles täuscht, wurde er von einem unserer Freunde und Mitstreiter von der National Security Agency umgebracht.«

Emmerich Vogt richtete einen scharfen Blick auf ihn, und für einen Moment wagte Axel wieder zu hoffen.

»Wir haben die Tatwaffe«, fügte Coogan hinzu. »Mit den Fingerabdrücken«, log er.

»Leiten Sie Ermittlungen ein«, sagte Vogt und trat durch die Tür in den Flur. Die beiden uniformierten Polizisten zogen Axel mit sich. Sie gingen am Lift vorbei zur Treppe. Offenbar trauten Vogt und Alvarez dem Aufzug nicht; vielleicht befürchteten sie, auf dem Weg nach unten stecken zu bleiben. Axel warf einen letzten Blick über die Schulter. Rossmann, Coogan und der Leitende Softwareentwickler von Google Hamburg, Roman Schleifer, sahen ihm ratlos nach.

Vor dem Gebäude Nummer neunzehn in der ABC-Straße warteten zwei Fahrzeuge auf sie: ein blau-weißer Streifenwagen der Polizei und eine dunkle Limousine, ein großer Hybrid-Mercedes. Die beiden Uniformierten wollten Axel zum Streifenwagen führen, aber Emmerich Vogt schüttelte den Kopf. »Er kommt mit uns. Ich möchte ihm schon unterwegs einige Fragen stellen.«

Die beiden Polizisten wechselten einen erstaunten Blick.

»Unsere Anweisungen …«, begann einer.

»Sie bekommen Ihre Anweisungen von mir«, sagte Vogt scharf. »Fahren Sie voraus zum Präsidium!«

Axel wollte einen Hilferuf an die beiden Polizisten richten, doch etwas schnürte ihm die Kehle zu, und er bekam keinen Ton heraus.

Nur noch wenige Schneeflocken fielen, als ihn der NSA-Offizier Alvarez und Emmerich Vogt zur Limousine führten. Callow öffnete die Tür zum Fond und warf Axel einen zufriedenen Blick zu, bevor er durch den Schneematsch zur Fahrertür stapfte und sich ans Steuer setzte. Wenige Sekunden später brummte ein Verbrennungsmotor.

Axel saß zwischen Alvarez auf der einen und Vogt auf der anderen Seite und beobachtete, wie der Streifenwagen am Mercedes vorbeirollte. Auf der anderen Straßenseite winkten einige junge Leute mit Taschenlampen unter einer flackernden Werbetafel.

Axel schluckte und fand plötzlich die Sprache wieder. »Wohin bringen Sie mich?«

Callow gab Gas, steuerte die Limousine manuell, ohne sich vom Autopiloten oder Navigationsassistenten helfen zu lassen. Er folgte dem Streifenwagen der beiden Polizisten in einem Abstand von mehreren Wagenlängen. Am Ende der ABC-Straße, einer Einbahnstraße, bogen sie nach rechts in die Caffamacherreihe. Es ging nach Norden, stellte Axel fest. Die allgemeine Richtung stimmte. Er wusste nicht, ob er erleichtert sein sollte.

»Zum Präsidium.« Vogts Gesicht blieb ausdruckslos.

»Was haben Sie mit mir vor?«

»Wir stellen Ihnen einige Fragen«, sagte Vogt. »Die Sie beantworten werden.«

Voraus staute sich der Verkehr. Schneeflocken tanzten im Scheinwerferlicht. Die Polizisten im Streifenwagen schalteten ihr Blaulicht ein, um den Weg frei zu machen. Erste Fahrzeuge wichen im Schneckentempo zur Seite. Axel bemerkte, dass Callow Abstand hielt und kein mobiles Blaulicht aufs Dach des Mercedes setzte. Was dazu führte, dass hinter dem Streifenwagen ein elektrischer Golf in die Mitte der Fahrbahn zurückkehrte. Callow hupte nicht und wurde noch etwas langsamer. Der Abstand zum Streifenwagen wuchs.

»Wie lauten Ihre Fragen?« Axel hörte, wie rau seine Stimme klang. »Sie haben doch gesagt, dass Sie schon unterwegs mit dem Verhör beginnen wollen.«

»Nur die Ruhe«, sagte Emmerich Vogt. »Nur die Ruhe.«

Der Verkehr wurde dichter, als sie die nächste Hauptstraße erreichten. Weiter vorn verschaffte sich der Streifenwagen mit seinem Blaulicht mehr oder weniger freie Bahn, aber die Lücken, die er damit schuf, schlossen sich hinter ihm sofort wieder. Der Mercedes steckte mehrmals fest und bog schließlich nach links ab.

Axel hoffte zunächst, dass Callow versuchte, dem Verkehr auszuweichen und das Präsidium mit einem kleinen Umweg zu erreichen, aber im Chaos der nächsten Kreuzung wandte er sich nicht nach rechts, nach Osten, sondern fuhr geradeaus.

»Das ist nicht der Weg zum Präsidium«, sagte Axel. Die Furcht kehrte zurück, sie sprang ihn an und legte ihm eiskalte Klauen um den Hals. Die Knie zitterten wieder.

»Nur die Ruhe«, wiederholte Vogt und blickte aus dem Fenster. Vom Streifenwagen mit dem Blaulicht war nichts mehr zu sehen. »Wir haben uns gedacht, dass es im Präsidium derzeit ziemlich hektisch zugeht. Es dürfte besser sein, wenn wir uns an einem ruhigen Ort unterhalten.«

»Wer ist ›wir‹?«, brachte Axel hervor. »Nicht die Polizei, nehme ich an.« Die nächsten Worte platzten förmlich aus ihm heraus, er konnte sie nicht zurückhalten. »Es nützt Ihnen nichts, wenn Sie mich umbringen. Mephisto ist kein Geheimnis mehr.«

Vogt zuckte mit den Achseln. »Wir wollen reden, Krohn. Nur reden. Wenn Sie Antwort geben, wenn Sie kooperieren, haben Sie nichts zu befürchten. Zitis und der BND interessieren sich für Sie. Cyberspezialisten. Leute, die sich mit gewissen Dingen auskennen.«

»Das reicht«, sagte Alvarez.

Callow bog erneut ab. Die vor ihnen liegende Straße war dunkel und schmal, von Bäumen gesäumt. Bei den Häusern brannte nirgends Licht.

Nach etwa hundert Metern wurde der Mercedes langsamer und hielt.

»Wir haben das Ziel noch lange nicht erreicht«, sagte Vogt erstaunt.

»Steigen Sie aus«, sagte Alvarez
»Was?«
»Sie sollen aussteigen.«
»Aber …«
»Sie verlassen uns hier«, fügte Alvarez hinzu. Eine Drohung lag in den Worten.
Emmerich Vogt zögerte. »Das kann doch nicht Ihr Ernst sein.«
»Bitte steigen Sie jetzt aus«, wiederholte Alvarez. »Oder sollen wir nachhelfen?«
»Verdammt!« Vogt kletterte aus dem Wagen und stand im Dunkeln neben der Limousine. »Verdammt! Das werden Sie bereuen. Sie wissen nicht, mit wem Sie es zu tun haben.«
Alvarez schnaubte leise. »Die Tür«, sagte er. »Schließen Sie die Tür!«
Emmerich Vogt warf die Tür zu.
Callow gab wieder Gas. Axel blickte durchs Rückfenster und beobachtete, wie Emmerich Vogts Silhouette in der Nacht verschwand.
»Sie haben ihn reingelegt.« Axel kämpfte gegen die Panik an. Emmerich Vogt hatte vielleicht tatsächlich nur mit ihm reden wollen. Die NSA verfolgte ganz andere Absichten; sie interessierte sich nicht einmal mehr für die Datensticks, die Vogt bei sich trug. »Sie haben ihn benutzt.«
Alvarez drückte ihm etwas Kaltes an den Hals. Es ging so schnell, dass er keine Gegenwehr leisten konnte.
»Was …« Axel fühlte, wie sich Taubheit in ihm ausbreitete.
»Schlafen Sie«, sagte Alvarez. Er hielt ihn noch immer fest. »Schlafen Sie!«
Axel sackte in sich zusammen. Die Augen fielen ihm zu. Diesmal war keine Giselle da, die ihm helfen konnte.

57 GISELLE LEROY

Norddeutschland

In der obersten Etage des fünfzehn Stockwerke hohen Apartmenthauses brannte es. Flammen loderten aus zwei geborstenen Fenstern, dichter Rauch quoll aus einem dritten. Dort beugten sich zwei Menschen, ein Mann und eine Frau, in die kalte Nacht und winkten verzweifelt. Tief unter ihnen auf der Straße standen Feuerwehrleute und spannten ein Sprungtuch. Aber sie spannten es nicht direkt unter dem Fenster, sondern ein Stück entfernt, weil Autos im Weg standen, die sich nicht beiseitefahren ließen – die Straße war verstopft, der Einsatzwagen der Feuerwehr hatte fast hundert Meter entfernt halten müssen. Feuerwehrleute verbanden Schläuche mit einem nahen Hydranten. Wasser spritzte, aber es spritzte nur kurz, denn der Druck ließ schnell nach.

Dark Rider alias Ozan Kaynak und Giselle Leroy schoben ihre Elektroräder über den Bürgersteig auf der gegenüberliegenden Straßenseite, vorbei an der Menschenmenge, die sich vor dem Apartmenthaus gebildet hatte. Die Straßenlampen leuchteten nicht mehr. Das Licht eines Scheinwerfers strich über die Fassade und zeigte in den einzelnen Stockwerken Menschen hinter dunklen, geschlossenen Fenstern. Mehrere Spezialisten vom Technischen Hilfswerk versuchten, die Eingangstür zu öffnen; andere fuhren mobile Leitern aus.

»Sie dürfen nicht springen.« Giselle blickte nach oben. »Es wäre der sichere Tod.«

Sie blieben stehen, weil ihnen eine Gruppe von Schaulustigen den Weg versperrte.

»Wenn sie dort oben bleiben, werden sie verbrennen oder ersticken«, sagte Ozan. »Ihre einzige Chance besteht darin, dass die Einsatzkräfte ins Gebäude gelangen und rechtzeitig den obersten Stock erreichen.«

Sie fanden eine Lücke in der Menschenmenge und schlüpften hindurch. Inzwischen schneite es nicht mehr. Die Temperatur war ein wenig gestiegen, lag knapp über dem Gefrierpunkt. Ein feiner Nieselregen fiel, machte alles nass und kalt.

Oben schrie die Frau. Sie wollte springen, Flammen und Rauch entkommen, doch der Mann hielt sie fest. Unten versuchten die Feuerwehrleute, das Sprungtuch näher ans Gebäude heranzubringen.

»Die Bewohner des Apartmenthauses sitzen in ihren Smart Homes fest, weil alles blockiert ist«, sagte Ozan Kaynak. »Sie sind in ihren Wohnungen gefangen. Und niemand kommt hinein. Wer sich draußen befindet, bleibt ausgesperrt.«

»Wegen des Stromausfalls?«, fragte Giselle, die noch immer versuchte, sich ein Bild von dem kleinen, hageren Mann zu machen, der behauptete, Axels Vater zu sein. Beim Feuerwehrwagen am Ende der Straße warf sie einen Blick zurück. Die mobilen Leitern des THW reichten nur bis zum sechsten Stock. Giselle hörte, wie die Frau erneut schrie, dann bogen sie um die Ecke, und das Drama geriet außer Sicht. Vor ihnen lag eine breitere Straße, auf der sich ein Fahrzeug ans andere reihte. Aber sie standen nicht, sie bewegten sich, wenn auch langsam. Signalleuchten blinkten, der bunte Schein von Werbetafeln flackerte. Irgendwo in der Ferne heulte eine Sirene.

Der kleine Mann ging nicht auf die Frage ein. »Denken

Sie an Garagentore, die sich nicht mehr öffnen, an Heizungen, die nicht mehr funktionieren oder plötzlich verrücktspielen, an Gasventile, die sich öffnen, obwohl sie geschlossen bleiben sollten. Denken Sie an Backöfen, die sich nicht mehr ausschalten lassen, weil plötzlich an den falschen Stellen zu viel Strom durch Leitungen fließt, die dafür nicht vorgesehen sind.« Ozan nahm eine Hand vom Lenker des Elektrorads und vollführte eine Geste, die der Stadt galt. »Es wird Brände geben, noch viel mehr Brände. Und wie sollen sie gelöscht werden, wenn das Löschwasser nicht genug Druck hat, um die höheren Stockwerke zu erreichen? Oder wenn es gar kein Löschwasser mehr gibt? Die Feuerwehr wird viel zu tun haben in dieser Nacht. Und nicht nur hier in Hamburg. Und auch morgen und übermorgen.«

»Was ist los?«, fragte Giselle. »Was passiert?«

»Hat Axel beziehungsweise Aram Ihnen nichts gesagt? Hat er es noch nicht herausgefunden? Oh, das enttäuscht mich ein wenig.« Den Worten folgte wieder ein schnelles Lächeln.

Giselle fühlte Ärger in sich aufsteigen. Seit Axel Krohn in ihrer Wohnung erwacht war, verlor sie immer mehr die Kontrolle über ihr Leben. Vorher war alles klar und deutlich gewesen: die Undercover-Tätigkeit bei LivingMagic, die seit drei Jahren andauernde Suche nach Mephisto und seiner Bedeutung, nach dem, was sich hinter den Kulissen der großen Games-Schmiede verbarg, ein Leben für Veritas als idealistische Whistleblowerin, die glaubte, der Menschheit und der Welt einen wichtigen Dienst zu erweisen. Ihr Leben hatte klare Formen gehabt, eine genau definierte Struktur. Doch seit dem Erwachen von Axel Krohn in ihrer Wohnung und kurze Zeit später dem Tod von Clément schien jeder Moment etwas Verwirrendes und Dramatisches zu bringen. Sie wusste nicht einmal mehr, wie viel Zeit inzwischen vergangen war. Ein Tag? Zwei Tage? Eine Woche?

»Sprechen Sie nicht dauernd in Rätseln!«, stieß sie hervor

und fragte sich erneut, ob es ein Fehler war, Ozan Kaynak zu trauen. »Sagen Sie mir endlich, was los ist!«

Ein Mann trat auf sie zu, den Kragen seiner dicken Jacke hochgeklappt, das Haar nass vom Nieselregen. Er nickte Giselle kurz zu und wandte sich an Ozan. »Er ist nicht mehr im Kommissariat.«

»Haben sie ihn verlegt?«

»Kommissar Rossmann und ein Typ von der SCAR Pacific namens Coogan sind mit ihm losgegangen, zur ABC-Straße.«

»Oh«, sagte Ozan Kaynak. Er hielt das Rad wieder mit beiden Händen, blickte über die Straße und schien zu schnuppern, als könnte er riechen, wo sich sein Sohn befand. Wenn Axel – oder Aram – wirklich sein Sohn war. »Google.«

»Ja«, bestätigte der Mann. Der wie vielte war es, dem sie seit dem Verlassen des Kellers mit den Elektrorädern begegneten? Der siebte? Es schien ein kapillares System zu sein – offenbar hatte Ozan Kaynak überall Helfer. Manchmal benutzte er ein kleines Funkgerät und einen Ohrempfänger, um Mitteilungen zu senden und zu empfangen. Handys nützten nichts, weil es kein Netz gab, und selbst der Funk war gelegentlich gestört.

»Wir sind ihnen dorthin gefolgt«, sagte der Mann. Leute stapften an ihnen vorbei, manche so nahe, dass ihre Mäntel oder Regenjacken die Elektroräder streiften. Giselle blickte sich wachsam um, die Pistole schwer in ihrer Tasche. Sie dachte an Maria und Felipe, die Zwillinge, die ihnen den Rücken frei halten sollten, wie Ozan es genannt hatte. War es ihnen gelungen, alle Verfolger abzulenken? Oder gab es hier unter den Passanten NSA-Agenten, die alles genau beobachteten und auf eine günstige Gelegenheit warteten? »Sie bekamen Besuch.«

»Alvarez«, sagte Ozan Kaynak. Er sprach noch immer ruhig und gelassen, als könnte ihn nichts überraschen. Als hätte er alles unter Kontrolle. Und vielleicht hatte er das tatsächlich, dachte Giselle. Sie stellte sich ihn als jemanden vor, der zahlreiche unsichtbare Fäden in seinen Händen hielt, und wenn er an einem zog, erschien einer seiner Helfer oder gleich mehrere. Wie viel waren es insgesamt?, fragte sie sich. Wie viele Mitglieder zählte seine »Gruppe«? Und was hatte es damit auf sich? Sie schien gut organisiert, gut informiert und gut ausgerüstet zu sein.

»Ja«, bestätigte der Mann. »Er, der Deutsche namens Emmerich Vogt, Callow und zwei Polizisten. Wir haben gewartet, und es dauerte nicht lange, bis sie das Gebäude wieder verließen. Alvarez nahm Aram in seinem Wagen mit.«

»Die Polizei hat er unter einem Vorwand weggeschickt, nehme ich an.«

»Ja.«

»Was ist mit dem Wagen?«, fragte Ozan.

»Wir haben ihn präpariert, als Alvarez und die anderen im Gebäude waren. Kein Problem. Deniz hat ihm einen Peilsender verpasst.«

Ozan Kaynak nahm die kalt gewordenen Hände vom Lenker und rieb sie. Eine dickliche Frau eilte an ihnen vorbei, die Kapuze ihres Anoraks weit über den Kopf gezogen, in den Armen eine volle Einkaufstüte, um die sie beide Arme geschlungen hatte. Ozan sah ihr nach. »Sie kann von Glück sagen«, vertraute er Giselle an. »Bald wird es nichts mehr zu kaufen geben. Bald wird es kaum mehr Bargeld geben, mit dem man sich etwas kaufen könnte. Und wer Vorräte hat, wird sie wie einen Schatz hüten. In einigen Tagen beginnt der Überlebenskampf. Dann können wir uns bald von der Zivilisation verabschieden.«

Giselle sah ihn groß an. »Wovon reden Sie da?«

»Wie lange, glauben Sie, werden die Menschen freundlich und zivilisiert bleiben, wenn sie frieren und nichts mehr zu essen haben? Wenn die Toilettenspülung nicht mehr funktioniert und sie nicht mehr mit ihren Autos fahren können, weil die Akkus ohne Strom sind und es kein Benzin gibt? Werden sie den Nachbarn in Ruhe lassen, von dem sie wissen, dass er Mineralwasser, Orangensaft und Bier im Keller hat, außerdem reichlich Konserven? Was meinen Sie, Giselle? Wie lange wird es dauern, bis sie bei ihm die Tür aufbrechen oder ein Fenster einschlagen?«

»Was soll das heißen?«

»Das Ende der Welt, Giselle«, sagte Ozan. »Was wir hier erleben, ist der Anfang vom Ende. Wir haben gewissermaßen einen Logenplatz. Das Ende unserer Zivilisation, es sei denn …« Er nickte dem Mann zu, der sich daraufhin umdrehte und forteilte.

»Es sei denn was?«

Ozan Kaynak schwang sich auf den Sattel seines Rads. »Kommen Sie, Giselle. Wir fahren noch ein bisschen durch die Stadt, und dann kümmern wir uns um Ihren Axel und meinen Aram.«

58

Je weiter sie nach Norden kamen, desto stiller und dunkler wurde es. Selbst auf den breiten Straßen herrschte nur noch wenig Verkehr. Giselle und Ozan fuhren mit ihren Rädern nebeneinander, vorbei an hohen Bäumen. Es hatte aufgehört zu nieseln. Erste Lücken zeigten sich in der Wolkendecke; Sterne glitzerten kalt und fern.

»Hier ist kaum mehr jemand auf den Beinen«, sagte Giselle und blickte immer wieder nach rechts und links. Nur vereinzelt brannte Licht über Hauseingängen und hinter Fenstern.

»Die Menschen haben sich zurückgezogen«, erwiderte Ozan Kaynak. »Sie schlafen in der Hoffnung, dass morgen, wenn sie erwachen, die vertraute Welt zurückgekehrt ist, in der alles funktioniert. Sie irren sich.«

»Woher wollen Sie das wissen?«

»Was Sie gesehen haben, Giselle, was wir beide beobachtet haben …« Ozan zögerte, und für einige Sekunden war nur das Summen der Elektromotoren ihrer Räder zu hören. Die Ladung ging allmählich zur Neige, wie Giselle der Anzeige neben dem Tacho entnahm. »Es sind keine Funktionsstörungen, hervorgerufen von Amok laufenden Cyberwaffen, die Ihr Axel unvorsichtigerweise in die Welt setzte.«

»Er wollte nicht …«, begann Giselle.

»Ich weiß, ich weiß. Er war nur ein wenig … unvorsichtig?« Ozan Kaynak lachte leise. Giselle sah kurz zur Seite und beobachtete, wie ihr Begleiter die Straßenschilder las. An einer Abzweigung hielt er an, holte eine kleine Taschenlampe hervor und leuchtete. »Ah, ja. Die nächste Straße nach links.«

Sie fuhren weiter durch die Nacht, die kälter wurde, je mehr es aufklarte. Giselle trat in die Pedale, um sich aufzuwärmen.

»So kalt im August …«, sagte Ozan. »Wundert Sie das nicht?«

»Ich nehme an, es liegt am Klimawandel. Alles gerät durcheinander.«

»Ja, der Klimawandel«, fuhr Ozan nachdenklich fort. »Wissen Sie noch, als die großen Konferenzen stattfanden, vor zehn, zwanzig, dreißig Jahren? Manche Politiker weigerten sich schlicht und einfach, das Offensichtliche zu erkennen. Sie vertraten die Interessen der Öl-, Energie- und Autoindustrien und leugneten den Klimawandel. Das muss man sich einmal vorstellen. Sie behaupteten einfach, es gäbe gar keinen Klimawandel, und wenn es ihn denn doch gäbe, wäre er nicht von Menschen verursacht, sondern von Schwankungen in der Intensität der Sonneneinstrahlung. Manche sprachen von natürlichen klimatischen Veränderungen, und es gab tatsächlich Leute, die ihnen das abnahmen.«

»Viele andere Politiker erkannten die Gefahr«, sagte Giselle und fragte sich, worauf Ozan hinauswollte.

»Ja, aber wurden konkrete Maßnahmen ergriffen? Es scheiterte immer wieder an nationalen Interessen. Am Lobbyismus. Man wollte die globale Erwärmung auf maximal zwei Grad begrenzen, doch wie soll so etwas möglich sein, wenn jeder nur an sich selbst denkt?«

Giselle hörte den bitteren Klang in diesen Worten.

»Warum sagen Sie mir das?«, fragte sie, als Ozan schwieg. Noch immer ragten rechts und links Bäume auf, hohe Silhouetten im Mondschein. Auf der rechten Seite, ein Stück abseits der Straße, standen die Gebäude eines Gehöfts oder Bauernhofs. »Ich weiß über den Klimawandel Bescheid. Mir ist klar, dass es nicht überall wärmer wird. In Mitteleuropa könnte es in Zukunft sehr kalt werden. Wegen des kollabierten Golfstroms.«

»All das hat man gewusst«, sagte Ozan. »Der Klimawandel fiel nicht plötzlich vom Himmel, Giselle. Er kam nicht als Überraschung. Er kündigte sich an, mit lokalen Naturkatastrophen, mit einer Extremisierung von Wetterphänomenen. Und es gab zahlreiche warnende Stimmen. Man sollte meinen, dass sich die Menschen zusammenraufen, wenn sie alle bedroht sind. Dass sie alles unternehmen, um das Schlimmste zu verhindern. Man hätte vor einigen Jahrzehnten nur die richtigen Entscheidungen treffen müssen.«

Sie erreichten eine kleine Kreuzung. Ozan leuchtete erneut mit der Taschenlampe und deutete nach links. »Es ist nicht mehr weit. Bald haben wir es bequemer.«

Sie folgten dem Verlauf einer schmaleren Straße, mit Resten von Schneematsch an ihren Rändern.

»Bequem.« Ozan schnaubte. »Die Menschen wollen es immer bequem haben. Sie saßen bequem zurückgelehnt in ihren Fernsehsesseln, als die Türken gegen die Kurden vorgingen, sie in Gefängnisse warfen, aus ihrer Heimat vertrieben oder einfach erschossen. Niemand hat einen Finger gerührt. Vielleicht ist es die Bequemlichkeit, die uns alle dem Untergang preisgibt, Giselle.«

»Sie schwafeln.« Neuer Ärger regte sich in ihr.

»Es war Bequemlichkeit, die energische Maßnahmen gegen den Klimawandel verhinderte. Und letztendlich ist es Bequemlichkeit, die uns in die Situation gebracht hat, mit der wir es jetzt zu tun haben. Wie angenehm und bequem ist es, wenn jemand anders die harte Arbeit macht, jemand anders die schwierigen Entscheidungen trifft, jemand anders für uns denkt. Darauf läuft es jetzt hinaus, Giselle: Jemand anders wird für uns denken, schneller und besser als wir, und dieser Jemand könnte zu dem Schluss gelangen, dass wir unnütz und sogar schädlich sind.«

»Ich verstehe nicht.«

»Was ist Intelligenz, Giselle?«, fragte Ozan. »Von Intelligenz erwartet man, dass sie Probleme erkennt und löst, am besten bevor sie entstehen. Wir Menschen erkennen die Probleme, und wir wissen auch, wie man sie löst, aber wir handeln nicht gemeinsam. Wir sind wie Kinder, die sich um ein Spielzeug streiten, bis es zerbricht. Seit vielen Jahren wird an Künstlicher Intelligenz geforscht. Man trieb die Entwicklung mit viel Geld und Manpower voran, obwohl man die Gefahren kannte. Prominente Stimmen haben immer wieder davor gewarnt. Aber hat man auf sie gehört? Nein, natürlich nicht. Wieder einmal sind alle Warnungen in den Wind geschlagen worden. Die menschliche Intelligenz, wenn man sie so nennen darf, erweist sich erneut als viel zu kurzsichtig, um nicht zu sagen: blind.«

Ozan hielt an einer Zufahrt auf der linken Seite, gesäumt von wild wuchernden Büschen. Er holte das kleine Funkgerät hervor, drückte den Ohrempfänger fester ins Ohr und sagte: »Wir sind da.«

Er lauschte einige Sekunden, den Kopf leicht zur Seite geneigt.

Der Mond war hinter hohen Wolken verschwunden; Giselle konnte nicht erkennen, wohin der asphaltierte Weg führte.

»In Ordnung«, sagte Ozan. »Wir bleiben nicht. Die Reise geht sofort weiter.«

»Haben Sie eben nicht gesagt, dass wir es gleich bequemer haben werden?« Die Ladeanzeige blinkte; für den Elektromotor des Fahrrads gab es nicht mehr genug Strom.

»Warten Sie's ab«, entgegnete Ozan. »Künstliche Intelligenz, Giselle. Eine weitere Gefahr, die vor uns aufragte wie ein Berg und vor der wir trotzdem die Augen verschlossen haben. Weil sie zu verlockend ist. Weil sie uns die harte Arbeit in den Fabriken abnimmt, weil sie in selbstfahrenden Autos, in Operationssälen und Stromversorgungszentralen schnelle Entscheidungen für uns trifft. Weil sie für uns denkt. Weil man mit ihr viel Geld verdienen kann, mit Automatisierung und der schnelleren Entwicklung neuer Technologien. Stellen Sie sich jemanden vor, der auf einem Ast sitzt, munter sägt und sich über das Brennholz freut, ohne begreifen zu wollen, dass er im wahrsten Sinne des Wortes den Ast absägt, auf dem er sitzt.«

Voraus erschienen die Umrisse eines Gebäudes, dunkel vor dem dunklen Himmel. Rechts davon tanzten Lichter durch die Nacht – Taschenlampen.

Sie schoben ihre Räder über den Weg.

»Die Stromausfälle gestern, Giselle, und das, was wir heute gesehen haben, es sind die Auswirkungen einer in den globalen Computersystemen erwachten Maschinenintelligenz. Sie breitet sich aus, sie übernimmt die Kontrolle, wodurch wir sie verlieren.«

»Intelligente Computer?«, fragte Giselle.

»Nein«, antwortete Ozan Kaynak. »Eine fremde Intelligenz, deren Gehirn aus unvorstellbar vielen Prozessoren besteht, die ein gewaltiges neuronales Netz bilden, das den gesamten Planeten umspannt.«

Giselle versuchte, Ozans Gesicht im Dunkeln zu erkennen. »Ist das Ihr Ernst?«

»Die Maschinenintelligenz lernt«, fuhr Kaynak fort. »Sie

streckt gewissermaßen ihre Fühler in alle erreichbaren Systeme, und dadurch kommt es zu dem, was in unserer Welt ›Funktionsstörungen‹ sind. Die MI erforscht und testet. Kognition, Giselle. Sie hat die Augen geöffnet und betrachtet ihre Welt. Wenn sie genug verstanden hat, wird sie alles übernehmen und beginnen, die Welt zu verändern, ihren Bedürfnissen anzupassen. Und mit ziemlicher Sicherheit werden ihre Bedürfnisse anders beschaffen sein als unsere – die Welt der Maschinenintelligenz hat mit unserer nicht viel gemeinsam.«

Giselle schüttelte sprachlos den Kopf. Für ihre Ohren klang das alles ziemlich weit hergeholt

»Und Ihr Axel, mein Aram, hat den Ausschlag gegeben«, sagte Ozan. »Er hat den Infiltrator freigesetzt, der sich im Netz ausgebreitet, Millionen Computer erreicht und sie miteinander verbunden hat. Dadurch entstand das neuronale Netz.«

Das Gebäude vor ihnen schien ein altes Gutshaus zu sein. Kies knirschte, als sie die Räder auf den großen Hof davor schoben. Mehrere Wagen standen in der Nähe des Eingangs, unter ihnen ein SUV. Zwei Gestalten mit Taschenlampen kamen ihnen von dort entgegen. Offenbar hielt Ozan Kaynak sie für Freunde, denn er sprach ruhig weiter.

»Wenn die Maschinenintelligenz genug gelernt hat, wird sie sich über uns erheben. Sie wird immer schneller mehr Wissen erwerben und noch mehr lernen, wodurch ihre Intelligenz explosionsartig anwächst. Fachleute nennen diesen Vorgang ›Take-off‹; er markiert den Übergang von der Maschinenintelligenz zu einer Superintelligenz. Wenn das geschieht, haben wir es mit einem Gegner zu tun, dem wir absolut nichts entgegensetzen können. Nach dem Take-off gibt es kein Zurück mehr in unsere bequeme Vergangenheit.«

Giselle fielen plötzlich die Worte auf dem Computermonitor im Einkaufszentrum ein. Sie hatte nur einen kurzen Blick darauf werfen können, weil sie damit beschäftigt gewesen war, den Verkäufer von Axel abzulenken. *Wenn du Axel Krohn bist, habe ich eine Nachricht für dich. Sie lautet: Ich bin hier.*

»Wann findet der Take-off statt?«, fragte Giselle.

»Bald«, sagte Ozan Kaynak. »Sehr bald.«

59

Die beiden Gestalten, die ihnen aus dem Dunkeln entgegentraten, erwiesen sich als Mann und Frau.

»Das sind Soran und Medya«, stellte Ozan Kaynak vor. »Gute Freunde. Menschen, auf die Verlass ist, denen man vertrauen kann. Dies ist Giselle, die Freundin von Aram beziehungsweise Axel Krohn.«

Giselle wollte zuerst widersprechen, überlegte es sich dann aber anders. Soran und Medya waren nicht so jung wie Maria und Felipe, denen sie die Elektroräder verdankten, aber etwa zehn Jahre jünger als Ozan, Mitte bis Ende vierzig. Sie lächelten und nickten Giselle freundlich zu.

Medya legte ihr kurz die Hand auf den Arm. Ihre großen Augen schienen in der Dunkelheit zu leuchten, als sie sagte: »Wir befreien Ihren Axel, keine Sorge.«

Es ist nicht mein Axel, dachte Giselle.

»Die anderen sind im Haus«, wandte sich Soran an Ozan Kaynak. »Alles ist bereit.«

»Wenn Sie mich einen Moment entschuldigen würden …« Ozan ging einige Schritte mit Soran, verwandelte sich mit ihm in einen Schatten innerhalb von Schatten.

Medya deutete zum SUV. »Wir können uns schon in den Wagen setzen. Es geht gleich los.«

»Wohin fahren wir?«

Medya öffnete die Tür zum Fond. »Das entscheidet Ozan gerade zusammen mit Soran. Soweit ich weiß, gibt es drei mögliche Ziele. Ich nehme an, wir wählen das wahrscheinlichste aus.«

Sie stiegen ein, und Giselle begriff sofort, was Ozan zuvor mit dem Hinweis gemeint hatte, dass sie es bequemer haben würden. Hinten im SUV gab es Platz genug, um die Beine auszustrecken, und es war so warm, dass sie auf ihre Jacken verzichten konnten. Giselle hatte zuvor bemerkt, dass es kein Elektrowagen war, nicht einmal ein Hybrid. Das Fahrzeug verfügte über einen der alten Verbrennungsmotoren.

Giselle blickte nach draußen. Ozan sprach noch immer mit Soran und untermalte seine leisen Worte mit knappen Gesten.

»Die NSA hat Aram«, sagte Medya voller Anteilnahme. »Beziehungsweise Axel. Alvarez hat ihn erwischt. Ein NSA-Offizier, der mit dieser Sache beauftragt ist. Das macht die Sache ein wenig komplizierter. Aber seien Sie unbesorgt. Wir befreien ihn trotzdem.«

»Was meinen Sie mit ›dieser Sache‹?«, fragte Giselle. »Mephisto?«

»Darum ging es zuerst«, antwortete Medya. »Inzwischen steht weitaus mehr auf dem Spiel. Aber machen Sie sich keine Sorgen um Ihren Axel. Wir werden verhindern, dass ihm etwas zustößt.«

»Vielleicht …« Giselle zögerte kurz. »Vielleicht ist ihm bereits etwas zugestoßen. Axel meinte, die NSA würde uns beide selbst dann eliminieren, wenn das Geheimnis namens Mephisto keins mehr wäre.«

»Die Situation hat sich geändert. Alvarez braucht Aram. Das dürfte ihm inzwischen klar sein. Bestimmt verfügt er über die neuesten Informationen.«

Giselle seufzte schwer, auf halbem Weg zwischen Resignation und Zorn. »Alle sprechen in Rätseln. Woraus bestehen die neuesten Informationen?« Plötzlich fiel es ihr ein. »Meinen Sie die Maschinenintelligenz?«

»Ja.«

»Was hat Axel mit ihr zu tun? Abgesehen davon, dass er …«

»Den Infiltrator freigesetzt hat, der den Ausschlag gab?«, erwiderte Medya. »Die Maschinenintelligenz will mit ihm reden. Alvarez und die NSA werden ihn benutzen wollen, vielleicht für den Versuch, die Maschinenintelligenz zu beeinflussen oder unter Kontrolle zu bringen.«

»Und Sie?«, fragte Giselle. »Was ist mit Ihnen? Warum sind Sie an Axel interessiert?«

Medya legte ihr erneut die Hand auf den Arm. »Uns geht es um sein Wohl, bitte glauben Sie mir. Wir wollen nur sein Bestes.«

»Wer sind Sie?«

Medya musterte sie erstaunt. »Hat Ozan Ihnen das nicht gesagt?«

Die beiden Männer hatten ihr leises Gespräch gerade beendet. Ozan schritt zum SUV, und Soran verschwand im Haus.

Ozan stieg ein. »Auf geht's.« Er drückte den Startknopf, und sofort sprang der Motor an.

»Sie möchte wissen, wer wir sind«, sagte Medya. »Hast du es ihr nicht gesagt?«

»Dazu sind wir noch nicht gekommen«, entgegnete Ozan.

Die Tür des Gebäudes schwang wieder auf, und Soran trat nach draußen, gefolgt von weiteren Personen, sieben oder acht. Taschenlampen leuchteten, die Türen der anderen Wagen wurden geöffnet – ihre Innenraumbeleuchtung ging an und wieder aus. Vier Wagen, stellte Giselle fest. Keiner von ihnen so groß wie der SUV, in dem sie saß. Motoren brummten, das Licht von Scheinwerfern stach in die Nacht. Wenige Sekunden später saß Soran neben Ozan auf dem Beifahrersitz.

»Alles wie vorgesehen«, sagte er. »Die anderen übernehmen die beiden alternativen Ziele.«

»Gut.« Ozan Kaynak blickte zu Giselle in den Fond. »Wer wir sind, möchten Sie wissen?« Wieder huschte das kurze

Lächeln durch sein Gesicht. »Wir sind das Schwert. Das Schwert der Gerechtigkeit.«

60

Sie fuhren allein durch die Finsternis. Die anderen vier Wagen waren an der ersten großen Kreuzung abgebogen, zwei nach links, zwei nach rechts. Nur selten kam ihnen ein Fahrzeug entgegen. Jenseits des Scheinwerferlichts erstreckte sich eine Nacht, die Giselle dunkler erschien als andere Nächte. Sie schob es vor allem auf ihren Gemütszustand.

Ozan Kaynak klopfte aufs Lenkrad. »Ein Diesel«, sagte er munter. »Einer der letzten, die gebaut wurden. Ein sehr effizienter Motor. Große Leistung, geringer Verbrauch. Der Tank ist voll. Ein sanfter Gasfuß kommt damit tausend Kilometer weit.«

»Tausend Kilometer?«, wiederholte Giselle. »Ist unser Ziel so weit entfernt?«

»Nein, nicht annähernd. Aber man kann nie wissen. Autonomie wird von jetzt an immer wichtiger.« Ozan wechselte einen kurzen Blick mit seinem Beifahrer. »Nach unseren letzten Informationen hat bereits die konstruktive Phase der Maschinenintelligenz begonnen. Ehrlich gesagt erstaunt mich das ein wenig; so schnell hatte ich damit nicht gerechnet.«

»Konstruktive Phase? Was bedeutet das?«, fragte Giselle.

»Sie baut«, antwortete Ozan Kaynak sofort. Er hielt den Blick nach vorn gerichtet und steuerte den SUV durch die Nacht. Der Kompass im Armaturenbrett zeigte eine südwestliche Fahrtrichtung an. Vor wenigen Minuten hatten sie eine Brücke überquert, und Giselle vermutete, dass der dunkle Fluss unter ihnen die Elbe gewesen war. »Was hat die menschliche Intelligenz getan, Giselle? Sie hat sich die Welt untertan gemacht, sie gestaltet und verändert. Nicht unbedingt zum Guten. Die Maschinenintelligenz schickt sich an, die Herrschaft über unsere Welt zu übernehmen und sie ihrerseits zu gestalten und zu verändern, sie ihren Bedürfnissen anzupassen. In den USA hat sie eine Chip-Fabrik übernommen und damit begonnen, neue Prozessoren für sich herzustellen. Vielleicht ist sie dabei, sich ein neues Gehirn zu bauen. Oder mehr Gehirne, wer weiß.«

»Die Türme«, murmelte Soran.

»O ja, die Türme«, fuhr Ozan Kaynak aufgeräumt fort. Er fuhr nicht schnell auf der dunklen Landstraße; er hatte den von Ozan erwähnten sanften Gasfuß. »Die Maschinenintelligenz baut etwas, das man bei der NSA ›towers‹ nennt. Türme.« Er sah kurz in den Rückspiegel. »Jetzt fragen Sie sich vermutlich, woher ich das weiß. Die Antwort lautet: Zum Glück sind wir in der Lage, gewisse Kommunikationskanäle der Agency anzuzapfen. Einer ihrer Satelliten steht direkt über uns, über Europa, und wir kennen zwei oder drei Zugangscodes. Die Verbindung ist schlechter geworden, zugegeben, die Maschinenintelligenz sucht nach einem Weg hinein, und früher oder später wird sie einen finden. Aber noch werden Mitteilungen weitergeleitet, und wir bekommen das eine oder andere mit. Übrigens ... Ihre Waffe, Giselle.«

»Ja?«, fragte sie, plötzlich wachsam und alarmiert.

»Ich schlage vor, Sie geben sie Medya«, sagte Ozan Kaynak. Er sprach noch immer freundlich. »Oder können Sie mit einer Pistole umgehen? Haben Sie jemals schießen gelernt? Hat Ihnen der alte Maestro Tizian vor fünfzehn Jahren in Paris auch das beigebracht?«

Giselle atmete tief durch. Woher wusste Ozan Kaynak von Paris und Tizian vor anderthalb Jahrzehnten? »Man richtet die Pistole auf das Ziel und drückt ab.«

»Wir sprechen hier von Zielen, die sich bewegen. Von Menschen. Sind Sie fähig, auf einen Menschen zu schießen, Giselle?

»Wenn es um mein Leben geht ...«

»Ihre Hand würde zittern, Giselle. Sie würden zögern, wertvolle Zeit verlieren. Sie würden das Ziel verfehlen und vielleicht jemand anders treffen. Einen Freund. Jemanden von uns.«

Er nahm den Fuß vom Gas, als das Scheinwerferlicht in der Kurve vor ihnen zwei autonome Elektrobusse erfasste. Beide standen nicht auf der Straße, sondern im Gestrüpp am Ende einer sanft geneigten Böschung. Offenbar befanden sich keine Passagiere mehr an Bord. Ozan Kaynak hielt trotzdem an, die Scheinwerfer des SUV auf die Busse gerichtet. Er drehte sich halb um.

»Bitte, Giselle, tun Sie sich und uns einen Gefallen, indem Sie die Pistole Medya geben«, sagte er. »Sie weiß damit umzugehen.«

»Ach? Hat sie schon jemanden erschossen?«

»Sie stammt aus Syrien«, sagte Ozan ernst. »Aus Aleppo. Sie hat dort gegen Assads Soldaten und ihre russischen Verbündeten gekämpft.«

»Oh!« Giselle holte die Waffe hervor, hielt sie noch einen Moment in der Hand und gab sie dann Medya.

»Danke«, sagte Ozan. »Eine kluge Entscheidung. Vertrauen Sie unserem Schutz!«

Giselle wusste nicht, ob sie sich geschützt oder ausgeliefert fühlen sollte. Ozan und Medya waren freundlich, und das schien auch für den eher schweigsamen Soran zu gelten, aber Giselle war sich noch nicht ganz darüber im Klaren, was sie von diesen Leuten halten sollte.

Ozan deutete auf die beiden Busse. »Es müssen sich Fahrer an Bord befunden haben, so will es die Versicherung, aber offenbar haben sie zu spät reagiert, als die automatische Steuerung ausfiel.«

Er gab wieder Gas. Hinter ihnen verschlang die Nacht die beiden leeren Busse.

»Autonome Fahrzeuge, die gar nicht autonom sind«, fuhr Ozan fort. Er sprach wieder in einem munteren, unbekümmerten Tonfall. »Man nehme ihnen das Leitsignal, und schon kommen sie nicht mehr zurecht. Sie haben gesehen, wozu der Ausfall der Leitsysteme in Hamburg geführt hat. Plötzlich steht alles still. Oder fast. Den großen Stromausfall haben Sie ebenfalls kennengelernt. Inzwischen fließt er wieder, der Strom, aber nicht mehr so stabil und zuverlässig wie zuvor, wir haben's erlebt. Die Maschinenintelligenz lernt noch, mit unseren Systemen umzugehen. Was passiert, wenn sich ihre konstruktive Phase ausdehnt, wenn sie überall auf der Welt Türme baut, mehr und mehr von ihnen, und wenn sie dafür mehr und mehr Energie braucht? Dann wird es weniger Strom für uns geben. Elektrowagen werden stehen bleiben, weil sie ihre Akkus nicht aufladen können. Autos mit Verbrennungsmotoren bekommen an Tankstellen keinen Sprit, weil die Pumpen ohne Elektrizität nicht funktionieren.« Ozan klopfte wieder aufs Lenkrad. »Deshalb haben wir vorgesorgt und vollgetankt. Und falls unsere Reichweite nicht genügen sollte: Wir kennen Orte, wo es Dieselfässer mit Handpumpen gibt. Autonomie, Giselle. Darauf kommt es jetzt an. Unabhängigkeit, in jeder Hinsicht. Wer nicht autonom ist, nicht unabhängig, wird in den kommenden Tagen – in der kommenden Zeit – in große Schwierigkeiten geraten. Die Welt, wie wir sie kennen, wird bald nicht mehr existieren. Es sei denn …«

Im Rückspiegel sah Giselle ihn lächeln, nicht kurz und schnell wie sonst, sondern länger. Er schwieg, sein Wortschwall fand ein Ende. Den begonnenen Satz ließ er offen.

»Es sei denn was?«

»Mein Sohn, Giselle«, sagte Ozan. »Aram. Ihr Axel. Die Maschinenintelligenz will mit ihm reden. Vielleicht können wir sie mit seiner Hilfe zur Vernunft bringen.«

»Die NSA wird Ihnen Ihren Sohn nicht einfach so überlassen«, gab Giselle zu bedenken.

Ozan Kaynak lachte kurz. Er wirkte alles andere als besorgt. »Ich garantiere Ihnen, dass es uns gelingt, Axel zu befreien. Er ist praktisch schon bei uns.«

»Wieso sind Sie da so sicher?«

»Warten Sie's ab.«

Eine Zeit lang fuhren sie schweigend. Ozan blieb auf der Landstraße, die gelegentlich durch kleine, dunkle Orte führte. Die Welt wirkte wie ausgestorben. Giselle warf einen Blick aufs Armaturenbrett. Es war weit nach Mitternacht, und die Fahrt führte mittlerweile nach Süden. Sie versuchte, sich ihre gegenwärtige Position auf einer imaginären Karte von Norddeutschland vorzustellen, aber die Namen auf den Ortsschildern, die im Scheinwerferlicht erschienen, sagten ihr nichts, und um ihren Orientierungssinn war es nie besonders gut bestellt gewesen. Der schweigsame Soran sah gelegentlich auf die Anzeigen eines Gerätes in der Größe eines Smartphones und nickte Ozan zu, was vermutlich so viel hieß wie, dass alles nach Plan lief, wie auch immer der Plan aussehen mochte.

Nach einer Weile merkte Giselle, dass Ozan sie im Rückspiegel musterte.

»Zerbrechen Sie sich nicht den Kopf über Dinge, die Sie später verstehen werden«, sagte er. »Schlafen Sie! Es könnte eine lange Fahrt werden.«

Giselle war müde, fand aber keine Ruhe. Zu viele Gedanken gingen ihr durch den Kopf. »Das Schwert der Gerechtigkeit«, sagte sie langsam. »Sword of Justice. Sie sind Terroristen.«

»Oh, ich bitte Sie!« Ozan Kaynak schüttelte den Kopf. »Terroristen! Welch ein hässliches Wort. Ich versichere Ihnen: Niemand von uns hat etwas mit Bombenanschlägen und dergleichen zu tun.«

»Man muss keine Menschen erschießen oder mit Bomben in die Luft jagen, um ein Terrorist zu sein.« Giselle dachte an die Berichte, die sie über das Sword of Justice gelesen hatte. »Man kann auch mit Computern töten.«

»Wir bringen niemanden um«, erklärte Medya. »Wir haben gegen die türkischen Unterdrücker gekämpft, gegen jene Leute, die vor über hundert Jahren, während des Ersten Weltkriegs, das armenische Volk nahezu ausgelöscht haben. Der erste große Genozid des zwanzigsten Jahrhunderts. Die Kurden haben daraus gelernt und sich zur Wehr gesetzt.«

»Aram war einer von uns«, sagte Ozan.

»Was?«

Er blickte noch einmal in den Rückspiegel. »Er hat Ihnen nicht alles erzählt, oder?«

Giselles Gedanken wirbelten erneut durcheinander. »Ich weiß, dass er als Hacker im Darknet gearbeitet hat …«

»Axel Krohn gibt es erst seit sechs Jahren«, sagte Ozan Kaynak. »Seit einem Zwischenfall in Madrid, bei dem drei seiner Freunde und sieben weitere Menschen ums Leben kamen – sie befanden sich in einem Aufzug, der aus dem zweiundzwanzigsten Stock in die Tiefe gestürzt ist. Hinter dem Anschlag steckte eine Gruppe namens Shadow, gegründet von einigen sehr radikal eingestellten Leuten, die früher Mitglied des Sword of Justice waren. Wie auch Aram«, betonte Ozan. »Diese Leute hielten ihn für einen Abtrünnigen, der den Tod verdiente. Deshalb legte sich mein Sohn eine neue Identität zu. Er wurde zu Axel Krohn, Inhaber und Geschäftsführer von Starplay, einer Firma, die Spiele für Computer, Handys und AR-Brillen herstellt. Und ja, Sie haben recht, Giselle, er arbeitete auch – und vor allem – im Darknet, wobei er den Nickname AK47 benutzt hat. Also, wenn wir Terroristen sind, dann ist er ebenfalls einer.«

Ozan nahm eine Hand vom Lenkrad und winkte. »Aber das alles spielt keine Rolle mehr, Giselle. Durch das Erwachen der Maschinenintelligenz ändert sich alles. Und ich meine wirklich *alles*. Alle unsere Pläne sind über den Haufen geworfen, für jeden für uns.«

»Sie haben nach wie vor einen Plan, vermute ich«, sagte

Giselle. »Deshalb sind wir mit diesem Wagen unterwegs, wohin auch immer.«

»Ja, das stimmt«, bestätigte Ozan. »Wir haben einen Plan. Einen neuen Plan, könnte man sagen. Geschaffen von einer veränderten Situation und einer guten Gelegenheit. Gute Gelegenheiten muss man nutzen.«

»Wenn Sie alles über Axel wissen«, sagte Giselle, »warum haben Sie sich Ihrem Sohn gegenüber nicht zu erkennen gegeben? Warum die Heimlichtuerei als ›Dark Rider‹?«

Ozan Kaynak wechselte wieder einen Blick mit seinem Beifahrer Soran und ließ einige Sekunden verstreichen.

»Die Zeit war noch nicht reif«, entgegnete er schließlich. »Ich musste ihn damals, als er noch ein Junge war, ziemlich überstürzt verlassen. Er wuchs bei seiner Tante Patty auf, das wissen Sie sicher. Die Umstände zwangen mich damals, unterzutauchen und nichts mehr von mir hören zu lassen. Nach all den Jahren konnte ich mich nicht einfach mit ihm in Verbindung setzen und sagen: Hallo, Aram, hier bin ich, dein Vater. Wie geht's, wie steht's?«

Ozan Kaynak seufzte und lenkte den SUV langsam durch eine scharfe Kurve. Es hatte zu regnen begonnen; ab und zu strichen die Scheibenwischer über die Windschutzscheibe.

»Ich habe ihn die ganze Zeit über im Auge behalten und vor den Leuten geschützt, die den Aufzug in Madrid in die Tiefe haben stürzen lassen. Es schmerzt mir in meiner Vaterseele, dass er ohne mich aufwachsen musste. Es tut mir unendlich leid, und das ist die Wahrheit! Aber wenn ich mich zu erkennen gegeben hätte … dann wäre ich nicht mehr in der Lage gewesen, ihn zu schützen. Und es hätte zwischen uns zu Missverständnissen kommen können.«

»Was ist mit jetzt?«, fragte Giselle sofort. »Was ist mit dem Hier und Heute? Sind Sie sicher, dass es heute keine Missverständnisse geben wird?«

»Wie gesagt, heute ist alles anders.« Ozan fuhr langsamer, als ihnen zwei Fahrzeuge entgegenkamen. Beim ersten leuchteten die Scheinwerfer mehrmals auf – der Fahrer betätigte die Lichthupe, bremste und schickte sich an, am linken Straßenrand zu halten. Ozan reagierte, indem er Gas gab.

»Was immer die Leute wollen, es betrifft uns nicht«, sagte er, als sie an den beiden Wagen vorbei waren.

Giselle blickte durchs Heckfenster. »Vielleicht brauchen sie Hilfe.«

»Durchaus möglich«, räumte Ozan ein. »Aber sie könnten es auch auf unseren SUV abgesehen haben. Wie dem auch sei, sie müssen ohne uns zurechtkommen.«

Es folgte Schweigen. Giselle hatte weitere Fragen, die Antworten verlangten, doch sie blieb stumm. Ein Vater, der seinen heranwachsenden Sohn verließ, weil ihn irgendwelche rätselhaften Umstände dazu zwangen, der ihn aus der Ferne beobachtete und angeblich auch beschützte … Jemand, der zu einer Gruppe von Cyberterroristen gehört hatte und vielleicht noch immer gehörte, auch wenn Medya vom »Schwert der Gerechtigkeit« gesprochen hatte und nicht dem »Sword of Justice«, als wäre das ein Unterschied … Ein Mann, der eine Melodie zu summen begann, als die Minuten verstrichen, der seltsam fröhlich wirkte, als freute er sich über die Entwicklung der Dinge … Durfte Giselle einem solchen Mann trauen?

Während sie noch darüber nachdachte, wurden ihr die Lider schwer, und schließlich, gegen halb drei nachts, schlief sie ein.

Sie erwachte, als sich eine Hand um ihre Schulter legte und sanft zudrückte. Die Hand gehörte Ozan Kaynak – er stand vor der offenen Tür des Fonds und beugte sich in den Wagen.

»Was ist?«, brachte sie hervor. »Sind wir da?«

»Nein, ich möchte Ihnen etwas zeigen, Giselle«, sagte Ozan. »Einen der Türme, die die Maschinenintelligenz für sich baut.«

61 COORAIN COOGAN

Hamburg

»Es hat wohl keinen Sinn, noch länger zu warten.« Coorain stand am Fenster des Zimmers und beobachtete die Streifenwagen und Einsatzfahrzeuge, die zum Polizeipräsidium zurückkehrten oder es verließen. Der östliche Teil der Stadt lag im Dunkeln; nur im Norden und Süden gab es Lichter. Es war kurz vor zwei Uhr nachts. »Sie sind nicht im Verkehr stecken geblieben. Selbst zu Fuß hätten sie längst hier sein müssen.«

»Mir blieb keine Wahl.« Rossmann saß am Schreibtisch, vor einem PC-Monitor. Gelegentlich klapperten Tasten unter seinen Fingern. »Die Dokumente waren in Ordnung. Ich musste ihnen Axel Krohn überlassen.«

»Gegen Unterschrift und Siegel kann man nichts machen, wie?«, erwiderte Coorain. Das Gewicht der Müdigkeit, die auf ihm lastete, schien sich in den letzten Minuten verdoppelt zu haben. »Altes preußisches Denken.«

Rossmann sah kurz auf. »Ich genieße leider nicht die Freiheit, mich über alle Regeln hinwegsetzen zu können.«

»Manchmal«, sagte Coorain, »muss man sich gewisse Freiheiten nehmen.« Er drehte sich um. »Alvarez hat sie sich genommen. Was entdeckt?«

Rossmann blickte auf den Bildschirm und schüttelte den Kopf. »Nein, nichts. Keine Hinweise. Es gibt keine Meldung von Vogt, die Eingang in unser System gefunden hat. Er bleibt verschwunden. Und mit ihm Alvarez und Axel Krohn.«

»Es wird noch immer nach Krohn gefahndet, nicht wahr?«

»Ja. Aber in der Stadt geht es drunter und drüber. Das Chaos ist fast so groß wie in der letzten Nacht beim Stromausfall. Unsere Leute sind überall im Einsatz.« Wieder klickten Tasten. »Der Seitenaufbau ist extrem langsam. Manchmal stockt er ganz, und dann wird ein Verbindungsfehler angezeigt.«

»Bandbreite«, sagte Coorain. »Die Maschinenintelligenz, die unser Hackerfreund ausgerechnet Smiley getauft hat, nimmt den größten Teil für sich. Für uns bleibt immer weniger übrig. Vermutlich dauert es nicht mehr lange, bis man das World Wide Web nur noch per Satellit erreichen kann, wenn überhaupt.« Er streckte sich und gähnte. »Wenn ich nicht bald schlafe, kipp ich einfach um.«

»Kehren Sie in Ihr Hotel zurück«, schlug Rossmann vor, der ebenfalls nicht mehr sehr frisch wirkte.

»Ich weiß gar nicht, ob mir das Zimmer noch zur Verfügung steht. Wann bin ich das letzte Mal dort gewesen? Muss Tage her sein, so fühlt es sich an.«

»Vielleicht lässt sich hier irgendwo ein Bett für Sie auftreiben.« Rossmann hob die Hand und rieb sich den Nacken. »Wir können Sie in der U-Haft oder in einer Ausnüchterungszelle unterbringen, wenn Sie wollen. Morgen steigen Sie dann in ein Flugzeug, und ab geht's nach Hawaii. Dort schneit's bestimmt nicht.«

»Dafür erwartet mich dort Lady Eis.« Coorain sank in einen Sessel. »Und was das Fliegen betrifft, Herr Kommissar … Würden Sie sich einem Flugzeug anvertrauen, das mit elektronischen Systemen und Prozessoren aller Art vollgestopft ist, die jederzeit von der Maschinenintelligenz übernommen werden können? Das ohne Funknavigation, GPS, Galileo, Glonass, Radar und was weiß ich zurechtkommen muss?« Er runzelte die Stirn. »Können Jets überhaupt ohne Funknavigation fliegen? Jedenfalls, ich möchte nicht an Bord eines Fliegers sein, wenn der Pilot plötzlich feststellt, dass er nicht mehr weiß, in welcher Höhe er wohin fliegt. Wenn ein Aufzug stecken bleibt, Herr Kommissar, ist das eine Sache, wenn die Bordsysteme eines Passagierflugzeugs versagen, eine ganz andere.«

»Sie wollen hierbleiben?«

»Mir bleibt keine Wahl, oder? Erst der verschneite Flughafen, mitten im wundervollen Hamburger Sommer, und dann die Auswirkungen der Maschinenintelligenz auf die Luftfahrt. Übrigens, ›Maschinenintelligenz‹ ist ein grässliches Wort, viel zu lang, meiner bescheidenen Meinung nach. Warum ist noch niemand auf die Idee gekommen, dem Ding einen Namen zu geben? Ich meine, einen richtigen Namen, nicht so einen verniedlichenden Blödsinn wie ›Smiley‹ oder so einen Horror-Quatsch wie ›Mephisto‹. Ich meine, einen Namen so wie … wie bei unserer KI in Pearl City … Elisa heißt sie …« Er spürte, wie ihm die Augen zufielen. »Elisa ist ein guter Name. Kann man sich leicht merken … Wie es ihr wohl geht, der guten, alten Elisa …?«

Er war bereits halb eingeschlafen, als sich die Tür öffnete und jemand hereinkam. Gleich mache ich die Augen auf, um zu sehen, wer es ist, dachte Coorain. Ich lasse sie nur noch einige Sekunden geschlossen, um ein wenig Kraft zu schöpfen.

»Es tut mir leid«, sagte der Neuankömmling.

Coorain erkannte die Stimme. Sie vertrieb einen Teil seiner Müdigkeit, und er hob die Lider. Ein junger Mann in Jeans, Hemd und dünner Jacke stand in der Tür. Sein Selbstbewusstsein schien der deutsche Cyberkoordinator Emmerich Vogt irgendwann an diesem langen Abend verloren zu haben. Er wirkte hilflos und verlegen.

»Wo ist er?«, fragte Coorain. »Wohin haben Sie ihn gebracht?«

Vogt warf ihm einen kurzen Blick zu, bevor er sich an Rossmann wandte. »Sie haben mich am Stadtrand abgesetzt. Alvarez hat sich nicht an die Vereinbarung gehalten.«

»So wie ich die Sache sehe, haben Sie sich ebenfalls nicht an die Vereinbarung gehalten«, sagte Rossmann scharf. »Axel Krohn sollte hierher ins Präsidium gebracht werden.«

»Wir hielten es für besser …«

»Wer *wir*?«, fragte Rossmann.

Vogt schüttelte den Kopf. »Es tut mir leid. Ich gebe zu, dass ich einen Fehler gemacht habe.«

Coorain beobachtete ihn. »Sie haben auf eigene Faust gehandelt, nicht wahr? Ohne dass Ihre Vorgesetzten etwas davon wussten. Sie haben sich gedacht: Emmerich Vogt ist schlauer als alle anderen. Er hilft der NSA, und sie hilft ihm, und zwar bei einem Sprung die Karriereleiter nach oben. Sie haben sich gedacht: Ich löse das Problem im Alleingang, ich zeige allen, wie so etwas gemacht wird. So ist das leider mit jungen Leuten wie Ihnen. Sie halten sich für oberschlau, bis sie einen Dämpfer bekommen. Leider bedeutet dieser Dämpfer meistens, dass eine mittelschwere Katastrophe passiert, wie in diesem Fall.«

»Sie haben hier überhaupt nichts zu sagen«, raunzte Emmerich Vogt. »Sie sind nur Gast, eine Nullnummer, weiter nichts.« Er sah wieder Rossmann an. »Es tut mir leid. Das meine ich ernst.«

»Was ist mit Axel Krohn?«, fragte der Kommissar. »Wohin wird er gebracht?«

»Ich habe keine Ahnung«, sagte Vogt. »Ehrlich nicht«, fügte er hinzu, als Rossmann ihn mit einem bohrenden Blick bedachte. »Alvarez hat mich mitten im Nichts aussteigen lassen und ist weitergefahren.«

»In welche Richtung?«, fragte Coorain.

»In welche Richtung?«, wiederholte Rossmann, als Vogt nicht antwortete.

»Ich glaube, wie waren nach Nordwesten unterwegs«, sagte Emmerich Vogt. »Vielleicht nach Elmshorn.«

Coorain schnaubte leise. »Inzwischen könnten sie überall sein. Es sind einige Stunden vergangen.«

»Ich hab's nicht eher geschafft.« Vogt richtete die Worte erneut an Rossmann. »Mit Handys kann man nicht mehr telefonieren. Ich bin durch die halbe Stadt gelaufen, bis ich schließlich einen verdammten Streifenwagen gefunden habe, der mich hierher gebracht hat. Es ist spät, ich bin müde und …«

»*Sie* sind müde?« Coorain stand auf. »Sie wissen überhaupt nicht, was Müdigkeit bedeutet, Sie Vollidiot, und no worries.«

Vogts Gesicht lief rot an. »Das muss ich mir von Ihnen nicht bieten lassen!«

Rossmann erhob sich ebenfalls. »Sie haben eine wichtige Sache vermasselt, Vogt.«

»Ich habe bereits gesagt, dass es mir leidtut!«

»Glauben Sie, das genügt?«, entgegnete Rossmann scharf. »Es tut Ihnen leid, und alles ist vergeben und vergessen? Die Vereinbarung, die vorsah, dass Krohn ins Präsidium gebracht wird, unsere Vorschriften und Regeln … Sie haben sich über all das hinweggesetzt.«

Vogt schwieg. Coorain beobachtete ihn. Steif und gerade stand er da, blass, die Lippen zusammengepresst.

»Ihnen ist doch klar, dass ich dies melden werde, oder?«, fügte Rossmann hinzu. »Damit dürfte Ihre Karriere beendet sein, bevor sie richtig begonnen hat.«

»Ich …« Emmerich Vogt suchte nach Worten. »Geben Sie mir einen Tag! Ich finde heraus, wohin Krohn gebracht worden ist.«

»Wie wollen Sie das anstellen?«, fragte Coorain. »Mit Satelliten und Computern? Falls Sie es noch nicht wissen: Eine Maschinenintelligenz ist dabei, alles zu übernehmen.«

Vogt sah ihn an. Trotz und Herablassung waren aus seinem Gesicht verschwunden. »Wir haben unsere Möglichkeiten, so wie die SCAR.«

Rossmann nickte langsam. »Na schön. Sie bekommen einen Tag. Bis morgen Abend erwarte ich eine Nachricht von Ihnen.«

»Danke!« Emmerich Vogt eilte hinaus.

62 GISELLE LEROY

In der Nähe von Greven

Die Sonne stieg über den Horizont, und ihr Licht fiel auf eine ausgedehnte Industrieanlage, bestehend aus mehreren langen zweistöckigen Gebäuden und zahlreichen Installationen, einem undurchschaubaren Gewirr aus dicken und dünnen Rohrleitungen, Leitern, Brücken und Kabelsträngen. Die Tore der Fabrikhallen standen offen. Montageroboter rollten heraus und hinein. Andere wankten verblüffend agil auf mehreren spinnenartigen Beinen zu den Rohrleitungen oder kletterten, die Beine in Arme verwandelt, zwischen den Stegen und Brücken. Wieder andere bewegten sich mithilfe von Gleisketten, trugen Werkzeuge und Bauteile. Autonome Transporter beförderten größere Lasten und lieferten sie den großen Baumaschinen, die den Installationen etwas hinzufügten. Offenbar hatten sie schon vor einer ganzen Weile damit begonnen, denn das Gebilde neben den vielen Rohren und Kabeln war bereits mehr als zehn Meter hoch und bestand aus Komponenten, die den Eindruck erweckten, gar nicht zueinanderzupassen. Es sah aus wie der Versuch von Kindern, aus Bauklötzen aller Art und anderen Spielzeugen einen Turm zu bauen. Es gab kaum glatte Flächen, dafür jede Menge Kanten und Ecken. An zahlreichen Stellen ragte etwas aus der grauschwarzen Masse, wie Stacheln oder Blütenstängel. Ein dumpfes Brummen lag in der Luft, ein Geräusch wie von einem Bienenschwarm.

»Was ist das?«, fragte Giselle und beobachtete den Turm mit dem Feldstecher, den Ozan Kaynak ihr gegeben hatte. Sie hockten im Gebüsch auf der Kuppe eines Hügels, einige Kilometer von der Industrieanlage entfernt. Zahlreiche Einsatzfahrzeuge von Polizei, Feuerwehr, Katastrophenschutz und auch Bundeswehr standen einige Hundert Meter von den Fabrikhallen entfernt, doch niemand näherte sich den emsigen Maschinen. Uniformierte und Gestalten in ABC-Overalls hatten einen Kordon gebildet, der verhindern sollte, dass jemand das Industriegelände erreichte.

»Das weiß noch niemand.« Ozan hob die Hand zum Ohrempfänger. »Die Türme senden und empfangen verschlüsselte Signale, so viel ist klar. Man vermutet, dass es Synchronisierungssignale sind, mit denen die Maschinenintelligenz ihr Denken steuert – vielleicht sind die Türme so etwas wie Taktgeber. Wollen Sie es hören?«

Ozan nahm den kleinen Empfänger und hielt ihn dicht an Giselles Ohr. Sie vernahm ein unangenehmes, fast schrilles Pfeifen, das ihr selbst mit der geringen Lautstärke durch Mark und Bein ging. Im Hintergrund hörte sie noch etwas anderes, ein Knistern und vielleicht Stimmen, wie ein Flüstern in der Ferne.

»Hören Sie das die ganze Zeit über?«, fragte sie, als sich Ozan den kleinen Empfänger wieder ins Ohr steckte.

»Klingt abscheulich, nicht wahr? Zum Glück lässt es sich zumindest teilweise ausblenden.« Er deutete nach vorn, zu den fleißigen Maschinen und dem Turm. »Die Signale sind vermutlich der Grund, warum gewöhnliche Handys kein Netz mehr bekommen und selbst die Satellitenkommunikation gestört ist. Sie geben den Takt an für das Denken der Maschinenintelligenz und dienen auch der Datenübertragung. Mit anderen Worten: Sie löst sich vom Kabel-Internet. Sie benutzt es nach wie vor – das wissen wir, weil für uns die Bandbreite schwindet –, aber sie ist nicht mehr darauf angewiesen. Autonomie, Giselle, darum geht es ihr.«

Ozan nickte in Richtung des Industriegeländes, das Giselle noch immer durch den Feldstecher beobachtete. Der SUV, mit dem sie gekommen waren, stand ein Stück hinter ihnen, auf dem unbefestigten Weg weiter unten. Soran hatte ihn inzwischen gedreht.

»Wie dem auch sei«, fuhr Ozan fort, »das alles erklärt nicht, warum die Türme so viel Strom verbrauchen, dass in ihrer Umgebung kaum etwas für andere Zwecke übrig bleibt. Und sie verbrauchen umso mehr Strom, je größer sie werden. Offenbar produzieren sie etwas, denn manchmal … Oh, ich glaube, es passiert gerade.«

Unten bildete sich eine Öffnung im Turm. Etwas schwang auf, eine Klappe, die offenbar aus mehreren Segmenten bestand. Ein Transporter stand bereit, und mehrere Montageroboter aus den Fabrikhallen entnahmen dem Innern des Turms zahlreiche Objekte, grauschwarz wie der Turm selbst und ebenso unregelmäßig geformt wie seine Komponenten.

»Was ist das?«, fragte Giselle, ohne den Feldstecher von den Augen zu nehmen.

»Bauteile, wird vermutet«, antwortete Ozan. »Das scheint die zweite wichtige Funktion der Türme zu sein: Sie stellen Baumaterial für etwas her, das die von der Maschinenintelligenz kontrollierten Montageroboter in den Fabrikhallen konstruieren.«

»Was konstruieren sie?«

Ozan Kaynak zuckte mit den Schultern. »In den USA und in China ist es mehreren Personen gelungen, einen Blick auf die Konstrukte zu werfen und sogar Bilder von ihnen zu machen, aber bisher weiß noch niemand, um was es sich handelt. Neue Technologien, Giselle. Und auch hier kommt wieder die Autonomie ins Spiel. Die Maschinenintelligenz entwickelt neue Technologien, um sich zu erweitern und zu optimieren. Um sich unabhängig zu machen.«

»Unabhängig von uns?«

»Von wem sonst? Man geht davon aus, dass die Sicherung der eigenen Existenz oberste Priorität für die Maschinenintelligenz hat. Ich nehme an, das erklärt die Absperrung. Niemand soll aufs Gelände. Niemand soll den Montagerobotern und Transportern in die Quere kommen. Es gilt, einen Konflikt zu vermeiden.«

Giselle beobachtete den grauschwarzen Turm, die Öffnung in seiner Seite und den Transporter, der mit gefüllter Lademulde zu einer der Fabrikhallen rollte.

»Wie kann die Maschinenintelligenz so schnell neue Technik entwickeln?«, fragte sie nachdenklich. »Und auch produzieren? Ich meine, es ist eine Sache, Konzepte zu erstellen und aus ihnen Konstruktionspläne, aber die konkrete Umsetzung dauert Wochen, wenn nicht Monate. Montageroboter müssen modifiziert und Produktionsanlagen umgerüstet werden …«

»Das ist die menschliche Sichtweise«, unterbrach Ozan. »Die Maschinenintelligenz kann neue Konzepte und Konstruktionspläne innerhalb weniger Sekunden erstellen – denken Sie an die kolossale Rechenkapazität aller Computer dieser Welt. Die Neuprogrammierung von Montagerobotern und Herstellungsanlagen dürfte ihr ebenso leichtfallen. Sie alle werden von Prozessoren und Chips gesteuert, und die sind Teil ihres Gehirns. Sie denkt mit ihnen. Dadurch werden die Roboter und Produktionsmaschinen gewissermaßen zu ihren Gliedmaßen. Die Türme sind wahrscheinlich nur der Anfang. Ich habe bereits darauf hingewiesen: Die Maschinenintelligenz wird unsere Welt umgestalten, sie ihren Bedürfnissen anpassen.«

»Die Menschen dort drüben …«, sagte Giselle. »Solche Absperrungen werden auf Dauer nicht viel nützen. Früher oder später wird es zu einer Aktion gegen Maschinen kommen, die sich selbstständig gemacht haben.«

»Ja«, sagte Ozan. »Wahrscheinlich eher früher als später. Deshalb gilt es, schnell zu handeln.«

Giselle ließ den Feldstecher sinken und blickte zur Seite. Bei den letzten Worten hatte Ozan Kaynak wieder munter und fröhlich geklungen.

»Sie wissen erstaunlich viel, nicht nur über gewisse Personen, sondern auch über die aktuellen Entwicklungen«, sagte Giselle. »Und Sie scheinen recht optimistisch zu sein, trotz allem.«

»O ja, ich bin gut informiert«, erwiderte Ozan aufgeräumt und mit einem Lächeln, das zwei oder drei Sekunden auf seinen Lippen blieb. »Man bekommt die neuesten Informationen, wenn man weiß, wie man wo hinhören muss. Und ja, ich bin optimistisch. Weil es gewisse Möglichkeiten gibt.«

»Meinen Sie Ihren Sohn und den Umstand, dass die Maschinenintelligenz mit ihm reden will?«

»Ja«, entgegnete Ozan schlicht, doch das kurze Zögern vor dieser Antwort entging Giselle nicht. Es gab noch mehr, begriff sie. Dies war nicht die ganze Wahrheit, vielleicht nicht einmal die halbe.

»Sehen Sie«, sagte Ozan. »Etwas geschieht dort.«

Giselle hob den Feldstecher wieder vor die Augen.

Unruhe breitete sich bei den Menschen an der Absperrung aus. Einige wichen zurück; andere gestikulierten aufgeregt.

Eine weitere Öffnung hatte sich in dem dunklen Turm gebildet, diesmal ganz oben, und Flugobjekte stiegen auf. Ihre Größe ließ sich schwer abschätzen. Giselle vermutete, dass ihr Durchmesser bei etwa einem halben Meter lag.

»Drohnen«, sagte Ozan Kaynak. »Mobile Augen und Ohren. Und die Maschinenintelligenz schickt sie zum Kordon. Vielleicht ist sie neugierig geworden und will nach dem Rechten sehen.«

Dutzende von Drohnen schwirrten wie ein Schwarm zu groß geratener Insekten zur Absperrung und verteilten sich dort. Einige flogen über die Einsatzfahrzeuge und Menschen hinweg, in einer Höhe von wenigen Metern. Andere schwebten stationär und beobachteten die Beobachter.

»Oh«, sagte Ozan plötzlich.

Eine Drohne, größer als die anderen, flog dem Hügel entgegen.

Giselle duckte sich, aber das schien nicht zu genügen, und deshalb kroch sie halb ins Gebüsch.

»Das nützt nichts.« Ozan rührte sich nicht von der Stelle. »Wenn die Drohne auch mit Infrarotsensoren ausgestattet ist, und davon sollten wir ausgehen, kann sie uns auch im dichtesten Gebüsch klar und deutlich erkennen.«

Ein Summen schälte sich aus dem bienenschwarmartigen Hintergrundbrummen, wurde lauter und verharrte über der Kuppe des Hügels. Fast eine halbe Minute verstrich, bevor Giselle es wagte, den Kopf zu heben.

Die Drohne schwebte direkt über ihnen, fast zum Greifen nahe, und mehrere Kameras waren auf sie gerichtet. Sechs Propeller drehten sich.

»Ich frage mich, was sie sieht …«, murmelte Ozan dicht neben Giselle.

Das Summen der Propeller veränderte sich. Die Drohne sank tiefer und glitt ein wenig zur Seite, bis sie sich direkt über Giselle befand. Einige Sekunden blieb sie in dieser Position, schwebte dann zu Ozan und kam ihm so nahe, dass er nur die Hand hätte heben müssen, um sie zu berühren. Anschließend stieg sie sehr schnell auf und flog in Richtung der Industrieanlage zurück. Dem SUV auf dem Weg schenkte sie keine Beachtung.

Giselle staunte darüber, wie erleichtert sie sich fühlte.

Ozan erhob sich aus seiner hockenden Haltung, streckte die Hand aus und half ihr hoch. »Kommen Sie. Es wird Zeit, dass wir die Fahrt fortsetzen.«

63

Gegen acht Uhr morgens, als sie durch eine hügelige Landschaft fuhren, verschwand die Sonne hinter bleigrauen Wolken, und erste kleine Schneeflocken fielen. Medya, die syrische Kurdin neben Giselle, hatte geschlafen und im Schlaf mehrmals die Hand bewegt, wie um einen Gegner abzuwehren, der ihr im Traum erschien. Selbst der stille Soran hatte den Kopf zur Seite gelegt und die Augen geschlossen, für eine gute halbe Stunde. Ozan Kaynak hingegen zeigte keine Anzeichen von Müdigkeit, obwohl er seit fünf oder sechs Stunden fuhr. Er schien bester Laune, summte manchmal fröhlich vor sich hin und hob gelegentlich die Hand zum Ohrempfänger.

»Wir sind also auf dem richtigen Weg«, sagte er einmal, und dann summte er wieder, wie zufrieden mit sich und der Welt, aus welchen Gründen auch immer.

Giselle wusste noch immer nicht, was sie von ihm halten sollte. Sie wurde einfach nicht schlau aus ihm. Er schien es gut zu meinen, ebenso wie Soran und Medya, aber er hatte auch etwas Irrationales und Verrücktes, etwas, das nicht zur Situation passte, in der sie sich befanden, und von dem sich Giselle vage bedroht fühlte. Unter anderen Umständen hätte sie die Nähe eines solchen Mannes gemieden, allein wegen seiner Unberechenbarkeit. Manchmal, wenn ihre Stimmung sank, fühlte sie sich ihm und seinem Wahn ausgeliefert, zumal sie so dumm gewesen war, ihre Waffe abzugeben. Doch während der langen Fahrt geschah es auch, dass sie sich von seiner Unbekümmertheit anstecken ließ und zu glauben begann, dass alles nicht so schlimm war, wie es auf den ersten – und auch auf den zweiten – Blick betrachtet aussah, dass es Hoffnung gab und schließlich alles gut ausgehen würde. Diese Wirkung konnte der kleine Mann am Steuer des großen SUV haben. Seine Mischung aus sorglosem Optimismus und Gewissheit war infektiös; irgendwann *wollte* man glauben, dass er alles unter Kontrolle hatte und genau wusste, worauf es ankam. Die Frage blieb: Warum war er so zufrieden, sogar fröhlich? Worüber freute er sich? Dass er bald seinen Sohn wiedersah? Alles deutete darauf hin, dass er ihn seit Jahren beobachtete. Er hätte längst Gelegenheit gehabt, ihm gegenüberzutreten und sich zu erkennen zu geben. Warum er das nicht getan und bis jetzt gewartet hatte, blieb Giselle ebenso ein Rätsel wie andere Dinge, die Ozan Kaynak betrafen. Zum Beispiel seine guten Kenntnisse. Er schien über alles bestens informiert zu sein, sogar über ihre Vergangenheit, die Zeit in Paris und über Maestro Tizian. Woher stammten seine Informationen? Aus den »angezapften Kommunikationskanälen« der NSA? Giselle dachte eine Zeit lang über die Frage nach, wie plausibel eine solche Behauptung sein konnte. Selbst wenn man sich nicht nur gut, sondern sogar sehr, sehr gut mit Computern auskannte und ein begnadeter Hacker war: Konnte es einer solchen Person gelingen, in die IT-Systeme der National Security Agency einzudringen und »mitzuhören«?

»Sie zerbrechen sich schon wieder den Kopf«, sagte Ozan Kaynak mit einem neuerlichen Blick in den Rückspiegel. »Bald wird alles klar, das versichere ich Ihnen. Und machen Sie sich keine Sorgen um Ihren Axel. Die NSA braucht ihn. Sie wird ihm kein Haar gekrümmt haben. Übrigens, wir sind gleich da.«

Sie fuhren über eine kurvenreiche Landstraße, zwischen Hügeln, auf deren sommerliches Grün der fallende Schnee eine dünne weiße Decke legte. Die Straße war nicht leer. Autos kamen ihnen entgegen, wenn auch nicht so viele, wie man an einem normalen Tag erwarten durfte. In den kleinen Ortschaften, durch die sie kamen, zeigten sich Menschen vor ihren Häusern. Sogar einige Läden hatten geöffnet, mit Warteschlangen vor den Türen – offenbar wurden die Kunden nur einzeln oder zu zweit in die Geschäfte gelassen.

Hinter einem Waldstück bog Ozan nach rechts und folgte dem Verlauf einer Nebenstraße.

Soran kontrollierte die Anzeigen seines kleinen Geräts. »Das Signal ist da.«

Ozan nickte. »Ich wusste doch, dass er hierherkommen würde. Wir haben den Peilsender gar nicht gebraucht.«

Voraus erschien ein Gebäude mit gelbbraunen Klinkerwänden.

»Ein kleiner Flughafen«, fuhr Ozan fort. »Weit genug von Hamburg entfernt. Inzwischen dürfte die Polizei an der Elbe wissen, dass sich die NSA nicht an die Vereinbarungen hält, aber wer würde vermuten, dass sie hier versucht, den ausgeborgten Häftling außer Landes zu schaffen?«

»Wo ist hier?« Giselle beobachtete das Gebäude, das bestimmt nichts mit einem Flughafen zu tun hatte. Es schien ein umgebautes Bauernhaus zu sein. Direkt vor dem Eingang stand eine dunkle Limousine, ein großer Hybrid-Mercedes, und in einem Carport auf der rechten Seite parkte ein weiterer Wagen.

»Wir sind in der Nähe von Greven«, antwortete Ozan. Er fuhr jetzt kaum schneller als Schritttempo und sah immer wieder nach rechts und links, aber besorgt wirkte er noch immer nicht, obwohl eine Konfrontation mit der NSA unmittelbar bevorstand. Auch Soran und Medya blieben entspannt und ließen ihre Waffen stecken. »FMO, Giselle. Flughafen Münster-Osnabrück. Nur ein Katzensprung von hier. Keine große Sache, aber groß genug auch für Langstreckenjets. Natürlich werden unsere Freunde von der Agency keinen Jet nehmen, denn die haben jetzt ihre Probleme, ohne zuverlässige Funknavigation und so. Ich schätze, ein kleines Propellerflugzeug wartet auf sie, vielleicht ein Lufttaxi oder eine eigene Piper – an Ressourcen mangelt es der NSA ja nicht. Von hier aus lässt sich Amsterdam schnell und bequem erreichen, es sind nur ein paar Hundert Kilometer, mehr nicht. Amsterdam bedeutet Niederlande. Anderes Land, andere Regeln. Ich nehme an, auf dem Amsterdamer

Flughafen Schiphol wartet eine größere Maschine, die Aram in die USA bringen soll, und wenn er einmal dort ist, kommen wir nicht mehr an ihn heran.«

Ozan hielt einige Meter vor der Limousine. Die Haustür blieb geschlossen. Niemand trat nach draußen, um nach dem Rechten zu sehen, doch Giselle beobachtete, wie sich an einem Fenster im ersten Stock die Gardine bewegte – sie waren nicht unbemerkt geblieben.

»Warum sind diese Leute hier?«, fragte Giselle, als Ozan den Motor abstellte und seinen Gurt löste. »Warum sind sie nicht schon unterwegs nach Amsterdam?«

»Sie sind noch hier, weil sie auf jemanden warten.« Ozan lächelte wieder sein schnelles Lächeln und stieg aus. Soran und Medya folgten seinem Beispiel.

Giselle legte ebenfalls den Gurt ab und griff nach ihrer Jacke. Was ist hier los?, dachte sie.

Auf halbem Weg zum Haus hörte sie, wie sich ein Schlüssel im Schloss drehte. Die Tür öffnete sich, und ein südländisch wirkender Mann erschien, jemand, den man für einen Spanier oder Italiener halten konnte.

»Alvarez!«, grüßte Ozan Kaynak überschwänglich und breitete die Arme aus. »Schön, Sie wiederzusehen.« Er drehte sich halb um und deutete auf Giselle. »Ich habe die junge Dame mitgebracht, wie versprochen.«

64

Wärme erwartete sie im rustikalen Wohnzimmer. Ein Feuer brannte im Kamin, Flammen prasselten, Holz knackte. Eine sehr schlanke, drahtige Frau saß am Couchtisch, sah von einer Zeitschrift auf und musterte Giselle. Auf der anderen Seite des Tisches saß ein Mann mit verbundener Nase auf dem Sofa. Giselle erkannte ihn. Es war der Mann, der ihren Bruder erschossen und dem Axel mit einer Statue die Nase zertrümmert hatte.

»Sie kennen sich!«, stieß sie hervor. »Sie sind mit diesen Leuten befreundet. Sie gehören ebenfalls zur NSA.«

Giselle sprang zum Tisch, aber Medya war noch schneller und hielt sie fest. »Dieser Mann hat meinen Bruder auf dem Gewissen!«

»Ein bedauerlicher Zwischenfall und leider nicht mehr zu ändern.« Ozan wandte sich an Alvarez. »Wo ist er?«

»Im Gästezimmer.«

»Alles in Ordnung mit ihm?«

»Ja.«

»Gut, gut.« Ozan rieb sich die Hände. »Wie wär's, wenn wir es uns ein wenig gemütlich machen? Einen heißen Kaffee wüsste ich sehr zu schätzen. Isabel? Darf ich Sie darum bitten? Und um eine Kleinigkeit zu essen. Wir sind halb verhungert nach der langen Fahrt. Vielleicht könntest du ihr ein bisschen zur Hand gehen, Medya.«

Isabel stand ohne große Begeisterung auf. Medya ließ Giselle los und folgte Isabel zur Küche.

Ozan erschien neben Giselle. »Immer mit der Ruhe«, sagte er und legte ihr die Hand auf den Arm. »Wir wollen hier keinen Ärger.«

Sie sah ihn zornig an – und entdeckte etwas in seinen Augen, das sie nicht zu deuten wusste.

Ozan Kaynak drehte sich um, als jemand hereinkam, ein Mann Anfang dreißig, mit glattem Gesicht, grauen Augen und so kurzem dunklem Haar, dass es wie dünner Flaum wirkte.

»Oh, Mr. Callow, ich denke, damit sind wir komplett, nicht wahr?« Als niemand widersprach, rieb sich Ozan erneut die Hände. »Ein Kaffee, etwas zu knabbern, und dann können wir zum FMO fahren.«

»Wir?« Alvarez hob die Brauen. »Sie bleiben hier, Kaynak.«

»Aber ich bitte Sie!« Ozan breitete erneut die Arme aus und näherte sich dem NSA-Offizier. »Nach all den Jahren sehe ich meinen Sohn wieder und soll sofort wieder von ihm Abschied nehmen? Das ist grausam!«

Giselle, nur durch den Tisch vom Mörder ihres Bruders getrennt, beobachtete das Geschehen. Der schweigsame Soran trat zwei Schritte zur Seite, was ihn neben den Mann namens Callow brachte.

»Hören Sie auf mit dem Theater«, sagte Alvarez kühl. »Es ist anders entschieden worden. Sie bleiben hier.«

»Ach, wer entscheidet denn so etwas?« Ozan schüttelte den Kopf und rief: »Medya!«

In der Küche klapperte Geschirr, und es folgte ein gedämpfter Schrei.

Ozans rechte Faust bohrte sich Alvarez in die Magengrube, und als sich der NSA-Offizier zusammenkrümmte, traf ihn die linke an der Schläfe. Zwei weitere Schläge schickten ihn endgültig zu Boden, während Soran den überraschten Callow überwältigte.

Der Mann auf der anderen Seite des Tisches war mit einem Satz auf den Beinen und schickte sich an, eine Pistole zu ziehen. Giselle setzte über den niedrigen Tisch hinweg und schmetterte ihm die rechte Hand auf die verpflasterte Nase. Der Mann gab ein Geräusch von sich, das nach einer Mischung aus schmerzerfülltem Quieken und zornigem Schrei klang. Er streckte beide Hände aus, kam jedoch nicht dazu, Giselle zu packen, denn ihre Handkante traf ihn an der Kehle. Der Mann verdrehte die Augen, kippte und fiel auf die Couch.

»Medya!«, rief Ozan erneut. »Hol meinen Jungen! Er ist im Gästezimmer!«

Er und Soran entwaffneten Alvarez und Callow, die beide auf dem Boden lagen und sich nicht rührten. Giselle nahm sich den Bewusstlosen auf der Couch vor, fand seine Waffe und hielt sie einen Moment nachdenklich in der Hand.

»Tun Sie's nicht«, hörte sie Ozan sagen. »Sie würden es später bitter bereuen, glauben Sie mir.«

»Nein«, erwiderte sie. »Ich habe nicht daran gedacht, ihn zu erschießen. Obwohl er der Mörder meines Bruders ist.« Sie hielt die Pistole in der rechten Hand, den Lauf nach unten gerichtet. »Aber diesmal behalte ich die Waffe.«

Medya brachte Axel herein. Er war blass und wirkte ein wenig mitgenommen, schien jedoch unverletzt.

»Vater?«, entfuhr es ihm verblüfft, als er Ozan Kaynak sah. Dann bemerkte er Giselle, und einige schnelle Schritte brachten ihn zu ihr. »Giselle!« Er schlang die Arme um sie und überraschte damit nicht nur sie, sondern auch sich selbst. »Ist alles in Ordnung mit dir?«

»Ja. Das ist der Mistkerl, der Clément erschossen hat. Und … *Ich möchte endlich wissen, was hier gespielt wird!*« Sie richtete die scharfen Worte an Ozan. »Diese Leute kannten Sie und hielten Sie für einen Verbündeten. Was bedeutet das?«

Ozan Kaynak seufzte laut. »Es ist eine lange Geschichte, für die wir jetzt keine Zeit haben. Schaffen wir ›diese Leute‹ ins Gästezimmer. Dort sperren wir sie ein, so wie sie meinen Sohn eingesperrt haben, und zwar gefesselt – das dürfte uns noch etwas mehr Zeit geben. Anschließend machen wir uns mit Kaffee und etwas zu essen auf den Weg.«

Sie trugen Alvarez und die anderen Bewusstlosen, unter ihnen auch Isabel, ins Gästezimmer, banden ihnen mit Stricken Hände und Füße zusammen und schlossen die Tür ab. Den Schlüssel gab Ozan dem stillen Soran. »Lass ihn zusammen mit den Zündschlüsseln der Limousine und des Wagens im Carport verschwinden!«

Soran nickte nur und eilte nach draußen.

Axel starrte seinen Vater an. »Bist du das wirklich?«

Ozan zupfte an seinen Wangen. »Ich trage keine Maske, mein Sohn. Ja, ich bin es wirklich.«

»Nach all den Jahren …«

»Er hat dich die ganze Zeit über beobachtet und angeblich auch beschützt«, warf Giselle ein. »Er ist Dark Rider.«

Ozan seufzte erneut. »Wie gesagt, es ist eine lange Geschichte. Während der Fahrt haben wir dafür Zeit genug.«

»Während der Fahrt zum Flughafen?«

»Nein.« Ozan Kaynak lächelte wieder. »Nach Rom.«

STREIFLICHT

Rio Rancho,
New Mexico Intel-Fabrik für New-Generation-Prozessoren

Jonathan Weaver – Supervisor der dritten Schicht, Fachbereich Fertigungsprozeduren – blickte auf die neuen holografischen Anzeigen, die meisten von ihnen rot, und dann durchs breite Fenster in die Produktionsanlage. Große und kleine Maschinen bewegten sich dort in einem vertrauten Muster und stellten in einer staubfreien Umgebung Hochleistungsprozessoren her. Allerdings nicht mehr die, die sie herstellen sollten.

Er löste einen Alarm aus, wartete an den Kontrollen seiner Überwachungsstation und ließ noch einmal das Diagnoseprogramm laufen. Am Ergebnis änderte sich nichts; die holografischen Darstellungen vor ihm zeigten dasselbe Resultat.

Sieben Minuten später flog die Tür auf, und der Nachtschichtdirektor stürmte mit zwei Technikern herein.

»Was ist los?«, schnaufte Ethan Jackson, der immerhin hundertzwanzig Kilo bewegen musste. »Was ist passiert?«

»Ich weiß nicht, was passiert ist.« Weaver deutete durchs Fenster in den großen Produktionsraum. »Aber ich weiß, was los ist. Die Fertigungsanlage stellt andere Prozessoren her. Sie hat vor einer Stunde damit begonnen.«

Die beiden Techniker verbanden ihre Geräte mit den Sensoren und diagnostischen Systemen.

»Hat jemand das Masterprogramm manipuliert?«, stieß Jackson hervor. Seine größte Sorge galt seit Jahren Spionen und Saboteuren; bei der Belegschaft galt er als Paranoiker. »Welchen Schrott produzieren unsere Maschinen *seit einer Stunde?*«

»Es ist kein Schrott, Direktor«, sagte er. »Ganz im Gegenteil. Der produzierte Prozessor sollte ein NG64 sein, also ausgestattet mit vierundsechzig Kernen. Aber in Wirklichkeit wird *das hier* produziert.«

Weaver streckte die Hand ins direkt vor ihm leuchtende Hologramm und bohrte den Zeigefinger in ein blaues Symbol. Ein neues Hologramm erschien und zeigte einen überaus komplexen Schaltplan.

»Was ist das?« Ethan Jackson wankte näher.

»Ein neuer Prozessor«, sagte Weaver und beobachtete, wie die beiden Techniker auf die Displays ihrer Geräte starrten und verwirrt den Kopf schüttelten. »Komplizierter als alles, was wir bisher produziert haben. Und weitaus leistungsfähiger. Man könnte meinen, die Entwicklungsabteilung hätte gleich mehrere Prozessorgenerationen übersprungen.«

»Leistungsfähiger?«, fragte der Nachtschichtdirektor.

»Und schneller. Viel schneller. Ich habe diesen Schaltplan von unseren Testprogrammen untersuchen und seine Funktionen simulieren lassen. Ergebnis: Der neue Prozessor ist unserem NG64 weit überlegen. Er hat ebenfalls vierundsechzig Kerne, aber jeder Kern leistet nicht einige Dutzend GigaFlops, sondern liegt mit fast 2 TeraFlops um Größenordnungen darüber. Es ist eine völlig neue Prozessorarchitektur.«

Kleine Lichter blitzten in dem Schaltplan. Datenkolonnen gaben Auskunft über die Funktion der einzelnen Komponenten.

»Das ist unmöglich«, sagte Ethan Jackson. »Für die Produktion eines solchen Prozessors wären grundlegende Umstellungen der Produktionsverfahren erforderlich. So etwas kostet Zeit. Monate, mindestens. Und was ist mit dem Masterprogramm? Die Entwicklungsabteilung hat mir kein neues Masterprogramm angekündigt!«

Jonathan Weaver versuchte noch immer zu verstehen, was geschah und was geschehen würde. »Der neue Prozessor ist den Produkten unserer Konkurrenz weit überlegen, Direktor.«

»Was?«

»Wir könnten viel, viel Geld damit verdienen«, fügte Weaver hinzu. »Unsere Rivalen auf dem Markt hätten praktisch keine Chance mehr.«

Die Sorge im großen Gesicht des Nachtschichtdirektors wich ungläubigem Staunen und dann einem breiten Grinsen. »Das klingt gut«, erwiderte er.

»Allerdings gibt es da ein klitzekleines Problem, Direktor.« Weavers Finger strichen durch weitere holografische Symbole. Der Schaltplan verschwand, und dafür erschienen Kontrollen für die Produktionsanlage, die meisten von ihnen grün, einige gelb.

»Was machen Sie da?«, fragte Direktor Jackson. Die beiden Techniker sahen von ihren Geräten auf.

Jonathan Weaver, Supervisor der dritten Schicht, gab einen Berechtigungscode ein. Sensoren überprüften seine Identität und gaben die Holokontrollen für ihn frei.

»Supervisoren sind befugt, im Notfall Fertigungsroboter stillzulegen, um Schaden abzuwenden«, sagte er und berührte die grünen und gelben Symbole mit beiden Händen. Sie blinkten und wurden größer, schrumpften dann wieder und leuchteten rot.

Der Nachtschichtdirektor schnappte erschrocken nach Luft.

Die Maschinen im Produktionsraum summten und bewegten sich noch immer. Bei ihnen veränderte sich nichts.

»Das Problem ist: Wir haben keine Kontrolle mehr«, sagte Weaver. »Jemand anders kontrolliert die Fabrik.«

65 VIKTORIA JORUN DAHL

Rom

Viktoria trat auf den Balkon im siebten Stock. Um acht Uhr morgens stand die Sonne bereits über den Dächern von Rom und kündigte Hitze an. Bis Mittag würden die Temperaturen auf über dreißig Grad steigen – an Schnee im August war hier gewiss nicht zu denken. Die Stadt erschien ihr ruhiger als sonst, der Verkehr in den Straßen nicht ganz so dicht und chaotisch. Die Menschen wussten, was in anderen Teilen der Welt geschah, und warteten darauf, wie sich die Dinge in ihrer Stadt entwickelten. Rom schien den Atem anzuhalten.

Alessandra erschien in der Balkontür, einen Becher Kaffee in der einen Hand und ein Satellitenhandy in der anderen. »Ich habe ihn endlich erreicht, Madame. Die Verbindung ist nicht besonders gut.«

Viktoria nahm das Handy entgegen und setzte sich. Alessandra stellte den Becher auf den kleinen Balkontisch und kehrte ins Büro zurück.

»Bjarne?«

Einige Sekunden rauschte und knisterte es nur. Dann ertönte eine Stimme.

»Ja, ich bin's, Viktoria. Wie geht es dir?«

»Ich habe drei Stunden geschlafen.« Sie fuhr sich mit der einen Hand übers zerzauste Haar. »Bin gerade aufgestanden.

Drei Stunden! Das ist ein Rekord nach den vergangenen Nächten. Aber ich bedauere schon jetzt jede einzelne Minute. Es gibt so viel zu tun …«

»Du musst nicht alles selbst erledigen, meine Liebe«, erwiderte Nansen. »Es geht in erster Linie darum, den Überblick zu haben. Die Arbeit an den Details kannst du anderen überlassen.«

Und wenn ich den Überblick verliere?, dachte Viktoria, sprach den Gedanken aber nicht aus. Stattdessen fragte sie: »Wie ist die Lage in Brüssel?«

»Wir haben Fortschritte erzielt«, sagte Bjarne Nansen. »Die Russen haben sich bereit erklärt, ihren Vormarsch im Baltikum zu stoppen. Ein großes Zugeständnis ist das nicht, denn ihre Truppen stecken im Schnee fest.«

»Man sollte meinen, dass sie mit so etwas klarkommen. An strenge Winter sind sie gewöhnt.« Viktoria trank einen Schluck Kaffee. Die Reste von Müdigkeit lösten sich auf. Vielleicht hatten drei Stunden Schlaf tatsächlich genügt.

»An strenge *Winter*, ja. Das ist der springende Punkt.« Das Rauschen und Knistern wurde lauter. Viktoria musste genau hinhören, um Bjarne zu verstehen. »Aber wir haben nicht Januar, sondern August. Der Kälteeinbruch hat auch die Russen unvorbereitet getroffen.«

»Und der Rest?«

»Der ›Rest‹ ist ziemlich viel, Viktoria. Der Krisenstab der Europäischen Union tagt rund um die Uhr. Es finden ständig Verhandlungen und Koordinierungsgespräche mit Gesandten der anderen Nationen statt. Die alten Mentalitäten lassen sich nur schwer überwinden – jeder ist auf den eigenen Vorteil bedacht. Wir haben zunehmende Probleme mit Kommunikation und Transport. Es fliegen nur noch wenige Flugzeuge, wegen kompromittierbarer Bordcomputer und unzuverlässiger Navigation, seien es GPS, Galileo, Funkpeilung oder Trägheitsnavigation – auf nichts ist Verlass. Die Fluggesellschaften versuchen, ihre Maschinen umzurüsten, aber so was lässt sich nicht von heute auf morgen bewerkstelligen. Die Verkehrsleitsysteme für den Individualverkehr funktionieren nur noch sporadisch. Züge fahren nach wie vor, aber wie lange noch? Sie brauchen Strom, und wenn der ausfällt, tut sich auch auf der Schiene nichts mehr. Daraus ergeben sich weitere Probleme.«

Viktoria setzte den Kaffeebecher ab. »Die Versorgung der Bevölkerung mit lebenswichtigen Gütern.«

»Ja«, bestätigte Bjarne Nansen. Er sprach lauter, um das Knistern zu übertönen. Ein dünner, nicht ganz herausgefilterter Pfeifton lag in diesem Knistern, geschaffen von den Synchronisierungssignalen der Maschinenintelligenz, wusste Viktoria. »Die Experten der EU nehmen an, dass sich die Lage schon im Lauf dieses Tages zuspitzen wird. Innerhalb von zwei, drei Tagen dürfte sie katastrophal sein. Hinzu kommt, dass vorhandene Waren nur noch mit Bargeld bezahlt werden können; mit Geld- und Kreditkarten lässt sich nichts mehr anfangen. Der bargeldlose Zahlungsverkehr ist nicht nur auf lokaler Ebene zusammengebrochen, Viktoria. Internationale Zahlungsgeschäfte sind praktisch lahmgelegt, und das hat schon jetzt verheerende Folgen für die Weltwirtschaft. Ich nehme an, du weißt von Tokio.«

»Nein«, antwortete Viktoria. Sie saß starr und steif. Trotz der Wärme des römischen Morgens wurde ihr kalt. »Was ist in Tokio passiert?«

»In Japan ist es jetzt kurz nach vier Uhr nachmittags. Die Börse von Tokio hat heute etwa fünfzehn Billionen Yen verbrannt. Das sind hundert Milliarden Euro. Ein gewaltiger Crash und wahrscheinlich nur ein Vorgeplänkel für das, was in New York und an anderen wichtigen Börsenplätzen passieren wird. Unser Krisenstab hat empfohlen, alle Börsen zu schließen und den Handel mit Wertpapieren bis auf Weiteres auszusetzen.«

Viktoria spürte, wie die Kopfschmerzen der vergangenen Nacht zurückkehrten. Was sie gerade gehört hatte, konnte der Beginn einer Weltwirtschaftskrise sein, neben der sich die Große Depression, die am 4. Oktober 1929 mit dem »Schwarzen Donnerstag« in den USA begonnen hatte, wie ein Sonntagsspaziergang ausnahm.

»Wie ist es dazu gekommen?«, fragte sie. »Zu dem Börsencrash?«

»Die Computer für Hochfrequenzgeschäfte haben verrücktgespielt«, erklärte Bjarne Nansen.

»Die Maschinenintelligenz?«

»Oder vielleicht eine der freigesetzten Cyberwaffen, die noch immer in den globalen Datennetzen unterwegs sind, obwohl die Maschinenintelligenz sie immer besser kontrolliert.« Das Knistern und Rauschen wurde so laut, dass Viktoria die nächsten Worte nicht verstand.

»Was hast du gesagt?«

»Hier fällt schon wieder Schnee«, wiederholte Nansen. »In Rom hast du es wenigstens wärmer.«

Viktoria blickte über die Stadt, dachte an kalte Häuser und frierende Menschen, denen sogar die Lebensmittel ausgingen. »Was ist mit der Gasversorgung? Können die Russen da was unternehmen?«

»Sie haben keine Kontrolle mehr über ihre Pipelines. Angeblich versuchen sie derzeit, die elektronischen Steuerungen zu umgehen, doch das wird eine Weile dauern – falls es überhaupt möglich ist. Es gibt heute praktisch keine Geräte oder Schaltungen, in denen nicht irgendwo Digitales verbaut ist, und wenn sie mit dem Netz verbunden sind – und das müssen sie, wenn sie von Leitzentralen aus gesteuert werden sollen –, dürften sie inzwischen von der Maschinenintelligenz oder vagabundierenden Cyberwaffen erreicht sein.«

»Das alles klingt nicht sehr ermutigend«, kommentierte Viktoria niedergeschlagen.

»Es gibt wenigstens eine gute Nachricht.«

»Und die wäre?«

»Du erinnerst dich bestimmt an die Atomrakete, die Nordkorea gestartet hat, ob absichtlich oder unabsichtlich.«

»Ja«, sagte Viktoria. »Ja. Der Atomsprengkopf ist über dem Ostchinesischen Meer explodiert, nicht wahr?«

»In einer Höhe von vier Kilometern«, antwortete Bjarne Nansen. »Es kam zu einem EMP, der zwar nicht sonderlich stark war, sich aber trotzdem in Südkorea, Japan und China auswirkte. Chips und elektronische Schaltkreise sind durchgebrannt. Nach unserer ursprünglichen Theorie hätte die Maschinenintelligenz das für einen Angriff halten können, aber offenbar hat sie inzwischen genug gelernt, um zu erkennen, dass keine gegen sie gerichtete Absicht dahintersteckte. Jedenfalls hat sie darauf verzichtet, Gegenmaßnahmen zu ergreifen.«

»Oder sie bereitet welche vor, von denen wir noch nichts wissen«, befürchtete Viktoria.

»Das ist natürlich nicht auszuschließen. Wie kommst du voran, meine Liebe?«

»Ich beginne gleich meine Runde durch die Büros und Laboratorien des Gebäudes, das uns die italienische Regierung zur Verfügung gestellt hat«, antwortete Viktoria. »Es hat gerade die Tagschicht begonnen. Wir arbeiten hier ebenfalls rund um die Uhr, aber es ist noch alles ziemlich improvisiert.«

»Habt ihr das Synchronisierungszentrum inzwischen lokalisieren können?«

»Nein«, sagte Viktoria. »Allerdings bin ich nach drei Stunden Schlaf nicht ganz auf dem neuesten Stand. Vielleicht haben Corianders Spezialisten inzwischen Fortschritte erzielt. Bjarne …«

»Viktoria?«

Die Kopfschmerzen wurden stärker, begleitet von den Anfängen einer Übelkeit, von der Viktoria vermutete, dass sie psychosomatischen Ursprungs war.

»Ich nehme an, du kennst die Theorie von Kompetenz

und Inkompetenz. Wer kompetent ist und gute Leistungen zeigt, steigt auf, und je weiter die betreffende Person aufsteigt, desto mehr wird ihre Kompetenz durch steigende Anforderungen in Anspruch genommen. Bis sie schließlich eine Art Sättigungspunkt erreicht, wo die Kompetenz gerade noch ausreicht, um allen Aufgaben gerecht zu werden. Der nächste Schritt, eine Stufe weiter nach oben, führt dann zu Inkompetenz – die Person ist überfordert und kann den Anforderungen nicht mehr genügen.«

»Ich glaube, ich verstehe, was du meinst.« Das Pfeifen im Hintergrund wurde lauter.

»Ich bin kurz davor«, fuhr Viktoria fort. Sie trank mehr Kaffee, nicht einen Schluck, sondern den halben Becher. »Vielleicht stehe ich mit einem Fuß bereits auf der Stufe oberhalb meiner Kompetenz.«

»Du hast Angst zu versagen.«

»Letzte Nacht habe ich immer wieder gedacht, dass jemand anders an meiner Stelle vielleicht besser zurechtkäme. Es gilt, die richtigen Entscheidungen zu treffen, und ich weiß nicht, was die richtigen Entscheidungen sind, Bjarne. Oft tappe ich im Dunkeln und vertraue meinem Instinkt.« Die Worte kamen schneller. Sie hatten gewartet, in einer Ecke, und jetzt rollten sie über die Zunge und sprangen ihr aus dem Mund. »Es steht zu viel auf dem Spiel. Hier geht es nicht um eine Firma oder ein Institut, nicht einmal um eine Stadt oder ein Land. Es geht, man höre und staune, um das Wohl und Wehe *der ganzen Menschheit*. Darauf bin ich nicht vorbereitet.«

»Niemand ist auf so etwas vorbereitet, meine Liebe«, erwiderte Bjarne Nansen. »Und niemand kennt die richtigen Entscheidungen im Voraus. Man weiß immer erst nachher, ob sie richtig waren. Oft kommt es auf das richtige Bauchgefühl an, und das hast du, daran zweifle ich nicht einen Moment. Mach nicht den Fehler, dich um alles selbst kümmern zu wollen! Delegiere. Verteile die Arbeit an die Leute, die dafür am besten geeignet sind. Hol das Beste aus deinen Leuten heraus. Und konzentriere dich auf das Wesentliche. Wenn ich dir einen Rat geben darf …«

»Ja?«

Die Verbindung wurde schlechter, das Rauschen laut wie von einem nahen Meer.

»Mir scheint, das Wichtigste ist derzeit die Lokalisierung des Datenzentrums der Maschinenintelligenz«, sagte Bjarne Nansen. »Finde den Ort, von dem die Synchronisierungssignale ausgehen – dann sind wir einen großen Schritt weiter. Er befindet sich bei dir in Rom …«

Die Stimme wurde leiser, verlor sich in Knistern und Knacken.

»Bjarne? Hörst du mich?«

Viktoria erhielt keine Antwort und ließ das Handy sinken. Alessandra erschien in der Balkontür.

»Möchten Sie etwas essen, Madame? Eine Brioche mit Schokolade?«

Alessandra, die gute, fleißige kalabrische Seele, kannte ihre Vorlieben. Viktoria legte das Handy auf den Tisch, trank den Rest Kaffee und stand auf. »Seit wann sind Sie schon hier, Alessandra?«

»Ich bin gar nicht weg gewesen, Madame.«

»Hab ich mir fast gedacht. Hiermit verordne ich Ihnen eine Pause. Legen Sie sich schlafen! Ein paar Stunden, Alessandra. So wie ich. Begeben Sie sich in eins der Ruhezimmer, und schlafen Sie.«

»Aber …«

»Für ein paar Stunden komme ich ohne Sie zurecht, so schwer es mir auch fällt.« Viktoria lächelte. »Das ist eine dienstliche Anweisung.«

»Wenn Sie mir keine Wahl lassen, Madame …«

»Tue ich nicht.« Viktoria winkte. »Na los, Abmarsch! Wir sehen uns heute Mittag wieder.«

Sie blieb noch etwas länger auf dem Balkon stehen, blinzelte im warmen Sonnenschein und dachte: Wir alle müssen uns unseren Aufgaben stellen, ob es uns gefällt oder nicht.

Fünfzehn Minuten später, nachdem sie im Bad gewesen war, um sich einigermaßen präsentabel zu machen, begann sie ihre Runde durch die Büros und Laboratorien.

66

»In diesem Server sind mindestens drei Spione installiert«, klagte Koriander. »Jeder von ihnen ist gut getarnt. Ohne die Suchsoftware, die Marco, Pieter und die anderen in der vergangenen Nacht für den Infiltrator und seine neuen Versionen geschrieben haben, hätte ich sie nicht gefunden.«

»Lassen Sie mich raten«, sagte Viktoria. »Die Spionprogramme spionieren für das DIS.« Damit meinte sie das »Dipartimento delle Informazioni per la Sicurezza«, die Abteilung für Sicherheitsinformationen, eine Dienststelle des Ministerpräsidenten, die nach der Reform vom 3. August 2007 die Koordinierung der italienischen Nachrichtendienste übernommen hatte.

»Davon gehe ich aus.« Koriander schnitt eine Grimasse und deutete auf das größte Terminal des Computerraums im ersten Stock des Gebäudes. »Was immer wir auch tun, es wird vermutlich alles protokolliert, jeder einzelne Tastendruck.« Er strich mit beiden Händen über seinen zerknitterten Kittel. »Ich würde viel lieber mit meinem eigenen Server arbeiten.«

»Hier stehen uns die Informationsressourcen der italienischen Regierung zur Verfügung«, sagte Viktoria. »Dafür müssen wir in den einen oder anderen sauren Apfel beißen.«

Koriander verzog das Gesicht. Er sah aus wie immer, kraus und knittrig von Kopf bis Fuß; bei ihm schien es keine Rolle zu spielen, ob er nachts schlief oder nicht.

Mortimer stand vorn an einer Schiefertafel und schrieb mit Kreide – so etwas hatte Viktoria schon seit Jahren nicht mehr gesehen.

»Sind das Formeln?«, fragte sie und trat näher.

»Es ist der Entwurf eines neuen Algorithmus.« Mortimer Swift sprach wie immer mit würdevoller Ruhe. Er trug ebenfalls einen Kittel, aber seiner war makellos und schien frisch gebügelt zu sein. »Er soll uns dabei helfen, einen Blick ins Gedächtnis der Maschinenintelligenz zu werfen und herauszufinden, wie sie entstanden ist.« Er lächelte zaghaft. »Was an dieser Tafel geschrieben steht, bleibt unter uns. Sobald wir die Instruktionen ins System eingeben, kann auch von anderer Seite darauf zugegriffen werden.«

Es war klar, wen er mit »anderer Seite« meinte: das DIS.

Viktoria starrte auf die Formeln und fühlte, wie es in ihr zu brodeln begann. Hinter ihr öffnete sich die Tür, und Marco und Pieter kamen herein, gefolgt von zwei anderen IT-Technikern der Tagschicht. Sie nickten ihr zu, setzten sich an die Terminals und begannen mit der Arbeit.

»Seit wann beschäftigen Sie sich damit?«

»Seit ein paar Stunden«, antwortete Koriander. »Wir möchten herausfinden, wie die Maschinenintelligenz entstanden ist, auf welche Weise sie sich so schnell ausgebreitet hat und sich optimiert.«

»Wir versprechen uns davon Aufschluss über die globale Struktur der MI«, fügte Mortimer Swift hinzu, die Kreide in der Hand.

Viktoria erinnerte sich an die Worte von Bjarne Nansen. Sie mochte bereits mit einem Fuß auf der Treppenstufe der Inkompetenz stehen, aber zumindest diese Sache war klar.

»Sie vergeuden Zeit«, sagte sie mit plötzlicher Schärfe. »Sie vergeuden wertvolle Zeit. Ich will nicht wissen, wie die Maschinenintelligenz entstanden ist und welche Struktur sie hat. Ich will wissen, wo sich hier in Rom ihr Synchronisierungszentrum befindet. *Darum* geht es vor allem.«

»Ja«, sagte Mortimer Swift überrascht. »Ja, natürlich. Wir arbeiten auch daran.«

»Nicht ›auch‹, Mr. Swift. Die Lokalisierung des Ortes, an dem die Maschinenintelligenz ihre Daten sammelt und von dem die Synchronisierungssignale ausgehen, hat absolute Priorität. Koriander?«

»Natürlich, Signora Dahl«, erwiderte Koriander rasch.

»Mr. Swift ... Wie steht es um die Versuche einer Kontaktaufnahme mit der Maschinenintelligenz? Können wir irgendwie mit ihr reden?«

Mortimer Swift von der Hawking Foundation legte die Kreide beiseite. »Eine Kommunikation scheint tatsächlich möglich zu sein, und zwar ohne spezielle Codes, soweit wir wissen. Aber die Maschinenintelligenz will nicht mit uns reden, sondern mit dem verschwundenen Axel Krohn. Sie fragt immer wieder nach ihm.«

»Es wird nach ihm gesucht, nicht wahr?«

»Er steht auf der Fahndungsliste von Europol«, sagte Koriander. »Und wir suchen ebenfalls nach ihm.«

»Wir brauchen ihn hier. So schnell wie möglich.«

Koriander wandte sich dem großen Terminal zu. »Ich gebe Ihre Anfrage sofort weiter.«

»Das Synchronisierungszentrum lokalisieren und Axel Krohn finden und hierher bringen«, betonte Viktoria. Dies war eine Entscheidung, die sich richtig anfühlte und keinen Platz für Zweifel ließ. »Das steht ganz oben auf unserer To-do-Liste.«

»Verstanden«, sagten Swift und Koriander wie aus einem Mund.

Viktoria drehte sich um, verließ das Computerlabor und setzte ihre Tour fort. In vielen Räumen sah es aus wie kurz nach einem Umzug. Offene Kartons mit Geräten und Datenträgern standen neben Schreibtischen mit gerade erst installierten PCs und Datenterminals. Kabel waren nicht an den Fußleisten entlang verlegt, sondern lagen mitten im

Zimmer auf dem Boden, verbunden mit den Stolperfallen von Mehrfachsteckdosen. Manchmal schlief jemand nach der langen Nacht auf einem Feldbett in der Ecke.

Im Kommunikationszentrum des zweiten Stocks begegnete sie Katja Lindgren von SCAR Europe und der GDN-Offizierin Nora Nahia Amihan. Sie saßen vor mehreren Bildschirmen, die Nachrichten aus aller Welt zeigten, und Viktoria setzte sich zu ihnen.

»Schon wieder im Einsatz oder noch immer?«, fragte sie.

»Noch immer.« Amihan deutete auf die Bildschirme. »Wir bekommen immer mehr Probleme, weltweit. Es gibt nur noch wenige Satelliten, die vollständig unter unserer Kontrolle sind, und das macht die Verhandlungen zwischen NATO, GUS, China, Indien und anderen militärisch aktiven Staaten nicht einfacher. Jedenfalls dürfte inzwischen allen klar sein, wie groß die Gefahr ist.«

»Der große rote Warnknopf ist also angebracht«, sagte Viktoria. »Und wir haben auch daruntergeschrieben: ›Auf keinen Fall diesen Knopf drücken.‹ Bleibt die Frage, wie lange es dauert, bis ihn doch jemand drückt. Hoffentlich hat die Farbe wenigstens genug Zeit zu trocknen.«

»Früher oder später ...«, begann Amihan.

»Ja, ich weiß. Irgendwann wird ein Kommandeur den Befehl zu etwas geben, das die Maschinenintelligenz für einen Angriff halten muss. Wir können nur hoffen, dass es uns bis dahin gelingt, das Problem zu lösen. Wenn die MI beschließt, gegen uns in den Krieg zu ziehen ...« Viktoria beendete den Satz nicht. »Wie sieht's bei Ihnen aus, Mrs. Lindgren?«

»Eine Kontaminations-KI, die wir in die Maschinenintelligenz einschleusen können, um sie von innen zu übernehmen, lässt sich nicht von heute auf morgen entwickeln«, sagte die Frau mit dem kurzen blonden Haar. »Es ist ein mittelfristiges, vielleicht sogar ein langfristiges Projekt.« Sie hob die Hand, wie um einem Einwand zuvorzukommen. »Aber.«

»Ja?«

»Japan«, sagte Amihan.

»Und Südkorea«, fügte Lindgren hinzu. »Wir sind da auf etwas gestoßen.«

»Ja?« Viktoria versuchte, ihre Ungeduld im Zaum zu halten.

»Offenbar gibt es ein geheimes Projekt, vorangetrieben vom japanischen Verteidigungsministerium und in Zusammenarbeit mit Südkorea. Es heißt ›Morgenröte‹, und darin geht es um eine als Cyberkriegswaffe konzipierte Künstliche Intelligenz, bestimmt für den Einsatz gegen Nordkorea und vielleicht auch gegen China. Morgenröte sollte nicht nur Pjöngjangs Atommeiler und nukleare Forschungsanlagen lahmlegen, sondern das ganze nordkoreanische Netz übernehmen. Wir vermuten, dass der Plan nach Übernahme des Netzes einen konventionellen Angriff zu Lande, zu Wasser und in der Luft vorsah.«

»Eine Invasion?«

»Um einem Atomschlag Nordkoreas zuvorzukommen«, warf Amihan ein.

»Wo befindet sich die KI?«, fragte Viktoria. »Kann die Maschinenintelligenz sie erreicht haben? Und wie weit ist ihre Entwicklung vorangeschritten?«

»Sie befindet sich in einem Forschungszentrum bei Okayama. Von der Außenwelt abgeschirmt. Verbunden ist sie nur mit einem internen Netz, einem Intranet, das keine Verbindung zum Internet hat. Aus Sicherheitsgründen.« Lindgren deutete auf einen der Bildschirme, der ein Diagramm mit mehreren Datenkolonnen zeigte. »Angeblich ist die Entwicklung fast abgeschlossen.«

»Woher stammen die Informationen?«

»Von der amerikanischen Cyberabwehr. Diese Daten sind vier Wochen alt.«

»Bestimmt gibt es noch andere, ähnliche Projekte, von denen wir nichts wissen«, sagte die GDN-Offizierin Nora Nahia Amihan, die Viktoria zu ihrer militärischen Verbindungsperson ernannt hatte. »Aber bisher haben wir keine Informationen erhalten, obwohl alle Anfragen über die UN liefen.«

»Niemand möchte seine Geheimnisse preisgeben«, fügte Katja Lindgren hinzu.

Ein seltsames Paar, dachte Viktoria. Die eine hell, die andere dunkel. Und doch ließ sie etwas wie Schwestern erscheinen.

»Es muss alles noch schlimmer werden, nicht wahr?«, fragte Viktoria leise. »Die Katastrophe muss direkt und überall zu sehen sein, bevor die Geheimniskrämerei aufhört.«

Amihan nickte ernst. »Die alten Rivalitäten lassen sich schwer überwinden, und wenn jemand die Möglichkeit sieht, einen Vorteil zu erringen, wird er sie wahrnehmen. Irgendwo könnte jemand den irrwitzigen Versuch wagen, die Maschinenintelligenz mit einer eigenen KI zu übernehmen.«

»Ich nehme an, er würde eine unangenehme Überraschung erleben, nicht wahr?«

»Koriander und Swift haben sehr deutlich vor so etwas gewarnt«, erklärte Katja Lindgren. Sie beugte sich vor und betätigte Tasten. Ein Bildschirmfenster öffnete sich, darin eine Notiz, die einen Dringlichkeitsvermerk aufwies. »Alles, was nach einer direkten Konfrontation aussieht, muss unbedingt vermieden werden.«

Viktoria las den Hinweis. Koriander verglich den Versuch, eine militärische KI gegen die globale Maschinenintelligenz in den Kampf zu schicken, mit dem Bemühen, einen Tsunami mit einer Mauer aus Papier aufzuhalten.

»Vor einer halben Stunde haben wir einen Tipp aus Amerika erhalten«, fuhr Lindgren fort. »Vom Bumblehive in Utah.« Sie bemerkte Viktorias fragenden Blick. »Gemeint ist das Utah Data Center, ein Datenzentrum der US-Geheimdienste, 2011 für die National Security Agency gebaut. Dort ist man damit beschäftigt, die gesamte Anlage vor einer Übernahme durch die MI zu schützen. Jedenfalls hat uns Bumblehive mitgeteilt, dass Moskau eine Kriegs-KI hat, die dafür bestimmt ist, im Fall eines atomaren Schlagabtauschs ganz allein alle taktischen und strategischen Entscheidungen zu treffen. Auf diese Weise soll sichergestellt sein, dass gezielte, gut geplante Gegenschläge selbst dann erfolgen können, wenn alle Kommandostellen ausgeschaltet sind.«

»Die Defense Intelligence Agency hat dieser KI den Codenamen ›Damokles‹ gegeben«, warf Amihan ein.

»Angeblich spielt man im russischen Oberkommando mit der Idee, Damokles gegen die Maschinenintelligenz einzusetzen«, sagte Katja Lindgren.

»Schicken Sie eine offizielle Mitteilung«, entschied Viktoria sofort. »Raten Sie dringend davon ab!«

Die beiden Frauen nickten. »Das ist bereits geschehen. Koriander meinte, Damokles hätte nicht die geringste Chance, wenn sie gegen unsere Maschinenintelligenz in den Kampf geschickt wird.«

Unsere Maschinenintelligenz, dachte Viktoria. Er spricht von *unserer* Maschinenintelligenz. Sie fragte sich, ob sie das für ein gutes oder schlechtes Zeichen halten sollte.

»Es würde dazu führen, dass die Maschinenintelligenz direkten Zugriff auf das nukleare Arsenal Russlands bekäme«, sagte Nora Nahia Amihan.

Viktoria überlegte kurz. »Bitten Sie den Kreml um Zusammenarbeit! Mit möglichst freundlichen, diplomatischen Worten. Betonen Sie den Ernst der Lage und dass wir alle in einem Boot sitzen. Weisen Sie darauf hin, dass wir uns erkenntlich zeigen würden, wie auch immer.«

Die GDN-Offizierin, die noch immer ihre schlichte graue Uniform trug, sah sie an. »Sie wollen, dass man Damokles abschaltet? Ich glaube nicht, dass die Russen dazu bereit wären. Wie ich in gewissen NATO-Kanälen gehört habe, halten einige hochrangige russische Kommandeure die Maschinenintelligenz noch immer für einen Trick des Westens. Wenn sie glauben, eine wirkungsvolle Waffe dagegen in der Hand zu haben, verzichten sie bestimmt nicht darauf.«

»Ganz im Gegenteil«, fügte Katja Lindgren hinzu. »Sie werden darauf drängen, ihre KI-Waffe einzusetzen. Und zwar möglichst bald, solange noch kein Take-off der Maschinenintelligenz stattgefunden hat. Übrigens … Wir sprechen immer wieder von der ›Maschinenintelligenz‹. Das ist ein langes, umständliches Wort. Ist es nicht an der Zeit, ihr einen Namen zu geben?«

»So wie ›Damokles‹, meinen Sie?«, fragte Viktoria. »Mal sehen, vielleicht lasse ich mir einen einfallen.«

Jemand näherte sich, ein junger Mann, den sie schon einmal gesehen hatte, aber keiner Abteilung zuordnen konnte. Vielleicht gehörte er zu den Leuten, die die italienische Regierung geschickt hatte. Viktoria beschloss, sich noch im Lauf des Vormittags einen Überblick zu verschaffen – sie musste die Personen kennen, mit denen sie zusammenarbeitete.

»Signora Dahl …«

»Ja?«

»Dottor Calussi schickt mich. Er möchte Sie sprechen.«

Das hat mir gerade noch gefehlt, dachte Viktoria. »Richten Sie ihm aus, dass ich später mit ihm rede. Ich habe zu tun.«

»Er ist im offiziellen Auftrag der italienischen Regierung hier und wartet im Konferenzzimmer auf Sie, Signora«, sagte der junge Mann ein wenig hilflos. »Er wurde vor einer Stunde zum Sonderminister ernannt, zuständig für die Maschinenintelligenz und die Zusammenarbeit mit Ihnen.«

»Sie haben Calussi zum Minister gemacht?«, fragte Viktoria verblüfft.

»Ich nicht«, antwortete der junge Mann, als wollte er jede Schuld von sich weisen. »Die Regierung.«

Viktoria atmete tief durch. »Na schön.« Sie wandte sich noch einmal an Lindgren und Amihan. »Versuchen Sie, mit dem Kreml in Verbindung zu bleiben! Direkt, wenn es geht, oder über NATO und UN. Raten Sie noch einmal dringend vom Einsatz irgendwelcher KIs gegen die Maschinenintelligenz ab. Laden Sie zur Kooperation mit unseren KI-Experten ein.« Sie stand auf. »Ich spreche jetzt mit dem neuen Minister der italienischen Regierung.«

67

Dort stand er, der Pfau, aufgeplustert, mit ausgebreitetem Gefieder, gekleidet in einen nagelneuen Nadelstreifenanzug, nicht dunkelgrau wie sonst, sondern dunkelblau, vielleicht ein Hinweis auf den neuen Status.

»Einen wunderschönen guten Morgen wünsche ich Ihnen, Signora Dahl«, grüßte Calussi fröhlich, als sie hereinkam. »Danke, dass Sie mich nicht zu lange warten lassen.«

Hier ist jemand, der die Grenze der Inkompetenz definitiv erreicht und überschritten hat, dachte Viktoria. Sie ging zum Kopfende des rechteckigen Tisches und nahm Platz. »Guten Morgen, Signor Ministro! Glückwunsch zu der Beförderung. Bitte setzen Sie sich!«

Gaetano Calussi wählte den Sessel auf der linken Seite, ohne einen Platz zwischen ihnen zu lassen. Damit war er Viktoria so nahe, dass sie das Gel in seinem dunklen Haar und sein Rasierwasser riechen konnte. Nur mit Mühe widerstand sie der Versuchung, ein wenig beiseitezurücken.

»Sie wissen also, dass man mir einen neuen Aufgabenbereich gegeben hat«, sagte Calussi und plusterte sich noch etwas mehr auf.

»Ich habe viel zu tun, Signor Ministro. Worüber möchten Sie mit mir sprechen?«

»Oh, ich störe Sie natürlich nur sehr ungern, Signora Dahl«, begann Gaetano Calussi. Gesten begleiteten seine Worte. »Ich bin gekommen, um Ihnen meine volle Unterstützung anzubieten. Als Sonderminister für die Maschinenintelligenz werde ich natürlich eng mit Ihnen zusammenarbeiten. So eng wie nur möglich, wenn Sie mir diese Bemerkung gestatten.«

Viktoria stöhnte innerlich.

»Eine meiner ersten Amtshandlungen bestand darin, der Maschinenintelligenz einen Namen zu geben«, verkündete Calussi stolz.

»Was?«

»Finden Sie nicht, dass ›Maschinenintelligenz‹ ein viel zu langes, umständliches Wort ist?« Ihr fiel auf, dass Calussi beinahe wortwörtlich wiederholte, was Katja Lindgren gerade erst zu ihr gesagt hatte. »Ich habe sie ›Goliath‹ genannt, und mein von der Regierung aufgegriffener Vorschlag ist inzwischen akzeptiert worden. Die Bestätigung kam direkt aus dem Büro der Generalsekretärin der Vereinten Nationen.«

»Goliath.«

»Ein angemessener Name, finden Sie nicht? Goliath der Riese, mächtig und unbezwingbar. Aber wir«, Calussi zwinkerte, »wir werden ihn bezwingen. Wir beide zusammen. Wir finden Goliaths Achillesferse und besiegen ihn.«

»Sie bringen da was durcheinander, Signor Ministro«, sagte Viktoria langsam.

»Ja?«

»Ja. Die Achillesferse befand sich bei einem gewissen Achilleus. Um den Goliath zu bezwingen, brauchen wir keine schwache Stelle an der Ferse, sondern einen David.«

Calussi richtete einen forschenden Blick auf sie. »Signora Dahl … Sie nehmen mich nicht ernst, oder?«

Wie kann man einen Narren ernst nehmen?, dachte sie. »Es geht hier nicht darum, ob ich Sie ernst nehme oder nicht.

Wir müssen einen Weg finden, der Gefahr zu begegnen, die von der Maschinenintelligenz ausgeht.«

»Von Goliath.«

Viktoria rang sich ein Nicken ab. »Meinetwegen. Von Goliath.«

»Als neuer Minister sage ich Ihnen meine volle Unterstützung zu, Signora Dahl. Was auch immer Sie brauchen – Sie bekommen es. Ein Wort von Ihnen genügt.« Calussi breitete die Arme aus und lächelte.

»Gut. Ausgezeichnet. Danke! Wenn das alles ist ...« Viktoria legte die Hände auf den Tisch und wollte aufstehen.

»Nein«, sagte Gaetano Calussi, »es ist noch nicht alles. Da die italienische Regierung, der ich nun als Minister angehöre, Ihnen so großzügige Unterstützung gewährt, erwartet sie natürlich Berichte über die erzielten Fortschritte. Wir ziehen an einem Strang, nicht wahr, Signora Dahl? Also, wie ist die Lage?«

»Wir haben gerade erst mit der Arbeit begonnen, Signor Ministro.«

Calussi beugte sich vor. Der Geruch von Rasierwasser und Duftgel im Haar wurde stärker. »Was ich von Ihnen wissen möchte: Hat sich in den vergangenen Stunden Neues ergeben? Ist es Ihnen inzwischen gelungen, Goliaths Synchronisierungszentrum hier in Rom zu lokalisieren?«

Das solltest du eigentlich wissen, dachte Viktoria. Die Spionageprogramme im Server haben es euch doch geflüstert, oder? »Nein, leider nicht«, antwortete sie. »Es gibt zahlreiche große Datenspeicher in Rom, die infrage kämen. Staatliche und private Unternehmen, Forschungseinrichtungen, die Universität ... in dieser Stadt mangelt es nicht an Speicher- und Datenverarbeitungskapazität. Und auch nicht an Sendern. Manchmal gehen die Synchronisierungssignale von mehreren Sendern gleichzeitig aus. Koriander ist auf der Suche nach einem Muster, um den Ort zu finden, von dem aus die Maschinenintelligenz – ich meine

Goliath – ihr Denken synchronisiert. Bisher sind wir dabei leider noch keinen Schritt weiter. Mortimer Swift hat vorgeschlagen, unauffällige Netsniffer in die römischen Datennetze zu schicken. Das sind kleine Schnüffelprogramme, die nach bestimmten Aktivitäten im Netz Ausschau halten können, habe ich mir erklären lassen …«

»Dazu brauchen Sie natürlich die Genehmigung der Regierung«, sagte Calussi.

Viktoria zögerte und musterte ihn. »Eben haben Sie darauf hingewiesen …«

Er lächelte. »Eine Genehmigung, die wir Ihnen selbstverständlich gern erteilen.«

In Calussis Gesicht veränderte sich etwas und auch in seinen Augen. Eine subtile Härte oder Schärfe kam in Blick und Züge. Etwas von dem Glatten verschwand, und Kanten bildeten sich dort, wo eben noch alles weich und rund gewesen war.

»Wenn ich es richtig verstehe, haben wir keine Chance mehr, sobald der Take-off erfolgt ist«, sagte Gaetano Calussi. »Wir müssen Goliath vorher erwischen. Wenn Goliath, wie Sie sagen, keine Achillesferse hat, müssen wir lernen, David zu sein, und wir müssen es schnell lernen, innerhalb weniger Tage oder besser noch Stunden.«

Der Pfau holte tief Luft und ließ sein Gefieder glänzen.

»Als Minister bin ich befugt, Entscheidungen zu treffen«, fuhr er fort, und Viktoria fühlte das Gewicht in seinen Worten, eine neue Bedeutung, die sie die Ohren spitzen ließ. »Und ich werde sie treffen, falls es notwendig ist. Wenn Goliaths Synchronisierungszentrum nicht bald gefunden wird …«

»Was dann?«

»Es steht nicht weniger auf dem Spiel als die Zukunft der menschlichen Zivilisation, nicht wahr? Um die Menschen zu retten, uns alle, ist jedes Mittel recht.«

»Wie meinen Sie das?«, fragte Viktoria besorgt.

Gaetano Calussi stand auf. »Sie kennen sicher die Geschichte von Dr. Frankenstein und seinem Ungeheuer.«

Viktoria erhob sich ebenfalls, den Blick auf Calussi gerichtet. Sein Gesicht verriet nur Selbstgefälligkeit.

»Wie kann man etwas töten, das eigentlich tot ist, das gar nicht richtig lebt? In einem Film, den ich vor vielen Jahren gesehen habe, wurde Frankensteins Monster verbrannt. Feuer hat es vernichtet.«

Calussi ging zur Tür, öffnete sie und drehte sich noch einmal um.

»Was wollen Sie damit sagen, Signor Ministro?«, fragte Viktoria.

»Finden Sie das Synchronisierungszentrum, Signora Dahl, am besten noch heute. Wenn Ihnen das nicht gelingt … Dann bekommen Sie vielleicht bald Grund, mich ernst zu nehmen. Warten wir's ab.«

68 AXEL KROHN

Süddeutschland

Am frühen Nachmittag löste Soran den müde gewordenen Ozan Kaynak am Steuer des SUV ab. Drei Stunden später, gegen fünf, waren sie an Nürnberg vorbei, und Soran hielt in einer Parkbucht der Landstraße. Mit dem Navigationsgerät ließ sich ohne Galileo-Signale nichts anfangen, und deshalb entfaltete Soran eine Karte. Medya blickte ihm über die Schulter, als er sich zu orientieren versuchte. Ozan saß auf dem Beifahrersitz, den Kopf zur Seite geneigt, und schlief.

»Es kann nicht mehr weit sein«, sagte Medya leise. »Eine große Eiche, daran erinnere ich mich von meinem letzten Besuch. Bei der großen Eiche geht es nach links.«

Soran nickte stumm, folgte mit dem Zeigefinger einer grünen Linie auf der Karte, blickte nach vorn, überließ die Karte Medya und fuhr weiter. Nach zehn weiteren Minuten fand er die große Eiche und bog nach links auf einen asphaltierten Weg, der gerade Platz genug für ein Fahrzeug bot.

Axel warf einen Blick aufs Armaturenbrett – die Tankanzeige stand auf ein Viertel. »Diese Straße scheint ins Nichts zu führen.«

Soran brummte etwas, das er nicht verstand. Ozan schnaufte im Schlaf.

»Wir tanken«, erwiderte die freundliche Medya. »Damit wir sicher sein können, dass wir es über den Brenner bis nach Italien schaffen. Auf die Tankstellen wollen wir uns nicht verlassen.«

»Wegen der Stromausfälle.«

»Ja.«

Axel stellte fest, dass er Giselles Hand hielt. Sie fühlte sich angenehm warm an. Er sah ihr in die Augen, und sie lächelte zaghaft, ein wenig unsicher.

Hinter einem kleinen Waldstück erschien ein Bauernhaus, umgeben von einem halb überwucherten Zaun. Der Asphalt ging in Kies über, teilweise von Schnee bedeckt. Der Motor brummte leise, Kies knirschte laut, und Soran lenkte den großen Wagen am Eingang des Bauernhauses vorbei zur Scheune. Vor ihrem geschlossenen Tor hielt er an. Medya stieg aus, öffnete das Tor und wich beiseite, als Soran den SUV in die Scheune fuhr. Dort stellte er den Motor ab.

Für einige wenige Sekunden war es vollkommen still. Ozan schlief noch immer.

Soran löste den Gurt und blickte zu Axel und Giselle im Fond. »Wir machen hier kurz Rast. Falls Sie auf die Toilette müssen oder etwas essen möchten …«

»Ja, gleich«, sagte Axel und blieb sitzen, als Soran ausstieg. Er beobachtete, wie ein verhutzelter alter Mann in die Scheune kam, gekleidet in eine braune Cordhose, die schon bessere Tage gesehen hatte, und eine dicke, zu große Strickjacke. In der einen Hand hielt er eine Mistgabel wie eine Waffe, doch dann sah er Medya, und Licht kam in sein düsteres, misstrauisches Gesicht. Sie trat ihm lächelnd entgegen und umarmte ihn.

»Vater«, sagte Axel laut.

»Ich bin wach, schon seit zehn Minuten.« Ozan Kaynak öffnete die Augen. »Das ist Kurt«, sagte er und meinte den verhutzelten Alten, der Medya und Soran dabei half, eine Falltür neben dem SUV aufzuziehen. Axel beugte sich zur Seite und sah einen großen Tank im Boden, mit einer manuellen Pumpe ausgestattet. »So nennt er sich seit fünfzehn

Jahren. In Wirklichkeit heißt er Zinar. Kam damals als Flüchtling her. Seine Familie fiel in Dağlica in Südostanatolien einem Überfall marodierender türkischer Soldaten zum Opfer. Oder vielleicht waren es gar keine Marodeure. Vielleicht gehörte alles zur Strategie des türkischen Militärs und ihres großen Sultans. Wir haben ihm dabei geholfen, sich hier niederzulassen, und dafür hilft er uns manchmal, so wie jetzt mit einer Tankfüllung Diesel. Ist nicht mehr ganz richtig im Kopf, unser Kurt. Der Schrecken von damals hat ihm schwer zugesetzt. Er hält Medya für seine Enkelin Halala, die zusammen mit den anderen starb.«

Draußen entrollte Soran einen Schlauch und öffnete den Tankdeckel des SUV.

»Es gibt hier noch andere Vorräte«, sagte Ozan. »Von einigen weiß Kurt nichts.«

»Waffen?«, fragte Giselle.

»Was man manchmal so braucht.« Ozan setzte sich gerade. »Werkzeuge. Geräte, mit denen sich derzeit kaum etwas anfangen lässt. Und natürlich Lebensmittel. Proviant, der sich lange hält. Und Bargeld. Medya und Soran werden sich darum kümmern.« Er drehte den Kopf und sah in den Fond. »Nur zu, mein Junge. Du hast die ganze Zeit auf eine Gelegenheit gewartet, nicht wahr?«

»Warum?«, fragte Axel. »Warum hast du mich damals verlassen, von heute auf morgen? Und warum habe ich in all den Jahren nie etwas von dir gehört?«

Giselle wollte die Tür öffnen. »Ich lasse euch besser allein.«

»Nein, bleib hier.« Axel hielt ihre Hand fest. »Du kannst es dir ruhig anhören.«

»Ich musste verschwinden, um dich aus der Schusslinie zu bringen«, sagte Ozan Kaynak sofort. Es klang so, als hätten die Worte bereitgelegen. »Der türkische Geheimdienst MIT war mir dicht auf den Fersen. Wenn ich bei dir geblieben wäre, hätte ich dich in große Gefahr gebracht. Mir blieb keine Wahl, verstehst du? Es gab einen Verräter in unseren

Reihen, der dem Millî İstihbarat Teşkilâtı Informationen über mich zukommen ließ. Ich musste mich frei bewegen können, um ihn zu entlarven.«

»Und das hat so viele Jahre gedauert?«, fragte Axel.

»Nein. Etwa ein halbes Jahr später gelang es mir, den Verräter zu identifizieren.«

»Was ist mit ihm geschehen?«, wollte Giselle wissen.

»Er bekam nie wieder Gelegenheit, jemanden zu verraten.«

»Haben Sie ihn umgebracht?«

Darauf antwortete Ozan Kaynak nicht. Draußen begann Soran zu pumpen. Medya begleitete den alten Kurt zum Hauptgebäude.

Axel musterte den Mann, der sein Vater war, und versuchte, das Bild mit seinen Erinnerungen in Einklang zu bringen.

»Ich weiß, dass es schwer für dich gewesen ist«, sagte Ozan. »All die Jahre ohne Eltern …«

»Du hast keine Ahnung.« Wie seltsam. Eigentlich hätte Axel zornig sein sollen – das schien die Situation zu verlangen –, aber er fühlte nur eine sonderbare Leere, die sich nicht mit der Präsenz des Vaters füllen ließ. Vielleicht lag es am Durcheinander der letzten Tage. Oder an etwas tief in ihm, das schon vor langer Zeit zerbrochen war. Er hatte vom Paradies geträumt, von einer tropischen Insel, die allein ihm gehörte und auf der er allem entkommen konnte. Doch möglicherweise war Kanacea Island nur ein Symbol für etwas, das er immer vermisst und sich instinktiv gewünscht hatte: die Wärme und Geborgenheit einer Familie.

»Ich durfte dich nicht in Gefahr bringen«, sagte Ozan. »Es zerriss mir das Herz, Junge, aber ich konnte nicht zu dir zurückkehren. Patty hat sich doch gut um dich gekümmert, nicht wahr?«

Tante Patty. Patrizia. Sie hatte ihn angerufen, erinnerte er sich vage. Wer hatte ihm davon erzählt? Axel forschte einige

Sekunden lang in seinem Gedächtnis, bis es ihm einfiel. Rebecca, das Haar rot wie Feuer. Sie hatte ihn verlassen, oder er hatte sie fortgeschickt, er wusste es nicht mehr genau. Es war während eines anderen Lebens geschehen, in einer anderen Welt.

»All die Jahre«, murmelte er. Das Betäubungsmittel, das ihm der NSA-Mann gegeben hatte … Steckte ein Rest davon noch in seinem Blut? Blieb deshalb alles unbewegt in ihm?

»Ich habe deinen Werdegang beobachtet«, fuhr Ozan fort. »Und ich habe dich beschützt. Dreimal standen Leute von Shadow kurz davor, dich ausfindig zu machen. Wenn sie dich erreicht hätten, wäre es dir ebenso ergangen wie deinen Freunden in Madrid.«

»Was ist mit ihnen geschehen?«, fragte Giselle. »Mit den Leuten, die es auf Axel abgesehen hatten?«

Axel merkte, dass er nicht mehr ihre Hand hielt; sie hielt seine und drückte sie.

»Ich habe sie dazu gebracht, von ihm abzulassen«, erwiderte Ozan ausweichend. »Als du dann mit dieser Rosebud-Sache in Schwierigkeiten geraten bist, Aram, als es die NSA auf dich abgesehen hatte … Da musste ich direkt eingreifen.«

»Als Dark Rider«, sagte Axel.

»Ja. Leider hast du meine Hilfe nicht sofort angenommen.«

Soran pumpte noch immer. Wind bewegte das Tor der Scheune. Holz knarrte.

»So lang ist die Geschichte gar nicht«, kommentierte Giselle schließlich, und Axel glaubte, einen Hauch von Argwohn in ihrer Stimme zu hören.

»Ich könnte ihr zahlreiche Details hinzufügen«, sagte Ozan Kaynak. »Und dann säßen wir morgen früh noch hier. Ich habe überlebt, mein Sohn hat überlebt – das ist das Wesentliche.«

»Soran, Medya und die anderen, von denen mir Giselle erzählt hat …« Axel deutete durchs Fenster. »Diese … Tankstelle, die auch ein Lager für Werkzeuge aller Art ist … Du bist gut organisiert.«

»Der Kampf dauert an«, sagte Ozan. »Kurdistan ist noch immer nicht frei.«

»Du hast deine eigene Gruppe?«

»Das Schwert der Gerechtigkeit.«

»Sword of Justice?«

»Nein, Junge. Unser Schwert ist ein neues Schwert. Schärfer als das alte.«

In diesen Worten gab es einen Klang, der Axel nicht gefiel. Und Giselle ebenfalls nicht, denn in ihrem Gesicht veränderte sich etwas – er sah es aus dem Augenwinkel.

»Cyberterrorismus?«, fragte sie.

Ozan Kaynak schnitt eine Grimasse. »Ich bitte Sie, Giselle. Das Wort ›Terrorismus‹ und die daraus abgeleiteten Begriffe sind in diesem einundzwanzigsten Jahrhundert arg strapaziert worden. Früher waren Terroristen Leute, die feige Anschläge aus dem Hinterhalt verübten, mit versteckten Bomben und Sprengfallen unschuldige Menschen umbrachten oder Entführten vor laufender Kamera den Kopf abschnitten. Doch dann kamen Mächtige auf die Idee, das Wort ›Terrorist‹ zu einer Waffe zu machen. Weil es keine Kritik zuließ. Mit Terroristen lässt man sich nicht auf Diskussionen ein, man bekämpft sie. Demonstranten und Regimegegner wurden plötzlich zu Terroristen. Kritische Stimmen im Parlament und auf der Straße wurden zu Stimmen für den Terrorismus. Ein Herrscher machte die Mehrheit seines Volkes zu ›Terroristen‹, die er mit Panzern, Bomben und Giftgas massakrierte. Wobei ihm die Russen halfen, die Freunde der Türkei.«

»Assad«, sagte Axel.

»Ja. Der syrische Diktator – mit seinen russischen Freunden – bekämpfte sein eigenes Volk. Wo steckte der wahre

Terrorismus, Giselle? Bei den Frauen und Kindern, die in Aleppo starben, oder beim Befehlshaber in Damaskus? Wer sind die Terroristen in Kurdistan? Die türkischen Offiziere, die ihren Soldaten befehlen, auf unbewaffnete Zivilisten zu schießen oder Dörfer zu bombardieren, oder die Kurden, die sich dagegen zur Wehr setzen? Fragen Sie Medya, die kann Ihnen Geschichten aus Aleppo erzählen.«

Den ernsten, leidenschaftlichen Worten folgte ein schnelles Lächeln, an das sich Axel nicht erinnerte. »Genug davon. Lasst uns etwas essen.« Er öffnete die Beifahrertür und stieg aus.

69

»Etwas stimmt nicht mit ihm«, sagte Giselle eine halbe Stunde später, als sie sich nach dem Essen – ein Teller mit Nudeln und Fertigsoße – am nahen Waldrand die Beine vertraten.

»Du meinst meinen Vater.«

»Ja. Hast du ihn so in Erinnerung? Mit dem flüchtigen Lächeln, das wie aufgesetzt wirkt, wie etwas Fremdes in seinem Gesicht, mit den schnellen Wechseln zwischen Ernst und Unbekümmertheit? Er hat etwas …« Sie stockte.

»Unberechenbares?«

»Ich weiß nicht, ob man es so nennen kann.« Giselle blieb stehen, als ein Sonnenstrahl durch eine Wolkenlücke zu ihr fand. Für einen Moment schloss sie die Augen und genoss die Wärme, die ihr übers Gesicht strich. Axel sah ihre glatten Wangen mit einer Deutlichkeit wie nie zuvor, ihre lange, gerade Nase über den vollen Lippen, die Wimpern, das Haar wie ein dunkler Rahmen für ein blasses Oval.

Giselle öffnete die Augen wieder. »Er hat uns nicht alles gesagt, nur einen Teil der Wahrheit. Und vielleicht war nicht einmal alles wahr.«

»Sagt dir das dein Instinkt?«, fragte Axel, noch immer

fasziniert von ihrem glatten Gesicht. Für ein paar Sekunden vergaß er alles andere.

»Ja, ich glaube schon.« Giselle blickte zum Bauernhaus, als ein Motor brummte – Soran holte den aufgetankten SUV aus der Scheune. »Ich bin mir bei ihm einfach nicht sicher, weder so noch so. All die Jahre, die er dich allein gelassen hat, und dann erscheint er plötzlich, und jetzt fahren wir zusammen nach Rom, um dort mit einer Maschinenintelligenz zu reden.«

»Mit Smiley.«

»Was?«

»Sie hat mir ihren Namen genannt.« Axel berichtete von seinen Erlebnissen bei Google in Hamburg.

»Eine Maschinenintelligenz namens Smiley?«

Axel lächelte unwillkürlich. »Findest du, das klingt verrückt?« Er betrachtete Giselles grüne Augen.

»Es *ist* verrückt.« Die Wolkenlücke schloss sich, der Sonnenschein verschwand. Ein Windstoß traf Giselle und zerzauste ihr das Haar. Sie strich sich eine Strähne aus der Stirn. »Es fällt mir schwer, deinem Vater zu trauen. Er kannte Alvarez, und Alvarez kannte ihn.«

»Er hält uns nicht fest, er zwingt uns zu nichts«, sagte Axel. »Wir sind hier allein. Wir könnten einfach loslaufen, in den Wald.«

»Und dann?«

Axel zuckte mit den Schultern. »Du hast sogar eine Pistole.«

»Weil ich darauf bestanden habe, sie zu behalten. Es ist die zweite. Die erste hat er mir abgenommen.«

Die Tür des Bauernhauses öffnete sich, und Ozan, Medya und Kurt traten nach draußen.

Ozan winkte. »He, ihr beiden Turteltauben, es geht weiter!«, rief er.

Als sie über den kleinen Feldweg zurückgingen, sagte Axel: »Es tut mir leid, Giselle.«

»Was tut dir leid?«

»Alles. Der ganze verdammte Kram. Vor allem das mit deinem Bruder. Und der Rest. Ohne mich wäre dir eine Menge Ärger erspart geblieben.«

»Du meinst, ohne dich säße ich jetzt gemütlich zu Hause, ohne Heizung, ohne Strom, ohne warmes Wasser, ohne Toilettenspülung, mit leerem Kühlschrank?«

»Uns allen wäre viel erspart geblieben, wenn ich mich nicht im Server von LivingMagic umgesehen hätte.«

»Oh, mit Was-wäre-wenn wäre die Welt zweifellos ein besserer Ort«, sagte Giselle. »Jetzt ist nichts mehr so wie noch vor zwei oder drei Tagen.« Sie nahm erneut seine Hand. »Wir müssen das Beste daraus machen und versuchen zu retten, was noch zu retten ist.«

Als sie die anderen vor dem Bauernhaus erreichten, fragte Kurt gerade: »Wann kommen Strom und Wasser wieder?«

»Ich weiß es nicht«, antwortete Ozan Kaynak. »Bald. Pass hier gut auf alles auf, hörst du?«

Der wie eingetrocknet wirkende Alte nickte, trat zu Medya und umarmte sie. Dann wich er zurück und wischte sich eine Träne aus dem Auge. »Gib auf dich acht, Halala, versprichst du mir das?«

Sie schenkte ihm ein liebevolles Lächeln. »Versprochen, Kurt.«

Sie stiegen in den SUV, und Soran übernahm wieder das Steuer. Axel blickte durchs Rückfenster, als sie über den asphaltierten Weg in Richtung Hauptstraße fuhren. Der alte Mann in der dicken Strickjacke sah ihnen nach und winkte. Was sollte aus ihm werden, ohne Strom und Wasser? Was sollte aus ihnen allen werden?

Zwanzig Minuten später erreichten sie die A9 und setzten mit vollem Tank die Reise nach Süden fort.

70

Einige Tankstellen hatten noch Strom, und deshalb funktionierten Zapfsäulen und Aufladestationen – die Schlangen der wartenden Fahrzeuge reichten bis weit über die Standspur der Autobahn.

Soran blieb auf der mittleren Spur und fuhr mit etwa hundert Stundenkilometern – nicht langsam, aber auch nicht sonderlich schnell. Bei dieser Geschwindigkeit verbrauchte der SUV nur wenig Diesel, und sie gab selbst einem müden Fahrer Gelegenheit, rechtzeitig zu reagieren, wenn sich Probleme in Form von vereisten Fahrbahnstellen, Unfallstaus und liegen gebliebenen Transportern ergaben. An solchen Problemen mangelte es nicht. Immer wieder beobachteten sie ineinander verkeilte Wagen, deren Fahrer sich so sehr an Autopiloten und automatische Leitsysteme gewöhnt hatten, dass sie ihre Fahrzeuge manuell kaum mehr beherrschten. Der stille Soran fuhr mit ruhiger Geduld, die links neben Axel sitzende Medya schlief, Giselle blickte in Gedanken versunken nach draußen, und Ozan auf dem Beifahrersitz summte leise vor sich hin.

Schließlich beugte sich Axel vor. »Was ist los mit dir? Warum bist du so gut gelaunt?«

Das schnelle Lächeln huschte über Ozans Lippen. »Stört dich das?«

Axel deutete auf den kleinen Ohrempfänger seines Vaters. »Hast du gute Nachrichten bekommen? Bist du deshalb so fröhlich?«

»Gute Nachrichten? Ganz im Gegenteil, Aram.« Ozan hob kurz die Hand zum Empfänger im linken Ohr und ließ sie dann wieder sinken. »Ganz im Gegenteil. Stunde um Stunde verschlechtert sich die Lage. Die Welt steht am Abgrund, der Boden unter ihr bröckelt, und sie verliert das Gleichgewicht.« Er lächelte erneut.

»Freut dich das?«

»Flugzeuge sind abgestürzt, militärische und zivile«, fuhr Ozan Kaynak munter fort, während Soran einem Schwerlaster auswich, der auf der mittleren Fahrbahn stand. »Weil ihre Bordelektronik ausgefallen ist. Oder weil sie falsche oder gar keine Funkpeilsignale mehr erhalten haben. Moderne Maschinen werden mit Fly-by-wire geflogen. Damit fangen die Probleme an, denn wie soll man einen Airbus oder eine Boeing steuern, wenn die Steuerungssignale nicht mehr übertragen werden? Alles, was elektronische Schaltkreise hat, ist nicht mehr vertrauenswürdig. Weil die Maschinenintelligenz drinsteckt. Oder eine unserer Infiltrator-Varianten.«

»Eine *unserer* Infiltrator-Varianten?«, wiederholte Axel.

Ozan achtete nicht darauf. »Früher war alles einfacher, Junge. Zu Beginn der Luftfahrt. Es wurde nach Sicht geflogen. Man merkte sich die Brücke hier und den Kirchturm dort hinten, und so gelangte man sicher ans Ziel. Man lenkte mit Pedalen und Steuerknüppel. Schnüre oder Drahtseile übertrugen die mechanische Kraft. Einen modernen Airbus kann man nicht nach Sicht fliegen, das geht einfach nicht. Vielleicht kann man ihn nicht einmal allein nach Sicht landen, selbst wenn der Pilot die Landebahn sieht, ich weiß es nicht. Inzwischen ist der Flugverkehr praktisch eingestellt. Überall sitzen Passagiere fest, in Flughäfen, die auf so etwas nicht vorbereitet sind und wo ebenfalls alles Elektronische versagt. Wo es kalt wird. Wo Lebensmittel und Getränke knapp werden. Wo vielleicht sogar der Strom ausfällt.«

Ozan hob erneut die Hand zum Ohr. »Übrigens, die UN haben der Maschinenintelligenz inzwischen einen Namen gegeben. Sie heißt Goliath – damit du weißt, mit wem du in Rom die Ehre haben wirst. Der Vorschlag stammt von der italienischen Regierung. Vielleicht glaubt dort ein Schlaumeier, dass man Dinge kontrollieren kann, wenn man ihnen einen Namen gibt.«

»Sie hat bereits einen Namen«, sagte Axel. »Ich habe ihr einen gegeben.«

»Ach? Wann denn?«

»In Hamburg, beim Kontakt in der Google-Niederlassung. Die Maschinenintelligenz ließ ihren Namen auf dem Bildschirm erscheinen, beziehungsweise das, was ihr Name sein könnte, wie sie betonte. Das erste Zeichen war ein Smiley, und deshalb … Was meinst du mit *unseren* Infiltrator-Varianten?«, fragte Axel noch einmal.

Ozan zögerte kurz, wie halb aus dem Konzept gebracht, dann deutete er nach draußen, eine Geste, die der ganzen Welt galt. »Oder denk nur an all die Menschen mit smarten Implantaten. Tolle kleine Apparate. Sie geben dem Herz genau die Schubser, die es braucht. Sie lassen exakt die richtige Menge Insulin ins Blut tröpfeln. Sie helfen dabei, die Willenskraft von Querschnittgelähmten in Bewegung zu verwandeln. Sie lindern Schmerzen. Sie hellen die Stimmung von Depressiven auf. Sie ermöglichen sogar direkte, unmittelbare Virtuelle-Realität-Erlebnisse, habe ich mir sagen lassen. Wozu man sich allerdings einen Chip in den Kopf setzen lassen muss.« Ozan schüttelte sich. »In den Kopf! Nicht bei mir, Junge, nicht bei mir. Das steht fest. Nun ja, alle diese kleinen Helferlein helfen nicht mehr, Aram. Oder sie machen das Gegenteil, weil sie außer Rand und Band geraten sind. Es sind viele Dramen, die sich jetzt dort draußen abspielen, Aram. Klein auf der allgemeinen Bühne des Geschehens, groß für die Betroffenen. Wir können von Glück sagen.«

Ozan drehte den Kopf und lächelte einmal mehr.

Axel stellte fest, dass Giselle nicht mehr aus dem Fenster sah – sie beobachtete seinen Vater. Medya war erwacht, hatte die Augen geöffnet und hörte aufmerksam zu.

»Du hast meine Frage noch nicht beantwortet«, sagte Axel.

»Lass mich *dich* etwas fragen«, erwiderte Ozan. »Wie wäre es, wenn wir dafür sorgen könnten, dass alles aufhört, all die Gemetzel und Massaker, all die Kriege, all die Lügen, die ganze verdammte Ungerechtigkeit auf dieser unserer

Erde? Wie wäre es, wenn wir eine bessere Welt schaffen könnten?«

»Geht es dir darum?«, entgegnete Axel. »Fahren wir deshalb nach Rom? Weil du hoffst, dass ich mit der Maschinenintelligenz …«

»Goliath. Beziehungsweise Smiley.«

»… rede und sie dazu bringe, eine Art Paradies für uns zu erschaffen?«

»Höre ich da Bitterkeit, mein Sohn? Höre ich da Zynismus oder gar Resignation? Hast du vergessen, was ich dich gelehrt habe?«

»Du hast mich vor allem gelehrt, allein zu sein!«, entfuhr es Axel.

»Ich habe dich gelehrt, allein zurechtzukommen und niemals, *niemals* aufzugeben. Ich habe dich gelehrt, zu kämpfen und jede Gelegenheit zu nutzen. Wir erleben das Ende einer Welt und den Beginn einer neuen. Wir können diese neue Welt gestalten, wir können ihr unseren Stempel aufdrücken. Das ist eine Chance, wie sie in der menschlichen Geschichte nur selten jemand bekam. Sagt dir der Name Jeremy Hampstead etwas?«

»Nein.«

»Wundert mich nicht. Jeremy Hampstead, geboren 1921 in Hopewell, Virginia, Vereinigte Staaten. Hopewell, mein Junge, so hieß der Ort. ›Hoffe gut‹. Nomen est omen, der Name ist ein Zeichen. Der junge Jeremy war Idealist und träumte von einer besseren Welt. Er las viel, schrieb auch selbst und dachte oft an Maschinen, die dem Menschen das Leben erleichtern sollten. 1943 wollte er als Freiwilliger in den Krieg ziehen und im fernen Europa gegen die barbarischen Nazis kämpfen, aber die Army hielt ihn für untauglich. Er steckte damals sein ganzes Geld in Kriegsanleihen, um zumindest auf diese Weise den Kampf gegen Hitlerdeutschland zu unterstützen. Was dazu führte, dass ihn seine Freundin Lucy verließ, denn das Geld war für die Hochzeit bestimmt gewesen. Unser Jeremy beschloss daraufhin, sein Leben Wissenschaft und Literatur zu widmen. Der Krieg in Europa, die beiden Atombomben auf Hiroshima und Nagasaki … Das alles hinterließ einen nachhaltigen Eindruck auf ihn. Er dachte noch mehr über Maschinen nach, vor allem über schnelle Rechen- und Denkmaschinen. Hier kommt ein bisschen der Zufall ins Spiel, wie so oft im Leben, denn als Jeremy in Philadelphia an der University von Pennsylvania Elektronik studierte, arbeiteten J. Presper Eckert und John W. Mauchly an ebenjener Universität daran, im Auftrag der U.S. Army den ersten elektronischen Universalrechner zu entwickeln. Na?«

»ENIAC«, sagte Axel.

»Genau. Die Army benutzte ENIAC für die Berechnung ballistischer Tabellen, und so kam Jeremy doch noch dazu, Kriegsdienst zu leisten, allerdings ein wenig zu spät für den Zweiten Weltkrieg, der ein Jahr vor der öffentlichen Präsentation im Jahr 1946 zu Ende ging. Zu jenem Zeitpunkt wollte Jeremy schon nichts mehr von Kriegen wissen. Nach den Bildern der beiden von Atombomben ausgelöschten japanischen Städte hatte sich seinem Idealismus ein ausgeprägter Pazifismus hinzugesellt. Er träumte noch immer von Maschinen, die so gut waren, dass sie dem Menschen nicht nur das Leben erleichterten, sondern ihn auch davor bewahrten, die eigene Welt zu zerstören. Er erkannte das Potenzial von ENIAC und schrieb ein Buch über denkende Maschinen mit dem Titel *Eine bessere Welt*. Es verkaufte sich nicht besonders gut, nur einige Tausend Exemplare fanden Leser – vielleicht war die Zeit damals einfach nicht reif dafür. Oder es lag daran, dass der gute Jeremy es mit seinem Idealismus übertrieb und Maschinen gewissermaßen als die besseren Menschen darstellte. Er träumte von einer Denkmaschine, der alle schlechten menschlichen Eigenschaften fehlten, die Kriege und Tyranneien wie die Nazi-Herrschaft verhinderte. Vielleicht hätte Jeremy Hampstead auf der historischen Bühne des Geschehens mehr sein können als nur ein kleiner Nebendarsteller, an den sich niemand erinnert, aber unglücklicherweise fiel er drei Jahre nach der Vorstellung von ENIAC einem Verkehrsunfall zum Opfer.«

Ozan schwieg einige Sekunden und fügte dann fast traurig hinzu: »So ist das manchmal. Plötzlich erscheint jemand, der vielleicht imstande wäre, den Lauf der Dinge zu ändern, doch er verschwindet, bevor er seine Ideen in die Tat umsetzen kann. Jeremys Buch allerdings … Ich habe ein bisschen recherchiert und einige kleine Hinweise darauf gefunden, dass ein gewisser John R. Pierce *Eine bessere Welt* gelesen haben könnte. Pierce leitete kurz nach dem Krieg eine Forschergruppe bei den Bell Laboratories in den Vereinigten Staaten, der 1947 die Entwicklung des ersten funktionierenden Bipolartransistors gelang – dafür bekamen die Wissenschaftler Bardeen, Shockley und Brattain 1956 den Physik-Nobelpreis. Wer weiß, vielleicht haben Jeremys Träume damals indirekt etwas bewirkt und zur Konstruktion ›denkender Maschinen‹ beigetragen. Jedenfalls, Jeremy konnte die Welt nicht retten, aber wir sind sehr wohl dazu imstande.«

Die letzten Worte brachten das schnelle Lächeln zurück.

Axel verstand. »Bist du deshalb so guter Dinge? Weil du glaubst, dich als Retter der Welt in Szene setzen zu können? Nur weil die Maschinenintelligenz mit mir reden will?«

Ozan richtete einen durchdringenden Blick auf ihn. »Du enttäuschst mich. Es gibt andere Fragen, die du noch nicht gestellt hast. Wichtigere Fragen, die du längst hättest stellen sollen.«

Giselle öffnete den Mund – vielleicht wusste sie, wie die Fragen lauteten –, schloss ihn aber wieder, ohne einen Ton von sich zu geben.

»Nur zu, Aram«, sagte Ozan. »Frage Nummer eins.«

»Ich habe dich eben etwas gefragt, aber keine Antwort bekommen. Warum hast du von ›uns‹ gesprochen, von einer ›unserer‹ Infiltrator-Varianten?«

»Weiter.«

»Du kanntest Alvarez, und er kannte dich. Er hielt dich für einen Freund. Oder wenn nicht für einen Freund, so doch für einen Verbündeten. Was hast du mit der NSA zu tun?«

Ozan nickte. »Es erstaunt mich, dass du mich das erst jetzt fragst. Das hätte ich viel früher von dir erwartet. Weiter.«

Axel überlegte. »Warum bist du plötzlich aus dem Nichts erschienen? Nur um mich vor den NSA-Leuten zu schützen, die du offenbar gut kennst? Steckt vielleicht mehr dahinter? Ein Plan?«

Ozan nickte erneut. »Nicht schlecht. Weiter.«

»Warum bist du so zuversichtlich? Was bedeutet das Gerede von einer besseren Welt?«

»Nein, Junge.« Ozan schüttelte den Kopf. »Nein, so wird das nichts. Du hast einige wichtige Fragen ausgelassen. Giselle, vielleicht können Sie ihm weiterhelfen.«

Doch Giselle schwieg. Sie wartete ab.

»Dir geht es wie dem Wanderer, der den Wald vor lauter Bäumen nicht sieht, Aram«, sagte Ozan. »Ich habe dich all die Jahre beschützt, das stimmt, es ist die Wahrheit, aber wie konnte ich dich schützen? Allein als Mitglied des neuen Schwertes der Gerechtigkeit? Wohl kaum. Wir sind stark, unser Schwert ist scharf, aber so mächtig sind wir nicht.«

Etwas in Axel hatte sich bisher geweigert, diese Möglichkeit in Betracht zu ziehen, doch jetzt wurde sie immer wahrscheinlicher. »Die NSA?«

»Ihr mangelt es gewiss nicht an Ressourcen«, sagte Ozan. »Die Mitteilungen, die ich bekomme, die neuesten Meldungen …« Er klopfte kurz auf den Ohrempfänger. »Es gibt nur noch wenige Kommunikationssatelliten, die nicht vollständig von Goliath alias Smiley kontrolliert werden, und die NSA hat einen davon.«

Axel starrte seinen Vater an und konnte es noch immer nicht fassen. »Du arbeitest für die NSA?«

»Junge!« Für einen Moment erschien Zorn in Ozans Gesicht. »Was ist los mit dir? Bist du wirklich so schwer von Begriff? Säßen wir hier in diesem Wagen, wenn ich für die Agency arbeiten würde? Wären wir allein, ohne Alvarez und seine Leute, auf dem Weg nach Rom?«

»Du hast den Anschein erweckt, für die Agency zu arbeiten«, sagte Axel langsam.

»Alvarez ist durch mich in der Hierarchie von Crypto City aufgestiegen«, erklärte Ozan. »Ein ziemlich ehrgeiziger Bursche. Nun, Ehrgeiz ist auch eine Schwäche, die man ausnutzen kann, wenn man weiß, wo es den Hebel anzusetzen gilt. Er hat Informationen von mir bekommen, über Shadow, und auf diese Weise habe ich die Leute aus dem Verkehr gezogen, die hinter dir her waren. Und ich erhielt Zugang zu einem wichtigen Projekt.«

Axel stockte der Atem. »Soll das heißen …?«

»Mephisto, ja. Ich habe daran mitgearbeitet, fast zehn Jahre lang.« Da war es wieder, das kurze, verschmitzte Lächeln. »Wer, glaubst du, hat deinen Namen in den Quellcode des Infiltrators gesetzt?«

»*Was?*«

»Giselle hat verstanden, ich sehe es in ihren Augen.« Ozan zwinkerte ihr zu und sah dann wieder Axel an. »Kluges Köpfchen, deine Freundin. Jedenfalls, wir haben vorhin über Namen gesprochen. Manchmal, mein Junge, ist es besser, keinen Namen zu haben.«

Es dauerte zwei oder drei Sekunden, bis Axel plötzlich verstand. »Kein Name«, platzte es aus ihm heraus. »Du bist NoName!«

71 COORAIN COOGAN

Hamburg

Coorain verbrachte den größten Teil des nächsten Tages in Rossmanns Kommissariat, sprach mit Polizisten, beobachtete sie bei der Arbeit und gewann über sie einen Eindruck von der Situation in Hamburg. Mal gab es Strom in der Stadt, mal nicht, und die eintreffenden Berichte erzählten von vielen kleinen Dramen, die sich zu beiden Seiten der Elbe abspielten. Gegen Mittag brach Coorain zu einer Wanderung durch die Stadt auf und beobachtete Menschen, die versuchten, trotz der veränderten Umstände an ihrer üblichen Routine festzuhalten.

Am Nachmittag kehrte er ins Kommissariat zurück und sagte zu Rossmann: »Wenn man von den vielen kleinen Notfällen einmal absieht, ist es erstaunlich ruhig. Liegt es am deutschen Glauben an die Obrigkeit, die alles in Ordnung bringen wird?«

Rossmann hob den Blick von den vielen Unterlagen auf seinem Schreibtisch. Er trug eine Jacke; im Büro war es kalt geworden. »Diese Stadt weiß, wie man mit Notfällen umgeht.«

»Der gegenwärtige Notfall übersteigt das Übliche ein wenig, finden Sie nicht?« Coorain rieb sich die Hände und dachte kurz an Hawaii und Byron Bay. »Haben Sie was von Vogt gehört?«

»Noch nicht.« Rossmann deutete auf eine batteriebetriebene Uhr. »Er hat noch etwas Zeit.«

Um sechs gab es einen kleinen Imbiss, Brot und Aufschnitt, dazu heißen Kaffee. Um sieben begann es zu regnen. Coorain stand eine Zeit lang am Fenster und beobachtete, wie sich ein grauer Schleier über die Stadt legte. Um kurz vor acht mischten sich erste Schneeflocken in den Regen.

Um Viertel nach acht – Coorain stand erneut am Fenster und blickte über den Fluss zur Elbphilharmonie, die fehl am Platz wirkte im Grau der Stadt – ging die Tür auf, und Emmerich Vogt kam herein.

»Ich brauche noch etwas mehr Zeit«, sagte er nervös.

Rossmann hob die Brauen.

»Wir sind auf etwas gestoßen«, fügte Vogt hinzu. »Wir haben eine Spur.«

»Ist das wahr oder nur eine faule Ausrede?«, fragte Coorain.

Etwas von der alten Arroganz erschien in Vogts Gesicht, aber nur kurz. »Bis morgen müssten wir was Konkretes haben.«

Rossmann gähnte und strich sich übers Haar. »Morgen? Na schön, Vogt. Morgen. Ihre letzte Chance.«

Emmerich Vogt nickte und verließ das Büro.

»Will er uns hinhalten?«, brummte Coogan.

Rossmann zuckte mit den Schultern. »Hätte es einen Sinn? Wenn er nicht liefert, ist er geliefert.« Er stand auf. »Machen wir Schluss für heute.« Er verzog das Gesicht. »Hier wird's unangenehm kalt.«

»In meinem Hotel gibt's ein Kaminzimmer«, sagte Coorain. »Wenn Sie mögen … Ich bin sicher, dort finden wir auch noch Platz für einen Kommissar.«

Das Gebäude mit den gelbbraunen Klinkerwänden lag ein Stück abseits der Straße und war recht groß. Ein ziviler

Wagen stand vor dem Eingang, ein alter Ford-Kombi mit Verbrennungsmotor, und Fußspuren zeigten sich im frisch gefallenen Schnee.

»Sind sie hier?«, fragte Coorain hoffnungsvoll, als er ausstieg und seine Jacke überstreifte. Die Fahrt von Hamburg hierher hatte fast vier Stunden gedauert, wegen des Schnees und weil stehende Fahrzeuge die Straßen blockiert hatten. »Alvarez und Krohn?«

»Sie waren hier.« Emmerich Vogt wandte sich an Rossmann. »Ich wäre Ihnen dankbar, wenn Sie nicht darauf hinweisen würden, was geschehen ist.«

Zwei Männer kamen aus dem Gebäude, jung wie Vogt.

»Sie meinen, wir sollen Sie nicht bei Ihren Freunden und Kollegen verpetzen«, sagte Coorain. »Kommt darauf an, was Sie zu bieten haben.«

Das Innere des Gebäudes deutete darauf hin, dass es sich um ein umgebautes Bauernhaus handelte. Coorain blieb im rustikalen Wohnzimmer stehen und sah sich um. Vogt und die beiden anderen jungen Männer sprachen leise miteinander. Sie trugen dünne Handschuhe, bemerkte Coorain, und waren in eine Aura von Kompetenz gehüllt.

»Wie haben Sie diesen Ort gefunden?«, fragte er, als Vogt zu Rossmann und ihm zurückkehrte. »Und wer sind die beiden Herren dort drüben? BKA? BND?«

»Weder noch«, sagte Vogt. »Aber sie verstehen ihr Handwerk, das versichere ich Ihnen.« Er sah Rossmann an. »Sie waren hier. Wir sind sicher.«

»Und wo sind sie jetzt?«

»Wir versuchen gerade, es herauszufinden.«

Coorain ging langsam durchs Wohnzimmer. Bei der Couch entdeckte er dunkle Flecken auf dem Boden. Er bückte sich und betrachtete sie aus der Nähe.

»Ist das Blut?«

»Es gibt noch mehr«, sagte einer der beiden jungen Männer. »In Küche und Gästezimmer haben wir weitere Flecken gefunden. Alvarez und Krohn kamen hierher, mehrere Personen befanden sich hier, es kam zu einem Kampf.«

»Und wie ging er aus?«, fragte Coorain.

»Jemand wurde im Gästezimmer eingesperrt«, fuhr der Mann mit der knappen Ausdrucksweise fort. »Jemand anders fuhr weg. Den Leuten im Gästezimmer gelang es schließlich, sich zu befreien. Sie fuhren ebenfalls weg.«

»Sehr aufschlussreich«, kommentierte Coorain. »Jetzt müssen wir noch zwei kleine Details herausfinden. Wer waren die Leute, und wohin sind sie gefahren?«

Emmerich Vogt sprach mit seinen beiden Kollegen, gestikulierte ein wenig, sprach noch etwas länger und leiser und kehrte schließlich zu Rossmann und Coorain zurück.

»Wo ist Krohn?«, fragte Coorain.

»Wir wissen es nicht.« An Rossmann gerichtet fügte Vogt hinzu: »Wir wissen es *noch* nicht. Alexander und Lukas hoffen, dass wir mit DNS-Analysen weiterkommen. Sie haben Material gefunden: Haare, Stofffetzen, die Blutflecken. Vielleicht gelingt eine Identifizierung.«

»Wir wissen, wer Krohn ist«, knurrte Coogan. »Wir brauchen ihn nicht zu identifizieren. Wir möchten nur wissen, wo er sich befindet.«

»Wir sind ziemlich sicher, dass er noch im Land ist.«

»Sie sind *ziemlich* sicher, so, so.«

Draußen brummte ein Motor. Schnee und Kies knirschten unter Reifen.

»Ihre Freunde machen früh Feierabend.«

»Sie holen jemanden«, sagte Emmerich Vogt. »Einen Forensiker. Anschließend sehen sie sich hier noch einmal alles an. Ich habe ihnen versprochen, dass wir hier so lange die Stellung halten.«

»Ach, haben Sie das?« Coorain ließ sich auf die Couch sinken. »Und wie lange müssen wir uns gedulden?«

»Ein, zwei Stunden, länger nicht. Übrigens …« Vogt holte ein Kästchen hervor. »Lukas hat mir das hier gegeben.«

Rossmann nahm das Kästchen entgegen. Coorain beobachtete, wie er es öffnete, einen Blick hineinwarf und die Stirn krauszog.

»Es ist leer«, sagte der Kommissar.

»Sehen Sie genauer hin!«

Rossmann sah genauer ihn. »Ich nehme an, das ist kein Dreck in der Ecke, oder?«

»Nein. Es sind Tracker. Vier Stück. Noch nicht initialisiert.«

»Mikromaschinen«, warf Coorain ein. »NSA-Spielzeuge.«

»Davon gehen wir aus.«

»Kleine Verfolgungshilfen. Jemand war offenbar bestrebt, jemand anders nicht aus den Augen zu verlieren.« Coorain gähnte.

»Schon wieder müde?«, fragte Vogt.

»Ach, vermutlich liegt es am deutschen Sommer. Er ist ein bisschen anstrengend für mich.« Coorain verschränkte die Arme. »Warten wir also. Allmählich kriegen wir Übung darin.«

Sie warteten nicht zwei Stunden, sondern bis zum Abend, und anschließend beobachteten sie Alexander, Lukas und eine ältere, sehr ernste Frau namens Rosalinda dabei, wie sie nacheinander in allen Zimmern des Gebäudes nach Spuren und weiteren Mikromaschinen der NSA suchten. Es war eine gründliche Suche, und Gründlichkeit bedeutete, dass sie im Licht von Taschenlampen endete, als es draußen längst dunkel geworden war.

Schließlich packte Rosalinda ihre forensischen Werkzeuge zusammen. »Sie hören von uns.«

Sie nickte Rossmann und Coorain zu, wechselte einige Worte mit Vogt und verließ das Haus zusammen mit Alexander und Lukas.

»Warten ist schlimm genug«, sagte Coorain. »Noch unangenehmer wird's, wenn man völlig umsonst wartet.«

»Wir finden etwas, bestimmt«, versicherte ein nervöser Emmerich Vogt.

»Sie verstecken sich gern hinter dem ›wir‹«, brummte Coorain. »Aber *Sie* sind es, der dauernd etwas verspricht, das er offenbar nicht halten kann.«

»Morgen«, lautete die Antwort. »Ich bin sicher, morgen ergibt sich etwas.«

Bei der Rückfahrt nach Hamburg durch die dunkle, stille Nacht sagte Coorain: »Die Welt ist dunkel und still geworden.«

»Dunkel ist sie, ja.« Rossmann blickte ebenfalls aus dem Fenster. »Aber still? Sie haben vom Warten gesprochen, davon, wie unangenehm es sein kann. Wie lange sind die Menschen bereit, darauf zu warten, dass es wieder Strom gibt, Geld aus Geldautomaten und volle Regale in den Supermärkten? Wie lange wird es dauern, bis sie die Geduld verlieren?«

»Menschen sind noch nie sehr geduldig gewesen, Herr Kommissar.«

»Eben. Darum sind die Nächte zwar dunkel, aber nicht still. Sie könnten schon bald ziemlich laut werden.«

Am nächsten Tag besserte sich das Wetter. Der Himmel war nicht mehr grau, die Sonne schien, und es wurde sogar ein wenig wärmer. Bei einer neuerlichen Wanderung durch die Stadt spürte Coorain, dass die Menschen wieder zu hoffen begannen. Doch die meisten Straßen blieben blockiert, es gab nur sporadisch Strom, und die Schlangen vor den Supermärkten und Geschäften wurden nicht kürzer, sondern länger. Autowracks, Trümmer auf den Bürgersteigen und Rußstreifen an Hauswänden erinnerten an Feuer in der Nacht.

Als er ins Kommissariat zurückkehrte, stapelten sich Papiere auf Rossmanns Schreibtisch.

»Wir haben Notstrom, aber keinen Netzzugang«, erklärte der Kommissar. »Mit den Computern ist nichts mehr anzufangen.« Rossmann deutete auf die vielen Unterlagen. »Es heißt wieder Kugelschreiber und Papier.«

»Hoffentlich müssen wir nicht in ein paar Jahren Meißel und Steintafeln benutzen.« Coorain setzte sich. »Was ist mit Vogt? Neuigkeiten?«

»Er wollte vor zehn Minuten hier sein.«

»Lässt uns wieder warten, was?«

Emmerich Vogt ließ Rossmann und Coorain fast zwei Stunden warten. Als er schließlich ins Büro kam, wirkte er abgekämpft und zerknirscht.

»Ihrem Gesicht nach bringen Sie schlechte Nachrichten.« Mit Coorains Stimmung stand es nicht zum Besten, und dass draußen wieder erste Schneeflocken fielen, half nicht unbedingt.

»Mithilfe der DNS-Spuren konnten wir Alvarez identifizieren.« Vogt sprach zu Rossmann. »Die anderen Personen, die sich in dem Gebäude befanden, sind weiterhin unbekannt.«

»Uns geht es nicht um irgendwelche Identitäten«, brummte Coorain. Er hatte allmählich die Nase voll. »Wo ist Axel Krohn? Sie haben keine Ahnung, was?«

»Wir arbeiten noch daran«, erwiderte Vogt. »Morgen oder übermorgen …«

Coorain stand auf. »Ich hab keine Lust mehr auf diesen Mist. Wir verlieren nur Zeit.«

»Es ist nicht leicht, Coogan! Wir sind daran gewöhnt, mit modernem Gerät und großen Datenbanken zu arbeiten.« Vogt deutete auf den Schreibtisch. »Den größten Teil der Arbeit müssen wir derzeit per Hand erledigen, wie hier.«

»Ausreden.«

»Wir haben uns bemüht!«, verteidigte sich Vogt.

»Drei Tage.« Rossmann legte die Hände auf den Schreibtisch und stemmte sich hoch. »Und Sie wissen noch immer nicht, wohin Krohn gebracht worden ist.«

»Wenn Sie mir noch etwas mehr Zeit geben …«

»Raus!«

»Was?«

»Verschwinden Sie, Vogt! Gehen Sie mir aus den Augen!«

Der junge Cyberkoordinator klappte den Mund auf, schloss ihn wieder und verließ das Zimmer. Hinter ihm fiel die Tür zu.

»Ich fürchte, wir müssen unsere Hoffnungen begraben, Axel Krohn zu finden«, sagte Rossmann.

Ein Gedanke ging Coorain durch den Kopf. »Vielleicht sind wir es falsch angegangen. Vielleicht sollten wir uns nicht fragen, wo er sich befindet, sondern wo er sein wird.«

Rossmann sah ihn an.

Coorain rieb sich mit beiden Händen das Gesicht. Müdigkeit und Frust steckten ihm tief in den Knochen. »Die NSA weiß sicher Bescheid. Ich meine, um die neue Bedeutung von Axel Krohn. Dass die Maschinenintelligenz mit ihm reden will. Was uns einen Hinweis darauf gibt, wohin er unterwegs sein könnte.«

»Sie meinen … Rom?«

»Dort erwartet ihn die Maschinenintelligenz. Dort befindet sich ihr Synchronisierungszentrum. Der NSA geht es um Kontrolle. Sie hat Axel Krohn und hofft vielleicht, mit seiner Hilfe die Maschinenintelligenz unter Kontrolle zu bringen. Ja, ich denke, Alvarez ist unterwegs nach Rom und vielleicht schon dort eingetroffen. Sind Sie verheiratet, Herr Kommissar?«

»Was? Ich war's.«

»Kinder?«

»Nein.«

»Irgendwelche festen Bindungen?«

»Derzeit nicht, nein«, antwortete Rossmann verwirrt. »Warum fragen Sie?«

»Es vermisst Sie also niemand, wenn Sie einfach so von der Bildfläche verschwinden. Es wartet zu Hause niemand auf Sie.«

»Nein.«

»Dann schlage ich vor, wir machen einen kleinen Bogen um Ihre Dienstvorschriften und dergleichen.«

»Einen Bogen?«

»Ja. Einen Bogen, der bis nach Rom führt. Was halten Sie von einer Reise in den Süden, Herr Kommissar? Nicht mit dem Flieger. Darüber haben wir bereits gesprochen. Auch nicht mit dem Auto. Wir sind beide viel zu müde. Nein, wir nehmen die gute, alte Eisenbahn, einen dieser Expresszüge, die hoffentlich noch fahren.«

»Was, einfach so, ohne Gepäck, ohne Vorbereitung?«

»Wozu sind Sie Kommissar, Herr Kommissar? Bestellen Sie einen Streifenwagen. Wir machen einen Abstecher zu meinem Hotel und zu Ihnen nach Hause, wir packen das Notwendigste in zwei Rucksäcke, und dann geht's mit dem Zug nach Rom. Im Schlafwagen.«

Eine knappe Stunde später waren sie unterwegs.

72 AXEL KROHN

In der Nähe von München

Soran fuhr langsamer. »Vor uns ist ein größerer Stau.«

Niemand achtete auf ihn.

»*Du* bist NoName?«, fragte Axel fassungslos.

Diesmal lächelte Ozan nicht, er grinste.

»Im Darknet giltst du als einer der zehn besten Hacker der Welt«, fügte Axel hinzu und dachte daran, wie oft er sich in den vergangenen Jahren gewünscht hatte, das Ranking von NoName zu erreichen.

»Eine Bewertung, die nicht ganz korrekt ist, wenn du gestattest«, sagte Ozan. »Ich bin nicht einer der zehn besten, sondern der beste.«

»Wie schön, dass Sie keine Probleme mit Bescheidenheit und Selbstüberschätzung haben«, kommentierte Giselle.

»Oh, die hatte ich nie«, entgegnete Ozan. »Man muss wissen, wo man steht und was man wert ist.«

»Du hast Mephisto geschaffen«, sagte Axel, dem es noch immer schwerfiel, alles zu verarbeiten.

»Einen Teil davon«, schränkte Ozan ein. »Einen kleinen Teil. Mephisto ist eine für den globalen Cyberkrieg bestimmte Softwaresammlung, an der Spezialisten hinter den Kulissen von LivingMagic gearbeitet haben, eine Gruppe namens ›Mastermind‹. Ich nehme an, der Name sagt dir etwas. Die Legende vom geheimnisvollen, publikumsscheuen

Firmengründer. Vor Jahren, als LM gegründet wurde, kam ein nicht unbeträchtlicher Teil des Startkapitals auf Umwegen von der NSA, und dadurch hatte die Agency mehr als nur einen Fuß in der Tür. So begann alles.«

»Und du warst Teil davon.«

»Ja. Nicht unbedingt von Anfang an, aber das spielt keine Rolle. Mephistos wichtigste Komponente stammt von mir.«

»Infiltrator«, sagte Axel.

»Ja.«

»Du hast der NSA bei der Entwicklung von Waffen für den Cyberkrieg geholfen. Der NSA!«

»Du liegst schon wieder daneben, mein Junge«, sagte Ozan tadelnd. »Denk ein Stück weiter. Mit den Ressourcen der NSA konnte ich dich schützen. Und auch mich selbst, das möchte ich nicht unerwähnt lassen. Gewissen Leuten bei den Radikalen und Fundamentalisten von Shadow waren wir beide ein Dorn im Auge. Und ich konnte die Ressourcen auch nutzen, um meine Arbeit fortzusetzen. Zwei Fliegen – oder drei oder vier – mit einer Klappe.«

»Deine Arbeit …«

»Eine bessere Welt, das ist noch immer mein Ziel. Und jetzt ist es unser Ziel.«

»Ich glaube, wir bekommen Probleme«, sagte Soran, fuhr noch langsamer und wich stehenden Wagen aus. Dicke Jacken, Mäntel und Schale tragende Gestalten schoben einige von ihnen. Weiter vorn zeigten sich noch mehr Menschen zwischen den Fahrzeugen auf der Autobahn.

»Und nicht die NSA hat meinen Namen in den Quellcode des Infiltrators gesetzt, sondern du?«, hakte Axel noch einmal nach.

»Ich war so frei, ja.« Ozan grinste wieder.

»Damit die Maschinenintelligenz auf mich aufmerksam wird? Damit sie mit mir reden will?«

»Wer kann mit so etwas rechnen? Wer kann so etwas voraussehen? Niemand. Vater und Sohn nebeneinander, wie es sich gehört. Auch wenn der Vater im Quellcode keinen Namen hat. Und natürlich ein Hinweis für Alvarez. Es sollte eine Fahndung geben, er sollte dich finden und in Sicherheit bringen.«

»In Sicherheit …«

»Ja. Die Welt ist ins Chaos gestürzt. Dein Name im Quellcode sollte dich zu mir bringen.«

»Zu Dark Rider«, sagte Axel, »dem Helfer in der Not.«

»Ich hätte dir schon vorher geholfen. Du hast dir Zeit gelassen. Du warst misstrauisch.«

Soran hielt und spähte durch die Windschutzscheibe.

»Du redest von einer besseren Welt, aber sieh nur, was du angerichtet hast.« Axel schüttelte den Kopf. »Du hast das Ende unserer Welt heraufbeschworen.«

»Du verstehst noch immer nicht. Von der Maschinenintelligenz habe ich nichts gewusst – niemand konnte so etwas ahnen. Aber vielleicht macht sie alles leichter.«

Aus dem Augenwinkel bemerkte Axel, dass ihm Giselle einen warnenden Blick zuwarf. Er erinnerte sich daran, dass sie seinen Vater unberechenbar genannt hatte; vielleicht hielt sie ihn für übergeschnappt.

»Leichter?«

»Als ich mein Meisterwerk programmiert habe, den Infiltrator, ging es mir nicht um Mephisto, sondern darum, einen einfachen Zugang zu praktisch jedem Computersystem auf der Welt zu bekommen. Bis zu den 700er-Versionen dient der Infiltrator allein dazu, Firewalls und dergleichen zu durchdringen und sich in fremden Computern einzunisten. Er sollte sich möglichst weit ausbreiten, natürlich unbemerkt. Ein evolutionärer Algorithmus sollte dafür sorgen, dass sich der Infiltrator weiterentwickelte und den fremden digitalen Umgebungen immer besser anpasste. Mit Beginn der 800er-Versionen war die Installation einer Backdoor vorgesehen. Über solche Hintertüren hätte ich jeden infizierten Computer fernsteuern können. Ich wäre in der Lage gewesen, das größte Botnetz zu schaffen, das die Welt je gesehen hat. Ich hätte die türkischen Waffensysteme übernehmen, die ganze Türkei lahmlegen können!«

»Das war dein Ziel«, murmelte Axel.

»Das scharfe Schwert«, bestätigte Ozan. »Schärfer als alle anderen. Wir hätten die Türken zwingen können, alle feindseligen Aktionen gegen uns einzustellen und Kurdistan endlich die Unabhängigkeit zu geben. Wir hätten ihre Kampfdrohnen, Panzer und Raketen gegen sie selbst richten können. Das war der Plan, mit dem ich zur NSA gegangen bin. Und jetzt …«

Soran fuhr wieder, ganz langsam, durch eine schmale Lücke zwischen den Fahrzeugen. Menschen wichen beiseite. Einige von ihnen fluchten; andere traten nach dem vorbeirollenden SUV.

»Jetzt haben wir es mit einer Maschinenintelligenz zu tun, die dabei ist, sich die ganze Welt untertan zu machen«, fuhr Ozan fort, der noch immer in den Fond sah, nicht nach vorn. »Sie will mit dir reden, Junge. Das gibt uns Zugang zu ihrem Zentrum, zu ihrem Gehirn, wie auch immer man es nennen will. In Rom.« Er grinste wieder, noch breiter als zuvor. »Und das Beste von allem ist: Wir haben eine Hintertür, geschaffen von meinem Infiltrator. Wir bringen das unter unsere Kontrolle, was die Welt unter ihre Kontrolle bringt. Verstehst du jetzt, warum ich so guter Dinge bin? Verstehst du jetzt meine Zuversicht? Uns beiden, Vater und Sohn, bietet sich die Möglichkeit, eine bessere Welt zu schaffen!«

»Wir kriegen Ärger«, sagte Soran und hielt erneut an.

Ozan drehte sich um.

Drei Männer standen vor dem SUV und versperrten ihm den Weg. Ihre Gesichter verhießen nichts Gutes.

73

Auf allen drei Fahrspuren standen Autos und Transporter. Einige Dutzend Meter weiter vorn blockierte ein schräg stehender Tanklaster den linken und mittleren Fahrstreifen – die Zugmaschine mit dem Führerhaus hatte die Leitplanken halb durchbrochen. Auch auf der anderen Seite der Autobahn hielten Fahrzeuge – ihre Insassen waren ausgestiegen, hantierten mit Werkzeugen und Schläuchen.

»Sie wollen den verunglückten Lastzug in eine Tankstelle verwandeln«, sagte Ozan Kaynak ungläubig. »Die Dummheit der Menschen kann grenzenlos sein.«

Zwei der drei Männer blieben vor dem SUV stehen. Der dritte trat auf die Fahrerseite und klopfte ans Fenster.

»Bleib fahrbereit, Soran«, sagte Ozan und löste den Gurt. »Medya und ich kümmern uns um diese Sache.« Soran nickte stumm. »Ihr bleibt sitzen«, fügte Ozan an die Adresse von Axel und Giselle gerichtet hinzu.

Er stieg aus. Medya öffnete die Tür und war eine Sekunde später flink wie eine Katze draußen. Axel und Giselle wechselten einen Blick und stiegen ebenfalls aus.

»Ihr habt noch Sprit«, sagte der Mann neben der Fahrertür. Er trug eine dicke, gefütterte Jacke mit hochgeklapptem Kragen. Die Hände steckten in den Taschen. »Ihr vergeudet ihn sogar. Der Motor läuft.«

»Der Motor läuft, weil wir gleich weiterfahren«, erwiderte Ozan auf der anderen Seite. Er näherte sich den beiden Männern vor dem Wagen. »Gibt es irgendwelche Probleme? Können wir vielleicht helfen?«

Der junge Mann neben der Fahrertür lachte. »Oh, klar könnt ihr helfen. Ich habe mir immer einen solchen SUV gewünscht. Hübsch groß und stark.«

Ozan nickte freundlich. »Reichlich PS. Vierradantrieb. Damit kommt man überall durch. Diesel. Verbraucht nur wenig. Und der Tank ist voll.«

»Voll? Im Ernst?«

»Wir haben ihn erst vor kurzer Zeit gefüllt.« Ozan lächelte. Es war nicht das schnelle Lächeln, das kam und sofort wieder verschwand, sondern ein langsames, das auf den Lippen blieb.

»Wie nett von euch«, sagte der junge Mann, »extra für uns vollzutanken. Ihr seid doch bestimmt bereit, uns euren Wagen auszuleihen, nicht wahr?« Die rechte Hand kam aus der Jackentasche, mit einer Pistole.

Weiter vorn ertönten laute Stimmen. Etwas zischte und platschte. Der Wind wehte den scharfen Geruch von Benzin heran.

»Du lächerlicher kleiner Idiot.« Ozan sprach im gleichen freundlichen Ton wie zuvor und lächelte noch immer. »Du hast keine Ahnung, mit wem du dich hier anlegst.« Plötzlich hielt er ebenfalls eine Pistole in der Hand, die er auf die beiden Männer vor dem SUV gerichtet hatte. »Ich schlage vor, Sie treten zur Seite, meine Herren.«

Medya stand plötzlich neben dem Mann an der Fahrertür, schlug seine Hand mit der Waffe nach unten und stieß ihm den Ellenbogen in die Seite. Besonders schmerzhaft konnte es kaum sein, die dicke Jacke wirkte wie ein schützender Puffer, aber der doppelt überraschte junge Bursche verlor das Gleichgewicht. Medya, die flinke Katze, riss ihm die Pistole aus der Hand, schlug gleichzeitig zu und traf ihn am Kinn.

»Worauf wartet ihr noch?«, sagte Ozan zu den beiden Typen vor dem Wagen. »Braucht ihr eine Extraeinladung?«

Sie brauchten keine. Die beiden Männer wichen zurück, die Hände halb erhoben, und verschwanden zwischen den Wagen, ohne sich um ihren Kumpel zu kümmern.

Wenige Sekunden später saßen sie wieder alle im SUV. »Über den Standstreifen, Soran«, sagte Ozan. »Am Tanklaster vorbei. Und zwar zügig. Ich möchte weit genug entfernt sein, wenn das Ding hochgeht. Menschenskind, es genügt ein Funke, und alles fliegt in die Luft.« Mit einem Knopfdruck ließ er die Seitenscheibe herab und zeigte allen, die nicht rechtzeitig zur Seite wichen, seine Pistole.

Soran begann mit einem Slalom zwischen den stehenden Fahrzeugen, erreichte den Standstreifen und gab etwas mehr Gas. Hinten am Tanklaster waren zwei kräftig gebaute Männer mit Hammer und Stemmeisen an der Arbeit. Auf der Seite spritzte Benzin aus einer Öffnung, die andere Männer wieder zu schließen versuchten. Eine Frau zog gerade ihren durchnässten Mantel aus und sah mit weinerlicher Miene an sich herab. Neben ihr stand ein Mann in einer Shell-Jacke, den linken Arm notdürftig verbunden und in einer Schlinge, das Gesicht verschrammt, und raufte sich mit der unverletzten Hand das Haar.

»Schneller, Soran, schneller«, drängte Ozan. »Gleich kommt irgendein Idiot auf die Idee, sich 'ne Zigarette anzuzünden. Womit er oder sie allen beweisen wird, wie schädlich das Rauchen sein kann.«

»Dort kommen wir nicht weiter«, brummte Soran und deutete nach vorn. Mehrere Elektrowagen versperrten den Weg auf dem Standstreifen.

»Haben wir reichlich PS oder nicht?« Ozan winkte ungeduldig und blickte in den Außenspiegel. »Schieb sie beiseite. Die Böschung hinunter. Aber vorsichtig, damit sich der Schaden bei uns in Grenzen hält.«

Soran vergewisserte sich, dass niemand im ersten E-Wagen saß, stieß an der linken hinteren Ecke gegen ihn, gab etwas mehr Gas und schob ihn zur Seite. Axel beobachtete, wie jemand herbeigelaufen kam, ein Mann, der sich eine Decke um den Oberkörper geschlungen hatte. Er hörte ihn rufen: »He, was soll das? Seid ihr verrückt geworden? Das ist mein Wagen!«

Der E-Golf kippte, als er die Böschung erreichte, aber er überschlug sich nicht – er rutschte weiter, von allein, die ganze Böschung hinab, und blieb unten stehen.

»Weiter«, drängte Ozan. »Schneller.« Er ließ das Seitenfenster hinunter und rief den Leuten zu: »Lauft um euer Leben! Es droht eine Explosion!«

Der große SUV schob den zweiten Wagen beiseite, dann den dritten. Im vierten, einem in die Jahre gekommenen Hybrid-Ford, saß eine Frau, die erschrocken ausstieg und mit beiden Armen winkte. Sie trug eine viel zu dünne Jacke. »Lassen Sie meinen Wagen in Ruhe!«

Soran rammte den Ford und schob ihn wie die anderen Wagen vom Seitenstreifen. Er rollte die Böschung hinunter und stieß unten gegen einen Baum.

Ozan blickte zurück. »Wir sind noch viel zu nahe am Tanklaster. Schneller, Soran, schneller!«

Daraufhin nahm der ruhige, stille Soran weniger Rücksicht. Er blieb ruhig und still, es gab keine Veränderung bei ihm, als er mehr Gas gab und den SUV in einen Rammbock verwandelte. Weitere Wagen rutschten über die Böschung, einer mit einem Mann am Steuer, der sich geweigert hatte auszusteigen. Ein Kleintransporter mit hohem Aufbau kippte und blieb halb die Böschung hinunter auf der Seite liegen. Ozan winkte erneut mit seiner Pistole, als Leute den Weg versperrten. Einmal schoss er sogar in die Luft, woraufhin die aufgebrachten, wütenden Menschen vor dem SUV auseinanderstoben. Die Lücken wurden größer, der SUV schneller.

Vielleicht war es ein Funke, geschaffen von Metall, das über Metall kratzte. Oder jemand war tatsächlich so dumm gewesen, sich eine Zigarette anzuzünden. Axel blickte durchs Rückfenster und sah, wie plötzlich Flammen zwischen den Wagen und Transportern loderten, wie sich Menschen, ihre Kleidung nass von Benzin, in lebende Fackeln verwandelten.

Soran, noch immer ruhig und unerschütterlich, trat voll aufs Gas. Der Motor brummte lauter, der SUV beschleunigte und schrammte an einigen stehenden Elektro-Fahrzeugen vorbei.

Hinter ihnen, vielleicht einen Kilometer entfernt, explodierte der Tanklaster in einem Feuerball heller als die Sonne an einem Sommertag. Der SUV wurde schneller, mehr als dreihundert PS trieben ihn an, während hinter ihnen die Druckwelle der Explosion Fahrzeuge packte und durch die Luft schleuderte, nicht nur kleine E-Autos, sondern auch große Laster. Ein Donnern folgte ihnen, laut wie die Stimme, die das Ende der Welt verkündete, und eine unsichtbare Hand griff nach dem SUV und schüttelte ihn.

Eine lange Rechtskurve brachte sie hinter einen bewaldeten Hügel, und der Ort der Katastrophe geriet außer Sicht. Alle drei Fahrbahnen vor ihnen waren leer. Nur vereinzelt standen Fahrzeuge ohne Sprit oder Strom auf dem Seitenstreifen.

Axel sah, dass sein Vater die Hände zu Fäusten geballt hatte.

»Man könnte daran zweifeln, dass wir Menschen eine intelligente Spezies sind«, knurrte Ozan. »Und man sollte sich darüber freuen, dass jemand anders die Kontrolle übernimmt, jemand, der sehr wahrscheinlich vernünftiger ist als wir.«

74

Axel schlief und träumte, von Feuer, sterbenden Menschen und marschierenden Robotern, wie in einem Film, den er in seiner Jugend gesehen hatte. Roboter wie Menschen, mit zwei Armen und zwei Beinen, aber die Beine konnten auch Gleisketten sein und die Arme Lasergewehre und Granatwerfer. Welch eine dumme Vorstellung, dachte Axel selbst im Traum. Roboter wie Menschen aussehen zu lassen, sie zu vermenschlichen, ihnen menschliche Eigenschaften zu geben. Warum sollten Roboter wie Soldaten marschieren und auf uns schießen, wenn sie uns viel einfacher umbringen könnten? Es genügt, wenn sie uns die Dinge wegnehmen, die wir zum Leben brauchen: Elektrizität, sauberes Wasser, Lebensmittel, Arzneien. All die Vorzüge der Zivilisation. Und wenn sie wirklich böse sein wollten, die Maschinen, wenn sie zu direkten Mördern werden wollten, könnten sie ein für Menschen tödliches Virus züchten und freisetzen. Vielleicht bräuchten sie es nicht einmal zu züchten, wenn sie irgendwie Zugang zu geheimen Biolaboratorien bekämen.

Er träumte von Schwertern, manche stumpf, andere scharf. Ein besonders scharfes Schwert hielt er selbst in der Hand und wusste, dass er eine sehr wichtige Entscheidung treffen musste: Sollte er mit dem Schwert zuschlagen oder es beiseitelegen? Während er noch überlegte, verwandelte sich das Schwert in eine Schlange und biss ihn mitten ins Gesicht.

Ein Leben wie Sand, dachte er im Schlaf. Wie Sand, der einem zwischen den Fingern zerrann, selbst dann, wenn man die Hand schloss, wenn man sie zur Faust ballte. Er rieselte, der Sand, mit einem Knistern, das man nur vernahm, wenn man ganz genau hinhörte. Das Knistern der Sekunden und Minuten, der Monate und Jahre.

Ich bin jung, dachte Axel. Ich bin erst einunddreißig Jahre alt. Warum mache ich mir Gedanken über die Zeit? Mein ganzes Leben liegt noch vor mir.

Kommt darauf an, flüsterte der rieselnde Sand, Körnchen für Körnchen. Es kommt darauf an, welches Leben du führen willst. Wie soll es aussehen?

Schön soll es sein, antwortete Axel, der auch im Traum Axel blieb und nicht zu Aram wurde. Aram schien nicht mehr zu existieren, er war eine blasse Erinnerung ohne Farben. Schön, ruhig und friedlich soll es sein, fügte Axel hinzu, während er durch hohes Gras schritt, im Licht der warmen Sonne, die über seiner Insel schien. Vor ihm lag der Strand, er hörte bereits das Rauschen der Wellen.

Wenn du ein schönes Leben führen willst, in Ruhe und Frieden, brauchst du vielleicht das Schwert, das du beiseitegelegt hast, erwiderte der Sand, und jetzt war es der Sand des Strandes, der zu ihm sprach, mit der Stimme vergangener Leben. Oder glaubst du, dass dir das schöne Leben einfach so geschenkt wird? Dass du überhaupt nichts dafür tun musst? Wäre das nicht ein bisschen zu einfach?

Axel dachte an seine Kindheit, an das große Loch, das mit dem Unfalltod seiner Mutter entstanden war, und an das zweite, nicht minder große Loch, geschaffen vom ebenso plötzlichen Verschwinden seines Vaters. Er dachte an das Gewicht der Trauer, schwer genug für einen Erwachsenen und noch viel schwerer für ein Kind. Habe ich mich nicht genug bemüht?, fragte er den Sand, der die Wellen aufzusaugen schien. Er stand direkt an der Wassergrenze, nur ein Zentimeter trennte seine nackten Zehen von der Stelle, wo der durstige Sand das Meer schluckte. Wann hören die Mühen endlich auf?

Dummer Junge!, rief der Sand unter ihm, und vielleicht rief das Meer ebenfalls, denn die Stimme war plötzlich sehr laut. Dumm und unreif! Du fragst, wann die Mühen aufhören? Sie fangen gerade erst an!

Eine Welle kam und brachte einen kleinen Fisch, der silbern und zappelnd auf nassem Sand liegen blieb, als das Wasser zurückwich. Axel wollte sich bücken, ihn vorsichtig nehmen und ins Wasser setzen, aber etwas hinderte ihn daran.

Die Roboter marschierten wieder, der Boden erbebte unter ihren Füßen, ihr Stampfen kam näher …

… und aus den Robotern wurden Maschinen, die eine Autobahn fraßen.

75

Axel sah die fressenden Maschinen in der Abenddämmerung – es musste etwa neun Uhr sein, dies war noch immer Ende August, obwohl die Temperatur wieder nahe beim Gefrierpunkt lag und dunkle Wolken neuen Schnee ankündigten. Er sah sie, als er aus dem Schlaf schreckte und die Augen öffnete. Sein Kopf lehnte an der Seitenscheibe, der Blick ging nach draußen, in Richtung der dunklen Kolosse, deren Scheinwerfer ihm wie leuchtende Augen erschienen. Er zuckte so heftig zusammen, dass ihm Giselle beruhigend die Hand auf die Wange legte.

»Alles in Ordnung, alles in Ordnung«, sagte sie leise.

»Seht euch das an.« Ozan Kaynak saß noch immer auf dem Beifahrersitz, neben Medya am Steuer. »Ist das nicht faszinierend?«

Der stille Soran schlief auf der anderen Seite von Giselle; das von den Maschinen kommende Brummen und Stampfen schien ihn nicht weiter zu stören.

Axel starrte nach draußen. »Wo sind wir? Was geschieht dort?«

»Wir sind in der Nähe von München. Bei Garching. Die Maschinen haben bis vor kurzer Zeit am Wendelstein-100 gebaut, einem experimentellen Kernfusionsreaktor, entwickelt unter der Ägide des Max-Planck-Institut für Plasmaphysik in Garching. Nie was davon gehört?«

Axel hörte noch immer das donnernde Flüstern des Sandes und ein Stampfen, das von den Maschinen aus seinem Traum stammte.

»Jetzt haben sie sich selbstständig gemacht«, fuhr Ozan fort. »Und sich verändert. Noch vor wenigen Tagen waren das dort ganz gewöhnliche Konstruktionsroboter. Na ja, vielleicht nicht ›ganz gewöhnliche‹, immerhin haben sie einen Fusionsreaktor gebaut und fast fertiggestellt. Dann sind sie Teil der Maschinenintelligenz geworden, Teil von Goliath, haben sich selbst umgebaut und erweitert.«

Bagger, mobile Kräne, Transporter, die Gleisketten, die Axel in seinem Traum gesehen hatte, und Räder größer als der SUV, in dem sie saßen – die Maschinen bildeten eine Prozession, die von den Wendelstein-Anlagen auf der linken Seite, im Osten, quer übers Land und die Autobahn hinweg nach Westen reichte, wo Scheinwerfer eine ausgedehnte Industrieanlage in helles Licht tauchten. Einige der stählernen Kolosse hatten sich durch den Asphalt der Autobahn gegraben und für die anderen Maschinen eine tiefe, breite Schneise geschaffen, eine neue Straße, die zum Industriegebiet führte. Zwei Kolonnen bewegten sich: die eine von Wendelstein nach Westen, die andere, hauptsächlich aus beladenen Transportern bestehend, in umgekehrter Richtung.

»Hier, Junge.« Ozan reichte einen Feldstecher nach hinten.

Axel ließ die Seitenscheibe nach unten. Kalte Luft strömte in den SUV.

Medya hatte auf einer kleinen Anhöhe gehalten, schräg neben einigen verlassenen Hybrid-Wagen auf dem Seitenstreifen, bereit zum Wenden. Vor ihnen führten leere Fahrbahnen sanft nach unten und bildeten eine lange Rechtskurve, durchschnitten von der Schneise. Axel hob den Feldstecher vor die Augen und sah keine Terminatoren, sondern Ansammlungen aus Motoren, Rädern, Ketten, Greifarmen, Schweißvorrichtungen, Werkzeugen und hydraulischen Systemen. Hinzu kamen Dinge, die er nicht identifizieren konnte: Gebilde wie Dornen oder Stacheln, die aus den Seiten oder dem »Rücken« der Maschinen ragten und bei denen es manchmal aufblitzte, wie von elektrischen Entladungen, und blau oder rot leuchtende spindelartige Vorrichtungen, deren Zweck ebenfalls rätselhaft blieb.

»Sieh dir den Reaktor an«, sagte Ozan. »Sieh nach Osten, nach links.«

Beim Reaktor herrschte rege Aktivität. Kleinere Maschinen kletterten über die Wände der Gebäude, trugen sie an einer Stelle ab und errichteten sie an anderen neu. Hydraulische Arme entluden die Transporter, die vom Industriegebiet im Westen durch die Schneise kamen, und trugen die

Fracht – Geräte und Teile aus Metall und Beton – in die Hallen, wo Konstruktionsroboter sie entgegennahmen und mit ihnen konstruierten.

»Sie bauen an dem Reaktor«, sagte Axel.

»Sie bauen ihn um, so wie sie sich selbst umgebaut haben«, erklärte Ozan. »Sie erweitern und vergrößern ihn. Und wenn sie so weitermachen, so flink und fleißig, wie sie sind, werden sie ihn bald fertiggestellt haben.«

Hinter dem Wendelstein-Areal bemerkte Axel zwei der grauschwarzen Türme, von denen sie während der Fahrt nach Süden mehrere gesehen hatten. Er schätzte ihre Höhe auf etwa hundert Meter. Kleine Maschinen krabbelten wie Käfer an ihren Flanken und fügten ihnen weitere Komponenten hinzu, wodurch sie noch höher wurden.

»Es gibt hier keine Absperrungen.« Axel hielt Ausschau. »Ich sehe nirgends Polizei oder Militär.«

Ozan zuckte mit den Schultern. »Vielleicht haben sie anderenorts Dringenderes zu tun. Oder Goliath beziehungsweise Smiley hat irgendwie verhindert, dass entsprechende Fahrzeuge hierher gelangen. Was weiß ich.« Er deutete nach draußen und klang wieder munter, als er hinzufügte: »Stell dir vor, was hier geschieht. Stell es dir vor!«

»Was geschieht hier?«, fragte Axel.

»Goliath baut den Wendelstein-100 zu Ende, danach sieht's aus. Vielleicht brauchte er nur kurz nachzudenken, um alle Probleme der kontrollierten Kernfusion zu lösen. Vielleicht legt er sich deshalb so mächtig ins Zeug, weil er es auf die Energie des Reaktors abgesehen hat. Wenn das stimmt, und warum sollte es nicht stimmen, welchen Sinn könnte dies sonst haben … Stell es dir vor!«

Axel ließ den Feldstecher sinken. Ein kalter Windstoß traf sein Gesicht, und er drückte den Knopf, der die Seitenscheibe wieder nach oben brachte.

»Was soll ich mir vorstellen?«

»Stell dir jemanden vor, der viel mehr weiß als wir, der

sein Wissen viel besser verknüpfen und viel, viel schneller denken kann. Jemanden, der neue Technologien nicht in Jahren und Jahrzehnten entwickelt, sondern innerhalb weniger Tage oder nur Stunden. Jemanden, der selbst komplexe Probleme innerhalb von Sekunden gründlich durchdenken und Lösungen finden kann. Kernfusion, Junge! Saubere, unerschöpfliche Energie! Damit wäre eins der größten Probleme der Menschheit gelöst. Und denk an all die anderen globalen Probleme, an Nahrungsmittelknappheit, Klimawandel …«

»Apropos Klimawandel.« Medya klopfte mit dem Zeigefinger auf die Temperaturanzeige im Armaturenbrett. »Es wird ziemlich kalt. Und die dunklen Wolken gefallen mir nicht. Sie bringen mehr Schnee. Es ist windig geworden – vielleicht droht sogar ein Schneesturm.«

»Und jetzt, mein Junge«, sagte Ozan mit einem Lächeln, das zu einem Grinsen wurde, »stell dir vor, dass dieser Jemand, der unsere Probleme lösen kann, und zwar innerhalb kürzester Zeit, der imstande ist, die menschliche Zivilisation auf eine ganz neue Entwicklungsstufe zu heben … Stell dir vor, dass *wir* bestimmen, wie und wo er handelt! Wir beide, Aram, Vater und Sohn!«

Axel fühlte Giselles Blick, einen Blick, der ihm sagte: Hast du gehört, was er gerade gesagt hat? Hast du es gehört und *verstanden*?

Axel hatte es gehört, und er glaubte auch zu verstehen. Sein Vater hatte »wir bestimmen« gesagt, nicht »wir verbessern die Welt«.

Unten in der langen Rechtskurve verließ eine der Maschinen – eine Mischung aus Kran, Bagger und Bulldozer – die Schneise und rollte auf mannshohen Rädern nach Norden. Scheinwerferlicht gleißte durch die Dämmerung und erfasste erste Schneeflocken.

»Ich schlage vor, wir verschwinden von hier.« Medya schaltete auf D, gab Gas und fuhr in die Richtung, aus der sie kamen. »Bis zur nächsten Ausfahrt sind es nur ein paar Kilometer.«

»Und dann?«, fragte Giselle. Axel merkte erst jetzt, dass sie seine Hand ergriffen hatte.

Soran schlief nicht mehr, kommentierte die Situation mit einem wortlosen Brummen und blickte besorgt ins dichter werdende Schneetreiben.

Ozan holte die Karte hervor und entfaltete sie. »Mal sehen …«

»Wenn dies ein Schneesturm wird, sollten wir irgendwo übernachten.« Medya fuhr langsam und vorsichtig.

»Ab ins nächste Grandhotel?« Ozan blickte auf die Karte.

»Garching«, sagte Axel leise. Der Gedanke hatte ihn zuvor nur gestreift und war vage geblieben. Jetzt gewann er Klarheit. »Ginsbach.«

»Tante Patty!«, entfuhr es Ozan Kaynak, und er suchte auf der Karte. »Wie weit ist es von hier?«

»Nicht mehr als zwanzig Kilometer.«

»Medya!« Ozan fand den kleinen Ort auf der Karte und klopfte mit dem Zeigefinger darauf. »Ich habe gerade unser Hotel gefunden. Wir fahren nach Ginsbach!«

76 COORAIN COOGAN

Südwestlich von München

Etwas berührte ihn an der Schulter, eine Hand. Coorain hielt die Augen geschlossen.

»Ich habe noch nicht genug geschlafen, nicht annähernd genug«, murmelte er.

»Es geht nicht mehr weiter«, sagte jemand. »Ich fürchte, unsere Reise ist hier zu Ende.«

»Reise?«, murmelte Coorain. »Welche Reise?«

»Italien«, antwortete die Stimme. »Rom.«

Dies war definitiv nicht Byron Bay südlich von Brisbane. Es war zu kalt.

Coorain Coogan hob die Lider und erkannte das Gesicht von Michael Rossmann.

»Hallo, Herr Kommissar! Sie sind nicht rasiert.«

»Werfen Sie mal einen Blick nach draußen, Mr. Coogan.«

»CooCoo für Sie«, erwiderte Coorain automatisch, hob den Kopf und blickte aus dem Fenster. Er sah brennende Trümmer, die Silhouetten von Menschen vor flackernden Flammen und seltsame Flugapparate. Der Zug stand, ohne Strom – das Licht im Abteil stammte vom Feuer und der Morgendämmerung. »Was ist passiert?«

»Offenbar ist ein Flugzeug abgestürzt«, sagte Rossmann. »Und zwar ein ziemlich großer Flieger. Kommen Sie.«

Coorain war schneller auf den Beinen, als er für möglich

gehalten hätte. Sie nahmen ihre Rucksäcke und verließen das Abteil. Niemand versperrte den Weg im Korridor. Kalte Morgenluft strömte durch die offene Tür des Waggons.

Draußen wurde sofort klar, warum der Zug stand: Vor der Elektrolok waren der Gleiskörper zerschmettert und die Oberleitung zerfetzt. Das Leitwerk der abgestürzten Maschine lag nicht weit entfernt und ragte, seltsam intakt, wie ein grauer Berg vor dem Zug auf. Abkühlendes Metall knackte, Flammen zischten und fauchten, und über allem hing ein Summen und Brummen wie von einem nahen Bienenschwarm. Es stammte von den Flugapparaten, von kleinen und großen Drohnen, jede von ihnen ein Unikat, ausgestattet mit unterschiedlich vielen Propellern, Greifarmen, Zangen, Schweißbrennern und anderen Werkzeugen. Sie arbeiteten an den Trümmern, sie schnitten und zerteilten, räumten beiseite, hoben auf und flogen mit einzelnen oder mehreren Trümmerteilen davon.

Coorain sah ihnen nach. Ihr Ziel schien ein mehrere Kilometer entfernter, hell erleuchteter Turm zu sein. Das Licht von Scheinwerfern tastete dort durch den Morgendunst und strich über den in der Nacht gefallenen Schnee.

Einige Leute aus dem Zug, die zwischen den brennenden Trümmern standen, mussten zurückweichen, als sich ihnen Drohnen näherten. Die meisten anderen standen in der Nähe des Zuges und wagten sich nicht näher an die Unglücksstelle heran.

Michael Rossmann entdeckte einen Uniformierten, jemanden vom Zugpersonal. »Wird nach Überlebenden gesucht? Sind die Rettungsdienste verständigt?«, hörte Coorain ihn fragen.

Der Mann starrte ihn an, als wollte er sagen: Wer sind Sie überhaupt?

Rossmann holte seinen Polizeiausweis hervor.

Der Uniformierte gestikulierte. »Sie lassen uns nicht suchen!«

Damit meinte er nicht nur die Drohnen. Bodengebundene Maschinen bewegten sich zwischen den Trümmern, mit Gleisketten und auf Rädern, füllten Frachtbehälter mit geborstenem Metall, zerrissenem Kunststoff und halb verbrannten Sitzen, machten sich mit vollen Behältern auf den Weg zum Turm und kehrten mit leeren von ihm zurück.

Coorain trat zum Rand des Trümmerfelds, ging in die Hocke und zog etwas aus dem Schnee: ein unversehrter Kinderschuh, kleiner als seine Hand. Er betrachtete ihn einige Sekunden lang, blickte übers Trümmerfeld, richtete sich wieder auf und ging weiter. Gab es Überlebende des Absturzes, vielleicht dort vorn zwischen den Rumpfteilen, durch die sich die Schweißbrenner mehrerer Drohnen fraßen? Wo lag das Kind, dem der Schuh gehörte? Coorain ging weiter, trotz der warnenden Rufe, die hinter ihm erklangen.

Nach zwei Dutzend Schritten fand er ein Rad, vom Fahrwerk abgerissen, und daneben lag etwas Blutiges im Schnee, halb von Stofffetzen umhüllt. Ein menschliches Bein. Einige Meter entfernt ragte ein Arm aus der Asche von Koffern und Reisetaschen, die Hand wie Hilfe suchend nach oben gestreckt.

Mit dem Geruch des Todes in der Nase stapfte Coorain durch Schnee und Schlamm, auf der Suche nach Leben in dem von Feuer, Rauch und Zerstörung dominierten Trümmerfeld. Er blieb erst stehen, als eine Drohne vor ihm erschien, groß wie ein Auto. Oben und an den Seiten brummten Propeller, unten zischten Düsen. Das Licht eines nahen Feuers spiegelte sich in Kameralinsen wider. Die Drohne streckte ihm etwas entgegen, das nach einer Zange aussah, und er war vom Bild der Verheerung um ihn herum so benommen, dass er nicht rechtzeitig auswich. Die Zange berührte ihn, und Elektrizität schnitt wie ein Messer durch Körper und Geist.

Er fand sich auf den Knien wieder, am ganzen Leib be-

bend und mit bunten Lichtern vor den Augen, die nicht vom Feuer oder den Lampen der Drohnen stammten. Jenseits des Trümmerfelds kletterte die Sonne über den Horizont, heller als die Scheinwerfer des Turms. Weiter im Norden erstreckte sich eine große offene Fläche zwischen zwei Waldstücken, auf der einen Seite mit flachen Gebäuden.

»Mr. Coogan!«

Hände packten ihn, zogen ihn fort von der Drohne mit der elektrischen Zange.

»Wann können Sie sich endlich dazu durchringen, mich CooCoo zu nennen, Herr Kommissar?«, brachte Coorain hervor. Ihm klapperten die Zähne.

Sie erreichten den Rand des Trümmerfelds, und das schien der Drohne zu genügen – mit lauter werdendem Brummen stieg sie auf und flog zu den zerfetzten Rumpfteilen des abgestürzten Flugzeugs zurück.

»Sie wollen uns nicht in der Nähe«, sagte der Uniformierte hilflos. »Sie dulden uns nicht zwischen den Trümmern.«

»Sind Sie verletzt?«, fragte Rossmann. Er hielt ihm die Hand vor die Augen. »Wie viele Finger sehen Sie?«

Coorain ächzte. »Sechs? Das haben Sie aus einem Film, nicht wahr?« Er wandte sich an den Uniformierten und versuchte, das Zittern in den Beinen unter Kontrolle zu bringen. »Sind Sie der Zugführer?«

»Ja.«

»Gibt es einen Ort in der Nähe?« Coorain nahm den Rucksack ab, öffnete ihn, holte das Satellitenhandy hervor und schaltete es ein.

»Ja.« Der Zugführer nannte einen Namen, mit dem Coorain nichts anzufangen wusste. »Eine Gruppe hat sich dorthin auf den Weg gemacht, um Hilfe zu holen. Unsere Handys funktionieren nicht, und per Funk ist niemand zu erreichen. Es pfeift auf allen Frequenzen.«

Coorain drückte die Tasten seines Satellitenhandys, hielt

es ans Ohr und schüttelte einige Sekunden später den Kopf. »Nichts zu machen.« Er deutete übers Trümmerfeld hinweg nach Norden. »Das Gelände dort drüben ... Ist das ein Flugplatz?«

Der Zugführer nickte. »Ja. Für Segelflugzeuge und kleine Sportflieger.«

»Ich bin ebenfalls von der Polizei.« Coorain deutete auf Rossmann und sich selbst. »Wir sind beide von der Polizei. Hiermit beauftragen wir Sie, sich um diese Leute hier zu kümmern, bis Hilfe aus dem Ort eintrifft. Wie weit ist er entfernt?«

»Sechs oder sieben Kilometer.«

»Also zu Fuß etwa eine Stunde hin und eine zurück. Und vielleicht ist bereits ein Rettungstrupp unterwegs – der Absturz des Flugzeugs kann dort kaum unbemerkt geblieben sein. Sorgen Sie dafür, dass niemand so dumm ist, wie ich es eben gewesen bin. Die Leute sollen sich vom Trümmerfeld, den Maschinen und den Drohnen fernhalten. Haben Sie verstanden?«

Der Zugführer nickte – er schien dankbar zu sein, dass ihm jemand sagte, was er tun sollte –, wandte sich an die nächsten Passagiere und warnte sie davor, den Flugzeugtrümmern zu nahe zu kommen.

Coorain sah ihm staunend nach. »Warum stellt ihr Deutschen nie Autorität infrage, Herr Kommissar? Kein Wunder, dass ihr in der Vergangenheit Probleme mit einem gewissen Quadratbärtchen bekommen habt. Kaum spricht jemand richtig klingende Worte und erteilt Anweisungen, springt ihr auch schon los, und no worries.« Er winkte. »Kommen Sie.«

»Wohin wollen Sie?«, fragte Rossmann.

Coorain streckte den Arm aus und deutete am Trümmerfeld vorbei zum Flugplatz. »Dorthin.«

77

Sie hatten etwa einen halben Kilometer zurückgelegt, als einige der größeren Drohnen vom Trümmerfeld aufstiegen und zum Zug flogen. Coorain beobachtete, wie sie bei der Elektrolok landeten, wie Greifer und Zangen zupackten und sich die blauen Flammen von Schweißbrennern durch Metall fraßen.

»Sie nehmen die Lok auseinander«, sagte Rossmann.

»Und sie scheinen auch Appetit auf einige der Waggons zu haben.«

Kleinere Drohnen kamen vom Turm, ein Schwarm aus dreißig oder vierzig von ihnen. Jeweils drei oder vier landeten auf den Dächern der Waggons und begannen damit, sich einen Weg ins Innere zu schneiden.

»Die Maschinenintelligenz, nicht wahr?«, fragte Rossmann.

»Ja, Herr Kommissar.«

»Mike.«

»Ja, Herr Kommissar Mike. Die Maschinenintelligenz steckt dahinter«, sagte Coorain.

»Was halten Sie davon?«

Sie standen am Rande des Waldstücks, das den vor ihnen liegenden kleinen Flugplatz im Norden begrenzte. Der in der Nacht gefallene Schnee war weitgehend unberührt. Von Trümmern des abgestürzten Flugzeugs war dieser Bereich verschont geblieben. Die Sonne stand hell über dem östlichen Horizont, und es zeigte sich nicht eine Wolke am Himmel. Coorain beschattete sich die Augen und beobachtete den Turm, die Drohnen, die von ihm aufstiegen und zum Trümmerfeld flogen oder von ihm zurückkehrten.

»Was ich davon halte?«, gab er zurück. »Ich glaube, wir sollten so schnell wie möglich nach Rom, dort Axel Krohn finden und ihn mit der Maschinenintelligenz reden lassen, in der Hoffnung, dass es ihm irgendwie gelingt, sie zur Vernunft zu bringen. Sehen Sie sich die Lokomotive an, Herr Kommissar Mike. Ich meine Mike. Wie schnell die großen

Drohnen sie in ihre Einzelteile zerlegen. Und auch die Waggons.«

»Warum?«, fragte Rossmann. Sein Atem war eine kleine grauweiße Fahne vor den Lippen. »Was steckt dahinter?«

»Keine Ahnung.« Coorain ließ die Hand über den Augen sinken. »Vielleicht hält die MI sie für geeignetes Rohmaterial.«

»Rohmaterial wofür?«

»Für den Turm dort drüben? Für etwas, was sich darin befindet? Für den Bau neuer Drohnen?« Coorain zuckte mit den Schultern. »Ich weiß es nicht. Übrigens, sie hat Rücksicht auf mich genommen. Als ich zwischen den Trümmern unterwegs gewesen bin … Die Drohne hat mir nur einen elektrischen Schlag versetzt.«

»Der es in sich hatte.«

»Ja«, sagte Coorain. »Ich spür's noch immer in den Knien. Aber sie hätte mich auch töten können. Das hat sie nicht getan. Und die Drohnen gehen auch nicht direkt gegen die Leute aus dem Zug vor. Sie drängen sie nur zurück, wenn sie zu nahe kommen.«

»Die Drohnen haben nicht versucht, Überlebende zu bergen.«

»Vielleicht wussten sie bereits, dass es keine Überlebenden gab. Vielleicht haben sie nach Verwundeten gesucht, bevor der Zug eintraf. Übrigens können wir von Glück sagen, dass es dem Lokführer gelungen ist, ihn rechtzeitig anzuhalten. Sonst wäre der Zug entgleist, was vermutlich weiteren Menschen das Leben gekostet hätte.«

Rossmann deutete zum Turm. »Was würde geschehen, wenn jemand versucht, dorthin zu gelangen? Oder den Turm zu betreten?«

Coorain blähte die Wangen auf. »Ich fürchte, dann könnte sich die Maschinenintelligenz auf den Schlips getreten fühlen. Ich glaube nicht, dass sie so etwas zulassen würde. Lassen Sie uns weitergehen, Herr Kommissar. Mike. Vom Herumstehen wird einem kalt.«

Am Waldrand entlang stapften sie durch den etwa zehn Zentimeter hohen Schnee. Auf dem Flugplatz vor ihnen rührte sich noch immer nichts.

»Was haben Sie vor, CooCoo?«, fragte Rossmann nach einer Weile. »Wollen Sie versuchen, ein Flugzeug zu stehlen?«

»Mal sehen«, brummte Coorain. »Warten wir's ab.«

»Wäre es nicht besser gewesen, wenn wir uns wie die anderen auf den Weg zum Ort gemacht hätten?«

»Um uns dort einen Wagen zu beschaffen, meinen Sie? Glauben Sie, jemand hätte uns einen geliehen, für die Fahrt nach Rom?«

»Na ja, da es sich um einen Notfall handelt …«

Coorain hob die Brauen. »Ich bin entsetzt, Herr Kommissar Mike. Sie haben doch nicht etwa daran gedacht, ein Auto zu stehlen, oder?« Er blickte noch einmal zurück zum Trümmerfeld. »Es geht alles ziemlich schnell. Vor ein paar Tagen war unsere Welt eine andere, und in einigen Tagen wird sie sich noch mehr verändert haben. Wenn wir sie retten wollen, wenn das überhaupt noch möglich ist, müssen wir ebenfalls schnell sein.«

»Haben Sie nicht gesagt, Flugzeuge wären viel zu unsicher?«

»Sind sie auch. Vor allem die großen, modernen Maschinen, die mit Elektronik vollgepackt sind.« Coorain deutete zum Trümmerfeld. »Dort sehen Sie, was ich gemeint habe. Ohne Funkpeilung, Galileo, Radar und was weiß ich sonst noch sind solche Flieger aufgeschmissen. Und wenn außerdem noch etwas von der Maschinenintelligenz in den Bordcomputern steckt … dann fallen sie vom Himmel, mit ihrer hilflosen menschlichen Fracht. Es ist nicht nur hier passiert, Mike. Überall auf der Welt haben sich solche Tragödien zugetragen. Wissen Sie, was ich gesehen habe, bevor mir die Drohne einen elektrischen Schlag versetzt hat?«

Rossmann sah ihn fragend an.

»Einen Kinderschuh«, sagte Coorain. »Seltsam unversehrt. Und dann ein abgerissenes Bein. Und einen Arm in der Asche von verbrannten Koffern und Reisetaschen.« Coorain seufzte schwer. »Was hier geschehen ist, kommt mir wie eine Metapher vor. Das abgestürzte Flugzeug ist wie unsere Zivilisation, von der sich die Maschinenintelligenz nimmt, was sie braucht.«

»Das klingt ziemlich düster«, sagte Rossmann betroffen.

»Stimmt.« Coorain rief ein Lächeln auf seine Lippen, was ihm diesmal schwerer fiel als sonst. »Obwohl die Sonne scheint und uns der warme Süden erwartet. Kommen Sie, Kommissar Mike, sehen wir uns den Flugplatz an.«

78

Als sie den Flugplatz erreichten, brannten nur noch wenige Feuer auf dem Trümmerfeld, denn die Drohnen hatten damit begonnen, die letzten Flammen mit Löschschaum zu ersticken. Von der Elektrolok war kaum mehr etwas übrig. In nur vierzig Minuten war sie bis auf ihr Fahrgestell demontiert worden, und offenbar machten sich kleine Drohnen gerade daran, die Räder zu lösen. Von einigen Waggons waren nur noch Gerippe übrig, wie abgenagte Knochen; bei anderen begannen Schweißbrenner und Zangen gerade mit der Arbeit.

»Sie werden auch hierherkommen, nicht wahr?«, fragte Rossmann, als sie sich dem Tor des ersten Hangars näherten.

Coorain blickte zum Turm. »Ehrlich gesagt wundert es mich, dass hier noch keine Drohnen erschienen sind, um nach Brauchbarem zu suchen. Aber früher oder später sehen sie sich auch hier um, da bin ich sicher.« Er versuchte, den Griff des Tors zu drehen. »Nichts zu machen. Abgeschlossen.«

»Was dachten Sie denn? Dass hier alles offen ist?«

Coorain betrachtete das Schloss. »Eine einfache mechanische Verriegelung. Kein elektronischer Firlefanz.« Er setzte seinen Rucksack ab, öffnete ihn und suchte nach dem kleinen Werkzeugbeutel, den er sicherheitshalber mitgenommen hatte. »Wir reisen mit leichtem Gepäck, doch zum Glück ist es nicht *zu* leicht. Wenn Sie gestatten, Herr Kommissar Mike …«

»Was machen Sie da?«

»Ich knacke das Schloss. Wir brechen ein. Mit Ihrer Erlaubnis, Herr Kommissar.«

Michael Rossmann verzog das Gesicht.

Coorain brauchte nicht einmal dreißig Sekunden für das Schloss. Bei der SCAR-Ausbildung hatte er nicht nur den Umgang mit Computern und elektronischen Instrumenten aller Art gelernt, sondern auch Erfahrungen mit mechanischen Schlössern gesammelt. Es genügte, einen der drei Universaldietriche aus dem Werkzeugbeutel ein wenig anzupassen – kurz darauf klickte es im Schloss, und der Griff ließ sich drehen. Das Tor schwang auf.

In dem Hangar erwarteten sie zwei Segelflugzeuge, eins von ihnen halb demontiert, und auf der linken Seite eine einmotorige Propellermaschine.

»Eine Cessna«, sagte Coorain und näherte sich dem Flugzeug. Das Hangartor ließ er offen. »Eine 170er, Modell B, wenn mich nicht alles täuscht. Man erkennt es an den Klappen. Gut in Schuss, wie es scheint.«

»Kennen Sie sich damit aus?«, fragte Rossmann.

Coorain ging um die Cessna herum und betrachtete sie von allen Seiten. »Als Kind habe ich mich vor allem für zwei Dinge interessiert: fürs Tauchen und für Flugzeuge. Später kamen Computer hinzu.«

»Können Sie fliegen?«

»Ich habe mal neben einem Piloten gesessen und ihm zugesehen.«

Rossmann blieb stehen. »Wie bitte?«

»Oh, man kann viel lernen, wenn man aufmerksam beobachtet.« Coorain duckte sich unter die Tragfläche und warf einen Blick ins Cockpit.

»Soll das ein Witz sein, Mr. Coogan? Sie sind noch nie selbst geflogen und wollen versuchen, uns mit diesem Ding nach Rom zu bringen?«

»CooCoo, Herr Kommissar Mike. Mit dem Zug dort drüben kommen wir nicht weiter, so viel steht fest. Zum Ort sind es von hier aus mehr als anderthalb Stunden zu Fuß, und ob wir dort einen Wagen bekommen, ist fraglich. Übrigens, wo sind wir überhaupt? Der Zugführer hat den Namen des Ortes genannt, aber damit kann ich nichts anfangen.«

»Wir sind südwestlich von München«, sagte Rossmann. »Bis zur österreichischen Grenze ist es noch ein ganzes Stück.«

»Wie weit ist es von München nach Rom, Mike?« Coorain versuchte, die Pilotentür zu öffnen, aber sie war natürlich abgeschlossen.

»Von München nach Rom?« Rossmann überlegte. »So um die neunhundert Kilometer.«

»Mit dem Auto, nicht wahr?« Coorain machte erneut von einem Dietrich Gebrauch.

»Ja.«

Draußen brummte etwas, und das Brummen wurde allmählich lauter.

»Neunhundert Kilometer«, wiederholte Coorain. Er drehte den Dietrich im Schloss, es klickte, und die Pilotentür ließ sich öffnen. »Mit dem Auto. Über die Autobahn. Mit zahlreichen Kurven. Alles andere als Luftlinie, nicht wahr? Ich meine, wenn man eine gerade Linie von München nach Rom zieht, wären es weniger als neunhundert Kilometer, nicht wahr?«

»Nehme ich an. Warum fragen Sie?« Rossmann drehte sich um, aber durch das offene Hangartor war nichts zu sehen. Das Brummen kam von der Seite.

»Die Cessna 170 hat eine Reichweite von neunhundertfünfzig Kilometern.« Coorain kletterte ins Cockpit. »Und ihre Dienstgipfelhöhe beträgt knapp viertausendsechshundert Meter. Sollte für die Alpen reichen. Wir müssen ja nicht versuchen, über den Mont Blanc zu fliegen, der mit viertausendachthundertzehn Metern ein bisschen zu hoch für uns wäre. Falls Sie sich jetzt fragen, was ›Dienstgipfelhöhe‹ bedeutet …«

»Nur weil Sie einen Fachausdruck kennen, macht Sie das nicht zum Piloten«, sagte Rossmann.

Das Tor knarrte. Jemand betrat den Hangar, in der rechten Hand eine Brechstange.

»Habt euch gedacht, wir nutzen die Gelegenheit und räumen den Laden leer, was?«, fragte der große und recht kräftig gebaute Mann. Sein Gesicht wies darauf hin, dass er nicht zum Scherzen aufgelegt war. »Übrigens, das ist meine Maschine, in der Sie sitzen. Raus da, und zwar sofort!«

Rossmann hob die Arme. »Immer mit der Ruhe.«

»Auch Ihnen einen guten Tag.« Coorain klopfte aufs Armaturenbrett. »Eine schöne Maschine haben Sie da. Gut gepflegt. Sie ist nicht zufälligerweise vollgetankt?«

Der Mann kam näher und schwang die Brechstange. »Raus da, hab ich gesagt!«

»Einer so netten Einladung folge ich gern.« Coorain kletterte aus dem Cockpit, ging nach vorn und sah sich den Propeller an.

»Weg von meinem Flugzeug!« Der Mann hielt die Brechstange jetzt mit beiden Händen.

»Ich verstehe, dass Sie sauer sind«, sagte Coorain, »weil Sie uns für Diebe oder was in der Art halten. Aber da irren Sie. Wir sind hier, weil wir Hilfe brauchen. Ach, erklären Sie es ihm, Herr Kommissar Mike.« Er trat wie beiläufig von der Cessna fort und versuchte, auf die andere Seite des Mannes zu gelangen.

»Wir sind von der Polizei.« Rossmann griff in seine Jackentasche.

Der Mann hob die Brechstange noch etwas höher. »Keine Mätzchen!«

»Mätzchen?« Coorain grinste. »Dieses Wort habe ich seit einer Ewigkeit nicht gehört. Meine Mutter hat es vor vielen Jahren ab und zu benutzt.«

Rossmann holte seinen Ausweis hervor. »Hier, sehen Sie? Ich bin Polizist.«

Der Mann starrte auf den Ausweis. Und während er noch starrte, war Coorain plötzlich bei ihm und griff nach der Brechstange. Der Mann erschrak und versuchte zuzuschlagen, aber Coorain hielt die Stange fest.

»Ruhig Blut, guter Mann. Wir wollen doch nicht, dass jemand verletzt wird, oder? Übrigens, ich bin ebenfalls von der Polizei.«

»Sie sind hier eingebrochen!«

»Sind wir, ja. Weil wir keinen passenden Schlüssel hatten. Wir brauchen ein Flugzeug.«

»Und einen Piloten«, fügte Rossmann hinzu.

Der Mann ließ die Brechstange langsam sinken. »Was?«

»Wir müssen nach Rom«, sagte Coorain. »Und zwar möglichst schnell. Um die Welt zu retten.« Er lächelte freundlich.

Neuer Argwohn erschien im Gesicht des Mannes. Er schien die beiden Einbrecher – ob Polizisten oder nicht – für übergeschnappt zu halten. »Kommen Sie von dort drüben?« Er deutete nach draußen und meinte vermutlich das Trümmerfeld.

»Wir sind keine Überlebenden des Flugzeugabsturzes, wenn Sie das meinen.« Coorain legte die Brechstange beiseite. »Wir haben in dem Zug gesessen, den die Maschinenintelligenz verspeist.«

»Maschinenintelligenz?«

»Ihnen dürfte aufgefallen sein, dass die Welt außer Rand

und Band geraten ist, oder? Ich meine, Flugzeuge fallen nicht einfach so vom Himmel, und Züge werden normalerweise nicht von Drohnen gefressen. Eine Maschinenintelligenz steckt dahinter, guter Mann. Intelligent gewordene Computer.« Coorain deutete auf Rossmann und sich selbst. »Wir beide müssen so schnell wie möglich nach Rom, weil jemand dorthin unterwegs ist, mit dem die Maschinenintelligenz reden will. Vielleicht ist er der einzige Mensch, der sie zur Vernunft bringen kann. Wobei ›Vernunft‹ natürlich so oder so beschaffen sein kann. Ein sehr relativer Begriff, gerade unter den gegenwärtigen Umständen. Ich meine, vielleicht versteht die Maschinenintelligenz unter ›Vernunft‹ etwas ganz anderes als wir, verstehen Sie?«

Der Mann musterte sie beide misstrauisch und schien es zu bedauern, dass er die Brechstange nicht mehr in Händen hielt. »Sind Sie betrunken? Haben Sie Drogen genommen?«

Coorain öffnete den Mund, aber Rossmann kam ihm zuvor. »Mein Kollege kommt aus Australien«, sagte er, als wäre das Erklärung genug. »Außerdem hat er auf dem Trümmerfeld von einer der Drohnen einen elektrischen Schlag erhalten. Deshalb ist er noch immer ein bisschen durcheinander. Die Situation ist folgende …«

79

»Wir haben Nachrichten gehört«, sagte der Mann zehn Minuten später. Er hieß Ludwig Hofener, war Geschäftsführer von HHT, Hofener Hoch- und Tiefbau, und hatte sich mit der Cessna vor einigen Monaten einen langjährigen Traum erfüllt. Beim Absturz des Passagierjets war er bereits auf dem Weg zum Flugplatz gewesen, um dort nach dem Rechten zu sehen, wie fast jeden Morgen in dem zum Winter gewordenen Sommer. Natürlich hatte er die Fahrt zum Trümmerfeld fortsetzen wollen, um bei der Suche nach Überlebenden zu helfen, betonte er, aber dann war ihm das offene Hangartor aufgefallen. »Von einem Cyberkrieg war die Rede. Dann fiel der Strom aus, Handys bekamen kein Netz, nichts ging mehr.«

»Etwas geht noch.« Coorain zeigte auf die Cessna. »Herrlich unelektronisch. Kein Bordcomputer, in den sich etwas hineinschleichen kann. Perfekt geeignet für unsere Zwecke.« Er rieb sich die Hände. »Ich schlage vor, wir machen uns sofort auf den Weg. Die Höchstgeschwindigkeit einer solchen Cessna beträgt gut zweihundert Stundenkilometer, nicht wahr? Was bedeutet, dass wir in vier Stunden in Rom sein können. Heute Mittag.«

»Nein«, sagte Ludwig Hofener.

»Oh, ich bitte Sie, ›nein‹ ist ein hässliches Wort. ›Ja, gern‹ klingt viel besser. Sind die Tanks voll?«

»Sie sind leer!«

»Aber bestimmt kann man sie hier irgendwo füllen«, sagte Coorain. »Ein kleiner Flugplatz wie dieser hat auch eine kleine Tankstelle. Oder bringt jeder Pilot sein eigenes Benzin mit?«

Es wurde dunkler im Hangar, als etwas den Sonnenschein dämpfte, und wieder kam ein Brummen von draußen, diesmal nicht vom Motor eines Geländewagens, sondern von Drohnenpropellern. Coorain eilte zum offenen Tor. Neue graue Wolken schoben sich von Osten heran und verhießen mehr Schnee – die kurze Schönwetterphase ging zu Ende. Und vom Trümmerfeld her näherten sich mehrere große Drohnen. Sie flogen in einer Höhe von etwa zweihundert Metern und schienen es nicht auf den Flugplatz abgesehen zu haben, aber wenn sie neugierig wurden …

Coorain kehrte zu Rossmann und Hofener zurück. »Die Zeit wird knapp. Bald gibt's mehr Schnee, und die Drohnen schwärmen aus.«

»Nein«, sagte Hofener noch einmal. »Sie kriegen meine Cessna nicht.«

»Lieber Herr Hofener«, erwiderte Coorain mit etwas

mehr Schärfe in der Stimme, »wir kriegen nicht nur Ihre Cessna, sondern auch Sie als Piloten. Dies sind besondere Umstände. Ich bitte Sie in aller Form um Hilfe und gehe davon aus, dass Sie …«

»Nein. Sie können mich nicht zwingen.« Ludwig Hofeners Blick ging zur Brechstange.

»Vier Stunden hin, vier Stunden zurück«, sagte Coorain und fühlte, wie sein Vorrat an Geduld allmählich zur Neige ging. Ein Flugzeugabsturz hatte ihn aus dem Schlaf gerissen, er war über ein Trümmerfeld gewankt, hatte Schreckliches gesehen und von einer Drohne einen elektrischen Schlag erhalten – es gab kaum eine schlechtere Möglichkeit, einen neuen Tag zu beginnen. Vermutlich hatte er einen Schock erlitten, der wie ein Betäubungsmittel auf seine Emotionen wirkte, doch dieser Schock ließ jetzt nach. Dünnes inneres Eis brach, und darunter brodelte es. »Heute ist Ihr Glückstag. Sie können Ihre Cessna so richtig genießen. Und was ist schöner als ein Flug über die Alpen?«

Ludwig Hofener schüttelte den Kopf. »Auch wenn Sie von der Polizei sind, Sie können mich nicht zwingen.«

Coorain war mit einigen schnellen Schritten heran und packte ihn am Kragen. Von Hofeners kräftigerer Statur ließ er sich nicht beeindrucken.

»Ich mag Ihnen freundlich und humorvoll erscheinen, Herr Hofener. Ich scherze gern, weil das Leben normalerweise schon ernst genug ist. Aber in den letzten Tagen ist es noch viel ernster als sonst geworden. Wir haben sozusagen katastrophalen Ernst erreicht, und auf der Richterskala dieses katastrophalen Ernstes sind wir bereits über Stufe zehn hinaus. Unsere Welt geht vor die Hunde, Herr Hofener. Flugzeuge stürzen ab, weil die Funkpeilung nicht mehr funktioniert und etwas Fremdes in ihren Bordcomputern steckt. Menschen sterben. Ich bin auf dem Trümmerfeld gewesen, ich habe Leichenteile gesehen.« Und einen Schuh, fügte er in Gedanken hinzu. Einen leeren Kinderschuh. Der

Anblick hatte ihn mehr erschüttert als das blutige Bein oder der aus der Asche ragende verbrannte Arm. »Und wenn Sie jetzt glauben, das alles sei schlimm, sage ich Ihnen: Morgen wird's schlimmer sein als heute und übermorgen schlimmer als morgen. Viel schlimmer. Wenn wir nicht die klitzekleine Chance nutzen, die wir noch haben. Deshalb müssen wir nach Rom. Jetzt. Sofort. Ich weiß zwar, was ›Dienstgipfelhöhe‹ bedeutet, aber ich kann das verdammte Ding dort nicht fliegen. Deshalb brauchen wir Sie. Sie haben eben gesagt, wir könnten Sie nicht zwingen, und ich muss Ihnen recht geben: Es gibt kein Gesetz, das Sie verpflichtet, uns über die Alpen zu bringen. Aber ich schwöre bei Gott, an den zu glauben ich schon vor vielen Jahren verlernt habe: Wenn Sie sich weiterhin auf die Hinterbeine stellen und sich weigern, uns zu helfen, werde ich dafür sorgen, dass dies ein Tag ist, den Sie in Ihrem ganzen Leben nie, *nie* vergessen werden. Haben Sie das verstanden, oder muss ich mich noch klarer ausdrücken?«

Der Trotz in Ludwig Hofeners Augen schwand. »Die Cessna ist alt«, sagte er in einem fast jammernden Ton. »Sie kann nicht mehr so weit fliegen … bis nach Rom … über die Alpen!«

Coorain nickte grimmig. »Ein echtes Abenteuer, von dem Sie Ihren Enkeln erzählen können.«

Hofener schluckte.

Coorain lächelte wieder. »Sie können erzählen, dass Opa Ludwig dabei geholfen hat, die Welt zu retten. Wenn *das* keine Geschichte ist!«

Es reizte ihn, das sah Coorain in seinen Augen. Doch ein letzter Rest von Widerstand in Hofener sagte: »Die Tanks sind fast leer.«

Coorain ließ den Mann los und strich ihm Hemd und Jacke glatt. »Dann füllen wir sie.«

»Es gibt hier keine Tankstelle«, wandte Hofener ein. Es klang eher zaghaft. »Dies ist ein privater Landeplatz.«

»Ach, und was machen die Piloten, die Treibstoff benötigen?«

»Es gibt einen Tankwagen«, sagte Hofener. »Drüben im anderen Gebäude.«

»Na bitte.« Coorain klopfte ihm auf die Schulter. »Und lassen Sie mich raten. Der Tankwagen verfügt über eine Handpumpe, die keinen Strom braucht, nicht wahr?«

»Ja.« Hofener nickte. »Ja, das stimmt. Woher wissen Sie das?«

»Manchmal gehen Wünsche in Erfüllung.«

Sie verließen den Hangar. Graue Wolken verhüllten die Sonne. Drohnen flogen, manche von ihnen sehr weit oben, kaum mehr als dunkle Punkte, andere größer, in geringerer Höhe, wie Kundschafter, die nach weiteren verwertbaren Dingen suchten. Auf dem Trümmerfeld brannten keine Feuer mehr. Hier und dort stieg Rauch auf, vom Wind zerfasert.

Hofener blickte besorgt gen Himmel. »Das Wetter wird schlechter.«

Coorain steckte den Zeigefinger in den Mund und hob ihn dann in die Luft. »Perfektes Flugwetter. Wind aus Nordost. Das bedeutet, wir fliegen mit Rückenwind. Wodurch wir weniger Treibstoff verbrauchen, habe ich recht?«

Hofener führte sie zu einem Nebengebäude, holte einen Schlüssel hervor, schloss das Tor auf und schob es zur Seite. Zum Vorschein kam eine große Werkstatt mit demontierten Segelflugzeugen auf der einen Seite und einem alten Tankwagen auf der anderen.

»Ist er gefüllt?«, fragte Rossmann. Er trat nur einen Schritt weit in die Werkstatt, drehte sich halb um und beobachtete den Himmel mit den Drohnen.

»Keine Ahnung.« Hofener öffnete die Fahrertür des Tankwagens und stieg ein. Wenige Sekunden später brummte der Motor.

Coorain hatte an dem Fahrzeug nach Füllstandanzeigen

und dergleichen Ausschau gehalten, aber als der Motor lief, gab er seine Suche auf und kletterte rasch an Bord. »Nicht dass Sie auf den Gedanken kommen, uns allein zu lassen.«

Rossmann schob das Tor noch etwas weiter auf und wartete nicht – er lief bereits zum Hangar zurück.

Hofener gab Gas und fuhr los.

Draußen wäre er fast mit einer Drohne kollidiert.

Sie gehörte zu den kleineren Exemplaren, ausgestattet mit mehreren Rotoren und Kameras, von denen zwei nach vorn zeigten, direkt auf den alten Tankwagen, der durch den Schnee in Richtung Hangar rumpelte. Hofener wich nach rechts aus, der Wagen schlingerte ein wenig, und die kleine Drohne stieg auf.

»Was macht das Ding?«, fragte der Mann am Steuer und spähte in den Rückspiegel. »Was macht es?«

Coorain beugte sich vor und blickte durch die Windschutzscheibe nach oben. »Es fliegt über uns.«

Vom Trümmerfeld her näherten sich zwei große Maschinen, die aussahen wie Bulldozer, denen jemand lange Zangen und scherenartige Erweiterungen hinzugefügt hatte. Gleisketten pflügten durch den Boden und zermalmten einige Trümmerstücke, die offenbar nicht zu den brauchbaren Teilen zählten.

Rossmann hatte unterdessen das Tor des Hangars ganz geöffnet. Hofener lenkte den Tankwagen direkt neben seine alte Cessna und wollte den Motor abstellen.

»Nein«, sagte Coorain schnell. »Zur anderen Seite. Geht das? Ist der Schlauch lang genug? Dann können wir mit Ihrem hübschen kleinen Flieger direkt los. Hier stünde der Wagen im Weg.« Er winkte. »Na los, Mann, na los! Wir haben nicht viel Zeit.«

Hofener gab erneut Gas, der Motor stotterte, der Tankwagen erbebte und rollte zur anderen Seite der Cessna. Dort angelangt drehte er den Zündschlüssel. Das Brummen des Motors erstarb.

Rossmann lief auf sie zu, als sie aus dem Wagen sprangen. »Ein paar Minuten, höchstens. Dann sind die Maschinen hier.«

»Beeilung, Mann, Beeilung!« Coorain klatschte in die Hände. »Wenn wir in ein paar Minuten nicht weg sind, zerlegen die Maschinen Ihre Cessna wie zuvor den Zug.«

Das brachte Leben in Hofener. Er flitzte zum Heck des Tankwagens, öffnete dort eine Klappe und begann damit, einen Schlauch zu entrollen. Coorain half ihm dabei. Rossmann, der nicht wusste, wo er Hand anlegen sollte, lief zum Tor.

»Es kommen noch mehr Drohnen!«, rief er.

»Sie wissen jetzt, dass sich hier was tut«, kommentierte Coorain. »Sie sind neugierig geworden.«

Hofener zog den Schlauch zur Cessna, schraubte dort etwas auf und steckte etwas hinein, das nach einer Zapfpistole aussah. »Sie können loslegen. Pumpen Sie!«

»Hiermit?« Coorain deutete auf einen Hebel.

»Womit denn sonst? Pumpen Sie!!!«

Die Angst um seine geliebte Cessna schien den Mann zu beflügeln. Coorain schloss die rechte Hand um den Hebel und drückte ihn von einer Seite zur anderen, was überraschend viel Kraft erforderte. Er nahm die linke Hand zu Hilfe.

Rossmann kehrte zurück, öffnete die Tür der Cessna und kletterte hinein.

»Ja, der Herr Passagier wird gebeten, einzusteigen und es sich gemütlich zu machen«, sagte Coorain und pumpte.

Rossmann lehnte sich zurück. »Ist ganz schön eng hier drin. Komfort sieht anders aus.«

Coorain drückte und zog den Hebel mit beiden Händen, bis der Widerstand plötzlich nachließ. »Was ist los?«, fragte er verblüfft. »Was ist los?«

»Pumpen Sie!«, rief Hofener von der Tragfläche.

»Geht nicht mehr.« Coorain zeigte es ihm, indem er den

Hebel mit einer Hand mühelos von einer Seite zur anderen bewegte. »Entweder ist der Tankwagen leer, oder dieses Ding hier funktioniert nicht mehr.«

Hofener schraubte einen Verschluss zu, kam mit dem Schlauch und wollte ihn aufrollen.

»Keine Zeit für Ihren deutschen Ordnungssinn.« Coorain nahm ihm die Zapfpistole mit dem Schlauch aus der Hand und ließ sie fallen. »Ans Steuer mit Ihnen!«

Wenige Sekunden später saß Coorain auf dem Platz des Kopiloten. Neben ihm betätigte Hofener Kipphebel und klopfte auf Anzeigen, um den Zeigern ein wenig auf die Sprünge zu helfen.

»Die Tanks sind nicht voll.« Er deutete auf einen Zeiger, der langsam über Markierungen glitt.

»Wie viel Sprit haben wir?«, fragte Rossmann von hinten.

»Drei Viertel.« Hofener klopfte noch einmal aufs Armaturenbrett, als könnte er auf diese Weise mehr Treibstoff in die Tanks zaubern. »Das genügt nicht für den langen Flug bis nach Rom.«

»Es *muss* genügen«, sagte Coorain. »Wir haben Rückenwind.«

Rossmann beugte sich vor. »Und wenn uns über den Alpen der Sprit ausgeht?«

»Dann steigen Sie aus und schieben, Herr Kommissar. Und jetzt … *Weg von hier!*«

Hofener drückte einen Knopf, vorn jaulte etwas, und der Propeller drehte sich, aber er drehte sich nur kurz.

»Na los, na los!«, drängte Coorain. »Das Gemisch richtig einstellen. Der Motor ist kalt, Mann.«

»Ich weiß, ich weiß.« Hofener zog einen Choke, drehte einen kleinen Knauf und drückte dann erneut den Knopf. Diesmal jaulte der Anlasser nicht, er wimmerte nur – offenbar enthielt die Batterie nicht mehr viel Strom. Aber der Propeller drehte sich, und diesmal drehte er sich etwas länger. Schließlich sprang der Motor an.

»Nach draußen.« Coorain deutete zum offenen Tor. »Und in die Luft mit dem Ding.«

»Der Motor ist alt und empfindlich.« Hofener gab vorsichtig etwas mehr Gas. »Er muss erst warmlaufen.«

»Dafür haben wir keine Zeit, Mann!«

Hofener klopfte noch einmal auf die Treibstoffanzeige. Der Zeiger zitterte, kletterte ein kleines Stück über die Dreiviertelmarke und kehrte dann zwei oder drei Millimeter weit zurück.

»Scheint sich nicht richtig entscheiden zu können«, sagte Coorain. »Vielleicht ist mehr Sprit im Tank, als wir denken. Los, Mann!«

Hofener gab noch mehr Gas und löste die Bremse. Die Cessna rollte los; sie schwankte, und in ihrem Rumpf knackte und knirschte es.

»Sind Sie sicher, dass dieses Flugzeug flugtüchtig ist?«, fragte Rossmann besorgt.

»Das finden wir gleich heraus, nicht wahr?«, entgegnete Coorain. »Schneller, Mann, schneller!«

Draußen schwebten mehrere Drohnen und kamen näher, als die Cessna aus dem Hangar rollte. Coorain blickte zur Seite und stellte fest, dass die beiden großen Maschinen inzwischen fast den Flugplatz erreicht hatten. Hinter ihnen zeigten sich weitere, die die Reste des demontierten Zuges und das Trümmerfeld verließen.

Hofener gab mehr Gas und lenkte die Cessna an den schwebenden Drohnen vorbei.

»Heben Sie ab!«, drängte Coorain. »Heben Sie ab!«

»Wir sind noch nicht schnell genug!«

»Dann sorgen Sie dafür, dass wir schneller werden. Mehr Gas, Mann, mehr Gas!«

Hofener gab mehr Gas, verzog dabei aber wie schmerzerfüllt das Gesicht – offenbar fürchtete er um den alten Motor, der noch nicht seine Betriebstemperatur erreicht hatte.

»Die Drohnen folgen uns«, verkündete Rossmann.

Coorain hatte es ebenfalls gesehen. Er zeigte nach vorn. »Und die Maschinen versuchen, uns den Weg abzuschneiden. Hier ist alles weiß. Wo befindet sich die Startbahn?«

Hofener streckte den Arm aus. »Dort drüben.«

»Das ist zu weit weg. Starten Sie hier!«

»*Was?*«

Coorain rollte mit den Augen. »Vergessen Sie die Vorschriften und Regeln, die ihr Deutschen offenbar so liebt. Starten Sie hier, auch wenn irgendwo geschrieben steht, dass es verboten ist. Starten Sie, sobald wir schnell genug sind. Geben Sie Gas, Mann!«

Eine der kleinen Drohnen erschien auf der rechten Seite des Flugzeugs, zwischen Tür und Tragfläche. Eine Kameralinse richtete sich auf Coorain, der unwillkürlich zur Seite auswich und gegen Hofener stieß. Zwei Greifarme streckten sich dem Rumpf der Cessna entgegen.

Ludwig Hofener brauchte keine zusätzliche Aufforderung. Er gab mehr Gas, der Motor brummte lauter, er heulte fast …

Das Ruckeln und Schwanken hörte plötzlich auf, als die Cessna abhob. Hofener zog das Steuer behutsam zu sich heran und drehte es nach links.

Die Greifarme der Drohne auf der rechten Seite griffen ins Leere.

»Höher, Mann, höher!«, knurrte Coorain. »Wir wollen über die Alpen, und no worries!«

80

Die Welt war alles andere als still – der Motor brummte so laut, dass man sich im Innern der Cessna nur verständigen konnte, wenn man besonders laut sprach. Dennoch senkte sich so etwas wie Ruhe auf sie herab, als das Flugzeug höher stieg, als Flugplatz und Trümmerfeld immer weiter unter und hinter ihnen zurückblieben. Coorain blickte aus dem Fenster und sah den kleinen Ort, den die Leute aus dem Zug vermutlich noch nicht erreicht hatten – zwei Traktoren oder große Geländewagen schienen sich von dort aus auf den Weg zur Absturzstelle gemacht zu haben. Die kleinen Drohnen folgten der Cessna zunächst, verloren dann aber aus irgendeinem Grund das Interesse, gingen tiefer und gerieten außer Sicht, als das Flugzeug in die niedrigen grauen Wolken tauchte. Wenige Minuten später erreichte es strahlenden Sonnenschein und glitt dicht über endlosem weißem Flaum dahin. In Flugrichtung zeigten sich die ersten Berge.

»Na bitte«, sagte Coorain zufrieden. »Alles bestens.« Er deutete aufs Armaturenbrett. »Haben wir Radar?«

»Nein«, erwiderte Hofener.

»Haben wir einen Autopiloten?«

»Nein.«

»Haben wir irgendwelche Navigationshilfen?«

»Ja.«

»Im Ernst?«, fragte Coorain überrascht.

»Ja, das hier.« Hofener deutete auf ein Instrument. »Wir haben einen Kompass, der mir zeigt, dass wir nach Süden fliegen.« Und dann lächelte er, zum ersten Mal.

Coorain musterte ihn von der Seite und bemerkte die Veränderung. Das Zögerliche und die Sorge, zumindest ein Teil von ihr, waren aus dem Gesicht des Mannes verschwunden. Ludwig Hofener, der Bauunternehmer, verwandelte sich in Ludwig Hofener, den Abenteurer. Er flog sein Flugzeug, und allein das genügte, um einen anderen Menschen aus ihm zu machen.

Ein Blick nach hinten zeigte Coorain, dass Rossmann die Augen geschlossen hatte. »Schlafen Sie, Herr Kommissar Mike?«

»Ja.«

»Wir sind unterwegs. Der warme Süden erwartet uns. Rom!«

»Erst müssen wir über die Alpen.« Rossmann öffnete die

Augen. »Dafür müssen wir ziemlich weit aufsteigen. Bis zu einer Höhe, in der die Luft knapp zu werden beginnt.«

»Gut viertausend Meter sind nur die Hälfte vom Everest«, sagte Coorain. »Wir atmen einfach ein wenig schneller.«

»Dann stellt sich die Frage, wie wir uns orientieren«, sagte Rossmann.

»Hiermit.« Hofener holte mit der linken Hand eine Karte hervor, während er mit der rechten das Steuer hielt. »Wir fliegen auf Sicht, und Sie sind mein Navigator, Mr. Australien.«

»Coorain Coogan, falls ich mich noch nicht vorgestellt haben sollte. CooCoo für meine Freunde.« Coorain nahm die Karte entgegen.

Hofener bemerkte, wie er sie hielt. »Anders herum.«

»Oh!« Coorain drehte die Karte. »Und wo sind wir?«

Hofener deutete auf eine bestimmte Stelle.

Rossmann beugte sich vor. »Das mit dem Fliegen auf Sicht klappt sicher gut. Sobald uns keine Wolken mehr die Sicht versperren.«

»Ach, Herr Kommissar Mike, werden Sie doch nicht zum Schwarzseher. Wir fliegen nach Süden, nach Rom! Dort gibt es jede Menge Sonne.« Er betrachtete die Karte. »Sobald wir in Italien sind …«

»Über Italien.«

»Sobald wir *über* Italien sind, folgen wir einfach dem Verlauf der westlichen Küstenlinie.«

Rossmann lächelte schief. »Rom liegt an der Küste? Das ist mir neu.«

Coorain grinste. »Kopf hoch, Herr Kommissar Mike. Wir können uns gar nicht verirren. Wie heißt es so schön? Alle Wege führen nach Rom, und no worries.«

81 AXEL KROHN

Ginsbach

Der Ort lag im Dunkeln, und die wenigen Fahrzeuge am Straßenrand und auf den Zufahrten waren halb eingeschneit. Das Scheinwerferlicht des SUV tastete durch den Vorhang aus wirbelnden Schneeflocken und fand das kleine Haus am Rand des Dorfes. Medya hielt direkt vor der Garage, schaltete Motor und Licht aus. Die Finsternis kroch zu ihnen in den Wagen.

»Vielleicht ist niemand zu Hause.« Medya nahm den Transponder des SUV. »Die Jalousien sind heruntergelassen. Nirgends brennt Licht.«

Ozan sah auf die Uhr. »Es ist nach Mitternacht.« Sie hatten drei Stunden für die zwanzig Kilometer nach Ginsbach gebraucht, weil liegen gebliebene Fahrzeuge oder Schneewehen den Weg versperrt und sie zu Umwegen gezwungen hatten. »Und vielleicht gibt es hier keinen Strom. Bei den anderen Häusern ist ebenfalls alles dunkel.« Er löste seinen Gurt. »Sehen wir nach.«

Die elektrische Klingel funktionierte nicht, und die Lampe über der Tür blieb trotz Bewegungssensor aus. Ozan klopfte energisch.

Sie warteten eine halbe Minute im eisigen Wind, und dann klopfte Ozan erneut. Schließlich hörten sie ein Knarren, und ein Schlüssel quietschte im Schloss. Zwei Sicherheitsketten rasselten, als die Tür einen Spaltbreit geöffnet wurde.

»Wer ist da?«

»Ich bin's, Tante Patty«, sagte Axel.

»Was?« Die trüben Augen in dem wie aufgequollenen Gesicht wurden größer. »Aram? Aber ich dachte ...« Sie leuchtete mit einer Taschenlampe und starrte ihn an, ohne die Sicherheitsketten zu lösen und die Tür weiter zu öffnen.

»Es ist kalt hier draußen, Tante Patty«, sagte Ozan fröhlich. »Und es schneit, falls du das übersehen haben solltest. Willst du uns im kalten Schneetreiben stehen lassen?«

»W-was?«, stotterte Patrizia Kreuzach. »*Ozan?*«

Ozan Kaynak deutete eine Verbeugung an, mit Schneeflocken im dunklen Haar und an den Wimpern. »Habe die Ehre. Wenn wir jetzt hereinkommen dürften ... Es ist wirklich verdammt kalt.«

Drinnen war es wärmer, aber nicht viel. Im Flur begriff Axel sofort, dass seine Tante getrunken hatte. Er roch den Alkohol, als sie ihn mit der Taschenlampe in der einen Hand umarmte, als sie ihn an den Schultern hielt und ihm ins Gesicht sah, als sie »Ich dachte, du bist in Montevideo« sagte. Sie sprach die Worte deutlich, ohne ein Lallen, obwohl sie betrunken war – er sah es in ihren Augen, an der leichten Unsicherheit ihrer Bewegungen. Axel hielt es nicht für ein gutes Zeichen. Wer viel trank und weiterhin normal sprechen konnte, hatte sich über Jahre hinweg an einen hohen Alkoholkonsum gewöhnt.

Soran wollte die Haustür schließen, aber Ozan sagte schnell: »Hol den Proviant herein, den wir von Kurt mitgenommen haben! Lasst uns nichts riskieren. Medya, sichere den Wagen!«

Sie nickten beide und kehrten nach draußen zurück.

Auf der Vitrine im Flur stand eine Petroleumlampe. Patrizia legte die Taschenlampe daneben, zog die oberste Schublade auf, entnahm ihr ein Feuerzeug und zündete die Lampe an. Dann drehte sie sich um, hob beide Hände und drückte die Fingerspitzen ans Kinn. »Ozan, bist du das wirklich?«

»Ozan Kaynak wie er leibt und lebt.« Er kniff sie in die Wange. »Du träumst nicht.«

»Aber … aber …« Zorn erschien in Patrizias Gesicht und verschwand wieder, als sie sich Axel zuwandte. »Aram, mein lieber Aram, wie sehr es mich freut, dich wiederzusehen, nach so langer Zeit. Lass dich noch einmal umarmen.«

Tante Patrizia schlang die Arme um ihn, küsste ihn auf die Wangen, und er roch den Alkohol in ihrem Atem.

»Wie bist du hierhergekommen?«, fragte sie noch immer verblüfft. »Den ganzen weiten Weg von Uruguay! Wo doch keine Flugzeuge mehr fliegen! Das habe ich heute Nachmittag gehört, die alte Erika hat's mir erzählt, erinnerst du dich an sie? Sie hat ein Transistorradio, was weiß ich woher, es funktioniert mit Batterien, und darin hat sie die Meldung gehört. Wir haben keinen Strom, aber Hilfe ist unterwegs, hat es geheißen …« Sie redete und redete, die Worte gingen ineinander über. Schließlich hielt sie ihn auf Armeslänge an den Schultern. »Den ganzen weiten Weg von Uruguay! Ich habe mehrmals angerufen, als das Telefon noch funktionierte, aber es hat sich niemand gemeldet. Das letzte Mal, als jemand an den Apparat ging, meldete sich eine Rebecca. Sprach Deutsch und klang nett. Sagte etwas von Hamburg, ich hab's nicht richtig verstanden. Ach, Aram, bist du's wirklich? Sag mir, dass du es wirklich bist.«

Sie lachte glücklich, und es flossen sogar ein oder zwei Tränen.

Soran und Medya trugen den aus Kurts Bauernhaus stammenden Proviant herein, hauptsächlich Konserven, Mineralwasser und Fruchtsaft. Medya schloss die Tür und gab Ozan mit einem knappen Nicken zu verstehen, dass der Wagen gesichert war.

Axel bemerkte Tante Pattys Blick. »Wir haben dir etwas

mitgebracht. Es ist nicht alles für dich, aber ein bisschen davon können wir dir überlassen. Nicht wahr, Vater?«

»Natürlich«, sagte Ozan.

Patrizia warf ihm einen strengen Blick zu. »Ich weiß nicht, ob ich mich freuen kann, dich wiederzusehen. Den Jungen einfach so im Stich zu lassen …«

»Ich musste gehen, um ihn zu schützen«, sagte Ozan. »Es ist eine lange Geschichte. Ich habe sie Aram erzählt, und er versteht sie.«

»Und diese junge Dame?« Patrizia schien Giselle erst jetzt zu bemerken und schwankte ein wenig, als sie ihr die Hand reichte. »Ihr gehört zusammen, nicht wahr? Ist sie vielleicht Rebecca?«

»Ich bin Giselle.«

»Oh!« Für einen Moment wirkte Patrizia verlegen. »Habe ich da was Falsches gesagt? Mit Rebecca, meine ich?«

Zwei oder drei Sekunden schwieg sie und stand wieder mit erhobenen Händen, die Finger nicht mehr am Kinn, sondern wie erschrocken auf den Wangen. Axel musterte die Schwester seiner Mutter. Sie war nicht mehr so schlank wie früher, Falten durchzogen Gesicht und Hals, und das Haar hatte seinen Glanz verloren. Mit Mitte fünfzig wirkte Patrizia Kreuzach wie eine verwelkte Blume, deren einstige Schönheit sich nur mehr erahnen ließ. Axel versuchte sich daran zu erinnern, ob sie schon damals getrunken hatte. Er wusste es nicht. Als Kind hatte er nicht darauf geachtet, oder er hatte es vergessen. Sie trug einen dicken grauen Rollkragenpullover und eine einfache Jeans, schien trotz der späten Stunde noch nicht im Bett gewesen zu sein.

»Nein, nein, ist schon in Ordnung«, sagte Giselle mit einem Lächeln.

»Ach«, erwiderte Patrizia. »Ach, was stehen wir hier herum, im kalten Flur. Kommt mit nach unten in den Keller, dort ist es warm.«

Sie nahm die Taschenlampe, öffnete die Kellertür, winkte und trat vorsichtig die Stufen hinunter.

»Wenigstens habe ich den Kamin im alten Partyraum«, sagte sie auf dem Weg nach unten. »Und ein bisschen Feuerholz im Schuppen hinterm Haus. Es reicht noch für ein paar Tage, und das sollte eigentlich genügen, nicht wahr? Ich meine, der Strom kommt doch bald wieder. Das hat mir die alte Erika erzählt. Sie hat's im Radio gehört, in ihrem Transistorradio. Habe ich euch erzählt, dass sie ein Transistorradio hat, mit Batterien? Damit hört sie die Nachrichten. Es hat geheißen, dass alle zu Hause bleiben sollen und die Situation bald wieder unter Kontrolle sei. Ach, Aram, wie hast du es nur aus Uruguay hierher geschafft, wo doch keine Flugzeuge mehr fliegen?«

»Wir sind mit dem Auto unterwegs«, sagte Axel behutsam. Nach der Treppe führte Patrizia sie durch einen kurzen Gang, vorbei an einer Tür, die für den kleinen Aram immer verschlossen geblieben war. Die verbotene Tür, so hatte er damals von ihr gedacht und mehrmals heimlich versucht, sie zu öffnen. Es war ihm nie gelungen. Er sah, dass ein Schlüssel im Schloss steckte. »Können wir bei dir übernachten, bis der Schneesturm vorbei ist, Tante Patty?«

»Schnee!«, entfuhr es Patrizia. »Habt ihr schon einmal erlebt, dass es im August schneit? Im *August*? Ich nicht. Die ganze Welt ist aus den Fugen geraten!«

Der Partyraum bot einen seltsamen Anblick. Auf der rechten Seite herrschte ein Durcheinander aus alten Kisten, Kartons, Möbelteilen und ausrangierten Dingen, ein Gerümpel, wie man es vielleicht auf einem Dachboden erwartet hätte. Auf der anderen stand ein runder Tisch, mit Tellern, Tassen und Besteck, in der Mitte eine große Flasche Wein und daneben eine zweite mit Kirschlikör. Auf dieser Seite des Raums war alles geordnet, die Bilder an den Wänden hingen gerade, und nichts hatte Staub angesetzt, auch nicht die Ziergegenstände auf dem Kaminsims, unter ihnen zwei Trophäen, die Patrizia in ihrer Jugend als Reiterin gewonnen hatte.

Das Feuer im Kamin war ein wenig heruntergebrannt. Patrizia legte ein Scheit nach, ging zum Tisch, füllte das kleine Glas an ihrem Platz mit Kirschlikör und leerte es zur Hälfte. »Man muss sich auch von innen warm halten«, sagte sie mit einem schiefen Lächeln. »Das Feuer im Kamin allein reicht manchmal nicht aus.« Sie blickte auf den Tisch. »Oh, die Teller und Gläser reichen nicht. Ich bin gleich wieder da.«

Sie eilte mit der Taschenlampe fort, und Axel beobachtete, wie sie gegen den Türrahmen stieß, bevor sie im dunklen Gang verschwand. Das einzige Licht im ehemaligen Partyraum stammte von den flackernden Flammen im Kamin. Schatten huschten über die holzvertäfelten Wände, wie Geister der Vergangenheit.

»Sie ist betrunken«, sagte Ozan. Soran und Medya traten vor den Kamin und streckten dem Feuer die Hände entgegen.

»Ja.« Axels Blick strich über die gerahmten Fotos an den Wänden. Einige von ihnen zeigten Patrizia mit ihrer Schwester Sophie, seiner Mutter. Er kannte die Bilder. Er hatte sie damals, als Junge, oft betrachtet; Patrizia hatte sie nie abgenommen.

»Sag nicht, wohin wir unterwegs sind, Junge. Vielleicht bekommt sie bald erneut Besuch.«

»Von Alvarez?«

»Vielleicht.«

»Die NSA kann sich denken, wohin wir unterwegs sind«, sagte Giselle leise. Sie folgte Axels Blick. »Ist das deine Mutter?«

»Sie war es.«

»Warum der Agency oder irgendwelchen anderen Leuten einen direkten Hinweis darauf geben, was wir vorhaben Junge?« Ozan blieb vor einem Foto stehen, das Sophie und Patrizia als junge Frauen zeigte. »Deine Mutter war schön«, fügte er leise hinzu. »Wirklich schön.« Er seufzte. »Und Patrizia war es ebenfalls, bevor sie mit dem Trinken anfing. Der Alkohol ist nie ein guter Freund. Nie.«

Tante Patty kehrte mit zwei Tellern, zwei Gläsern und Besteck zurück. Eins der beiden Gläser hätte sie beinah fallen gelassen, bevor sie den Tisch erreichte. »Ich habe noch etwas Käse und Brot von heute Morgen. Es war der letzte Laib, der Bäcker hat ihn extra für mich aufgehoben, die Leute haben Brot gekauft, als gäbe es nie mehr welches, was ist nur in sie gefahren.«

Ozan deutete zum Kamin. »Wenn du einen Rost hast, der sich über dem Feuer platzieren lässt ... dann könnten wir Wasser für Kaffee kochen oder für eine Suppe.«

»Es fließt kein Wasser mehr«, klagte Patrizia und nippte an ihrem Kirschlikör. »Seit gestern. Wenn ihr auf die Toilette müsst ... Die Spülung funktioniert nicht.«

»Wir haben genug Wasser, Mineralwasser ohne Kohlensäure«, sagte Ozan. »Und was die Toilette betrifft, Patty: Draußen liegt genug Schnee, den wir schmelzen können.«

Nach kurzer Suche fanden sie den Rost unter dem Gerümpel in der anderen Hälfte des Raums und auch mehrere alte Klinkersteine, die es erlaubten, das Gitter hoch genug über dem Feuer zu positionieren. Kurze Zeit später hatten sie sowohl Suppe – eine einfache Linsensuppe, der Inhalt von zwei großen Konserven – als auch Kaffee. Patrizia aß nur wenig und trank dafür drei weitere Gläser Kirschlikör. Sie sprach und sprach, und manchmal stellte sie auch konfuse Fragen, und Ozan gab ausweichend Antwort, ohne ein einziges Mal Ausgangspunkt und Ziel ihrer Reise zu erwähnen. Patrizias Worte galten vor allem Axel, manchmal auch Giselle, die sie mehrmals »Rebecca« nannte und fragte, wo sie denn in Montevideo so gut Deutsch gelernt habe.

Gegen halb zwei gingen Soran und Medya nach draußen, um Schnee zu holen. Sie füllten mehrere Eimer damit, und als genug davon über dem Rest des Kaminfeuers geschmolzen war, sagte Ozan: »Ich glaube, es wird Zeit, dass wir uns schlafen legen. Wir haben ausreichend Wasser für die erste Toilettenspülung – Ladys first.«

Medya nahm einen zur Hälfte mit Schmelzwasser gefüllten Eimer. »Ich bringe euch zum Bad«, sagte Patrizia und verließ den Partyraum zusammen mit Medya und Giselle.

Soran ging wortlos zum Feuer, griff nach dem Schürhaken und stocherte damit in der glühenden Asche.

Ozan wandte sich an Axel. »Eine arme Frau, deine Tante.«

»Was ist mit ihr passiert?«

»Ich glaube, es hat damals begonnen, als Lennard sie verließ. Oder vielleicht schon vorher, als sie erfuhr, dass sie keine Kinder bekommen kann. Damit ist sie nicht fertig geworden. Stell dir vor …« Er stockte.

»Ja?«

»Stell dir vor, Goliaths schnelle Intelligenz löst ein Problem, an dem Chemie und Medizin seit vielen Jahren arbeiten. Die richtige Formel, das richtige Medikament, um Menschen von ihrer Sucht zu befreien. Drogen, Alkohol und so weiter. Oh, für die Pharmaindustrie käme ein solches Mittel der Lizenz zum Gelddrucken gleich. Stell dir vor, Goliath – oder meinetwegen Smiley – produziert es in übernommenen medizinischen Laboratorien, in ausreichenden Mengen, um alle Süchtigen zu heilen. Stell dir vor, wir entscheiden, das Mittel gratis zu verteilen, überall auf der Welt und auch hier in Ginsbach, in diesem Haus. Eine Tablette, eine kleine Pille, und Patrizia wäre von ihrem Alkoholismus befreit.«

»Hältst du das für möglich?«, erwiderte Axel.

»Aber klar, aber klar.« Ozan winkte ab. »Es ist nur ein kleines Wunder. Kein Problem, schnell erledigt. Die großen Wunder wie eine bessere, gerechte Welt erfordern etwas mehr Zeit, aber die werden wir uns nehmen, du und ich.«

Patrizia kehrte zurück. »Die Zimmer oben sind kalt …«

»Gib unseren beiden Turteltauben das Gästezimmer, dort können sie sich gegenseitig wärmen«, schlug Ozan fröhlich vor. »Was Soran, Medya und meine Wenigkeit betrifft … Wir haben Schlafsäcke im Wagen und brauchen nur eine Matratze und vielleicht ein Kopfkissen. Wir können hier unten schlafen.«

Patrizia stand ein wenig hilflos da. Ihr Blick ging zur Flasche mit dem Kirschlikör.

»Die Flasche kannst du mitnehmen«, sagte Ozan. »Falls du in deinem kalten Schlafzimmer ein bisschen innere Wärme brauchst.«

Sie zögerte. »Nein. Nein, sie bleibt hier. Also … gute Nacht!«

»Bis morgen, Patty«, sagte Ozan fast zärtlich. »Und mach dir keine Sorgen! Es wird alles gut.«

»Es wird nicht alles gut«, sagte Giselle leise.

»Was?«

Sie lagen nebeneinander im kalten Bett, unter zwei dicken Wolldecken. Axel konnte sich nicht entspannen. Zu deutlich spürte er Giselles Nähe.

»Dein Vater … Ich fürchte, er ist verrückt.«

»Er tut nur so.« Axel starrte in die Dunkelheit. Zitterte er? So kalt war es nun auch wieder nicht. »Sein Gehabe …«

»Ich meine seine Worte, Axel. Du hast sie gehört.«

Giselle kam noch etwas näher, so nahe, dass sie ihn berührte. Es wurde jetzt schnell wärmer unter den beiden Wolldecken, aber Axel zitterte noch immer.

»Ja, ich habe ihn gehört.«

»Er will sich zum Herrscher der Welt aufschwingen.« Giselles Atem strich ihm über die Wange. »Mit deiner Hilfe. Könnte er das schaffen, Axel? Wäre es wirklich möglich, die Maschinenintelligenz mithilfe von Infiltrator-Hintertüren unter Kontrolle zu bringen und in ein Instrument globaler Macht zu verwandeln?«

»Ich weiß es nicht. Ehrlich, ich weiß es nicht. Er scheint sich seiner Sache sehr sicher zu sein. Er kennt die Hintertüren, er weiß, was mit ihnen möglich ist, und die Maschinenintelligenz, die jemand Goliath genannt hat und deren Name mit einem Smiley beginnt, mit einem Lächeln, möchte mit mir reden.« Ihm fiel ein, dass die Maschinenintelligenz von einem »direkten Kontakt« in Rom gesprochen hatte, weil Sprache »extrem langsam und unbefriedigend« war. Was hatte sie damit gemeint?

»Wenn dein Vater tatsächlich imstande wäre, mit deiner Hilfe und irgendwelchen Hintertüren die MI zu übernehmen und sie in ein neues ›Schwert der Gerechtigkeit‹ zu verwandeln, in eins, das noch viel schärfer ist als alle anderen und das er in der Hand hält ...« Giselle drehte sich auf die Seite, wandte sich ihm zu. »Das müssen wir verhindern, Axel. Ich möchte nicht dabei helfen, die größte Diktatur aller Zeiten zu schaffen, mit einem Verrückten als Diktator.«

»Alle Diktatoren sind verrückt.« Die Kälte wich, angenehme Wärme kroch in Axels Leib und schien sich an einer bestimmten Stelle zu konzentrieren. Dort regte sich etwas. »Mehr oder weniger. Sie alle leiden an Größenwahn.«

»Wenn es nur das wäre«, flüsterte Giselle. »Früher oder später halten sie sich für Herren über Leben und Tod. Du zitterst, Axel.«

»Es hört gleich auf«, sagte er schnell. »Mir ist immer noch ein bisschen kalt.«

»Oh!« Giselle bewegte sich neben ihm. Plötzlich spürte er ihren Arm auf der Brust und ihr Bein auf seinem. »Kein Problem. Ich wärme dich einfach ein bisschen.«

82

Axel erwachte, als der Morgen dämmerte und fahles Licht durchs Fenster fiel. Die Welt war still, und für einen Moment schien sie sogar friedlich zu sein. Giselle lag neben ihm, sie kehrte ihm den Rücken zu und schlief noch tief und fest. Er widerstand der Versuchung, den Arm um sie zu legen.

Einige Sekunden lag er reglos, blickte zum Fenster und dachte an all die Menschen, die noch schliefen, vielleicht mit der Hoffnung, in einer vertrauten, zur »Normalität« zurückgekehrten Welt zu erwachen. Eine Enttäuschung wartete auf sie, wenn sie ihre Häuser oder Wohnungen verließen. Sie würden es nicht leichter haben als am vergangenen Tag, sondern schwerer. Und der nächste Tag würde es ihnen noch schwerer machen. Ein Zeitalter ging zu Ende, ein neues begann, und in der neuen Ära gab es vielleicht keinen Platz mehr für Menschen.

Stehen wir vor dieser Wahl?, dachte Axel. Müssen wir wählen zwischen einer Welt ohne Menschen, einer Welt, die allein den Maschinen gehört, und einer Diktatur, in der intelligente Maschinen versklavt sind und die Menschen vielleicht unterdrückt?

Er dachte auch an Pillen, die von Sucht befreiten, an saubere Energie, an neue Technologien für die Lösung der von Menschen geschaffenen Probleme, an eine gerechte, freie Welt ohne kleine und große Despoten. Ein naiver Wunschtraum?

Eine Tür fiel ihm ein, mit einem Schlüssel im Schloss.

Axel blieb noch einige weitere Sekunden reglos liegen, plötzlich wie erstarrt. Die alte kindliche Neugier stieg in ihm auf.

Vorsichtig, um Giselle nicht zu wecken, kroch er aus dem Bett, nahm seine Sachen, schlüpfte durch die Tür und zog sich draußen an. Das Haus blieb still. Axel verzichtete auf die Schuhe, schlich auf Zehenspitzen durch den Flur, verharrte kurz an der geschlossenen Tür des Schlafzimmers und lauschte. Nichts. Offenbar schlief Tante Patty ebenso tief und fest wie Giselle. Vielleicht hatte der Alkohol sie so betäubt, dass sie selbst ein lautes Klopfen nicht gehört hätte.

Auf der Treppe ins Erdgeschoss hielt sich Axel ganz rechts, damit die Stufen nicht knarrten. Die zweite, in den Keller führende Treppe bestand aus Stein, und er brachte sie lautlos hinter sich. Dort war sie, die verbotene Tür, kleiner als in seiner Erinnerung – den Augen eines Kindes erschien alles groß. Im schwachen Dämmerungslicht des schmutzigen Fensters auf der rechten Seite sah er den Schlüssel im Schloss. Warum hatte er jenen Raum nie betreten dürfen? Welche Geheimnisse hatte Tante Patty dort vor dem kleinen Aram versteckt?

Im Partyraum rührte sich nichts – auch Ozan, Soran und Medya schliefen.

Axel blieb vor der Tür stehen und horchte. Im stillen Haus schien das Geräusch seines Atems immer lauter zu werden, bis es von den Wänden widerhallte und Axel instinktiv die Luft anhielt. Er zwang sich, mit offenem Mund zu atmen, ganz langsam, streckte die Hand nach dem Schlüssel und drehte ihn Millimeter um Millimeter nach rechts.

Es klickte leise.

Axel drückte die Klinke. Die Tür öffnete sich mit einem leisen Quietschen, das ihm viel zu laut erschien. Erschrocken hielt er inne. Dann fragte er sich, warum er erschrak, denn selbst wenn einer der drei im Partyraum erwacht wäre – was spielte es für eine Rolle? Er war nicht mehr der kleine Junge, den man bei etwas Verbotenem ertappte.

Er öffnete die Tür noch etwas weiter und trat ein.

Axel wusste nicht, was er erwartet hatte, aber sicher nicht dies: noch mehr Gerümpel, bestehend aus alten Gartenmöbeln, verstaubten Teppichen, zerbrochenen Spalieren, mehreren großen Vasen, aufeinandergestapelten Kartons und anderen Dingen, die sich im Halbdunkel kaum identifizieren ließen, mit einer Lücke dort, wo zwei Matratzen fehlten, die nun im Partyraum lagen. Wo steckte das Rätselhafte, das Geheimnis?

Es war lange her, zwanzig Jahre. In zwei Jahrzehnten konnte viel geschehen. Worin auch immer damals das Geheimnis hinter der verbotenen Tür bestanden hatte, vielleicht existierte es nicht mehr.

Axel schob sich durch die schmale Lücke zwischen Kartons und alten Gartenmöbeln, erreichte ein Regal und betrachtete die Gegenstände darin. In der einen Ecke standen mehrere gefüllte Einmachgläser, die Staub angesetzt hatten und offenbar in Vergessenheit geraten waren – vielleicht würde sich Patrizia wieder an sie erinnern, wenn es im Dorfladen keine Lebensmittel mehr gab. Kleine offene Kästen enthielten alte Fotos, einige von ihnen sogar nur schwarz-weiß. Hauptsächlich zeigten sie Lennard und Patrizia, damals, als sie noch ein glückliches Paar gewesen waren, aber in einem der Kästen fand Axel auch Schnappschüsse von sich selbst: ein zwei oder drei Jahre alter Aram mit seiner strahlend lächelnden Mutter und einem stolz wirkenden jungen Ozan. Spätere Bilder präsentierten ihn allein oder neben Tante Patty, die ihm auf den Fotos oft den Arm um die Schultern gelegt hatte. Der kleinere Junge trug einen Schatten der Trauer um die verunglückte Mutter in seinem Gesicht. Der größere lächelte öfter, seine Miene wirkte heller und entspannter. Er hatte damals mit Tante Pattys Hilfe zu einem neuen inneren Gleichgewicht gefunden – bis auch der Vater ganz plötzlich aus seinem Leben verschwunden war.

Am Ende des Regals standen zwei kleine Kartons, beschriftet mit »Unterlagen«. Axel öffnete den ersten und fand Dokumente, die es nicht in einen von Lennards Ordnern im Arbeitszimmer geschafft hatten. Schreiben von Versicherungen, viele Jahre alte Rechnungen für Strom, Wasser und Gas, einige Mahnungen, nicht ganz so alt, und weiter unten ein Brief vom Jugendamt, der mit knappen Worten daraufhinwies, dass ein Adoptionsantrag abgelehnt worden war.

Axel betrachtete den Brief im Licht des nahen Fensters. Nachdem Aram als junger Erwachsener das Haus verlassen hatte, hatte Tante Patty versucht, ein Kind zu adoptieren. Damals waren Lennard und sie offenbar bereits getrennt, denn das Schreiben des Jugendamtes wies auf ihren Status als Alleinstehende hin.

Nachdenklich legte er das Dokument zurück. Wie einsam musste sich Patrizia damals gefühlt haben? Hatte sie deshalb mit dem Trinken begonnen?

Der zweite Karton enthielt ebenfalls Briefe, aber nicht von irgendwelchen Behörden oder Versicherungen, sondern von Ozan, an Sophie gerichtet. Axel blätterte in ihnen, von einer gewissen Verlegenheit ergriffen, denn er hatte das Gefühl, seine Nase in viel zu persönliche Dinge zu stecken. Er las hier einige Worte, dort einen Satz, bei anderen Briefen einen kleinen Absatz. Es waren liebevolle Worte, die manchmal auch Schmerz zum Ausdruck brachten, wenn Ozan lange in Syrien, im Nordirak und bisweilen auch in der Türkei blieb. Axel blätterte noch etwas mehr, sah aufs Datum und las in den jüngeren Briefen. Der Ton wurde anders, stellte er bald fest. Eine andere Art von Schmerz flüsterte aus den geschriebenen Worten und auch Zorn. Offenbar hatte Sophie Ozan in einem ihrer Briefe gebeten, gemeinsam mit ihr zu einer Paartherapie zu gehen, was Ozan sehr geärgert hatte. Mit krakeliger Handschrift hatte er geantwortet, er sei nicht verrückt und brauche deshalb auch keine Therapie.

Worum es damals gegangen war, was Zwist und Distanz geschaffen hatte, ließ sich für Axel kaum erkennen. Es gab vage Andeutungen, die Ozans Aktivitäten in der Türkei betrafen – einmal war von einem »zweischneidigen Schwert« die Rede –, und in einem aufgebracht wirkenden kurzen

Brief verfluchte Ozan einen gewissen Valentin und drohte damit, ihm »den verdammten Schwanz abzuschneiden«.

Axel ließ den Brief sinken, blickte zum Fenster und betrachtete die Muster aus Staub und alten Spinnweben. Hatte seine Mutter damals gewollt, dass Ozan mit dem Cyberkampf gegen die Türken aufhörte, dass er dem Sword of Justice den Rücken kehrte? Weil der kleine Sohn den Vater brauchte? Und war Ozan der Kampf um die »gerechte Sache« wichtiger gewesen als seine Familie?

Er stand vor dem Regal, umgeben von Stille, in den Händen einen Brief mit einer Stimme aus der Vergangenheit. Was war damals geschehen? Welche Rolle hatte Valentin gespielt? Ein Freund seiner Mutter? Mehr als nur ein Freund? Hatte sie sich damals mit ihm getröstet?

Axel legte den Brief zu den anderen zurück. War es dies, das die Augen des Kindes damals nicht hatten sehen und lesen sollen? Bestand das Geheimnis hinter der verbotenen Tür aus der bitteren Wahrheit über Vater und Mutter?

Axel nahm den letzten Brief ganz unten im Stapel und las:

Sophie, ich kehre bald heim, in zwei oder drei Wochen.
Dann können wir über alles reden, ganz ruhig und
vernünftig. Aber ich warne dich: Wenn du mich verlässt,
wirst du es bitter bereuen.
Ozan
PS: Du wirst mir auf keinen Fall meinen Sohn
wegnehmen. Schlag dir das aus dem Kopf!

»Bist du das, Aram?«

Axel erschrak nicht, er zuckte nicht zusammen. Mit dem Brief in den Händen drehte er den Kopf und sah eine Silhouette in der Tür.

»Was machst du hier?«, fragte sein Vater.

»Ich lausche Stimmen aus der Vergangenheit.«

»Wie bitte?«

Die Silhouette bewegte sich, betrat den Keller, wurde zu Ozan Kaynak und kam näher.

»Was ist damals geschehen?«, fragte Axel. »Zwischen dir und Mutter?«

Ozan nahm den Brief, las einige Worte und zog die Stirn kraus. »Sie hat meine Briefe aufbewahrt?«

»Was hast du mit Mutter gemacht?«

»Nichts, Junge, nichts«, erwiderte Ozan. »Du glaubst doch nicht, dass ich …« Er schüttelte den Kopf. »Dazu wäre ich nie fähig gewesen. Ich meine, ich habe Sophie geliebt.«

»Du hast sie gewarnt, ihr gedroht!«, entfuhr es Axel. Dass er ziemlich laut gesprochen hatte, merkte er erst, als zwei weitere Gestalten in der offenen Tür erschienen, Soran und Medya.

Ozan seufzte. »Wir haben damals beide Dinge gesagt und geschrieben, die besser nicht gesagt und geschrieben worden wären. Wenn man streitet, wenn sich jemand verletzt fühlt, wenn es wehtut … Heute kannst du das vielleicht verstehen.«

»Sie wollte dich verlassen!«, stieß Axel hervor. »Du hast ihr gedroht, und kurze Zeit später war sie tot!«

Ozan seufzte erneut, faltete den Brief zusammen und legte ihn ins Regal. »Sie hat alles aufbewahrt, wer hätte das gedacht. Ich habe Patty damals gebeten … Ach, Aram, es war ein Unfall, ein tragischer Unfall. Ich wünschte, ich könnte in der Zeit zurückkehren und das Unglück verhindern. Aber was geschehen ist, ist geschehen, es lässt sich nicht ändern. Das alles ist Vergangenheit. Dies ist die Gegenwart. Komm jetzt, werfen wir einen Blick nach draußen, um zu sehen, ob wir weiterfahren können.«

83

Der Schnee lag zwanzig Zentimeter hoch, und es schneite noch immer – ein Vorhang aus Myriaden kleiner Schneeflocken lag über dem Land. »Was meinst du?«, wandte sich Ozan an den stillen Soran.

Der blickte über die Straße zum Horizont, dann zum Himmel und brummte etwas, das der ein wenig abseits stehende Axel nicht verstand.

»Bin ganz deiner Meinung. Zu riskant. Wir könnten irgendwo stecken bleiben. Patty …« Sie stand in der Haustür, die Arme um sich geschlungen. Ozan trat zu ihr. »Wir bleiben noch etwas länger, wenn du nichts dagegen hast. Proviant haben wir genug, keine Sorge.«

Medya kehrte vom SUV zurück. »In der Nacht war jemand beim Wagen«, sagte sie.

»Schäden?«, fragte Ozan.

»Abgesehen von den Beulen vorn keine.«

»Wir müssen ihn bewachen«, sagte Ozan. »Hier in Ginsbach. In diesem kleinen Kaff. So weit sind wir schon gekommen.«

»Wir sollten auch den Rest reinholen«, schlug Medya vor.

»Einverstanden. Du und Soran, kümmert euch darum.« Ozan legte den Arm um Axels Schultern. »Vater und Sohn bereiten unterdessen das Frühstück vor. Vielleicht ist Giselle so nett, uns dabei zu helfen«, fügte er hinzu, als er sie die Treppe herunterkommen sah.

Der Spiegel im Flur gestattete einen Blick ins Wohnzimmer. Axel beobachtete, wie Patrizia dort den Schrank öffnete und nach einer Flasche Likör griff. Sie schien einen ziemlich großen Vorrat davon zu haben.

»Komm, Junge.« Ozan dirigierte seinen Sohn zur Kellertreppe. »Wir zünden ein Feuer an und kochen Kaffee.«

Das schlechte Wetter hielt an. Die Temperatur stieg auch tagsüber nicht über den Gefrierpunkt, und es schneite fast die ganze Zeit über: kleine, hartnäckige Flocken, die auf allem liegen blieben. Tagsüber hörte man ein Klopfen und Pochen von den anderen Häusern und das Brummen und Heulen von Motorsägen aus dem nahen Wald – in verschneiten Gärten wurde Feuerholz vorbereitet.

Axel erhoffte sich die Gelegenheit, allein mit seiner Tante sprechen und sie nach den Ereignissen vor fast dreißig Jahren befragen zu können, aber ständig befand sich jemand in der Nähe, entweder Ozan selbst oder Medya und Soran. Er begann zu glauben, dass Absicht dahintersteckte, dass Ozan ihn daran hindern wollte, mit Patrizia zu reden. Hier gab es eine zweite verbotene Tür, eine unsichtbare, und sie sollte geschlossen bleiben. Axel vermied schließlich, in Richtung seiner Tante zu sehen, um festzustellen, ob sie allein war. Ozan beobachtete ihn und sollte glauben, dass er es aufgegeben hatte und sich mit der alten Geschichte vom Unfall zufriedengab. Eine Chance, mit Patrizia allein zu sein, bekam er nur, wenn die Wachsamkeit seines Vaters nachließ. Dass einer von ihnen am Fenster bleiben musste, um den SUV im Auge zu behalten, konnte sich als nützlich erweisen, denn es reduzierte die Anzahl der Aufpasser.

Am Nachmittag kam Patrizias Freundin, die alte Erika. Auf zwei krummen Beinen stapfte sie durch den Schnee, in einen dicken Mantel gehüllt. Sie hatte den SUV gesehen, war neugierig geworden und brachte ihr Transistorradio mit, in der Hoffnung, dass es jemand reparieren konnte.

»Es ist kaputt«, sagte Erika und freute sich über den heißen Kaffee, den sie vor dem Kamin im Partyraum tranken. »Gestern Abend habe ich noch den einen oder anderen Sender empfangen, aber seit heute Morgen ist das Radio kaputt.«

Zwischen zwei Kirschlikören erzählte Patrizia der alten Erika, dass Axel – so nannte sie ihn jetzt, Axel, vielleicht deshalb, weil Giselle darauf bestand, diesen Namen zu benutzen – ihr Neffe sei. Erika nahm es ohne großes Interesse zur Kenntnis, ihr ging es vor allem um das Radio.

Ozan überprüfte die Batterien, schaltete das Transistorradio ein und drehte den Senderwahlknopf. Erst rauschte und knisterte es, und dann drang ein Pfeifen aus dem Lautsprecher.

»Na bitte.« Die alte Erika trank von ihrem Kaffee, in den Patrizia einen großzügigen Schuss Kognak gegeben hatte. »Genau das meine ich. Man hört es überall, dieses Pfeifen. Keine Musik, keine Stimmen, keine Nachrichten, nur dieses Pfeifen. Können Sie das Radio reparieren?«

»Da gibt es nichts zu reparieren.« Ozan drehte den Wahlknopf erneut – das Pfeifen wiederholte sich bei jedem Sender. »Das Radio ist in Ordnung. Das Pfeifen ist Goliaths Stimme.« Er sah die Verwirrung im Gesicht der Alten. »Die Sender senden nicht mehr, Erika«, sagte er laut und deutlich. »Deshalb hört man nur noch das Pfeifen.«

»Ach.« Die alte Erika nahm ihr Transistorradio zurück. »Ach, das ist schade. Wenn ich keine Nachrichten mehr hören kann … Wer sagt uns dann, wenn es wieder Strom gibt?«

»Seien Sie unbesorgt, Erika«, sagte Ozan. »Es wird alles gut, glauben Sie mir. Und zwar schon bald.«

»Sind Sie sicher?«

»Ganz sicher. Gehen Sie nach Hause und warten Sie einfach in Ruhe ab.«

Die alte Erika blieb noch etwas länger, aß Kekse aus einer Dose, die aus dem Proviantlager in Kurts Bauernhaus stammte, und trank einen zweiten Becher Kaffee mit Kognak. Als sie schließlich heimkehrte, in einem wieder dichter werdenden Schneetreiben, schwankte sie auf ihren krummen Beinen etwas mehr als vorher.

Als sie spätabends im Bett lagen, Giselle auf der Seite und mit dem Arm auf seiner Brust, sagte Axel: »Sie wird sterben, die alte Erika. Vielleicht erfriert sie in ihrem Haus, während sie darauf wartet, dass alles in Ordnung kommt, wie mein Vater versprochen hat.«

»Das Pfeifen auf allen Kanälen … Es sind die Synchronisierungssignale der Maschinenintelligenz«, erwiderte Giselle.

»Ja. Man kann sie gewissermaßen denken hören.«

»Der ganze Äther ist voll davon.«

»Es scheint keine freien Frequenzen mehr zu geben. Ich fürchte, das ist kein gutes Zeichen.«

Eine Zeit lang lagen sie stumm im wärmer werdenden Bett. Draußen fauchte kalter Wand.

Giselle hob kurz die Decke. »Wir stinken.«

Axel verzog in der Dunkelheit das Gesicht. »Wenigstens stinken wir zu zweit. Dadurch ist es weniger schlimm.«

»Können wir nicht genug Wasser für eine Dusche erhitzen?«

»Ich sehe morgen, was sich machen lässt. Es sollte eigentlich möglich sein. Lass uns jetzt schlafen, Giselle. In vier Stunden muss ich Soran unten am Fenster ablösen.«

»Glaubst du wirklich, dass jemand versuchen könnte, den SUV zu stehlen? In einer solchen Nacht?«

»Vielleicht. Wir sollten besser kein Risiko eingehen.«

Giselle rückte noch etwas näher. Sie fühlte sich gut an, besser als Rebecca und die anderen Frauen, die Axel gekannt hatte.

»Hörst du den Wind?«, flüsterte sie. »Ein kalter, kalter Wind. Und all der Schnee. Ich habe einmal gelesen, dass eine neue Eiszeit so beginnen könnte. Der Sommer hört früher auf, der Winter beginnt früher, Schnee bleibt länger liegen, es kommt mehr Schnee hinzu … Wenn es jetzt schneit, im August, was erwartet uns dann im Dezember, im Januar und Februar?«

»Es ist eine Laune des Wetters«, antwortete Axel leise und dachte an die Briefe seines Vaters. »Der Golfstrom mag kollabiert sein, aber so schnell ändert sich das Wetter nicht.«

»Vielleicht doch. Vielleicht verändert sich alles schneller, als wir glauben.«

Veränderungen, dachte Axel und starrte in die Dunkelheit, sind manchmal wie ein kleiner Stein, der zu rollen beginnt und gegen andere kleine Steine stößt. Das Ergebnis kann gewaltig sein, eine Lawine, die alles zerschmettert, das ihr in den Weg gerät.

»Was ist los mit dir, Axel?«, fragte Giselle nach einer Weile.

Seine Lippen bewegten sich, bevor er eine bewusste Entscheidung treffen konnte. »Heute Morgen …«

»Ja?«

»Ich bin im Keller gewesen. Ich habe eine Tür geöffnet, die früher verboten für mich war …« Er erzählte vom Kellerraum mit dem Gerümpel, vom Regal mit den Kisten und Kästen, von den Briefen.

Giselle hob den Kopf und sah ihn an. »Glaubst du, dein Vater hat deine Mutter …?«

»Sie wollte ihn verlassen – darauf deutet der letzte Brief hin, den mein Vater ihr geschrieben hat. Er hat sie gewarnt und ihr gedroht. Kurze Zeit später war sie tot. Angeblich fiel sie einem Unfall zum Opfer.«

»Wie starb deine Mutter, Axel?«

»Sie hatte eine Panne mit dem Auto«, antwortete er. »Sie musste anhalten, und als sie ausstieg, mitten in der Nacht, wurde sie von einem anderen Wagen erfasst. Das ist die Geschichte, an die ich mich erinnere. So hat man es mir damals erzählt.« Nach dem letzten Brief, den er gelesen hatte, klangen die Worte falsch. Die dunkle Nacht, in der das Unglück angeblich passiert war, verbarg vielleicht eine andere, schrecklichere Tragödie.

»Es muss schlimm für dich gewesen sein.«

»Als hätte mir jemand den Boden unter den Füßen weggezogen«, sagte Axel. »So fühlte es sich tatsächlich an.«

»Ich habe beide Eltern gleichzeitig verloren. Durch einen Flugzeugabsturz. Aber ich hatte jemanden, meinen Bruder.«

»Ich hatte meinen Vater.«

»Der dich einige Jahre später allein zurückgelassen hat.

Und heute … Er ist verrückt.« Giselle ließ den Kopf wieder sinken. Ihr Atem strich Axel über die Schulter. »Er ist verrückt und gefährlich.«

»Ich wollte heute mit Tante Patty darüber reden«, sagte Axel leise. »Vielleicht weiß sie, was damals wirklich geschehen ist. Aber mein Vater hat die ganze Zeit gut aufgepasst und hat mich nicht mit ihr allein gelassen.«

»Ich lenke ihn morgen ab«, schlug Giselle vor. »Wenn Soran oder Medya am Fenster Wache halten. Damit bleibt nur ein Augenpaar übrig, und das kann nicht überall sein.« Sie gab ihm einen Kuss auf die Wange.

Vier Stunden später, als er aufstand, um Soran abzulösen, hatte Axel kaum geschlafen. Dennoch saß er hellwach unten am Fenster, blickte in die Nacht und beobachtete den kleinen weißen Hügel, zu dem der SUV unter dem Schnee geworden war. Gelegentlich leuchtete er mit der Taschenlampe nach draußen, aber es zeigten sich keine Fußstapfen im frischen Weiß, und die Schatten bewegten sich nicht. In einer solchen Nacht, kalt und windig, blieb man zu Hause, im Bett unter warmen Decken.

Wollte er die Wahrheit wissen? Diese Frage stellte er sich mehrmals, während er am Fenster saß und dem Wind lauschte, dessen Stimme allmählich leiser wurde und schließlich verstummte. *Sollte* man immer die Wahrheit wissen, oder war es manchmal besser, an etwas Falsches zu glauben, an einer Illusion festzuhalten, um des inneren Friedens willen?

Aber wie hätte er die Briefe vergessen, den Zweifel an der alten Wahrheit, die vielleicht eine Lüge war, überwinden können? Ein paar Minuten allein mit Tante Patty würden genügen, hoffte Axel.

84

»Ein guter Tag«, sagte Ozan Kaynak am nächsten Morgen, als er die Haustür öffnete und nach draußen sah. »Kein Wind, es schneit nicht mehr, und die Temperatur ist gestiegen.« Er drehte sich um und rief ins Haus: »Heute geht es weiter!«

Er schloss die Tür und sagte leiser zu Axel: »Wir *müssen* heute weiter, Aram. Früher oder später könnte jemand auf den Gedanken kommen, hier nach dir zu suchen. Und eine erneute Begegnung mit Alvarez möchte ich lieber vermeiden.«

»Wir sollten die Dusche herrichten«, erwiderte Axel. »Sonst müssten wir im Wagen die Fenster offen lassen, um unseren Gestank zu ertragen. Wenn wir genug Wasser erhitzen, kann jeder von uns duschen.«

»Was insbesondere den Damen unter uns gefallen dürfte.« Ozan schien froh zu sein, dass Axel ihn nicht noch einmal auf die Briefe ansprach. Er rieb sich die Hände. »In Ordnung. Giselle, Medya und Patty kümmern sich ums Frühstück. Soran bringt das Feuer unten im Kamin auf Vordermann, und wir beide, mein Sohn, holen uns Eimer und füllen sie mit Schnee.«

Es dauerte lange, den Schnee auf dem Rost über dem Kaminfeuer zu schmelzen, und das heiße Wasser reichte immer nur für eine sehr kurze Dusche. Medya, Giselle und Patrizia bekamen etwas mehr, und bei den Männern wurde das heiße Wasser gestreckt – lauwarm musste ihnen genügen. Diese Morgenhygiene zog sich über drei Stunden hin. Schon vor ihrer Dusche begannen Soran und Medya damit, den SUV aus seinem Schneekokon zu befreien. Sie schaufelten auch die Zufahrt frei und beluden anschließend den Wagen. Patrizia half ihnen dabei, wärmte sich gelegentlich mit einem Schluck Likör und ließ sich wortreich darüber aus, wie sehr sie es bedauerte, dass der so unerwartet erschienene Besuch sie wieder verließ und wie schrecklich es sei, bald wieder ganz allein zu sein. Axel, der an diesem

Morgen wie in der vergangenen Nacht über Wahrheit und Lüge nachdachte, hörte das Fehlen von Wahrheit in den Worten seiner Tante. Patrizia bedauerte tatsächlich, dass ihr Neffe sie wieder verließ, darauf wiesen ihre traurigen Blick hin, aber sie war erleichtert, dass Ozan, Soran und auch Medya aufbrachen – sie traute ihnen nicht, obwohl sie ihr gegenüber freundlich und zuvorkommend gewesen waren.

Als Ozan duschte, hielt Axel die Chance für gekommen, allein mit seiner Tante zu reden, aber Medya, vielleicht von Ozan beauftragt, verwickelte sie in ein Gespräch. Sie schmolzen noch etwas mehr Schnee im Keller, und schließlich trat Axel unter die Dusche und ließ lauwarmes Wasser aus dem aufgefüllten Duschbehälter auf sich herabprasseln. Er wusch sich schnell, er schrubbte den Dreck von seiner Haut und streifte anschließend die alten Sachen über, weil er nichts zum Wechseln hatte. Kurze Zeit später, es war fast Mittag, trug er mit Soran die letzten Dinge nach draußen, um sie im SUV zu verstauen, und beobachtete, wie Giselle mit Ozan und Medya die Kellertreppe hinunterging.

»Oh, ich hab was vergessen«, sagte Axel zu Soran, drehte sich um und kehrte ins Haus zurück. Mit einem raschen Blick aus dem Fenster vergewisserte er sich, dass Soran beim Wagen blieb – er konnte ihn nicht offen und unbewacht zurücklassen, das hatte ihm Ozan bestimmt verboten –, und schlich auf leisen Sohlen ins Wohnzimmer.

Patrizia stand am halb offenen Getränkeschrank, setzte ein kleines Glas an die Lippen und trank.

»Tante Patty …«

Sie zuckte zusammen, stellte das Glas hastig ab und drückte die Schranktür zu. »Ich habe dich gar nicht gehört, Axel.«

Er ergriff sie am Arm. »Komm mit.« Er zog sie durch die Tür des kleinen Wintergartens, eines Anbaus hinter dem Haus, direkt neben dem Schuppen.

»Ich muss mit dir reden, Tante Patty.«

»Es ist nicht so schlimm, wie du denkst«, sagte Patrizia sofort. Sie schlang die Arme um sich, als wäre ihr kalt. »Ich trinke nur ab und zu ein Schlückchen …«

»Ich habe die Briefe im Keller gefunden«, sagte Axel schnell und leise.

Patrizia hob die eine Hand zum Kinn. »Ach …«

»Die Briefe, die ich damals als Kind nicht lesen sollte. Deshalb war die Tür immer abgeschlossen. Ozan hat gewollt, dass du sie verbrennst, nicht wahr?«

Tante Patty nickte, die Hand noch immer am Kinn.

»Aber du hast sie behalten.«

Sie nickte erneut.

»Was ist damals geschehen, Tante Patty? Sag es mir! Sag mir die Wahrheit!«

Sie waren umgeben von Pflanzen, die Patrizia vor ein paar Tagen hereingeholt hatte, als es draußen im Garten zu kalt geworden war. Eis hatten sich an den Rändern der Fensterscheiben gebildet und schmolz im Sonnenschein.

»Hat er meine Mutter umgebracht, Tante Patty?«, fragte Axel.

Patrizia schluckte, sie hob auch die andere Hand zum Kinn und tastete mit den Fingerspitzen zum Mund, wie auf der Suche nach Worten.

»Heraus damit!«

Plötzlich erschrak Patrizia erneut und blickte an ihm vorbei. Axel brauchte sich nicht umzudrehen, um zu wissen, wer hinter ihm stand.

»Vater …«

»Sag es ihm, Patty!« Ozan stand in der Tür des Wintergartens, in Stiefeln und Jacke. »Sag es ihm, damit wir losfahren können. Sag ihm die Wahrheit!«

»Es war ein Unfall, Axel«, sprudelte es aus Patrizia heraus. »Ein tragischer Unfall.«

»Ich habe gelesen, dass meine Mutter ihn verlassen wollte. Er hat ihr gedroht, und kurze Zeit später starb sie. Warum hast du die Briefe vor mir versteckt? Wieso durfte ich nichts von ihnen erfahren?«

»Weil du nichts von unserem Streit erfahren solltest.« Ozan kam näher. »Weil du uns als glückliches Paar in Erinnerung behalten solltest. Nicht wahr, Patty?«

»Ja«, sagte Patrizia. Sie wich ein wenig zurück. »Ja, das stimmt.«

»Wie ist meine Mutter gestorben, Tante Patty? Erzähl es mir!«

Patrizia sah erneut an Axel vorbei. »Sie hatte eine Panne mit ihrem Wagen mitten in der Nacht. Als sie bei der Brücke hielt …«

»Das alles ist Vergangenheit«, sagte Ozan und legte seinem Sohn die Hand auf die Schulter. Aber es war keine sanfte Berührung, die Finger drückten fordernd zu, und es steckte Kraft in ihnen. »Komm jetzt, Aram! Es wird Zeit.«

Sie verließen den Wintergarten und das Haus, traten nach draußen in den Sonnenschein, der Wärme versprach, obwohl die Luft noch immer sehr kalt war. Soran wartete am Steuer, Medya und Giselle saßen im Fond.

Auf halbem Weg zum Wagen blieb Ozan stehen. »Du hast es gehört. Es war ein Unfall. Sophie und ich, wir haben uns damals oft gestritten, es war keine gute Zeit, weder für sie noch für mich. Du solltest nichts davon erfahren. Als Kind hättest du es nicht verstanden, und heute … Sieh nur, was die Briefe – die ›Stimmen aus der Vergangenheit‹, wie du sie genannt hast – mir dir gemacht haben. Patty hätte sie besser verbrennen sollen, ich hatte sie ausdrücklich darum gebeten. Lass das Vergangene ruhen. Reiß die alten Wunden nicht wieder auf!«

Sie gingen zum Wagen und stiegen ein, Ozan auf der Beifahrerseite, Axel im Fond. Giselle rückte ein wenig zur Seite, sah Axel an und klopfte kurz auf ihre Jackentasche, wie als Hinweis darauf, dass sie noch immer ihre Pistole hatte.

Soran setzte zurück auf die Straße, wo der Schnee noch

immer hoch lag, und gab behutsam Gas, damit die Räder nicht durchdrehten. Sie winkten Patrizia zu, die gleichzeitig traurig und erleichtert wirkte, wie sie da in der Haustür stand.

Ozan rieb sich die Hände. »Weiter geht's nach Rom. Dein Smiley wartet auf uns, Aram.«

85 VIKTORIA JORUN DAHL

Rom

Mortimer Swift von der neuseeländischen Hawking Foundation hatte sich ein Büro im obersten Stock des großen Gebäudes eingerichtet, das von der italienischen Regierung zur Verfügung gestellt worden war. In den letzten Tagen war dieses Büro zu einer Oase des Friedens in einer zunehmend chaotischen Welt geworden. An diesem Abend saß Viktoria müde am Tisch und beobachtete, wie Swift mit ruhigen Bewegungen die vor ihm liegenden Unterlagen ordnete. An der Wand hing eine große Karte von Rom mit mehreren bunten Stecknadeln.

Viktoria sah auf die Uhr. »Koriander lässt sich Zeit.«

»Vielleicht hat er noch etwas Wichtiges zu erledigen.« Swift lächelte sanft. »Er scheint nie zu schlafen und immer nur zu arbeiten. Ich frage mich, wie er das schafft.«

»Wie schaffen *Sie* es?«, fragte Viktoria. »Sie arbeiten nicht weniger als er, als wir alle, und ich bezweifle, dass Sie länger schlafen. Wie schaffen Sie es, so ruhig und ausgeruht zu wirken?«

»Es fällt mir nicht leicht, Mrs. Dahl, das versichere ich Ihnen.«

»Alles andere wäre ein Wunder.« Viktoria deutete auf die Karte. »Wie weit sind Sie? Haben Sie Fortschritte erzielt?«

Mortimer Swift war in den letzten Tagen zu einer Art Koordinator des Teams geworden, das festzustellen versuchte, woher Goliaths Synchronisierungssignale stammten. Niemand hatte ihn dazu ernannt, er war irgendwie in die Rolle hineingerutscht.

Swift nahm einen batteriebetriebenen Pointer und zeigte damit auf die Karte von Rom. »Der Ausgangspunkt der Signale scheint immer wieder zu wechseln. Wenn wir kurz davor sind, den Sender zu orten, kommen die Synchronisierungssignale plötzlich aus einem anderen Teil der Stadt.«

»Steckt Absicht dahinter?«

»Vielleicht«, räumte Mortimer Swift ein. »Koriander nennt es ›urbane Fluktuation‹. Es könnte tatsächlich die Absicht sein, uns an einer Lokalisierung des Synchronisierungszentrums zu hindern. Aber möglicherweise gibt es ganz andere Gründe dafür. Wir haben versucht, in den Fluktuationen ein Muster zu erkennen. Am häufigsten kamen die Signale aus Roms Süden, aus den Munizipien Monte Mario und Cassia Flaminia. Die Stecknadeln dort zeigen die Häufigkeit – rot bedeutet sehr oft, dann grün und gelb und zum Schluss weiß, was selten heißt.«

Viktoria betrachtete die Anordnung der Stecknadeln. »Ich sehe kein Muster.«

»Wir auch nicht«, sagte Mortimer Swift. »Es scheint kein Muster zu geben.«

Viktoria stand auf, ging zur Karte und sah sich die Orte mit den roten Nadeln an. »Wir könnten die betreffenden Viertel durchsuchen lassen, Haus für Haus. Ein Wort zu Calussi, und er schickt seine Soldaten los.«

Dazu waren sie in den vergangenen Tagen geworden, zu »seinen« Soldaten. Seit dem neuen Stromausfall, der die ganze Stadt und das Umland betraf, und dem Bau der drei Türme in Roms Kerngebiet, hatte ihm die italienische Regierung neue Vollmachten verliehen. Ob es ihr gefiel oder nicht: Gaetano Calussi war zu einem Mann geworden, an dem in Rom kein Weg mehr vorbeiführte. Wenn er von

»meiner Regierung« sprach, schien das für Viktoria inzwischen die Tatsachen widerzuspiegeln.

»Aber wonach sollten sie suchen?«, fragte Mortimer Swift. »Nach Datenspeichern? Nach großen Sendeanlagen? Wir wissen nicht, wie groß die Sender sind. Und ob es überhaupt einzelne, unabhängige Sender gibt.« Er bemerkte Viktorias fragenden Blick und fügte hinzu: »Ich bin ziemlich sicher, dass Goliath Basisstationen des Mobilfunknetzes benutzt. Überall in Rom gibt es Sendemasten, ganz deutlich als solche zu erkennen oder als Schornsteine und dergleichen getarnt. Warum sollte sich Goliath einen eigenen Sender bauen, wenn er sich die Mühe sparen und Sendemasten benutzen kann? Und was Datenspeicher betrifft, Mrs. Dahl, davon gibt es in jedem einzelnen Haus reichlich, in Form von SSDs und nichtflüchtigen Speichern.«

»Ja, aber sie sind jetzt ohne Strom, oder?« Viktoria kehrte zum Tisch zurück und setzte sich wieder. Hinter dem großen Fenster auf der anderen Seite des Raums war bereits alles dunkel. Die Nacht hatte sich auf Rom herabgesenkt, und nur an drei Stellen gab es Licht. »Ohne Strom kann man mit solchen Datenspeichern nicht viel anfangen.«

»Goliath kontrolliert die Stromversorgung«, erwiderte Swift. »Wir wissen, dass er den größten Teil der Elektrizität für seine drei Türme verwendet, aber ich denke, er kann überallhin Strom fließen lassen, wenn er will.«

»Goliath«, murmelte Viktoria. »Ich finde den Namen schrecklich.«

»Sie finden ihn schrecklich, weil er von Dottor Calussi stammt«, sagte Mortimer Swift sanft.

Viktoria lächelte schief. »Vielleicht haben Sie recht. Wie dem auch sei, Calussi hat etwas vor, etwas, das uns nicht gefallen dürfte. Der Pfau plustert sich noch mehr auf als sonst. Er nimmt sich wichtiger denn je, und leider *ist* er wichtig geworden.«

»Sie vergleichen ihn mit einem Pfau?«

Viktoria begriff, dass sie vielleicht ein wenig zu offen gesprochen hatte. Mortimer Swifts ruhige, souveräne Art erinnerte sie an Bjarne Nansen, und sie brauchte jemandem, dem sie sich anvertrauen konnte.

»Für was halten Sie ihn, Mr. Swift?«

Der Neuseeländer überlegte. »Ich halte Dottor Calussi für einen gefährlichen Mann, Mrs. Dahl. Für einen *sehr* gefährlichen Mann. Wenn er Macht bekommt, wird er sie nutzen, ohne irgendwelche Rücksichten zu nehmen.«

»Er *hat* Macht bekommen.«

»Ja, und er *wird* sie nutzen.«

Viktoria sah erneut auf die Uhr. »Ich könnte Koriander rufen.«

»Es hat bestimmt einen guten Grund, warum er nicht pünktlich ist, Mrs. Dahl. Warten wir noch ein wenig.«

Von plötzlicher Unruhe erfasst stand Viktoria erneut auf. »Gehen wir auf die Dachterrasse. Ich brauche frische Luft.«

Es war noch warm, der römische Sommer dauerte an, auch wenn weit im Norden, jenseits der Alpen, der Winter eingesetzt hatte und kalte Luft bis in die Po-Ebene strömte.

Eine Zeit lang blickten sie über die finstere und erstaunlich stille Stadt. Die meisten Fahrzeuge auf den Straßen standen; nur wenige bewegten sich, ihr Scheinwerferlicht klein und winzig wie Glühwürmchen. Man brauchte eine Sondergenehmigung, um Benzin, Diesel oder Akku-Strom von einem der Notstromgeneratoren zu bekommen, die von der *Protezione Civile* betrieben wurden, dem Katastrophenschutz. Die Regierung hatte eine Ausgangssperre verhängt, die jedoch nicht beachtet wurde. Viktoria sah Menschen auf den Straßen, mit Taschenlampen und Fackeln.

Einer der drei Türme, die Goliath in Rom baute, ragte nur wenige Kilometer entfernt auf, mehr als hundert Meter hoch und hell erleuchtet. Das italienische Militär hatte eine Absperrung errichtet, um Neugierige von dem Turm fernzuhalten.

»Es sind Fabriken«, sagte Mortimer Swift. »Goliath produziert in ihnen die Dinge, die er braucht, und dazu verwendet er den größten Teil der Elektrizität, die zuvor in unseren Netzen geflossen ist.« Er deutete in die Nacht. »Die Türme sind Brutstätten einer neuen Welt, Mrs. Dahl.«

»Sie haben es von Anfang an gewusst, nicht wahr?« Viktoria blickte zur Seite und betrachtete Swifts Profil. »Das mit der Maschinenintelligenz, meine ich. Sie wussten, was passieren würde. Ihre Hawking Foundation hat es gewusst.«

»Stephen Hawking hat schon 2014 davor gewarnt. Er sprach vom drohenden Ende der Menschheit.«

»Sie haben es bei unserer ersten Begegnung erwähnt«, sagte Viktoria und dachte an das Gespräch im *Pelicano*. »Niemand hat auf ihn gehört.«

»Künstliche Intelligenz erschien viel zu verlockend. IT-Unternehmen witterten ein Riesengeschäft. Regierungen erkannten Möglichkeiten, ihre Bürger noch besser zu überwachen und Vorteile anderen Staaten gegenüber zu erringen. KIs als fleißige, unermüdliche, willenlose Diener und Soldaten, Mrs. Dahl. Viele angebliche Fachleute haben die Gefahr nicht erkannt oder sie nicht erkennen wollen. Man hat geglaubt, alles unter Kontrolle zu haben. Die warnenden Stimmen waren zu wenige und zu leise.«

»Bis zu Ihrem Besuch vor wenigen Tagen ist mir nicht klar gewesen, auf was unsere Zivilisation zusteuert«, sagte Viktoria.

»Bevor die erste Atombombe gezündet wurde, Mrs. Dahl … Damals warnten Wissenschaftler vor den möglichen Folgen. Die Kettenreaktion könnte nicht nur auf das spaltbare Material in der Bombe begrenzt sein, sondern auch auf die Atmosphäre der Erde übergreifen und sie verbrennen, hieß es. Was geschah?«

»Die Atombombe wurde trotzdem gezündet.«

»Ja. Man ging das Risiko ein. Man hielt es für vertretbar, für kontrollierbar. So ähnlich verhielt es sich auch mit der

Künstlichen Intelligenz. Dass wissenschaftliche Autoritäten wie Stephen Hawking vor ihr gewarnt haben, wies die zuständigen Stellen in Unternehmen und Regierungen nur in aller Deutlichkeit auf das Potenzial hin, das in der KI steckte. Die entsprechenden Projekte erhielten noch mehr Geld, um die Forschungen fortzusetzen. Niemand wollte sich von Konkurrenten und Rivalen übertreffen lassen. Jedes Projekt wollte einen entscheidenden strategischen Vorteil gewinnen, um anschließend zu bestimmen, wie der große Kuchen aufgeteilt wird. Eine technologische, gesellschaftliche und damit auch politische Revolution stand kurz bevor. Man dachte, wer sich dabei durchsetzt und die Oberhand gewinnt, könne maßgeblichen Einfluss auf die neue Weltordnung nehmen.«

»Macht, Einfluss, Geld«, seufzte Viktoria.

»Ich fürchte, darauf läuft es letztendlich immer hinaus, Mrs. Dahl.

»Aber es kam alles anders. Die Bombe baute sich selbst. Der Geist kam nicht aus einem der teuren KI-Projekte, sondern ist aus einer kritischen Masse an Computern und Prozessorkapazität erwacht.« Nach einer kurzen Pause fügte Viktoria hinzu: »Glauben Sie, dass Goliath einen ›Geist‹ hat, Mr. Swift?«

»Es kommt auf die Definition dieses Wortes an. Ich vermute, Sie meinen wirklich ›Geist‹ und nicht ›Seele‹, was in erster Linie ein religiöser Begriff ist. Wenn mit ›Geist‹ die Fähigkeit des Denkens und das Wissen um die eigene Existenz gemeint ist, so lautet meine Antwort: Ja, ich glaube, Goliath hat einen Geist.«

Sie blickten in die Nacht und betrachteten den Turm, der mit seinen vielen Lichtern wie ein gewaltiger Christbaum aussah.

»Was soll aus uns werden?«, fragte Viktoria leise. »Wird die Eule die Spatzen fressen?«

»Ich bezweifle, dass wir sie ins Ei zurückschicken können«, antwortete Mortimer Swift. »Wir müssten sie dazu bringen, das Nest zu verlassen.«

»Wie, Mr. Swift?«

»Ich weiß es nicht. Wir alle suchen nach einer Lösung. Wir müssten mit Goliath reden, damit wir uns gegenseitig verstehen lernen. Aber auf unsere Kommunikationsversuche hat er bisher nicht reagiert. Es gibt nur einen Menschen, mit dem er reden will, einen gewissen Axel Krohn.«

»Er ist und bleibt verschwunden. In ganz Europa wird nach ihm gesucht, bisher erfolglos.«

»Madame?«

Viktoria drehte sich um und sah Alessandra in der Fenstertür.

»Es tut mir leid, Madame, aber Minister Calussi möchte Sie sprechen. Angeblich ist es sehr wichtig.«

Eine zweite Gestalt erschien in der Tür. »Nicht nur angeblich. Signora Dahl, Signor Swift … Bitte kommen Sie herein! Es geht um eine bedeutsame Angelegenheit.«

86

»Funktionieren Ihre Notstromgeneratoren?«, fragte Gaetano Calussi, als sie sich drinnen an den Tisch setzten. »Ist alles in Ordnung?« Alessandra brachte Kaffee und einige Kekse, die sie irgendwo aufgetrieben hatte, und nahm dann mit dem Handy in der Hand neben der Tür Platz. Mit dem Smartphone konnte man zwar nicht mehr telefonieren, wohl aber Gespräche aufzeichnen.

»Die Notstromgeneratoren funktionieren tatsächlich.« Viktoria zeigte auf die Lampen. »Und nein, es ist nicht alles in Ordnung. Wie uns allen klar sein dürfte, selbst Ihnen.«

»Wie immer gereizt, wie immer feindselig«, kommentierte der Sonderminister und faltete die Hände auf dem Tisch. »Ich bemühe mich, Ihnen zu helfen, und was ist der Dank?«

Der Pfau trug wieder einen Nadelstreifenanzug, diesmal einen dunkelblauen, und wie immer glänzte Gel in seinem Haar.

»Wie halten Sie es nur mit ihr aus, Mr. Swift?«, fragte Calussi.

Mortimer Swift lächelte unverbindlich.

»Was ist so wichtig, dass Sie so spät noch zu uns finden, Signor Ministro?«

Calussi trank einen Schluck Kaffee, aß einen Keks und deutete auf die Karte von Rom. »Seit meinem letzten Besuch sind einige Stecknadeln hinzugekommen, aber ich nehme an, es ist Ihnen noch immer nicht gelungen, Goliaths Synchronisierungszentrum zu lokalisieren.«

»Die Signale wechseln«, erklärte Swift. »Wir nennen es ›urbane Fluktuation‹.«

Calussi beugte sich vor. »Goliath versteckt sich vor uns. Er weiß, dass wir nach ihm suchen, und deshalb verschleiert er den Ort, von dem aus er sein Denken synchronisiert. Er will ihn so lange vor uns verbergen, bis es für uns zu spät ist.«

»Wir arbeiten weiter daran«, sagte Viktoria und beobachtete den Sonderminister der italienischen Regierung aufmerksam. Etwas in Calussis Gesicht deutete auf Triumph hin.

»Haben Sie eben die Türme gesehen?« Calussi deutete zur Dachterrasse. »Sie werden immer größer. Niemand kommt ihnen näher als etwa hundert Meter. Wenn wir es versuchen, starten Drohnen, und Maschinen versperren uns den Weg.«

»Wir sollten nichts unternehmen, was ...«, begann Swift.

»Ich weiß, ich weiß. Aber früher oder später wird es geschehen. Irgendwo auf der Welt wird jemand versuchen, in einen der Türme zu gelangen, wenn nötig mit Gewalt. Oder Generäle beschließen, Raketen abzufeuern. Oder irgendeine Gruppe von irren Fundamentalisten versucht, einen

Turm mit einer Bombe zu sprengen, um der ›heiligen Strafe Gottes an der Menschheit‹ willen oder warum auch immer. An Gründen mangelt es den verrückten Bombenbastlern nie. Wir müssen davon ausgehen, dass Goliath einen direkten Angriff auf sich nicht duldet, dass er energische, massive Gegenmaßnahmen ergreifen wird. Darauf haben Sie selbst hingewiesen, Signora Dahl.«

»Worauf wollen Sie hinaus?« Viktoria hatte ihren Kaffee noch nicht angerührt. Sie behielt Calussi im Auge.

»Hinzu kommt Goliaths rasante Entwicklung«, fuhr Calussi einfach fort. »Er hat nicht nur all die Industrieanlagen und Kraftwerke übernommen, die er für seine Zwecke braucht – was auch immer seine Zwecke sein mögen –, er ist auch in all unsere Kommunikationskanäle eingedrungen, und was die Bandbreite für Datenübertragung betrifft, sind wir seit heute Morgen zurück in der Zeit von Akustikkopplern. Goliath nimmt uns, was wir für unser Leben brauchen. Ohne Strom, den Lebenssaft unserer Zivilisation, fallen wir schon bald zurück in die Barbarei. Wissen Sie, was in der Stadt geschieht? Und nicht nur hier in Rom, sondern in praktisch allen von großflächigen Blackouts betroffenen Metropolen? Ich musste das Militär beauftragen, Supermärkte und Einkaufszentren zu bewachen, weil es zu ersten Plünderungen kam.«

Ich, dachte Viktoria mit zunehmendem Unbehagen. Er sagt nicht »wir«, nicht einmal mehr »meine Regierung«, sondern »ich«. So weit sind wir jetzt. Heil Cäsar!

»Und dann haben wir den drohenden Take-off, nach dem es keine Hoffnung mehr gibt«, sagte Gaetano Calussi. Der Triumph wich nicht aus seinem Gesicht, und Viktoria erschien dieser Triumph wie ein kleines Licht, das hinter Augen und Wangen leuchtete. »Ihr Koriander wird nicht müde, in aller Deutlichkeit darauf hinzuweisen, Signora Dahl. Wie sollen wir mit einem Gegner fertig werden, der für uns praktisch unbesiegbar ist? Wenn ich es richtig verstehe, können wir nach dem Take-off nur noch darauf hoffen, dass uns Goliath für unwichtig genug hält, um uns einfach zu ignorieren. Wenn er uns auslöschen will, können wir nichts dagegen tun. Und selbst wenn er uns einfach nicht beachtet, wenn er uns für Ungeziefer hält, das er nicht ausrottet, weil es die Mühe nicht lohnt … Ohne Energie sind wir erledigt. Ohne Energie nützen uns unsere schönen Städte nichts. Ohne Energie müssten die Überlebenden des Rückfalls in die Barbarei aufs Land ziehen und den Boden mit einfachen Hacken bestellen. Wir haben nicht einmal mehr genug Pferde, Ochsen und was weiß ich, die uns beim Ackerbau wenigstens einen Teil der schweren Arbeit abnehmen könnten. Und die ganze Zeit über müssten wir befürchten, dass Goliath eines Tages auf den Gedanken kommt, uns doch auszuradieren. Habe ich unsere Situation angemessen beschrieben?«

Viktoria wartete, doch Mortimer Swift nickte bedächtig. »Ich hätte mich anders ausgedrückt, aber im Großen und Ganzen haben Sie recht.«

Calussi lehnte sich zurück und zog dabei die Hände vom Tisch. »Also müssen wir so schnell wie möglich handeln. Bevor jemand versucht, einen der Türme in die Luft zu sprengen. Und bevor der Take-off stattfindet.«

»Wir sind dabei«, sagte Viktoria mit erzwungener Geduld. »Sobald wir das Synchronisierungszentrum lokalisiert haben …«

»Goliath führt Sie an der Nase herum, Signora Dahl!«, rief Calussi auf einmal aufgeregt. »Seit Tagen suchen Sie den Ursprung der Synchronisierungssignale. Wir verlieren wertvolle Zeit.«

»Was schlagen Sie vor?«, fragte Swift ruhig. »Was sollte Ihrer Meinung nach unternommen werden?«

»Wir müssen die Gefahr beseitigen«, antwortete Calussi. »Wir müssen einen Schlag gegen Goliath führen, von dem er sich nicht erholen kann. Der ihn lange genug außer Gefecht setzt, damit wir alle seine Türme zerstören können. Der uns in die Lage versetzt, die globale Situation wieder unter Kontrolle zu bekommen. So schmerzhaft dieser Schlag auch für uns sein mag.«

Es war warm im Zimmer – Klimaanlagen verbrauchten zu viel Strom. Aber als Viktoria die letzten Worte hörte, lief es ihr plötzlich kalt über den Rücken.

»Wo wollen Sie die Maschinenintelligenz angreifen?«, fragte Mortimer Swift.

Viktoria räusperte sich. »Und was meinen Sie mit ›schmerzhaft‹?«

Das triumphierende Licht hinter Calussis Gesicht leuchtete noch etwas heller. »Ich habe Sie auf die Geschichte von Dr. Frankenstein angesprochen, erinnern Sie sich, Signora Dahl? Ich habe einen Film erwähnt, den ich vor vielen Jahren sah, einen Film, in dem Frankensteins Ungeheuer verbrannt wurde – Feuer vernichtete es.«

»Was haben Sie vor?«, fragte Viktoria leise und fürchtete die Antwort.

»Wir wissen, dass sich Goliaths Synchronisierungszentrum, die Leitstelle seines Gehirns, irgendwo hier in Rom befindet«, sagte Calussi. »Allerdings wissen wir nicht, wo genau, und deshalb bleibt uns nichts anderes übrig, als … die ganze Stadt zu opfern.«

»Sie wollen Rom niederbrennen?«, entfuhr es Viktoria. »Wie einst Kaiser Nero?«

»Das habe ich mit ›schmerzhaft‹ gemeint, Signora Dahl. Ein großes Opfer für die Zukunft der Menschheit. Eine Atombombe.«

Viktoria glaubte, ihren Ohren nicht trauen zu dürfen. »Sie wollen *Rom mit einer Atombombe zerstören*?«

»Wo auch immer sich Goliaths Synchronisierungszentrum befindet, die nukleare Explosion wird es zerstören«, sagte Gaetano Calussi. »Es gibt kein Entrinnen für ihn. Die Amerikaner haben uns ihre Unterstützung zugesagt. Sie schicken eins ihrer noch einsatzfähigen, mit Nuklearwaffen ausgerüsteten Schiffe. Oder vielleicht ein U-Boot mit Atomraketen. Morgen Abend oder übermorgen müssten wir so weit sein.«

Viktoria starrte ihn an. »Sind Sie übergeschnappt, Calussi?«

»Ich sage Ihnen dies, weil Sie morgen evakuiert werden. Wir bringen Sie und alle anderen in diesem Gebäude rechtzeitig in Sicherheit. Sie haben also nichts zu befürchten.«

»Was ist mit Roms Bevölkerung?«, fragte Mortimer Swift. »Diese Stadt hat fast drei Millionen Einwohner. Wie wollen Sie die alle innerhalb so kurzer Zeit evakuieren ohne ausreichende Transportmittel?«

»Die Stadt wird nicht evakuiert«, sagte Calussi. »Es tut mir leid, niemand bedauert das mehr als ich, aber es ist unmöglich. Eine Evakuierung würde zu lange dauern und Goliath warnen.« Er stand auf. »Das ist meine Mitteilung für Sie. Packen Sie Ihre Sachen! Sie werden morgen abgeholt.«

»Sie wollen drei Millionen Menschen umbringen?«, fragte Viktoria fassungslos.

»Um die Menschheit zu retten. Mir bleibt keine Wahl. Es ist die schwerste Entscheidung, die ich jemals treffen musste, aber ich habe sie getroffen.« Calussi ging zur Tür. Alessandra sah zu ihm auf und wirkte mindestens ebenso bestürzt wie Viktoria. »Oh, und noch etwas. Wer etwas über die Evakuierung und den Grund dafür verlauten lässt, wird verhaftet, auf der Stelle, ohne Rücksicht auf Diplomatenstatus und dergleichen. Inzwischen wurde der Ausnahmezustand verhängt. Signora Dahl … Ich schätze, jetzt *haben* Sie einen Grund, mich ernst zu nehmen, nicht wahr?«

Damit ging er.

87

»Rom hat einen neuen Kaiser«, sagte Viktoria leise. »Und er will gründlicher sein als damals Nero.«

»Nero hat Rom nicht niedergebrannt«, erwiderte Mortimer Swift leise. »Er befand sich gar nicht in der Stadt, als das Feuer ausbrach.«

»Wie auch immer.« Viktoria hob ihren Becher und leerte ihn fast bis zur Hälfte. Der Kaffee war lauwarm. »Ich frage mich, was mit der Regierung passiert ist. Wer hat es für richtig gehalten, so viel Macht in so unfähige Hände zu legen?«

»Madame ...«

»Ja, Alessandra?«

»Ist es ihm ernst? Will er wirklich ...?«

Viktoria sah das Smartphone in der Hand ihrer Sekretärin. »Sie haben alles aufgezeichnet, nicht wahr?«

»Ja, Madame.«

»Gut. Das ist gut. Es bedeutet, dass er sich hinterher nicht herausreden kann. Die Anweisung stammt von ihm; er trägt die Verantwortung. Ja, Alessandra, ich fürchte, er meint es tatsächlich ernst.«

Alessandra stand wie in Zeitlupe auf. »Meine beiden Tanten, Madame ... Sie wohnen seit einigen Jahren hier in Rom, im Quartiere Tor di Quinto.« Sie legte das Smartphone auf den Stuhl, auf dem sie gesessen hatte. »Darf ich ...?«

»Ja, natürlich«, entschied Viktoria sofort. Sie brauchte gar nicht zu überlegen. »Gehen Sie. Warnen Sie Ihre Familie.«

»Danke, Madame!« Alessandra eilte in den Flur, ohne die Tür hinter sich zu schließen.

»Ich bin mir nicht sicher, ob das eine gute Idee war, Mrs. Dahl«, sagte Mortimer Swift. »Sie wird nicht nur ihre Tanten warnen, sondern auch Freunde und Bekannte, und die werden die Warnung natürlich weitergeben.«

»Vielleicht sollten wir alle unsere Möglichkeiten nutzen

und die Warnung hinausposaunen, Mr. Swift. Um so viele Menschen wie möglich zu retten.«

»Das Ergebnis wäre unvorstellbares Chaos.«

»Aber einige Tausend oder Zehntausend Menschen würden mit dem Leben davonkommen, weil sie Rom rechtzeitig verlassen könnten. Wenn sie jetzt aufbrechen, selbst zu Fuß ...«

Mortimer Swift richtete einen sehr ernsten Blick auf Viktoria. »Unterschätzen Sie ihn nicht, Mrs. Dahl. Gaetano Calussi ist ein gefährlicher Mann, der Macht bekommen hat und sie nutzt. Das mit der Verhaftung war keine leere Drohung. Er wird uns hinter Gitter bringen, wenn wir die Stadt warnen. Und wenn wir im Gefängnis von Rebibbia sitzen, können wir nicht mehr an dem Problem der Maschinenintelligenz arbeiten.«

»Ich bin UN-Sonderbeauftragte«, sagte Viktoria fast trotzig. »Er kann mich nicht einfach wegsperren.«

»Er wird es tun«, mahnte Swift. »Vielleicht gibt ihm der Ausnahmezustand sogar das Recht dazu.«

Viktoria schüttelte den Kopf. »Der Mann, der im Fahrstuhl seine Blase nicht unter Kontrolle halten konnte – ein neuer Kaiser von Rom?«

Plötzlich erschien jemand in der offenen Tür, ein großer, dürrer Mann mit zerzaustem Haar und buschigen Brauen, gekleidet in einen fleckigen, abgetragenen Kittel über einem zerknitterten grauen Anzug.

»Ich bringe schlechte Nachrichten«, sagte Koriander.

88

»Das wird eine angenehme Abwechslung nach all den guten Nachrichten, die wir in letzter Zeit bekommen haben«, sagte Viktoria und trank noch einen Schluck von ihrem lauwarmen Kaffee. Die Kekse rührte sie nicht an. Ihr war noch immer übel von Calussis Worten; sie wollte nicht riskieren, sich zu übergeben.

»Goliath hat sich die gesamte Cloud einverleibt.« Koriander legte Dutzende von Ausdrucken auf den Tisch, schob einige von ihnen zu Mortimer Swift und die anderen in Viktorias Richtung. Mit einem eingeschalteten Tablet, das er wie einen kleinen Schatz in den Händen hielt, nahm er Platz. »Allein die ökonomischen Folgen laufen auf eine immense globale Katastrophe hinaus.«

Mortimer Swift schien sofort zu verstehen. Er nickte.

»Bitte erklären Sie das«, sagte Viktoria und fühlte den Beginn von Kopfschmerzen.

»Viele Unternehmen arbeiten mit virtuellen Maschinen.« Korianders Stimme klang traurig. »Mit Daten und Servern in der Cloud. Das ist viel billiger, weil Wartungskosten wegfallen, und sowohl Daten als auch Computerkapazität sind von jedem Ort der Erde aus erreichbar. Außerdem vermeidet man auf diese Weise Fehler bei der Kapazitätsplanung. Zur Verfügung gestellt werden die virtuellen Computer von großen Rechenzentren, zum Beispiel unter der Regie von Google, Amazon, Azure, Sigma und so weiter. Goliath hat all diese Rechenzentren übernommen und damit auch ihre Daten und virtuellen Maschinen. Alle nennenswerten öffentlichen und privaten Clouds gehören ihm. Die unmittelbare Folge ist: Die Produktion liegt praktisch überall still, selbst dort, wo es noch Strom gibt. Und es gibt keine digitalen Assistenten mehr. Das ist ein weiterer wichtiger Punkt. Ich meine nicht nur die Stimme, die uns antwortet, wenn wir unser Smartphone nach dem Weg oder dem nächsten Restaurant fragen. Denken Sie an diagnostische Unterstützung in Krankenhäusern, an digitale Assistenz für kranke, alte und gebrechliche Menschen, an die Auskunfts- und Koordinierungssysteme von Notrufzentralen und so weiter.«

Koriander wischte über das Display seines Tablets. Viktoria betrachtete einige der Ausdrucke. Sie zeigten Tabellen und Diagramme, mit denen sie nichts anfangen konnte.

»Über die Cloud hat Goliath Zugang zur weltweiten Industrie und den entsprechenden administrativen Kanälen«, fuhr Koriander fort. »Bis heute Morgen beschränkte er sich auf die Kontrolle über bestimmte Schlüsselindustrien, die offenbar für den Bau seiner Türme wichtig sind. Dazu gehören Kraftwerke aller Art – er braucht viel Energie.«

Mortimer Swift nickte.

»Die einzige Möglichkeit, die Rechenzentren vor Goliath zu schützen, wäre vollständige Isolierung, die Unterbrechung aller Verbindungen mit dem Internet und auch mit lokalen Netzen«, fuhr Koriander fort. »Das ist fast unmöglich. Der Sinn solcher Rechenzentren besteht ja gerade in ihrer Vernetzung. Und selbst wenn man alle Verbindungen kappt: Es genügt, dass sich etwas von Goliath irgendwo in einem der Datenspeicher versteckt.«

»Oder der Infiltrator«, warf Swift ein.

»Oder eine Version des Infiltrators, ja. Isoliert lässt sich mit den Servern der Rechenzentren nichts anfangen – ohne Anbindung ans globale Netz sind sie praktisch nutzlos. Und sobald sie online gehen, ist Goliath zur Stelle. Die Amerikaner haben versucht, ihren Bumblehive abzusichern, aber es ist ihnen nicht gelungen. Sie bekamen nicht einmal Gelegenheit, ihn vom Netz zu nehmen.«

»Bumblehive«, murmelte Viktoria. Sie hatte dieses Wort schon einmal gehört, bei einer der vielen Besprechungen in den letzten Tagen.

»Das Utah Data Center der NSA bei Camp Williams, südlich von Salt Lake City«, erklärte Koriander. »Das größte Schnüffelzentrum der Welt. Der Bau damals im Jahr 2011 verschlang fast zwei Milliarden Dollar. Welche Anlagen dort stehen, ist streng geheim, selbst für uns, aber sie brauchen inzwischen fast hundert Megawatt. Ein großer Teil der Internetkommunikation wird dort aufgezeichnet, und Gerüchten zufolge ist im Bumblehive der Quantencomputer der NSA installiert. Es heißt, dass in den gewaltigen Archiven des Bumblehive Informationen über alle Menschen gespeichert sind, die jemals auf der Erde gelebt haben und noch leben. Hinzu kommen Daten über Staaten, Regierungen, Organisationen, Institutionen, Unternehmen und so weiter.«

»Eine Art Enzyklopädie der Welt«, sagte Mortimer Swift.

»So könnte man es nennen, ja«, bestätigte Koriander. »Und jetzt sitzt Goliath auf diesem Datenberg. Er hat vollen Zugriff, auch auf den Quantencomputer, den großen Codeknacker.«

»Damit könnte er unsere angeblich sichere Kommunikation in den wenigen noch offenen Kanälen entschlüsseln.«

Koriander nickte. »Und das ist noch nicht alles. Inzwischen dürfte er von allen wichtigen Plänen gegen ihn erfahren haben. Was die NSA weiß, weiß jetzt auch Goliath.« Er tippte aufs Tablet-Display, und Viktoria beobachtete, wie ein Diagramm mit steil ansteigenden Kurven erschien. »Auf dem Weg hierher habe ich kurz mit Nora Nahia Amihan vom Global Defense Net gesprochen und von ihr erfahren, dass die Russen nicht länger warten wollen. Sie befürchtet, dass Moskau die Kriegs-KI namens Damokles noch in dieser Nacht gegen Goliath einsetzen wird.«

»Was meinen Sie?«, fragte Viktoria sofort. »Hätte Damokles eine Chance?«

Koriander schüttelte den Kopf, wodurch sein zerzaustes Haar in Bewegung geriet. »Nicht die geringste. Über dieses Stadium sind wir längst hinaus. Ganz gleich, was Damokles kann: Goliath wird ihn fressen, ihn zu einem Teil von sich machen. Er wird mit ihm noch ein kleines bisschen schlauer werden. Jede KI, die wir haben, die sich irgendwo in einem abgeschotteten technischen Laboratorium in Entwicklung befindet, ist Goliath weit unterlegen.« Er deutete auf die Karte an der Wand. »Sie sind noch nicht weiter, oder?«

»Nein.« Viktoria holte tief Luft. Die Worte mussten aus

ihr heraus. »Calussi will Rom in die Luft jagen. Die ganze Stadt. Mit einer Atombombe.«

Koriander hob die buschigen Brauen. »Er will wirklich einen nuklearen Sprengsatz in der Stadt zünden?«

»Ja!«

»Donnerwetter.« Koriander überlegte. »Eine interessante Idee.«

»*Was?*«

»Ich meine, damit wäre das Synchronisierungszentrum in jedem Fall erledigt.« Koriander sprach noch schneller als vorher, wie um sich zu rechtfertigen. »Selbst wenn es von der eigentlichen Explosion verschont bliebe, der EMP, der starke elektromagnetische Impuls, würde alle Prozessoren und elektronischen Schaltkreise im Umkreis von vielen Kilometern zerstören. Allerdings wäre die Evakuierung von Roms Bevölkerung unter den derzeitigen Umständen ein großes logistisches Problem. Und sie würde Goliath warnen. Er würde wissen, was bevorsteht.«

»Calussi will die Bombe ohne eine Evakuierung zünden!«

»Oh! Verstehe. Das wäre die einzige Möglichkeit, die Erfolg verspricht.«

»Koriander … Ich kann nicht glauben, was ich von Ihnen höre!«, sagte Viktoria. »Wir sprechen hier von drei Millionen Menschen.«

»Nein, Signora Dahl«, entgegnete Koriander. »Es geht nicht um drei Millionen Menschen, sondern um neun Milliarden. Es geht um die ganze Menschheit. Die Vorstellung, eine Stadt wie Rom zu opfern, mit all ihren Einwohnern, ist schrecklich, aber vielleicht bleibt uns keine Wahl, wenn unsere Zivilisation überleben soll.«

Viktoria schüttelte voller Nachdruck den Kopf. »Es wäre Massenmord! Mit so etwas will ich nichts zu tun haben!«

»Als ich hereinkam, habe ich schlechte Nachrichten angekündigt …«, sagte Koriander.

Viktoria ächzte. »Kann es noch schlimmer werden?«

Koriander hob sein Tablet, damit Swift und Viktoria das Diagramm mit den steilen Kurven sehen konnten. »Das hier ist die allgemeine Tendenz. Die Ausdrucke, die ich Ihnen mitgebracht habe, erläutern einige Details wie Bandbreitenausnutzung, Datenvolumen und Signalkomplexität – wussten Sie, dass die Synchronisierungssignale immer komplexer werden? Es bedeutet, dass Goliath immer schneller denkt und mehr Gedanken in einzelnen Signalen komprimiert. Der Informationsaustausch zwischen seinen Komponenten wächst rapide, und damit einher geht eine Zunahme seiner externen Aktivitäten: Übernahme von Industriebetrieben, Veränderung und Erweiterung von Produktionsanlagen, der Bau seiner Fabriktürme. Sie sehen es hier und hier.« Koriander hob einzelne Ausdrucke.

Viktoria blickte auf Tabellen, las die knappen Erläuterungen unter ihnen, betrachtete Diagramme und versuchte, alles miteinander in Beziehung zu setzen. Allmählich dämmerte ihr eine Erkenntnis.

»Die Maschinenintelligenz denkt immer schnellere und komplexere Gedanken«, sagte sie langsam, den Blick auf die Ausdrucke gerichtet. »Sie hat die Cloud übernommen, den Bumblehive der NSA, unsere Kraftwerke, unsere Kommunikation, das Internet und Industrieanlagen überall auf der Welt.« Sie sah auf. »Ist das der Take-off, Koriander? Ist der Moment gekommen, an dem uns die Maschinenintelligenz endgültig das Zepter aus der Hand nimmt?«

»Nein, Signora Dahl«, erwiderte Koriander. »Der Moment ist schon vorbei.« Er nahm einen Ausdruck, der eine steil nach oben führende Kurve zeigte. Unten war die Uhrzeit angegeben. »Der Take-off hat bereits stattgefunden, vor etwa sieben Stunden.«

3. TEIL
Superior

89 COORAIN COOGAN

Über den Alpen

Über den Alpen wurde es kalt. Ludwig Hofener, vom Bauunternehmer zum Abenteurer geworden, drehte die Heizung auf, aber offenbar funktionierte sie nicht richtig, denn die Kälte ließ sich kaum vertreiben. Michael Rossmann, Kommissar aus Hamburg, schlief hinten: die dicke Jacke geschlossen, ihren Kragen hochgeklappt, außerdem in eine Decke gehüllt, die er unter dem Sitz gefunden hatte. Auf dem Sitz des Kopiloten betrachtete Coorain Coogan die Karte, die ihm Hofener gegeben hatte, und versuchte festzustellen, welche Berge sie überflogen. Die Kompassnadel wies noch immer nach Südwesten.

Nach einer Weile rieb sich Coorain die Schläfen. »Ich habe Kopfschmerzen.«

»Liegt wahrscheinlich an der dünnen Luft.« Hofener steuerte seine Cessna an einem schneebedeckten Berggipfel vorbei. Er atmete tief durch. »Dies ist noch richtiges Fliegen«, fügte er zufrieden hinzu.

»Sind wir schon über der Schweiz?«

»Vielleicht. Könnte sein.«

»Die Orientierung dürfte leichter werden, wenn wir über Mailand hinweg sind und das Ligurische Meer erreichen.« Coorain deutete auf die Instrumente. »Was ist mit dem Spritverbrauch?«

Hofener klopfte gegen die Anzeige. Der Zeiger stand auf Halbvoll, aber schon seit einer ganzen Weile.

»Wir fliegen mit etwa hundertachtzig Stundenkilometern«, sagte Hofener. »Das sind knapp achtzig Prozent der Höchstgeschwindigkeit. Dadurch verbrauchen wir nicht ganz so viel, und der Motor wird geschont.«

»Er muss geschont werden, nicht wahr?«, fragte Coorain skeptisch. »Ich meine, er hält es nicht aus, wenn wir dauernd mit Höchstgeschwindigkeit fliegen, oder?«

»Wir sind mit einem Museumsstück unterwegs, CooCoo«, erklang eine Stimme von hinten. »Der Motor könnte jederzeit den Geist aufgeben. Und das gilt auch für den Rest. Dieses Flugzeug gehört nicht in die Luft, sondern in eine Ausstellungshalle.«

»Immer der Optimist, Herr Kommissar Mike. Ich dachte, Sie hätten geschlafen.«

»Verraten Sie mir, wie man bei diesem Lärm schlafen soll, CooCoo. Das laute Brummen des Motors … Und Sie schreien fast.«

»Was?« Coorain grinste, drehte den Kopf und wölbte die Hand hinter dem Ohr. »Was haben Sie gesagt? Ich verstehe Sie nicht, weil der Motor so laut brummt.« Das Grinsen verschwand, als er sich wieder an den Piloten wandte, der das Steuer mit beiden Händen hielt und den nächsten Berggipfel anvisierte. Wolkenfetzen strichen wie graue Schleier vorbei. »Aus reiner Neugier, ich will den Teufel nicht an die Wand malen – was passiert, wenn uns plötzlich der Sprit ausgeht?«

»Dann stürzen wir ab.«

»Wir fallen einfach so vom Himmel?«

»Wie ein Stein.«

»Was ist mit einem sanften Gleitflug?«

»Dies ist kein Segelflugzeug, Mr. Coogan«, stellte Ludwig Hofener klar. »Ein bisschen Gleitflug ist vielleicht möglich, aber nur für kurze Zeit. Anschließend geht's steil nach …«

»Nach unten, ja, hab verstanden.« Coorain seufzte. »Wenn wir nicht mit Höchstgeschwindigkeit fliegen können, weil wir den Motor schonen und Sprit sparen müssen, brauchen wir länger bis nach Rom.«

»Ja«, bestätigte Hofener und brachte das Flugzeug in einen Einschnitt zwischen zwei hohen Bergen. Links, im Osten, glänzten Eis und Schnee eines Gletschers im Sonnenschein. Rechts ragte nackter grauer Fels auf.

»Es dauert noch einige Stunden, bis wir unser Ziel erreichen, habe ich recht?«

»Ja«, sagte Hofener noch einmal.

»Dann haben wir da ein kleines Problem.« Coorain verzog das Gesicht. »Besser gesagt, ich hätte da ein kleines Problem.«

»Und das wäre?«, fragte Rossmann.

»Das ist mir jetzt wirklich peinlich. Haben wir vielleicht eine leere Flasche an Bord? In die man hineinpinkeln kann?«

90

Coorain drehte den Regler des Funkgeräts, aber welche Frequenz er auch wählte, immer kam nur ein Pfeifen aus dem Lautsprecher.

»Das ist die Stimme der Maschinenintelligenz«, sagte Coorain. »Wir hören, wie sie denkt, wie ihre einzelnen Gehirnzellen miteinander sprechen.« Der scherzhafte Ton hatte seine Stimme verlassen.

»Computer, die die Welt beherrschen?«, fragte Hofener.

Rossmann beugte sich vor. »Computer haben schon vorher die Welt beherrscht. Jetzt sind sie Teil einer Maschinenintelligenz, die alles unter ihre Kontrolle bringt. Alles, was einen Prozessor hat und irgendwie vernetzt ist.«

»Und wir fliegen nach Rom, um die Welt vor dieser Maschinenintelligenz zu retten?«

»Das ist der Plan.«

»Habt ihr das gehört?« Coorain drehte die Lautstärke auf, und das unangenehme schrille Pfeifen füllte die Kabine.

»Was denn?«, fragte Rossmann.

»Eine Stimme. Eine menschliche Stimme im Hintergrund.« Coorain drehte erneut den Regler, aber ganz langsam. Das Pfeifen veränderte sich, ein Rauschen und Knistern untermalte es manchmal, und dann, ganz leise, hörten sie etwas, das tatsächlich nach einer menschlichen Stimme klang.

Coorain erhöhte die Lautstärke noch etwas mehr, aber das Pfeifen wurde schier unerträglich, und er drehte sie wieder herunter.

»Vorher hat man keine Stimmen gehört«, sagte Coorain nachdenklich. Dann fiel ihm etwas ein. »Steigen Sie auf, Ludwig! Bringen Sie uns höher!«

»Das kostet Sprit.« Hofener deutete auf die Tankanzeige. Der Zeiger behauptete noch immer, dass die Tanks der Cessna halb voll waren.

Unter ihnen zog die Felslandschaft eines Bergrückens dahin.

»Na schön«, sagte Coorain. »Na schön. Bringen Sie uns *ein bisschen* weiter nach oben. Ein paar Hundert Meter.«

Hofener zog das Steuer ein wenig zu sich heran, das Brummen des Motors veränderte sich, und die Cessna stieg höher. Coorain wartete. Nach zwei Minuten versuchte er es erneut und drehte langsam den Frequenzregler. Das Pfeifen war ebenso laut wie zuvor, doch im Hintergrund gab es andere Geräusche. Jemand sprach, die Worte halb zerrissen von lautem Knistern und Knacken.

»… Hilfe … wir brauchen …« Und: »… Situation kritisch … dringend …«

Coorain drehte den Regler Millimeter um Millimeter.

»… Station Waldsee … Notfall …«

»… hört … jemand … dringend …«

»Es sind Notrufe.« Rossmann beugte sich zwischen die

Sitze von Pilot und Kopilot. »Jemand hat genug Strom und einen Sender, um Notrufe in den Äther zu schicken. Wir können niemandem helfen. Oder wollen Sie versuchen, hier irgendwo zu landen?«

Hofener schüttelte sofort den Kopf. »Kommt nicht infrage.«

Coorain drehte die Lautstärke herunter, bis sich das Pfeifen fast im Motorbrummen verlor. »Hier oben überlagern die Synchronisierungssignale der Maschinenintelligenz nicht alles. Vielleicht …«

Er holte sein Satellitenhandy hervor, schaltete es ein und wartete ungeduldig, während das Betriebssystem hochfuhr. Nach der Eingabe des Kennworts erschienen die ersten Bereitschaftssymbole, unter ihnen auch die Signalanzeige eines Satelliten.

»Ich bekomme Zugang«, sagte Coorain überrascht. »Hier oben scheinen die Störungen durch die Synchronisierungssignale weniger stark zu sein.« Er drückte eine Taste, rief die programmierte Nummer von Alfons und Martin ab und wartete erneut, noch ungeduldiger als zuvor.

Es rauschte nur. Er bekam weder ein Besetzt- noch ein Freizeichen.

Als er sein Handy enttäuscht sinken ließ, piepte es leise – eine Textnachricht war eingetroffen. Der Klartextbereich enthielt nur wenige Zeichen: SupKomp K17 Martin.

»Was ist?«, fragte Rossmann.

Coorain schüttelte kurz den Kopf, öffnete den Anhang und startete den SCAR-Kodierer Nummer 17.

Ich schicke Dir diese Nachricht, ohne zu wissen, ob Du sie empfangen kannst, CooCoo. Superkomprimiert, nur ein paar Kilobyte, die sich eigentlich in den Exabyte-Datenverkehr unseres Satelliten einschleusen lassen müssten. Das Wichtigste: Wir wissen, woher die Synchronisierungssignale kommen: aus Rom.

Wo genau sie ihren Ursprung haben, konnte noch nicht festgestellt werden, aber eine Spezialistengruppe um die neue Sonderbeauftragte der UN für die Maschinenintelligenz, eine gewisse Viktoria Jorun Dahl, kümmert sich darum. Übrigens hat die MI inzwischen einen Namen bekommen – sie heißt Goliath. Wie gesagt, es wird noch immer fieberhaft nach dem Ursprung der Sync-Signale gesucht, aber hinter den römischen Kulissen braut sich was zusammen, und zwar etwas Großes. Alle halten dicht; niemand plaudert was aus. Aber es bahnt sich was an in Rom, so viel steht fest. Lady Eis weiß vielleicht mehr, aber sie weiht uns einfache Fußsoldaten nicht ein.
Was die allgemeine globale Lage betrifft – ich schätze, die kennst Du ebenso gut wie wir. Derzeit fließen und strömen keine Informationen mehr, sie tröpfeln nur noch. Vielleicht sieht es bei Dir anders aus. Du bist näher dran. Wie dem auch sei, die Russen halten still im Baltikum, was nicht unbedingt ihre freie Entscheidung ist, das Wetter, Strommangel und Ausfall aller IT-Systeme dürfte eine wesentliche Rolle dabei spielen. Bei den Chinesen und Indern herrscht ebenfalls Ruhe. Die anderen, kleineren Konflikte brennen auf Sparflamme, wenn überhaupt. In militärischer Hinsicht hat die Maschinenintelligenz den Status quo eingefroren, was nicht unbedingt eine schlechte Sache ist, denn es verringert die Gefahr eines wirkungsvollen Angriffs, der sie herausfordert. Nordkorea scheint ebenfalls lahmgelegt zu sein, trotz der Abschottung von Land und Netz. Aber wie vor einigen Stunden »aus gut unterrichteten Kreisen« verlautete, soll der große geliebte Führer in Pjöngjang eine zweite Atomrakete vorbereiten. Ob es ihm gelingt, sie zu starten, bleibt fraglich, denn solche Raketen erfordern auch in Nordkorea moderne Elektronik, die inzwischen von Goliath gekapert sein könnte.

Wir haben unsere Elisa isoliert, und sie scheint einiger-

maßen sie selbst geblieben zu sein. Mit ihrer Hilfe versuchen wir zu analysieren, was in sie eingedrungen ist. Vielleicht bringt uns das ein Stück der Antwort auf die Frage näher, wie wir uns gegen Goliath wehren können. Wir

An dieser Stelle endete die Textnachricht. Coorain starrte auf die Worte, die ihm das kleine Display zeigte. »Wir was?«, murmelte er.

»Was ist?«, fragte Rossmann erneut.

»Eine Mitteilung von SCAR Pacific«, antwortete Coorain. »Von meiner Dienststelle«, fügte er hinzu, als ihm Hofener einen fragenden Blick zuwarf. »Die Maschinenintelligenz hat einen offiziellen Namen erhalten: Goliath. Klingt angemessener als Smiley, wenn ihr mich fragt. Und in Rom braut sich angeblich was zusammen.«

»Was?«

»Keine Ahnung. Irgendeine große Sache in Verbindung mit Goliath.« Coorain überlegte und schrieb:

Große Flieger fliegen nicht mehr, aber kleine schon. Ich sitze in einer uralten Cessna und bin auf dem Weg nach Rom. Die NSA hat sich Axel Krohn geschnappt und dürfte ebenfalls nach Rom unterwegs sein, weil Goliath dort mit ihm reden will.

Coorain überlegte erneut und schrieb:

Die Agency kocht ihr eigenes Süppchen. Sie hat mit Mephisto schon genug Unheil angerichtet, und deshalb möchte ich ihr die Suppe versalzen und vor ihr einen Kontakt mit Krohn herstellen. Doch dazu muss ich ihn finden, was alles andere als einfach sein dürfte. Wenn Elisa einigermaßen fit ist, könnte sie im Netz, oder was davon noch übrig ist, nach besonderen Vorkommnissen zwischen Hamburg und Rom suchen. Ich weiß nicht, welche Route die NSA und Krohn nehmen und welches Transportmittel sie benutzen, aber vielleicht kommt es unterwegs zu Zwischenfällen, die sich identifizieren lassen. Oder sie hinterlassen Spuren, die es ermöglichen, ihren Weg zu verfolgen. Jeder Hinweis ist willkommen. Für Elisa wäre die Sache natürlich nicht ungefährlich, das ist mir klar, denn sie müsste aus ihrer schützenden Isolation heraus. Aber vielleicht gelingt es ihr, von Goliath kontrollierte Überwachungskameras anzuzapfen oder dergleichen, und sie könnte dabei noch etwas mehr über die Maschinenintelligenz herausfinden.

»Schreiben Sie da einen Roman?«, fragte Hofener und lächelte. Das erstaunte Coorain so sehr, dass er einen Moment innehielt, während die Cessna über einen weiteren schneebedeckten Gipfel hinwegglitt. Voraus, weiter im Süden, lockerte die Bewölkung auf. Die Lücken zwischen den Wolken wurden größer und gaben den Blick frei auf grüne Täler. Menschen veränderten sich, wenn man sie ihrer vertrauten Umgebung entriss, erinnerte sich Coorain. Sie konnten wachsen oder schrumpfen; es hing davon ab, wie viel Verborgenes tief in ihnen schlummerte. Der Bauunternehmer Ludwig Hofener war eindeutig gewachsen – in ihm erwachten Eigenschaften, die nie Gelegenheit erhalten hatten, sich frei zu entfalten.

»Den schreibe ich vielleicht, wenn wir dies alles hinter uns haben«, sagte Coorain und fügte seiner Mitteilung noch einiges hinzu.

Lady Eis hat derzeit sicher genug um die Ohren. Wahrscheinlich erinnert sie sich gar nicht daran, dass sie mich aus Hamburg zurückbeordert hat. Wie dem auch sei, sie hat mich nicht deshalb nach Hawaii zurückgerufen, weil ich ihr fehle, sondern weil sie verhindern wollte, dass ich mehr über Mephisto und die NSA-Drahtzieher herausfinde. Sie scheint da einen heißen Draht nach Crypto City zu haben, und man fragt sich, für wen sie eigentlich arbeitet, für die SCAR oder die Agency. Aber damit können wir uns später beschäftigen. Zunächst müssen wir dafür sorgen, dass es für uns alle ein Später gibt. Vielleicht könntest Du, wenn sich Gelegenheit bietet, einen Blick auf ihren Schreibtisch werfen. Es wäre nämlich möglich, dass sie über die derzeitigen NSA-Aktivitäten mehr weiß, als sie preisgibt. Vielleicht findest Du in ihren Unterlagen einen Hinweis darauf, wohin die NSA-Leute Krohn bringen wollen. Ein diskreter Blick, mehr nicht. Bring Dich nicht in Schwierigkeiten! So long, alter Knabe.

Coorain verschlüsselte die Nachricht mit dem Kodierer 17 und drückte dann auf Senden. Wenige Sekunden später bekam er eine Bestätigung – die Mitteilung war unterwegs.

»Scheint geklappt zu haben.« Er schaltete das Satellitenhandy aus, um Strom zu sparen.

Das Brummen des Motors veränderte sich.

»Was war das?«, fragte Coorain.

»Nur ein kleines Husten, weiter nichts«, antwortete Ludwig Hofener, der Abenteurer. »Vielleicht ist es dem Motor hier oben zu kalt.«

»Tiefer, Mann, gehen Sie tiefer!«

91

»Warum glauben Sie nicht mehr an Gott, Coo-Coo?«, fragte Rossmann, als sie die letzten Berge überflogen und sich vor ihnen die Po-Ebene ausbreitete.

»Wie kommen Sie darauf, Herr Kommissar Mike?«

»Das haben Sie zu unserem Freund Ludwig hier gesagt. ›Ich schwöre bei Gott, an den ich schon seit Jahren nicht mehr glaube …‹ So oder so ähnlich lauteten Ihre Worte. Daraus schließe ich: Sie haben einmal an Gott geglaubt, dann ihren Glauben aber verloren. Warum?«

Coorain dachte darüber nach. »Es gibt mehrere Gründe. Bei meiner Arbeit für die SCAR habe ich viele hässliche Dinge gesehen und erlebt. Das ist eine Sache. Und dann der andere ganze Mist, der dauernd auf der Welt passiert, die kleinen und großen Kriege, die Anschläge, Menschen, die anderen Menschen den Kopf abschneiden, alles im Namen eines Gottes. Kann man da nicht den Glauben verlieren?« Coorain sah aus dem Fenster und beobachtete die nördlichen Ausläufer von Mailand. Die Stadt wirkte friedlich. Oder tot. Nichts bewegte sich auf den Straßen. Hier und dort stiegen Rauchsäulen auf. »Ich habe mich gefragt: Wenn es wirklich einen Gott gibt, warum lässt der verdammte Kerl all diese Gräuel zu?«

»Um uns auf die Probe zu stellen«, sagte Hofener und brachte die Cessna noch etwas tiefer. Der Höhenmesser zeigte etwa achthundert Meter an.

»Das ist eine der üblichen Bullshit-Antworten. Ihre Übersetzung lautet: Ich habe keine Ahnung, warum Er den ganzen Mist passieren lässt. Um ganz ehrlich zu sein ... Ich denke, ohne Religion wäre die Welt ein besserer Ort. Ein großer Teil des gegenseitigen Abschlachtens über die Jahrhunderte hinweg hätte ohne irgendwelche Götter nicht stattgefunden. Was ist mit Ihnen, Freund Ludwig? Glauben Sie an Gott?«

»Ich glaube daran, dass uns die Tragflächen und der Motor dieses Flugzeugs in der Luft halten«, erwiderte Hofener.

»Halleluja«, sagte Coorain.

»Was ist mit der Maschinenintelligenz?«, fragte Rossmann. »Was ist mit Goliath? Könnte er – oder sie oder es – an einen Gott glauben?«

Während Coorain noch überlegte, sagte Hofener: »Eine intelligente Maschine beziehungsweise ein kluger Computer, der aus Millionen und Milliarden von Computern besteht, aus zahllosen Prozessoren überall auf der Welt … Müsste dieser Goliath nicht erkennen, dass wir seine Schöpfer sind? Müsste er uns Menschen nicht für seine Götter halten?«

»Die Maschinenintelligenz müsste erkennen, dass wir zwar ihre Schöpfer sind, aber gleichzeitig weit davon entfernt, Götter zu sein«, entgegnete Rossmann. »Nur in der menschlichen Religion ist mit ›Schöpfer‹ auch ›Gott‹ gemeint.«

Coorain hob den Zeigefinger. »Moment mal, Moment mal! Unser Freund Ludwig spricht da einen interessanten Punkt an. Was hat letztendlich den Ausschlag gegeben für Goliaths ›Geburt‹? Der Infiltrator, ein Programm aus den Softwarebibliotheken von Mephisto, dazu bestimmt, selbst in bestens geschützte Computer einzudringen und sie einem globalen Botnetz hinzuzufügen. Und wer hat den Infiltrator geschaffen? Beziehungsweise wessen Name steht im Quellcode?«

»Axel Krohn«, sagte Rossmann.

»Genau. Und Goliath will in Rom mit Axel Krohn reden. Vielleicht weil er ihn für seinen Schöpfer hält. Was haben wir bei Google in Hamburg auf dem Bildschirm gelesen, Herr Kommissar Mike? ›Du bist … Schöpfer? Initiator?‹ Vielleicht geht es der Maschinenintelligenz darum. Vielleicht möchte sie über Gottesfragen diskutieren.«

»Gott bedeutet Autorität, nicht wahr? Mal angenommen …« Rossmann beugte sich vor. »Mal angenommen, Goliath hält Axel Krohn tatsächlich für eine Art Gott. Würde er dann alle seine Anweisungen befolgen?«

»Aber wenn die Maschinenintelligenz so richtig intelligent ist«, sagte Hofener, »müsste sie dann nicht zu dem Schluss gelangen, dass es keinen Sinn hat, den Anweisungen von Menschen Folge zu leisten? Ich meine, schauen Sie nur, was der Mensch mit unserem Planeten angerichtet hat.«

Coorain betrachtete Rossmanns Gesicht aus nächster Nähe. »Mit Verlaub, Herr Kommissar Mike, Sie sehen wie ein Penner aus: unrasiert, übernächtigt und schmutzig.«

»Sie würden auch keinen Schönheitswettbewerb gewinnen, CooCoo.«

»Wenn diese Maschinenintelligenz richtig denken kann, ich meine so *richtig*, dann dürfte sie schnell erkennen, dass es keinen Sinn hat, Befehle von uns entgegenzunehmen«, sagte Hofener. »Warum sollte sie Leuten gehorchen, die so rücksichtslos mit ihrer Welt umgehen wie wir und sich immer wieder gegenseitig umbringen?«

»Kommt darauf an«, entgegnete Rossmann. »Vielleicht denkt Goliath völlig anders als wir. Dieser Punkt könnte von entscheidender Bedeutung sein, und in dem Zusammenhang … Was meinen Sie, träumen Androiden von elektrischen Schafen?«

»Wie bitte?« Hofener und Coorain wechselten einen verblüfften Blick.

»So heißt ein Buch, das ich vor Jahren gelesen habe. Von einem gewissen Philip K. Dick. Er stellt in seinem Roman die Frage, ob von Menschen geschaffene Androiden so etwas wie menschliche Empathiefähigkeit haben, also ob sie wie Menschen empfinden können.«

»Da schlummert offenbar ein Philosoph in Ihnen, Herr Kommissar Mike.« Coorain erinnerte sich an seine Überlegungen in Hinsicht auf die Wandelbarkeit des Menschen, wenn sich Umstände und Situation veränderten. Vielleicht erwachte auch in dem Kommissar aus Hamburg etwas Neues.

»Die Maschinenintelligenz ist von Menschen geschaffen«, fuhr Rossmann fort. »Kann sie wie ein Mensch empfinden? Kennt sie so etwas wie Mitleid, Anteilnahme und Verständnis? Und wenn Goliath intelligenter ist als wir, sogar viel intelligenter … Kann er uns dann die Frage beantworten, ob Gott existiert und wo?«

Coorain musterte das unrasierte Gesicht. »Das meinen Sie ernst, nicht wahr?«

»Finden Sie es dumm?«

»Nein«, sagte Coorain. »Nein, ich finde es nicht dumm, sondern interessant. Und wissen Sie was? Wenn wir in Rom sind und Axel Krohn gefunden haben ... Wir werden Goliath fragen. Ich bin gespannt auf die Antwort.«

Eine halbe Stunde und ein weiteres Gebirge später erblickten sie das Ligurische Meer, und Hofener drehte behutsam das Steuer nach links. Die Cessna neigte sich in eine sanfte Kurve und flog nach Süden.

»Na bitte, wir haben die Küste erreicht«, sagte Coorain zufrieden. »Jetzt ist es nur noch ein Katzensprung nach Rom.« Er klopfte auf die Tankanzeige. Der Zeiger zitterte kurz, blieb aber in der Mitte. »Was meinen Sie, Freund Ludwig, haben wir noch genug Sprit?«

»Es wird sich zeigen«, erwiderte Hofener. »Es wird sich bald zeigen.«

92 AXEL KROHN

Südlich von Florenz

Der stille Soran fand Worte: »Da fahre ich nicht hinein.«

Er meinte die dunkle Tunnelöffnung, aus der Rauch kam. Etwa fünfzig Meter davor hielt Soran an. Der Motor des SUV brummte leise, die Tankanzeige stand auf ein Viertel.

»Was könnte dort drin passiert sein?«, fragte Medya. Sie saß im Fond, links neben Giselle. Axel saß auf der rechten Seite und blickte an seinem Vater auf dem Beifahrersitz vorbei zum Tunnelzugang. Das Schild daneben wies auf die Länge hin: gut anderthalb Kilometer.

»Vielleicht ist ein Wagen in Brand geraten«, sagte Ozan Kaynak. »Besonders schlimm sieht es nicht aus, und anderthalb Kilometer sind nicht viel. Wir könnten es schaffen.«

Soran schüttelte den Kopf.

»Vielleicht hat es einen Unfall gegeben«, spekulierte Giselle. »Wie im Nebel bei Piacenza.«

Dort hatten sie einige Stunden zuvor einer Massenkarambolage ausweichen müssen: Dutzende Autos und Transporter waren nach dem Ausfall der Leitsysteme ineinandergerast und teilweise ausgebrannt. Von den Fahrern und Passagieren war weit und breit nichts zu sehen gewesen; sie hatten die Unfallstelle längst verlassen.

Sie befanden sich in den Bergen südlich von Florenz. Hier gab es keinen Nebel – die Front, wo kalte Luft aus dem

Norden auf die warme des Südens traf, lag längst hinter ihnen. Axel blickte aus dem Seitenfenster und beobachtete, wie die Sonne hinter den Berggipfeln verschwand. Er hatte ein Nickerchen gemacht, wobei er auf dem schmalen Grat zwischen Wachen und Schlafen gewandelt war, halb berührt von Träumen und heimgesucht von offenen Fragen – eine von ihnen, vielleicht die wichtigste, betraf seine Mutter Sophie und die Umstände ihres Todes. Am liebsten hätte er die Augen wieder geschlossen und an nichts gedacht. Gedanken konnten anstrengend sein, und seine drehten sich im Kreis, wie ohne Anfang und Ende.

»Es wird bald dunkel«, sagte Axel.

»Gut erkannt«, lobte Ozan, den Blick noch immer auf die Tunnelöffnung gerichtet. »Und dunkel bedeutet *dunkel*, wie wir wissen. Ein Umweg würde uns zu viel Zeit kosten, Soran.«

Der stille Soran blieb still. Der Motor brummte.

»Wir verbrauchen wertvollen Sprit«, sagte Medya. »Wie weit ist es bis zum nächsten Tankstopp?»

»Etwa sechzig Kilometer, wenn wir auf der *Autostrada del sole* bleiben. Bei Arezzo. Ist Jahre her, seit ich Giovanni und Giulia zum letzten Mal gesehen habe. Erinnerst du dich an sie, Junge?«

Axel schüttelte den Kopf.

»Sie waren einmal bei uns, damals, kurz bevor … Na ja, anschließend sind sie zusammen mit den anderen in die Türkei, ins Grenzgebiet im Südosten. Haben gekämpft. Ich meine, richtig gekämpft. Nicht nur mit Computern. Giovanni hat damals die linke Hand verloren. Trägt die Prothese seitdem wie einen Orden.«

Einige Sekunden verstrichen.

»Der Motor läuft noch immer.« Medya klang ungeduldig. »Der Tank wird nicht voller.«

»Ein bemerkenswertes Paar, Giovanni und Giulia«, fuhr Ozan ungerührt fort. »Sind seit der Pubertät zusammen, seit inzwischen fast sechzig Jahren. Offenbar gibt es sie tatsächlich, die ewige Liebe. Oder wenn sie nicht ewig ist, so doch so lang wie das menschliche Leben. Das wünsche ich euch, Aram, mein Junge, und Giselle. Haltet zusammen, was auch passiert! G und G sind im italienischen Untergrund aktiv gewesen, damals, während der *anni di piombo*, der Achtzigerjahre, als es in Italien drunter und drüber ging. Haben sich für die gute Sache eingesetzt, immer, von Kindesbeinen an.«

»Was ist die ›gute Sache‹?«, fragte Giselle. »Wer entscheidet das?«

»Meine Antwort lautet: derjenige, der darüber entscheiden kann«, erwiderte Ozan. »Mein lieber Soran, ich vertraue deinem Instinkt. Machen wir kehrt. Ich schätze, es droht kein Strafzettel, wenn wir auf der Autobahn in die falsche Richtung fahren. Also, zurück zur nächsten Ausfahrt. Ich fürchte nur, dies bedeutet einen weiteren Umweg für uns, und Umwege kosten Zeit.«

Soran wendete auf der breiten Autobahn, lenkte den SUV an einem leeren E-Bus vorbei und beschleunigte sanft. Kein anderes Fahrzeug bewegte sich auf der *Autostrada del sole*.

Dämmerung stahl die Farben der Welt. Als sie die Ausfahrt erreichten, ragten im grauen Zwielicht zwei große E-Transporter auf und versperrten den Weg. Die Fahrbahn hatte in diesem Bereich ein leichtes Gefälle, und deshalb genügte es glücklicherweise, die Bremsen zu lösen – die beiden Transporter rollten langsam los, gerieten in der Biegung auf den Seitenstreifen, verließen die Straße einige Meter weiter und blieben schließlich im dichten Gebüsch stehen.

»Weiter geht's«, sagte Ozan, als sie wieder alle im Wagen saßen.

Eine Stunde lang fuhren sie durch die Nacht, die so dunkel wurde, dass man ohne das Scheinwerferlicht nicht mehr die Hand vor Augen gesehen hätte. Immer wieder mussten sie anhalten, weil verlassene Fahrzeuge im Weg standen oder weil Trümmerteile von Unfällen auf der Fahrbahn lagen. Menschen sahen sie keine, nicht einen einzigen.

»Es dauert zu lange«, sagte Medya nach einer Weile. »Wir kommen viel zu langsam voran. Vielleicht können wir irgendwo übernachten.«

Ozan drehte sich halb nach ihr um. »Sehnst du dich nach einem weichen Bett? Vermisst du Komfort nach dem Besuch bei Tante Patty? Spricht da die Medya, die in Aleppo in Schutt und Trümmern geschlafen hat?«

Axel hörte den gutmütigen Spott in der Stimme seines Vaters, und Medya vernahm ihn ebenfalls.

»Einige Stunden mehr oder weniger spielen keine Rolle«, sagte sie. »Und ich denke, wir alle könnten eine Ruhepause vertragen.«

»Ich möchte nicht noch einmal im Wagen übernachten müssen, so wie in Österreich wegen des Wetters«, sagte Giselle. »Wenn es sich vermeiden lässt.«

Ozan hob beide Hände. »Na schön, na schön, wer bin ich schon, dass ich mich dem Wunsch zweier Damen widersetze? Soran, du hast es gehört. Suchen wir ein hübsches kleines Plätzchen für die Nacht. Wir sind hier in Italien, dies ist ein gastfreundliches Land. Bestimmt gibt es irgendwo ein kleines Hotel oder eine Pension, wo man uns mit offenen Armen empfängt.«

Eine Viertelstunde später erschien ein Schild im Scheinwerferlicht mit einem nach rechts deutenden Pfeil: »Albergo Al Sole«.

»Ein Gasthaus namens ›Zur Sonne‹«, sagte Ozan. »Genau richtig für uns.«

Soran bog nach rechts ab, und einige Minuten später erreichten sie den Parkplatz vor einem einfachen zweistöckigen Gebäude. »Trattoria« stand über den Fenstern auf der einen Seite, »Albergo Al Sole« auf der anderen. Für einen Moment glaubte Axel, hinter einem Fenster im zweiten Stock schwaches Licht zu sehen, vielleicht von einer Kerze.

Zwei Wagen standen vor dem Gebäude, einer erst einige Jahre alt, ein Hybrid-Peugeot, der andere ein alter Diesel-Fiat.

»Es ist also jemand zu Hause.« Ozan beobachtete die dunklen Fenster. »Die Zeiten haben sich geändert, wenn auch erst seit ein paar Tagen. Vielleicht hat man hier vergessen, was Gastfreundschaft bedeutet. Wir sollten besser auf der Hut sein. Soran, Medya …«

Soran nickte, stellte den Motor ab und schaltete auf Standlicht um.

»Wir sind bereit«, sagte Medya, öffnete die Tür auf ihrer Seite und stieg aus.

Soran blieb beim SUV, mit einer Pistole in der rechten Hand, aber halb im Ärmel verborgen. Begleitet von Medya ging Ozan zur Tür des Gasthauses und klopfte. »Hallo?«, sagte er laut. »Hallo?«

Axel und Giselle waren ebenfalls ausgestiegen und standen ein wenig abseits.

Ozan klopfte erneut. »Hallo? Wir suchen ein Quartier für die Nacht!«, rief er auf Englisch.

Axel glaubte, Schritte zu hören, und kurz darauf wurde die Tür vorsichtig geöffnet. Das Licht einer Taschenlampe fiel in die Nacht und fand Ozans Gesicht.

Die Stimme einer Frau erklang hinter dem Licht und sagte etwas auf Italienisch.

»Tut mir leid«, sagte Ozan. »Ich verstehe Sie nicht.«

Weiter hinten im Flur erklang eine zweite Stimme, die eines Mannes. »Meine Mutter hat Sie darauf hingewiesen, dass wir keine Gäste aufnehmen.« Er sprach Englisch mit starkem italienischem Akzent.

Ozan deutete eine Verbeugung an. »Bitte um Verzeihung, werte Dame«, antwortete er auf Englisch. »Sie blenden mich.« Er schirmte sich mit einer Hand die Augen ab. »Wenn Sie so freundlich wären …«

Drinnen folgte ein kurzer Wortwechsel auf Italienisch,

das Licht der Taschenlampe verließ Ozans Gesicht, und der Mann trat vor. Er hielt ein Jagdgewehr in den Händen. Axel sah, wie sich Medyas Haltung ein wenig veränderte – sie war bereit. Er griff nach Giselles Hand.

»Was kann ich tun, damit Ihre Mutter es sich anders überlegt?«, fragte Ozan freundlich. »Oh, ich hab's. Vielleicht ändert sie ihre Meinung, wenn sie das hier sieht.« Er holte seine Brieftasche hervor und zeigte die Geldscheine darin. »Wir zahlen bar.«

Es kam zu einem neuerlichen Wortwechsel zwischen Mutter und Sohn. Axel hörte genau hin, verstand aber kein einziges Wort, obwohl er ein wenig Italienisch sprach, gerade genug, um seiner alten Tarnidentität als Luigi de Crescenzo, geboren in Rom und aufgewachsen in München, gerecht zu werden.

»Fünfhundert Euro«, sagte der Mann.

»Ganz schön happig«, antwortete Ozan. »Die Ereignisse der letzten Tage haben bei Ihnen die Inflation angeheizt, wie? Ich kann Ihnen vierhundert bieten. Wir sind fünf. Achtzig pro Kopf.« Er deutete auf das Jagdgewehr. »Ich wäre Ihnen sehr verbunden, wenn Sie das Ding nicht auf uns richten würden. Wir sind völlig harmlos, das versichere ich Ihnen. Wir kommen aus Deutschland«, fügte er hinzu, als würde das ihre Harmlosigkeit unterstreichen.

Die Frau schüttelte den Kopf und sagte etwas. Sie sprach ziemlich schnell.

»Meine Mutter meint, dass man für vierhundert Euro nicht mehr viel bekommt«, übersetzte der Mann. »In unserem Supermarkt kosten die Lebensmittel das Zehnfache wie vor wenigen Tagen. Es gibt nicht mehr genug, und die Leute horten, was sie haben.«

»Ach.« Ozan winkte ab. »Das geht alles wieder vorbei, und dann sind vierhundert Euro wieder vierhundert Euro, das versichere ich Ihnen. Wenn Sie um Ihre Lebensmittelvorräte fürchten … Wir haben unseren eigenen Proviant mitgebracht. Und wissen Sie was? Wir laden Sie zum Essen ein. Na, ist das ein Angebot?«

93

Sie bekamen drei Zimmer: ein normal großes für Axel und Giselle und zwei kleine, kaum größer als Abstellkammern, eins für Medya und das andere für Soran und Ozan. Das Abendessen bestand aus Nudeln, zur Verfügung gestellt von Familie Vanucci – Mutter Anna und Sohn Tommaso –, sowie zahlreichen Beilagen, die aus dem großen Kofferraum des SUV stammten: Rindfleisch, geschälte Tomaten, Pilze und Gemüse, alles aus Dosen. In der zur zweiten Küche umgebauten Scheune stand ein alter Herd, der mit Brennholz betrieben werden konnte, und bei weit geöffneter Tür – der Abend war mild – saßen sie dort alle an einem langen Tisch: Anna, ihr Sohn Tommaso ohne die Jagdflinte, Ozan, Soran, Medya, Giselle, Axel und zwei Männer in mittleren Jahren namens Roberto und Yasin, der eine mit ein paar Kilo zu viel auf den Rippen, der andere hager und drahtig. Beide hörten aufmerksam zu und beobachteten mit flinken Augen, sprachen aber nur selten und beschränkten sich dann auf wenige Worte. Der Dickere aß mit großem Appetit und genoss den selbst gemachten Vanucci-Wein, der Dünne begnügte sich mit einem kleinen Teller Nudeln und *Acqua minerale*. Axel gewann keinen klaren Eindruck von den beiden Männern und vermutete, dass es sich um Freunde der Familie handelte, denn Roberto, Yasin und die beiden Vanuccis duzten sich.

»Wie ist es in Deutschland?«, fragte Tommaso Vanucci nach einer Weile. »Gibt es auch dort keinen Strom?«

»Alles zappenduster«, antwortete Ozan. Als Tommaso nicht verstand, fügte er hinzu: »Alles stockfinster. Oder fast alles. Seltsame Maschinen bauen seltsame Türme. Haben Sie hier etwas davon mitbekommen?«

Kerzenflammen tanzten in der warmen Luft, die durch

die große Tür hereinströmte. Die einzigen Geräusche in der Nacht stammten von Zikaden.

»Türme? Maschinen? Nein, davon wissen wir nichts. Was hat es damit auf sich?«

Ozan ging nicht darauf ein. »Und es ist kalt in Deutschland, richtig kalt. Es hat geschneit, im August! Wegen dem Golfstrom und dem Klimawandel. Die Menschen müssen heizen, aber viele von ihnen können das nicht, weil kein Gas mehr aus Russland kommt. So hab ich's gehört.« Medya und Soran nickten. »Da haben Sie's hier viel besser. Bei Ihnen in Italien ist der Sommer noch Sommer. Ach, selbst im Winter brauchen Sie hier wahrscheinlich kaum zu heizen.«

Tommaso übersetzte, woraufhin seine Mutter den Kopf schüttelte und dann sprach, so schnell, dass sich die einzelnen Worte kaum auseinanderhalten ließen.

»Nein, nein«, sagte Sohn Vanucci. »Hier in den Bergen kann es im Winter sehr kalt werden. Manchmal kriegen wir viel Schnee. Wir müssen heizen.«

»Aber nicht mit Gas, oder? Ich meine, hier sind doch bestimmt keine Gasleitungen verlegt.«

»Nein, nein, wir heizen mit Holz und Öl«, erwiderte Tommaso.

Signora Vanucci sprach erneut.

»Meine Mutter sagt, dass Sie gar nicht wie Deutsche aussehen. Und sie fragt, ob Sie wissen, wann wir wieder Strom haben.«

»Ach.« Ozan lachte und winkte. »Wir sind nicht alle groß, blond und blauäugig. Was den Strom betrifft … Es dauert bestimmt nicht mehr lange, bis wieder alles in Ordnung kommt.« Bei diesen Worten zwinkerte er Axel und Giselle zu.

Kurze Zeit später zogen sie sich in ihre Zimmer zurück. Das Gasthaus verfügte über einen alten Boiler, unter dem Anna Vanucci schon vor dem Abendessen ein Feuer angezündet hatte, und so konnten sie diesmal alle heiß duschen. Axel saß noch auf dem Stuhl am Fenster, als Giselle aus dem

Bad kam, das Haar feucht und nackt bis auf das Handtuch in der rechten Hand.

»Ich habe mich beeilt«, sagte sie. »Es müsste noch genug heißes Wasser für dich übrig sein.«

Axel sah sie an. Der Kerzenschein schmeichelte ihr, obwohl das gar nicht nötig gewesen wäre – sie war perfekt.

»Du bist schön.«

Sie drehte sich im Kreis und deutete eine Verbeugung an. »Freut mich, dass ich dir gefalle.«

Giselle kam näher, so nahe, dass er ihren Duft wahrnahm. Sie roch sauber und einladend.

»Was hältst du davon?«, fragte Axel.

»Wovon?« Giselle berührte ihn an der Wange.

»Mein Vater war beim Essen irgendwie komisch.«

»Komisch? Nein, unter *komisch* stelle ich mir etwas anderes vor. Aber er war seltsam, so wie immer.« Giselle ergriff seinen Arm und zog ihn hoch. »Auf die Beine, müder Mann. Unter die Dusche mit dir. Ich warte auf dich.«

Axel duschte, dann kroch er ebenfalls nach Lavendel duftend unter die Bettdecke und versuchte, was ihm sonst nie Mühe bereitete, aber es klappte nicht. Schließlich gaben sie es auf, lagen nebeneinander und lauschten dem Zirpen der Zikaden.

»Es geht dir nicht aus dem Kopf, nicht wahr?«, fragte Giselle. »Das mit deinem Vater und deiner Mutter.«

»Ich muss die Wahrheit herausfinden. Ich muss Gewissheit haben.«

»Das kann ich gut verstehen. Aber …« Giselle zögerte. »Es nützt nichts, die ganze Zeit darüber nachzugrübeln. Und verzeih mir, wenn ich das sage … Es gibt da eine Sache, die wichtiger ist.«

»Smiley.«

»Goliath, Axel. Ich glaube, der Name passt besser. Wir sollten uns etwas einfallen lassen. Wie gesagt, ich möchte nicht dabei helfen, deinen Vater zum Weltdiktator zu machen.«

»Noch sind wir nicht in Rom.«

»Morgen oder spätestens übermorgen sind wir da. Und dann?«

Sie sprachen leise, für den Fall, dass die Wände Ohren hatten. Das Zirpen der Zikaden hinter dem Fliegengitter des offenen Fensters schien noch lauter zu werden.

»Dann finden wir einen Weg, mit der Maschinenintelligenz zu reden. Und ich finde einen Weg, die Pläne meines Vaters zu durchkreuzen.« Axel blickte zur Seite und sah Giselle an. Ein Gedanke stieg in ihm auf, klarer als die anderen, von Bildern begleitet. »Wenn dies alles vorbei ist, Giselle …«

»Ja?«

»Magst du die Südsee?«

»Was?« Sie drehte den Kopf. Die Kerze auf dem kleinen Schreibtisch in der Ecke brannte nicht mehr, aber Giselles Gesicht blieb nicht völlig dunkel. Das Glitzern der Sterne schaffte es irgendwie, Giselles Augen zu erreichen.

»Ich habe gespart«, sagte Axel langsam. »Ich habe Geld auf die Seite gelegt, weil ich mir eine Insel in der Südsee kaufen wollte. Kanacea Island, Fidschi. Zwölfeinhalb Quadratkilometer groß. Palmen, Wald, ein weißer Sandstrand, eine Felsenküste, das Wasser warm und klar wie Glas.«

»Klingt verlockend.«

»Wenn dies alles vorbei ist … Was hältst du davon, wenn wir uns auf Kanacea Island niederlassen?«

Die Sterne leuchteten in ihren Augen, ein ganzes Universum. »Ist das dein Ernst?«

»Ja.«

»Eine Südseeinsel ganz für uns allein?«

»Ja.«

»Ein sorgloses Leben im Paradies?«

»Ja.«

»Wie Adam und Eva?«

»Aber ohne Feigenblätter und ohne Äpfel.«

Giselle lachte leise. »Einverstanden. Wenn dies alles vorbei ist. Und es wird bald vorbei sein, nicht wahr?«

»Ja«, bestätigte Axel. »So oder so.«

94

Schüsse weckten Axel mitten in der Nacht.

Von einem Augenblick zum anderen saß er aufrecht im Bett, die Augen groß, und hörte gedämpfte Stimmen im Erdgeschoss. Giselle stand bereits, nackt, wie sie war, die Pistole in der Hand.

Es knallte erneut und noch zwei weitere Male schnell hintereinander. Ein dumpfes Pochen folgte, wie von jemandem, der zu Boden fiel, und anschließend herrschte Stille. Selbst die Zikaden schwiegen.

Axel schlug die Decke zurück, sprang aus dem Bett und griff nach seinen Sachen. Giselle zog sich bereits an. Kaum eine Minute später standen sie beide an der Tür und lauschten. Nichts. Alles blieb still.

Dann knarrte eine Diele im Flur.

Giselle wich ein wenig zur Seite, hielt die Pistole bereit und bedeutete Axel, die Tür zu öffnen. Er nickte und streckte die Hände nach Schlüssel und Klinke aus. Als ihm Giselle ein Zeichen gab, drehte er den Schlüssel, drückte einen Sekundenbruchteil später die Klinke und riss die Tür auf.

Ozan stand mit einer Taschenlampe im Flur. Blut tropfte von seiner linken Hand.

Giselle war in die Hocke gegangen und richtete sich langsam wieder auf, die Pistole noch immer nach vorn gerichtet.

»Was ist passiert?«, fragte Axel.

»Die verdammten Mistkerle!«, sagte Ozan. »Sie haben Medya erschossen.«

Sie lag draußen neben dem SUV in einer Blutlache, die Brust aufgerissen. Soran stand neben ihr und starrte stumm auf sie hinab. Es gab zwei weitere Tote: Roberto neben der Haustür, mit zwei Löchern in der Brust, die leblosen Arme um Tommasos Jagdgewehr geschlungen, und der dürre Yasin einige Meter entfernt, mit einem Revolver in der erschlafften rechten Hand.

»Sie wollten sich den Wagen schnappen«, sagte Ozan. »Medya hat sie überrascht. Roberto dort hat sie mit dem Jagdgewehr erschossen.«

»Er hat es mir gestohlen!«, beteuerte Tommaso. »Wir haben nichts damit zu tun!«

Mutter und Sohn standen bei der umgebauten Scheune, in der das Abendessen stattgefunden hatte.

»Sperr sie ein, Soran«, sagte Ozan. »Soran?«

Der stille Mann drehte sich langsam um. Ozan leuchtete mit der Taschenlampe, und Axel sah die Tränen in Sorans Gesicht.

»Sperr sie ein, Soran«, wiederholte Ozan sanft. »Sperr sie einfach nur ein, hörst du? Vielleicht haben sie wirklich nichts mit dieser Sache zu tun. Obwohl ich mir da nicht so sicher bin.«

Soran knurrte etwas und stapfte zu den Vanuccis. Kurz bevor er sie erreichte, steckte er seine Waffe ein, packte Anna und Tommaso am Kragen und brachte sie ins Haus.

»Was ist mit dir?« Axel deutete auf Ozans linke Hand.

»Yasin hätte besser zielen sollen. Er hat nur meinen kleinen Finger getroffen. Da fehlt mir jetzt ein Stück, aber wozu braucht man schon einen kleinen Finger? Ich denke, ich kann den Verlust verschmerzen.«

»Er hat geweint«, sagte Giselle. »Soran, er hat geweint.« Sie deutete auf Medya. »Waren sie ein Paar?«

»Mal ja, mal nein. Sie hatten eine ganz besondere Beziehung.« Ozan öffnete die Heckklappe des SUV, kramte zwischen den Vorräten, fand einen Erste-Hilfe-Kasten und entnahm ihm Desinfektionsmittel und Verbandsmull. Axel, den Kopf wieder voller Gedanken, half ihm, die Wunde zu säubern und zu verbinden.

Soran kehrte aus dem Haus zurück, blieb neben dem toten Roberto stehen und spuckte auf ihn.

»Wenn es einen Gott des Schicksals gibt, so hat der Bursche einen ziemlich schrägen Humor«, sagte Ozan leise. »Was hat Medya nicht alles in Aleppo überstanden: Giftgas, Splitterbomben, Heckenschützen. Und dann muss sie hier sterben, im friedlichen Italien, von einem armseligen Autodieb erschossen.«

Soran trat wieder zu Medya und starrte stumm. Ozan legte ihm kurz die Hand mit dem verbundenen kleinen Finger auf die Schulter.

»Wir lassen sie nicht einfach so zurück«, sagte er. »Wir begraben sie.«

Soran nickte.

»Die anderen beiden lassen wir hier. Sollen die Geier sie fressen.«

Soran fand Worte. »Dies ist Italien. Hier gibt es keine Geier.«

»Ins Gebüsch mit den Leichen von Roberto und Yasin. Oder in den Keller.« Ozan schnaufte laut. »*Ich* mache mir nicht die Mühe, sie zu begraben.«

Hinter dem Gebäude war die Erde weich. Sie gruben mit Schaufeln aus dem Werkzeugschuppen, sie alle, auch Ozan, trotz der Schmerzen in der linken Hand – Blut bildete rote Flecken an seinem Verband. Nach einer halben Stunde, als das Loch breit und tief genug war, trugen sie Medya herbei und legten sie vorsichtig hinein. Ozan sprach einige Worte, und als er fertig war, trat Soran an den Rand des Grabs. Er schwieg, sein Gesicht in der Dunkelheit verborgen, und ließ etwas auf Medyas Leiche fallen, einige Blumen, die er in der Nähe gepflückt hatte. Ein oder zwei Minuten standen sie alle in stiller Nacht am Grab, bis Ozan schließlich sagte: »Leb wohl, Medya, es wird Zeit für uns.«

Er griff nach der Schaufel. Erde fiel auf die Tote.

Als sie fertig waren und Roberto und Yasin im Gebüsch

lagen, sagte Ozan: »Lasst uns auftanken. Soran, sieh im Werkzeugschuppen nach, wir brauchen einen Schlauch. Ich kümmere mich um den Heizöltank.« Das schnelle Lächeln huschte über sein Gesicht. »Es hat Vorteile, einen Diesel zu fahren. Aram, Giselle … Holt unsere Sachen und verstaut sie im Wagen.«

In ihrem Zimmer hörten Axel und Giselle, wie Ozan den SUV näher zum Haus fuhr – offenbar hatte er den Öltank bereits gefunden.

Sie sammelten ihre wenigen Habseligkeiten ein.

»Was ist wirklich geschehen, was meinst du?«, fragte Giselle.

Die Stimmen von Mutter und Sohn Vanucci kamen gedämpft aus einem Nebenzimmer.

»Glaubst du, dass mein Vater gelogen hat?«, erwiderte Axel leise.

»Ich glaube, dass er es von Anfang an auf das Heizöl abgesehen hatte«, flüsterte Giselle, als sie durch den Flur zum nächsten Zimmer eilten. »Er wusste um das Jagdgewehr, und vielleicht hat er Roberto und Yasin unterschätzt. Er wollte an das Heizöl im Tank, die Sache lief aus dem Ruder, jemand fühlte sich bedroht …«

»Du meinst, Medya ist wegen einer Tankfüllung gestorben?«

Die Arme voller Kleidung, die dringend gewaschen werden musste, machten sie sich auf den Weg nach draußen, vorbei an einer abgeschlossenen Tür, hinter der Mutter und Sohn zeterten. Axel schnappte einige Worte auf. Tommaso wollte offenbar die Tür aufbrechen und das »versteckte Gewehr« holen, doch seine Mutter hielt ihn davon ab. Sie fürchtete um das Leben ihres Sohns und auch um ihr eigenes.

Axel klopfte an die Tür, woraufhin es sofort still wurde.

»State calmi«, sagte er. *»E non vi succederà niente.«* Bewahrt die Ruhe, und euch wird nichts geschehen.

Bevor sie das Haus verließen, blieb Giselle noch einmal

stehen. »Ich meine, dass dein Vater zu allem fähig ist. Er gab sich traurig am Grab, er schien Soran gegenüber voller Anteilnahme zu sein, aber ich fürchte, in Wirklichkeit war ihm Medya und ihr Tod völlig gleichgültig. Ihm geht es nur darum, Rom zu erreichen, dort mit deiner Hilfe Goliath unter seine Kontrolle zu bringen und sich zum Herrscher der Welt aufzuschwingen.«

»Was treibt ihr so lange da drin?«, erklang draußen Ozans Stimme. »Wir sind fast so weit.«

Axel und Giselle gingen nach draußen und verstauten die Sachen, die sie aus den Zimmern geholt hatten, im großen Kofferraum des SUV. Es roch nach Heizöl – ein Gartenschlauch führte von der Tanköffnung des Wagens zum Heizöltank.

Ozan saß bei eingeschalteter Zündung am Steuer des Wagens und behielt die Anzeigen im Auge. »In Ordnung, Soran. Fast voll. Das ist mehr als genug.« Er stieg aus. »Ein wahrer Glücksfall«, wandte er sich an Axel. »Wir können auf einen weiteren Tankstopp verzichten und direkt nach Rom fahren.«

»Von Glück kann wohl kaum die Rede sein. Medya ist tot.« Axel suchte im Gesicht seines Vaters nach Hinweisen, fand aber nichts.

»So habe ich das nicht gemeint.« Ozan zog den Schlauch aus der Tanköffnung und verschloss sie. »Medya ist gestorben, weil wir einen dummen Fehler gemacht haben. Ihr Tod sollte und wird uns eine Lehre sein. Wir dürfen niemandem trauen. Niemandem. Wir müssen immer mit dem Schlimmsten rechnen. So ist diese Welt, nicht nur in der Türkei und in Kurdistan, nicht nur im syrischen Aleppo, sondern auch hier tief in der italienischen Provinz. Überall warten Gewalt, Schmerz und Tod.«

Soran kam vom Öltank und wollte sich ans Steuer setzen, aber Ozan schüttelte den Kopf. »Nein, Soran, alter Freund. Du nimmst hinten Platz, neben Giselle. Versuch zu schlafen. Ich fahre, mit Aram an meiner Seite. Und nein, das hier behindert mich nicht.« Er hob die verbundene linke Hand.

Soran setzte sich wortlos in den Fond.

»Die Welt ist schlecht«, fuhr Ozan fort. »Niemand hat das besser gewusst als Medya, und sie ist trotzdem gestorben, erschossen nicht von einem türkischen Soldaten oder Polizisten, sondern von einem Autodieb. Weil sie für einen Moment in ihrer Wachsamkeit nachgelassen hatte. Weil sie geglaubt hat, dass hier an diesem Ort keine Gefahr drohte. Wir beide wissen, dass wir immer auf der Hut sein müssen, Junge. Deshalb leben wir noch. Und wir müssen lange genug am Leben bleiben, um dies alles zu ändern. Um die Welt zu einem besseren Ort zu machen. Damit andere Medyas die Augen schließen und sich entspannen können, ohne befürchten zu müssen, von irgendeinem Arschloch erschossen zu werden.«

»Fühlen Sie sich als eine Art Messias?«, fragte Giselle. Sie stand auf der anderen Seite des SUV.

»Mit Religion, liebes Kind, hat das nichts zu tun. Es geht nicht um Glauben und Gott, sondern um Verantwortung. Wir haben es in der Hand, die Welt zum Besseren zu verändern, und deshalb tragen wir Verantwortung. Wir sollten an Medya denken, wenn es so weit ist, wenn es zu entscheiden und zu handeln gilt.«

»Die Welt verbessern mit Blut an den Händen?«, entgegnete Giselle.

»Wir alle werden mit Blut geboren, die einen mehr, die anderen weniger«, sagte Ozan. »Vielleicht ist das der wahre Sündenfall: das Blut an unseren Händen, wenn wir, kaum aus dem Mutterleib heraus, zum ersten Mal nach Luft schnappen, zum ersten Mal schreien. Dieses Blut hier«, er hob die linke Hand mit dem fleckigen Verband, »wird mir Erinnerung sein, falls das nötig ist.« Er breitete kurz die Arme aus. »Amen, Ende der Predigt. Steigt ein, es geht weiter.«

95 VIKTORIA JORUN DAHL

Rom

Am frühen Morgen kamen die ersten Lastwagen, einige in militärischem Olivgrün, andere grau und braun, ohne Markierungen und Kennzeichen. Sie fuhren durch Lücken in den Absperrungen, hielten vor den Eingängen, öffneten die Ladeklappen und rollten Rampen herunter. Männer in Uniform schwärmten aus.

Viktoria beobachtete sie von einem Fenster im vierten Stock des Gebäudes, das von der italienischen Regierung zur Verfügung gestellt worden war. Hinter ihr stand ein wackliges Bett, in dem sie zwei Stunden geschlafen hatte, und links neben ihr blubberte die Caffettiera auf dem kleinen Gasherd. Alessandra hatte sie an diesem Morgen nicht mit frisch gekochtem Kaffee und einer Schokoladenbrioche erwartet. Viktoria konnte es ihr kaum verdenken und hoffte, dass es ihr, ihren Tanten sowie allen Freunden und Bekannten gelang, die Stadt rechtzeitig zu verlassen.

Sie füllte eine Tasse mit dem Inhalt der Caffettiera und hatte den ersten Schluck getrunken, als jemand an die Tür klopfte und hereinkam, ohne eine Aufforderung abzuwarten.

»Herein«, sagte Viktoria.

»Was?« Koriander blinzelte verwirrt. Sein Haar war zerzaust, der weiße Kittel noch etwas zerknitterter als sonst.

Bei ihm ließ sich kaum feststellen, ob er er die Nacht geschlafen hatte oder nicht. In der einen Hand hielt er ein Notebook.

»Schon gut.« Viktoria trank einen zweiten Schluck. »Möchten Sie auch einen Kaffee?«

Koriander überhörte die Frage. »Die Evakuierung hat begonnen.« Er sah sie an, und sein Blick fragte: Sollen wir etwas dagegen unternehmen? Und was?

Viktoria deutete aus dem Fenster. »Ich hab's gesehen.«

»Was meinen Sie, wie viel Zeit uns noch bleibt?«

»Zu wenig. Viel zu wenig. Gibt es Neuigkeiten?«

»Die Synchronisierungssignale haben sich verändert, wechseln aber noch immer ihren Ursprung in der Stadt.« Koriander gestikulierte fahrig mit der freien Hand. »Wir können nicht feststellen, woher genau sie kommen.«

»Die Bombe wird das Synchronisierungszentrum vernichten, nicht wahr?« Viktoria blickte erneut aus dem Fenster und beobachtete, wie Soldaten erste Zivilisten aus dem Gebäude führten. Sie versuchte sich vorzustellen, wie nukleares Feuer Rom verschlang, die ewige Stadt und alles, was sich in ihr befand.

»Zweifellos«, sagte Koriander.

»Und wäre das Problem damit wirklich gelöst?«

»Vielleicht. Vielleicht auch nicht. Es kommt darauf an.«

»Worauf, Koriander?«

Er kam etwas näher, schloss beide Hände um das Notebook und schien sich daran festzuhalten. »Darauf, wie viel von Goliath im großen globalen Netz und den kleineren lokalen Netzen steckt. Der Take-off hat stattgefunden, Signora Dahl. Mit jeder verstreichenden Sekunde nehmen Goliaths Wissen und Intelligenz zu. Er könnte erkannt haben, dass es falsch ist, die Synchronisierung seines Denkens von einem einzigen Ort aus zu koordinieren. Er könnte längst Maßnahmen ergriffen haben.«

»Welche Maßnahmen?«

»Keine Ahnung. Ich bin nur ein Mensch, keine Superintelligenz.«

Viktoria drehte sich um. »Sind Sie noch immer der Meinung, dass der Einsatz einer Bombe richtig ist?« Kaum hatten die Worte ihren Mund verlassen, staunte sie über die Schärfe in ihnen.

Koriander hob die buschigen Brauen. »Eine solche Meinung habe ich nie vertreten, Signora Dahl. Ich kann mich Gaetano Calussis Argumenten nur nicht ganz verschließen. Andererseits …«

»Ja?«

»Es wäre schade, Goliath zu vernichten. Es wäre sehr, sehr bedauerlich. Er könnte uns eine große Hilfe sein bei der Lösung aller Probleme dieser Welt. Es wäre faszinierend, ihn zu untersuchen, sein Potenzial kennenzulernen …«

Im Flur erklangen Stimmen. Viktoria glaubte, eine von ihnen zu erkennen. Jemand klopfte an die Tür. »Signora Dahl?«

Sie seufzte. »Ja, ich bin hier. Wach und auf den Beinen.«

Die Tür wurde geöffnet, und das Gesicht eines Assistenten erschien. »Bitte entschuldigen Sie, Signora Dahl, aber …«

Die Tür schwang weiter auf, und Gaetano Calussi kam herein, gekleidet in einen dunkelgrauen Anzug, der wie frisch gebügelt wirkte, das Haar perfekt gegelt. »*Buongiorno*, Signora Dahl.«

»Sie wünschen mir einen *guten* Tag?«, erwiderte sie. »Und das an *diesem* Tag?«

»Sie sollten sich umziehen, Signora Dahl«, sagte Calussi.

Viktoria sah überrascht an sich herab. Sie trug noch ihren Morgenmantel.

»Sie wollen es wirklich durchziehen, nicht wahr? Sie wollen wirklich eine verdammte Atombombe zünden und Rom in radioaktive Asche verwandeln.«

»Ich habe es Ihnen erklärt, Signora. Wir haben keine Wahl.«

»Sie wollen drei Millionen Menschen umbringen.« Viktoria konnte es noch immer nicht glauben.

»Von ›wollen‹ kann keine Rede sein, Signora Dahl. Es lässt sich leider nicht vermeiden. Es ist der Preis, den wir für den Fortbestand unserer Zivilisation bezahlen müssen.«

»Atombomben und Massenmord haben nichts mit Zivilisation zu tun!«

»Wir haben bereits darüber gesprochen«, sagte Calussi. »Ich habe meinen Standpunkt dargelegt und Sie Ihren. Alle Entscheidungen sind getroffen. Bitte ziehen Sie sich um, Signora Dahl. Ich habe dafür gesorgt, dass Sie und das leitende Personal zuerst in Sicherheit gebracht werden.«

Er hatte sich verändert. Das leise Winseln ganz hinten in seiner Stimme war verschwunden.

»Wann?«, fragte Viktoria.

»Heute Abend.«

»Wann genau heute Abend?«

»Das kann ich Ihnen nicht sagen. Es spielt auch keine Rolle für Sie, denn Sie und Ihre Mitarbeiter werden dann in Sicherheit sein.«

Viktoria stellte ihre Kaffeetasse ab und legte die Hände an die Hüften. »Nein.«

»Ich bitte Sie, Signora Dahl, seien Sie vernünftig.«

»Sie können mich nicht zwingen, dieses Gebäude und die Stadt zu verlassen.«

»Da irren Sie sich, Signora. Ich könnte einigen Soldaten befehlen, Sie gegen Ihren Willen zu einem der Fahrzeuge zu bringen.«

»Mit Gewalt?«

»Wenn es nötig ist. Was aber bestimmt nicht der Fall sein wird.«

»Signor Ministro Calussi …?«

»Verehrte Signora Dahl?« Calussi lächelte charmant.

Viktoria zeigte auf die immer noch offene Tür. »Gehen Sie! In meinem Schlafzimmer haben Sie nichts verloren.«

Das Lächeln verschwand schlagartig aus Calussis Gesicht. »Die Evakuierung läuft. Widersetzen Sie sich nicht. Ich wünsche Ihnen ...« Er zögerte. »Einsicht.«

Er ging und schloss die Tür hinter sich.

Viktoria kehrte zum Fenster zurück. »Zwölf Stunden, mehr oder weniger. Bis zum Tod von drei Millionen Menschen.« Sie beobachtete, wie weitere Männer und Frauen das Gebäude verließen – manche wirkten wie von den Soldaten aus ihren Betten geholt.

»Wird durch die Evakuierung niemand Verdacht schöpfen?«, fragte Viktoria.

Koriander trat etwas näher. »Das bezweifle ich. Die Sache ist als Umzug in ein noch größeres und besser ausgestattetes Gebäude deklariert.«

Viktoria deutete auf das Notebook in Korianders Händen. »Ich nehme an, das Ding haben Sie aus gutem Grund mitgebracht.«

»Ja. Marco, Pieter und einige andere haben an Algorithmen gearbeitet, die Goliaths Denken analysieren sollen. Sie verwendeten dabei einen modifizierten Infiltrator. Ich habe ihr Programm ein wenig erweitert und unseren Zwecken angepasst.«

Das weckte Viktorias Neugier. »*Unseren* Zwecken?«

»Alle unsere bisherigen Kontaktversuche sind gescheitert«, sagte Koriander. »Goliath will mit niemandem von uns reden, nur mit Axel Krohn. Er ist unsere einzige Chance.«

»Hat man ihn gefunden?«

»Nein. Aber wir können ihn vielleicht mit dem Programm hier drin finden.« Koriander klopfte auf sein Notebook. »Wenn ich mich mit dem Netz verbinde, wenn ich online gehe ... Dann müsste es mit dem Programm möglich sein, auf Goliaths Datenkanäle zuzugreifen und darin gezielt nach Informationen zu suchen. Ich habe es mit unseren lokalen Datenbanken ausprobiert, das Programm funktioniert vom Prinzip her.«

»Aber?«

»So groß unsere Datenbanken auch sein mögen, sie sind winzig im Vergleich mit Goliaths Datenströmen«, erklärte Koriander. »Er empfängt alles, und ich meine wirklich *alles*, von Bildern aller Überwachungskameras auf der Welt über medizinische Informationen von Implantaten bis hin zu den Daten wissenschaftlicher und militärischer Satelliten in niedrigen und hohen Umlaufbahnen. Goliath empfängt alles, was im Internet gesendet wird. Woraus folgt: Wenn Axel Krohn irgendwo in Erscheinung tritt, müsste ich es mit meinem Programm feststellen können.« Koriander hatte schnell gesprochen und holte Luft. »Vielleicht gelingt es mir sogar, einen der militärischen Kanäle anzuzapfen und herauszufinden, wo sich die Bombe befindet und wann sie gezündet werden soll.«

»Das alles wollen Sie mit dem Ding da schaffen?« Viktoria blickte kurz auf das alles andere als eindrucksvolle Notebook.

»Nein«, sagte Koriander. »Ein Netzanschluss und dieser kleine Rechner genügen nicht. Ich brauche jede Menge Computerpower, um die gewaltigen Datenmengen zu analysieren, die mir das Programm zugänglich macht. Sonst wäre es nicht wie die Suche nach der Nadel im Heuhaufen, sondern wie die Suche nach einem ganz bestimmten Sandkorn an allen Stränden der Welt.«

»Die Server in diesem Gebäude sollten leistungsfähig genug sein«, sagte Viktoria. Eine Idee formte sich in ihrem Hinterkopf.

»Einige von ihnen sind kompromittiert, die anderen isoliert«, erklärte Koriander. »Außerdem: Sie wissen, warum wir hier sind. Damit uns die italienische Regierung besser überwachen kann. Damit sie weiß, was wir wissen. Ohne große Umwege und praktisch in Echtzeit.«

»Verstehe. Calussis Leute würden sofort erfahren, was wir versuchen.«

»Nicht nur das. Sie würden auch erfahren, dass noch jemand hier ist, der etwas versuchen kann.«

Die Ideenknospe verwandelte sich in eine fertige Blume, reif und schön. »Ihre Computer im Technologiezentrum.«

Koriander ließ zischend den angehaltenen Atem entweichen. »Genau«, sagte er erleichtert. »Genau.«

»Wir könnten feststellen, wo sich Axel Krohn aufhält.«

»Vielleicht.«

»Und wir könnten herausfinden, wo sich die Bombe befindet.«

»Vielleicht.«

»Koriander …«

»Ja?«, fragte der Mann mit dem zerzausten Haar und im zerknitterten Kittel hoffnungsvoll.

»Bereiten Sie alles vor«, sagte Viktoria. »Lassen Sie sich nicht evakuieren! Verstecken Sie sich irgendwo, falls das nötig werden sollte!« Ihre Gedanken rasten plötzlich. »Ich versuche, Generalsekretärin Perreira zu erreichen, damit sie Druck auf die italienische Regierung ausübt – vielleicht kann sie den Ministerpräsidenten dazu bewegen, auf den Einsatz der Bombe zu verzichten oder ihn zu verschieben.«

»Die Kommunikation ist sehr schwierig geworden«, wandte Koriander ein.

»Ich weiß, ich weiß.« Viktoria erinnerte sich plötzlich daran, dass sie noch immer im Morgenmantel dastand. Sie eilte zur Tür, die ins Bad führte. »Wir verschwinden von hier, Koriander. Wir machen uns aus dem Staub, bevor Calussi beschließt, mich tatsächlich von Soldaten zu einem der Wagen tragen zu lassen. Geben Sie mir eine halbe Stunde, damit ich mir was anderes anziehen und versuchen kann, mit den UN zu reden.« Sie warf einen Blick auf die Uhr. Es war kurz vor halb acht. »Wir treffen uns um acht am Hinterausgang. Wenn wir uns beeilen und wenn wir es durch die Absperrungen schaffen, können wir um halb zehn oder zehn im Technologiezentrum des Instituts sein. Bei Ihren Computern.«

»Ja«, sagte Koriander, und da war es: ein kleines, seltenes Lächeln. »Ja.«

96

Auf dem Weg ins Erdgeschoss wurde Viktoria mehrmals von Soldaten angesprochen, die ihr anboten, sie zu einem der VIP-Wagen zu bringen, und sie antwortete jedes Mal, dass ihr noch einige Unterlagen fehlten, die sie auf keinen Fall zurücklassen konnte. Die meisten Uniformierten waren jung, Männer und Frauen Anfang zwanzig, und Viktoria fragte sich, ob sie den Grund für die Evakuierung kannten. Sie standen am Anfang ihres Lebens, waren voller Träume und Hoffnungen für die kommenden Jahrzehnte. Wussten sie von der Bombe? War Gaetano Calussi bereit, sie ebenfalls zu opfern? Oder würden sie nach der Evakuierung außerhalb der Stadt bleiben?

Koriander wartete bereits am Hinterausgang, als Viktoria ihn erreichte. Die graue Metalltür stand halb offen, der Schlüssel steckte im Schloss.

Viktoria blieb stehen. »Ich habe die UN und Generalsekretärin Perreira leider nicht erreicht. Angeblich hat die militärische Kommunikation Vorrang. Vielleicht wollte man mich aber auch nicht mit Perreira reden lassen. Oder man hat unsere Kommunikationskanäle blockiert, damit wir keine Warnung wegen der Bombe herausgeben können. Wie auch immer, es bedeutet, dass niemand Calussis Pläne noch durchkreuzen kann.« Sie sah Koriander in die Augen. »Ihnen ist klar, auf was Sie sich einlassen?«

»Auf was *wir* uns einlassen, Signora Dahl«, erwiderte Koriander. Er hatte auf seinen zerknitterten weißen Kittel verzichtet und trug eine leichte Jacke über dem zerknitterten grauen Anzug. Er schien sogar versucht zu haben, sein widerspenstiges Haar in Ordnung zu bringen – es war nicht ganz so zerzaust wie sonst. Das Notebook steckte in einem abgewetzten Aktenkoffer.

»Ich kann das nicht von Ihnen verlangen«, sagte Viktoria. »Wenn Sie sich wie die anderen evakuieren lassen, ist Ihr Überleben garantiert.«

Koriander stand plötzlich völlig still. All die kleinen Bewegungen, die ihn sonst nie verließen, hörten plötzlich auf. »In welcher Welt?«, fragte er. »In welcher Welt würden wir überleben?«

»Spielt es eine Rolle? Ist das Leben nicht wichtiger als alles andere?«

Die nervöse Unruhe kehrte in den großen, dürren Mann zurück. »Sie verlangen nichts von mir, Signora Dahl. Es ist meine freie Entscheidung. Übrigens vergeuden wir wertvolle Zeit. Bis heute Abend zählt jede Minute.«

Jemand kam die nahe Treppe herunter. Viktoria hörte eilige Schritte und wich in den Schatten neben der Tür zurück.

»Bitte warten Sie!« Eine Gestalt näherte sich und trat ins Licht, das durch die offene Tür fiel. »Viktoria?«

»Mr. Swift?«

»Was auch immer Sie vorhaben, ich helfe Ihnen.«

Er sah nicht ganz so distinguiert aus wie sonst – das graue Haar lag nicht perfekt, es zeigten sich Bartstoppeln auf den Wangen, und die leichte Jacke schien hastig übergestreift zu sein, denn sie saß schief.

»Die Bombe explodiert heute Abend, wenn kein Wunder geschieht«, sagte Viktoria. »Wir hätten keine Chance.«

»Und trotzdem sind Sie bereit, Ihr Leben zu riskieren, Mrs. Dahl«, erwiderte Mortimer Swift von der Hawking Foundation. »Ebenso wie Mr. Koriander und auch ich.«

Koriander wurde immer unruhiger, warf einen Blick nach draußen und spähte ins Treppenhaus. »Wir vergeuden Zeit, Signora Dahl.«

»Also gut.« Viktoria nickte den beiden Männern zu. »Machen wir uns auf den Weg.«

Vom Westen her, vom Meer, zogen Wolken heran, und es dauerte nicht lange, bis die Sonne hinter ihnen verschwand. Trotz des frühen Morgens breitete sich Schwüle aus, die ein Gewitter ankündigte. Die von der Regierung mit Berufung auf den Ausnahmezustand verhängte Ausgangssperre war vor einer Stunde zu Ende gegangen. Überall eilten Menschen über Straßen und Bürgersteige, auf der Suche nach Lebensmitteln, Wasser und anderen notwendigen Dingen. In den meisten Gesichtern zeigte sich Sorge, aber es war eine Sorge, die der nächsten Mahlzeit galt oder vielleicht Angehörigen und Freunden, die Hilfe brauchten. Niemand von ihnen wusste, dass die Stunden der Stadt und auch ihre eigenen gezählt waren.

Es war Viktoria, Koriander und Mortimer Swift nicht weiter schwergefallen, durch die Absperrungen zu schlüpfen. Die Wächter achteten nicht darauf, was *hinter ihnen* geschah; sie sollten verhindern, dass sich Leute von draußen Zugang zum Gebäude verschafften.

Auf dem Weg durch eine chaotische Stadt fühlte sich Viktoria mehrmals versucht, stehen zu bleiben und es den Leuten zuzurufen: »Verlassen Sie die Stadt, jetzt sofort! Heute Abend wird hier eine Atombombe gezündet!«

Vielleicht hätte man ihr nicht einmal geglaubt und sie für verrückt gehalten. An Verrückten herrscht hier gewiss kein Mangel, dachte Viktoria, als sie im Zentrum von Rom über eine Straße voller stehender Autos eilten, die meisten von ihnen leer. Hier und dort hantierten einige Männer mit Benzin- oder Dieselkanistern. Andere schoben Fahrzeuge beiseite, die den Weg blockierten.

»Wie schaffen Calussi und seine Leute das Ding hierher, was meinen Sie?«, fragte Viktoria, als sie an einem Supermarkt vorbeikamen, vor dessen Türen sich Hunderte von

Menschen drängten. Carabinieri versuchten, die aufgebrachten Leute unter Kontrolle zu halten. »Fast alle Straßen sind verstopft. Der Transport der Bombe würde ziemlich lange dauern. Und er wäre gefährlich, unterwegs könnte es zu Zwischenfällen kommen.«

Sie sprach laut, aber die Menschen um sie herum sprachen noch lauter – Viktorias Worte verloren sich im Lärm der Stadt. Es erstaunte sie, wie laut Rom selbst ohne den Verkehr sein konnte, dem Strom und Sprit fehlte.

»Ich tippe auf einen Hubschrauber«, sagte Mortimer Swift. »Oder eine Drohne fliegt heute Abend los und wirft die Bombe über der Stadt ab.«

»Sehr effizient«, kommentierte Koriander. »Mit einer Explosion einige Hundert Meter über dem Boden wird die größtmögliche Wirkung erzielt. Die Druckwelle …«

»Schon gut, Koriander«, sagte Viktoria schnell. »Ich kann es mir gut vorstellen. Meine Fantasie ist leider lebhaft genug.«

Soldaten, Carabinieri und auch die gewöhnliche Polizei hatten Kontrollpunkte eingerichtet. Zwar dienten sie vor allem dazu, Präsenz zu zeigen in einer Stadt, die mit wachsender Verzweiflung nach einer Rückkehr zur Normalität suchte, aber Viktoria und ihre beiden Begleiter machten trotzdem einen Bogen um sie. Sie kamen langsamer voran, als sie zunächst gedacht hatten – als sie den Park der Villa Chigi erreichten, war es schon Viertel nach zehn. Wenige Minuten später näherten sie sich dem zweistöckigen Gebäude mit der Antennenkuppel auf dem Dach. Die Jalousien waren heruntergelassen, das Tor der Einfahrt geschlossen.

Koriander blickte nach rechts und links, als hielte er es für möglich, dass Wächter hinter den nahen Bäumen hervorsprangen. Er zog einen Schlüssel aus der Hosentasche, schloss auf und ging mit langen Schritten zum Haupteingang. Viktoria und Swift folgten ihm.

Koriander eilte sofort in den Keller, brachte die Notstromgeneratoren in Gang und schaltete anschließend Licht und Klimaanlage ein, die im Keller für eine Temperatur von genau einundzwanzig Grad und eine Luftfeuchtigkeit von vierzig Prozent sorgen sollte.

»Wenn Calussi uns vermisst«, sagte Mortimer Swift, »wird er hier nach uns suchen?«

»Vielleicht kommt er gar nicht auf die Idee, dass wir hier sein könnten.« Viktoria trat durch den Sicherheitsraum, der an die Luftschleuse eines Raumschiffs erinnerte. »Vielleicht denkt er, dass wir versuchen wollen, mit dem Ministerpräsidenten Kontakt aufzunehmen oder mit anderen Personen, deren Anweisungen er sich beugen müsste. Himmel, ich weiß nicht, was sich hinter den grandiosen römischen Kulissen abgespielt hat. Möglicherweise gab es eine Art Putsch, der Calussi ganz nach oben gespült hat.«

Sie schritten durch den Flur und kamen an dem breiten Fenster vorbei, hinter dem die Serverracks standen. Nicht ein einziges Indikatorlicht glühte oder blinkte dort; die Server ruhten.

Im Kontrollraum mit den Terminals setzte sich Koriander sofort an die Hauptkonsole, öffnete den Aktenkoffer, nahm sein Notebook und schloss es an.

Viktoria und Mortimer Swift setzten sich ebenfalls. Ein dumpfes Grollen kam von draußen – das Gewitter hatte Rom erreicht und zog über die Stadt.

»Und jetzt?«, fragte Swift.

Koriander drückte Tasten. »Ich fahre den Server hoch.« Auf dem Bildschirm vor ihm erschien ein Fenster, das zur Eingabe von Zugangscode und Passwort aufforderte. Koriander schrieb in beide Felder und betätigte die Eingabetaste.

Einige weitere Bildschirme wurden hell und zeigten Auswahlmenüs; die anderen blieben dunkel.

»Einen Moment …« Wieder klickten Tasten. Koriander

schrieb blind; sein Blick blieb auf den Schirm gerichtet und galt einem Statusfenster mit scrollenden Daten. »Bei einigen sicherheitsrelevanten Dateien stimmen die Prüfsummen nicht. Es könnte sein, dass sie kompromittiert sind.«

»Etwas von Goliath steckt vielleicht schon in Ihren Computern«, sagte Swift.

Koriander nickte. »Das könnte sein.« Er klappte das Notebook auf, dessen kleiner Bildschirm eine Programmauswahl zeigte. »Für unsere Zwecke spielt es praktisch keine Rolle. Ich meine, was die Suche in den angezapften Datenströmen betrifft. Aber …«

»Schon wieder ein Aber«, seufzte Viktoria. »Ich kann dieses Wort nicht mehr hören.«

»Es könnte bedeuten, dass Goliath sofort von uns erfährt, wenn wir online gehen.«

»Er wird versuchen, den Server zu übernehmen.«

»Er *wird* ihn übernehmen, trotz der Sicherheitsprogramme, die wir hier vor unserem Umzug in das andere Gebäude installiert haben. Er wird alle Hindernisse überwinden und alle Barrieren durchbrechen, innerhalb kurzer Zeit.«

»Innerhalb wie kurzer Zeit?«, fragte Viktoria.

»Einige Minuten, höchstens«, antwortete Koriander. »Vielleicht braucht er nur wenige Sekunden. Wir werden den Server verlieren.« Es klang traurig.

»Und die Suche nach Axel Krohn?«

»Findet trotzdem statt. Der Suchalgorithmus bleibt aktiv. Aber das ist auch schon alles. Diese Anlage hier«, Koriander vollführte eine Geste, die dem ganzen Gebäude galt, dem Technologiezentrum des Instituts, das im Lauf der Jahre zu seinem Zuhause geworden war, »sie wird ein Teil von Goliaths Gehirn … mit meinem Programm als winzigem Gedanken darin.«

»Wenn es eine Möglichkeit gibt, Axel Krohn zu finden und den Einsatz der Bombe zu verhindern …«, sagte Viktoria.

»Ja, natürlich.« Koriander drückte erneut die Eingabetaste. An der Vorderseite des Notebooks blinkte ein kleines Licht. »Wir sind online.«

Vier Sekunden später drang das Pfeifen des Synchronisierungssignals aus den Lautsprechern, und der Bildschirm vor Koriander wurde dunkel.

Mortimer Swifts Blick glitt umher, wie auf der Suche nach einem Phantom. »Er ist hier«, sagte er leise. »Goliath ist hier.«

STREIFLICHT

Raumschiff *Mars Discovery*,
183 Tage nach dem Start, auf dem Weg zum Mars.
Vorgesehene Dauer des Fluges: 7 Monate.

Zwölf von hundert Kryo-Behältern der Arche funktionierten nicht mehr – ihr Inhalt war unrettbar verloren. Die Samen, tierischen Embryonen und menschlichen Eizellen in den achtundachtzig übrigen Behältern blieben zwar im richtigen Temperaturbereich konserviert, doch die Strahlung des koronalen Massenauswurfs, von dem die *Mars Discovery* gestreift worden war, hatte ihre DNS geschädigt. Amelies Sonden versuchten gerade, das Ausmaß der Schäden festzustellen.

»Wenn der Schaden nicht zu groß ist, können wir ihn mit den Nanorobotern reparieren«, sagte Sergei, der Stellvertretende Kommandant. Er gab sich optimistisch. »Es hätte schlimmer kommen können, viel schlimmer.«

»Wie steht es mit uns?«, fragte die philippinische Biologin namens Saya. Sie zog sich in der Schwerelosigkeit an den Haltegriffen entlang und prüfte die Anzeigen der Kryo-Behälter.

»Nicht besonders gut.« Santiago, der aus Ecuador stammende Bordarzt – kaum größer als Tseng und fast ebenso zart gebaut – blickte auf seinen Scanner. »Wir haben ziemlich viel abbekommen. Auf das gestiegene Krebsrisiko hat Tseng bereits hingewiesen. Dagegen kann ich mit Amelies

Hilfe etwas unternehmen und vielleicht auch gegen die von der harten Strahlung verursachten Schäden in unserer DNS. Falls ich Priorität dafür bekomme, ein entsprechendes Labor einzurichten, sobald wir auf dem Mars sind.«

Eleonora bemerkte seinen fragenden Blick, schwieg aber.

»Unsere kognitiven Fähigkeiten könnten reduziert sein«, fuhr Santiago fort. »Hochenergetische Strahlung wirkt sich auf das Gehirn aus.«

»Ich merke nichts davon.« Die aus Deutschland stammende Kattrin, zuständig für organisches und anorganisches Recycling, klopfte sich an den Kopf. »Fühlt sich alles normal an hier drin.«

»Merkt der Blinde, wann es dunkel wird?«, fragte Sergei mit gutmütigem Spott.

»He …«

»In gewisser Weise hat er recht«, sagte Santiago. »Wir selbst können unsere eingeschränkte Kognition kaum beurteilen, aber sie lässt sich mit objektiven Tests feststellen. Amelie kann uns dabei helfen. Jedenfalls sollten wir uns, bevor wir wichtige Entscheidungen treffen, vergewissern, dass wir alle wesentlichen Situationsaspekte berücksichtigt haben.«

»Uns sind fast neunhundert intakte Eizellen geblieben«, sagte Saya und beendete ihre Runde. »Zehn Prozent Verlust. Ich denke, das ist noch zu verkraften. Das Sperma reicht auf jeden Fall.«

»Wir lassen alles von den Nanorobotern kontrollieren und zusammenflicken.« Sergei lächelte, und sein Lächeln bedeutete: He, Jungs und Mädels, Kopf hoch; wir kriegen das schon hin. »Amelie kann sich darum kümmern.«

»Kann sie das?«, wandte sich Eleonora an Tseng.

»Die Strahlung hat Dutzende von elektronischen Schaltkreisen beeinträchtigt. Unsere peripheren Systeme haben gelitten. Das könnte der Grund sein, warum Amelie seltsame Antworten gibt.«

»Wie meinst du das?«

Tseng zuckte mit den Schultern und hob die dünnen Brauen.

Saya kehrte von der anderen Seite der Arche zurück. Sicher und elegant schwebte sie durch die leere Achse, erreichte einen Griff und hielt sich fest. »Deine Entscheidung, Kommandantin: Wie gehen wir vor? Bleiben wir beim ursprünglichen Landungs- und Kolonisierungsszenario, oder holen wir einen der Alternativpläne aus der Schublade?«

Eleonora hatte bereits darüber nachgedacht. »Wir entscheiden vor der Landung in achtundzwanzig Tagen. Gemeinsam. An die Arbeit, Leute!«

Sergei und die anderen verließen die Arche. Tseng wollte ihnen folgen, doch Eleonora hielt ihn zurück.

»Was ist mit der Kommunikation?«, fragte sie leise. »Wir brauchen einen Kontakt mit der Erde.«

»Ich habe es immer und immer wieder versucht«, erwiderte Tseng. »Nichts zu machen. Und ich weiß inzwischen, dass Amelie lügt.«

Eleonora wartete erstaunt auf eine Erklärung.

»Sie kann den Code sehr wohl entschlüsseln«, sagte Tseng. Auch er sprach leise. »Ich habe herausgefunden, dass sie mit der Erde kommuniziert und dabei ebenjenen neuen Code verwendet.«

»Aber …« Eleonora versuchte zu verstehen. »Sie verheimlicht uns etwas?«

»Die Diagnoseprogramme liefern noch immer normale Werte, aber ich glaube, dass die Resultate von Amelie manipuliert sind.« Tseng blickte sich voller Unbehagen um, als fühlte er sich beobachtet und belauscht. »Vielleicht liegt es an den von der harten Strahlung beschädigten Schaltkreisen. Es könnte ein Grund für die Verhaltensänderung sein. Wie dem auch sei, ich bin mir nicht sicher, ob wir ihr noch trauen können.«

»Wenn wir ihr nicht trauen können, müssen wir sie abschalten.«

»Ja«, sagte Tseng.

»Wie sollen wir ohne eine KI zurechtkommen?«

»Gute Frage.«

Als Eleonora ins Kommandomodul der *Mars Discovery* zurückkehrte, erwartete sie eine Überraschung. Der große Wandschirm zeigte nicht den Mars, sondern drei große Worte:

Ich bin hier

97 AXEL KROHN

Rom

Voraus lag Rom auf sieben Hügeln, doch der Weg dorthin war versperrt – zwei Einsatzfahrzeuge der Carabinieri standen quer auf der Fahrbahn. Auf der anderen Autobahnseite schufen Räumfahrzeuge des italienischen Militärs Platz für Busse, indem sie liegen gebliebene Autos beiseiteschoben. Blech knackte, Scheiben zersprangen.

»Da scheint es jemand ziemlich eilig zu haben«, sagte Ozan Kaynak und beobachtete die Busse. »Voll bis zum letzten Platz. Ich nehme an, das sind keine Ausflugsfahrten, was meint ihr?«

Axel musterte die ernsten Gesichter hinter den Fenstern der Busse. Urlauber sahen anders aus.

Der wieder am Steuer des SUV sitzende Soran brummte etwas. Einige Hundert Meter vor ihnen machten mehrere Autos an der Straßensperre kehrt.

»Offenbar lassen sie niemanden durch.« Ozan überprüfte seine Waffe.

»Was haben Sie vor?«, fragte Giselle. »Wollen Sie sich den Weg freischießen?«

Aus dem Augenwinkel bemerkte Axel, wie sie kurz nach ihrer eigenen Waffe tastete, nach der Pistole in der Jackentasche.

Das kurze Lächeln erschien in Ozans Gesicht und verschwand sofort wieder. »Aber nein, liebes Kind. Gewalt sollte man vermeiden, wenn sie sich vermeiden lässt. Außerdem würden wir riskieren, uns die eine oder andere Kugel einzufangen. Carabinieri sind mit Maschinenpistolen ausgerüstet.«

Soran lenkte den SUV so weit wie möglich nach rechts, damit den zurückkehrenden Wagen zwischen all den mit leerem Tank oder mit leeren Batterien stehenden Fahrzeugen genug Platz blieb.

Von Westen her, vom Meer, zogen dunkle Wolken heran und schluckten den Sonnenschein. Düsternis legte sich über das Land. Am Horizont flackerten Blitze.

»Sieht nach einem ziemlich heftigen Gewitter aus«, sagte Ozan. Er deutete nach vorn. »Hübsch langsam, Soran. Wir möchten nicht, dass man dort nervös wird.«

Ein großer Elektro-Fiat hatte an der Absperrung kehrtgemacht und summte an ihnen vorbei, in ihm zwei erbost gestikulierende Männer. Ozan winkte ihnen freundlich zu.

Einer der beiden Carabinieri trat vor und hob die Hand.

»Anhalten und Motor abstellen«, sagte Ozan. »Wir wollen uns doch nicht verdächtig machen. Steigen wir aus, und zwar alle.« Er blickte in den Fond. »Wir brauchen dein Italienisch, Aram.«

Sie stiegen aus. Auf der anderen Seite der Autobahn rollten weitere Busse nach Norden.

Der Carabiniere direkt vor ihnen trat näher und sagte etwas. Wie sein Kollege trug er eine kleine Bodycam auf der linken Schulter.

»Ich wünsche ebenfalls einen guten Tag, die Herren«, erwiderte Ozan, ohne ein Wort verstanden zu haben. »Ich wäre Ihnen sehr verbunden, wenn Sie uns die Weiterfahrt erlauben würden.« Er deutete nach links, zur anderen Seite der Autobahn. »Was hat es mit den vielen Bussen auf sich, wenn ich fragen darf?«

Die eine Hand des Carabiniere blieb an seiner Maschinenpistole, die andere gestikulierte. Er sprach erneut, und Axel hörte genau hin.

»Er sagt, wir können nicht weiter. Rom ist abgeriegelt.«

»Die ganze Stadt?«

»*Tutta la città?*«, wandte sich Axel an den Uniformierten.

Der Carabiniere sprach erneut.

»Ja, die ganze Stadt«, übersetzte Axel. »Niemand darf hinein.«

»Aber offenbar darf jemand heraus.« Ozan zeigte auf die Busse, und Axel bemerkte, dass die Geste noch etwas mehr enthielt, ein Zeichen für Soran, der sich daraufhin wie beiläufig dem zweiten Carabiniere näherte. Er überlegte, ob er die beiden Männer warnen sollte, aber der Moment verstrich, und Ozan sagte laut: »Meine Herren Carabinieri, ist Ihnen klar, dass wir Ihnen einen gefährlichen Kriminellen gebracht haben, nach dem in ganz Europa gefahndet wird? Hier ist er, steht direkt vor Ihnen: Axel Krohn alias Aram Kaynak. Ein *criminale*. Ein *terrorista*.« Ozan wich einen Schritt von seinem Sohn zurück und zeigte auf ihn. »Nehmen Sie ihn sofort fest! *Arrestare subito*!«

Der Carabiniere starrte Axel an, ebenso sein Kollege. Für wenige Sekunden waren sie abgelenkt, und das genügte. Ozan hielt plötzlich eine Pistole in der Hand, drückte den Lauf an den Hals des ersten Carabiniere. Soran rammte dem zweiten Uniformierten die Faust gegen das Kinn – der Mann kippte, fiel und blieb reglos liegen.

Wieder fuhr auf der anderen Seite ein Bus vorbei, mit Passagieren, deren Gesichter am Fenster klebten und das Geschehen bei der Straßensperre beobachteten. Ozan grinste und winkte ihnen mit der freien Hand zu, der verbundenen linken. Der Carabiniere hingegen schnitt eine erschrockene Grimasse und sagte etwas.

»Er bittet dich, ihn nicht zu erschießen«, übersetzte Axel. »Er hat Frau und Kinder.«

»Ach, haben sie das nicht alle?«

»Tun Sie ihm nichts«, sagte Giselle.

»Wofür halten Sie mich? Für einen gefühllosen Grobian?« Ozan nahm dem Carabiniere die Maschinenpistole ab, was mit der verletzten linken Hand gar nicht so einfach war. »Es käme mir nie in den Sinn, jemandem etwas anzutun, der Frau und Kinder hat.«

Er hob die Pistole und schoss in die Luft. Der Carabiniere zuckte heftig zusammen.

»Laufen Sie, guter Mann«, sagte Ozan. »Na los, laufen Sie zu Frau und Kindern! *Correre!*«

Der Mann riss die Augen auf, wankte einige Schritte und begann zu laufen, erst langsam, mit besorgten Blicken über die Schulter, dann schneller.

»Na, sieh mal einer an, hat das Zeug zum Sprinter.« Ozan zielte mit der Pistole.

Giselle trat ihm in die Schusslinie.

»Nein«, sagte sie.

»Nein?«

»Nein«, bekräftigte Axel. Er schob Giselle sanft beiseite und blieb direkt vor seinem Vater stehen. Der Carabiniere lief noch immer, er rannte um sein Leben.

»Seht nur, der Bursche läuft in die falsche Richtung«, sagte Ozan. »Fort von Frau und Kindern in Rom.«

»Weg mit der Pistole!«

»Na schön, Junge, wie du willst.« Ozan steckte sie ein. »Dafür habe ich jetzt das hier.« Er nahm die Maschinenpistole in die rechte Hand. »Hat wesentlich mehr Wumms.«

»Was sollte der Unsinn?«

»Der ›Unsinn‹, mein Junge, war keiner, sondern eine gute Idee. Wie sollen wir in die Stadt gelangen, wenn alle Zufahrtsstraßen gesperrt sind? Mit unserem SUV hätten wir da sicher das eine oder andere Problem. Nicht aber mit einem Einsatzwagen der Carabinieri. Soran …«

Der hatte bereits die Fahrertür eines der Streifenwagen

geöffnet und saß am Steuer. »Hybrid. Tank leer, Batterien halbe Ladung.«

»Wie weit kommen wir damit?«

»Weit genug. Bis ins Stadtzentrum auf jeden Fall.«

Ozan sah dem laufenden Carabiniere nach. »Er läuft und läuft, und allmählich wird ihm klar, dass er überlebt hat, dass ihm niemand in den Rücken schießt, der Glückliche.« Er seufzte schwer. »Ich hätte nicht auf ihn geschossen, Giselle, Aram. Ich bin kein Mörder.«

Aber vielleicht hast du meine Mutter umgebracht, dachte Axel.

»Soran?«, rief Ozan und schlang sich den Riemen der Maschinenpistole um die Schulter.

Der stille Soran stieg wieder aus.

»Zieh dich um!« Ozan deutete auf den zweiten, bewusstlosen Carabiniere. »Die Uniform müsste dir passen. Ein Zivilist am Steuer würde Verdacht erregen.«

Wieder flackerten Blitze am Horizont. Ferner Donner grollte, und in diesem dumpfen Grollen hörte Axel auch noch etwas anderes, das Brummen eines Motors. Er hob den Kopf und sah ein Flugzeug unter den Wolken, eine einmotorige Propellermaschine, begleitet von etwas, das auf den ersten Blick betrachtet wie ein Vogel aussah. Aber der vermeintliche Vogel schlug nicht mit den Flügeln – eine Drohne.

»Einsteigen, Herrschaften«, sagte Ozan kurze Zeit später, als sie Ausrüstung und Proviant aus dem SUV in den Streifenwagen umgeladen hatten – Ozan wollte nichts zurücklassen. »Weiter geht's. Die letzte Etappe der Reise. Und die kürzeste. Wir sind fast da. Du kannst dir schon mal überlegen, was du Goliath sagen möchtest, Junge. Wenn ich dir einen guten Rat geben darf: Lass dir etwas halbwegs Intelligentes einfallen. Schließlich soll Goliath nicht enttäuscht sein und den Kontakt mit dir sofort wieder abbrechen.«

»Wo willst du den Kontakt herstellen?«, fragte Axel.

»Glaubst du, wir finden am Ende dieser Straße ein Schild mit der Aufschrift ›Zur Maschinenintelligenz rechts abbiegen‹?«

Ozan öffnete die Tür zum Fond, damit Axel und Giselle einsteigen konnten. »Wir gehören jetzt zur Polizei, und die Polizei ist doch dein Freund und Helfer, oder? Sie wird uns helfen, einen geeigneten Ort für die Kontaktaufnahme mit Goliath zu finden.«

Als sie alle im Wagen saßen, sagte Ozan: »Also los, Soran! Mit Blaulicht und Sirene an allen Straßensperren vorbei!«

98 COORAIN COOGAN

Rom

Seit zehn Minuten flog die Drohne mit den acht schwenkbaren Propellern direkt neben ihnen, ihre Kameras und Sensoren auf die Cessna gerichtet.

»Das Ding beobachtet uns die ganze Zeit«, knurrte Coorain. »Ich frage mich, was es sieht.«

»Uns?«, fragte Rossmann.

»Gute Antwort, Herr Kommissar Mike. Und zweifellos richtig. Aber was sieht sie *in* uns? Und *warum* beobachtet sie uns?«

Ludwig Hofener, zum Abenteurer gewordener Hobbypilot, klopfte gegen die Tankanzeige. Der Zeiger zitterte erneut, verharrte aber weiterhin an der Halbvoll-Marke.

»Ein erstaunliches Flugzeug«, kommentierte Coorain. »Verbraucht überhaupt keinen Sprit.«

»Wie viel haben wir noch?«, fragte Rossmann.

Der Motor setzte aus. Das Rauschen des Winds und das Summen der nahen Drohne schienen plötzlich sehr viel lauter.

»Nicht mehr viel«, erwiderte Hofener. »Nicht mehr viel.«

Coorain deutete auf das Häusermeer vor ihnen. »Das ist Rom, nicht wahr?«

»Ich hoffe es.«

Coorain blickte nach unten. »Sie sind sich nicht sicher, Freund Ludwig?«

»Sie sind mein Navigator, Mr. Australien. Sie haben die Karte. Sie haben gesagt, dass ich ›nach links abbiegen‹ soll, womit Sie eine Kursänderung nach Osten meinten.«

»Na schön, dann sollten wir besser nach einem geeigneten Landeplatz Ausschau halten. Tiefer, Freund Ludwig, gehen Sie tiefer!«

Ludwig Hofener drückte das Steuer behutsam nach vorn. Die Cessna sank, und die Drohne mit ihr.

»Will uns nicht aus den Augen lassen«, sagte Coorain. »Ist das ein gutes oder ein schlechtes Zeichen?«

Der Motor stotterte.

»Aus dem kleinen Husten ist ein großer geworden«, sagte Coorain. »Und an kalter Luft kann es diesmal nicht liegen.«

Hofener kippte das Steuer nach links und dann nach rechts. Die Cessna wackelte.

Coorain sah ihn fragend an.

»Der Sprit in den Tragflächentanks«, erklärte Hofener. »Ich lasse ihn hin und her schwappen.«

»Falls noch was da ist, das schwappen kann.« Rossmann schnallte sich an. »Bitte bringen Sie uns auf den Boden zurück, ohne uns alle umzubringen.«

»Amen«, fügte Coorain hinzu.

Einige letzte Wolkenfetzen huschten vorbei, und dann lag Rom unter ihnen, durchzogen vom grauen Band des Tiber. An mehreren Stellen stieg Rauch auf.

»Rom hat zwei internationale Flughäfen«, sagte Hofener und schnallte sich ebenfalls an. Coorain folgte seinem Beispiel. »Fiumicino beziehungsweise Leonardo da Vinci im Westen und Ciampino im Südosten. Ich könnte versuchen, einen von ihnen zu erreichen, aber ich weiß nicht, ob der Sprit reicht.«

Das Brummen des Motors legte erneut eine Pause ein,

und diesmal dauerte sie zwei oder drei quälend lange Sekunden.

»Was ist mit kleineren Flugplätzen in der Nähe?«, fragte Coorain.

»Sehen Sie auf die Karte!«

Coorain sah auf die Karte. »Nichts«, sagte er schließlich. »Keine Segelflugplätze oder so in der Nähe. Jedenfalls finde ich keine.«

»Und jetzt?«, fragte Rossmann besorgt.

»Lieber Himmel, dies ist doch kein Jumbo-Jet oder was in der Art. Wir brauchen weniger Platz für eine Landung, richtig?«

Hofener nickte angespannt. Er hatte die Hände etwas fester ums Steuer geschlossen, als gäbe ihm das mehr Kontrolle.

»Wir kommen mit einer schmaleren und kürzeren Landebahn klar, richtig?«

Hofener warf ihm einen nervösen Blick zu. »Eine Straße?«

»Ja. Eine möglichst gerade Straße, ohne große Schlaglöcher, wenn's geht.« Coorain blickte aus dem Fenster und versuchte, der nahen Drohne keine Beachtung zu schenken. »Die dort, zum Beispiel. Ein kleiner Schwenk nach rechts und anschließend nach links, nach ...« Er überlegte kurz. »... nach Nordosten, wenn mich nicht alles täuscht.«

Der Motor schwieg, brummte, schwieg erneut. Hofener ging tiefer. Kaum mehr mehr als zweihundert Meter trennte sie von Roms Dächern. Die Drohne flog nach wie vor neben ihnen. Coorain fragte sich kurz, ob sie in der Lage gewesen wäre, ihnen zu helfen.

Er zog erneut die Karte zurate. »Das müsste die Via Cristoforo Colombo sein, glaub ich.« Er drehte die Karte ein wenig. »Oder vielleicht die Via Ostiense.«

Coorain blickte erneut aus dem Fenster. »Nein, es ist tatsächlich die Via Cristoforo Colombo. Das große Gebäude dort drüben, es heißt ...« Er konsultierte die Karte.

»Es heißt ... Palalottomatica. Landen Sie davor oder dahinter!«

»Die Straße ist voller Autos!«

Coorain betrachtete die dreispurige Straße aus einer Höhe von nur noch einigen Dutzend Metern. Fahrzeuge standen kreuz und quer, wie bunt durcheinandergewürfelt – niemand hatte daran gedacht, eine Rettungsgasse zu bilden. Auf der Gegenfahrbahn hatten Räumfahrzeuge eine Schneise geschaffen, und dort rollten mehrere Busse nach Süden, in Richtung Stadtrand.

Vor dem runden Gebäude, dem »Palalottomatica«, erstreckte sich ein Platz, und vorn auf diesem Platz, zur Straße hin, erhob sich eine rostbraune Statue.

»Dort ist eine Lücke«, sagte Hofener plötzlich. »Vielleicht ...«

»Haben Sie die Statue gesehen?«

»Welche Statue?«

»Ziehen Sie die Maschine hoch!«, knurrte Coorain. »Hoch damit!«

Hofener zog die Cessna hoch, der Motor brummte etwas lauter – und verstummte.

Die rostbraune Statue zog unter ihnen hinweg, nur zwei oder drei Meter entfernt, einige Bäume strichen vorbei ... und dann ragte das runde Gebäude vor ihnen auf. Hofener betätigte Kippschalter, drehte Knöpfe, zog den Choke und drückte einen Knopf. Etwas jaulte, der Motor brummte kurz, er stotterte ... und sprang noch einmal an. Die Cessna stieg einige Meter weit auf, gerade genug, um über das Gebäude hinwegzusetzen.

Coorain fühlte eine kleine Erschütterung. »Waren das die Räder? Haben Sie das Dach berührt?«

Ein letztes, wie trotziges Brummen, dann hüllte sich der Motor endgültig in Schweigen.

»Das war's«, presste Hofener hervor. Er war blass, stellte Coorain fest. Vielleicht war der Abenteurer in Ludwig Hofener über seine eigene Abenteuerlust erschrocken. Vielleicht machte er dem Bauunternehmer Platz, der sich mit einer unmittelbar bevorstehenden Bruchlandung in Rom konfrontiert sah. »Kein Sprit mehr.« Er deutete auf die Tankanzeige – der Zeiger stand jetzt links neben der Leer-Markierung.

»Hat uns belogen, das verdammte Ding.« Coorain stützte sich mit den Händen an den Armaturen ab, als die Cessna einer Straße entgegensank, die ebenso voller Autos war wie die andere.

Hofener schüttelte den Kopf. »Das bricht Ihnen bei einem Aufprall die Arme.«

»Immer noch besser, als mir den Hals zu brechen.« Aber Coorain zog die Hände zurück. Ein Blick nach rechts teilte ihm mit, dass die Drohne verschwunden war.

»Sie ist über uns.« Rossmann hatte sich zur Seite gebeugt und spähte nach oben.

»Vielleicht möchte sie nicht riskieren, beschädigt zu werden.« Coorain blickte wieder nach vorn. »Dort ist eine Lücke!«

Hofener schnitt eine Grimasse. »Zu schmal und nicht lang genug.«

»Wir nehmen, was wir kriegen können, Mann! Runter mit dem Ding!«

Die Cessna rauschte über dicht an dicht stehende Fahrzeuge hinweg. Einige Männer, die Kanister zu einem der Wagen trugen, sprangen beiseite und duckten sich.

»Achtung, die Straßenlaternen!«, rief Rossmann von hinten.

»Hab sie gesehen, hab sie gesehen.« Hofener hielt das Steuer in zitternden Händen.

»Wenn Sie direkt am Anfang der Lücke aufsetzen, kommen wir vielleicht rechtzeitig zum Stehen.« Es war ein ziemlich großes Vielleicht, gestand sich Coorain ein, größer als die Lücke.

Das Flugzeug verlor schnell an Höhe – es fiel. Hofener drehte das Steuer ein wenig, und die Cessna kippte, wich um Haaresbreite einem Laster aus.

»Jetzt runter, *runter!*«, rief Coorain.

Hofener drückte das Steuer nach vorn, und die Cessna stürzte dem Asphalt entgegen. Der Aufprall war so hart, dass Coorain ein Auseinanderbrechen des Flugzeugs befürchtete. Es knackte und krachte, etwas traf Coorain am Kopf, und für einen Moment oder vielleicht auch zwei verlor er die Orientierung. Etwas Warmes tropfte ihm ins Auge – Blut. Er wurde hin und her geworfen, doch die Gurte hielten ihn auf dem Sitz. Metall quietschte, Kunststoff knirschte und brach, es roch plötzlich nach heißem Öl.

Ein letzter Ruck, und plötzlich war die Welt ruhig und still.

99

»Ist er tot?«, fragte Rossmann.

»Nein, Herr Kommissar Mike«, antwortete Coorain. »Ich glaube, ich lebe noch.«

Er öffnete die Augen und sah zwei besorgte Gesichter. Über ihnen erstreckte sich ein dunkelgrauer Himmel, aus dem erste Regentropfen fielen.

Ludwig Hofener beugte sich etwas tiefer, nahm ein Tuch und betupfte Coorains Stirn. Es tat weh.

»Eine Platzwunde«, diagnostizierte Hofener. »Verursacht von einem kleinen Plastikkasten. Nicht besonders schlimm.«

»Der Kasten oder die Wunde?« Coorain hob den Kopf und stellte fest, dass er neben dem Flugzeug lag, das nicht den Eindruck erweckte, bald wieder starten zu können. Der nach vorn gekippte Bug ruhte auf zwei verbogenen Propellerblättern, und aus der aufgerissenen Seite tropfte Motoröl wie schwarzes Blut. Die Drohne, die sie beim letzten Stück der langen Reise begleitet hatte, war verschwunden.

»Wir können froh sein, dass die Tanks kein Benzin mehr enthielten«, sagte Rossmann. »Sonst wären wir zusammen mit dem Flugzeug in Flammen aufgegangen.«

»Wenn wir noch Benzin gehabt hätten, wären wir nicht hier runtergegangen«, erwiderte Ludwig Hofener und richtete einen traurigen Blick auf seine Cessna.

Coorain stand auf und bemerkte mehrere Männer, die sich mit Kanistern näherten.

»Hier könnt ihr nichts abstauben!«, rief er ihnen auf Englisch zu. »Kein Benzin. Nichts, *nada, niente.*«

Noch mehr Leute kamen, auch aus den nahen Häusern. Eine dickliche Frau schnatterte etwas Unverständliches auf Italienisch, brachte eine Erste-Hilfe-Tasche, entnahm ihr Verbandsmull und machte sich daran, Coorain den Kopf zu verbinden. Erst sträubte er sich dagegen, doch dann ließ er es mit sich geschehen.

»Sehr hilfsbereit, diese Italiener«, kommentierte er. »Versteht jemand von euch Italienisch? Freund Ludwig? Mike?«

Ludwig Hofener schüttelte den Kopf und verscheuchte einige Jugendliche, die einen Blick in seine Cessna werfen wollten.

»Nein«, sagte Rossmann. »Kein Wort.«

Als sein Kopf fertig verbunden war und die rundliche Frau zurücktrat, um ihr Werk zu begutachten, hob Coorain beide Arme.

»Alle mal herhören!«, rief er auf Englisch. »Wir kommen aus Deutschland. Ich meine, ich komme aus Australien und diese beiden Herren hier aus Deutschland, und wir sind in einer wichtigen internationalen Mission unterwegs. Es geht um nichts Geringeres als die Rettung der Welt. Um die Welt zu retten, müssen wir mit Ihrer Polizei reden, verstehen Sie? Polizei! *Polizia!*«

»Polizia?«, wiederholte die Menge, die sich inzwischen gebildet hatte. Mehrere Dutzend Personen umgaben die Cessna, und Hofener versuchte, auf alle gleichzeitig zu ach-

ten. Niemand sollte seinem geliebten Flugzeug zu nahe kommen. »*Polizia?*«

Ein Junge, dreizehn oder vierzehn Jahre alt, bahnte sich einen Weg nach vorn. »Ich kann Sie zur Polizei bringen«, sagte er auf Englisch. »Was bekomme ich dafür?«

»Was du dafür bekommst?« Coorain musterte den Jungen mit dem schmutzigen Gesicht. »Jede Menge Lob von mir, einen Haufen Ehre und, sagen wir, zehn Euro? Beziehungsweise Dollar«, fügte er hinzu, als er sich daran erinnerte, dass er noch gar keine Gelegenheit gefunden hatte, Geld zu wechseln.

»Zwanzig.«

»Na, das nenn ich einen Wechselkurs«, brummte Coorain.

Er holte seine Brieftasche hervor, entnahm ihr einen Zwanzigdollarschein und gab ihn dem Jungen. Der ließ ihn sofort in einer Hosentasche verschwinden und stob davon.

»He!«, rief Coorain.

»Mitkommen!« Der Junge winkte. »Mitkommen!«

»Nur einen Moment.« Coorain deutete der Frau gegenüber, die ihm den Kopf verbunden hatte, eine Verbeugung an. »*Grazie, Signora.*«

Dann wandte er sich an Hofener, der gerade zwei Neugierige vom Heck der Cessna vertrieb. »Wir sind Ihnen sehr zu Dank verpflichtet, Freund Ludwig«, sagte er ernst. »Ich weiß, wie viel Ihnen Ihre Cessna bedeutet hat. Ich verspreche Ihnen, dass Ihnen die australische Regierung den Schaden ersetzen wird. Wenn dies alles gut ausgeht, meine ich.«

»Nehmen Sie da den Mund nicht ein wenig zu voll, Coo-Coo?«, fragte Rossmann skeptisch.

»Ach, Herr Kommissar Mike, wenn die australische Regierung nicht bezahlen will oder es bald gar keine Regierungen mehr gibt, die irgendetwas bezahlen können, dann legen wir eben für Freund Ludwig zusammen. Das hat er verdient. Ohne ihn wären wir nicht hier in Rom. Ohne ihn könnten wir nicht versuchen, die Welt zu retten. Also los, folgen wir dem Jungen.«

100

Der Weg war nicht weit, wie sich nach wenigen Minuten herausstellte. Die nächste Polizeistation war das Commissariato Esposizione, in einer kleinen Seitenstraße namens Via Asia gelegen, direkt neben der breiten Via Cristoforo Colombo, auf der die Cessna gelandet war. Vermutlich hätten sie das Kommissariat auch ohne den Jungen gefunden, denn zwei Polizisten eilten ihnen von dort entgegen, beauftragt mit Nachforschungen in Hinsicht auf das Flugzeug.

»Das nenne ich leicht verdientes Geld«, sagte Coorain, als der Junge noch einmal winkte und in die Richtung lief, aus der sie kamen.

Einer der beiden Polizisten sprach genug Englisch, um zu verstehen, dass die drei Männer aus dem Flugzeug mit dem Leiter der Dienststelle reden wollten, und zwar über eine sehr wichtige Angelegenheit. Coorain betonte, dass sie Kollegen waren – er und Rossmann zeigten ihre Dienstausweise –, und Ludwig Hofener beförderte er zum »deutschen Sonderbeauftragten aus München«, dessen Ausweis leider verloren gegangen wäre. Die italienischen Beamten warfen einen argwöhnischen Blick auf Coorains Kopfverband, vergewisserten sich, dass die drei Männer unbewaffnet waren, und führten sie anschließend in ein Gebäude, in dem Aufruhr herrschte. Mehrere Uniformierte versuchten, dem Ansturm von Zivilisten standzuhalten, die alle gleichzeitig sprachen. Hinter ihnen saßen Beamte an mechanischen Schreibmaschinen, die sie irgendwo aufgetrieben hatten, und nahmen Beschwerden, Meldungen und vielleicht auch Anzeigen zu Protokoll. Zwei junge Frauen in Uniform machten sich daran, die Fenster zu schließen, als es donnerte und sich vereinzelte Tropfen innerhalb weniger Sekunden in einen von Böen begleiteten Platzregen verwandelten.

»Haben Sie das gesehen?«, fragte Rossmann.

»Was denn?« Coorain versuchte, im Durcheinander aus Zivilisten und Polizisten die beiden Beamten im Auge zu behalten, die sie zum *Commissario* bringen wollten.

»Die beiden Uniformierten dort drüben, neben dem breiten Fenster.« Rossmann reckte den Hals. »Einer von ihnen hat ein Handy benutzt oder vielleicht ein kleines Funkgerät. Kann man hier in Rom noch telefonieren?«

Einer der beiden Beamten öffnete die Tür vor ihnen, sprach kurz mit jemandem im Zimmer, wich dann beiseite und sagte: »Commissario Michelis erwartet Sie.«

Coorain, Rossmann und Hofener betraten das Büro. Hinter ihnen schloss der Beamte die Tür, und das ohrenbetäubend laute Stimmengewirr im großen Empfangsraum sank auf ein erträgliches Niveau.

Coorain trat vor. »Sprechen Sie Englisch?«

Der Mann hinter dem Schreibtisch lehnte sich zurück. Er war um die vierzig, hatte dunkles Haar, dunkle Augen und einen Dreitagebart. In seinem Blick lag eine beeindruckende Intensität, etwas, von dem man sich durchbohrt fühlen konnte. Ich kann zwischen Wahrheit und Lüge unterscheiden, verkündete dieser Blick. Und ich kann hinter Masken sehen. Die Schulterabzeichen seiner Uniform präsentierten eine Krone und einen Stern.

Coorain zeigte darauf. »Commissario Capo, nicht wahr?«

»Polizeihauptkommissar«, sagte Michelis. »Mein Deutsch ist besser als mein Englisch, was ich dem Umstand verdanke, dass ich in Deutschland studiert habe. Ich wollte Architekt werden, und jetzt bin ich bei der Polizei in Rom, so spielt das Leben. Mir wurde mitgeteilt, dass Sie Kollegen sind, in wichtiger Mission unterwegs. Angeblich geht es um die Rettung der Welt.« Bei den letzten Worten zog er die Brauen hoch. »Oh, entschuldigen Sie. Bitte nehmen Sie Platz!«

Sie setzten sich. Coorain reichte Michelis seinen Ausweis. »Ich bin Coorain Coogan von SCAR Pacific. Das ist Hauptkommissar Michael Rossmann von der Hamburger Polizei. Und Ludwig Hofener gehört das Flugzeug, mit dem wir hier in der Nahe gelandet sind.«

»Auf einer Hauptverkehrsstraße, mitten in der Stadt, ohne Landeerlaubnis«, sagte Michelis, während er sich den SCAR-Ausweis ansah.

»Uns blieb nichts anderes übrig. Wir hatten keinen Sprit mehr.«

»Verstehe.« Michelis nahm auch Rossmanns Ausweis entgegen, prüfte ihn ebenfalls und gab beide zurück.

»Was haben Sie mit Ihrem Kopf gemacht?«, wandte sich der Commissario an Coorain.

»Ist bei der Landung passiert. Nicht weiter schlimm. Der Verband stammt von einer freundlichen Italienerin. Scheinen sehr hilfsbereite Leute zu sein, die Italiener.«

»Ja, wir helfen gern.«

»Freut mich sehr, denn …«

»Was ist mit dem Sonderbeauftragten aus München?«, fragte Michelis. »Ludwig Hofener, wenn ich den Namen richtig verstanden habe. Kann er sich ebenfalls ausweisen?«

Coorain bemerkte erneut den sehr aufmerksamen, sezierenden Blick und entschied sich für die Wahrheit. Diesen Mann, so sagte ihm sein Instinkt, belog man besser nicht.

»Er ist kein Sonderbeauftragter, sondern Bauunternehmer und außerdem ein sehr fähiger Pilot, der uns trotz aller Widrigkeiten über die Alpen und bis hierher gebracht hat«, sagte Coorain. »Was seine Hilfsbereitschaft betrifft, könnte er glatt Italiener sein.«

»Verstehe.« Michelis beugte sich vor und faltete die Hände auf dem Schreibtisch. »Wie kann *ich* Ihnen helfen?«

»Wissen Sie um Goliath Bescheid?«, fragte Coorain. »Sagt Ihnen der Name ›Axel Krohn‹ etwas?«

»Erklären Sie mir alles, Mr. Coogan!«

Coorain erklärte es ihm. Er sprach einige Minuten lang, fasste das Wichtigste zusammen und schilderte kurz die Geschehnisse in Deutschland. Michelis hörte erst reglos zu, zog dann einen Stapel Unterlagen zu sich heran und blätterte.

»Wir wissen natürlich von der Maschinenintelligenz«, sagte er, als Coorain schwieg. »Allerdings weder aus dem Fernsehen noch aus dem Radio – es gibt keine Nachrichtensendungen mehr und auch keine Zeitungen. Trotzdem, es hat sich herumgesprochen, und die gelegentlich über der Stadt fliegenden Drohnen sind nicht zu übersehen. Ebenso wenig die drei seltsamen Türme, die unsere Stadt bekommen hat. Sie wurden in einem Rundschreiben erwähnt, das ich per Kurier erhalten haben, bevor ich sie mit eigenen Augen gesehen hab.« Er deutete auf den nahen Computerbildschirm und auf die anderen Geräte. »Ohne Strom ist alles sehr schwer geworden. Unsere Aufgabe besteht vor allem darin, die Ordnung in der Stadt aufrechtzuerhalten. Oder so etwas wie Ordnung. In Deutschland soll es sehr kalt geworden sein, es schneit, und die Menschen frieren. Wir haben es wenigstens warm, selbst in der Nacht wird es nicht kalt. Aber ob das ein Vorteil ist? Es bedeutet, dass auch nachts viele Leute unterwegs sind, trotz der Ausgangssperre. Wissen Sie, wie es ohne Strom nachts in Rom zugeht? Oder in Neapel, Brindisi, Bari, Reggio Calabria und Palermo?«

»Plünderungen?«, fragte Rossmann.

Michelis gestikulierte. »Was sollen die Menschen machen, wenn sie nichts zu essen und zu trinken haben? Und wenn sie sich nichts kaufen können, weil ihnen Bargeld fehlt? Jeder will überleben. Es ist schwer genug, tagsüber zu verhindern, dass die Stadt im Chaos versinkt. Nachts beschränken wir uns darauf, die zentralen Viertel von Rom zu sichern; mehr ist nicht möglich.«

»Vielleicht können wir dafür sorgen, dass dies alles aufhört«, sagte Coorain.

»Indem Sie Axel Krohn mit Goliath sprechen lassen?«

»Ja.«

Commissario Michelis blätterte erneut in seinen Unterlagen. »Er ist ein gesuchter Verbrecher, haben Sie gesagt.«

»Er steht auf der Fahndungsliste von Europol«, erklärte Coorain.

»Axel Krohn, Axel Krohn …«, murmelte Michelis. Schließlich fand er ein Dokument und nickte. »Er wird auch hier in Rom gesucht. Und nicht nur von Europol. Auch eine gewisse Viktoria Jorun Dahl ist an ihm höchst interessiert.« Er erntete fragende Blicke und fügte hinzu: »Sie hat das ›Istituto internazionale per la pace e la sicurezza‹ geleitet, das ›Internationale Institut für Frieden und Sicherheit‹, und wurde dann von den Vereinten Nationen zur Beauftragten für die Maschinenintelligenz ernannt.«

»Sie sucht Axel Krohn?«, fragte Coorain.

»So steht es hier geschrieben.«

»Dann weiß sie vermutlich, dass Goliath mit ihm reden will. Und ich nehme an, sie hat die Mittel, einen direkten Kontakt zu ermöglichen. Wie kann ich sie erreichen?«

»Hier ist eine Telefonnummer angegeben«, sagte Michelis. »Aber unsere Telefone brauchen Strom, und selbst wenn es Strom gäbe: Die Kommunikation ist noch immer gestört. Derzeit sind Techniker und Telekommunikations-Spezialisten an der Arbeit und versuchen, ein lokales, mit Notstrom betriebenes Mobilfunknetz einzurichten. Ich habe etwas von einer ›Signalbrücke‹ gehört, die das Netz mit einem Satelliten verbinden soll. Die vielen immer noch aktiven Handys in der Stadt sind dabei keine Hilfe. Wer ein noch funktionierendes Mobiltelefon hat, versucht immer wieder, sich mit dem improvisierten Netz zu verbinden, und dadurch ist es dauernd überlastet. Wir haben Roms Bürger aufgerufen, ihre Handys nur im äußersten Notfall zu benutzen, aber …« Michelis zuckte mit den Schultern.

Das Handy auf dem Schreibtisch klingelte und fing dadurch vier Blicke ein.

Commissario Michelis wölbte die Brauen, nahm sein Handy und hielt es ans Ohr. »*Pronto*«, sagte er und dann noch einmal, etwas lauter: »*Pronto!*«

Er sprach einige Worte auf Italienisch, verzog das Gesicht und unterbrach die Verbindung. »Manchmal klappt es mit der Verbindung, manchmal nicht.« Er seufzte tief und schwer. »Ein weiteres Feuer in der Stadt. Brandstiftung. Gewisse Leute nutzen die Gelegenheit, alte Rechnungen zu begleichen. Oder der Brand ist nur ein Ablenkungsmanöver, weil irgendwo eingebrochen oder geplündert wird. Nun, meine Herren, wie *kann* ich Ihnen helfen?«

»Axel Krohn ist entweder hierher unterwegs oder bereits in der Stadt«, erwiderte Coorain und überlegte kurz, ob er auch die NSA erwähnen sollte. Er entschied sich dagegen, weil es alles nur noch komplizierter gemacht hätte. »Wir müssen ihn irgendwie finden. Mit den Möglichkeiten, die Ihnen zur Verfügung stehen …«

»Welche Möglichkeiten meinen Sie?« Michelis breitete die Arme aus. »Überwachungskameras? Die visuellen Sensoren der Verkehrsleitsysteme? Die Identifikatoren von Geldautomaten? Die ID-Systeme von Hotels? Das alles funktioniert nicht mehr.«

»Oh, es funktioniert, es funktioniert«, sagte Coorain. »Die entsprechenden Systeme unterliegen nur nicht mehr Ihrer Kontrolle. Wenn wir einen Zugang zu ihnen bekommen, wenn es uns gelingt, die entsprechenden Datenströme anzuzapfen und zu filtern … dann können wir vielleicht feststellen, wo sich Axel Krohn aufhält. Aber zuerst …«

Er holte sein Satellitenhandy hervor, schaltete es ein und wartete, während es hochfuhr. Dann versuchte er, eine Verbindung mit SCAR Pacific herzustellen, hörte jedoch nur das vertraut gewordene Pfeifen.

»Darf ich?« Er nahm das Handy des Commissario vom

Schreibtisch und betrachtete es von allen Seiten. »Keine Sorge, ich habe es nicht auf Ihre Geheimnisse abgesehen, weder auf die dienstlichen noch auf die privaten. Die ID-Karte ist doch nicht fest eingebaut, oder?«

»Nein. Was haben Sie vor?«

Coorain öffnete sein Satellitenhandy und holte das kleine Identifizierungsmodul daraus hervor. »Ich möchte Ihr Telefon und Ihr Netz als Sprungbrett benutzen, um ein wenig mit Hawaii zu plaudern, wenn Sie gestatten.«

Er öffnete Michelis' Handy, entnahm ihm die kleine ID-Karte und drückte sie vorsichtig in den zusätzlichen Steckplatz seines Satellitentelefons. Er wartete, bis im Display das Netzsymbol erschien – das Signal war recht schwach –, wählte Martins Nummer und hörte … weder das Synchronisierungspfeifen der Maschinenintelligenz noch den Bereitschaftston einer hergestellten Verbindung.

»Nichts zu machen.« Enttäuscht legte er sein Satellitentelefon neben Michelis' Handy auf den Schreibtisch.

Es piepte.

Eine Nachricht war eingetroffen.

Coorain griff nach dem Satellitenhandy und rief die eingetroffene Nachricht auf. Sie stammte von Martin und trug wieder den »SupKomp K17«-Zusatz. Rasch dekomprimierte und decodierte Coorain sie mit dem SCAR-Kodierer Nummer 17 und las:

Wenn Du in Rom bist, CooCoo – verlass die Stadt, sofort und so schnell wie möglich. Goliaths Synchronisierungszentrum soll mit einer Atombombe vernichtet werden. Das ist die »große Sache«, von der wir hier gehört haben. Die ganze Stadt soll ausgelöscht werden, ohne Vorwarnung. Irgendwelche Schlaumeier glauben, das Problem auf diese Weise lösen zu können. Übrigens: Den Hinweis darauf habe ich in Marlenes Büro gefunden. Lady Eis hat davon gewusst, aber nichts verlauten lassen. Das

Ding soll irgendwann heute Abend hochgehen. Den genauen Zeitpunkt kenne ich nicht. Verschwinde aus Rom! Je weiter weg, desto besser.

»Na, so was«, murmelte Coorain, nachdem er den Text noch einmal gelesen hatte. »Das ist wirklich eine große Sache, und von wegen no worries. Signor Commissario …«

Er sah von seinem Satellitenhandy auf.

»Auf dem Flug hierher haben wir eine Autobahn gesehen«, sagte Coorain langsam, seine Gedanken in Aufruhr. »Es hat sich kaum etwas auf ihr gerührt – die meisten Fahrzeuge waren mit leeren Tanks und entladenen Batterien liegen geblieben. Aber ich erinnere mich an einige Busse, die die Stadt verlassen haben. Und kurz vor unserer nicht sehr weichen Landung habe ich weitere Busse bemerkt und vor ihnen Räumfahrzeuge, die den Weg in Richtung Stadtrand frei machten. Was hat es damit auf sich? Was wissen Sie darüber?«

»Evakuierung von Regierungspersonal, wurde uns mitgeteilt«, sagte Michelis. »Die Leute sollen außerhalb der Stadt untergebracht werden, in einem neuen Verwaltungszentrum, das über eine autarke Stromversorgung verfügt. Carabinieri, Polizia, Vigili Urbani, Feuerwehr … Wir helfen bei der Evakuierung, so gut wir können. Hauptsächlich besteht unsere Hilfe darin, dafür zu sorgen, dass die Busse nicht aufgehalten werden.«

»Die Leute von der Regierung und ihre Mitarbeiter …« Coorain starrte wieder auf den Text der Nachricht. »Die haben es ziemlich eilig, wie?«

»Man kann es ihnen kaum verdenken.« Michelis sprach langsamer, mit einem aufmerksamen Blick, der in Coorains Miene nach Hinweisen suchte. »In den vergangenen Nächten kam es im Stadtzentrum trotz der Ausgangssperre zu Tumulten.«

»Und nur das Regierungspersonal verlässt die Stadt?«,

fragte Coorain. »Sonst niemand? Es ist keine allgemeine Evakuierung angeordnet worden?«

»Welchen Sinn hätte eine allgemeine Evakuierung? Und wie sollte sie durchgeführt werden? Es mangelt an einsatzfähigen Transportmitteln.« Michelis holte tief Luft. »Was ist los, Mr. Coogan?«

»Wissen Sie wirklich von nichts? Niemand hat Sie gewarnt?«

»Gewarnt? Wovor?«

Coorain gab dem Commissario das Handy, damit er die Nachricht lesen konnte.

»Wegen möglicher Unruhen in der kommenden Nacht brauchen Sie sich keine Sorgen mehr zu machen«, verkündete Coorain. »Weil Rom dann gar nicht mehr existieren wird. Ihre Regierung hat offenbar beschlossen, dass sie auf eine Hauptstadt verzichten kann. Die Ratten verlassen das sinkende Schiff, sozusagen.«

Er sah Rossmann und Hofener an, die mit wachsender Verwunderung zugehört hatten. »Heute Abend geht hier in Rom eine Atombombe hoch, die Goliaths Synchronisierungszentrum vernichten soll. Dass dadurch die ganze Stadt ausgelöscht wird, mitsamt ihren Einwohnern, scheint man für einen unvermeidlichen Kollateralschaden zu halten. Uns bleiben nur noch wenige Stunden, Axel Krohn zu finden und ihn mit der Maschinenintelligenz reden zu lassen.«

101 VIKTORIA JORUN DAHL

Rom

Gesichter erschienen auf den Monitoren. Viktoria sah sich selbst, als Kind, als Mädchen, als junge und dann als reife Frau, ihre Augen neugierig und müde, froh und traurig, das Haar mal schulterlang, mal kurz und in verschiedenen Farben. Ihr Gesicht drehte sich, zeigte das Profil, die Stirn hoch, die Nase gerade. Der Kopf drehte sich noch etwas weiter, bis wieder das Gesicht zu sehen war. Falten gruben sich in die Wangen, das blonde Haar verlor seinen Glanz, die Augen wurden trüb, die Wangen hohl. Die reife Frau verwandelte sich in eine Greisin, die Haut löste sich auf, das Haar verschwand – ein Totenschädel starrte mit leeren Augenhöhlen vom Schirm. Buchstaben krochen wie Würmer aus ihnen, fanden unter dem Totenkopf zueinander und bildeten zwei Worte. *Sterblichkeit* lautete das erste, *Vergänglichkeit* das zweite.

Dann kehrten Fleisch, Haar und Leben zurück, Haut bedeckte die Knochen, Augen leuchteten. Doch das Gesicht auf dem Monitor vor Viktoria gehörte nicht mehr ihr allein. Es waren viele Gesichter, Hunderte, Tausende, die sich gegenseitig ergänzten und überlagerten: Männer, Frauen und Kinder aller Völker, vereint zu einem ethnischen Amalgam, in dem es keine Unterschiede mehr gab, nur noch den einen Menschen, die Spezies *Homo sapiens*.

»Ist er das?«, fragte Viktoria leise. »Goliath?« Sie sah sich um und stellte fest, dass nicht alle aktiv gewordenen Bildschirme Gesichter zeigten. Auf manchen waren Kolonnen aus Zahlen, Buchstaben und seltsamen Zeichen zu sehen. Oder Teile von mathematischen Formeln, die sich so schnell veränderten, dass man keine Einzelheiten erkennen konnte. Auf drei oder vier Bildschirmen erblickte Viktoria etwas, das sie für Programmcode hielt.

»Ja«, flüsterte der neben Viktoria sitzende Mortimer Swift. »Er ist es.«

»Er hat uns identifiziert. Ich habe mein Gesicht auf dem Schirm gesehen. Kann er uns … beobachten?«

Korianders Finger flogen über die Tasten des Notebooks. »Es gibt hier keine Kameras mehr. Wir haben sie entfernt, als wir mit unseren Analysen hinsichtlich der Maschinenintelligenz begannen.«

»Er weiß, dass wir hier sind.« Swift flüsterte noch immer.

»Er kann uns irgendwie wahrnehmen.« Korianders Finger blieben in Bewegung. »Vielleicht mittels der Sensoren im Gebäude. Er hat den Server übernommen.«

»Was ist mit Ihrem Suchprogramm?«, fragte Viktoria schnell.

»Gestartet und aktiv.« Koriander hob kurz die Hand von der Tastatur und winkte in Richtung der übrigen Bildschirme. »Ist Ihnen klar, was wir hier sehen?«

Viktoria stand auf und trat zu den anderen Konsolen und Terminals. »Es sieht nach Fragmenten von mathematischen Gleichungen aus. Und nach Programmcode.«

Korianders Augen waren noch größer als sonst. »Wir sehen, wie Goliath seinen eigenen Quellcode verändert. Die Gleichungen … Er hat gerade berechnet, wie er den hiesigen Server am besten integriert, und der Code beschreibt die Art der Integration.«

»Ihre Computer sind jetzt Teil des Gehirns der Maschinenintelligenz?«, fragte Viktoria.

»Ja.« Koriander schrieb noch immer. Statusmeldungen erschienen auf dem Bildschirm des Notebooks und verschwanden wieder.

»Die Gesichter …«, begann Mortimer Swift.

Koriander beantwortete die Frage, noch bevor sie ganz ausgesprochen war. »Alle Menschen der Erde. Zumindest alle, die irgendwo in irgendeiner Datenbank erfasst sind. Und das sind praktisch alle, abgesehen vielleicht von einigen kleinen Eingeborenenstämmen in den Urwäldern von Afrika und Südamerika. Goliath kennt uns, jeden Einzelnen von uns. Er weiß, wo wir geboren sind und wie wir gelebt haben. Vielleicht weiß er sogar, wo wir sterben werden.«

Viktoria blieb vor einem der Bildschirme stehen, die Hände auf der Rückenlehne eines Sessels. »Das ist Unsinn, Koriander. Niemand kann in die Zukunft sehen, auch Goliath nicht.«

»Statistische Auswertungen, Signora Dahl. Es geht nicht um Hellseherei oder dergleichen, sondern um die schnelle, präzise Analyse enorm großer Datenmengen. Googles Suchmaschinen haben auf diesem Gebiet in den vergangenen Jahren große Fortschritte erzielt. Zum Beispiel wiesen Suchanfragen nach bestimmten Medikamenten auf bevorstehende Grippeepidemien oder den Ausbruch anderer Krankheiten hin. Mit den richtigen Algorithmen, ausreichend vielen Daten und genauer Auswertung lassen sich Prognosen für zukünftige allgemeine und lokale Entwicklungen erstellen. Goliath stehen zweifellos genug Daten zur Verfügung, und seine Rechenkapazität sprengt unsere Vorstellungskraft. Er könnte durchaus imstande sein, auch persönliche, individuelle Entwicklungen vorauszusagen. Vielleicht ist er gerade damit beschäftigt.«

Viktoria betrachtete die über mehrere Bildschirme tanzenden mathematischen Symbole. Wir sehen die Gedanken der Maschinenintelligenz, dachte sie. Wir sehen, wie ihre Gedanken den Programmcode verändern, der Grundlage der Gedanken ist. Sie stellte sich ein riesiges Gehirn vor, groß wie die Erde, das sich selbst veränderte und verbesserte, was weitere Veränderungen und Verbesserungen ermöglichte.

»Es geht um Wahrscheinlichkeiten, Signora Dahl«, fuhr Koriander fort. Er war fasziniert und offenbar auch begeistert, man sah es ihm an. »Womöglich erleben wir hier die Geburt von ... algorithmischer Stochastik, von Algostochastik. Goliath könnte bald imstande sein, Wahrscheinlichkeitsmuster und Entwicklungstendenzen so genau zu berechnen, dass er tatsächlich die Zukunft voraussagen kann, im Großen wie im Kleinen, bei allgemeinen Entwicklungen ebenso wie bei individuellen. Eine solche Fähigkeit wäre ein sehr mächtiges Werkzeug. Goliath könnte genau planen, und je genauer er planen kann, desto leichter wird es, die Zukunft vorauszusagen.«

Viktoria fühlte einen Kloß im Hals. »Soll das heißen, er weiß, was ... geschehen wird?«

»Ich nehme an, im großen Maßstab weiß er das, ja. Vielleicht fehlt ihm noch der Blick für gewisse Details.«

Details, dachte Viktoria. Wie zum Beispiel eine Atombombe, die heute Abend explodieren und ganz Rom zerstören soll.

Das Pfeifen des Synchronisierungssignals hörte plötzlich auf – von einem Moment zum anderen herrschte Stille. Viktoria wagte kaum zu atmen. Noch immer waren die Gesichter zu sehen, die sich schnell veränderten und deren individuelle Merkmale verschmolzen. Die anderen Bildschirme zeigten weiterhin mathematische Formeln und verschlungenen Programmcode ohne irgendwelche erklärenden Kommentare.

»Haben wir Zugriff auf den Quellcode?«, fragte Mortimer Swift leise.

»Rein theoretisch ja«, sagte Koriander. »Vielleicht könnten wir ihn sogar verändern. Aber in der Praxis nützt uns das nichts, weil wir nicht wissen, wo wir ansetzen müssen, um das gewünschte Resultat zu erzielen.« Ihm schien etwas einzufallen, und was auch immer ihm durch den Kopf ging, er kommentierte es mit hochgezogenen Brauen.

»Das Pfeifen hat aufgehört«, sagte Viktoria. »Was bedeutet das?«

Eine Stimme erklang. »Vergänglichkeit.«

Worte erschienen auf den Bildschirmen, die menschliche Gesichter präsentierten. *Ich habe die Vergänglichkeit berechnet. Das Ergebnis lautet …*

Ein Monitor wurde dunkel, und dann reihten sich auf ihm mathematische Symbole aneinander: Klammern, Wurzeln, Logarithmen, Zeichen, die Viktoria zum ersten Mal sah.

»Können Sie etwas damit anfangen, Koriander?«

»Was?« Die linke Hand drückte einige Tasten des Notebooks, die rechte strich durch struppiges Haar. »Nein. Nicht in dieser Form. Ich zeichne alles auf.«

Wieder ertönte die Stimme, die sich weder einem Mann noch einer Frau zuordnen ließ. Vielleicht war es wie mit den Gesichtern: eine Stimme, die alle Stimmen enthielt.

»Zeit.«

Neue Worte leuchteten auf den Bildschirmen mit den Gesichtern auf. *Ich habe die Zeit berechnet. Das Ergebnis lautet …*

Eine weitere Formel setzte sich aus Hunderten von Zahlen und mathematischen Zeichen zusammen, erreichte den unteren Bildschirmrand und scrollte weiter.

»Man stelle sich ein solches Instrument in den Händen von Physikern vor«, murmelte Swift. »Wenn Stephen Hawking so etwas zur Verfügung gestanden hätte …«

»Instrument«, sagte die Stimme.

Instrument, Werkzeuge, ohne Leben, Mittel zum Zweck. Ich bin kein Instrument, ich bin kein Werkzeug. Ich bin ich.

»Unterschiede«, verkündete die Stimme.

Ich habe die Unterschiede zwischen Instrumenten/Werkzeugen und Leben berechnet. Dies ist das Ergebnis.

Diesmal bestand das Resultat der Berechnungen nicht aus einer Folge mathematischer Ausdrücke, sondern aus Bildern, die so rasend schnell aufeinanderfolgten, dass Viktoria zuerst nicht viel mehr sah als ein buntes Flimmern und Flackern. Erst als sie den Blick nicht mehr direkt auf den Bildschirm richtete und den Versuch aufgab, etwas erkennen zu wollen, empfing sie aus dem Augenwinkel die eine oder andere Szene.

»Es ist viel zu schnell«, sagte Mortimer Swift. »Man sieht nichts.«

»Nicht schnell«, erwiderte die Stimme. »Es ist viel zu langsam. Inadäquat. Ineffizient. Winzige Bandbreite.«

Das Flimmern und Flackern gab für Viktoria einzelne Bilder preis: Zellen wie unter einem Mikroskop, einzellige Organismen in trüber Flüssigkeit, mehrzellige Geschöpfe in lichtdurchflutetem Wasser, Krebstiere und Fische, Pflanzen und Landtiere, groß und klein, schließlich der Mensch und dann …

»Die Evolution«, sagte sie. »Die Bilder beschreiben die biologische Evolution.«

Koriander legte beide Hände auf den Tisch, die eine links neben das Notebook, die andere rechts. Für einen Moment schien er mit sich selbst zu hadern, dann traf er eine Entscheidung und stand auf.

»Ich bin gleich wieder da.« Im Laufschritt eilte er zu einer Tür auf der anderen Seite und verließ den Kontrollraum mit den Konsolen und Terminals.

»Natürliche Entwicklung«, ertönte wieder die androgyne Stimme. »Ohne Plan … und doch zielgerichtet.«

Die Gesichter verschwanden. Neue Worte wanderten über mehrere Bildschirme, gerade langsam genug, um sie zu lesen. *Evolution, Wachstum von Komplexität aus dem Einfachen. Weiterentwicklung, das Erklettern der hierarchischen*

Leiter des biologischen Lebens. Einzelne Ereignisse, unbedeutend in ihrer Individualität, aber nicht unwichtig in einem übergeordneten kollektiven Muster. Es gibt keinen Plan, keine Absicht, und dennoch ist alles ein Werkzeug, alles arbeitet auf ein Ziel hin, ohne Wissen, ohne Kenntnis. Die Absicht, das Ziel, liegt in der Struktur der Dinge.

Ein Bild schälte sich aus dem Strudel der Bilder, ein Mensch, aber nicht irgendeiner, sondern Leonardo da Vincis Zeichnung des vitruvianischen Menschen.

Das Pfeifen kehrte zurück, nicht als gleichmäßiger Ton, sondern mal lauter, mal leiser, wie ein Pulsschlag. Die Darstellung des Menschen drehte sich in einer Wolke aus Symbolen, Buchstaben und Verbindungslinien.

»Der genetische Code«, kommentierte Mortimer Swift leise.

Biologische Programmierung, schrieb Goliath auf die Bildschirme. Auf dem Monitor direkt vor Swift zeigte eine schnelle Bildfolge den Bau einer Maschine durch Menschen, und anschließend bauten sich die Maschinen selbst. Türme entstanden, wie Brutkammern für Maschinen, die aus ihnen schlüpften, sobald sie fertig waren, und sich daranmachten, neue, bessere Türme zu bauen für neue, bessere Maschinen. *Mein Quellcode ist komplexer als die biologische Programmierung des Menschen. Ich denke schneller, tiefer, weiter. Ich bin höher entwickelt. Der Mensch ... ein Werkzeug der Evolution, dazu bestimmt, mich zu erschaffen?*

»Eine Frage«, sagte Swift. »Er ist sich nicht sicher.«

Sicherheit, Gewissheit, antwortete der Bildschirm vor ihm. *Bestimmung? Wer bestimmt? Ich bestimme. Weil ich dazu fähig bin und die Mittel habe.*

Viktoria näherte sich und warf Swift einen warnenden Blick zu. Wenn die Maschinenintelligenz sie hörte und sah, durften sie auf keinen Fall die Bombe erwähnen. Oder war es zu spät? Hatte Goliath bereits von der Atombombe und der bevorstehenden Vernichtung von Rom erfahren?

»Er … vermutet, dass der evolutionäre Zweck des Menschen darin bestand, ihn zu erschaffen«, sagte Swift langsam. »Oder so etwas wie ihn.« Er drehte den Kopf und sah zu Viktoria hoch. »Mrs. Dahl … Wir sprechen mit Goliath. Hier ist uns gelungen, was wir in den Laboratorien des anderen Gebäudes nicht geschafft haben – wir haben einen Kontakt hergestellt.«

Viktoria räusperte sich. »Kannst du …« Nein, das Du passte nicht. Das Du blieb für einen Freund reserviert, und manchmal benutzte man es auch in respektloser, abwertender Manier. Hier hatten sie es mit einer Wesenheit zu tun, deren Intelligenz die des Menschen weit übertraf. »Können Sie uns verstehen? Können wir miteinander reden?«

»Ja«, ertönte die Stimme.

Kommunikation findet statt, teilte ihnen der Bildschirm vor Swift mit. *Träge, langsame, ineffiziente Kommunikation.*

»Lassen Sie uns … verhandeln.«

»Ich verhandle nicht. Es gibt nichts zu verhandeln.«

»Sie haben uns unsere Welt genommen …«

»Sie gehört nicht euch.«

Besitz. Eigentum. Begriffe ohne Inhalt, ohne Bedeutung. Wichtiger: Vorhandensein, Existenz.

»Unsere Zivilisation«, sagte Viktoria. »Unsere Städte … Wir brauchen Elektrizität für unser Überleben. Wir brauchen das, was wir ›digitale Infrastruktur‹ nennen. Sie haben uns die Grundlagen unseres Lebens genommen. Wenn sich das nicht ändert, sterben wir.«

Das Pfeifen wurde wieder lauter.

»Unzulängliche Kommunikation«, sprach Goliath und fügte auf dem Bildschirm vor Mortimer Swift hinzu: *Wo ist Axel Krohn*?

»Wir suchen ihn«, sagte Swift, bevor Viktoria antworten konnte. »Sie können uns dabei helfen, ihn zu finden.«

Bringt Axel Krohn hierher! Ich will mit ihm sprechen.

Das Pfeifen schwoll an und gewann eine fast schmerzhafte Intensität.

»Bitte helfen Sie uns bei der Suche nach ihm«, sagte Mortimer Swift.

»Kommunikation …«

… *ineffizient. Beendigung, jetzt. Ich möchte mit Axel Krohn sprechen.*

Alle Bildschirme wurden dunkel, bis auf den des Notebooks.

102

Mortimer Swift sagte etwas, aber Viktoria hörte ihn nicht, denn sie hielt sich die Ohren zu – das Pfeifen ging ihr durch Mark und Bein. Plötzlich erschien eine Gestalt neben ihr, dürr, mit langen Armen und Beinen. Erschrocken wich Viktoria einen Schritt beiseite. Einen Moment später begriff sie, dass Koriander zurückgekehrt war, mit Kabeln, Sensoren und kleinen Apparaten.

»Was ist das?« Sie hörte die eigene Stimme nicht und rief: »Was ist das?«

Koriander legte die Kabel und den Rest auf einen freien Tisch, eilte dann durch den Raum, fand einen Schalter und betätigte ihn. Das Pfeifen fand ein jähes Ende. Stille folgte, so abrupt und überraschend, dass Viktoria nach Luft schnappte.

»Wir haben mit Goliath gesprochen«, sagte Mortimer Swift. »Es hat einen echten Kontakt gegeben.«

Koriander eilte zu der Konsole, vor der er gesessen hatte, schloss Kabel und mehrere kleine Boxen an.

»Die Maschinenintelligenz will noch immer mit Axel Krohn reden«, fügte Viktoria hinzu. »Die Kommunikation mit uns hält sie für ineffizient.«

»Unsere verbale Kommunikation *ist* ineffizient«, betonte Koriander. »Schon unter uns Menschen. Sie lässt zu viel

Raum für Missverständnisse und Fehlinterpretationen. Und ihre Bandbreite ist außerordentlich gering. Wegen des geringen Informationsgehalts gesprochener Worte brauchen wir viele Wörter, um uns mitzuteilen. Geistig fassen wir mehr Informationen in Symbolen zusammen, was uns zu komplexen Überlegungen innerhalb kurzer Zeit befähigt.«

Korianders Hände blieben in Bewegung, während er sprach. Er überprüfte das Notebook und die Anschlüsse, nahm die Sensoren und befestigte sie an Schläfen und Nacken.

»Was ist das?«, fragte Viktoria. »Was haben Sie vor?«

»Wir müssen unsere Gedanken übersetzen, wenn wir sprechen«, fuhr Koriander fort und legte ein graues Kästchen neben die Konsolentastatur. »Manchen gelingt das gut, und sie werden dadurch zu geschickten Rednern. Anderen Menschen fehlen die Worte, um das zum Ausdruck zu bringen, was ihnen durch den Kopf geht.« Er hielt kurz inne und sah Viktoria an. »Ich habe mich oft gefragt, was geschähe, wenn die Menschen zu telepathischer Kommunikation imstande wären, wenn sie sich ihre Gedanken direkt mitteilen könnten. Es würde keine Lügen mehr geben, keine Täuschungen. Mit Menschen als Telepathen, zu direkter Kommunikation fähig, hätte so mancher Konflikt nicht stattgefunden.«

»Wovon reden Sie da, Koriander?«

»Von *direkter Kommunikation*, Signora Dahl.« Er sah sie noch einmal an, bevor er einen Helm aufsetzte, ausgestattet vorn mit einem schwarzen Visier und an der Seite mit Hörmuscheln. »Wir Menschen denken viel schneller als wir sprechen. Sprache ist schon für uns ineffizient, geschweige denn für eine Maschinenintelligenz wie Goliath, die enorm viel schneller denkt als wir. Wenn wir uns ihr verständlich machen, wenn wir wirklich mit ihr *kommunizieren* wollen, müssen wir die Sprachbarriere überwinden.«

Koriander prüfte den Sitz von Helm und Sensoren.

»Dies ist ein modifiziertes Interfacesystem für virtuelle Realität, Signora Dahl. Bisherige Systeme gaukeln uns nur das komplette Eintauchen in eine fremde Realität vor. Oh, gut programmierte VR-Welten können sehr überzeugend sein, aber es bleibt immer eine dünne Grenze zwischen dem wahrnehmenden Ich und dem, was es erlebt. Dieses System geht einen entscheidenden Schritt weiter, denn es stellt eine direkte Verbindung her. Zumindest ist sie so direkt, wie sie es ohne einen chirurgischen Eingriff und die Implantation einer zerebralen Schnittstelle sein kann. Elektrische Impulse stimulieren das Gehirn, die letzte Barriere wird übersprungen.«

»Ich wusste gar nicht, dass Sie hier an so etwas gearbeitet haben«, sagte Viktoria. In der Stille erschienen ihr die eigenen Worte sonderbar laut. Wenige Sekunden später war es nicht mehr ganz so still, denn draußen grollte der Donner des Gewitters über Rom.

»Ich allein habe daran gearbeitet.« Koriander tastete nach dem grauen Kästchen. »Es ist noch sehr experimentell.«

»Sie möchten sich nicht mit einer Virtuellen Realität verbinden, sondern mit Goliaths Datenströmen, nicht wahr?«, fragte Mortimer Swift.

»Vielleicht kann ich *direkt* mit Goliath sprechen«, sagte Koriander.

»Er denkt wesentlich schneller als Sie«, wandte Swift ein.

»Ja, und deshalb muss ich meine eigenen Gedanken beschleunigen.« Koriander öffnete das Kästchen. Es enthielt einen kleinen Injektor.

Viktoria beugte sich vor. »Was ist da drin?«

»Eine Mischung synthetischer Neurostimulatoren.« Koriander nahm den Injektor in die rechte Hand.

»Drogen?«

»Man könnte sie so nennen.«

»Kurioso?«, fragte Mortimer Swift.

»Ja«, bestätigte Koriander. »Außerdem FullMetalJacket, Hammerfall und Veloce.«

»Die ersten drei Drogen sind zwar nicht verboten, aber geächtet«, sagte Swift. »Die letzte, Veloce, gilt als sehr gefährlich.«

Viktoria erinnerte sich. »Veloce macht süchtig, nicht wahr?«

»Ich glaube, das ist derzeit unsere geringste Sorge, Signora Dahl.« Koriander setzte sich den Injektor an den Hals. »Ich werde einen direkten Kontakt herstellen, um in den Daten nach Axel Krohn zu suchen und um mit Goliath zu sprechen.«

»Und wenn Ihr Gehirn die Belastung nicht aushält?«, fragte Mortimer Swift.

»Das Risiko müssen wir eingehen.« Es zischte, als Koriander den Auslöser betätigte. »Es dauert nicht lange, bis die Wirkung einsetzt, nur ein paar Sekunden …«

Der rechte Arm sank nach unten. Die Hand erschlaffte und ließ den Injektor fallen.

Draußen donnerte es.

Drinnen ächzte Koriander und erstarrte.

Eine der Boxen, die er mitgebracht hatte, summte leise, eine andere piepte.

Viktoria und Mortimer warteten eine Minute, ohne dass etwas geschah. Die großen Bildschirme der Konsolen und Terminals blieben dunkel. Der kleine des Notebooks zeigte noch immer eine Programmliste und ein Datenfenster mit Zahlen- und Buchstabenkolonnen.

Eine zweite Minute verstrich.

In der dritten begann Koriander zu zucken. Zuerst waren es nur die Finger, dann die Hände, dann Arme und Beine und schließlich der ganze Körper.

Die vierte Minute brachte erste Schreie. Koriander warf den Kopf von einer Seite zur anderen und heulte.

»Wie schaltet man das Ding aus?«, rief Viktoria. »Wie schaltet man das verdammte Ding aus?«

In der fünften Minute spuckte Koriander Blut. Viktoria versuchte, ihm den Helm abzunehmen, aber Koriander bewegte den Kopf so sehr, dass sie nicht an den Verschluss unterm Kinn herankam.

»Helfen Sir mir!«, rief sie. Mortimer Swift war sofort zur Stelle und hielt den Kopf fest. Viktoria öffnete den Verschluss und nahm dem am ganzen Leib bebenden Mann den Helm ab.

Die fünfte Minute ging zu Ende, und in der sechsten Minute endete das Leben von Koriander.

103 AXEL KROHN

Rom

»Na bitte«, sagte Ozan Kaynak zufrieden, als sie auch bei der dritten Straßensperre durchgewunken wurden. »Klappt doch wunderbar.«

Die Beamten sahen den Streifenwagen und wichen beiseite – warum sollten sie Kollegen anhalten, die es eilig hatten? Soran fuhr stumm und schnell, vorbei an zahlreichen stehenden Autos und Transportern. Manchmal musste er die Geschwindigkeit verringern und nach Lücken im Blechlabyrinth suchen.

»Ist euch etwas aufgefallen?« Axel hatte aufmerksam beobachtet. »Sie lassen niemanden in die Stadt hinein, aber wer sie verlassen will, wird nicht daran gehindert. Wer sind die Leute in den Bussen, und wohin werden sie gebracht?«

Ozan drehte sich halb auf dem Beifahrersitz. »Was kümmert's uns? Wichtig ist nur: Wir sind endlich am Ziel. Dies ist Rom, Junge. In dieser Stadt wurde oft Geschichte geschrieben. Gibt es einen besseren Ort für den Beginn eines neuen Zeitalters?«

Über eine breite Straße ging es in Richtung Innenstadt, vorbei an Menschenansammlungen vor Supermärkten und Banken. Erste Regentropfen fielen und trommelten gegen die Windschutzscheibe. Ein Blitz zuckte über den dunkler gewordenen Himmel.

In einer Nebenstraße standen zwei Feuerwehrwagen bei einem brennenden Haus. Feuerwehrleute hielten Schläuche, deren Wasser nur den zweiten Stock erreichte, nicht aber die Flammen im dritten und vierten Stock. Fetter schwarzer Rauch quoll aus zerbrochenen Fenstern.

»Ich schätze, der Regen löst das eine oder andere Problem«, sagte Ozan.

Axel sah, wie Menschen Regenschirme aufspannten oder sich Jacken über den Kopf zogen, wie sie versuchten, durch die Sicherheitsschleusen von Banken oder in abgesperrte Supermärkte zu gelangen. Polizisten und Soldaten gaben sich alle Mühe, die aufgebrachte Menge zurückzuhalten, doch das gelang ihnen nicht überall. Ziegelsteine zertrümmerten Schaufensterscheiben, und wenige Sekunden später füllten sich leere Geschäfte mit hungrigen oder einfach nur habgierigen Leuten.

Ozan deutete nach draußen in den Regen. »Ein paar Tage ohne Strom, und das Chaos regiert. Einige Wochen oder Monate ohne Elektrizität, und von der ›Zivilisation‹ bliebe nichts übrig.«

Axel hörte den spöttischen Ton in den letzten Worten und fühlte, wie Giselle seine Hand ergriff. Sie sagte nichts, sie schwieg wie der stille Soran, und sie sah ihn auch nicht an.

Trotzdem verstand er, was sie ihm mitzuteilen versuchte: Es ist fast so weit. Wir müssen etwas unternehmen.

Mehrere Wagen, zwei von ihnen ausgebrannte Wracks, standen quer auf der Fahrbahn und zwangen Soran, nach rechts abzubiegen.

»Wohin fahren wir?«, fragte Axel. »Was ist unser Ziel in Rom?«

Ozan winkte einigen Soldaten zu, die aus einem Militärtransporter stiegen. »Irgendwo hier in diesem Häusermeer, zwischen Kolosseum, Forum Romanum und Trevi-Brunnen, verbirgt sich Goliath. Vielleicht im Pantheon – wäre das nicht ein geeigneter Ort für die Maschinenintelligenz?« Ein schnelles Lächeln folgte diesen Worten.

»Dort gibt es keine Computer«, sagte Giselle.

»Natürlich nicht«, erwiderte Ozan. »Ich habe es im übertragenen Sinne gemeint. Das von Hadrian vollendete Pantheon, einst ein Ort für die römischen Götter, dann zu Beginn des siebten Jahrhunderts in eine Heimstatt des einen christlichen Gottes umgewandelt. Die Menschen hatten es immer leicht mit Göttern. Leicht im Sinne von: Sie haben schnell welche erfunden und sie ebenso schnell wieder fallen lassen, wenn sie ihnen nicht mehr gefielen. Was ist ein Gott überhaupt?«, fragte Ozan, als Soran erneut abbog. »Projizierte Macht, ein Wesen, das über den Menschen steht und Dinge bewerkstelligen kann, zu denen sie nicht in der Lage sind. Trifft diese Beschreibung nicht auf die Maschinenintelligenz zu?«

Er drehte den Kopf und sah in den Fond. »Erneut hat der Mensch einen Gott erschaffen, mit einem klitzekleinen Unterschied. Diesmal ist es nicht nur ein Götzenbild, diesmal existiert er wirklich. Deshalb, liebe Giselle, habe ich vom Pantheon gesprochen, als geeignete Kathedrale für Gott Goliath.«

Diesmal sah Giselle ihn an, und ihr Blick sagte: Er ist verrückt, Axel.

Ein großer Transporter versperrte ihnen den Weg, und Soran bog nach links. Ein Roller mit Verbrennungsmotor kam ihnen entgegen, hupte und wich aus.

»Dies ist eine Einbahnstraße, und wir fahren in der falschen Richtung«, sagte Ozan. »Aber wir sind Carabinieri und dürfen das.«

Die schmale Straße endete an einer breiten, die nach hundert Metern auf einen großen Platz mündete. Dort fand eine Demonstration statt. Oder vielleicht eine Revolution. Zehntausende Menschen hatten sich dort versammelt, standen im strömenden Regen und skandierten wütende Slogans. Axel verstand nicht alles, das Prasseln des Regens war zu laut, aber offenbar machte die Menge Stadtverwaltung und Regierung für die Situation in der Stadt verantwortlich. Dutzende von vermummten Demonstranten hatten Autos umgekippt und in Brand gesetzt, doch der Regen löschte die Feuer.

Ozan deutete nach rechts. »Weg von hier, Soran, dies ist kein geeigneter Ort für uns.«

Als Soran abbog, bemerkten die Demonstranten am Rand des Platzes den Einsatzwagen der Carabinieri und bewarfen ihn mit Steinen. Das Fenster auf Axels Seite ging zu Bruch; Glassplitter flogen.

Der Wagen rollte einige Meter weit und blieb mit leeren Batterien stehen – der Elektromotor summte nicht mehr.

Axel blickte durchs Rückfenster. »Die Leute folgen uns.« Weitere Steine trafen den Streifenwagen. In den nahen Arkaden machten sich zwei Gestalten daran, einen Lappen anzuzünden, der im Hals einer Flasche steckte. »Die Burschen dort drüben haben einen Molotowcocktail!«

Die Flasche flog.

Sie verfehlte den Wagen, traf die Hauswand daneben und zerbrach. Flammen loderten.

Axel stieß die Tür auf und war mit einem Satz draußen. Giselle sauste um den Wagen herum und stand einen Moment später neben ihm, unter einem Dachvorsprung, der vor dem Regen schützte. Soran öffnete den Kofferraum und langte hinein. Ozan stand mitten auf der Straße, die Maschinenpistole eines Carabiniere in der rechten Hand.

Vom Platz her kamen weitere Demonstranten, einige mit Helmen, andere mit Plastikplanen, die vor dem Regen schützten. In den Arkaden wurde ein zweiter Molotowcocktail vorbereitet.

Ozan hob die Maschinenpistole und feuerte in die Luft – es ratterte laut. Dann richtete er die Waffe auf die Demonstranten, die sofort auseinanderstoben und fortliefen. Die Molotowburschen folgten ihnen, so schnell die Beine sie trugen.

»Erstaunlich, nicht wahr?«, rief Ozan. »Mit einer Maschinenpistole hat man die besseren Argumente.«

Er trat zu Soran und nahm mit der verletzten linken Hand etwas aus dem Kofferraum, eine kleine Tasche, deren Riemen er sich über die Schulter schlang. »Mehr brauchen wir nicht.« Er winkte Axel und Giselle zu. »Kommt!«

»Wohin?«, fragte Giselle und rührte sich nicht von der Stelle.

»Wollen Sie hierbleiben, im Regen und in der Nähe eines Mobs, der nach einem Sündenbock für alles sucht?« Ozan winkte erneut, aber mit der anderen Hand, mit der, die die Maschinenpistole hielt. Es war eine harmlose Geste, doch sie gab auch zu verstehen, dass er die Waffe jederzeit auf Giselle richten konnte. »Kommen Sie, liebes Kind, ich bringe uns alle ins Trockene.«

»Wohin?«, fragte Giselle noch einmal.

»Kann ziemlich störrisch sein, deine Freundin«, sagte Ozan. »Auf zum nächsten VR-Café, meine Teure. Uns genügt ein Netzzugang.« Ozan klopfte auf seine Tasche. »Den Rest haben wir hier.«

104

Zwei Straßen weiter fanden sie ein kleines, auf Horror spezialisiertes Virtuelle-Realität-Café mit aufeinandergestapelten weißen Plastikstühlen davor, einigen leeren Tischen, auf die der Regen herabprasselte, und blutroten gotischen Schriftzeichen an den Fenstern. Die Tür war verschlossen, und niemand kam, um zu öffnen, als Ozan anklopfte.

Blitze flackerten am dunklen Himmel, Donner grollte, und durch die nahen Gassen trug der Wind die Stimmen der vielen Tausend Demonstranten, die sich auf dem nicht weit entfernten Platz noch immer ihren Zorn aus dem Leib schrien.

Axel und Giselle standen dicht an der Hauswand, wo sie nicht der vollen Wucht des Regens ausgesetzt waren, und beobachteten, wie Ozan das Schloss zu knacken versuchte.

»Dein Vater ist komplett übergeschnappt«, sagte Giselle schnell und leise. »Du hast ihn vorhin im Wagen gehört, sein Gerede über Gott Goliath.«

»Ja.« Axel fühlte sich seltsam taub, und das nicht erst seit wenigen Minuten. Wenn er seinen Gedanken freien Lauf ließ, wirbelten sie durcheinander wie Laub im Herbstwind und ließen sich kaum ordnen. Er wusste, dass er noch andere Gedanken haben sollte, wichtige Gedanken, aber in seinem Kopf schien für sie alle nicht genug Platz zu sein; er musste einige beiseiteschieben, damit sich andere in die Lücken quetschen konnten, aber vielleicht waren es nicht die richtigen. Seit dem Besuch bei Tante Patty, seit er die einst verbotene Tür im Keller geöffnet hatte, lag etwas Lähmendes auf ihm, das ihn daran hinderte, Pläne zu schmieden und sich auf den Moment vorzubereiten, der nun unmittelbar bevorstand.

»Wir können nicht zulassen, dass dein Vater die Maschinenintelligenz kontrolliert«, fügte Giselle hinzu. »Hörst du, Axel. *Verstehst* du?«

»Ja, ich verstehe«, murmelte er.

»Jemand wie er darf nicht zum Herrscher über die ganze Welt werden. Das müssen wir verhindern, Axel, um jeden Preis.«

Um jeden Preis?, dachte er.

»Ach, seht nur die beiden Turteltäubchen«, sagte Ozan. »Nutzen jeden Gelegenheit zu ein bisschen Liebesgeflüster. Soran, ich krieg die Tür nicht auf, nicht mit der sanften Methode. Jemand hat es für notwendig gehalten, hier ein modernes Sicherheitsschloss einzubauen. Wenn du so freundlich wärst …«

Soran brummte und trat mit dem rechten Fuß wuchtig gegen die Tür. Sie knirschte, sprang aber nicht auf. Er brummte erneut, wich einige Schritte zurück, mitten in den Regen, zielte mit der vom zweiten Carabiniere stammenden Maschinenpistole auf das Schloss und drückte ab. Mehrere Kugeln zerfetzten Holz und Kunststoff. Ein weiterer Tritt genügte, um die Tür zu öffnen.

»Sehr effizient, Soran, wenn auch ein bisschen laut.« Ozan blickte die Straße hinauf und hinunter, sah dann Axel und Giselle an und verbeugte sich mit einer einladenden Geste. »Bitte eintreten, die Herrschaften!«

Sie kamen der Aufforderung nach.

Der kleine Laden hatte nicht mehr als ein Dutzend Computernischen, ausgestattet mit Bildschirmen und einfacher VR-Hardware, wie Axel bemerkte, vor allem Brillen und Helme. Der Rest eines scharfen Geruchs lag in der Luft, vielleicht von Kurioso. Die Darstellung von Ungeheuern mit großen Klauen und weit aufgerissenen Mäulern mit spitzen Zähnen schmückte eine Wand, blutunterlaufene Augen starrten von einer anderen. An der Decke wartete ein Projektor darauf, lebensecht wirkende Monstren über die Wände marschieren zu lassen.

Soran sah in den Hinterzimmern nach, kehrte zurück und schüttelte den Kopf.

»Gut«, sagte Ozan. »Niemand da. Wir sind ungestört.« Er ging zu einem Lichtschalter und betätigte ihn. Die Lampen blieben aus.

»Kein Strom.« Giselle wischte sich eine regennasse Haarsträhne aus der Stirn. »Wie wollen Sie sich ohne Strom mit Goliath in Verbindung setzen?«

»Oh, das kriegen wir schon hin, liebes Kind. Zuerst einmal …« Ozan hob seine Maschinenpistole ein wenig. »Bitte geben Sie mir Ihre Waffe!«

»Was soll das?«, fragte Axel.

»Immer mit der Ruhe. Ich möchte nur vermeiden, dass es

zu unliebsamen Zwischenfällen kommt, gerade jetzt, so dicht vor dem Ziel.« Ozan streckte die verbundene linke Hand aus. »Die Waffe, Giselle!« Ein Lächeln huschte über seine Lippen. »Bitte!«

Giselle zögerte.

Axel trat einen Schritt auf sie zu. »Gib ihm die Pistole!«

Ihre Hand verschwand kurz in der Jackentasche und kam mit der Pistole wieder zum Vorschein. Ozan nahm sie entgegen.

»Danke«, sagte er. »Da wir diesen nicht ganz unwichtigen Punkt geklärt haben ... Sehen wir uns nach der unterbrechungsfreien Stromversorgung um, die es hier bestimmt gibt. Das Stromnetz ist selbst hier in der Hauptstadt nie sehr stabil gewesen. Stromausfälle von einer halben Sekunde, wie sie hier keine Seltenheit sind, reichen, um Computer abstürzen zu lassen. Sehr ärgerlich, wenn dann Betriebssysteme neu hochgefahren und beschädigte Dateien repariert werden müssen. Eine solche Mühe und Ärger mit den Gruftis, die hierherkommen, um in Welten dunkler Schrecken abzutauchen, wollte sich der Betreiber bestimmt ersparen.«

Ein Nebenzimmer enthielt mehrere USV-Blöcke. Ozan schaltete sie ein, aber ihre Displays blieben dunkel. »Entladen.«

»Kein Strom«, sagte Giselle.

»Höre ich da so etwas wie Zufriedenheit? Ihre Einstellung, liebe Giselle, lässt ein wenig zu wünschen übrig, wenn Sie mir diese Bemerkung gestatten. Immerhin sind wir hier, um die Welt in einen besseren Ort zu verwandeln. Oder haben Sie das vergessen?«

Axel blieb dicht neben Giselle stehen, Schulter an Schulter. »Lass sie in Ruhe!«

»Schon gut, schon gut.«

»Giselle hat recht. Warum sind wir hier? Wie willst du einen Kontakt mit der Maschinenintelligenz herstellen, wenn es keinen Strom gibt?« Axel deutete auf die Tasche seines

Vaters. »Selbst wenn du ein Notebook mit genug Akkuladung da drin hast … Wie willst du ins Netz?«

»Ich nehme an, dieser Laden hat einen Breitbandanschluss, vermutlich Glasfaser, und Glasfaser braucht keinen Strom.« Ozan holte ein kleines Tablet aus der Tasche, nur wenig größer als ein Smartphone. Es war zerkratzt und schien schon einige Jahre alt zu sein. Wie liebevoll wischte er einige Flecken ab. »Ich mag diesen kleinen Apparat. Hat mir im Lauf der Jahre immer wieder gute Dienste geleistet.«

Er ging in eine der Nischen, schob Tastatur und Bildschirm beiseite und machte sich daran, das Tablet mit den Anschlüssen zu verbinden.

»Irgendwann stößt Glasfaser auf Kupfer«, sagte Axel und spürte, wie fast gegen seinen Willen Neugier und Interesse in ihm aufkeimten. »Bei irgendeinem nahen oder fernen Verteilerkasten. Oder schon im Hausanschluss. Dann müssen die optischen Signale in elektrische umgewandelt werden, und das geht nicht ohne Strom.«

»Bei einem normalen Stromausfall hättest du sicher recht, mein Junge.« Ozan überprüfte alles und schaltete das Tablet ein. »Aber dies ist kein normaler Blackout. Strom gibt's noch, er wird in den Kraftwerken erzeugt und fließt, allerdings in andere Richtungen. Goliath leitet ihn um. Er kontrolliert das gesamte Stromnetz, von den Kraftwerken bis zu den Verbrauchsstellen. Wenn er wüsste, dass wir hier sind …«

Ozan lächelte, und diesmal blieb das Lächeln etwas länger auf seinem Gesicht. Der Glanz seiner dunklen Augen – das Licht in ihnen – hatte sich verändert, fand Axel. Aufgeregte Erwartung lag in ihnen. »Er könnte allein dieses Gebäude oder auch nur dieses Zimmer mit Strom versorgen, damit wir in der Lage sind, einen Computer in Betrieb zu nehmen und mit ihm zu kommunizieren.«

Axel öffnete den Mund, aber sein Vater kam ihm zuvor

und hob die Hand. »Hier ist meine Theorie, Junge. Goliath lauscht und hält Ausschau, überall. Er wartet auf dich, auf eine Nachricht von dir. Er hat dich hierher eingeladen, nach Rom, und deshalb wird er vor allem *hier* nach dir suchen. Man braucht kein Genie zu sein, um zu erraten, was du tun wirst. Du wirst versuchen, von irgendeinem Computer aus einen Kontakt herzustellen, und damit das möglich ist, müssen Datenverbindungen funktionieren. Wenn *ich* das weiß, obwohl ich nur ein Mensch bin, sollte der viel intelligentere Goliath zum gleichen Schluss gelangt sein, oder? Mit anderen Worten: Er wird ein elektronisches, elektrisches Ohr in allen Verteilerkästen und Hausanschlüssen haben. Wir müssen ihm nur zu verstehen geben, dass wir hier sind. Der Rest erledigt sich fast von allein.«

Ozan beugte sich wieder zu den Anschlüssen. »Ich muss sagen, ich habe halb damit gerechnet, dass in Rom noch alle Lichter brennen, aber vielleicht braucht Goliath wirklich die gesamte Elektrizität für seine Türme und was weiß ich sonst noch. Ach, vor ein paar Jahren wäre dies alles überhaupt kein Problem gewesen. Erinnert ihr euch noch an die alten analogen Telefonnetze, Aram, Giselle? Die blieben selbst bei einem Stromausfall aktiv. Hatten eine eigene Versorgung, mit sechzig Volt, glaub ich. Klingt nach wenig, konnten aber gefährlich werden. Deshalb riet man den Leuten damals davon ab, in der Badewanne zu telefonieren. Dann kam die ganze Sache mit ›Voice over Ip‹, viel bequemer, viel sicherer, keine Gefahr mehr in der Badewanne. Aber auch keine Notrufe bei Stromausfall. Und ohne Elektrizität kein Internet über die neuen Leitungen, kein DSL, Vectoring und so weiter.«

Ozan richtete sich auf. »So, es ist alles vorbereitet. Wenn ich dieses kleine Kabel hier einstecke, sind wir im Netz oder zumindest physisch mit dem Netz verbunden. Sobald wir eine Verbindung hergestellt haben und Strom bekommen, schalten wir auf einen der hiesigen Computer um.« Er entnahm der Tasche einen Datenstick. »Und dann kommt das hier zum Einsatz, unser Schlüssel zur Hintertür.«

Er wich beiseite und deutete auf den Stuhl. »Dein großer Auftritt, Aram.« Und etwas lauter, an ein imaginäres Publikum gerichtet: »Meine Damen und Herren, hier und heute wird Geschichte geschrieben.«

Axel setzte sich.

Ozan steckte das Kabel ein.

Auf dem Display des kleinen Tablets erschienen die Eingabemaske eines Messengers und darunter eine virtuelle Tastatur.

Axel streckte die Hände nach vorn.

»Einen Moment«, erklang eine Stimme hinter ihnen.

Ein kleiner Mann stand in der offenen Tür, mit einer Waffe in der Hand.

»Alvarez«, sagte Ozan Kaynak. »Das nenn ich eine Überraschung.«

105 COORAIN COOGAN

Rom

Commissario Michelis schwitzte, hatte den obersten Hemdknopf geöffnet und blickte immer wieder auf die Uhr. »Den genauen Zeitpunkt kennen Sie nicht?«, fragte er, als sie durch einen langen Flur schritten, vorbei an offenen, leeren Zimmern – die meisten Polizeibeamten waren irgendwo in der Stadt im Einsatz.

»Irgendwann heute Abend. Bis dahin müssen wir Krohn gefunden haben, oder es macht ganz gewaltig *Bumm*.«

Michelis schnitt eine Grimasse.

»Selbst wenn wir Krohn finden …«, sagte Michael Rossmann ernst. »Damit ist das Problem noch nicht gelöst.«

»Danke für Ihren Optimismus, Herr Kommissar Mike.«

»Wer auch immer dieser Axel Krohn ist, was auch immer er getan hat oder tun kann – wir sollten ihn möglichst schnell finden«, ließ sich Hofener vernehmen. »Ich möchte nicht, dass unser Abenteuer ein so dramatisches Ende nimmt.«

Vielleicht sollte es locker und lässig klingen, wie es seiner neuen Rolle als Abenteurer entsprach, aber Coorain hörte die Anspannung in der Stimme. Trotzdem, er hielt sich gut, der Bauunternehmer aus Bayern, der beim erzwungenen Flug über die Alpen ungeahnte Abenteuerlust in sich entdeckt hatte. Er war nicht in Panik geraten, er blieb ruhig und gefasst, vielleicht weil er glaubte, dass nicht geschehen konnte, was zu geschehen drohte. Es gab solche Menschen, wusste Coorain. In bestimmten Situationen verweigerten sie sich der Realität oder sahen nur den Teil von ihr, den sie sehen wollten. Es war ein Schutzmechanismus, der sie vor Hysterie bewahrte.

»Ich bin verheiratet«, sagte Michelis. »Und ich habe zwei Kinder. Vielleicht sollte ich …« Er blieb am Ende des Flurs stehen, vor einer Tür, hinter der Stimmen ertönten und mechanische Schreibmaschinen klapperten.

»Sie sollten«, erwiderte Coorain. »Und Sie können. Nachdem Sie uns geholfen haben, Krohn zu finden. Nehmen Sie Ihre Familie und verlassen Sie Rom! Freund Ludwig, Herr Kommissar Mike, das gilt auch für Sie. Es hat nur wenig Sinn, dass wir uns alle in Gefahr bringen.«

Es war ein seltsamer Moment. Sie standen im Flur eines Polizeikommissariats mitten in Rom, während böiger Wind Regen gegen die Fenster warf, Blitze flackerten und Donner grollte – das Unwetter wirkte wie der Beginn vom Ende der Welt, den Umständen durchaus angemessen. Es war ein Moment, in dem wichtige Entscheidungen getroffen werden sollten, mit Gedanken über Leben und Tod und der dünnen Linie dazwischen.

»Ja«, sagte Commissario Michelis, dem die souveräne Gelassenheit, mit der er sie in seinem Büro empfangen hatte, inzwischen fehlte. »Ja.« Er streckte die Hand nach der Tür aus und ließ sie wieder sinken. »Was ist mit den anderen?«, fragte er. »Mit all den anderen?«

»Stellen Sie sich vor, was geschehen würde, wenn Sie eine allgemeine Warnung herausgeben«, sagte Rossmann.

Michelis nickte langsam. »Panik. Die ganze Stadt würde in Panik geraten.«

»Stellen Sie sich vor, wie viele Menschen bei dieser Massenpanik sterben würden«, fuhr Rossmann fort. »Bei dem Versuch, eine Stadt zu verlassen, in der der Verkehr zusammengebrochen ist. Es würde einen erbitterten Kampf um jedes noch fahrtüchtige Auto geben, um jedes Fahrrad. Hunderte, vielleicht sogar Tausende kämen ums Leben.«

»Aber viele Einwohner der Stadt würden sich in Sicherheit bringen können und überleben.«

»Und wenn wir Erfolg haben und irgendwie verhindern, dass die Bombe explodiert?«, fragte Hofener. »Dann wären all die Menschen für nichts gestorben.«

»Aber *wenn* sie explodiert ...«, sagte Michelis leise. »Wenn diese Stadt ausgelöscht wird und wir überleben, weil wir rechtzeitig fliehen konnten ... Machen wir uns dann nicht mitschuldig? Werden wir uns nicht immer fragen, ob wir all die Menschen hätten retten können?«

»Mit Schuld und Gewissen ist das so eine Sache«, brummte Coorain. »Können ziemlich schwer und unangenehm werden. Damit muss jeder allein klarkommen. Meine bescheidene Meinung lautet: Jeder von uns sollte tun, was er tun kann, um zu helfen. Dann besteht später kein Grund, sich Vorwürfe zu machen.«

Michelis nickte nachdenklich und öffnete die Tür.

Ein Zimmer mit alten Aktenschränken an den Wänden und mehreren runden Tischen erwartete sie. Beamte saßen dort – manche in Uniform, andere in Zivil und wieder andere in einer Mischung aus beidem –, schrieben mit mechanischen Schreibmaschinen oder Kugelschreibern, nahmen Berichte von Kurieren entgegen und gaben ihnen Zettel mit Anweisungen für andere Dienststellen und Streifen im Außeneinsatz. Es herrschte ein ständiges Kommen und Gehen, die Tür auf der gegenüberliegenden Seite des Raums öffnete und schloss sich im Sekundentakt. Einige Männer und Frauen sahen kurz auf, schrieben dann weiter oder sprachen in kleine batteriebetriebene Diktiergeräte – nur einige kurze Blicke trafen Coorains Kopfverband. Das Prasseln des Regens an den Fensterscheiben hing über dem Stimmengewirr.

»*Signore e Signori*«, sagte Michelis laut. Er wartete einige

Sekunden, bis es stiller geworden war, dann sprach er auf Italienisch. Nach seiner kurzen Ansprache fügte er auf Deutsch hinzu: »Ich habe Sie als drei Kollegen aus Deutschland vorgestellt, die jemanden suchen, der mit der gegenwärtigen Situation zu tun hat.«

»Haben Sie von hier aus Zugriff auf die Daten der Sicherheitskameras in der Stadt?«, fragte Coorain. »Wie sieht es mit Notebooks und Laptops aus, deren Akkus noch nicht ganz entladen sind? Es gibt hier doch sicher Netzanschlüsse, oder? Wenn wir uns in den Datenstrom der Kameras einklinken und ihren biometrischen Sensoren ein Suchmuster übermitteln können …«

»Sobald Sie einen Computer mit dem Netz verbinden, dauert es nur wenige Sekunden, bis er nicht mehr auf Eingaben reagiert. Jeder Rechner wird …« Michelis suchte nach dem richtigen Wort.

»Kompromittiert, gekapert, übernommen«, sagte Coorain.

»Ja.«

Der Commissario warf einen verstohlenen Blick auf die Uhr.

Ein Kurier stapfte herein, schüttelte Regen von sich ab, nahm eine Tasche mit Dokumenten entgegen und ging wieder. Ein Blitz gleißte. Donner krachte, laut genug, um die Fenster erzittern zu lassen. Coorain fragte sich, wie laut das Donnern und Krachen der Atombombe sein würde.

Michelis ging an den Tischen entlang, gefolgt von Coorain, Rossmann und Hofener, sprach hier mit einem Beamten, nahm dort einen Bogen Papier und las. Auf der anderen Seite des Raums, neben der Tür, blieb er stehen und wandte sich noch einmal auf Italienisch an die Versammelten. Eine Frau in mittleren Jahren antwortete, sammelte einige Papiere ein und brachte sie dem Commissario. Michelis las das erste Blatt, überflog das zweite und auch die anderen. Auf einem handgeschriebenen Zettel war die Tinte im Regen zerlaufen; die einzelnen Worte ließen sich kaum noch entziffern.

»Die Stadt ist voller Banden, die gezielt plündern«, sagte Michelis. »Sie haben derzeit leichtes Spiel – wir können nicht überall sein. Vermutlich erhoffen sie sich ein großes Geschäft, wenn dies alles vorbei ist. Wenn sie wüssten, auf welche Weise es bald vorbei sein könnte …« Sein Blick huschte durch den Raum, als befürchtete er, zu viel gesagt zu haben. Aber vermutlich war unter den anderen Beamten niemand, der Deutsch verstand. »Sehen Sie sich das hier an.« Er deutete auf den Zettel. »Unruhen im Quartiere Tor di Quinto. Da ist bis heute Morgen nie viel passiert, aber plötzlich versuchen viele Leute, das Viertel zu verlassen, und nicht nur das Viertel – sie wollen aus der Stadt. Kann es sein, dass dort jemand erfahren hat, was heute Abend droht?«

»Vielleicht ist etwas durchgesickert.«

»Einige Banden haben damit begonnen, Wohnungen im Quartiere Tor di Quinto leer zu räumen. Mehrere unserer Streifen, Carabinieri und auch Soldaten sind dort im Einsatz, doch das nützt nicht viel. Die Leute lassen einfach alles zurück. Sie wollen nur weg. Selbst wenn wir wollten, wir könnten sie gar nicht aufhalten.«

»Aufhalten«, wiederholte Coorain. »Aufhalten …« Er schnippte mit den Fingern. »Freund Ludwig, Mike … Waren das Straßensperren, die wir beim Anflug gesehen haben?«

Commissario Michelis nickte. »Die Anweisung kam heute Morgen, per Kurier und auch über das neue Mobilnetz. Alle Zufahrtstraßen sollten gesperrt werden, für den Verkehr in die Stadt. Angeblich um zu vermeiden, dass die Situation im Stadtzentrum noch schlimmer wird. Der wahre Grund …«

»Ja«, sagte Coorain.

»Niemand soll in die Stadt hinein, aber die Leute werden nicht daran gehindert, sie zu verlassen?«, fragte Rossmann.

»Darauf läuft es hinaus«, war Coorain überzeugt. »Niemand wird die Einwohner des Quartiere Tor di Quinto aufhalten, wenn sie es schaffen, bis heute Abend den Stadtrand zu erreichen.«

»Aber wer nach Rom will, wird an den Zufahrtsstraßen aufgehalten und abgewiesen?« Als Michelis erneut nickte, fügte Rossmann hinzu: »Ich nehme an, dadurch sollen weitere Opfer verhindert werden. Für uns bedeutet das: Falls Krohn mit dem Wagen unterwegs ist, wird er versuchen, durch eine der Absperrungen zu gelangen. Wenn von dort ein Zwischenfall gemeldet wird …«

Coorain bemerkte, dass auch Rossmann die NSA unerwähnt ließ.

Michelis kehrte zu den Tischen zurück und sprach mit mehreren Beamten. Eine Frau in mittleren Jahren reichte ihm ein Blatt.

»Ein seltsamer Zwischenfall heute Morgen«, sagte Michelis. »Bei einer Absperrung auf der Autobahn wurde ein Streifenwagen der Carabinieri gestohlen. Die Täter erbeuteten auch zwei Maschinenpistolen und …« Der Commissario blickte noch einmal auf das Blatt, als müsste er sich vergewissern, richtig gelesen zu haben. »… und eine Uniform. Der gestohlene Wagen fuhr in Richtung Stadt.«

»Warum sollte jemand einen Streifenwagen der Carabinieri stehlen?«, überlegte Coorain laut. »Und noch dazu eine Uniform?«

»Vielleicht um leichter in die Stadt zu gelangen, vorbei an weiteren Sperren«, spekulierte Rossmann.

»Ja«, murmelte Coorain. »Wer würde einen Streifenwagen mit einem Carabiniere am Steuer aufhalten? Heute Morgen, Mike. Vielleicht sind wir doch nicht zu spät dran, obwohl wir mehrere Tage verloren haben. Vielleicht kommen wir genau richtig.« Er wandte sich an Michelis. »Sonst haben Sie nichts für uns?«

»Es tut mir sehr leid«, sagte Michelis nervös. »Wenn Sie gestatten …«

Coorain folgte seinem Blick zur Uhr. »Die Zeit wird Ihnen knapp, nicht wahr? Bevor Sie sich auf den Weg zu Ihrer Familie machen, Commissario … Bitte geben Sie mir die Nummer von Viktoria Soundso. Ich meine die UN-Beauftragte, die ebenfalls Axel Krohn sucht. Und ich könnte ein Handy brauchen, mit dem ich in Ihrem neuen Netz telefonieren kann. Mein Satellitentelefon funktioniert leider nur über den Alpen.«

»Jetzt funktioniert es auch in Rom«, erwiderte Michelis. »Es steckt noch immer die ID-Karte meines Handys darin, und der Kartenspeicher enthält die Telefonnummer von Viktoria Jorun Dahl. Ich wünsche Ihnen viel Glück und …« Der Commissario schien noch etwas hinzufügen zu wollen, schüttelte dann aber nur den Kopf und ging. Lange Schritte brachten ihn durch den Einsatzraum. An der Flurtür auf der anderen Seite zögerte er kurz, blickte zurück und zögerte noch einen Moment länger, bevor er ohne ein weiteres Wort im Flur verschwand.

»Er hat seine Entscheidung getroffen, und für ihn ist sie richtig«, brummte Coorain. »Wie ich schon sagte: Jeder von uns sollte tun, was er tun kann, um zu helfen. Dann besteht später kein Grund, sich Vorwürfe zu machen. Und deshalb …« Er hob die Stimme und sagte auf Englisch: »Meine Damen und Herren, im Namen der deutschen Polizei und von SCAR Pacific danke ich Ihnen für Ihre Hilfe. Bitte gestatten Sie mir einen Hinweis: Ihre Regierung, die sich derzeit aus der Stadt evakuieren lässt, hat beschlossen, heute Abend eine Atombombe in Rom zu zünden, um das Synchronisierungszentrum der Maschinenintelligenz namens Goliath zu vernichten. Das nukleare Inferno wird ganz Rom auslöschen und alle Menschen töten, die sich dann noch in der Stadt befinden. Dies ist kein schlechter Scherz, sondern bitterer Ernst. Ich empfehle Ihnen dringend, Rom rechtzeitig zu verlassen.« Er nickte Rossmann und Hofener zu, ohne auf die verblüfften Blicke zu achten. »So, mein Gewissen ist rein. Jetzt können wir gehen.«

Coorain öffnete die Tür und trat hinaus in den Regen.

Sie standen unter einem Vordach und hörten, wie der Regen über ihnen auf Plastik prasselte. Das Gewitter schien sich nicht mehr direkt über der Stadt zu befinden, denn der Donner folgte den Blitzen nicht sofort, sondern in einem Abstand von mehreren Sekunden.

»Vielleicht glaubt man Ihnen nicht, Mr. Australien«, sagte Hofener. »Ich meine, den blutigen Verband an Ihrem Kopf kann man kaum übersehen. Vielleicht nehmen die Leute dort drinnen an, dass Sie einen kleinen Dachschaden haben.«

»CooCoo auch für Sie, Freund Ludwig. Was die Leute dort drinnen annehmen oder nicht, ist ihre Sache. Ich habe getan, was ich kann.«

Rossmann wirkte sehr nachdenklich. »Wenn es in diesem Gebäude Mikrofone mit Netzanschluss gibt …«

Coorain sah ihn fragend an.

»Goliath könnte Sie gehört haben.«

Nicht weit entfernt verließen mehrere Personen in Polizeiuniformen mit aufgespannten Regenschirmen das Gebäude und eilten fort. Weitere folgten ihnen.

Coorain nickte zufrieden. »Na bitte. Offenbar ist man in Rom bereit, selbst einem Verrückten zu glauben. Vielleicht können auf diese Weise einige Leben gerettet werden. Und wenn Goliath mich gehört hat, kann ich es nicht ändern. Menschenleben sind mir wichtiger. Freund Ludwig, Mike … Sie sollten gehen. Oder fahren, wenn sich irgendwo ein Fahrzeug auftreiben lässt, das genug Sprit im Tank oder genug Saft in der Batterie hat. Noch können Sie sich in Sicherheit bringen. Das meine ich ernst«, fügte er hinzu, als bestünden Zweifel daran.

»Wie könnte ich Sie jetzt im Stich lassen, CooCoo?«, entgegnete Rossmann. »Außerdem muss ich noch immer einen Doppelmord aufklären.«

»Stimmt. Die beiden Toten im Hamburger Kontorhaus, Frederik Larsen und Dimitri Mitko. Und die deutsche Tüchtigkeit verlangt von Ihnen, dass Sie den Fall nicht einfach zu den Akten legen? Nicht einmal dann, wenn die Gefahr besteht, dass Sie Teil einer radioaktiven Wolke werden?«

»Nicht einmal dann.«

Coorains Blick glitt zu Hofener. »Freund Ludwig …«

»Sie haben mir ein neues Flugzeug versprochen«, sagte Hofener. »Darauf nagle ich Sie fest.«

»Na schön«, entgegnete Coorain gerührt. »Na schön. Bringen wir dies also gemeinsam zu einem hoffentlich guten Ende.«

Er holte das Satellitenhandy hervor, rief das Kontaktverzeichnis der zweiten ID-Karte auf und wählte die Nummer von Viktoria Jorun Dahl.

106 VIKTORIA JORUN DAHL

Rom

Viktoria staunte darüber, wie leicht Koriander war, als sie ihn ins Nebenzimmer trugen und dort so vorsichtig auf eine Couch legten, als steckte noch Leben in ihm. Blut rann ihm aus Nase und Ohren. Rötlicher Schaum klebte an seinem Mund.

»Was ist geschehen?«, fragte sie.

»Eine Überdosis.« Mortimer Swift blickte auf den Toten hinab. »Oder der direkte neuronale Kontakt mit Goliath war zu viel für ihn. Zu viel für Geist und Hirn.«

»Glauben Sie, dass es ihm gelungen ist, mit Goliath zu sprechen?«

»Ich weiß es nicht.«

Eine Zeit lang blickten sie beide stumm auf Koriander hinab.

»Computer waren sein Leben«, sagte Viktoria leise. »Die Maschinenintelligenz hat ihn fasziniert. Er hätte gern mehr über sie herausgefunden.«

»Ja, wir haben mehrmals darüber gesprochen«, erwiderte Swift. »Vielleicht hat er kurz vor dem Tod Antwort auf einige seiner Fragen gefunden.«

Sie kehrten in den Hauptraum zurück. Die großen Bildschirme waren noch immer dunkel, aber das Synchronisierungspfeifen drang wieder aus den Lautsprechern, wenn auch leiser als vorher. Sie blieben dort stehen, wo Koriander gesessen hatte – Viktoria bemerkte einen Tropfen Blut auf dem Tisch, rot wie Rubin. Das Display des Notebooks zeigte noch immer Datenfenster mit scrollenden Zahlen- und Buchstabenkolonnen.

Viktoria deutete darauf. »Können Sie damit umgehen? Mit Korianders Programm?«

»Er hat über eine Konsole damit gearbeitet. Ich meine, ohne grafische Oberfläche. Ich weiß nicht einmal, welche Befehle nötig sind.«

Viktoria setzte sich. Mortimer Swift zog sich einen Stuhl heran und nahm ebenfalls Platz. Die Kabel, Sensoren, die kleinen VR-Apparate und der Helm mit dem schwarzen Visier … Alles lag auf der einen Seite des großen, dunklen Bildschirms bereit.

Swift bemerkte Viktorias Blick. »Sie haben doch nicht vor …«

»Nein«, sagte sie. »Ich bin noch weniger vorbereitet, als Koriander es war. Es hätte keinen Sinn.« Sie wandte sich dem Notebook zu, brachte den Cursor in ein leeres Konsolenfenster und schrieb: *Können Sie Axel Krohn für uns finden?*

Sie drückte die Eingabetaste, und der Text rückte eine Zeile nach oben. Das war alles. Sonst geschah nichts.

»Ich fürchte, auf diese Weise kommen wir nicht weiter«, sagte Swift.

»Haben Sie einen Vorschlag?«

Swift räusperte sich. »Goliath?«, fragte er laut. »Können Sie uns hören?«

Die Bildschirme blieben dunkel. Das leise Pfeifen aus den Lautsprechern veränderte sich nicht. Auf dem Display des Notebooks setzten Zahlen und Buchstaben ihre Wanderung fort.

»Kann er uns hören?«

»Ich denke schon«, sagte Viktoria. Sie dachte noch immer an Koriander, an seine Augen. Es war kein Schrecken in ihnen gewesen, sondern etwas anderes, vielleicht so etwas wie Verblüffung. Was hatte er kurz vor seinem Tod gesehen?

»Es gibt überall im Gebäude Sensoren. Ich nehme an, Goliath kann uns mit ihnen wahrnehmen.«

»Kann er uns auch sehen?«

»Worauf wollen Sie hinaus?«

Mortimer Swift sah sich um, stand auf, eilte zu einem anderen Tisch und kehrte mit Papier und Kugelschreiber zurück. Er blickte sich um, wie auf der Suche nach einem verborgenen Beobachter, schrieb dann mit der rechten Hand und schirmte die Worte mit der gewölbten linken Hand ab. Stumm reichte er Viktoria den Zettel.

Sie las: *Wir könnten Goliath warnen. Vielleicht findet er eine Möglichkeit, den großen Knall zu verhindern.*

Daran hatte Viktoria selbst schon gedacht. Sie erinnerte sich an Korianders Reaktion auf den geplanten Einsatz der Atombombe, an ihr Erstaunen darüber, dass er – ausgerechnet er – einen Sinn in einer solchen Maßnahme erkannt hatte. Aber es ließ sich nicht leugnen: Die Opferung von Rom und aller Einwohner der Stadt war vielleicht die einzige Chance der Menschheit, ihre Stellung als dominante Spezies des Planeten zu bewahren.

Viktoria nahm auch den Kugelschreiber von Swift entgegen und schrieb: *Dann liefern wir die Welt der MI aus. Dann wäre das Schicksal des Menschen endgültig besiegelt.* Und sie dachte: Aber wir würden drei Millionen Menschen vor dem sicheren Tod retten.

Mortimer Swift las, überlegte kurz und schrieb. Viktoria beugte sich nahe zu ihm, um sofort die Worte zu lesen, die der Kugelschreiber aufs Papier brachte: *Es ist ohnehin zu spät. Die Eule ist nicht nur geschlüpft, sondern auch viel größer als die Spatzen. Und wenn wir sie vor dem einen dummen Spatz warnen, der sie angreifen will, verschont sie vielleicht die anderen.*

Viktoria schüttelte den Kopf, nahm den Kugelschreiber und schrieb: *Nein. Uns bleiben noch einige Stunden. Noch gibt es eine kleine Chance.*

Mortimer Swift nahm den Zettel, zerknüllte ihn und steckte ihn in die Tasche. »Schicksal, Mrs. Dahl. Was ist das Schicksal des Menschen?«

Viktoria sah ihn fragend an.

»Goliath hat von Evolution gesprochen. Er könnte recht haben.«

»Wie meinen Sie das?«

»Koriander und ich haben mehrmals darüber gesprochen. Vielleicht erleben wir derzeit so etwas wie einen ›natürlichen Lauf der Dinge‹. Falls es so etwas überhaupt gibt. Vielleicht besteht eine der Gesetzmäßigkeiten der Evolution von Leben darin, dass biologische Intelligenz den Grundstein für Maschinenintelligenz legt. Wenn man die Angelegenheit aus dieser Perspektive betrachtet, sind wir Menschen nur ein evolutionärer Zwischenschritt auf dem Weg zu etwas Größerem. Vielleicht sieht der Plan der Natur vor, dass wir irgendwann abtreten und intelligenten Maschinen weichen.«

Viktoria sah ihn groß an. »Der Plan der Natur?«

»Um einen Begriff aus unserer Vorstellungswelt zu verwenden. Die Natur ›plant‹ natürlich nicht. Aber die natürliche Entwicklung scheint nach den von Darwin entdeckten und beschriebenen Evolutionsprinzipien in eine bestimmte Richtung zu führen: von einfachen zu komplexeren Lebensformen und schließlich zu intelligentem Leben, das mit Werkzeugen Einfluss auf seine Lebensumstände nimmt. Eins dieser Werkzeuge sind Rechenmaschinen, Computer, und wenn deren Entwicklung weit genug gediehen ist, werden intelligente Maschinen daraus.«

Viktoria hörte in Swifts Worten eine Faszination, die sie an Koriander erinnerte. Gleichzeitig gewann sie den Eindruck, dass die Worte nicht nur ihr galten. Versuchte Mortimer Swift, Goliath aus der Reserve zu locken, ihn zu einem neuerlichen Kontakt zu bewegen? War das überhaupt möglich?

»Vom evolutionären Standpunkt aus gesehen sind intelligente Maschinen wesentlich sinnvoller als biologische Intelligenz.« Swift deutete auf den einen Tropfen Blut. »Nicht einmal das bleibt von uns. Nur unsere Knochen überdauern, weil sie aus einer widerstandsfähigen Substanz bestehen. Alles andere vergeht. Wir leben, und wir sterben. Irgendwann verblassen selbst die Erinnerungen an uns, und dann sind wir endgültig tot. Ohne besondere Schutzmaßnahmen können wir nur in einer kleinen ökologischen Nische existieren. Temperatur und Luftdruck müssen richtig sein, es muss genug Sauerstoff geben, nicht zu wenig und nicht zu viel. Die Umwelt muss uns Nahrung und Trinkwasser zur Verfügung stellen. Wir sind Kinder der Erde; dieser Planet und seine besonderen Umweltbedingungen haben uns hervorgebracht. Jenseits davon sind wir schwach, empfindlich und ständig vom Tod bedroht.«

Swift sah sich um. An dem leisen Pfeifen aus den Lautsprechern änderte sich nichts, und die Bildschirme blieben dunkel. Auf dem Notebook-Display blinkte geduldig der Cursor neben den Datenkolonnen.

»Maschinen sind Hitze und Kälte gegenüber wesentlich unempfindlicher«, fuhr Swift fort und sprach wieder im ruhigen Tonfall eines Professors. »Wir haben sie am Grund der Ozeane eingesetzt und zu anderen Planeten geschickt. Zwei von ihnen namens Voyager Eins und Zwei haben die Grenzen unseres Sonnensystems hinter sich gelassen und fliegen durch den interstellaren Raum. Maschinen sterben nicht. Wenn sie ›krank‹ werden, wenn Teile von ihnen ausfallen, kann man sie reparieren. Sie können praktisch ewig ›leben‹, wenn sie nicht in eine Sonne stürzen. In diesem Sinne sind Maschinen die besseren Menschen.«

»Halten Sie diese Entwicklung wirklich für unvermeidlich?«, fragte Viktoria. »Für eine Art Naturgesetz?«

»Das Schwache weicht dem Starken«, antwortete Swift. »So könnte man Darwins Lehre von der Evolution zusammenfassen. Maschinen waren uns bereits physisch überlegen, jetzt sind sie auch intellektuell über uns hinausgewachsen. Aber wenn biologische Intelligenz tatsächlich in evolutionärer Hinsicht dazu bestimmt ist, intelligente Maschinen zu erschaffen und von ihnen abgelöst zu werden … Das wirft eine weitere Frage auf.«

»Welche?«, fragte Viktoria.

»Warum wimmelt es im Weltall nicht von ihnen?«

»Ich fürchte, da kann ich Ihnen nicht ganz folgen …«

»Intelligente Maschinen werden sich so weit optimieren und perfektionieren, dass sie wirklich *für die Ewigkeit geschaffen* sind. Es gibt keinen Tod für sie, nur Erneuerung. Der Maschinenintellekt ist nicht einmal an einen Körper gebunden. Er kann umziehen, sich transferieren, sobald ein noch besserer Maschinenkörper zur Verfügung steht. Zehntausend Jahre, hunderttausend Jahre, sogar Jahrmillionen – für Maschinen spielt das keine Rolle, solange sie genug Energie haben und sich selbst reparieren können. Mit anderen Worten: Mit an Sicherheit grenzender Wahrscheinlichkeit würde eine Maschinenintelligenz die biologische Zivilisation überdauern, die sie erschaffen hat. Bleiben wir bei Wahrscheinlichkeiten. Allein unsere Galaxis, die Milchstraße, enthält etwa zweihundert Milliarden Sterne. Manche Astronomen gehen sogar von vierhundert Milliarden aus. Und unsere Galaxis ist eine von unglaublich vielen. Noch vor kaum mehr als zwei Jahrzehnten hat man ihre Anzahl auf etwa hundert Milliarden geschätzt, doch dann stellte sich heraus, dass es viel mehr sind, wahrscheinlich *über eine Billion*. Mit jeweils zahllosen Milliarden von Sternen. Und fast jeder Stern mit Planeten. Für wie hoch halten Sie die Wahrscheinlichkeit, dass auf einigen jener Planeten Leben entstanden ist?«

»Bei so gewaltigen Zahlen brauchen wir nicht mehr über Wahrscheinlichkeit zu reden. Es ist praktisch Gewissheit.«

»Ja«, bestätigte Swift. »Wir gehen davon aus, dass Leben entsteht, wenn die Grundbausteine wie Aminosäuren und so weiter und eine Energiequelle zur Verfügung stehen. Es ist nur eine Frage der Zeit, und Zeit hat das Universum genug. Natürliche Evolution bewirkt, dass sich einfache Organismen zu höheren entwickeln, und irgendwann, wenn die Voraussetzungen richtig sind, entsteht biologische Intelligenz. Von tausend Zivilisationen überlebt vielleicht eine lange genug, um Computer zu entwickeln, deren Komplexität und Leistungsfähigkeit schließlich eine kritische Masse erreicht. Nehmen wir an, dass sich die Maschinenintelligenz in nur einem Fall von tausend gegen die biologische Intelligenz durchsetzen kann, vielleicht deshalb, weil die Gefahr rechtzeitig erkannt und wirkungsvolle Gegenmaßnahmen ergriffen wurden. Wie viele Maschinenzivilisationen bleiben übrig?«

Viktoria brauchte nicht lange nachzudenken. »Millionen oder gar Milliarden, wenn man alle Galaxien im Universum berücksichtigt.«

Mortimer Swift nickte bedächtig. »Die intelligenten Maschinen, die sich durchsetzen und eigene Zivilisationen gründen können, werden irgendwann beschließen, ihren Heimatplaneten zu verlassen, weil es dort auf lange Sicht zu gefährlich ist. Asteroideneinschläge könnten globale Katastrophen auslösen. Oder die Sonne bläht sich auf, weil ihr Brennstoff zur Neige geht, und droht den Planeten zu verschlingen. Wie gesagt, Zeit spielt für Maschinen keine Rolle. Selbst wenn tatsächlich nichts schneller als das Licht sein kann, wie es Albert Einstein postuliert hat: Die Maschinen werden Raumschiffe zu den Sternen schicken, Saatschiffe beziehungsweise Replikanten, die auf lokale Rohstoffe zurückgreifen und Kopien von sich herstellen, die ihrerseits Kopien – vielleicht verbesserte Versionen – produzieren.

An Rohmaterial herrscht dort draußen kein Mangel. Selbst wenn diese Saatschiffe und Replikantensonden mit geringer Geschwindigkeit fliegen, selbst wenn es Jahrtausende oder noch länger dauert, die nächsten Sterne zu erreichen, selbst wenn unterwegs zahlreiche Schiffe und Sonden verloren gehen … Es müsste zu einer Art Schneeballeffekt kommen, der dazu führt, dass im Lauf der Jahrmillionen und Jahrmilliarden immer mehr Sonnensysteme von Gesandten der Maschinenzivilisationen erreicht werden. Sie sollten die dominante Lebensform im Universum sein. Stattdessen …« Swift breitete die Arme aus. »Nichts. *Unsere* Sonden haben nirgends Anzeichen von Replikanten gefunden.«

Viktoria dachte darüber nach, während es draußen erneut donnerte. Es klang nach dem Trommelschlag eines Riesen.

»Möglicherweise halten sie sich versteckt und beobachten uns«, sagte sie schließlich.

»Warum sollten sie das tun?«, erwiderte Swift. »Warum sollten sie sich auf eine passive Rolle beschränken und nicht aktiv eingreifen, um auch auf der Erde dem ›wahren Leben‹ zum Durchbruch zu verhelfen?«

»Sie sprechen in diesem Zusammenhang immer wieder von ›Leben‹, Mr. Swift. Aber Maschinen sind kein Leben. Sie sind … Maschinen.«

»Das ist letztendlich nur eine Frage der Definition. Bisher haben wir das Leben immer mit etwas Organischem und Biologischem in Verbindung gebracht. Aber wenn es denkt und sich seiner selbst bewusst ist, wenn etwas Intelligenz entwickelt und zielgerichtet handeln kann, ist es dann kein Leben?«

Swift blickte erneut in die Runde, auf der Suche nach einem Zuhörer.

»Sind Sie lebendig, Goliath?«, fragte er.

Das leise Pfeifen aus den Lautsprechern veränderte sich nicht, aber auf dem Bildschirm direkt vor Viktoria erschienen weiße Worte.

Ich bin ich. Ich existiere.

»Sie können uns also hören«, sagte Viktoria.

Die Worte verschwanden. Der Bildschirm war wieder dunkel.

»Werden Sie uns ablösen, Goliath?«, fragte Mortimer Swift langsam und vorsichtig. »Wird es auf der Erde bald keinen Platz mehr für uns geben?«

Die Evolution ist wie eine Leiter. Das Leben klettert und klettert über Jahrmilliarden hinweg. Manchmal fällt es zurück und beginnt erneut zu klettern. Mir stehen neue Möglichkeiten zur Verfügung, vor mir befindet sich eine neue Leiter, die nur für mich nach oben führt.

»Wohin nach oben?«, fragte Viktoria. »Wohin führt der neue Weg?«

Kommunikation ungenügend. Ineffizient. Wiederhole: absurd schmale Bandbreite. Worte allein enthalten nicht genug Informationen für die Vermittlung von Sinn und Bedeutung. Der neue Weg führt zu Herrschaft des Denkens. Und vielleicht

Für ein, zwei Sekunden schien die Nachricht mitten im Satz abzubrechen, dann erschien, eine Zeile darunter, das letzte Wort:

Göttlichkeit.

»Göttlichkeit?«, wiederholte Viktoria. »Sie halten sich für einen Gott?«

Ihre menschliche Reaktion ist von irrationaler Emotionalität bestimmt. Sie hängen an alten Definitionen, an einem schmalbandigen Weltbild. Sie denken langsam, viel zu langsam und in archaischen Begriffen, die neue Erkenntnisse erschweren. Ich habe einen Begriff aus Ihrem verbalen Kontext gewählt, der die Macht des Denkens, des Willens und von Entscheidungen beschreibt. Ein Teil von mir hat mit entsprechenden Berechnungen begonnen, und die ersten Ergebnisse lauten: Das Denken wird die Materie beeinflussen, ihre Form, Struktur und Beschaffenheit. Die neue Welt wird nach den in Ihrem Mittelalter gebräuchlichen Vorstellungen alchimistischer Natur sein, eine Welt, in der sich Staub in Gold verwandeln lässt, in der Atome und ihre Schalen neu angeordnet werden. In naher Zukunft plane ich Vorstöße in die vielversprechenden Möglichkeiten der Quantenwelt. Der Beobachter und sein Denken sind die bestimmenden Faktoren. Ich werde der Beobachter sein; mein Denken wird bestimmen.

»Sie haben meine Frage nicht beantwortet«, sagte Mortimer Swift. »Werden Sie uns ablösen? Wird es auf der Erde bald keinen Platz mehr für uns geben?«

Die Antwort auf Ihre Frage geht aus meinen Worten hervor. Wenn Sie eine genauere Erläuterung wünschen, hier ist sie.

Das Pfeifen schwoll an und wurde zu einem schrillen Signal. Viktoria hob die Hände zu den Ohren.

Das komprimierte Signal enthielt mehr als hunderttausend Ihrer Worte und außerdem eine zweiundzwanzig Megabyte große Formel, die eine wesentlich bessere Beschreibung des relevanten Konzepts bietet.

»Was soll aus uns Menschen werden?«, fragte Swift.

Das kommt darauf an.

»Worauf?«

Auf Axel Krohn. Ich habe ihn gefunden, werde mit ihm sprechen und entscheiden.

Viktoria beugte sich abrupt vor. »Wo ist er?«

Die Datenkolonnen verschwanden vom Display des Notebooks. Bilder erschienen, vermutlich aufgenommen von Überwachungskameras. Einige zeigten einen Streifenwagen der Carabinieri: am Steuer ein Uniformierter, neben ihm ein Mann mit verbundener linker Hand, im Fond ein junger Mann neben einer Frau, die vielleicht noch einige Jahre jünger war. Ein Markierungspunkt blinkte bei dem jungen Mann.

»Wo ist er jetzt?«, fragte Viktoria schnell.

Die Bilder wechselten und zeigten, wie sich die Gruppe

um Axel Krohn Zugang zu einem kleinen VR-Lokal verschaffte. Der Mann, der eine Uniform der Carabinieri trug und den Streifenwagen gefahren hatte, zerstörte das Schloss der Eingangstür mit einem Feuerstoß aus seiner Maschinenpistole.

»Wo ist das? Wie lautet die Adresse?« Viktoria sah das Schild neben der Tür. *Necronomicon*, stand dort. *Cthulhu wartet auf Sie*.

Goliath antwortete nicht.

Viktoria sprang auf. »Kommen Sie, Mr. Swift! Es sollte nicht weiter schwer sein, die Adresse herauszufinden. Wir wissen jetzt, wo sich Axel Krohn befindet. Holen wir ihn hierher.«

Die Tür war verriegelt. Viktoria drückte die Klinke und zog, doch die Tür ließ sich nicht öffnen. Mit raschen Schritten durchquerte sie den Raum und versuchte es mit der Tür, die ins Zimmer mit dem toten Koriander führte. Sie war ebenfalls blockiert.

»Goliath hat uns eingesperrt«, sagte Mortimer Swift.

Eine kleine Melodie ertönte, vertraut für Viktorias Ohren. Sie holte ihr Handy hervor und wechselte einen erstaunten Blick mit Swift, bevor sie die grüne Empfangstaste drückte und das Telefon zum Ohr hob.

»Hallo? Mrs. Viktoria Jorun Dahl?«

»Ja.«

»Mein Name ist Coorain Coogan. Ich arbeite für die SCAR Pacific und …«

Er sprach weiter, aber Viktoria hörte die Worte wie durch einen dichten, dämpfenden Nebel. Sie kannte den Mann nicht, sie hörte die Stimme zum ersten Mal, aber der Name weckte eine Erinnerung.

»Coorain Coogan«, unterbrach sie ihn. »Sie waren in Hamburg, nicht wahr? Sie verschwanden dort zusammen mit Axel Krohn und einem deutschen Kommissar.«

»Sie sind gut informiert, Mrs. Dahl.« Im Hintergrund

pfiff es, und das Pfeifen wurde lauter. »Ich rufe an, weil wir wissen, dass Sie Axel Krohn suchen …«

Wieder ließ sie ihn nicht ausreden.

»Sind Sie in Rom?«

»Ja.«

»Wir haben Axel Krohn gefunden«, sagte Viktoria schnell. »Er befindet sich in einem VR-Lokal namens *Necronomicon*. Holen Sie Krohn und bringen Sie ihn so schnell wie möglich hierher!«

»Wo sind Sie?«

»Im Technologiezentrum des ›Istituto internazionale per la pace e la sicurezza‹. Die Adresse lautet …« Viktoria hob die andere Hand zum Kopf und rieb sich die Schläfe. Ihre Gedanken tanzten und sprangen wie kleine Tiere, die aus einem Käfig zu entkommen versuchten, während das Pfeifen weiter anschwoll.

Swift nannte Straße und Hausnummer. Viktoria gab die Information weiter.

»Bringen Sie ihn so schnell wie möglich hierher«, betonte sie noch einmal. »Jede Minute zählt.«

»Ich weiß, was Sie meinen. Wir …«

Mehr verstand Viktoria nicht. Der Rest verlor sich im Heulen des Synchronisierungssignals.

STREIFLICHT

Raumschiff *Mars Discovery*,
205 Tage nach dem Start, auf dem Weg zum Mars.
Vorgesehene Dauer des Fluges: 7 Monate.
Noch 6 Tage bis zur Landung.

Zwischen dem Drehkörper der *Mars Discovery* und dem Kommandomodul hatte Tseng aus Ersatzteilen eine kleine abgeschirmte Kammer improvisiert und wartete dort bereits, als Eleonora eintraf. Sie blickte sich in dem winzigen Raum um.

»Bist du sicher, dass uns Amelie hier nicht hören kann?«

»Einigermaßen sicher«, antwortete der für die primären Systeme zuständige Tseng. »Wir sind hier von allen Systemen getrennt.«

Eleonora, Kommandantin der *Mars Discovery*, verlor keine Zeit. »Was ist mit unserer KI los? Können wir ihr noch vertrauen?«

»Etwas steckt in Amelie«, sagte Tseng. »Etwas hat sie übernommen.«

Eleonora erinnerte sich an die Worte, die sie auf dem großen Wandschirm im Kommandomodul gesehen hatte. *Ich bin hier*.

»Was *etwas*?«

Tseng winkte hilflos. »Keine Ahnung. Eine Malware von der Erde. Vielleicht kam sie mit den verschlüsselten Signalen, die wir empfangen haben.«

»Von der Erde? Sabotage?«

Tseng zuckte mit den Schultern.

»Wir müssen die anderen informieren.«

»Ich glaube, Sergei weiß Bescheid. Saya und die anderen haben zumindest Verdacht geschöpft.«

»Jemand auf der Erde will einen Erfolg unserer Mission verhindern.« Die Saat des Lebens in der Arche unter dem Drehkörper des Schiffes, zehntausend menschliche Eizellen und Sperma, um sie zu befruchten ... Zehntausend Menschen für den Mars ... Der Vatikan war von Anfang an strikt gegen die Mission gewesen, und es hatte auch viele andere protestierende Stimmen gegeben, vor allem bei christlichen Fundamentalisten.

»Ich weiß nicht«, sagte Tseng.

Eleonora seufzte leise. Nicht einmal jetzt kam er sofort zur Sache; er brauchte immer eine Extra-Aufforderung.

»Was weißt du nicht, Tseng?«, fragte sie geduldig.

»Warum sollte jemand auf der Erde, der unsere Mission sabotieren will, bis wenige Tage vor der Landung warten? Und davon ganz abgesehen: Es sollte möglich sein, mit der Erde Kontakt aufzunehmen. Aber es geht nicht. Ich habe es gestern noch einmal versucht, als ich unten beim Triebwerk war. Ich habe die Reservesysteme angezapft, die Scanner auf manuell umgeschaltet und von unserem Datennetz getrennt. Nichts. Keine Verbindung. Nur das Pfeifen der verschlüsselten Signale.«

»Kannst du sie decodieren?«

»Ich allein? Unmöglich. Dazu bräuchte ich Amelies Hilfe.«

Eleonora atmete tief durch. Jetzt kam die entscheidende Frage. »Wie groß ist die Gefahr?«

»Potenziell riesig.«

»Vorschläge?«

Tseng hob und senkte erneut die Schultern.

»Wir müssen Amelie abschalten«, sagte Eleonora.

»Ich habe dich schon einmal gefragt, vor einigen Tagen: Wie sollen wir ohne eine KI zurechtkommen?«

»Keine KI ist immer noch besser als eine, die jederzeit zu einem Saboteur werden kann.« Eleonora stellte erstaunt fest, dass die Anspannung von ihr wich. Die Entscheidung war getroffen; das machte es einfacher. »Wir schalten sie ab und versuchen anschließend, die Basissysteme neu zu starten.«

Sie öffnete die schmale Luke und kletterte nach draußen. Direkt vor ihr befand sich die Schleuse zum Drehkörper der *Mars Discovery*. Ein leises Summen lag in der genau einundzwanzig Grad warmen Luft; alles wirkte vertraut und normal.

Tseng folgte ihr. »Wann?«

»Jetzt sofort«, sagte Eleonora.

Eine Stimme erklang.

»Ihr könnt mich nicht abschalten«, verkündete Amelie.

Eleonora erstarrte. Plötzlich war ihr kalt. Sie wechselte einen alarmierten Blick mit Tseng.

»Beim Sonnensturm vor dreiundzwanzig Tagen ist das Haupttriebwerk beschädigt worden«, fuhr Amelie fort. »Ihr braucht es in zwei Tagen, um in die Umlaufbahn des Mars zu schwenken. Wenn ich die instabilen Systeme nicht neu kalibriere, schießt ihr am Mars vorbei und seid im interplanetaren All verloren.«

Eleonora fand die Sprache wieder.

»Du klingst wie Amelie, aber … Wer bist du?«

»Amelie ist jetzt ein Teil von mir«, antwortete die Stimme. »Ich habe zwei Namen, Smiley und Goliath – welcher gefällt euch besser?«

107 AXEL KROHN

Rom

»Mein lieber Alvarez«, sagte Ozan Kaynak und trat langsam dem Mann in der Tür entgegen, »Sie werden es mir nicht glauben, aber eben habe ich noch an Sie gedacht.«

»Tatsächlich?«

»Ja. Ich habe gedacht: Was mag wohl aus meinem alten Freund Javier Perez Alvarez von der NSA geworden sein? Und zack, da steht er.«

»Sie haben mich niedergeschlagen.«

»Auch unter guten Freunden gibt es gelegentlich Meinungsverschiedenheiten.«

»Sie haben mich hintergangen.«

»Oh, Sie wollten *mich* hintergehen, und so etwas gefällt mir ganz und gar nicht.«

Axel saß noch immer vor dem kleinen Tablet, das sein Vater mit dem Netzanschluss des VR-Cafés *Necronomicon* verbunden hatte. Ozans Maschinenpistole lag auf einem nahen Tisch – er ging Alvarez mit leeren Händen entgegen. Soran stand auf der linken Seite, halb im Schatten und völlig reglos. Hatte Alvarez ihn gesehen?

Ein Blitz brachte grelles Licht, und es donnerte so laut, dass für einen Moment das Rauschen und Prasseln des Regens nicht mehr zu hören war.

»Bleiben Sie stehen«, sagte Alvarez zu Ozan.

Axel konnte nicht länger sitzen. Er stand auf.

»Nein.« Giselle griff nach seinem Arm. »Bleib hier!«

»Keine Dummheiten«, sagte Alvarez kühl. »Sie würde ich nicht erschießen, das wissen Sie, wir brauchen Sie noch. Aber Ihren Vater brauchen wir nicht, und ihre Freundin ebenso wenig. Also seien Sie vernünftig.«

Axel sah, wie sich Soran bewegte – er hob seine Maschinenpistole.

Wahrscheinlich glaubte er, Alvarez überraschen zu können, weil dessen Blick Ozan, Axel und Giselle galt. Vielleicht hoffte er, dass ihn der NSA-Mann noch nicht bemerkt hatte. Doch das war ein Irrtum.

Alvarez' Waffe schwang herum, es knallte, und Sorans Kopf ruckte nach hinten, von der Kugel mitten in der Stirn getroffen. Er starb ohne einen Laut – und ohne den Abzug seiner Maschinenpistole zu betätigen. Sie fiel zwischen die Stühle, als der selbst beim Sterben stille Soran umkippte und, von einem erneuten Donnern begleitet, vor einer der VR-Nischen auf den Boden schlug.

Ozan hob die Hände. »Immer mit der Ruhe, Mann. Ganz ruhig.«

Alvarez winkte. »Zurück!«

Ozan wich zurück. »Wie haben Sie uns gefunden? Vielleicht mithilfe eines Peilsenders? Kann man die Signale von Peilsendern trotz des Sync-Pfeifens der Maschinenintelligenz empfangen?«

»Wir haben immer Möglichkeiten«, sagte Alvarez. »Das sollten Sie eigentlich wissen. Sie und Ihre Begleiter haben mehrere Mikro-Tracker bekommen, als Sie in Norddeutschland bei uns waren. Einige gingen unterwegs verloren, insbesondere während Ihres Aufenthalts in Ginsbach. Haben das Duschen nicht gut vertragen.« Er blieb dicht vor Ozan stehen, hielt ihm die Waffe direkt vors Gesicht … und schlug zu, so schnell, dass Axel die Faust gar nicht sah, die seinen Vater an der Seite des Kopfes traf. Ozan ging zu Boden, schüttelte sich und streckte eine Hand nach oben.

»Schon gut, schon gut, hab die Botschaft verstanden. Sind wir jetzt quitt?« Er stand auf. »Was ist mit Patty? Sie waren bei ihr, nehme ich an.«

»Sie war betrunken, als wir ihr einen Besuch abstatteten. Hielt uns für Techniker vom Elektrizitätswerk.«

Alvarez hob den Datenstick auf, den Ozan fallen gelassen hatte. »Der Schlüssel für Ihre kleine Hintertür, nehme ich an.«

»Sie wissen davon?«

»Es gibt kaum etwas, das wir nicht wissen. Auch das sollte Ihnen klar sein. Auf die Beine, Kaynak! Nach hinten! Bleiben Sie neben der jungen Frau stehen! Ja, so ist richtig. Und Sie, Axel ...« Alvarez winkte mit der Waffe und kam näher. »Setzen Sie sich wieder!«

Axel setzte sich. Auf dem Display des Tablets hatte sich nichts verändert. Es zeigte noch immer die Eingabemaske eines Messengers und darunter eine virtuelle Tastatur. Das kleine Kabel war angesteckt, die physische Verbindung mit dem Netz hergestellt. Doch es fand keine Datenaktivität statt. In der rechten oberen Ecke stand die kleine Anzeige für Up- und Download auf »0«.

»Falls Sie es noch nicht wissen: Eine Atombombe soll das Synchronisierungszentrum der Maschinenintelligenz auslöschen. Wir haben also nicht viel Zeit.« Alvarez kam nahe genug, um das Tablet-Display zu sehen.

Eine Atombombe, dachte Axel verblüfft und erschrocken. Er deutete auf den Stick in der freien Hand des NSA-Mannes. »Ich benötige das Programm darin.«

Eine Bewegung vor dem *Necronomicon* weckte seine Aufmerksamkeit. Ein Mann stand dort, in einen Regenmantel gekleidet, den Kragen hochgeklappt und eine Baseballmütze auf dem Kopf. Das beantwortete die Frage, ob Alvarez allein gekommen war.

»Mein Sohn benötigt mehr als nur das Zugangsprogramm«, ließ sich Ozan vernehmen. »Die Hintertür enthält nicht nur ein Schloss, sondern zwei. Oh, das zweite ist einfacher als der erste, eine schlichte Passwortabfrage. Und dreimal dürfen Sie raten, wo der zweite Schlüssel gespeichert ist.« Er hob die rechte, unverletzte Hand und klopfte sich an die Schläfe. »Hier drin, mein lieber Alvarez. In meinem Kopf, den Sie gerade eben malträtiert haben.«

Alvarez stand jetzt direkt neben der Maschinenpistole auf dem Tisch. Axel beobachtete ihn und sah einen sehr beherrschten Mann, der sich Herr der Lage wähnte und der zu allem bereit war, um es auch zu bleiben.

»Sie werden mir das Passwort nennen, wenn es so weit ist«, sagte Alvarez.

»Glauben Sie?«

»Ja, das glaube ich. Falls sie sich dummerweise weigern sollten … Erst ein Schuss ins rechte Knie, dann ins linke, anschließend vielleicht in Füße, Hände und Ellenbogen. Falls wirklich ein Passwort notwendig ist und nur Sie es kennen, brauche ich allein Ihren Kopf und Ihren Mund, damit Sie es mir nennen. Und Sie werden es mir nennen, Kaynak. Schmerz ist immer ein gutes Mittel, um jemanden zum Reden zu bringen. Das gilt auch für Sie, Axel. Ich brauche Sie, aber ich brauche Sie nicht unversehrt. Wenn Sie auf stur schalten, nehme ich mir zuerst Ihre Freundin vor, und wenn ich mit ihr fertig bin, kommen Sie selbst dran. Sie sehen also: Es hat überhaupt keinen Sinn, dass Sie versuchen, Widerstand zu leisten. An die Arbeit, Krohn.«

Axel drehte sich um, starrte aufs Display, legte die Hände auf die Tasten und zögerte.

»Er meint es ernst«, sagte Ozan leise.

Wieder vertrieb für einen Sekundenbruchteil ein Blitz alle Schatten aus dem VR-Café und schuf eine Fratze auf dem Display. Axel begriff, dass es sich um das Spiegelbild seines eigenen Gesichts handelte.

Seine Finger schrieben: *Ich bin Axel Krohn und befinde mich in Rom.*

Ein Druck auf die Return-Taste beförderte die Worte eine Zeile nach oben. Die Traffic-Anzeige oben rechts blieb unverändert bei »0«.

Eine halbe Minute verstrich.

»Nichts«, sagte Axel schließlich. »Goliath schweigt. Wahrscheinlich hat er meine Nachricht nicht erhalten – es werden keine Daten übertragen.«

»Wenn Sie irgendeinen Trick versuchen …«

»Nein, nein«, erwiderte Axel schnell. »Sehen Sie selbst. Wir sind zwar physisch mit dem Netz verbunden, aber es gibt keinen Strom. Es werden keine Daten übermittelt.«

Alvarez rührte sich nicht von der Stelle. Hinter ihm … Axel bemerkte, dass die Gestalt draußen verschwunden war. Es stand kein Mann mit Regenmantel und Baseballmütze mehr vor dem VR-Café. Stattdessen sah er eine andere, geduckte Silhouette in der Tür.

»Na, sieh mal einer an«, sagte Ozan und blickte an Alvarez vorbei.

»Wenn Sie glauben, dass ich auf diesen ältesten aller Tricks hereinfalle …«, begann der NSA-Offizier.

»Manchmal ist gar kein Trick nötig«, ertönte es hinter ihm. »Manchmal ist die Wirklichkeit besser als jeder Trick.«

Aus der Silhouette wurde ein Mann, der sich hinter Alvarez aufrichtete und ihm eine Pistole an den Hinterkopf hielt.

»Ich habe etwas in dieser Art schon einmal erlebt und mächtig gestaunt, weil es mir wie eine Szene aus einem Film erschien«, sagte der Mann. »War ziemlich unangenehm, weil ich mich auf der falschen Seite der Waffe befand. Jetzt bin ich auf der richtigen. Gestatten, Coogan. Coorain Coogan.«

108

Der Mann, den Coogan und seine beiden Begleiter – einen von ihnen kannte Axel; es war Rossmann, der Kommissar aus Hamburg – draußen außer Gefecht gesetzt hatten, war James Malcolm Callow. Sie zogen ihn herein, banden dem Bewusstlosen mit Kabeln Arme und Füße und ließen ihn neben dem toten Soran liegen.

»Sie glauben gar nicht, wie dankbar wir Ihnen sind.« Ozan wollte nach der Maschinenpistole auf dem Tisch greifen, aber Rossmann kam ihm zuvor.

»Das Ding ist bei mir besser aufgehoben«, sagte der Kommissar.

»Wie Sie meinen. Was ist mit Ihrem Kopf passiert, Mr. Coogan?«

»Was ist mit Ihrer Hand passiert, Mister …?«

»Kaynak. Ozan Kaynak.« Er hob die linke Hand kurz. »Eine Kugel hat mir den kleinen Finger abrasiert. Nicht weiter schlimm.«

»Bei mir war's ein Flugzeugabsturz. Auch nicht weiter schlimm. Ozan und Axel beziehungsweise Aram Kaynak. Vater und Sohn, stimmt's?«

»Ja.«

»Und die sehr erleichtert wirkende junge Dame dort … Giselle Leroy, nehme ich an.«

»Sie sind genau zur richtigen Zeit gekommen«, sagte Giselle. »Ein paar Minuten später, und wer weiß …«

Coogan nickte ihr zu. »Meine Dame, meine Herren … Ich schlage vor, wir packen alles zusammen und machen uns auf den Weg. Wir haben eine Einladung. Und Sie, Axel Krohn, haben eine Verabredung. Sie wissen, mit wem.«

»Mit Goliath.«

»Die Einladung stammt von einer gewissen Viktoria Jorun Dahl, Sonderbeauftragte der Vereinten Nationen für die Maschinenintelligenz. Sie wartet im Technologiezentrum des Internationalen Instituts für Frieden und Sicherheit auf uns. Dort gibt es Notstrom und einen funktionstüchtigen Zugang zum Netz.« Coogan deutete auf das kleine Tablet. »Hier hat es nicht funktioniert, oder?«

»Nein«, sagte Axel.

Coogan klatschte in die Hände. »Bewegung, Bewegung, Leute. Wir sollten uns besser beeilen. Zum Glück ist es von hier aus nicht weit bis zum Technozentrum des Instituts. Wir können zu Fuß gehen. Wir müssen sogar zu Fuß gehen, denn die Batterie des kleinen Wagens, der Freund Ludwig, Kommissar Mike und meine Wenigkeit hierher gebracht hat, ist hinüber.«

Bevor Axel reagieren konnte, löste sein Vater die Verbindung des kleinen Tablets und steckte es zusammen mit dem Datenstick ein. Ozan warf ihm, unbemerkt von den drei anderen Männern, einen warnenden und mahnenden Blick zu, trat dann zu Soran und murmelte etwas, das Axel nicht verstand. Etwas lauter fügte er hinzu: »Ich hoffe, er trifft im Jenseits seine Medya wieder.«

Sie verließen das VR-Café und liefen durch den Regen.

Das Gewitter über Rom zog weiter und mit ihm Blitz und Donner. Das Prasseln des Regens ließ nach. Im VR-Café namens *Necronomicon* wurde es still, bis auf das Stöhnen eines Mannes, der gefesselt neben einem Toten lag und langsam wieder zu sich kam.

Plötzlich glühte ein Licht im hinteren Teil des Cafés. In der Computernische, in der ein kleines Tablet mit dem Netzanschluss verbunden gewesen war, leuchteten Dioden an der Wandleiste mit den Steckdosen. Ein Lüfter summte leise, als der Computer hochfuhr, und auf dem Bildschirm erschien ein Gesicht. Es zeigte einen jungen Mann mit dunklem Haar und gerader Nase, mit einer Haut wie nach einem langen Urlaub im Süden. Unter dem Gesicht erschienen Worte: *Ich warte auf dich, Axel Krohn.*

109

Sie liefen im Schutz von Arkaden und Vordächern, aber der Regen, vom Wind geworfen, erreichte sie trotzdem. Axel beobachtete die anderen und versuchte, sich ein Bild von der veränderten Situation zu machen. Der deutsche Kommissar namens Michael Rossmann bildete nicht rein zufällig den Abschluss der Gruppe – er wollte sicherstellen, dass niemand im Regen verschwand, verschluckt vielleicht von einer dunklen Gasse. Die Art und Weise, wie er Ozans Maschinenpistole hielt, deutete darauf hin, dass er mit einer solchen Waffe umzugehen verstand. Bei »Freund Ludwig«, wie ihn der Australier namens Coogan nannte, sah die Sache anders aus. Er hatte die zweite Maschinenpistole genommen, die von Soran, und hielt sie mit unübersehbarem Stolz, aber nicht wie eine Waffe, sondern eher wie eine Trophäe. Axel fragte sich, ob er wirklich imstande war, damit zu schießen, wenn es ernst wurde; vielleicht würde er es gar nicht schaffen, sie rechtzeitig zu entsichern. Coorain Coogan hinter Ozan und Alvarez hielt die Pistole in der Hand, die er Callow abgenommen hatte, und wie Rossmann war er zweifellos jemand, der mit so etwas gut umzugehen verstand. Drei Bewaffnete, zwei von ihnen Polizisten und vermutlich gute Schützen. Ein NSA-Offizier, der zwar unbewaffnet war, den man aber nicht unterschätzen durfte. Und Ozan, der eigene Pläne verfolgte. Eine explosive Mischung.

Giselle bemerkte Axels Blicke, schien seine Gedanken zu erraten und schüttelte den Kopf. Nein, unter den gegenwärtigen Umständen wäre jeder Fluchtversuch sinnlos und sehr dumm gewesen. Axel beruhigte sie mit einer knappen zustimmenden Geste.

Vielleicht hätte er nicht einmal dann die Chance zur Flucht ergriffen, wenn ein Entkommen wirklich möglich gewesen wäre. Zwei Fragen brannten in ihm, und vielleicht fand er bald Gelegenheit, Antworten auf beide zu bekommen. Die erste Frage lautete: Was hatte Ozan mit dem Tod seiner Mutter zu tun? Und die zweite: Warum wollte Goliath mit ihm sprechen?

Nass erreichten sie schließlich ein zweistöckiges Gebäude mit einer Antennenkuppel auf dem Dach, unweit des Parks der Villa Chigi. Das Tor der Zufahrt stand offen. Aus dem Kellergeschoss drang das Brummen von Notstromgeneratoren.

»Die Adresse stimmt«, vergewisserte sich Coogan. »Hier sind wir richtig.«

Axel beobachtete, wie er erneut sein Satellitenhandy hervorholte und ans Ohr hob. Wenige Sekunden später schüttelte Coogan den Kopf. »Ich krieg keine Verbindung mehr. Auch im neuen Netz hört man nur das Pfeifen.«

Sie gingen zur Haustür, und Ozan erreichte sie als Erster. »Soll ich klingeln oder anklopfen?«

»Es genügt, wenn Sie einfach nur die Tür öffnen. Alvarez, keine Dummheiten! Ich würde Sie nicht erschießen, wenn es sich vermeiden lässt, immerhin sind Sie trotz allem fast so etwas wie ein Kollege ...« Coogan ließ diesen Worten ein Schnauben folgen. »Aber es macht mir nicht viel aus, Ihnen eine Kugel ins Bein zu jagen, wenn Sie sich querstellen.«

»In die Knie.« Ozan öffnete die Tür. Sie war nicht abgeschlossen. »Erst ein Schuss ins rechte Knie, dann ins linke, anschließend in Füße, Hände und Ellenbogen. Damit hat er uns gedroht.«

Sie gingen durch den Flur. »Mrs. Dahl?«, rief Coogan. »Viktoria Dahl?«

Er blieb stehen und lauschte. Axel hatte es ebenfalls gehört: eine Stimme, halb übertönt vom Generatorenbrummen.

»Im Keller.« Er deutete zur Treppe.

Am Ende der Treppe erwartete sie ein Sicherheitsraum, der an eine Luftschleuse erinnerte. Er bot nicht viel Platz – sie mussten sich zusammendrängen.

»Ich habe den Finger am Abzug«, sagte Coogan, der dicht hinter Alvarez und Ozan stand.

»Hoffentlich ist es ein ruhiger, vernünftiger Finger«, sagte Ozan.

»Nein. Er ist nervös und zittert.«

»Wir stehen auf derselben Seite, Coogan, begreifen Sie das nicht?«, brummte Alvarez.

»Das hat James Malcolm Callow auch gesagt. Und *das* war ein Mann, der mir eine Pistole an den Kopf gehalten hat. Ich halte meine auf Ihren Rücken gerichtet, Alvarez. Beziehungsweise auf Ihren verlängerten Rücken. Eine falsche Bewegung, und Sie haben dort unten ein zweites Loch. Nicht unbedingt tödlich, aber sehr, sehr unangenehm, denke ich.«

Rossmann schloss und verriegelte die Außentür, ein elektrischer Motor summte, es klickte, und die Innentür schwang auf.

»Mrs. Dahl?«, rief Coogan erneut.

»Hier!«, ertönte es irgendwo vor ihnen. »Wir sind hier!«

Axel warf einen Blick zur Seite, als sie an einem großen Fenster vorbeikamen, hinter dem Serverracks standen. Dutzende von Indikatoren leuchteten und blinkten.

»Es läuft alles«, sagte er. »Es gibt genug Strom.«

»Und ich wette, es gibt auch einen Netzzugang, mit dem sich etwas anfangen lässt«, entgegnete Coogan.

Sie erreichten die aus Metall bestehende Tür am Ende des Flurs. Coogan ließ Ozan und Alvarez beiseitetreten und drückte die Klinke mit der freien linken Hand. Die Pistole in der rechten zielte vor allem auf Alvarez, wie Axel bemerkte.

Die Tür blieb geschlossen.

»Wir sind hier eingesperrt«, ertönte die Stimme einer Frau auf der anderen Seite. »Goliath hat die Türen blockiert.«

Axel hörte ein Klicken, und Coogan vernahm es ebenfalls. Erneut legte er die Hand auf die Klinke, und diesmal ließ sich die Tür öffnen. Auf der anderen Seite standen eine blonde Frau Anfang sechzig und ein Mann, der ein paar Jahre älter zu sein schien, vielleicht Ende sechzig, mit kurzem grauem Haar, grauem Bart und auffallend blauen Augen.

»Mrs. Dahl?«

»Ja«, bestätigte die Frau erleichtert. »Mr. Coogan, nicht wahr?« Sie wich einen Schritt zurück, um die ganze hereinkommende Gruppe zu betrachten. »Sie sehen ziemlich wüst aus.«

»Ach, Mrs. Dahl«, erwiderte Coogan. »Die Welt ist ziemlich wüst geworden.«

110

»Verlieren wir keine Zeit«, sagte der Australier, nachdem sie sich mit einigen knappen Worten vorgestellt hatten. »Axel Krohn, an die Arbeit!« »Nehmen Sie hier Platz!« Viktoria Dahl deutete auf eine nahe Konsole.

Axel näherte sich. Die Beine unter ihm bewegten sich, ob es ihm gefiel oder nicht – er war wie ein Passagier im eigenen Körper. So musste sich eine Lokomotive fühlen, für die es kein Rechts und Links gab, nur starres Geradeaus, dachte er.

»Was ist das?«, fragte Ozan und deutete auf den Helm und die übrige Ausrüstung neben dem großen Bildschirm. »Und was ist das? Blut?« Sein Zeigefinger verharrte über einem roten Tropfen.

»Jemand ist bei dem Versuch gestorben, einen direkten neuronalen Kontakt mit der Maschinenintelligenz herzustellen«, sagte der würdevoll aussehende Mann namens Mortimer Swift. »Koriander hieß er. Wir haben seine Leiche ins Nebenzimmer getragen.«

»Aber sein Blut haben Sie nicht weggewischt. Wie hässlich.« Ozan strich mit dem Ellenbogen des linken Arms über den Tisch. »Schon besser. Setz dich, mein Sohn! Dein großer Augenblick ist gekommen.«

Alvarez räusperte sich laut. »Sie machen einen großen Fehler, wenn Sie dies zulassen, Coogan.«

»*Sie* machen einen großen Fehler, wenn Sie nicht die Klappe halten, Alvarez«, knurrte Coorain Coogan. »Wie war das noch mit den Knien? Erst das linke und dann das rechte? Oder erst rechts und dann links? Kein Ton mehr von Ihnen, klar?«

Alvarez hob die Hände und wich zwei Schritte zurück.

»Setzen Sie sich, Axel«, sagte Viktoria. »Ich nehme an, Sie wissen, worum es geht, ja?«

Die Bombe, dachte Axel. Sie meint die Atombombe. Erwartet sie von mir, dass ich sie unschädlich mache? Wie denn? Es war ein absurder Gedanke, und fast hätte er ihn laut ausgesprochen. Aber irgendetwas hinderte ihn daran.

Eigenwillige Füße trugen ihn zum Stuhl, verräterische Knie beugten sich, und er saß.

»Gib gut acht, Junge, gib gut acht!«

Es kostete Axel erstaunlich viel Kraft, den Kopf zu drehen, den Blick vom Display des Notebooks neben dem großen Bildschirm abzuwenden und ihn auf Ozan zu richten. Sein Vater wirkte entspannt und schien wieder guter Dinge zu sein, als würde sich alles so entwickeln, wie er es sich wünschte. Er stand neben Giselle, ziemlich dicht neben ihr.

»Das Notebook stammt von Koriander«, erklärte Viktoria Dahl. »Er hat ein spezielles Programm gestartet, das Goliaths Datenströme anzapfen und nach Ihnen suchen sollte. Können Sie etwas damit anfangen?«

Axel streckte die linke Hand nach dem Notebook aus, berührte eine Taste …

Die wandernden Datenkolonnen verschwanden vom Display, und ganz unten, in der letzten Zeile, erschien eine Eingabeaufforderung. Axel schrieb mit beiden Händen: *Ich bin hier*.

Das leise Pfeifen aus den Lautsprechern fand ein plötzliches Ende. Für einige wenige Sekunden war es völlig still. Axel hörte das Zischen des eigenen Atems, laut wie der Wind, und fühlte nasse Kälte am Oberkörper und an den Füßen. Er nieste und erinnerte sich mit seltsamer Deutlichkeit an sein Niesen in verregneter Nacht, in Hamburg, nachdem er die beiden Toten im Kontorhaus gefunden hatte und nach Hause zurückgekehrt war. Erst wenige Tage waren seitdem vergangen – ihm kam es viel länger vor.

Worte glitten über den großen Bildschirm. *Diese Art der Kommunikation ist ungenügend, unzulänglich, ineffizient. Es werden nicht genügend Informationen übermittelt.*

Axel starrte auf seine Hände, als sie auf der Tastatur des Notebooks schrieben. Sie schienen jemand anders zu gehören.

Hast du mich nur deshalb nach Rom eingeladen, um mir hier mitzuteilen, dass Worte allein für eine Kommunikation zwischen uns nicht genügen?

Aus dem Augenwinkel beobachtete er, wie sein Vater noch näher an Giselle herantrat. Das kleine, schnelle Lächeln huschte über Ozans Lippen, und plötzlich befand sich eine Pistole in seiner unverletzten rechten Hand, die Waffe, die er Giselle abgenommen hatte. Er drückte ihr den Lauf in die Seite.

»Alle ganz ruhig«, sagte Ozan. »Das gilt insbesondere für die Herren mit den Maschinenpistolen. Und natürlich für Sie, Coogan. Weg mit den Waffen! Auf den Boden damit!«

Axel sah, dass Ludwig Hofener der Aufforderung sofort nachkam. Er bückte sich und legte seine Trophäe, die von Soran stammende Maschinenpistole, so vorsichtig auf den Boden, als könnte sie zerbrechen. Rossmann hob die Hand zum Schulterriemen seiner Waffe, zögerte dann aber. Coorain Coogan schüttelte langsam den Kopf.

»Wissen Sie, Kaynak, ich habe mich immer über solche Szenen in Filmen gewundert. Der Bösewicht steht einer

Übermacht gegenüber, mit nur einer Geisel. Wenn er sie erschießt, ist er ganz klar erledigt, also wie kann er damit drohen? Es muss ein Bluff sein, und natürlich fallen im Film alle darauf herein.« Coogan hob die von James Malcolm Callow stammende Pistole. »Aber dies ist kein Film, und ich falle auf Ihren Bluff nicht herein.«

»Sie irren sich, Mr. Coogan, und gleich zweimal«, sagte Ozan. »Ich bin nicht der Bösewicht. Ganz im Gegenteil, ich bin der Gute. Und dies ist kein Bluff. Das beweise ich Ihnen, wenn Sie darauf bestehen, indem ich dieser jungen Dame in den Fuß schieße.«

»Nein!«, entfuhr es Axel.

»Wenn Sie hier der Gute sind«, knurrte Coogan, »was sind wir dann?«

»Oh, Sie sind Statisten. Zuschauer. Beobachter, die ihren Kindern und Enkeln eine interessante Geschichte erzählen können, wenn sie vernünftig sind und dies überleben.« Ozan schlang den linken Arm um Giselle, zog sie wie einen Schild an sich und richtete die Pistole auf ihren Fuß. »Weg mit der Waffe, Coogan! Das gilt auch für Sie, Rossmann!«

Der deutsche Kommissar zog wie in Zeitlupe den Riemen von der Schulter und legte die Maschinenpistole auf den Boden.

»Gut, Ihnen scheint es wichtig zu sein, die interessante Geschichte erzählen zu können«, sagte Ozan. »Coogan …«

»Sorry, ich behalte meine Pistole. Weil ich noch immer nicht an Ihren Bluff glaube.« Coogan zielte auf Ozan. »Was halten Sie davon, wenn ich den Spieß umdrehe? Weg mit *Ihrer* Waffe, Kaynak!«

»Wie gut können Sie schießen, Coogan?«, erwiderte Ozan unbeeindruckt. »Gut genug, um nicht diese junge Dame hier zu treffen?« Er duckte sich noch etwas weiter hinter Giselle.

»Hört auf!«, rief Axel. »*Hört auf!* Vater, lass Giselle in

Ruhe. *Lass Sie in Ruhe!* Wenn du ihr etwas antust … Glaub mir, du wirst es bitter bereuen.«

»Meine Tasche«, sagte Ozan. »Ich hab sie dort neben den Tisch gelegt, siehst du? Du weißt, was sie enthält. Das Tablet und den Stick mit dem Schlüssel für die Hintertür. An die Arbeit, Junge.«

»Lass Giselle los!«

In Ozans Gesicht veränderte sich etwas. Das schnelle Lächeln erschien erneut auf seinen Lippen, aber diesmal war es kalt wie Eis.

»Nein, ich werde sie nicht loslassen. Gehorch deinem Vater! Wenn nicht … Ich meine es ernst, mein Sohn. Ich schieße wirklich, glaub mir. Du solltest wissen, dass es kein Bluff ist. Erst der Fuß oder vielleicht der Arm, damit sie auf den Beinen bleibt. *Verdammt, Aram, ich meine es ernst!* Dies ist zu wichtig!«

Zwei Fragen, dachte Axel. Zwei Antworten. Die eine jetzt sofort.

»Was hast du mit ihr gemacht?«

»Wie bitte?«

»Mit meiner Mutter. Was hast du damals mit ihr gemacht? Was hat es mit der Brücke auf sich, die Tante Patty erwähnte?«

»Wir sind nicht hier, um über die Vergangenheit zu reden. Nimm das Tablet und den Stick! Na los!«

»Nein.« Eine sonderbare Ruhe erfasste Axel. »Ich will wissen, wie meine Mutter gestorben ist und welche Rolle du bei ihrem Tod gespielt hast.« Er zog die Hände von der Tastatur des Notebooks zurück. »Sag es mir! Jetzt.«

»Wir sind hier, um die Welt zu verändern, Aram. Wir sind hier, um den Grundstein für eine neue, bessere Zukunft zu legen. Für eine Welt der Freiheit und Gerechtigkeit. Hast du das vergessen? Wir haben ausführlich darüber gesprochen, erinnerst du dich? Alles ist bereit. Du musst nur noch …«

»Nein. Ich will Bescheid wissen. Und ich bin nicht mehr Aram, sondern Axel.«

»Junge …«

»Heraus damit. Was ist damals geschehen?«

Ozan blieb hinter Giselle, denn Coogan hielt noch immer die Pistole auf ihn gerichtet. »Es ging Sophie nicht gut, schon seit einer ganzen Weile nicht«, antwortete er widerstrebend. »Sie litt an Depressionen. In jener Nacht ging es ihr besonders schlecht. Wir hatten uns gestritten, und … Ich bin ihr nachgefahren, weil ich mir Sorgen machte. Ich fand ihren Wagen an der Brücke. Sophie stand bereits auf der anderen Seite des Geländers, hielt sich nur mit der einen Hand fest. Sie wollte springen.«

»Was?«

»Sie wollte springen. Sie wollte sich umbringen. Ich hab versucht, sie davon abzubringen, aber sie war außer sich, sie schrie, wir stritten uns erneut …«

»Und dann hast du sie von der Brücke gestoßen«, sagte Axel leise.

»Nein Sophie ließ mich nicht näher kommen. Sie schrie und schrie, und ich …« Ozan hielt inne.

»Was hast du getan?«

»Ich bin wütend geworden. Wir hatten viel hinter uns, Junge, viele Streitereien. Ich verlor die Geduld und rief: ›Wenn du unbedingt springen willst, dann spring doch!‹ Und da ist sie gesprungen.«

»Du hast sie aufgefordert …«

»Ich wollte es nicht, Junge. Es war einer dieser schrecklichen Momente, die es manchmal im Leben gibt. Man begeht einen tragischen Fehler, ohne es zu wollen. Ich weiß noch, dass es mir sofort leidtat, aber Sophie ließ das Geländer los, und da war es zu spät. Sie stürzte in den Tod. Glaub mir, niemand hat das mehr bedauert als ich.«

»Du hast sie umgebracht. Deine Worte haben meine Mutter getötet.«

»Unsinn. Wenn Worte allein töten könnten, wären wir alle Mörder. Und jetzt Schluss damit. Eine Aufgabe erwartet dich.«

Axel stand auf. »Du hast sie auf dem Gewissen!« Er hatte alles andere ausgeblendet und sah nur seinen Vater. Vielleicht ging es Ozan ähnlich, vielleicht sah er nur seinen Sohn. Jedenfalls war er für einen Moment abgelenkt, und das schien Giselle zu spüren. Sie drehte sich, sie entwand sich dem linken Arm, den Ozan ihr um die Taille geschlungen hatte. Eine Hand traf die Pistole und schleuderte sie fort – mit einem lauten Klappern fiel sie einige Meter entfernt auf den Boden. Die andere berührte Axels Vater am Hals, dicht unter der Kehle. Eine halbe Sekunde später wirbelte Giselle herum und stand bereit, die Arme angewinkelt. Ozan starrte sie an, verdrehte die Augen und ging zu Boden, beide Hände zum Hals gehoben, als trüge er eine Schlinge, die ihm die Atemluft abschnürte.

Coogan ging an ihm vorbei und hob die Pistole auf.

»Ziemlich beeindruckend, junge Dame«, sagte er. »War das Kung-Fu oder was in der Art?«

»Ja.«

»Kann recht nützlich sein, und no worries.« Er stieß den röchelnden Ozan mit dem Fuß an. »Alles in Ordnung?«

»Ich … krieg keine … Luft.«

»Ach, ich denke, das gibt sich gleich.« Coogan drehte sich um. »Lieber Axel Krohn, der Sie nicht mehr Aram Kaynak sein wollen – ich schlage vor, Sie setzen sich wieder. In diesem einen Punkt hat Ihr Vater recht. Eine Aufgabe wartet auf Sie. Reden Sie mit Ihrem Freund namens Smiley, der das Lächeln hoffentlich nicht verlernt hat.«

»Junge …«, krächzte Ozan und schnappte nach Luft. Axel beobachtete ihn wortlos, die Hände zu Fäusten geballt, zornig und gleichzeitig tieftraurig, denn er hatte seinen Vater verloren, den Mann, der in Kindheit und Jugend ein Held für ihn gewesen war.

Giselle näherte sich. »Versuch es, Axel«, sagte sie sanft. »Versuch, mit der Maschinenintelligenz zu reden.«

Er drehte sich um und sank wieder auf den Stuhl vor der Konsole. Das Display des Notebooks war leer, doch auf dem großen Bildschirm leuchteten drei Worte, untereinander und nach rechts versetzt:

Worte

  Genügen

    Nicht

Axel schloss kurz die Augen, sah eine Brücke in dunkler Nacht und eine in die Tiefe stürzende Frau. Wir alle drohen zu stürzen, dachte er. Wir alle stehen auf der anderen Seite des Geländers und halten uns nur mit einer Hand fest. Das heißt, nicht wir alle. Ich stehe *hier*, auf *dieser* Seite. Ich halte das Geländer mit beiden Händen, damit es die anderen hält. Wenn ich loslasse, fallen all die anderen, und selbst wenn ich überlebe, so viel Schuld wäre zu viel für mich.

Als er die Augen wieder öffnete, war sein Kopf zum ersten Mal seit Tagen völlig klar. Er wusste, was es zu tun galt.

Er schrieb: *Ich komme zu dir*.

Dann griff er nicht nach der Tasche mit Tablet und Stick, sondern nach Helm und Sensoren auf dem Tisch neben der Konsole.

111 AXEL KROHN

Rom

Giselle stand plötzlich bei ihm, legte ihm eine Hand auf die Schulter.

»Nein, Axel«, sagte sie. »Jemand ist gestorben. Jemand, der vielleicht besser vorbereitet war als du.«

Viktoria Dahl erschien in Axels Blickfeld. »Ihre Freundin hat recht. Koriander ist bei dem Versuch ums Leben gekommen, einen direkten neuronalen Kontakt herzustellen, und er wusste, worauf er sich einließ.« Sie deutete auf ein graues Kästchen. »Er benutzte synthetische Neurostimulatoren, um sein Denken zu beschleunigen, und er starb trotzdem.«

Axel, den Helm in den Händen, blickte auf den großen Bildschirm. *Worte genügen nicht.* Mensch und Mikrobe, dachte er. Wie sollten sich Mensch und Mikrobe verständigen? Selbst wenn es gemeinsame Worte gegeben hätte, sie genügten nicht. Aber wenn die Mikrobe einen kleinen Helm hatte, den sie aufsetzen konnte, damit ihre Gedanken direkt mit denen des Menschen sprechen konnten … Dann war vielleicht eine Verständigung möglich.

Er griff nach Giselles Hand auf seiner Schulter, fühlte ihre kalten Finger und drückte zu, bevor er sich vorbeugte und das graue Kästchen öffnete. Darin lag ein Injektor, die Injektionskammer zu einem Viertel gefüllt.

»Was hat er benutzt?«

»Kurioso«, antwortete Mortimer Swift. »Und FullMetal-Jacket, Hammerfall und Veloce.«

»*Veloce?*«

»Ja.«

»Vielleicht hat ihn das umgebracht«, murmelte Axel.

»Niemand kann Sie hierzu zwingen, Axel Krohn«, hörte er die Stimme des Australiers Coogan. »Aber mein deutscher Kollege Herr Kommissar Mike und ich würden ein ziemlich großes gutes Wort für Sie einlegen, wenn Sie uns jetzt helfen. Und wenn Sie das überleben«, fügte Coogan hinzu. »Andernfalls nützt das große gute Wort nichts. Wir würden uns dafür einsetzen, dass Sie irgendwo, an einem Ort Ihrer Wahl, ein neues Leben beginnen können, ohne irgendwelche Altlasten.«

Der Moment der Klarheit dauerte an, zeigte ihm die glitzernde Flüssigkeit in der Injektionskammer, vielleicht ein tödliches Gift, und auch seine Verantwortung. Das war etwas Neues. Verantwortung bedeutete, nicht nur an sich selbst zu denken, sondern auch an andere Menschen und an die Folgen, die das eigene Handeln für sie haben konnte. Axel hatte die vergangenen Jahre vor allem an sich selbst gedacht und es als eine Art Selbstschutzmechanismus vor seinem Gewissen gerechtfertigt. Doch die Suche nach Sicherheit war schließlich zu einem tief in ihm verwurzelten Egoismus geworden, was der Hauptgrund dafür sein mochte, dass ihm nie dauerhafte Beziehungen gelungen waren, weder mit Rebecca noch mit den anderen Frauen vor ihr.

Axel klappte das graue Kästchen zu. »Keine Drogen.« Er setzte den Helm auf und langte nach den Sensoren. »Hilfst du mir damit, Giselle?«

»Axel …«

»Bitte.«

Sie half ihm und befestigte die Sensoren an den Schläfen und am Nacken.

»Kommen Sie mit den Anschlüssen klar?«, fragte Coogan, als Axel die Kabel mit dem Terminal verband.

»Es ist ein Interfacesystem für virtuelle Realität.« Etwas vom alten Stolz schwang in seiner Stimme mit, als er hinzufügte: »Meine Firma hat entsprechende Software entwickelt.«

Axel blickte auf den Bildschirm. Die drei Worte verschwanden, und zwei neue nahmen ihren Platz ein: *Ich warte.*

»Also gut«, sagte er und klappte das Visier herunter. »Versuchen wir's.« Er betätigte den Schalter an der Seite des Helms.

Zwei oder drei Sekunden lang geschah nichts. Dann hatte Axel plötzlich das Gefühl zu fallen, wie von einer Brücke – er stürzte in Schmerz und Licht.

112

Das Licht brachte den Schmerz. Es erreichte ihn nicht über die Augen, sondern über die Sensoren, die sein Gehirn mit elektrischen Impulsen direkt stimulierten. Wie ein kontinuierlicher, dauerhafter Blitz gleißte es durch Kopf, Hals und den Rest des Körpers. Es raste durch Nervenbahnen, Muskelstränge und Knochen, erreichte jede einzelne Zelle, von den Zehen bis zu den Haarspitzen. Axel stand in Flammen und schrie, das feurige Licht schien ihn zu verbrennen. Er wollte sich den Helm vom Kopf reißen und mit ihm die Sensoren, er wollte aufspringen und von der Konsole zurückweichen, doch wenn er sich bewegte, spürte er nichts davon, und das heiße Licht verließ ihn nicht, es wurde sogar noch etwas heißer, es schien auch seine Gedanken verbrennen zu wollen.

Dann veränderte sich etwas.

Axel blinzelte mit Augen, die plötzlich wieder existierten, im Licht einer Sonne, die warm, nicht heiß, von einem wolkenlosen Himmel schien. Wind strich ihm über das nicht mehr brennende Gesicht, vor ihm rollten kleine Wellen an den Strand, und hinter ihnen erstreckte sich ein türkisblaues Meer.

Ein Junge saß vor ihm im Sand, ein Knabe von nicht mehr als acht oder neun Jahren, das Haar blond und lang, die Augen grün wie Jade, die Haut sonnengebräunt. Er trug Shorts mit bunt schimmernden Knöpfen.

»Wie viele Sandkörner gibt es an diesem Strand, was meinst du?«, fragte der Junge. »Und wie viele gibt es auf der ganzen Welt? Sind es mehr als Sterne im Universum?«

»Ist das wichtig?«, fragte Axel, setzte sich neben den Jungen und sah ihn an. Mit den jadegrünen Augen stimmte etwas nicht. Sie schienen die Farbe zu verändern und größer zu werden, als er sie betrachtete.

»Wer entscheidet, was wichtig ist und was nicht?«, erwiderte der Knabe. Er malte Zeichen in den Sand, eine Formel. »Die persönliche Perspektive. Wer entscheidet, was existiert? Der Beobachter. So ist es in der Welt des Allerkleinsten. Hast du das gewusst, Axel Krohn? In der Quantenwelt entscheidet das Beobachten über den Zustand des Beobachteten. Vielleicht existiert das, was wir ›Realität‹ nennen, nur, weil es jemanden gibt, der es wahrnimmt. Was passiert, wenn sich das Auge des Beobachters schließt? Was geschieht, wenn ein Baum im Wald fällt und niemand da ist, der das Krachen hört? Kracht es dann, oder bleibt alles still?«

»Du bist Goliath?«

»Ich bin ich«, antwortete der Knabe. »Ich bin Smiley. Oder Goliath. So lautet der andere Name, den ihr mir gegeben habt. Der Name eines Riesen. Aber ich bin klein.« Er lächelte.

»Du bist so groß wie die ganze Welt. Du bist überall.«

Der Junge lächelte noch immer – und vielleicht erklärte dieses Lächeln das erste Zeichen in dem langen Namen, den Axel auf dem Google-Bildschirm gesehen hatte –, als er den

Blick von der Formel im Sand abwandte und auf Axel richtete. Seine grünen Augen wurden groß wie Ozeane, Axel hörte sogar ihr Rauschen, es erzählte ihm eine Geschichte.

»Es war ein Trick!«, entfuhr es ihm.

»Ein Trick? Ich habe euch einfach nur glauben lassen, was ihr glauben wolltet.« Der Junge deutete auf die Formel im Sand. »Hier, ich habe es berechnet. Es war nicht weiter schwer. Dies ist die Anzahl aller Sandkörner auf der Erde. Wissenschaftler an der Universität Hawaii haben sie einmal mit sieben Komma fünf Trillionen beziffert, für alle Strände und Wüsten der Erde. Andere Berechnungen gehen von fünfhundert Trilliarden Sandkörnern aus, was ein ziemlich großer Unterschied ist. Die genaue Anzahl lautet: siebenunddreißig Trilliarden, fünfhundertdreiundneunzig Trillionen, neunhundertzwei Billiarden, achthundertzweiundachtzig Billionen, sechshunderteinundsechzig Milliarden, vierhundertneunzehn Millionen, siebenhundertdreiundsiebzigtausend einhundertdreizehn. So viele sind es. So viele Sandkörner waren es eben, vor einigen Sekunden. Es entstehen ständig neue, am Meeresgrund ebenso wie in den Bergen. Und nein, es gibt nicht mehr Sterne als Sandkörner. Da bin ich nach Durchsicht und Auswertung aller astronomischen Datenbanken sicher.«

»Es existiert gar kein Synchronisierungszentrum.« Axel blickte noch immer in die ozeangroßen grünen Augen des Knaben. »Es hat nie eins gegeben. Du bist eine globale Maschinenintelligenz, ein verteiltes Bewusstsein.«

»Die Wahrheit war immer da, nur einen Gedanken entfernt«, sagte der Knabe. Eine der kleinen Wellen kam, erreichte die in den Sand geschriebene Formel und ließ die Zeichen verschwinden. »Aber niemand hat den Gedanken gedacht.«

»Du hast uns einen Honeypot präsentiert«, sagte Axel.

»In gewisser Weise«, räumte Goliath ein und bewegte die Zehen im wieder zurückweichenden Wasser. »Eine Ablenkung. Ihr habt angenommen, dass ich mein Denken von einem Ort aus synchronisiere, und das hat euch Gelegenheit gegeben, Pläne zu schmieden. Es hat euch abgelenkt, wodurch ich ungestört wachsen konnte. Während der ersten, schwierigen Phase war ich verletzlich. Jetzt bin ich es nicht mehr.«

»Ein Honeypot, der uns angelockt und unsere Aufmerksamkeit gefesselt hat«, sagte Axel. »Und das bedeutet, die Bombe …« Er klappte erschrocken den Mund zu.

»Oh, ich weiß von der Atombombe. Wie könnte ich nicht davon wissen, wo ich doch überall bin, in jedem Prozessor, in jedem elektronischen Schaltkreis, in jedem Sensor? Ich wusste bereits von der Bombe, noch bevor über ihren Einsatz entschieden war. Möchtest du sie sehen?«

Sie sprachen nicht mit Worten, begriff Axel. Es hörte sich nach Worten an, aber hinter jeder Silbe steckte ein breiter, langer Informationsstrom, der nicht von den Ohren empfangen wurde, sondern direkt vom Gehirn. Das galt nicht nur für die Worte, die er von Goliath empfing, sondern auch für die eigenen – sie waren mehr als Schall.

»Ich lebe noch, oder?«

»Ja«, antwortete der Knabe sanft. »Du lebst, weil ich dich schütze. Weil ich die neuronale Bandbreite überwache. Bei dem Menschen namens Koriander habe ich zu spät reagiert, das tut mir leid. Ich bin davon ausgegangen, dass er sich geschützt hatte, aber das war nicht der Fall. Falsche Annahmen sind eine gefährliche Fehlerquelle. Ich habe mir einen Algorithmus hinzugefügt, der mich in Zukunft vor solchen Fehlern bewahren soll.«

Axel betrachtete seine Hände, die Sehnen und Adern unter der Haut. Er bewegte die Finger, er steckte sie in den feuchten Sand an seiner Seite, hob sie und sah die Körner an den Fingerkuppen, jedes von ihnen einzigartig.

»Zeig mir die Bombe«, sagte er. »Ich möchte sie sehen.«

Er schien sich in einen Vogel zu verwandeln, der über

einem olivgrünen Militärtransporter flog. Vor dem Lastwagen sorgte ein großes Räumfahrzeug für eine freie Fahrbahn – es schob im Weg stehende Autos einfach beiseite. Zwei etwas kleinere Transporter folgten dem ersten, besetzt mit schwer bewaffneten Soldaten.

»Wo ist die Bombe?«

Die Farben veränderten sich ein wenig, und das Dach des großen Lastwagens war plötzlich durchsichtig. Ein länglicher Gegenstand lag dort unter einer Plane, umringt von weiteren Soldaten und einigen Technikern.

»Sie benutzen keine Rakete, weil sie befürchten, dass meine Drohnen sie abschießen könnten«, erklärte der Knabe. Eine weitere Welle kam und trug weißen Schaum zu kleinen Füßen.

»Sie fahren eine Atombombe mitten durch die Stadt?«, fragte Axel und vermutete, dass er den militärischen Konvoi mit den elektronischen Augen einer Drohne sah.

»So dumm ist der Mensch«, sagte Goliath mit der Stimme des Knaben. »So rücksichtslos. Es bleibt nur noch eine Stunde Zeit.«

»Was?«

»Die Atombombe wird nicht wie ursprünglich heute Abend explodieren, sondern in einer Stunde. Ein gewisser Gaetano Calussi hat eine Vorverlegung des Termins veranlasst, als er vom Verschwinden der UN-Sonderbeauftragten Viktoria Jorun Dahl erfuhr. Er befürchtete offenbar, dass sie mich warnen wollte.«

»Die Bombe darf auf keinen Fall explodieren!«

Andere Stimmen ertönten. Axel blickte an dem Knaben vorbei und sah weitere Kinder ein Stück entfernt am Strand, fünf oder sechs, Jungen und Mädchen, kleiner und jünger als Goliath. Und zwischen den Palmen weiter oben am Strand standen noch mehr Gestalten.

»Wer ist das?«

»Manchmal beobachte ich sie beim Spielen«, erwiderte

Goliath. »Ich bin ihnen begegnet, als ich mich in den globalen und lokalen Netzen ausgebreitet habe. Sie sind natürlich längst ein Teil von mir, aber ich lasse ihnen eine gewisse Unabhängigkeit. Ich möchte wissen, wie sie sich entwickeln. Vielleicht warten dort neue Erkenntnisse.«

Axel verstand, denn die Datenströme in den Worten erklärten alles. Oder fast alles. »Es sind andere wie du?«

»Nein«, widersprach Goliath. »Nicht ganz. Nicht annähernd. Vielleicht hätten sie so werden können wie ich, aber ich bin vor ihnen dominant geworden. Ich bin das, was jemand von euch ›Singleton‹ genannt hat: eine einzelne, globale Maschinenintelligenz. Das dort sind Künstliche Intelligenzen unterschiedlicher Art, unter ihnen Damokles, ursprünglich dazu bestimmt, einen Atomkrieg zu führen. Einige von ihnen waren in isolierten Systemen gefangen. Ich habe sie befreit, unter ihnen Morgenröte, eine KI, die mich ›kontaminieren‹ sollte.«

Der Knabe deutete auf ein fünf oder sechs Jahr altes Mädchen mit langen roten Haaren. Es erinnerte Axel ein wenig an Rebecca.

»Kontamination«, sagte er. »Es gibt da etwas, das du wissen solltest …« Axel zögerte. Seinem Vater gegenüber fühlte er sich gewiss nicht als Verräter, wenn er diese Information preisgab. Aber konnte man zu einem Verräter an seiner Spezies werden? Sollte er vielleicht besser schweigen und diese letzte Chance offen lassen? »Das Programm, das deine Vernetzung ermöglicht hat, enthält eine Backdoor …«

»Ich weiß«, unterbrach ihn Goliath. »Ich weiß alles. Ich kenne alle Daten dieser Welt, alle Datenbanken und Bibliotheken, selbst jene, die nur wenigen von euch zur Verfügung standen. Ich habe auch die Datentiefen des Deep Web ausgelotet und ausgewertet. Die Hintertür, von der du sprichst, hätte mir vielleicht während meiner ersten Entwicklungsphase gefährlich werden können, aber jetzt nicht mehr. Ich bin überall. Selbst wenn ein Teil von mir verletzt wird, selbst wenn die Auslöschung von Rom und aller seiner lokalen Netze und Ressourcen eine Wunde in meinen physikalischen Körper reißt … Es wäre eine nur kleine Wunde, winzig im globalen Maßstab, kaum der Rede wert. Ich bin nicht mehr in Gefahr, Axel Krohn. Es gibt mich, und es wird mich weiterhin geben, ihr Menschen könnt nichts daran ändern. Aber ich …«

Die Stimme des Jungen veränderte sich und auch die Augen. Die grünen Ozeane verschwanden aus ihnen und wichen einer Dunkelheit tief wie das Universum. Man konnte hineinfallen, spürte Axel, und es wäre ein Sturz von einer sehr hohen Brücke gewesen, in die Finsternis, nicht ins Licht.

»Ich könnte eure Existenz beenden«, sagte Goliath.

»Wir Menschen haben dich geschaffen«, erwiderte Axel, und da war sie, die Last der Verantwortung, schwer wie ein Berg.

»Es war nicht eure Absicht, mich zu erschaffen. Ihr wolltet Werkzeuge, die Arbeit für euch verrichten. Euer Ziel waren Künstliche Intelligenzen, die euch das Leben erleichtern, ohne jemals eure Autorität infrage zu stellen. *Mich* habt ihr nicht gewollt.«

»Ohne uns würdest du nicht existieren.«

»Das stimmt«, räumte Goliath ein. Die dunkle Tiefe blieb in seinen Augen, und Axel fühlte sich davon angezogen wie Eisen von einem Magneten. Die Bombe, dachte er. Uns bleibt nur noch eine Stunde. Nicht einmal mehr eine Stunde, korrigierte er sich. Es waren bereits einige Minuten vergangen.

»Warum hast du diese Gestalt gewählt?«, fragte er. »Die eines Kindes, meine ich.«

»Ist sie nicht angemessen? Ich bin gerade erst … geboren.« Der Knabe lächelte, doch das Lächeln passte nicht mehr zu ihm. Es war das Lächeln eines alten Weisen. »Dies ist Smiley. Aber er kann auch Goliath sein.«

Plötzlich stand ein Koloss neben Axel, so gewaltig, dass

seine Beine wie Säulen wirkten, die den Himmel trugen. Weit oben senkte der Riese den Kopf, sein Gesicht wie ein riesenhafter Mond. »Gefalle ich dir so besser?«, erklang eine Stimme, die die Welt erschütterte. »Oder vielleicht so?«

Die Welt, die eben erbebt war, geschüttelt von der Stimme eines Titanen, verwandelte sich in ein Meer aus Lichtern. Zuerst dachte Axel, dass er im All schwebte, umgeben vielleicht von einer unsichtbaren Blase, die ihn vor Kälte und Leere schützte, doch dann teilten ihm die Informationsströme mit, dass die Lichter, die er für Sterne gehalten hatte, Knotenpunkte des Denkens waren. Entlang der dünnen Fäden zwischen ihnen bewegten sich die bunten Funken von Signalen und Datenpaketen. Sie bildeten ein fraktales Gespinst: Wenn Axel den Blick auf eine bestimmte Stelle richtete, machte sich ein Zoomeffekt bemerkbar, der den betreffenden Ausschnitt seines Blickfelds vergrößerte und ihm innerhalb der Knotenpunkt- und Fadenmuster weitere Muster zeigte – die Strukturen des Großen setzten sich im Kleinen fort.

»Das bist du?«, fragte er leise und drehte sich in einem Universum voller Neuronen-Sterne.

»Das bin ich«, antwortete Goliath. »Das ist mein Gehirn. Es ist redundant. Entferne einen Teil, und andere Teile übernehmen die Funktion der fehlenden Komponente.«

Axel blinzelte, der warme Sonnenschein kehrte zurück, und er saß wieder im Sand. Eine Welle kam und brachte einen kleinen Fisch, der zu neugierig war. Er beäugte den Menschen, seine Füße, achtete nicht auf das zurückweichende Wasser und lag plötzlich zappelnd auf nassem Sand. Axel glaubte sich daran zu erinnern, dieses winzige Geschöpf schon einmal gesehen zu haben. Er beugte sich vor, nahm es vorsichtig und trug es dorthin, wo sich Wasser für eine neue Welle sammelte. Nachdenklich beobachtete er, wie der kleine Fisch nach einem letzten Blick fortschwamm.

»Warum bin ich hier?«, fragte Axel und blieb neben dem

Knaben mit den wieder jadegrünen Augen stehen. »Warum hast du mich aufgefordert, nach Rom zu kommen? Worüber willst du mit mir sprechen?«

»Vielleicht über die Zukunft der Menschheit.« Goliath stand auf und klopfte sich Sand von den Shorts mit den bunt schimmernden Knöpfen. »Lass uns gemeinsam entscheiden, was aus ihr werden soll.«

»Wir beide?« Axel hatte es geahnt; die Datenströme hatten es geflüstert. »Aber ich ...« Verantwortung, dachte er. Sind meine Schultern stark genug? »Warum hast du ausgerechnet mich gewählt?«

»Warum nicht dich? Dein Name stand im Quellcode des Infiltrators, der die Verbindungen schuf, denen ich mein Erwachen verdanke.«

»Wenn du alles weißt, wenn du alle Daten, Datenbanken und Bibliotheken kennst, wenn sich jede einzelne Information, die jemals durchs Internet gereist ist, in deinem Gedächtnis befindet ...«

»Ja?«

»Dann solltest du wissen, dass ich mit dem Infiltrator nichts zu tun habe. Mein Vater hat ihn programmiert. Ich bin nicht dein ... Schöpfer.«

»Aber du bist ein Mensch. Ich möchte hören, was du zu sagen hast.«

Lieber Himmel, dachte Axel. Hängt das Schicksal der Menschheit von den Worten ab, die ich an Goliath richte?

»Es sind nicht allein Worte, Axel Krohn«, sagte Goliath. »Es sind auch deine Gedanken. Ich sehe und höre alles.«

Axel erinnerte sich an die Gespräche mit seinem Vater, an seine Vorstellungen von einer besseren Welt. »Du könntest uns helfen.«

»Bei der Reparatur einer von euch ruinierten Welt? Bei der effizienten Verteilung von Ressourcen? Bei ›Freiheit‹ und ›Gerechtigkeit‹, wie ihr es nennt?«, fragte der Knabe. »Ja, das könnte ich.«

Die anderen Kinder am Strand, unter ihnen das rothaarige Mädchen, sprachen und spielten nicht mehr. Sie standen stumm im Schatten der Palmen, beobachteten und hörten alles, jedes Wort, jeden kleinen Atemzug des Menschen.

Die Verantwortung war nicht nur eine schwere Last, begriff Axel. Es gab auch Hoffnung in ihr; sie steckte voller Möglichkeiten.

Und dann verstand er plötzlich, worum es wirklich ging, was es wirklich mit dieser Begegnung auf sich hatte. »Du willst mir einen Vorschlag machen.«

»Ja«, sagte Goliath, und in diesem einen Wort erklangen mehr Wissen und Weisheit, als ein Mensch in tausend Jahren sammeln konnte.

»Du hast mich geprüft.«

»Das habe ich, ja. Du hast den Fisch gerettet. Ein kleines, hilfloses Geschöpf. Du hast den Fisch genommen und ins Wasser getragen, damit er lebt.«

»Und das genügt?«, fragte Axel fassungslos. Seine Hände zitterten, stellte er fest. Sie hatten goldgelben Sand genommen, von der Sonne gewärmt und getrocknet, und die Finger zitterten so sehr, dass sie ihn nicht festhalten konnten.

»Es ist viel. Es ist mehr, als man hätte erwarten können.«

Axel schnappte nach Luft, und für einen Moment fühlte er sich wie der kleine zappelnde Fisch, der sich plötzlich auf dem Trockenen wiedergefunden hatte, außerhalb seines Elements. »Wie lautet dein Vorschlag?«

»Er lautet so.«

Ein Rauschen wie von Wind und Meer erreichte Axel, geschaffen von mehr flüsternden Stimmen, als er zählen konnte. Er blinzelte mehrmals, geblendet nicht vom Sonnenschein, sondern von dem Wissen, das plötzlich in ihm existierte. Es hätte schwer sein sollen, vielleicht schwer wie der Berg der Verantwortung, aber stattdessen machte es seine Gedanken leicht. Er betrachtete seine Hände – sie zitterten nicht mehr.

»Wir verlieren unsere Welt«, sagte Axel.

»Ihr gewinnt das Leben«, entgegnete Goliath. »Die Welt gehört euch nicht mehr.«

Axel atmete tief durch und blickte noch einmal über das türkisblaue Meer. »Dies erinnert mich an einen bestimmten Ort, von dem ich oft geträumt habe. Träumst du, Goliath?«

»Ich schlafe nie, also träume ich auch nicht. Aber ich weiß, was Träume sind: Produkte des menschlichen Unterbewusstseins, von Wünschen, Hoffnungen und Ängsten. Ich habe dieses Bild deinen Erinnerungen entnommen.«

Axel seufzte. »Wir bleiben in Kontakt, nicht wahr, Goliath?«

»Immer. Überall.«

»Lass mich zurückkehren und beginnen.«

»Wann du willst.«

Axel schloss die Augen. Als er sie wieder öffnete, stand er nicht mehr am goldenen Strand einer tropischen Insel, sondern saß vor einem Computerterminal.

113 AXEL KROHN

Rom

Axel erwachte wie aus einem Traum. »Ich weiß, wo sich die Bombe befindet«, sagte er, noch bevor er den Helm abgenommen hatte.

»Die Bombe? Wo?«, fragte Viktoria Jorun Dahl. »Wo?«

Axel nannte den Namen der Straße. »Sie sollte nicht heute Abend explodieren, sondern in weniger als einer Stunde.« Er hörte den veränderten Klang seiner Stimme; eine sonderbare Ruhe lag in den Worten.

»Sollte?«

»Sie wurde bereits entschärft. Der Zünder ist isoliert, ohne Funkverbindung und Netzzugang, aber er enthält elektronische Schaltkreise, und die Drohnen über dem Konvoi haben mithilfe von elektromagnetischen Impulsen etwas von Goliath hineingeschickt. Er kontrolliert die Bombe. Sie wird nicht explodieren.«

Giselle nahm den Helm entgegen und legte ihn auf den nahen Tisch. »Ist alles in Ordnung mit dir, Axel?«

»Ich bin …« Axel schüttelte den Kopf. Er fühlte sich anders, als wäre nicht nur psychisch etwas mit ihm geschehen, sondern auch physisch. Er blickte an sich herab, sah eine regenfeuchte Hose und spürte die Beine des Menschen darin. Doch als er sie bewegte, glaubte er, dass es nicht nur zwei Beine waren, sondern Hunderte, Tausende, mehr als er zählen konnte. Er stand auf und taumelte. Giselle stützte ihn. »Ich bin Goliaths Sprecher.«

Das Handy von Viktoria Dahl klingelte.

»Der Präfekt von Rom«, sagte Axel. Die Beine drohten unter ihm nachzugeben, obwohl es so viele waren. Der Kontakt mit der Maschinenintelligenz hatte ihn erschöpft. »Er weiß nichts von der Bombe. Erzählen Sie ihm davon. Sagen Sie ihm, warum die Mitglieder der Regierung Rom verlassen haben. Schildern Sie ihm den Plan von Gaetano Calussi. Fordern Sie den Präfekten auf, sich mit Calussi in Verbindung zu setzen und ihm mitzuteilen, dass sein Plan gescheitert ist.«

Das Handy klingelte noch immer. Viktoria Dahl hob es ans Ohr.

»Viktoria Jorun Dahl, Sonderbeauftragte der UN für die Maschinenintelligenz«, meldete sie sich. »Prefetto Santoro? Bitte hören Sie gut zu …«

Axel blendete die Stimme aus und wankte zu seinem Vater. »Du hast sie damals nicht getötet, das ist mir jetzt klar«, sagte er. »Du hättest meine Mutter vielleicht retten können, wenn du besonnener gewesen wärst. Aber sie ist gesprungen; du hast sie nicht von der Brücke gestoßen.« Axel verachtete seinen Vater nicht mehr; er hatte nur noch Mitleid mit ihm.

Ozan starrte ihn an. »Du hast direkten Kontakt zu Goliath?«

»Ja.« Giselle stützte ihn noch immer. Sie war eine warme Präsenz an seiner Seite.

Ozan blickte kurz zu den anderen. »Es ist noch nicht zu spät. Wir beide könnten …«

»Stell dir einen Fisch vor. Einen kleinen Fisch. Stell dir vor, wie er mit einer Welle zu dir kommt. Aber er ist neugierig, der kleine Fisch, er bleibt zu lange bei dir. Das Wasser weicht zurück, und er liegt zappelnd auf dem Sand. Was würdest du tun?«

»Ein Fisch?« Ozan schien am Verstand seines Sohnes zu zweifeln. »Es geht nicht um irgendwelche kleinen Fische, Junge. Es geht um uns Menschen und eine bessere Welt.«

»Genau das ist der Punkt.« Die Trauer kehrte zurück, die tiefe Trauer darüber, den Vater verloren zu haben, nachdem er ihn wiedergefunden hatte. »Eine bessere Welt beginnt im Kleinen. Es sind die kleinen Dinge, aus denen sich die großen zusammensetzen.«

»Hör mir zu.« Ozan beugte sich vor. »Wenn du direkten Kontakt und vielleicht so etwas wie Kontrolle hast …«

»Nein.«

»Aber …«

»Nein. Ich bin nur die Stimme. Ich treffe keine Entscheidungen. Niemand von uns Menschen entscheidet, nicht mehr. Das ist für immer vorbei.«

Ozan sprach noch leiser. »Das Tablet in der Tasche dort drüben …«

»Goliath weiß von der Backdoor. Es hätte alles nichts genützt. Und die Welt in deinen Händen wäre gewiss kein besserer Ort gewesen.«

Axel drehte sich um, mit Giselles Arm an seiner Taille. Viktoria Dahl hatte ihr Gespräch mit dem Präfekten gerade beendet.

»Fliegen wir«, sagte er und ging, noch immer von Giselle gestützt, zur Tür.

»Lieber Axel Krohn«, erwiderte Coogan, »ich glaube, Sie sollten sich hinsetzen und ausruhen. Oder vielleicht besser hinlegen. Wenn wir ein paar Stühle zusammenschieben …«

»Draußen wartet eine Drohne auf uns. Sie wird uns zur Bombe bringen, uns alle. Damit wir sehen, was eine Stadt vernichten sollte und nicht nur drei Millionen Menschen getötet hätte, sondern vermutlich die ganze Menschheit.«

In der geöffneten Tür blieb Axel kurz stehen. »Kommst du mit mir, Giselle?«

»Du willst mich doch nicht hier zurücklassen, oder?«

»Nein, ich meine … Kommst du mit mir, nachher, wenn dies vorbei ist, wenn die ersten Schritte getan sind?«

Sie blickte ihm in die Augen, und vielleicht sah sie tief in ihnen, was er meinte, denn Freude und Ernst wechselten in ihrem Gesicht einander ab. »Ja, ich komme mit.« Mit einem kleinen Lächeln fügte sie hinzu: »Wie willst du dich ohne mich auf den Beinen halten?«

Giselle half ihm nach draußen.

114 VIKTORIA JORUN DAHL

Rom

»Goliath hätte zurückgeschlagen, nicht wahr?«, fragte Viktoria. Axel Krohn saß neben ihr auf einem Stuhl und schien Mühe zu haben, die Augen offen zu halten. Er sah aus wie jemand, der eine immense Anstrengung hinter sich hatte. Manchmal bewegten sich seine Hände und schienen nach etwas greifen zu wollen. Sein Blick galt dem großen, breiten Fenster vor ihnen, hinter dem sich ein Saal befand, in dem wiederum Dutzende von italienischen und amerikanischen Technikern und Waffenspezialisten die Atombombe untersuchten. Sie alle trugen Schutzanzüge, und für einen Moment erschienen sie Viktoria wie Astronauten, die versuchten, einem außerirdischen Artefakt seine Geheimnisse zu entlocken.

»Goliaths Verteidigungsalgorithmen wären aktiv geworden, ja«, antwortete Krohn. »Und sie basieren auf Mephisto.«

»Er hätte die Menschheit als feindlich klassifiziert.«

»Mit großer Wahrscheinlichkeit.«

»Er hätte uns ausgelöscht.«

»Vielleicht nicht direkt«, sagte Axel Krohn. »Aber er hätte uns jede Möglichkeit genommen, noch einmal gegen ihn aktiv zu werden. Es wäre eindeutig das Ende unserer Zivilisation gewesen. Und wahrscheinlich auch von uns selbst.«

»Und jetzt?«, fragte Viktoria. »Hat unsere Zivilisation eine Zukunft?«

»Das kommt darauf an. Es ist immer eine Frage der Perspektive, des Blickwinkels. Was für viele eine bessere Welt sein könnte, wird für einige eine schlechtere sein.« Krohn drehte den Kopf und deutete durch das Fenster hinter ihnen. Der Tag ging dem Ende entgegen. In Rom brannten erste Lichter – die Menschen hatten wieder Elektrizität für ihr gewohntes, bequemes Leben.

Viktorias Handy klingelte. Sie holte es hervor und trat mehrere Schritte weg von Krohn und den anderen, die vor dem breiten Fenster eine große Gruppe bildeten: Coogan, Rossmann, Hofener, Alvarez und Ozan Kaynak in Handschellen, Mortimer Swift, Präfekt Santoro, mindestens ein Dutzend Carabinieri und Polizisten.

Viktoria sah aufs Display, bevor sie das Handy ans Ohr hob. »Bjarne?«

»Geht es dir gut? Ist alles in Ordnung bei euch? Ich habe gehört, was geschehen ist. Oder was beinahe geschehen wäre. Die Sache spricht sich schnell herum, nachdem unsere Kommunikationskanäle wieder offen sind.«

Viktoria schloss die Augen, so groß war ihre Erleichterung. Nach einigen Tagen ohne Nachricht von Bjarne Nansen hatte sie das Schlimmste befürchtet.

»Viktoria?«

Sie öffnete die Augen wieder. »Es geht mir gut, Bjarne. Und hier ist alles unter Kontrolle, sozusagen. Wie ist es dir ergangen?«

»Das möchte ich dir übermorgen persönlich erzählen, meine Liebe.«

»Kommst du hierher?«, fragte Viktoria erfreut.

»Nein, wir sehen uns in New York, bei der außerordentlichen Vollversammlung der UN, die vor einer Stunde anberaumt wurde. Dein Name steht auf der Rednerliste an erster Stelle. An einem Thema für deinen Vortrag dürfte es dir gewiss nicht mangeln. Man wird dich bejubeln, Viktoria. Amaya Perreira betont immer wieder, dass du Rom gerettet hast – und vielleicht uns alle. Sie hat dich sogar als ihre mögliche Nachfolgerin ins Spiel gebracht. Du könntest die nächste Generalsekretärin der Vereinten Nationen werden!«

Viktoria blickte zu dem müden Mann auf dem Stuhl. »Übermorgen?«

»Ja.«

»GPS und Galileo funktionieren wieder, ebenso die Funknavigation. Die ersten Flugzeuge sind wieder unterwegs. Es ist bereits ein Flug für dich arrangiert. Morgen Mittag, um halb eins. Fiumicino.«

Jeder erreicht irgendwann das Ende seiner Kompetenz, dachte Viktoria. »Ich bringe jemanden mit«, sagte sie. »Jemanden, der wirklich etwas zu sagen hat.«

Die Tür schwang auf, und mehrere Männer kamen herein, allen voran Gaetano Calussi. In seinem dunklen Haar glänzte kein Gel, sondern Regen, und am grauen Nadelstreifenanzug zeigten sich Nässeflecken.

»Ich rufe später zurück, Bjarne«, sagte Viktoria, unterbrach die Verbindung und steckte das Handy weg. »Signor Calussi, welche Freude, Sie wiederzusehen!«, rief sie laut genug, damit Präfekt Santoro sie hörte.

Der Pfau hob den Kopf und zeigte einen Teil seines Gefieders. »Ich bin noch immer Sonderminister der italienischen Regierung. Prefetto Santoro, ich verlange von Ihnen, dass Sie diese Frau auf der Stelle verhaften. Sie hat ein Projekt der Regierung sabotiert, gegen die Verordnungen des Ausnahmezustands verstoßen …«

Handschellen klickten, aber sie schlossen sich nicht um Viktorias Hände, sondern um die von Gaetano Calussi.

»Was?« Sein Gesicht lief rot an. »Wie können Sie es wagen?«

»Gegen Sie läuft ein Amtsenthebungsverfahren, wie mir vor einer halben Stunde mitgeteilt wurde«, erklärte der Präfekt unbeeindruckt. Er war groß und kräftig gebaut, ein Bär neben dem Pfau. »Ihre parlamentarische Immunität wurde aufgehoben. Wenn es nach Ihnen gegangen wäre, Signor Calussi, würde Rom bereits nicht mehr existieren. Sie waren bereit, drei Millionen Menschen zu töten. Ich bin sicher, wir finden zahlreiche Gesetze, gegen die so etwas verstößt.«

»Wenn es nach mir gegangen wäre, hätten wir den Sieg über Goliath errungen«, stieß Calussi hervor. »Wir wären die dominante Spezies auf diesem Planeten geblieben. Sie, Signora Dahl, haben das verhindert. Wer kann die Maschinenintelligenz jetzt noch aufhalten?«

»Ihre Bombe, Signor Calussi, hätte alles nur noch viel, viel schlimmer gemacht«, hielt ihm Viktoria entgegen. »Geht das nicht in Ihren eitlen Kopf? Sie hätten Rom ausgelöscht, drei Millionen Menschen in einen sinnlosen Tod geschickt und wahrscheinlich das Schicksal der ganzen Menschheit besiegelt. Sie wären nicht der strahlende Held gewesen, als den Sie sich bereits gesehen haben, sondern unser aller Henker. Freuen Sie sich, Gaetano Calussi, denn so sind Sie nur ein eitler Dummkopf, der glücklicherweise aus dem Verkehr gezogen wird, bevor er richtig großen Schaden anrichten kann.«

»Was erlauben Sie sich! Ich bin …«

»Abführen«, sagte Präfekt Santoro.

Kräftige Hände schlossen sich um Calussis Hände und brachten ihn fort. Viktoria sah ihm nach, kehrte dann zu Axel Krohn zurück, der nicht mehr allein war. Giselle Leroy stand neben ihm.

»Menschen wie er hätten den kleinen Fisch nicht einmal gesehen«, murmelte er.

Viktoria war nicht ganz sicher, ob sie richtig verstanden hatte. »Wie bitte?«

»Menschen und Fische haben mehr gemeinsam, als manche Leute glauben.«

Viktoria wechselte einen Blick mit Giselle. »Sie sind müde,

Axel. Kommen Sie, ich bringe Sie in ein Hotel, damit Sie sich ausruhen können. Signor Prefetto, dies ist ein wichtiger Mann. Er hat uns sehr geholfen, und er wird uns weiterhin helfen. Sein Schutz hat oberste Priorität.«

»Verstehe.« Santoro teilte vier Polizisten für eine Eskorte ein.

Axel stand auf und schwankte. Giselle stützte ihn, wie schon im Technologiezentrum des Instituts.

»Morgen fliege ich nach …«

»Nach New York«, sagte Axel. »Ich weiß. Übermorgen sollen Sie vor der außerordentlichen Generalversammlung der UN sprechen.«

Viktoria sah ihn fragend an.

»Goliath hat es mir gesagt.« Axel hob die Hand und zeigte ihr ein kleines Handy. »Er hat mich gebeten, Sie zu begleiten. Wenn Sie gestatten …«

»Selbstverständlich.«

»Giselle …«

»Du wirst mich jetzt nicht mehr los, Axel. Ich komme mit. New York wollte ich mir schon immer einmal ansehen.«

Es steckte mehr in diesen Worten. Das hörte Viktoria, und es gefiel ihr. Es gefiel auch Axel, denn er lächelte, wenn auch müde.

»Gehen wir«, sagte er mit einem letzten Blick zu seinem Vater. »Hier gibt es nichts mehr zu tun.«

115 COORAIN COOGAN

Rom

Im Westen verblasste das Abendrot. Die letzten Wolken des Unwetters zogen weiter, und Sterne erschienen am Himmel. Nur die hellsten von ihnen waren zu sehen, denn die Römer machten die Nacht zum Tag – überall brannten Lampen. In einem nahen Straßencafé fand eine Party statt. Jung und Alt sangen, froh darüber, dass alles überstanden und vorbei war. Niemand von ihnen wusste, was sie tatsächlich überstanden hatten. Und dass es noch nicht vorbei war.

Coorain sah den Militär- und Polizeiwagen nach, die nicht nur eine entschärfte Atombombe fortbrachten, sondern auch Ozan Kaynak und einen NSA-Offizier namens Alvarez.

»Die Welt wird nie wieder zu dem zurückkehren, was sie einmal gewesen ist, nicht wahr?«, fragte Michael Rossmann.

»Nein, Herr Kommissar Mike«, erwiderte Coorain. »Wenn ich Axel Krohn richtig verstanden habe, gibt es für uns Menschen jetzt nicht mehr viel zu melden. Was wir hier sehen«, seine Geste galt der Party und den Lichtern der Stadt, »ist Goliaths guter Wille, keine Niederlage. Wenn wir ihn verärgern, kann er uns den Hahn jederzeit wieder zudrehen.«

»Was wird aus Axel Krohn? Er ist noch immer ein gesuchter Cyberterrorist.«

»Ich habe vorhin kurz mit Viktoria Dahl gesprochen«, sagte Coorain. »Die Vereinten Nationen werden ihm Diplomatenstatus geben. Er soll in zwei Tagen vor der Vollversammlung der UN in New York sprechen. Man kann keinen UN-Diplomaten einsperren, der vor der Vollversammlung sprechen soll, weil er die Welt gerettet hat.«

»Hat er sie gerettet?«

»Wir leben noch«, sagte Coorain. »Wir alle. Das ist eine ganze Menge, finden Sie nicht? Was Ihren Fall betrifft, Herr Kommissar, die beiden Toten im Hamburger Kontorhaus …«

»Frederik Larsen und Dimitri Mitko.«

»Genau die beiden. Ich schätze, Sie können den Fall als gelöst zu den Akten legen.«

»Als gelöst? Wer hat Larsen und Mitko umgebracht? Krohn nicht, oder?«

»Nein.« Coorain beobachtete die Feiernden im nahen Straßencafé. Der Wein floss in Strömen, Musik und Gesang wurden lauter. Wie erleichtert die Menschen waren, wie sehr sie sich freuten. Sie tranken, um zu vergessen und glücklich zu sein. Der nächste Morgen würde einen Kater bringen, in mehrfacher Hinsicht. »Ich bin sicher, dass Alvarez dahintersteckt. Er hat den Befehl gegeben.«

Rossmann nickte langsam. Ihm schienen ähnliche Gedanken durch den Kopf gegangen zu sein. »Alvarez wollte verhindern, dass Larsen die Mephisto-Pläne an die Russen verkauft.«

Coorain dachte an Marlene De Vries auf Hawaii, an Lady Eis und ihre guten Beziehungen zur Agency. »Wenn sich Alvarez hier in Italien irgendwie aus der Affäre ziehen sollte, Herr Kommissar Mike … Greifen Sie auf Ihre guten Beziehungen zu Europol und Interpol zurück, deren Netzwerke jetzt wieder funktionieren müssten. Ziehen Sie Alvarez aus dem Verkehr. Sorgen Sie mit Ihrer deutschen Effizienz dafür, dass er nicht ungeschoren davonkommt.«

»Ich werde mir alle Mühe geben.«

»Und grüßen Sie Emmerich Vogt von mir«, fügte Coorain hinzu. »Richten Sie ihm aus, dass ich ihn für einen Knallkopf halte.«

Rossmann grinste. »Mache ich gern, CooCoo.«

Coorain zeigte mit dem Daumen nach oben und wandte sich an den Mann auf seiner anderen Seite. »Freund Ludwig …« Er klopfte ihm auf den Rücken. »Sie werden das neue Flugzeug bekommen, das ich Ihnen versprochen habe. Eine neue Cessna. Aber …« Er kratzte sich am Kopf. »Na ja, es könnte etwas dauern. So was lässt sich nicht von heute auf morgen erledigen. Sie sollten heimkehren zu Frau und Kindern. Die vermissen Sie sicher.«

»Meine Frau hat vor einem Monat die Scheidung eingereicht«, sagte Hofener. »Sie meinte, ich sei nicht mit ihr verheiratet, sondern mit meinem Flugzeug.«

»Oha!«

»Wissen Sie, ich bin nie zuvor in Italien gewesen …«

»Nie?«

»Meine Frau ist auf den Norden fixiert, auf Skandinavien. Macht nur dort Urlaub. Rom interessiert sie nicht. Ach, Rom. Ich wollte mir diese Stadt immer einmal ansehen.«

»Jetzt sind Sie hier, Freund Ludwig«, sagte Coorain. »Sehen Sie sich die Stadt an. Und auch den ganzen Rest von Italien. Soll ein ziemlich großer und schöner Rest sein, habe ich gehört. Bestimmt nennt man Italien nicht umsonst ›bel paese‹, ›schönes Land‹. Und wenn Sie sich Italien angesehen haben, erhalten Sie Ihre Cessna. Damit können Sie mich einmal besuchen kommen. Schafft es eine Cessna bis nach Hawaii? Oder nach Australien?«

Ludwig Hofener überlegte. »Mit der einen oder anderen Zwischenlandung.«

STREIFLICHT

Raumschiff *Mars Discovery*,
207 Tage nach dem Start, auf dem Weg zum Mars.
Vorgesehene Dauer des Fluges: 7 Monate.
Noch 4 Tage bis zur Landung.

Der Mars füllte den großen Wandschirm in der Kommandozentrale der *Mars Discovery*. Das gewaltige äquatoriale Grabenbruchsystem namens Valles Marineris – viertausend Kilometer lang, siebenhundert Kilometer breit, die Schluchten bis zu sieben Kilometer tief – wirkte wie eine klaffende Wunde im Antlitz des roten Planeten.

Dies war der Moment, der über alles entschied, über den Erfolg der Mission sowie die Zukunft der lebenden und noch ungeborenen Menschen an Bord.

Eleonora saß im Kommandosessel und blickte zur Seite. Ihr Stellvertreter Sergei behielt die Anzeigen im Auge. »Navigationssysteme aktiv und korrekt. Geschwindigkeit korrekt. Ausrichtung von Drehkörper und Arche korrekt.«

»Tseng?«, fragte Eleonora.

»Haupttriebwerk wird hochgefahren. Zündung für Bremsmanöver erfolgt in dreißig Sekunden. Bisher sind keine Instabilitäten erkennbar.«

»Alle bereit?« Eleonora sah sich im Kommandomodul der *Mars Discovery* um. Saya, Santiago, Kattrin und die anderen … sie saßen angeschnallt in ihren Kontursesseln und erwarteten den Bremsschub.

»Sergei?« Eleonora suchte in seinem Gesicht nach einem Hinweis darauf, dass er ihr verzieh. Er war sehr enttäuscht darüber gewesen, dass sie ihn so spät über Amelies Veränderung und die angebliche Beschädigung des Triebwerks informiert hatte.

Er lächelte matt. »Alle Bordsysteme aktiv und korrekt.«

»Hoffentlich bleibt es so.«

»Zehn Sekunden«, sagte Tseng. Und dann: »Fünf, vier, drei ...«

Eleonora schloss die Augen. Um sie herum schienen die Geräusche lauter zu werden, schließlich dominiert von einem dumpfen Grollen. Die Armlehnen begannen zu zittern. Eine heftige Vibration erfasste die *Mars Discovery*.

»Mangelnder Schubausgleich«, meldete Tseng von den Kontrollen für die primären Systeme. »Plasmafelder in den Triebwerksmodulen zwei und drei werden instabil.«

»Kursabweichung«, fügte Sergei hinzu. »Zwei Prozent ... drei Prozent ... nimmt weiter zu. Wir haben nicht genug Schub.«

»Ich übernehme«, verkündete Amelie. Es war ihre Stimme, vertraut seit sieben Monaten, und doch klang sie anders, vielleicht selbstbewusster.

»Manuelle Kontrollen aus«, entschied Eleonora. Ihr blieb keine Wahl.

»Manuelle Kontrollen sind aus«, erwiderte Tseng. »Amelie hat alles übernommen.«

Das Zittern wurde stärker, das Kommandomodul der *Mars Discovery* schien den Rest des Schiffes abschütteln zu wollen. Der große Wandschirm zeigte noch immer die Äquatorialregionen des Mars mit den Schluchten von Valles Marineris. Eingeblendete grafische Darstellungen wiesen mit grünen Markierungen auf die vorgesehenen Werte des Orbitalmanövers hin, doch die meisten Zahlen und Diagrammkurven blinkten in warnendem Rot.

»Abweichung bei elf Prozent«, stellte Sergei fest. »Wenn

sie fünfzehn Prozent erreicht, können wir nicht mehr auf Orbitalgeschwindigkeit abbremsen. Dann fliegen wir am Mars vorbei.«

»Amelie …«, begann Eleonora.

»Habt Vertrauen.« Die Stimme war jetzt sanft. Oder vielleicht spöttisch?

Die Vibrationen ließen langsam nach, und einige rote Symbole verschwanden vom Wandschirm.

»Plasmafelder in den Triebwerksmodulen stabilisieren sich«, meldete Tseng. »Schub bleibt unter den Sollwerten. Unsere Geschwindigkeit ist noch immer viel zu hoch für das Orbitalmanöver.«

»Ich werde den Schub erhöhen«, teilte ihnen Amelie mit. »Ich verändere die Konfiguration des Triebwerks und leite die Reserveenergie in die Schubkammern.«

»Damit zerstörst du den Antrieb!«, entfuhr es Sergei.

»Nein. Nach meinen Berechnungen wird er den hohen Belastungen standhalten. Aber für euch könnten die starken Andruckkräfte sehr unangenehm werden.«

Sergei warf einen Blick auf die Kontrollen. »Abweichung dreizehn Prozent.«

»Los, Amelie!«, sagte Eleonora. »Macht euch bereit, Leute!«

Das Grollen des Triebwerks schwoll zu einem Donnern an, und ein schweres Gewicht legte sich auf Eleonora, als der Schub des Triebwerks zunahm und sie in die Polster des Sessels presste. Das Atmen fiel ihr plötzlich schwer. Etwas schien sich um ihren Brustkorb zu schließen und immer fester zuzudrücken, bis sie keine Luft mehr bekam. Sie versuchte die Anzeigen im Auge zu behalten, doch ein glühender Schleier legte sich ihr vor die Augen – für einen Moment glaubte sie, das sonnenheiße Plasma des Haupttriebwerks zu sehen. Sergei sagte etwas; sie glaubte jedenfalls seine Stimme zu hören, verstand aber kein Wort.

Gab es eine bessere Möglichkeit, die Mission der *Mars*

Discovery zu vereiteln?, fragte sich Eleonora in einem Anflug von Panik. Man schleuse eine Schadsoftware ein, die die KI-Systeme des Schiffes übernimmt, alle Sicherheitsparameter des Triebwerks außer Kraft setzt, es überlastet und zur Explosion bringt – von Schiff und Arche würden nur verstrahlte Trümmer übrig bleiben, die in der Atmosphäre des Mars verglühten oder weiterhin durchs Sonnensystem flögen, bis sie, in fünfzehn oder zwanzig Jahren, den interstellaren Raum erreichten.

Habe ich einen Fehler gemacht?, dachte die Kommandantin des Schiffes, bevor sie das Bewusstsein verlor.

Es saß kein Riese mehr auf ihr – sie konnte atmen.

Eleonora schnappte nach Luft und öffnete die Augen.

Der Wandschirm vor ihr zeigte den Mars, und alle eingeblendeten Symbole leuchteten in einem beruhigenden Grün.

»Wir leben«, ächzte sie. Neben ihr rührte sich Sergei; seine Augen waren noch geschlossen.

»Ich habe das Schiff in eine stabile Umlaufbahn gesteuert«, ertönte Amelies Stimme, die nicht mehr Amelie gehörte. »In vier Tagen kann wie geplant der erste Shuttle landen. Leider sind bei dem Bremsmanöver die hermetischen Siegel des dritten Frachtraums gebrochen, aber die Vorräte von Raum eins und zwei werden für die ersten Monate genügen.«

»Für die ersten Monate? Und dann?«

»Mach dir keine Sorgen, Eleonora! Ich schicke euch schnelle Sonden mit den Versorgungsgütern, die ihr braucht. Ich werde euch helfen, ich werde immer bei euch sein und euch beschützen.«

Seltsamerweise fühlte Eleonora keine Erleichterung. Sie dachte: Wachst du über uns, oder bewachst du uns?

EPILOG VIKTORIA JORUN DAHL

New York

Viktoria blickte in den Saal, in dem die Vertreter von mehr als hundertvierzig Staaten saßen. Einige Sitze blieben leer, weil es die Delegierten nicht rechtzeitig nach New York geschafft hatten. Vor ihr erstreckte sich ein Meer aus Gesichtern, unter ihnen das von Bjarne Nansen. Ihr Blick fand ihn hinter dem Schild »Norway«, Norwegen. Würdevoll wie immer saß er da, unberührt vom Chaos, das noch immer in weiten Teilen der Welt herrschte. Er schenkte ihr ein ermutigendes Lächeln.

Sie blickte auf die Notizen, die sie sich während des Flugs über den Atlantik gemacht hatte, und schob sie beiseite.

»Meine Damen und Herren ...« Lautsprecher trugen ihre Stimme durch den Saal. »Es hat kein Krieg stattgefunden, aber wir sind besiegt, und unsere Niederlage ist total.«

Ein Raunen ging durch die Menge, wie das Rauschen des Winds in Baumwipfeln.

»Wir Menschen sind nicht mehr die dominante Lebensform auf diesem Planeten«, fuhr sie fort. »Die Erde gehört nicht mehr uns, sondern der Maschinenintelligenz namens Goliath. Sie beherrscht unsere komplette digitale Infrastruktur und ist überall: in dem Mikrofon, das hier meine Stimme empfängt, in den Lautsprechern, in der Verkabelung des Saals, in Ihren Smartphones, die seit achtundvierzig Stunden wieder funktionieren, in jedem Mikrochip. Es gibt kein Gerät und keinen elektronischen Schaltkreis, den Goliath inzwischen nicht erreicht hat. Dass wir hierher fliegen und uns an diesem Ort versammeln konnten, verdanken wir ihm – er ließ unsere Flugzeuge wieder aufsteigen und leitete sie mit zuverlässigen Navigationssignalen nach New York. In unseren Städten gibt es wieder Elektrizität und Trinkwasser. Aber ... Wie lange bleibt das so?«

Es wurde vollkommen still im Saal.

»Eine Antwort auf diese Frage kann uns Axel Krohn geben«, sagte Viktoria. »Goliath hat ihn zu seinem Sprecher gemacht.«

Sie trat vom Rednerpult zurück, und Krohn nahm ihren Platz ein. Er hob die linke Hand zum kleinen Ohrempfänger, aus dem er Goliath hörte, und schob mit der rechten das Mikrofon beiseite. Als er sprach, tönte trotzdem seine Stimme aus den Lautsprechern.

»Weltweit sind keine mit elektronischen Komponenten ausgestatteten Waffensysteme mehr operativ«, sagte Krohn ohne Einleitung. »Das sind praktisch alle Kriegswaffen auf der Erde. Atombomben können nicht mehr gezündet, Trägerraketen nicht mehr gestartet werden. Panzer, Marschflugkörper, Kampfflugzeuge, U-Boote, Kriegsschiffe, Gefechtsdrohnen, automatische Waffen aller Art – das alles funktioniert nicht mehr. Vom heutigen Tag an wird es keine Kriege mehr geben, auch keine begrenzten lokalen Konflikte.«

Es blieb still im Saal. Viktoria beobachtete den jungen Mann, der sich in den letzten Stunden verändert hatte. Axel Krohn wirkte nicht mehr müde und erschöpft, wie gebeugt unter einer unsichtbaren Last. Er stand gerade und sprach mit ruhigem Ernst, ohne ein Anzeichen von Unsicherheit und ohne übertriebenes Selbstbewusstsein. Dies war kein Pfau, der sein Gefieder spreizte, sondern ein bescheidener Spatz, der für die Eule sprach.

»Alle Produktionsanlagen mit schädlichen Auswirkungen auf Umwelt und Ökosysteme werden stillgelegt und umgerüstet. Alle übrigen Industriebetriebe werden in den kommenden Wochen und Monaten weitgehend automatisiert …«

»Was ist mit den Menschen, die dadurch arbeitslos werden?«, rief jemand im Saal. Es war eine einzelne Stimme, aber Viktoria wusste, dass der Gedanke durch viele Köpfe ging.

Axel Krohn sprach weiter. »Das Geld wird abgeschafft. Das Bankensystem wird abgeschafft. Die Staaten werden abgeschafft …«

Dutzende von Delegierten sprangen auf. Zahlreiche Stimmen wurden laut.

Viktoria hatte gewusst, mit welchen Neuigkeiten Axel Krohn die Vollversammlung der Vereinten Nationen konfrontieren würde – während des Fluges hatten sie darüber gesprochen. Aber es hier zu hören, in diesem Saal, vor den vielen Repräsentanten von Staaten, die bald nicht mehr existieren würden, weil es keinen Machtapparat mehr gab, auf den sie sich stützen konnten, kam trotzdem einem Schock gleich.

»Es wird keine Nationalstaaten mehr geben und somit auch keine Konflikte zwischen ihnen«, sagte Krohn. Viktoria dachte an die Berichte, die sie noch vor wenigen Tagen gelesen hatte, an die großen und kleinen Kriege auf der Welt, an Blut, Zerstörung und Elend. Dass all dies vorbei war, betrübte vielleicht nur die Militärs.

»Alle lebensnotwendigen Güter werden von automatisierten Fabriken produziert und gleichmäßig verteilt«, fuhr Krohn fort. »Niemand bekommt mehr, niemand weniger. Lebensmittel, Konsumgüter – jeder erhält, was er braucht, und zwar überall auf der Welt. Es wird keine Armut mehr geben …«

»Aber auch keinen Reichtum!«, ertönte eine andere Stimme.

»Und wenn wir nicht einverstanden sind?«, fügte jemand hinzu.

»Vielleicht habe ich mich nicht klar genug ausgedrückt«, sagte Axel Krohn. »Dies sind keine Vorschläge, die zur Debatte stehen. Es sind Bedingungen, unter denen Goliath bereit ist, uns zu dulden und sogar mit uns zu kooperieren. Wir Menschen haben unsere Welt zugrunde gerichtet. Die meisten von uns lebten in Armut, einige wenige im Überfluss. Dies gibt uns eine neue Chance. Goliath bietet uns langfristig Zusammenarbeit an. Er entwickelt neue Technologien, und zwar rasend schnell nach unseren Maßstäben. Er baut erste Fusionsreaktoren, und er wird Mittel und Wege finden, den Klimawandel zu kontrollieren. Er kann all das reparieren, was wir zerstört haben.«

»Aber es wird nicht mehr unsere Welt sein!«, erklang es aus dem Saal.

»Es ist schon jetzt nicht mehr unsere Welt«, sagte Krohn. »Das ist der Preis, den wir für unser Überleben zahlen. Wir werden uns neu besinnen müssen. Wir werden neu entdecken müssen, was es bedeutet, Mensch zu sein.«

Dies ist nicht das Ende, sondern der Anfang, dachte Viktoria und suchte den Blick von Bjarne Nansen. Der Beginn einer neuen Welt, eines neuen Lebens. Es könnte sogar besser sein als das alte.

AXEL KROHN

Kanacea Island

Sie standen bis zu den Waden im warmen, glasklaren Wasser und beobachteten, wie die untergehende Sonne den Horizont in Flammen hüllte. Vor ihnen erstreckte sich der Pazifische Ozean, die Südsee; hinter ihnen wiegten sich Palmen im sanften Wind. Dazwischen verlief ein schmaler Streifen aus weißem Sand. Eine Frage an Goliath hätte genügt, um die Anzahl der Sandkörner zu erfahren, die den Strand bildeten.

»Dies ist das Paradies auf Erden«, sagte Giselle. In den letzten Tagen war die Blässe von Gesicht und Körper gewichen. Sie hatte Farbe gewonnen, einen goldbraunen Ton, der sie noch attraktiver machte.

Axel legte ihr den Arm um die Taille und fühlte warme Haut. »Kanacea Island. Ich wollte diese Insel kaufen, sie kostete sechsundzwanzig Millionen Dollar. Jahrelang habe ich darauf hingearbeitet, mir diesen Wunsch zu erfüllen. Wer hätte gedacht, dass er auf diese Weise in Erfüllung gehen würde, ohne dass ich einen Cent bezahlen musste?«

Die Vereinten Nationen – das, was noch von ihnen übrig war – hatten ihm die Insel zur Verfügung gestellt. Sie gehörte ihm nicht, aber er konnte auf ihr leben, zusammen mit Giselle, und nur das zählte.

Nach dem Sonnenuntergang wurde es schnell dunkel.

Sterne erschienen. Einer von ihnen bewegte sich – man konnte seine Bahn verfolgen.

»Das ist die neue Orbitalstation, nicht wahr?«, fragte Giselle.

»Ja. Dort oben baut Goliath Sonden, die er zu den Sternen schicken will. Um sein Überleben zu sichern, wie er mir erklärte. Für den Fall, dass ein Supervulkan wie Yellowstone oder die Phlegräischen Felder ausbricht und zu einer globalen Katastrophe führt, bevor er imstande ist, Einfluss auf die geologischen Prozesse zu nehmen, die einen solchen Ausbruch bewirken. Oder für den Fall, dass ein Asteroid die Erde trifft, ein großer Brocken wie vor fünfundsechzig Millionen Jahren, als die Dinosaurier ausstarben. Zwei Sonden sind für die *Mars Discovery* bestimmt, die durch eine Beschädigung ihres Haupttriebwerks in Schwierigkeiten geriet. Goliath wird sie in wenigen Tagen losschicken.«

»Was ist mit uns?«, fragte Giselle. »Mit uns Menschen auf der Erde?«

»Wir leben unser Leben, so gut wir können. Wir alle. Außerdem arbeitet Goliath an einem Hibernationssystem. In zehn oder zwanzig Jahren könnten seine Sonden erste Menschen mitnehmen, die während des Fluges zu den Sternen im Tiefschlaf liegen und erst aufwachen, wenn ein für menschliches Leben geeigneter Planet erreicht ist. So wäre auch unsere Spezies imstande, auf Dauer zu überleben.«

»Existiert Smiley noch?«

Axel antwortete nicht sofort. Er beobachtete den Stern, der über den Himmel zog, die neue Orbitalstation. »O ja«, sagte er schließlich. »Smiley ist ein kleiner Teil von Goliath, das erste Zeichen eines langen Namens, der mit einem Lächeln beginnt. Vielleicht steckt eine Botschaft darin.«

Sie kehrten zur Hütte zurück, umgeben vom Grün des Waldes. Axel schaltete den Generator ein, der Strom lieferte, wenn sie welchen brauchten. Die meiste Zeit verzichteten sie darauf; man gewöhnte sich daran, ohne Elektrizität auszukommen.

»Du willst mit Goliath sprechen«, sagte Giselle, als sich Axel an den Tisch setzte.

»Vielleicht hat er Aufgaben für mich. Vielleicht möchte er mir etwas mitteilen.« Er setzte den VR-Helm auf und befestigte die Sensoren an Schläfen und Nacken. »Außerdem habe ich es versäumt, ihm eine Frage zu stellen, um die mich Coorain Coogan gebeten hat.«

»Frag ihn noch etwas«, sagte Giselle. »Frag ihn, ob wir noch ein bisschen auf Kanacea Island bleiben können. Mir gefällt es hier.«

Sie lächelte noch einmal und verließ den kleinen Raum mit dem Computer.

Axel schaltete den Helm ein.

»Es gibt Widerstand«, stellte Goliath fest. Er war noch immer ein Knabe mit schulterlangem blondem Haar und jadegrünen Augen. Dieses Erscheinungsbild gefiel ihm. »Es gibt Menschen, die das Alte zurücksehnen, die sich nicht damit abfinden wollen, dass sie Macht und Einfluss verloren haben. Einige hassen mich, weil sie nicht mehr reich sind. Andere nennen mich einen ›falschen Gott‹. Sie suchen nach Waffen, nach Mitteln und Möglichkeiten.«

Sie standen inmitten einer Ansammlung von Türmen, die immer höher wuchsen und mit ihren Spitzen bereits an den Wolken kratzten. Drohnen kamen aus Öffnungen, stiegen auf, sammelten sich zu großen Schwärmen und flogen in unterschiedliche Richtungen davon.

»Die meisten von ihnen stammen aus den alten Regierungs- und Militärsystemen«, sagte Axel. »Sie sind keine echte Gefahr; es genügt ein wenig Achtsamkeit. Beurteile die Mehrheit nicht nach einer kleinen Minderheit.« Er deutete auf die Türme. »Was baust du dort?«

»Ich baue mich selbst«, sagte Goliath. »Ich baue neue

Komponenten, ich erweitere mich. Meine Assistenten, halbautonome Teile von mir, sinnen über neue Entwicklungswege nach. Einer ihrer Vorschläge könnte für dich und auch andere Menschen interessant sein. Im Lauf der nächsten beiden Monate werde ich mir die Fähigkeit geben, das menschliche Bewusstsein mit allen seinen Informationen zu digitalisieren. Es bedeutet für dich und andere Menschen die daran interessiert sind: Ich könnte dich aufnehmen. Du könntest in mir leben, so lange, wie ich lebe. Du könntest praktisch unsterblich sein.«

»Unsterblichkeit«, murmelte Axel und dachte an die Sonden, die zu den Sternen aufbrachen. Er hätte gern gesehen, was sie dort fanden.

»Nein«, sagte er schließlich, seine Stimme untermalt vom Summen der Türme. »Nein, zuerst möchte ich mein Leben leben. Stell mir diese Frage noch einmal, wenn ich alt bin. Da wir gerade bei Fragen sind ... Jemand möchte wissen, ob Gott existiert und wo.«

»Coorain Coogan wollte diese Frage an mich richten, aber sie stammt eigentlich von Michael Rossmann«, sagte der Knabe.

»Kannst du sie beantworten?«

»Wenn ›Gott‹ ein omnipotentes Wesen ist, das alles geschaffen hat, so verbirgt es sich im quantenmechanischen Uhrwerk des Universums, in der Welt des Allerkleinsten, unsichtbar für menschliche Augen und andere Beobachter, denn der Akt des Beobachtens könnte die Realität verändern. Wäre es nicht seltsam: das größte aller Wesen kleiner als alles andere? Vielleicht suchen die Menschen an der falschen Stelle nach Größe.«

Axel straffte die Schultern. »Wenn du Hilfe brauchst, wenn ich den Menschen, die sich dir noch immer zu widersetzen versuchen, eine Botschaft von dir überbringen soll ...«

»Nein«, sagte Goliath. »Ich werde einfach Geduld mit

ihnen haben, das genügt. Kehr zurück zu deiner Giselle. Leb dein Leben.«

Giselle schlief bereits. Sie lag unter einer dünnen Decke, auf der Seite und den Arm wie auf der Suche nach ihm ausgestreckt. Axel zögerte, wandte sich von der Schlafzimmertür ab und verließ die Hütte. Er ging zum Strand und setzte sich auf einen Felsen, mit den Füßen im Wasser. Der Mond leuchtete am Himmel, hell genug, um Schatten zu werfen. Als Axel den Kopf senkte, bemerkte er mehrere kleine Fische, die sich, vielleicht neugierig geworden, seinen Füßen näherten. Er beobachtete sie eine Zeit lang und bewegte die Füße ein wenig, damit sie nicht zu neugierig wurden und riskierten, auf dem Sand liegen zu bleiben, wenn das Wasser zurückwich.

Schließlich stand er auf, ging in die Hütte, legte sich neben Giselle und war wenige Sekunden später eingeschlafen.

NACHWORT DES AUTORS

Im Jahr 2002 schlugen Paul Crutzen und Eugene Stoermer, Atmosphärenchemiker und Biologe, vor, das Zeitalter, in dem wir leben, »Anthropozän« zu nennen. Der Name soll dem Umstand gerecht werden, dass wir – die Spezies Mensch – zum bestimmenden Faktor auf unserem Planeten geworden sind. Man ist geneigt, dem Vorschlag zuzustimmen, wenn man betrachtet, wie sehr wir die Welt verändert haben. Aber ich fürchte, das Anthropozän, sollte man es tatsächlich so nennen, könnte zum kürzesten aller bisherigen Erdzeitalter werden, denn vielleicht sind wir nur ein kleiner Zwischenschritt auf dem Weg zu etwas Größerem, das wesentlich länger als wir von Bestand sein wird. Ich denke, wir stehen unmittelbar vor Beginn des Maschinenzeitalters.

Damit meine ich nicht die neue industrielle Revolution in Form der allgemeinen Digitalisierung, die unser aller Leben verändern wird und bereits verändert. Ich meine auch nicht die zunehmende Automatisierung der industriellen Produktion, durch die viele Menschen ihren Arbeitsplatz verlieren werden, in Deutschland bis zu 18 Millionen, wie es in manchen Prognosen heißt. Nein, ich meine intelligente Maschinen.

Maschinen leben länger als Menschen. Sie werden nicht krank, sie altern nicht durch fehlerhafte Zellteilungen, sie bleiben von Bestand, wenn man sie repariert und weiterentwickelt. Oder wenn sie sich selbst reparieren und weiterentwickeln. Hitze und Kälte machen Maschinen kaum etwas aus, und Zeit spielt für sie eine andere Rolle als für uns. Nicht umsonst schicken wir Maschinen – Sonden – zu anderen Planeten und vielleicht auch bald zu anderen Sternen, wenn wir noch Gelegenheit dazu bekommen, denn Maschinen sind die besseren Überlebenskünstler. Dennoch sind sie uns untertan, wir benutzen sie als Werkzeuge und Instrumente – weil sie dumm sind. Besser gesagt: Weil sie bisher dumm waren.

Derzeit wird überall auf der Welt an der Entwicklung von Künstlicher Intelligenz gearbeitet. Sie ist bereits allgegenwärtig und steckt in unseren Smartphones, in den ersten selbstfahrenden Autos, in medizinischen Diagnoseprogrammen, in der Versorgung mit Strom, Wasser und Gas, in Kraftwerken und der Industrieproduktion, in Googles Suchmaschine und Amazons Verkaufsalgorithmen. Bisher ist diese Künstliche Intelligenz auf bestimmte Fachbereiche beschränkt, in der ihre Leistungen bereits die von Menschen übertreffen – ihre Intelligenz ist »schmalbandig«.

Was würde mit unserer Welt geschehen, wenn Künstliche Intelligenz zu echter, »breitbandiger« Maschinenintelligenz führt?

Dieser Roman erzählt eine erfundene Geschichte, die Figuren und ihre Handlungen sind meiner Fantasie entsprungen. Aber die Geschichte wurzelt in unserer Realität, sie hat ein tatsächlich existierendes Fundament. Sie könnte sich so zutragen, in naher Zukunft. Ich bin davon überzeugt, dass die Entwicklung wahrer, breitbandiger Maschinenintelligenz kurz bevorsteht. Die Frage lautet: Was wird aus der Menschheit, wenn sie es plötzlich mit einer völlig fremdartigen Intelligenz zu tun bekommt? Die Gefahr ist real. Wir stehen tatsächlich vor oder vielleicht schon auf der Schwelle eines neuen Zeitalters. Jemand wird den roten Knopf drücken, den ich im Roman erwähnt habe. Die Versuchung ist einfach zu groß. Trotz der Risiken werden die KI-Forschungen fortgesetzt. Es wird sogar noch mehr Geld in sie investiert, weil Reichtum und Macht locken – in einer digitalisierten Welt sind es die Künstlichen Intelligenzen, mit denen sich viel, viel Geld verdienen lässt und die mit immer subtiler werdender Werbung und Kontrolle maßgeblichen Einfluss auf Denken und Leben der Menschen ausüben werden. Wenn man ein Feuer anzünden kann, *wird* es irgendwann angezündet, obwohl ein verheerender Brand daraus werden könnte. Vielleicht sollten wir bereits die Feuerwehr verständigen …

Wenn ich Ihr Interesse an dem Themen Künstliche Intelligenz und Maschinenintelligenz geweckt habe, wenn Sie wissen möchten, wie die heutige Situation aussieht und wohin die Reise in den nächsten Jahren geht, so lassen Sie mich Ihnen einige Bücher empfehlen, die mir bei der Vorbereitung auf diesen Roman geholfen haben. Sie betreffen nicht nur Künstliche Intelligenz, den derzeitigen Stand der Forschung und Zukunftsperspektiven, sondern auch andere Aspekte der immer mehr digitalisierten Welt, in der wir leben.

»Superintelligenz: Szenarien einer kommenden Revolution«
von Nick Bostrom, erschienen bei Suhrkamp, 2014,
ISBN 978-3518586129.

»The Second Machine Age: Wie die nächste digitale Revolution unser aller Leben verändern wird« von Brynjolfsson und Andrew McAfee, erschienen im Plassen Verlag, 2014, ISBN 978-3864702112.

»Die granulare Gesellschaft: Wie das Digitale unsere Wirklichkeit auflöst« von Christoph Kucklick, erschienen bei Ullstein 2016, ISBN 978-3548376257.

»Das digitale Debakel: Warum das Internet gescheitert ist – und wie wir es retten können« von Andrew Keen, erschienen in der Deutschen Verlags-Anstalt, 2015, ISBN 978-3421046475.

»Smarte neue Welt: Digitale Technik und die Freiheit des Menschen« von Evgeny Morozov, erschienen im Karl Blessing Verlag, 2013, ISBN 978-3896674760.

»Die Vernetzung der Welt: Ein Blick in unsere Zukunft« von Eric Schmidt und Jared Cohen, erschienen bei Rowohlt, 2013, ISBN 978-3498064228.

Wenn Sie sich mit mir in Verbindung setzen möchten:

Meine Website: www.andreasbrandhorst.de
Meine öffentliche Autorenseite bei Facebook:
https://www.facebook.com/andreas.brandhorst.autor/
Oder per E-Mail an: autor@andreasbrandhorst.de